I0596971

51/2

HISTOIRE

LITTÉRAIRE

DE LA FRANCE.

I.

7130
32

HISTOIRE

LITTÉRAIRE

DE LA FRANCE,

OUVRAGE

COMMENCÉ PAR DES RELIGIEUX BÉNÉDICTINS

DE LA CONGRÉGATION DE SAINT-MAUR

ET CONTINUÉ

PAR DES MEMBRES DE L'INSTITUT

(ACADÉMIE DES INSCRIPTIONS ET BELLES-LETTRES).

TOME XXXII.

SUITE DU QUATORZIÈME SIÈCLE.

PARIS.

IMPRIMERIE NATIONALE.

M DCCC XCVIII.

AVERTISSEMENT.

Ce volume est le huitième de ceux que la Commission de l'Histoire littéraire a consacrés aux écrivains du xive siècle. Et cependant le plus récent des auteurs qui ont leur notice dans ce tome XXXIIe, Gilles Aicelin, archevêque de Narbonne, puis de Rouen, n'est mort qu'en 1318. A ce compte, il nous faudrait plus de quarante volumes pour arriver au xve siècle. Mais nous avons lieu de croire que ce chiffre ne sera pas atteint. Les causes qui ont ralenti le progrès de notre marche en avant agiront dans l'avenir avec une force décroissante. Nous n'aurons pas toujours à combler des lacunes reconnues dans les tomes relatifs au xiiie siècle. Cette fois encore, il est vrai, et ce ne sera pas la dernière, nous avons dû faire quelques retours indispensables vers l'époque que nous avons dépassée. La littérature vulgaire de la France méridionale, si variée, si riche en œuvres importantes, malgré les pertes sans nombre qu'elle a subies au cours des âges, a été traitée assez parcimonieusement par nos prédécesseurs. Leur excuse, c'est que, à leur époque, beaucoup des écrits qu'elle a produits étaient inédits ou même totalement inconnus. Nous ne pouvions songer à reprendre l'œuvre de nos devanciers pour y introduire tous les suppléments que

 a.

comporterait l'état présent des études ; nous avons dû cependant passer en revue, dans les premières pages du présent volume, un certain nombre de poèmes provençaux composés au XIIIe siècle, mais dont les auteurs ont pu prolonger leur existence jusqu'aux premières années du XIVe. D'autres parties de notre œuvre collective réclamaient des suppléments non moins nécessaires. L'historiographie de la France est d'une richesse et d'une complexité que l'on ne soupçonnait guère il y a cinquante ans. Il ne nous a pas fallu moins de deux longues notices pour exposer l'origine et les rapports de certains groupes de chroniques monastiques, en partie inédites, dont les premières pages remontent jusqu'au XIIe siècle, et que nos devanciers avaient ignorées ou dont ils n'avaient pu apprécier avec exactitude le caractère. L'exploration, plus facile maintenant qu'autrefois, des bibliothèques de la France et de l'étranger fournit à nos recherches des matériaux de plus en plus abondants, qu'il vaut mieux utiliser tardivement que négliger.

S'il est vrai qu'une grande partie du présent volume concerne le XIIIe siècle, nous ne laissons cependant pas d'avoir fait quelques progrès dans l'histoire de la littérature du XIVe. L'ordre des dates nous amenait à parler d'un des historiens les plus célèbres du moyen âge, Jean de Joinville. Nous avons cru devoir lui consacrer une notice qui a atteint des proportions un peu exceptionnelles, parce qu'il y avait lieu d'y résumer et d'y compléter les travaux des érudits qui, depuis le XVIe siècle, se sont occupés du fidèle confident de saint Louis. Le roman de Fauvel, Guillaume d'Ercuis, Gérard de Nogent et quelques écrivains ecclésiastiques d'importance secondaire sont aussi étudiés dans ce volume à la place que leur assigne l'ordre chronologique.

L'*Histoire littéraire* est, en somme, un recueil de monographies indépendantes auxquelles il serait impossible d'imposer un classement rigoureux. Des tables fréquentes sont le seul moyen de remédier aux irrégularités que comporte la rédaction d'une œuvre collective. Nous avons donc pensé qu'il ne suffirait plus dorénavant de publier pour chaque siècle une table générale, comme on l'avait fait pour les siècles précédents, et c'est pourquoi nous avons placé à la fin du présent volume une table des articles contenus dans les tomes XXV à XXXII. Cette table a été rédigée par M. Delisle, président de la Commission.

Les auteurs de ce trente-deuxième volume de l'*Histoire littéraire de la France,* membres de l'Institut (Académie des inscriptions et belles-lettres), sont désignés à la fin de chaque article par les initiales de leurs noms :

B. H.   MM. Barthélemy Hauréau.
G. P.   Gaston Paris.
L. D.   Léopold Delisle.
P. M.   Paul Meyer, *éditeur.*

a.

NOTICE

BARTHÉLEMY HAURÉAU,

UN DES AUTEURS DES TOMES XXV-XXXII
DE L'HISTOIRE LITTÉRAIRE DE LA FRANCE.

Mort
le 29 avril 1896.

M. Hauréau appartenait à l'Académie des inscriptions et belles-lettres depuis quatre ans, lorsqu'il fut appelé par les suffrages de ses confrères à faire partie de la Commission de l'*Histoire littéraire*, en remplacement de Joseph-Victor Le Clerc, décédé à la fin de l'année 1865. Désigné aussitôt pour remplir les fonctions d'éditeur, il a fait paraître les volumes XXV à XXXI, et il travaillait au tome XXXII, déjà fort avancé, lorsqu'une courte maladie eut raison de sa forte constitution, sur laquelle l'âge semblait n'avoir pas de prise. Bien peu, parmi ceux qui ont collaboré à notre œuvre commune, lui ont consacré une aussi grande part de leur existence; aucun peut-être ne s'y est donné plus entièrement. Le volume que nous publions actuellement contient plusieurs notices sorties de sa plume; les suivants en contiendront d'autres qu'il avait rédigées d'avance, sachant bien qu'il ne vivrait pas assez pour les voir paraître.

Les travaux de sa jeunesse avaient été très variés et n'annonçaient pas la carrière de « bénédictin laïc »[1] à laquelle il devait plus tard se consacrer. Il avait débuté, à vingt ans, par une série de notices sur les Montagnards, dont l'exubérance juvénile étonna son âge mûr. Il n'en parlait pas, et on assure qu'il s'efforçait d'en supprimer les exemplaires. Au Mans, où il avait été nommé bibliothécaire en 1838, puis à Paris, il avait collaboré aux journaux d'opposition, et particulièrement au *National*, où il s'était lié avec Armand Carrel et Littré. Il se livrait alors à des études purement littéraires, et c'est ainsi qu'il se trouva mêlé au

---

[1] Expression de M. Wallon dans sa notice sur M. Hauréau.

mouvement romantique. Lui, que nous avons connu classique et conservateur, il était novateur avec Théophile Gautier, qui se plaisait à l'appeler « le jeune tribun ». Il avait gardé dans un coin de sa bibliothèque les livres avec dédicaces de ses amis d'antan, dont ses fonctions au Mans et la nouvelle direction de ses travaux l'avaient éloigné. L'érudit qui sommeillait en lui n'avait pas tardé à s'éveiller. Déjà au temps qu'il était dans la Sarthe, dès 1843, il avait commencé la publication d'une *Histoire littéraire du Maine*, dont le quatrième et dernier volume parut en 1852. Ce n'était pas une histoire dans le sens propre du mot, c'était une suite de biographies isolées, qu'il publiait dans l'ordre où il les avait composées[1]. Il montrait ainsi, dès ses débuts dans la carrière de l'érudition, la préférence qu'il conserva toute sa vie pour les monographies, pour les « singularités », selon une expression qu'il emprunta plus tard à Dom Liron pour servir de titre à un recueil de quelques essais insérés d'abord dans des revues[2]. C'est au Mans encore qu'il publia, en 1845, la seconde partie, demeurée inédite, de l'*Histoire de Sablé* composée par Ménage. Mais, tout en se livrant à ces travaux d'histoire locale, il étudiait la philosophie du moyen âge, et devait bientôt donner une preuve manifeste de sa compétence en un domaine que les travaux de Victor Cousin et de Charles de Rémusat avaient remis en honneur. L'Académie des sciences morales et politiques avait proposé, en 1845, comme sujet d'un de ses prix, l'examen de la philosophie scolastique. Le mémoire de M. Hauréau fut couronné, et parut, en 1850, sous ce titre modeste : « *De la philosophie scolastique*, mémoire couronné par l'Académie des sciences morales et politiques ». Refondu et presque entièrement récrit, le même ouvrage reparut, en trois volumes, de 1872 à 1880, sous le titre, peut-être trop compréhensif, d'*Histoire de la philosophie scolastique*.

Le passage de M. Hauréau à l'Assemblée nationale (1848-1849) ne fut dans sa vie qu'un épisode sans conséquence. Il avait toujours été foncièrement républicain, et il le resta jusqu'à son dernier jour; mais son indépendance naturelle et l'inflexibilité de ses doctrines se seraient mal pliées aux concessions qu'exige le régime parlementaire. Les fonctions de conservateur des manuscrits de la Bibliothèque nationale, auxquelles il fut appelé en mars 1848 et qu'il conserva jusqu'au Coup d'État, conve-

---

[1] Dans la seconde édition, très amendée et amplifiée, qu'il publia à Paris de 1870 à 1877 (10 vol. in-12), les notices sont rangées en ordre alphabétique.

[2] *Singularités historiques*, Paris, 1861.

naient mieux à ses habitudes studieuses et eurent une tout autre influence sur sa carrière. Il ne les regarda pas comme une sinécure : M. Hauréau prenait tout au sérieux. Il commença à mettre de l'ordre dans un département où, faute d'une direction ferme, de nombreux abus s'étaient introduits, et, tout en accomplissant avec une énergie opportune son devoir professionnel, il trouva le temps d'entreprendre l'étude d'une quantité de manuscrits latins dont beaucoup n'étaient pas encore catalogués ou l'étaient de la façon la plus insuffisante. C'est alors qu'il commença à réunir les notes qui devaient lui fournir la matière des travaux de toute sa vie. C'est probablement aussi à la même époque qu'il entreprit de former, en vue de la préparation d'un catalogue général des manuscrits latins de la Bibliothèque, un index de tous les écrits latins du moyen âge concernant la philosophie, la théologie, la grammaire, le droit canonique, la poésie. Il transcrivait dans des cahiers les morceaux inédits qui l'intéressaient; il mettait sur fiches les premiers mots de chaque ouvrage, fût-ce même un opuscule de quelques pages, une courte pièce de vers, un sermon, et rangeait ces fiches par ordre alphabétique, y joignant souvent le renvoi à des éditions. Il se créa ainsi un vaste répertoire, qu'il ne cessa d'accroître jusqu'à sa mort, et qui, tout incomplet qu'il est, car la matière est immense, et il ne prétendait pas l'épuiser, constitue un précieux instrument de travail que la Commission de l'*Histoire littéraire* est heureuse de posséder[1] et dont elle aura fréquemment l'occasion de faire usage.

Ces investigations prolongées à travers des collections de manuscrits inexplorés ont un intérêt singulier pour celui qui les entreprend avec une préparation suffisante, c'est-à-dire avec la notion exacte des lacunes de nos connaissances et le désir d'arriver à les combler. C'est comme un voyage d'exploration dont la fatigue est compensée par l'attrait de la découverte qu'on fait quelquefois et qu'on espère toujours. Il est difficile de s'arracher à cette douceur quand on l'a une fois éprouvée : on regrette presque le temps employé à mettre en œuvre les éléments recueillis; on le fait de la manière la plus brève, pour retourner plus tôt aux recherches un instant interrompues, et on perd promptement le goût des travaux d'ensemble, dont une partie seulement consiste en nou-

[1] Les héritiers de M. Hauréau, se conformant aux intentions exprimées par notre confrère, ont bien voulu en faire don à l'Académie. Voir la notice de M. Wallon, *Séance publique du 12 novembre 1897*, p. 105.

veautés, le reste n'étant que résumé et compilation. M. Hauréau, après son *Histoire de la philosophie scolastique*, ne fit plus de livres, mais, jusqu'à son dernier jour, le dépouillement des manuscrits fut son occupation préférée.

Lorsque M. Hauréau se fut démis de ses fonctions à la Bibliothèque nationale (il avait prévenu par une démission opportune une révocation qui ne se fût pas fait attendre), il songea, comme il le dit plus tard en une autre occasion, à occuper sainement ses loisirs[1]. Il se donna à une tâche qui convenait à ses goûts, dont il n'avait toutefois probablement pas mesuré toute la difficulté. Il entreprit de continuer la *Gallia christiana*, la « Gaule chrétienne », comme il se plaisait à dire, à l'exemple de Victor Le Clerc, qui était demeurée interrompue au tome treizième. Il se mit au travail avec la résolution et l'esprit de suite qu'il apportait à toutes ses entreprises. Il adopta entièrement le plan suivi par les Bénédictins, qui, en plusieurs points, notamment en ce qui concerne les tables, eût pu être avantageusement modifié, donnant ainsi la preuve de ce respect de la tradition qui s'unissait en lui à une parfaite liberté d'appréciation. Le tome XIV, publié par livraisons, commença de paraître en 1856. Il contenait les fastes de la province ecclésiastique de Tours, qui comprenait le diocèse du Mans, dont l'histoire devait avoir pour lui un intérêt particulier. Les tomes XV et XVI, consacrés aux provinces de Besançon et de Vienne, virent le jour à d'assez courts intervalles (1862-1865[2]). Ce grand travail avait été récompensé, à diverses reprises, par le premier prix Gobert, et avait ouvert à son auteur, en 1862, les portes de l'Académie. M. Hauréau l'avait accompli seul, sans secours de personne. Il est vrai que l'Académie, lorsqu'elle l'eut admis dans son sein, lui avait donné un auxiliaire, mais cet auxiliaire n'eut jamais à s'occuper que de travaux secondaires, tels que la confection des tables ou la copie de documents qui lui étaient préalablement désignés. Celui qui écrit ces lignes, et qui fut, en 1866, le second des trois archivistes-paléographes successivement attachés à la publication de la *Gallia christiana*, peut en rendre témoignage. Les trois volumes, préparés et rédigés entièrement par M. Hauréau, continuent dignement, sans la terminer

---

[1] Voir la notice de M. Wallon, *l. c.*, p. 105.

[2] La date de 1865 est celle que porte le titre publié avec la première livraison du seizième volume. Mais la seconde livraison parut en 1866, et la troisième, contenant les tables, seulement en 1870.

encore (mais M. Hauréau n'avait jamais songé à faire la province d'Utrecht), l'œuvre des Bénédictins. Ils ne sont point inférieurs, en somme, à la plupart des volumes qui précèdent. Toutefois on ne peut contester que la *Gallia christiana* ne soit à reprendre entièrement sur de nouvelles bases. Ni les Bénédictins, refaisant sur un plan nouveau et avec plus de détails l'œuvre des frères Sainte-Marthe, ni M. Hauréau, leur continuateur après plus de soixante ans d'interruption, n'avaient eu à leur portée tous les documents pouvant servir à l'histoire de chaque diocèse, de chaque abbaye. Les Bénédictins travaillaient souvent sur des mémoires qui leur étaient communiqués par les établissements dont ils avaient à retracer les annales. M. Hauréau travaillait autant que possible de première main, mais il n'avait à sa disposition ni les archives du Vatican, alors inaccessibles, ni même, sauf en quelques cas exceptionnels, les archives ecclésiastiques conservées dans les dépôts de province, que l'on commençait à peine à classer et à inventorier. D'ailleurs, M. Hauréau était par-dessus tout homme de cabinet. Il n'aimait pas à sortir de Paris. Il aurait pu envoyer à sa place son auxiliaire, qui n'eût pas demandé mieux que d'explorer pour lui les archives du Dauphiné et de la Savoie, mais l'idée ne lui en vint pas.

Quand M. Hauréau prit place parmi les auteurs de l'*Histoire littéraire*, le tome XXIV, contenant les discours sur le xive siècle, venait de paraître, et la Commission préparait le tome XXV, avec lequel devaient commencer les notices sur les écrivains de ce siècle. On pensait bien en avoir fini avec le xiiie siècle, auquel on avait cru faire large mesure en lui accordant huit volumes (t. XVI à XXIII). En 1838, dans l'avertissement qui précède le tome XIX, Daunou avait déclaré qu'on en était arrivé à l'année 1285, et qu'un seul tome suffirait pour atteindre la fin du xiiie siècle. Mais, avec l'entrée de V. Le Clerc et de P. Paris dans la Commission, l'horizon s'était étendu. Il ne s'était plus agi seulement des écrivains appartenant aux quinze dernières années du siècle : on s'était aperçu qu'une infinité d'ouvrages, pour la plupart en français, composés à des dates variées dans le xiiie siècle, ou même au xiie, n'avaient pas encore obtenu les notices auxquelles ils avaient droit, si bien qu'au lieu d'un volume il en avait fallu trois pour clore le xiiie siècle. Et encore n'était-on pas parvenu à l'épuiser, car, après la publication des discours sur l'état des lettres et sur l'état des arts au xive siècle, qui occupent le tome XXIV, on reconnut que de nouveaux suppléments à l'histoire littéraire du siècle précédent étaient nécessaires. Le dépouillement plus attentif des collections de manuscrits, la publication de textes jusque-là inédits, firent apercevoir dans toutes les branches de la littérature des lacunes qu'il fallait combler. C'est surtout dans la classe infiniment nombreuse des ouvrages anonymes, dont il était souvent malaisé de déterminer l'âge, que les omissions étaient fréquentes. La production de nos vieux auteurs se montrait d'autant plus riche qu'on l'étudiait de plus près.

La Commission ne put se résigner à passer sous silence des écrits qui n'avaient été ignorés que par suite de circonstances fortuites, et, bien que les tomes XXV et suivants portent sur le titre et en manchette les mots « xiv⁰ siècle »,. chacun de ces volumes contient plusieurs notices dont la vraie place eût été dans les tomes XVI à XXIII. M. Hauréau avait sa large part dans les découvertes qui nécessitèrent ces suppléments. Il semble qu'il n'ait pu prendre son parti d'être entré dans notre Commission après la clôture officielle de la période consacrée au xiii⁰ siècle. Ses études lui avaient révélé un grand nombre d'écrits de ce temps restés inconnus à ses devanciers, et pour d'autres, qui avaient été l'objet de notices dans les volumes précédents, il avait des attributions nouvelles à proposer ou des dates à modifier. Aussi employait-il des moyens ingénieux, que nous avons parfois mis en pratique à son exemple, pour justifier l'insertion de notices appartenant à l'époque que nous avons dépassée. S'il s'agissait d'un auteur qui s'était fait connaître vers la fin du xiii⁰ siècle, il supposait qu'il pouvait avoir prolongé son existence jusqu'après l'an 1300 ; d'autres fois il introduisait dans un de ses articles la mention d'un nom ou d'un ouvrage oublié ou insuffisamment étudié par nos devanciers, pour y rattacher, en fin de volume, parmi les Additions et Corrections, une notice supplémentaire ou rectificative. Il se livrait d'autant plus volontiers à ces recherches rétrospectives que la plupart des articles importants à placer dans les premières années du xiv⁰ siècle étaient déjà rédigés ou retenus lorsqu'il entra dans la Commission. C'est ainsi que le tome XXV, publié en 1869, et les tomes suivants contiennent encore nombre d'articles signés des initiales de Félix Lajard, mort en 1858 [1]. A la vérité, ils ont été retouchés et remis

---

[1] Il n'est peut-être pas indiscret, après un si long temps, de faire savoir que le principal auteur de ces articles fut Taranne, bibliothécaire à la Bibliothèque Mazarine, érudit modeste et consciencieux, qui mourut aussi en 1858.

au point par M. Hauréau. D'autres, pour lesquels la compétence ne lui
eût pas manqué, avaient été confiés à V. Le Clerc ou à Renan. Cependant, dès le tome XXV, M. Hauréau donna la mesure de ce qu'il savait
faire par des notices substantielles sur Durand d'Auvergne, sur saint
Yves, sur Jean de Galles, sur Gautier de Bruges. Sa longue notice sur
les Sermonnaires, qui parut dans le tome XXVI (1873), lui fournit
l'occasion de montrer sa profonde connaissance d'un sujet hérissé de
difficultés, qu'il ne cessa d'approfondir jusqu'à la fin de sa vie. Il accomplissait ainsi la promesse faite par V. Le Clerc, qui, au début des *Notices
succinctes sur divers écrivains de l'an 1266 à l'an 1300* (t. XXI, p. 294),
s'exprimait ainsi : « Nous reconnaissons que nous sommes loin d'avoir
exhumé jusqu'ici de nos dépôts publics de manuscrits toutes les collections, le plus souvent anonymes, de sermons et d'homélies, réservant
ainsi, pour nos prochains volumes, des recherches plus approfondies et
qui remonteraient jusqu'aux temps antérieurs, sur la foule innombrable
des sermonnaires. » Et il est vrai, en effet, que beaucoup des auteurs de
sermons étudiés dans la notice précitée ont vécu au xiiie siècle. Nous
citerons encore, dans le tome XXVIII, la longue notice sur Arnaud de
Villeneuve, où, pour la première fois, est donnée une bibliographie, aussi
complète qu'il était possible de la faire alors, des écrits de ce célèbre
et fécond médecin. La notice sur Raimond Lulle, l'une des plus longues
que renferme l'*Histoire littéraire*, puisqu'elle n'occupe pas moins de
386 pages du tome XXIX, avait été laissée inachevée par Littré, qui, affaibli par l'âge et les infirmités, s'était arrêté après avoir analysé les nombreux traités latins qui remplissent les huit volumes in-folio de l'édition
de Mayence. Le travail de Littré fut revu et achevé par les membres de la
Commission. A M. Hauréau échut le soin de compléter la bibliographie,
en indiquant les manuscrits que l'on possède de ces écrits, et d'analyser
certains traités latins restés inédits. Dans les Additions et Corrections du
même tome, M. Hauréau a groupé des notions intéressantes, et en grande
partie nouvelles, sur les glossateurs latins d'Ovide, de Virgile, de Stace,
de Lucain, à partir du xie siècle, et il a trouvé moyen d'y rattacher une
notice sur le lexicographe et grammairien Guillaume Le Breton, dont
la place naturelle eût été dans un des volumes consacrés au xiiie siècle.
Dans le tome XXX, M. Hauréau nous fait connaître quelques écrivains,
logiciens, grammairiens, théologiens, dont la vie obscure et les ouvrages
mal étudiés jusque-là avaient donné lieu à bien des confusions : Boetius,

maître ès arts à Paris; Jean de Vignai, qui professa à Dijon; Thomas
d'Irlande; François Caraccioli; l'inquisiteur Geoffroi d'Ablis. Suivant sa
coutume, notre érudit confrère profitait de toutes les occasions qui s'of-
fraient à lui pour compléter ou rectifier telle ou telle des notices insérées
par nos devanciers dans les précédents volumes. C'est ainsi qu'à propos
du grammairien Jean de Vignai il revient sur Jean de Garlande, auquel
il avait du reste consacré tout un mémoire dans les *Notices et extraits
des manuscrits*, et sur le Primat d'Orléans, versificateur célèbre au
xii° siècle, sur lequel notre confrère M. Delisle avait déjà réuni, il y a
plus de vingt ans, de précieux témoignages qui sont ici complétés.

Plus de la moitié de notre tome XXXI est occupée par la notice des
écrivains juifs qui ont vécu aux xiv° et xv° siècles. Ce n'est pas sans regret
que M. Hauréau s'était résigné à faire entrer dans un volume consacré
au xiv° siècle des auteurs du siècle suivant. Il a expliqué, dans l'Avertissement, qu'il y aurait eu trop d'inconvénient à disperser entre un
nombre incalculable de volumes « des auteurs de même religion, de
même langue, et si différents, sous tous les rapports, de nos auteurs
chrétiens, qu'ils ne paraissent, en vérité, ni de leur pays ni de leur
temps ». La place laissée aux écrivains que l'on peut appeler nationaux
était réduite d'autant. Cependant notre regretté confrère inséra dans ce
tome, le dernier qu'il ait vu paraître, quelques articles nourris de faits
sur Guillaume Le Maire, évêque d'Angers; sur le frère mineur Nicolas
d'Hacqueville; sur le dominicain Guillaume Bernard; sur Yves, moine
de Saint-Denys; sur le cardinal Arnaud Novelli. On trouvera dans le
volume que nous publions actuellement plusieurs notices de M. Hauréau; d'autres prendront place dans ceux qui suivront.

Les notices de M. Hauréau ont un caractère très personnel. Dès les
premières lignes on y reconnaît sa manière et son style. Ayant, le plus
souvent, à traiter d'écrivains obscurs, dont les ouvrages avaient été placés
sous des noms divers par les copistes, ou transcrits comme anonymes,
il avait tout d'abord à établir l'identité des auteurs et à vérifier les diverses attributions entre lesquelles il fallait choisir. Il connaissait à
fond les anciens bibliographes, ses devanciers, et avait pour eux le
respect qui est compatible avec une saine critique. Il citait toujours
leurs opinions, mais il les discutait librement. Lorsqu'il en venait à
l'appréciation des doctrines, il en parlait, non comme un moderne, mais
comme aurait pu le faire un contemporain de ceux qu'il avait à juger.

Et son jugement était toujours celui qu'aurait porté un homme du temps animé de sentiments conservateurs. La gravité du style et la correction du langage, à défaut d'une originalité bien rare chez les écrivains latins du xiiie siècle et du xive, étaient ce qu'il aimait à louer. Il était sévère pour les fautes de goût; il les pardonnait toutefois aux auteurs, surtout aux poètes, qui faisaient preuve de quelque esprit, mais la trivialité et la grossièreté, trop fréquentes chez les clercs du moyen âge, notamment chez les sermonnaires, excitaient son indignation. Il prenait rarement le parti des novateurs, et il n'était pas tendre aux révoltés. Certes il n'ignorait pas que la conduite des personnes ecclésiastiques n'avait pas toujours été sans reproche, mais il ne lui plaisait pas qu'on les injuriât. En toutes choses il aimait la mesure. De ce sentiment viennent ses jugements sévères jusqu'à l'injustice sur un des rares penseurs du moyen âge, sur Roger Bacon, qu'il blâme pour « l'audace de ses opinions et de son langage[1] », qu'il appelle « l'aigre détracteur de tant de renommées[2] », qu'il accuse d'avoir prétendu tout savoir mieux que tout le monde[3]. M. Hauréau, s'exprimant ainsi, se faisait homme du moyen âge. Gardien fidèle de la tradition, il se défiait de toutes les nouveautés. « Ne croyons pas, dit-il en sa notice sur Littré[4], qu'il y ait des méthodes nouvelles : elles sont toutes vieilles comme l'esprit humain. Il ne faut pas se laisser abuser sur l'âge des méthodes par les noms de récente fabrique qu'on leur donne pour les rajeunir. » Sans doute, et c'est ce que M. Hauréau voulait dire, la méthode d'observation se trouve déjà chez Aristote, mais il n'est pas douteux que les modernes ont singulièrement perfectionné les applications de cette méthode aux diverses branches de la science. Ils ont introduit dans la recherche des procédés nouveaux et d'une grande sûreté. M. Hauréau s'obstinait peut-être un peu trop à méconnaître la valeur de ces procédés.

Très entier dans ses opinions, M. Hauréau était très tolérant pour celles des autres. S'étant surtout voué à l'étude des théologiens, des dialecticiens, des légistes, des grammairiens, qui tous écrivaient en latin, il avait peu d'estime pour nos vieux ouvrages en langue vulgaire, romans, contes, fabliaux ou chansons. Ces compositions, œuvres de passe-temps, comme on disait au xve siècle, lui semblaient peu dignes de

---

[1] *Hist. litt.*, XXVII, 115. — [2] *Ibid.*, XXIX, 587. — [3] *Notices et extraits des manuscrits*, XXXV, 226. — [4] *Hist. litt.*, XXIX, xxiv.

l'attention des gens sérieux, et à cet égard il pensait comme les théologiens du moyen âge. Peut-être cette sorte de répugnance lui avait-elle été inspirée par l'appréciation peu mesurée de tel ou tel des érudits qui se sont donné pour tâche d'appeler l'attention du public sur notre vieille littérature. Quoi qu'il en soit, il est certain que peu à peu, et, nous aimons à le croire, au contact de ses collègues de la Commission de l'*Histoire littéraire*, ses préventions s'étaient, sinon entièrement dissipées, du moins considérablement atténuées. Il s'exprima un jour sur ce point en des termes qui peuvent, pour ceux qui ont suivi le cours de ses idées, passer pour une sorte de rétractation. C'est dans la touchante notice qu'il a écrite sur Littré : « Il est aujourd'hui reconnu, dit-il, qu'il n'y a pas d'excès dans tout ce qu'a dit M. Littré sur nos vieux poètes. On les avait tous confondus dans le même dédain ; il a prouvé qu'en les traitant de la sorte on avait manqué de justice, et que, si beaucoup d'entre eux n'ont pas, en effet, une valeur notable, il en est un certain nombre que recommandent deux qualités rares dans tous les temps, l'invention et le style. L'excès aurait été d'élever nos épopées féodales au rang de l'*Iliade* pour l'invention, et, pour le style, de l'*Énéide ;* mais c'est là ce que M. Littré s'est gardé de faire, et, ne l'ayant pas fait, il a gagné finalement à son opinion bien des esprits d'abord prévenus contre elle. On ne conteste plus ce qu'avec tant de mesure il a si clairement démontré [1]. »

Nous nous sommes étendus un peu longuement sur la part que M. Hauréau a prise à la rédaction des derniers tomes de l'*Histoire littéraire*. Mais ce n'est pas là seulement qu'il faut chercher les travaux que notre confrère a consacrés à la littérature cléricale du moyen âge, et qui ont porté la lumière sur tant de points jusque-là obscurs. Des matériaux qu'il recueillait au cours de ses fouilles incessantes dans les manuscrits, une partie seulement pouvait être utilisée dans les articles qu'il rédigea depuis son entrée dans notre Commission. Le reste ne fut pas perdu. Sans parler des notes qu'il nous a laissées et qui trouveront plus tard leur emploi, sans parler de la table des *incipit* dont il a été question plus haut, on peut dire qu'une très notable partie de ses recherches a fourni la matière des nombreux articles qu'il a insérés dans le recueil des *Notices et extraits des manuscrits*, dont il devint un des plus actifs pourvoyeurs de-

____

[1] *Hist. litt.*, XXIX, xxix.

puis son entrée à l'Académie. Les tomes XXI à XXXV de cette collection,
l'une des plus utiles qu'ait entreprises notre compagnie, contiennent plus
de trente mémoires de lui, ayant presque tous pour objet des manuscrits jusqu'alors imparfaitement décrits ou totalement inconnus qui,
à vrai dire, ne pouvaient être fructueusement étudiés que par un homme
aussi versé qu'il l'était dans la connaissance des œuvres infiniment nombreuses et variées médiocrement originales toutefois, qui sont sorties
des établissements religieux et des universités du moyen âge. Ces notices
sont conçues au point de vue de l'histoire littéraire, les manuscrits eux-
mêmes, exécutés pour la plupart entre le xiiie siècle et le xve, offrant peu
d'intérêt au point de vue de la paléographie. Un grand nombre d'entre
elles, revues et souvent très corrigées, ont été réimprimées dans le recueil
qu'il publia, de 1890 à 1893, en six volumes in-8°, sous le titre de *Notices et extraits de quelques manuscrits de la Bibliothèque nationale*, où il a,
par surcroît, inséré de nombreux articles qui parurent alors pour la
première fois. C'est une mine de renseignements précis et nouveaux, où
abondent les rectifications et les additions aux anciens volumes de l'*Histoire littéraire*, comme aussi les matériaux qui devront entrer dans les
articles qu'auront à préparer nos successeurs.

M. Hauréau avait conçu la pensée de faire plus encore pour améliorer
la partie de notre œuvre commune où ses études lui avaient fait reconnaître le plus d'erreurs et de lacunes. Il proposa un jour à la Commission de faire une nouvelle édition des tomes XVI à XXIII, consacrés au
xiiie siècle, où les anciennes notices auraient été corrigées et complétées,
et même, en certains cas, remplacées par de nouvelles. Lui-même avait
rédigé de nombreuses notes en vue de cette nouvelle édition. La Commission ne crut pas devoir accepter un projet qui eût arrêté pendant de
longues années le progrès déjà lent des notices sur le xive siècle. Il lui
parut que, par suite de l'extension de plus en plus grande que prennent
les études sur le moyen âge, les travaux qu'elle est chargée d'accomplir
ne sauraient à aucun moment être considérés comme définitifs, et qu'elle
doit borner son ambition à résumer exactement l'état de la science à un
moment donné et à le faire progresser dans la mesure de ses forces.

Les comptes rendus que M. Hauréau publia dans le *Journal des Savants*, où, en 1881, il avait succédé à M. Giraud, lui fournirent aussi
bien des occasions de traiter ces mêmes questions d'histoire littéraire
qu'il excellait à résoudre. A la vérité, ces occasions il savait les faire

naître. Les livres qu'il prenait pour sujets de ses articles [1] étaient le plus ordinairement des publications de textes latins du moyen âge, des catalogues de manuscrits, où il trouvait facilement matière à rectifications et à compléments, et des registres de bulles pontificales, où il se plaisait à découvrir des témoignages sur les écrivains du temps. Il se croyait tenu à une bienveillance particulière envers les auteurs de livres où il trouvait toujours quelque utile information. Jamais il n'émettait, comme il en aurait eu souvent le droit, un jugement défavorable sur les publications qu'il avait pris à tâche d'examiner. C'est d'après le nombre et l'importance des corrections proposées que le lecteur devait apprécier la valeur de l'ouvrage dont on lui rendait compte. La critique dogmatique, telle qu'il la voyait exercer par des confrères plus jeunes, lui paraissait chose discourtoise. Il la tolérait de la part d'autrui, par bienveillance naturelle, mais il ne l'approuva jamais.

Nous n'avons pas prétendu donner ici une bibliographie complète des travaux si nombreux et variés que M. Hauréau a dispersés entre maints recueils au cours de sa longue et laborieuse existence. Nous n'avons parlé ni de ses articles dans la *Biographie générale* (Didot), qui comptent au nombre des plus solides que renferme cette compilation si inégale, ni de ceux qu'il donna au *Dictionnaire des sciences philosophiques*, ni des mémoires (ce sont en général des documents littéraires du moyen âge) qu'il inséra dans la *Bibliothèque de l'École des chartes*, ni des lectures qu'il fit à plusieurs des séances publiques de l'Académie, dans lesquelles l'élégance de la forme servait de parure à une érudition toujours solide et soutenue par une critique inattaquable. Partout on reconnaîtrait la même méthode ennemie des généralisations hâtives et soucieuse avant tout d'établir des faits exacts. Esprit indépendant et positif, il avait pour les rêves métaphysiques le même éloignement qu'Auguste Comte, avec qui, pour le reste, il n'était point en communion d'idées. Ce sage, d'ordinaire si réservé dans ses jugements, ne dissimulait pas l'aversion qu'il éprouvait pour « les écrits mal digérés et le style rustique » du fondateur du positivisme [2].

M. Hauréau, né en 1812, avait dépassé les limites ordinaires de la vie humaine lorsqu'il nous fut enlevé. Il avait travaillé jusqu'à son dernier jour; aucun ralentissement ne s'était manifesté dans son activité

---

[1] La liste en a été donnée dans le *Journal des Savants*, 1896, p. 311–313.

[2] Notice sur Littré, *Hist. litt.*, XXIX, xxv.

incessante, aucune trace de sénilité n'apparaissait dans ses écrits, de même que son corps robuste était exempt de toute infirmité. Accoutumés à le voir exact à toutes nos séances, où il arrivait ordinairement le premier, prenant une part active aux délibérations des nombreuses commissions dont il faisait partie, nous nous faisions l'illusion de pouvoir le conserver longtemps encore parmi nous, et, considérant combien il était loin d'avoir épuisé les ressources de sa profonde érudition, nous n'avons pu nous défendre de considérer comme prématurée la mort de ce vieillard de quatre-vingt-quatre ans.

M. Hauréau laissera la réputation d'un savant consciencieux et désintéressé. Son ambition n'allait pas au delà. Jadis il avait écrit, dans la *Revue des Deux Mondes* et dans le journal *Le Temps*, quelques essais où une science solide se manifestait sans l'appareil de l'érudition. Mais, depuis plus de vingt ans, ses travaux ne s'adressaient plus qu'aux savants. Ses efforts tendaient uniquement à défricher le champ limité où il s'était volontairement confiné. Il ne prétendait pas, comme il le dit lui-même en un de ses écrits [1], « aux glorieux suffrages du grand public, qui ne peut louer que ce qui l'intéresse ». Il n'avait point désiré, ni surtout sollicité, les hautes situations qu'il occupa, soit à l'Imprimerie nationale, de 1870 à 1881, soit à la fondation Thiers qu'il dirigea depuis l'origine, en 1893, jusqu'à sa mort : il les avait acceptées parce qu'il se sentait capable d'en remplir les obligations, mais les travaux de l'*Histoire littéraire* et ses recherches sans fin dans les manuscrits l'intéressaient bien davantage. Il y trouvait, dans les dernières années de sa longue existence, une diversion efficace aux soucis que lui créait une disposition naturelle au pessimisme, et aux tristesses que lui causa la perte successive de personnes chéries.

Les érudits à venir, qui ne le connaîtront que par ses travaux, loueront sa critique et profiteront de son érudition. Ceux qui ont joui de son commerce conserveront un souvenir ému de cet homme dont les idées étaient élevées et généreuses, dont le caractère inspirait à la fois le respect et l'affection.   P. M.

---

[1] *Notices et extraits de quelques manuscrits latins de la Bibliothèque nationale*, préface du tome Ier.

TABLE

DES LIVRES CITÉS DANS LE TOME XXXIIe
DE L'HISTOIRE LITTÉRAIRE DE LA FRANCE.

A

Paradisus carmelitici decoris in quo archetypicæ religionis magni patris Heliæ origo et trophæa monstrantur et Heliades ab ortu suo ad usque hæc tempora sapientia et mirabili virtute clarentes per anacephalæosin perstringuntur, auctore R. P. F. Marco Antonio Alegre de Casanate. Lugduni, 1639. In-fol. — Alegre de Casan. Paradisus Carmel. decoris.

Bibliothèque du Dauphiné, par Guy Allard, contenant l'histoire des habitants de cette province qui se sont distingués par leur génie, leurs talents et leurs connoissances. Grenoble, 1797. In-8°. — Allard (G.), Biblioth. du Dauph.

Annales du Midi, revue archéologique, historique et philologique de la France méridionale, publiée par Antoine Thomas. Toulouse et Paris, 1889 et années suiv. In-8°. — Annales du Midi.

Annuaire-Bulletin de la Société de l'histoire de France, année 1885. Paris, librairie Renouard, 1885. In-8°. — Ann.-Bull. de la Soc. de l'histoire de France.

Histoire des ducs et des comtes de Champagne, depuis le vi[e] siècle jusqu'à la fin du xiiie, par H. d'Arbois de Jubainville. Paris, 1859-1866. 6 tomes en 7 vol. in-8°. — Arbois (D')de J., Histoire des comtes de Champagne.

B

Histoire des demeslez du pape Boniface VIII avec Philippe le Bel, roy de France, par Adrien Baillet, bibliothécaire de M. le prés. de Lamoignon. Paris, 1718. In-12. — Baillet, Hist. des dém.

Concilia Galliæ Narbonensis in unum collecta, nunc primum edita notisque illustrata, studio et labore Stephani Baluzii. Parisiis, 1668. In-8°. — Baluze, Concilia Narb.

Histoire généalogique de la maison d'Auvergne, justifiée par chartes…, par M. Baluze. Paris, 1698. 2 vol. in-fol. — Baluze, Hist. de la maison d'Auvergne.

Stephani Baluzii Miscellanea, hoc est Collectio veterum monumentorum quæ hactenus latuerunt in variis codicibus ac bibliothecis. Parisiis, 1678-1715. 7 vol. in-8°. — Baluze, Miscell. 8°.

Vitæ paparum Avenionensium, hoc est Historia pontificum Romanorum qui in Gallia sederunt ab anno Christi 1305 ad annum 1394. Stephanus Baluzius edidit etc. Parisiis, 1693. 2 vol. in-4°. — Baluze, Vitæ pap. Avenion.

Bibliothèque prototypographique, ou Librairie des fils du roi Jean, Charles V, Jean de Berri, Philippe de Bourgogne et les siens [par J. Barrois]. Paris, 1830. In-4°. — Barrois, Biblioth. protyp.

Bartsch, Denkmäler. Denkmäler der provenzalischen Literatur, hgg. von Dr Karl Bartsch. Stuttgart, 1856. In-8°.

Bessin, Conc. Rotom. prov. Concilia Rotomagensis provinciæ. Accedunt diœcesanæ synodi, pontificum epistolæ, regia pro Normanniæ clero diplomata, necnon alia ecclesiasticæ disciplinæ monumenta. Prodeunt in lucem opera et studio domni Guillelmi Bessin, monachi benedictini e congr. S. Mauri. Rotomagi, 1717. In-fol.

Bibl. de l'École des chartes. Bibliothèque de l'École des chartes. Revue d'érudition, consacrée spécialement à l'étude du moyen âge. Paris, 1839 et années suivantes. Gr. in-8°.

Bonal, Comté et comtes de Rodez. Bonal. Comté et comtes de Rodez. Rodez, 1885. In-8°. (Publications de la Société des lettres, sciences et arts de l'Aveyron.)

Boutaric, Actes du Parl. Archives de l'Empire. Inventaires et documents publiés par ordre de l'Empereur. Actes du Parlement de Paris, par E. Boutaric. Paris, 1863-1868. 2 vol. in-4°.

Bulletin de la Soc. de l'hist. de Paris. Bulletin de la Société de l'histoire de Paris et de l'Île-de-France. Tomes I-XXIV. Paris, 1874-1897. In-8°.

Bulletin hist. du Comité des tr. hist. Bulletin historique et philologique du Comité des travaux historiques et scientifiques. Paris, Imprimerie nationale. In-8°. (Paraît annuellement sous ce titre depuis l'année 1885.)

C

Camuzat, Chronologia. Chronologia seriem temporum et historiam rerum in orbe gestarum continens ab ejus origine usque ad annum a Christi ortu 1200, auctore anonymo sed cœnobii S. Mariani apud Altissiodorum regulæ Præmonstratensis monacho, nunc primum in lucem edita opera et studio Nicolai Camuzæi Tricassini. Trecis, apud Natalem Moreau, 1608. In-4°.

Caspari, Kirchenhist. Anecd. Kirchenhistorische Anecdota, nebst neuen Ausgaben patristischer und kirchlich-mittelalterlicher Schriften, veröffentlicht und mit Anmerkungen und Abhandlungen begleitet von Dr C. P. Caspari. T. I. Christiania, 1883. In-8°.

Catal. cod. hag. Par. Catalogus codicum hagiographicorum latinorum antiquiorum sæculo xvi qui asservantur in Bibliotheca nationali Parisiensi. Ediderunt hagiographi Bollandiani. Bruxellis, 1889-1893. 3 vol. in-8°, plus un fascicule de tables.

Catal. de l'Hist. de France. Bibliothèque impériale (nationale). Département des imprimés. Catalogue de l'histoire de France. Tomes I-XI. Paris, 1855-1879. Gr. in-4°.

Catal. des mss. de Bord. Bibliothèque municipale de Bordeaux. Catalogue des manuscrits (par M. Jules Delpit). T. I, Bordeaux, 1880. In-4°.

Catal. des mss. des départ., 4°. Catalogue général des manuscrits des bibliothèques publiques des départements. Paris, 1849-1885. 7 vol. in-4°.

Catal. des mss. des départ., 8°. Catalogue général des manuscrits des bibliothèques publiques de France. Départements. T. I-XXXII. Paris, 1886-1897. In-8°.

Chart. univ. Paris. Chartularium universitatis Parisiensis, . . . ex diversis bibliothecis tabulariisque collegit, cum authenticis chartis contulit, notisque illustravit Henricus Denifle, O. P., auxiliante Æmilio Chatelain. Parisiis. 4 vol. in-4°.

Chazaud (A.), Les Ens. d'Anne de France. Les enseignements d'Anne de France, duchesse de Bourbonnois et d'Auvergne, à sa fille Susanne de Bourbon..., par A.-M. Chazaud. Moulins, 1878. In-4°.

Cotgrave. A French-English Dictionary, compil'd by Mr Randle Cotgrave. London, 1650. In-folio.

Congrès archéologique de France. XLIV° session. Séances générales tenues à Senlis en 1877... Paris et Tours, 1878. In-8°. — *Congrès archéol. de Senlis.*

Bibliotheca carmelitana, notis criticis et dissertationibus illustrata, cura et labore unius e Carmelitis provinciæ Turoniæ. Aurelianis, 1752. 2 vol. in-fol. — *Cosmas de Villiers, Bibl. carmel.*

D

Jean de Joinville et les seigneurs de Joinville, suivi d'un catalogue de leurs actes, par François Delaborde. Paris, 1894. Gr. in-8°. — *Delaborde, Jean de Joinville.*

Le Cabinet des manuscrits de la Bibliothèque nationale. Essai sur la formation de ce dépôt, par L. Delisle. Paris, 1869-1881. 3 vol. in-4° et atlas. — *Delisle (L.), Le Cabinet des man.*

Inventaire des sceaux de la Normandie recueillis dans les dépôts d'archives, musées et collections particulières des départements de la Seine-Inférieure, du Calvados, de l'Eure, de la Manche et de l'Orne, avec une introduction sur la paléographie des sceaux, par G. Demay. Paris, 1881. Gr. in-4°. — *Demay, Sceaux de Norm.*

Archiv für Litteratur- und Kirchen-Geschichte des Mittelalters, herausgegeben von P. Heinrich Denifle, O. P., und Franz Ehrle, S. J. Berlin, 1885 et années suivantes. In-8°. — *Denifle, Archiv.*

Continuation des mémoires de littérature et d'histoire de M. de Salengre, par le P. Desmolets. Tomes I-XI. Paris, 1726-1781. In-12. — *Desmolets, Mém. de litt. et d'hist.*

Études sur la vie et les travaux de Jean, sire de Joinville, par Ambroise Firmin Didot. Paris, Didot, 1870. Pet. in-8°. — *Didot (A.-Firmin), Études sur Jean de Joinville.*

C. Douais. Acta capitulorum provincialium ordinis Prædicatorum. Première province de Provence. Province romaine. Province d'Espagne. 1239-1302. Toulouse. 1894. In-8°. — *Douais, Acta capit.*

Les Frères prêcheurs de Limoges. Textes latins publiés pour la première fois par C. Douais. Toulouse, 1892. In-8°. — *Douais, Les Frères prêcheurs de Limoges.*

C. Douais. Les Frères prêcheurs en Gascogne au XIII° et au XIV° siècle. Chapitres, couvents et notices. Documents inédits publiés par la Société historique de Gascogne. Paris et Auch, 1885. In-8°. (Fasc. VII et VIII des Archives historiques de la Gascogne.) — *Douais, Les Frères prêch. en Gasc.*

Inventaire de la bibliothèque du roi Charles VI, fait au Louvre en 1423 par ordre du régent, duc de Bedford. Paris, 1867. Pet. in-8°. (Publié par Douët-d'Arcq pour la Société des bibliophiles françois.) — *Douët d'Arcq, Inv. de la Bibl. de Ch. VI.*

Glossarium mediæ et infimæ latinitatis conditum a Carolo Dufresne, domino Du Cange. Édit. Henschel. Paris, 1840-1850. 7 vol. in-4°. — *Du Cange.*

Historiæ Normannorum Scriptores antiqui. Ex mss. codicibus omnia fere nunc primum edidit Andreas Duchesnius Turonensis. Lutetiæ Parisiorum, 1619. In-fol. — *Du Chesne, Hist. Norm. Scr.*

Histoire des cardinaux français de naissance, enrichie de leurs armes et de leurs portraits, par François Du Chesne. Paris, 1660, 1666. 2 vol. in-fol. — *Du Chesne (Fr.), Hist. des cardinaux.*

Histoire des chanceliers et gardes des sceaux de France, distingués par les règnes de nos monarques..., par François Du Chesne. Paris, 1680. In-fol. — *Du Chesne (Fr.), Hist. des chanceliers.*

Dudonis Sancti Quintini de moribus et actis primorum Normanniæ ducum. Nouvelle édition par M. Jules Lair. Caen, 1865. In-4°. (Forme la seconde partie du volume XXIII des Mémoires de la Société des antiquaires de Normandie.) — *Dudon, éd. Lair.*

Du Monstier, Neustria pia.
Neustria pia, seu de omnibus et singulis abbatiis et prioratibus totius Normanniæ..., auctore R. Patre Arturo du Monstier, Rothomagensi, ordinis Fratrum Minorum Recollectorum presbytero. Rothomagi, 1663. In-fol.

Dupuy, Hist. du différend.
Histoire du différend d'entre le pape Boniface VIII et Philippe le Bel, roy de France. Paris, 1655. In-fol.

Duru, Bibl. hist. de l'Yonne.
Bibliothèque historique de l'Yonne, ou Collection de légendes, chroniques et documents divers pour servir à l'histoire des différentes contrées qui forment aujourd'hui ce département, publiée par la Société des sciences historiques et naturelles de l'Yonne, sous la direction de M. l'abbé Duru. Auxerre, 1850 et 1866. 2 vol. in-4°.

F

Félibien, Hist. de l'abb. de S. Denis.
Histoire de l'abbaye royale de Saint-Denis, par dom Michel Félibien. Paris, 1706. In-fol.

Félibien, Hist. de Paris.
Histoire de la ville de Paris, avec les preuves, par Michel Félibien et Lobineau. Paris, 1725. 5 vol. in-fol.

Fontette.
Voir Lelong.

Frachet (G. de), Vitæ Fratrum.
Monumenta ordinis Fratrum prædicatorum historica. Fratris Gerardi de Fracheto, O. P., Vitæ Fratrum ordinis prædicatorum necnon Cronica ordinis ab anno M CC III usque ad M CC LIV, accurate recognovit fr. Benedictus Maria Reichert, O. P. Lovanii, 1896. In-8°.

G

G. de Nangis, éd. Géraud.
Chronique latine de Guillaume de Nangis de 1113 à 1300 avec les continuations de cette chronique de 1300 à 1368. Nouvelle édition revue sur les manuscrits, annotée et publiée pour la Société de l'histoire de France par H. Géraud. Paris, 1843. 2 vol. In-8°.

Gall. chr. nov.
Gallia christiana (nova), studio Dion. Sammarthani et aliorum benedictinorum. Parisiis, 1715-1785. 13 vol. in-fol. — Tomos XIV, XV, XVI condidit B. Hauréau, 1856-1865.

Georges, Spirit. lit.
Spiritus literarius Norbertinus, a scabiosis Casimiri Oudini calumniis vindicatus... a domino Georgio. Augustæ Vindelicorum, 1771. In-4°.

Gestes des Chiprois.
Les Gestes des Chiprois. Recueil de chroniques françaises écrites en Orient aux XIIIe et XIVe siècles, publié pour la première fois pour la Société de l'Orient latin, par Gaston Raynaud. Genève, 1887. In-8°.

Godefroy.
Dictionnaire de l'ancienne langue française et de tous ses dialectes du IXe au XVe siècle, par Frédéric Godefroy. Paris, 1881 et années suiv. In-4°.

Grimm.
Deutsches Wörterbuch, von Jacob Grimm und Wilhelm Grimm. Leipzig, 1854 et ann. suiv. In-4°.

Guilhiermoz, Enquêtes et procès.
Enquêtes et procès. Étude sur la procédure et le fonctionnement du Parlement au XIVe siècle, suivie du style de la Chambre des enquêtes, etc., par P. Guilhiermoz. Paris, 1892. In-4°.

Guill. Le Breton, éd. Delaborde.
Œuvres de Rigord et de Guillaume le Breton, historiens de Philippe-Auguste, publiées pour la Société de l'histoire de France par H. François Delaborde. Paris, 1882-1885. 2 vol. in-8°.

H

Catalogus codicum Bernensium. Bibliotheca Bongarsiana. Edidit et præfatus est Hermannus Hagen. Bernæ, 1875. In-8°. — *Hagen, Catal. cod. Bern.*

Notices et extraits de quelques manuscrits latins de la Bibliothèque nationale, par B. Hauréau. Paris, 1890-1893. 6 vol. in-8°. — *Hauréau, Not. et extr. de qq. man. lat.*

Voir Baillet. — *Hist. de Bonif.*

Histoire de la guerre de Navarre en 1276 et 1277, par Guillaume Anelier de Toulouse, publiée avec une introduction et des notes par Francisque Michel. Paris, 1856. In-4° (Collection de documents inédits). — *Hist. de la guerre de Navarre.*

Voir Michel (Franc.). — *Hist. des ducs de Norm.*

Histoire littéraire de la France, par des religieux bénédictins de la congrégation de Saint-Maur; continuée par des membres de l'Institut. Paris, 1733-1893. In-4°. C'est l'ouvrage dont nous publions le tome XXXII. — *Hist. litt. de la France.*

Recueil des historiens des croisades, publié par les soins de l'Académie des inscriptions et belles-lettres. Historiens occidentaux, tomes I-V. Paris, 1844-1895. In-folio. — *Hist. occid. des Croisades.*

Sacri et canonici ordinis Præmonstratensis Annales in duas partes divisi. [Auctore C. L. Hugo.] Nanceii, 1734-1736. 2 vol. in-fol. — *Hugo, Ord. Præm. Annales.*

I

Catalogue des manuscrits de la bibliothèque royale des ducs de Bourgogne. Bruxelles, 1842. 3 vol. in-fol. — *Inv. des mss. de Bruxelles.*

J

Extraits des chroniqueurs français, Villehardouin, Joinville, Froissart, Commines, publiés par G. Paris et A. Jeanroy. Quatrième édition. Paris, 1898. In-12. — *Jeanroy (A.), Extraits des chroniqueurs français.*

Index chronologicus chartarum pertinentium ad historiam universitatis Parisiensis, ab ejus originibus ad finem xvi seculi, adjectis insuper plurimis instrumentis, studio et cura Caroli Jourdain. Parisiis, 1862. In-fol. — *Jourdain, Index.*

Journal historique sur les matières du temps, contenant aussi quelques nouvelles de littérature et autres remarques curieuses. Verdun, 1707 et années suivantes jusqu'en 1776. In-12. — *Journal de Verdun.*

Fragments du Journal du Trésor royal, sous le règne de Philippe le Bel, pour les deux périodes comprises : 1° du 17 mars 1298 au 16 mars 1300; 2° du 15 avril au 31 décembre 1301. — Ms. latin 9783 de la Bibl. nat. — *Journal du Trésor.*

Nouveau recueil de contes, dits, fabliaux, publiés par Ach. Jubinal. Paris, 1841-1842. 2 vol. in-8°. — *Jubinal, Nouv. rec.*

L

Nova bibliotheca manuscriptorum librorum, opera ac studio Philippi Labbe Biturici. Parisiis, 1657. 2 vol. in-fol. — *Labbe, Nova bibl.*

M

Le Roman de la Rose, par Guillaume de Lorris et Jehan de Meung; nouvelle édition, revue et corrigée sur les meilleurs et plus anciens manuscrits, par M. Méon. Paris, 1814. 4 vol. in-8°. — *Méon, Le Roman de la Rose.*

Nouveau recueil de fabliaux et contes inédits des poètes françois des xii°, xiii°, xiv° et xv° siècles, publié par M. Méon. Paris, 1823. 2 vol. in-8°. — *Méon, Nouveau recueil de contes et de fabliaux.*

Documents manuscrits de l'ancienne littérature de la France conservés dans les bibliothèques de la Grande-Bretagne. Rapports à M. le Ministre de l'instruction publique par M. Paul Meyer. Première partie. Paris, 1871. In-8°. — *Meyer (P.), Doc. man.*

Recueil d'anciens textes bas-latins, provençaux et français, accompagnés de deux glossaires, par Paul Meyer. Paris, 1874-1877. In-8°. — *Meyer (P.), Rec. d'anc. text.*

Les Chroniques de Normandie. (A la fin :) Ici finissent les Chroniques de Normandie, publiées pour la première fois d'après deux manuscrits de la Bibliothèque du Roi, à Paris, par Francisque Michel, et imprimées à Rouen, par Nicétas Periaux, pour Édouard Frère... 1839. In-4°. — *Michel (Franc.), Chron. de Norm.*

Histoire des ducs de Normandie et des rois d'Angleterre, publiée d'après les manuscrits par Francisque Michel, pour la Société de l'histoire de France. Paris, 1840. In-8°. — *Michel (Franc.), Hist. des ducs de Norm.*

Monumenta Germaniæ historica. Scriptores. Hannover, 1826. In-fol. (Se continue.) — *Mon. Germ. hist., Script.*

Bibliotheca bibliothecarum manuscriptorum nova, studio Bernardi de Montfaucon. Parisiis, 1739, 2 vol. in-fol. — *Montfaucon, Bibl. bibl.*

Histoire de la Sainte-Chapelle royale du Palais, enrichie de planches, par M. Sauveur-Jérôme Morand, chanoine de ladite église. Paris, 1790. In-4°. — *Morand, Hist. de la Sainte-Chapelle.*

Ville de Narbonne. Inventaire des archives communales antérieures à 1790, rédigé par M. Germain Mouynès. Séries AA et BB. Narbonne, 1871-1879. 5 vol. in-4°. — *Mouynès, Arch. de Narbonne.*

N

Neues Archiv der Gesellschaft für ältere deutsche Geschichtskunde. Hannover, 1876-1897. In-8°. — Voir Pertz. — *Neues Archiv.*

Notices et documents publiés pour la Société de l'histoire de France à l'occasion du cinquantième anniversaire de sa fondation. Paris, 1884. In-8°. — *Notices et doc. p. pour la Société de l'Hist. de France.*

Notices et extraits des manuscrits de la Bibliothèque nationale et autres bibliothèques, publiés par l'Académie des inscriptions et belles-lettres. Paris, 1787-1896. 35 vol. in-4°. — *Not. et extraits des mss.*

O

Les Olim ou registres des arrêts rendus par la cour du roi sous les règnes de saint Louis, de Philippe le Hardi, de Philippe le Bel, etc., publiés par A. Beugnot. Paris, 1839-1848. 3 tomes en 4 vol. in-4°. (Collection de documents inédits.) — *Olim.*

Orderici Vitalis Historia ecclesiastica, éd. Aug. Le Prevost. Paris, 1838-1855. 5 vol. in-8°. (Collection de la Société de l'histoire de France.) — *Ord. Vital.*

P

Les manuscrits françois de la Bibliothèque du Roi, leur histoire, etc., par M. Paulin Paris. Paris, 1836-1848. 7 vol. in-8°. — *Paris (P.), Man. franç.*

Peiresc, Lettres aux fr. Dupuy. — Lettres de Peiresc aux frères Dupuy, publiées par Philippe Tamizey de Larroque. Paris, 1888-1892. 3 vol. in-4°. (Forment les trois premiers volumes du recueil des lettres de Peiresc compris dans la Collection de documents inédits.).

Pertz, Archiv. — Archiv der Gesellschaft für ältere deutsche Geschichtskunde. Francfort et Hanovre, 1819-1874. 12 vol. in-8°. — Voir Neues Archiv.

Petit-Dutaillis, Ét. sur Louis VIII. — Étude sur la vie et le règne de Louis VIII (1187-1226), par Ch. Petit-Dutaillis. Paris, 1894. In-8°. (Forme le fascicule 101 de la Bibliothèque de l'École des hautes études.)

Pillet, Hist. de Gerberoy. — Histoire du château et de la ville de Gerberoy de siècle en siècle par M. Jean Pillet. Rouen et Beauvais, 1679. In-4°.

Pommeraye, Conc. — Sanctæ Rotomagensis ecclesiæ concilia ac synodorum decreta. In unum corpus collegit D. Franciscus Pommeraye. Rotomagi, 1667. In-4°.

Posser., Appar. — Antonii Possevini Apparatus sacer, cum appendicibus. Coloniæ, 1608. 2 vol. in-fol.

Potthast (A.), Biblioth. histor. medii ævi. — Bibliotheca historica medii ævi. Wegweiser durch die Geschichtswerke des Europäischen Mittelalters bis 1500, von August Potthast. Zweite verbersserte und vermehrte Auflage. Berlin, 1896. 2 vol. in-8°.

Potthast, Reg. — Regesta pontificum Romanorum, inde ab anno post Christum natum 1198 ad annum 1304, edidit Augustus Potthast. Berolini, 1874-1875. 2 vol. in-4°.

Prioux, Monogr. de Braine. — Monographie de l'ancienne abbaye royale Saint-Yved de Braine, avec la description des tombes royales et seigneuriales renfermées dans cette église. Paris, 1859. In-folio.

Q

Quantin, Recueil de pièces. — Recueil de pièces pour faire suite au Cartulaire général de l'Yonne, publié par la Société des sciences historiques et naturelles de l'Yonne sous la direction de Max. Quantin; XIII° siècle. Auxerre et Paris, 1873. Gr. in-8°.

Quétif, Script. ord. Præd. — Scriptores ordinis Prædicatorum recensiti notisque historicis et criticis illustrati. Inchoavit Jacobus Quétif, absolvit Jacobus Échard. Lutetiæ Parisiorum, 1719, 1721, 2 vol. in-fol.

R

Raccolta d'opusc. — Raccolta d'opusculi scientifici e filologici. Venezia, 1728-1757. 51 vol. in-12.

Raynaldi Ann. — Cæsaris Baronii Annales ecclesiastici a C. n. ad annum 1198, cum Oderici Raynaldi continuatione, Antonii Pagi critica etc. Edidit G. Dominicus Mansi. Lucæ, 1738-1757. 38 vol. in-fol.

Rec. des hist. — Scriptores rerum gallicarum et francicarum. Recueil des historiens des Gaules et de la France, par dom Bouquet et d'autres bénédictins, continué par l'Académie des inscriptions et belles-lettres. Paris, 1738-1876, 23 vol. in-fol.

Récits d'un ménestrel de Reims. — Récits d'un ménestrel de Reims au treizième siècle, publiés pour la Société de l'histoire de France, par Natalis de Wailly. Paris, 1876. In-8°.

Reg. Clem. V. — Regestum Clementis papæ V, ex Vaticanis archetypis sanctissimi domini nostri Leonis XIII, pontificis maximi, jussu et munificentia nunc primum editum, cura et studio monachorum ordinis Sancti Benedicti. Anni I-IX. Romæ, e typographia Vaticana, 1885-1888 7 vol. in-fol.

Le Roman du Renart, publié d'après les manuscrits de la Bibliothèque du Roi, par M. D. M. Méon. Tome quatrième. Paris, 1826. In-8°.   Renart le Nouvel.

Voir Rec. des hist.   Rerum gall. script.

Revue archéologique, ou Recueil de documents et de mémoires relatifs à l'étude des monuments et à la philologie de l'antiquité et du moyen âge. Paris, 1845 et ann. suiv. In-8°.   Rev. archéol.

Revue critique d'histoire et de littérature, publiée par MM. P. Meyer, Ch. Morel, G. Paris, H. Zotenberg (M. Bréal, C. de la Berge, G. Monod, Ch. Graux, St. Guyard, L. Havet, J. Darmesteter, A. Chuquet). Paris, 1866 et années suivantes. In-8°.   Rev. crit.

Revue de Champagne et de Brie. Histoire, biographie, archéologie, documents inédits, bibliographie, beaux-arts, tome I. Paris, 1876. In-8°.   Rev. de Champagne.

Revue des questions historiques. Paris, 1866 et années suivantes. In-8°.   Rev. des quest. histor.

Revue historique, paraissant tous les deux mois, Paris, 1876 et années suivantes. In-8°.   Rev. hist.

Chronique de Robert de Torigni abbé du Mont-Saint-Michel, suivie de divers opuscules historiques de cet auteur et de plusieurs religieux de la même abbaye, le tout publié d'après les manuscrits originaux par Léopold Delisle. Rouen, 1872-1873, 2 vol. in-8°. (Collection de la Société de l'histoire de Normandie.)   Rob. de Torigni, t. II.

Faune populaire de la France, par Eugène Rolland. Paris, 1877-1883. 6 vol. in-8°.   Rolland, Faune pop.

Romania, recueil trimestriel consacré à l'étude des langues et des littératures romanes, publié par Paul Meyer et Gaston Paris. Paris, 1872 et années suivantes. In-8°.   Romania.

Verzeichniss der lateinischen Handschriften der königlichen Bibliothek zu Berlin, von Valentin Rose. Erster Band. Die Meerman-Handschriften des Sir Thomas Phillipps. Berlin, 1893. Gr. in-4°.   Rose, Die Meerman-Handschr.

Fœdera, conventiones, literæ et cujuscunque generis acta publica, inter reges Angliæ et alios quosvis... habita aut tractata. Londini, 1816-1869. 4 tomes in-fol. plus les premières feuilles d'un tome V.   Rymer.

S

Recueil de chroniques de Touraine, publié par André Salmon. Tours, 1854. In-8°. (Collection de la Société archéologique de Touraine.)   Salmon, Chroniques de Touraine.

Die Geschichte der Quellen und Literatur des canonischen Rechts, von D' Joh. Fried. von Schulte. Stuttgard, 1875-1880. 4 vol. in-8°.   Schulte, Die Gesch. der Quellen des can. Rechts.

S. Ludovici, Caroli II, regis Siciliæ, filii, ex ordine Minorum, episcopi Tolosani, Vita. F. Henricus Sedulius ex tenebris eruit, stilo et commentario illustravit. Anvers, 1602. In-8°.   Sedulius, S. Lud. vita.

Sigeberti Gemblacensis cœnobitæ Chronicon ab anno 381 ad 1113, cum insertionibus ex Historia Galfridi et additionibus Roberti, abbatis Montis, centum et tres sequentes annos complectentibus, promovente egregio patre D. G. Parvo, nunc   Sigebert, éd. de 1513.

d.

primum in lucem emissum. Parisiis, per Henricum Stephanum, expensis ejusdem et Joannis Parvi, 1513, calendis junii. In-4°.

Sinner, Catal. cod. mss. Bern.	Catalogus codicum manuscriptorum bibliothecæ Bernensis, auctore J. R. Sinner. Bernæ, 1760-1772. 3 vol. in-8°.
Sitzungsber. der k. Akad. zu Berlin.	Sitzungsberichte der königlichen Preussischen Akademie der Wissenschaften zu Berlin. Berlin, 1882 et années suivantes. Gr. in-8°.

T

Teulet, Layettes du Trésor des chartes.	Layettes du Trésor des chartes, par M. Alexandre Teulet (et par M. Joseph de Laborde). Tomes I-III, Paris, 1863-1875. 3 vol. grand in-4°. (Fait partie des Inventaires et documents des Archives nationales.)
Thomas (A.), Francesco da Barberino.	Francesco da Barberino et la littérature provençale en Italie. Thèse présentée à la Faculté des lettres de Paris par Antoine Thomas. Paris, 1883. In-8°.
Tissier, Biblioth. patrum Cisterc.	Bibliotheca patrum Cisterciensium,... labore et studio fratris Bertrandi Tissier, Bonifontis prioris. Bonofonte, 1660-1664. 8 tomes en 4 vol. in-fol.
Tobler, Verm. Beitr., 2ᵉ sér.	Vermischte Beiträge zur französischen Grammatik, gesammelt, durchgesehen und vermehrt von Adolf Tobler. Zweite Reihe. Leipzig, 1894. In-8°.
Tourtoulon (Ch. de), Jacme Iᵉʳ.	Études sur la maison de Barcelone. Jacme Iᵉʳ le Conquérant, roi d'Aragon... par Ch. de Tourtoulon. Montpellier, 1863-1867. 2 vol. in-8°.

V

Vaissete, Hist. de Lang.	Histoire générale de Languedoc, avec des notes et les pièces justificatives, par dom Cl. Devic et dom J. Vaissete. Édition accompagnée de dissertations et notes nouvelles, publiée sous la direction de M. Éd. Dulaurier (et ensuite de MM. Ém. Mabille et Aug. Molinier). Tomes I-XIV. Toulouse, Éd. Privat, libraire-éditeur, 1872 et années suivantes. In-4°.
Valois (N.), Guill. d'Auvergne.	Guillaume d'Auvergne, évêque de Paris (1228-1249). Sa vie et ses ouvrages, par Noël Valois. Paris, 1880. In-8°.
Villehardouin de Du Cange.	Histoire de l'empire de Constantinople sous les empereurs françois..., écrite par Geoffroy de Ville Hardouin... Paris, 1656. In-fol. (Fait partie de la Collection de l'Histoire byzantine.)
Vinc. Bell. Spec. hist.	Vincentii Bellovacensis Speculum majus. Duaci, 1624. 4 vol. in-fol. (Le Speculum historiale en fait partie.)

W

Wulff, Chron. de Turpin.	La Chronique dite de Turpin, publiée d'après les mss. B. N. 1850 et 2137 par Fredrik Wulff. Lund, 1881. In-4°.

Z

Zapiski rom. germ. philol. obchtch.	Zapiski romano-germanskago otdieleniia philologitcheskago obchtchestva pri imperatorskom S.-Peterburgskom Universitetie. Vypusk I. S.-Peterburg, 1888. In-8°.
Zeitschrift für rom. Philologie.	Zeitschrift für romanische Philologie, herausgegeben von Dʳ Gustav Gröber. Halle, 1877 et ann. suiv. In-8°.

TABLE

DES ARTICLES CONTENUS DANS CE TRENTE-DEUXIÈME VOLUME.

QUATORZIÈME SIÈCLE.

HISTOIRE

LITTÉRAIRE

DE LA FRANCE.

GUILLAUME ANELIER DE TOULOUSE,

AUTEUR DU POÈME SUR LA GUERRE DE NAVARRE.

On ne connaît de cet auteur qu'un seul ouvrage, le poème en laisses monorimes que nous allons analyser, et de cet ouvrage qu'un seul manuscrit, malheureusement incomplet. Ce manuscrit, provenant de l'abbaye de Fitero, non loin de Tudèle, en Navarre, et maintenant conservé à Pampelune, a été publié d'abord, en 1847, sous le titre de *La guerra civil de Pamplona, poema escrito en versos provenzales por GUILLERMO ANELIERS, de Tolosa de Francia*, par un savant navarrais, D. Pablo Ilarregui, puis, en 1856, par M. Fr. Michel dans la collection des Documents inédits, sous le titre d'Histoire de la guerre de Navarre en 1276 et 1277, par Guillaume Anelier de Toulouse. Aucun de ces deux titres n'est fourni par le manuscrit, qui n'a pour rubrique initiale que ces mots: *Guillelmus Anelier de Tolosa me fecit*, et qui a perdu son explicit avec ses derniers feuillets. L'objet essentiel du poème est le récit des dissensions et des luttes sanglantes dont Pampelune fut le théâtre de 1274 à 1276, et qui prirent fin seulement lorsque l'un des deux partis en présence, celui qui s'était établi dans la cité, eut été écrasé par une armée française, et à cet égard le titre adopté par l'éditeur espagnol est exact; mais l'auteur raconte dans les premières pages de son poème bien des événements antérieurs à la guerre de Pampelune, et il a poussé son récit un peu au delà de cette guerre, sans que nous puissions savoir où il avait dessein de s'arrêter.

Guillaume Anelier, en effet, ne nous a point fait connaître son plan, si tant est qu'il en eût un. Il se borne à dire vaguement, dans ses premiers vers, qu'il veut composer un livre « sur ce qui a été fait au temps passé », et la raison qu'il donne pour justifier cette entreprise, assurément légitime, c'est que « le siècle est ainsi fait que la trahison y a plus de « pouvoir que la loyauté ». Nous ne savons pas s'il se proposait de prouver qu'il en était autrement avant l'époque où il s'est mis à écrire. Toujours est-il que, sans plus de préambule, il entre en matière en faisant l'éloge du roi de Navarre Sanche VII, dont il conte les luttes contre les Sarrasins, s'étendant assez longuement sur la bataille de Las Navas de Tolosa (1212), gagnée sur les Arabes par don Sanche uni aux autres rois d'Espagne. Le récit est incomplet et difficile à suivre en cette partie du poème, par suite de la perte d'un ou de deux feuillets après le vers 32. Anelier, dont la chronologie est souvent en défaut, passe ensuite au séjour de Sanche à la cour du roi de Maroc Iacoub al Manzor, circonstance dont on ne sait pas la date exacte, mais qui est assurément antérieure à la bataille de Las Navas. Ce qu'il en dit (laisse IV) est du reste dépourvu de toute précision. Sanche, étant averti que le roi de Castille Alphonse avait envahi ses États et s'était mis en possession de Vitoria, Saint-Sébastien, Fontarabie et autres villes encore, revient en Navarre, comblé de présents par le souverain du Maroc. Mais, après nous avoir annoncé le retour de Sanche, Anelier oublie le roi de Castille et son expédition,

Vers 144-145.

pour nous entretenir de Pampelune et des dissensions qui dès cette époque existaient entre les différentes factions de la ville, et dont il fait remonter l'origine à des mesures impolitiques prises par le prédécesseur de Sanche VII. Il arrive ensuite aux dernières années du règne de ce prince, et fait un récit assez détaillé des circonstances dans lesquelles, se sentant affaibli par l'âge et par la maladie, Sanche crut devoir adopter et recommander à ses sujets comme héritier le roi d'Aragon, Jacques le Conquérant. Nous savons d'ailleurs que cette adoption eut lieu en 1231. Depuis lors jusqu'à la mort de Sanche (7 avril 1234), le roi d'Aragon aurait pris en main la garde de la Navarre. C'est du moins ce qu'assure Anelier, dont le témoignage n'est point confirmé par les historiens du temps. Don Sanche mort, le poète, sans nous dire si Jacques d'Aragon chercha à faire valoir les droits que lui conférait son adoption par le roi défunt, nous conte comment les Navarrais offrirent la couronne de Navarre au neveu de Sanche, à Thibaut, comte de Champagne, qui accepta avec empressement, et dont le gouvernement fut une cause de prospérité pour la Navarre. Anelier sait que Thibaut était trouvère : il n'oublie pas de nous dire qu'il fit « mainte chanson avec d'agréables mé-« lodies, mainte pastourelle, maint beau jeu-parti »; qu'il donnait largement aux jongleurs et honorait les dames. Mais en somme il sait peu de chose du règne de ce prince. Thibaut, après avoir promis, en 1234, sa fille Blanche au roi de Castille, la maria l'année suivante au fils du comte de Bretagne. « Ce fut, dit Anelier, la cause d'une brouille et « d'une guerre entre la Castille et la Navarre, qui dureront « jusqu'à la fin du monde. » Mais nous ne concevons pas comment il a pu être amené à dire que le roi de Navarre, en refusant sa fille au roi de Castille, agit, contre son propre gré, à l'instigation du roi de France. Il est du moins certain que le mariage de Blanche avec le fils du comte de Bretagne faillit amener la guerre entre Louis IX et Thibaut, et que ce dernier dut s'humilier devant le roi son suzerain et lui laisser deux de ses châteaux en gage.

Du règne de Thibaut II (1252-1270), le fils du trouvère, Anelier ne retient qu'un seul événement, la croisade de 1270, à laquelle ce prince prit part avec saint Louis et qui devait lui être fatale, comme à son seigneur. L'auteur se met ici en scène pour la première fois. Il avait assisté à l'embar-

XIVe SIÈCLE.

Tourtoulon (Ch. de) Jacme Ier, I, 316.

V. 223.

V. 284-287.

Arbois (D') de Jubainville, Hist. des comtes de Champagne, IV, 270, 273.

V. 305-306.

V. 303-304.

Arbois (D') de Jubainville, Hist. des comtes de Champagne, IV, 279-280.

1.

4 GUILLAUME ANELIER DE TOULOUSE,

quement du roi de France à Aigues-Mortes (1er juillet 1270),
et il le dit, faisant usage d'une expression qui revient plusieurs fois dans le cours du poème : *ço qu'ea vi puiss contar.*
Nous n'oserions toutefois affirmer, avec l'éditeur français,
qu'Anelier ait été le témoin oculaire de cette malheureuse
expédition. Ses informations sont trop vagues et trop souvent erronées pour qu'on puisse croire qu'il a été au nombre
des croisés. Il place en septembre l'arrivée de l'armée chrétienne devant le port de Carthage. Or le débarquement eut
lieu le 17 juillet. Il fait un récit presque dramatique d'une
attaque des Sarrasins contre le camp des chrétiens au moment où ceux-ci prenaient leur repas. Les Sarrasins sont
repoussés grâce à l'énergie de Thibaut et de ses Navarrais,
qui poursuivent l'ennemi jusque sous les murs de Tunis. Le roi de France blâme Thibaut de la témérité dont
il aurait fait preuve en cette affaire. On chercherait vainement chez les historiens qui ont traité de la croisade de
1270 l'équivalent de ce récit, qui repose sans doute sur
un rapport exagéré fait par quelque croisé navarrais. En
d'autres cas l'inexactitude est plus flagrante encore. Ainsi,
à en croire notre auteur, Thibaut aurait succombé à la
douleur que lui aurait causée la mort du roi son beau-père.
Anelier ignore donc que saint Louis mourut à Carthage le
25 août, et Thibaut, en Sicile, le 4 décembre suivant.

Mal informé de ces circonstances, il place l'arrivée de
Charles d'Anjou à Tunis après la mort de Thibaut. Toutefois, ce qu'il dit du traité qui mit fin à la guerre est passa-
blement exact. Il sait que le roi de Tunis paya une indem-
nité qu'il fixe à 20,000 onces d'or, tandis que le chiffre
indiqué par d'autres historiens est 210,000 onces. Il est
probablement l'écho fidèle de l'opinion populaire lorsqu'il
nous apprend que ce traité fut mal accueilli et qu'on prêchait dans l'armée que c'était vendre la croix; mais il a tort
d'attribuer ces prédications à l'archevêque de Narbonne, qui
ne prit point part à la croisade.

C'est avec le règne de Henri III, frère de Thibaut II, que
commence la partie essentielle du poème, celle qui a une

V. 348.

Histoire de la
guerre de Navarre,
p. v.

V. 754.

V. 383-437.

V. 470.

Recueil des His-
toriens de France,
XXIII, 80.

V. 473-478.

réelle valeur historique. On y trouve le récit détaillé, fait par un témoin oculaire, des dissensions qui divisaient Pampelune en deux factions acharnées l'une contre l'autre. Pampelune se composait, au xiiie siècle, de quatre agglomérations distinctes : la cité appelée la Navarrerie, et trois bourgs, le bourg Saint-Sernin, le bourg Saint-Michel et le bourg ou *poblacion* Saint-Nicolas, appelé aussi la *poblacion* tout court. Il y avait en réalité quatre villes dont chacune avait son administration propre, situation d'où résultaient des conflits perpétuels. On a vu plus haut que ces dissensions existaient dès le temps de Sanche VII. Sous Henri III elles arrivèrent à l'état aigu. Au moment de l'avènement de ce prince la paix et l'unité avaient été rétablies; les rapports entre les quatre *poblaciones* étaient réglés depuis 1222 par un accord confirmé en 1266. Mais, selon Anelier, cet accord fut rompu par les habitants de la Navarrerie, à l'instigation du prieur et des chanoines, et de l'aveu du roi, qui aurait reçu une somme de 30,000 sanchets pour prix de son assentiment. Les habitants des bourgs, *los borges*, selon l'expression du poème, protestèrent auprès du roi, qui repoussa leur requête et fit lacérer sous ses yeux les chartes qui avaient réglé l'accord. Il faut probablement rapporter ces événements, pour lesquels le poème ne fournit aucune date, aux derniers mois du règne de Henri III. Après un séjour d'environ un an en Champagne, ce prince était revenu en Navarre en décembre 1273. Il y mourut le 22 juillet suivant, laissant pour unique héritière une fille, Jeanne, âgée de dix-huit mois. Blanche d'Artois, veuve du roi défunt, convoqua à Pampelune une assemblée où Pierre Sanchez de Monteagudo, seigneur de Cascante, fut élu gouverneur de Navarre. Puis elle partit pour la Champagne, où elle allait voir sa fille qui était en nourrice à Provins.

Cependant les habitants de la Navarrerie profitèrent de l'affaiblissement de l'autorité royale pour construire des machines de jet (*algarradas*) dirigées contre les bourgs. Les habitants des bourgs, les « bourgeois », comme dit le poème, ne manquèrent pas de se plaindre au gouverneur. Celui-ci,

xive siècle.

Yangas, Diccionario de antigüedades del reino de Navarra, II, 512.

Éd. Fr. Michel, p. 374-376.

V. 506-537.

V. 589-590.

Arbois (D') de Jubainville, Hist. des comtes de Champagne, IV, 436-437.

V. 635.

XIV° SIÈCLE.
—

sur l'avis de sa cour préalablement consultée, ordonna la destruction de ces engins. Mais les habitants de la Navarrerie, forts de l'appui de don Garcia, seigneur de Cuenca, à qui ils avaient promis 1,000 livres par an, refusèrent péremptoirement d'obéir. Pedro Sanchez, irrité, donna l'ordre d'arracher les vignes appartenant aux habitants de la Navarrerie. Cet ordre ne fut pas exécuté, car les bourgeois eux-mêmes intercédèrent auprès du gouverneur en faveur de leurs adversaires, le priant d'user de patience. C'est du moins ce qu'affirme Anelier, qui ne manque aucune occasion de donner le beau rôle aux habitants des bourgs. Ces derniers toutefois obtinrent la permission de construire à leur tour des machines de guerre afin de pouvoir, le cas échéant, résister à la Navarrerie. Il est bon de noter qu'ils durent envoyer jusqu'en Gascogne pour se procurer des ingénieurs capables de faire les machines dont ils avaient besoin.

Cependant le désordre et l'anarchie étaient devenus intolérables en Navarre. Chacun voulait commander et personne n'obéissait, de sorte que, selon l'expression du poète, « le pays se perdait ». Les Castillans, ne trouvant plus de résistance organisée, envahissaient la Navarre, et déjà occupaient Mendavia. Il était temps d'aviser. Les barons navarrais ne virent pas d'autre moyen pour rétablir l'ordre que d'envoyer des messagers au roi de France, « qui est pilier de « l'Église », pour lui demander un sage gouverneur. Le roi rassembla son conseil, et, sur l'avis d'Érart de Valeri, désigna un chevalier qui avait fait ses preuves, Eustache de Beaumarchais. Ce personnage, qui désormais jouera dans le poème un rôle prépondérant, avait rempli avec succès de hautes fonctions. Nous savons qu'en 1265 il était bailli des montagnes d'Auvergne; de 1268 à 1272 il avait été sénéchal de Poitou; enfin, depuis 1272, il était sénéchal de Toulouse. Le discours d'Érart de Valeri offre un intérêt que n'ont pas d'ordinaire les discours dont Anelier a parsemé son récit, à cause des faits qu'il relate concernant l'administration sévère d'Eustache en Auvergne. Eustache fut mandé à Paris par le roi qui lui donna ses instructions,

V. 785.

V. 852.

V. 1098.

V. 1131.

V. 1208.

V. 1170.

Histoire de la guerre de Navarre, p. 407-414 et 746.

V. 1277-1300.

XIVe SIÈCLE

puis il revint à Toulouse; et de là il se rendit à Pampelune
où le poète le vit en l'église Sainte-Marie (fin de l'année
1275). Bientôt une assemblée des barons fut convoquée à
Estella, et tous, sur la motion de Pierre Sanchez, prêtèrent
serment à Eustache. Le premier soin du nouveau gouverneur fut de chercher à rétablir la paix entre la Navarrerie et
les bourgs. Ayant donc réuni les principaux des deux factions, il les invita à abattre les engins qui avaient été établis
de part et d'autre. Ceux des bourgs y consentirent sans difficulté, mais les députés de la Navarrerie demandèrent à
prendre l'avis de leurs concitoyens, et, finalement, refusèrent.

V. 1486.

Ce fut la première manifestation d'un dissentiment qui
alla croissant. Anelier nous apprend qu'un certain nombre
de barons navarrais avaient formé un complot dont le but
était de livrer le pays au roi de Castille. Ils essayèrent
d'abord d'attirer à leur parti le nouveau gouverneur, et, n'y
parvenant pas, ils lui tendirent un piège. Il s'agissait de
l'amener à livrer bataille aux Castillans, et, dans la mêlée,
on aurait trouvé le moyen de le tuer. Averti à temps par ses
fidèles amis des bourgs, Eustache s'abstint de prendre part
à cette expédition, et échappa au sort qui lui était réservé.

V. 2075.

On ne voit pas clairement quel est le motif qui souleva
une partie des barons de la Navarre contre un gouverneur
appelé d'un commun accord, et qui paraît avoir été animé
des intentions les plus conciliantes. On lui reprochait,
semble-t-il, d'avoir introduit en Navarre la monnaie française, des tournois et des poitevins, au lieu des sanchets qui
étaient la monnaie du pays; c'est du moins le grief que font
valoir quelques-uns de ses adversaires (v. 2191, 2814).
Ce grief paraît avoir été fondé. Un acte d'Eustache de Beaumarchais, daté du 6 octobre 1276, publié par D. Pablo Ila-
regui et réimprimé par M. Fr. Michel, fixe le cours des
tournois, par rapport aux sanchets, au taux de l'égalité. Il
est vraisemblable que ce cours, fixé arbitrairement, aura
lésé les intérêts des Navarrais. D'autres causes de mécontentement peuvent s'être produites.

Histoire de la
guerre de Navarre,
p. 529.

XIV° SIÈCLE.

Quoi qu'il en fût, la lutte éclata bientôt entre les habitants de la Navarrerie et ceux des bourgs, malgré des tentatives de conciliation que l'auteur raconte longuement. D. Pedro Sanchez, l'ancien gouverneur, faisait cause commune avec la Navarrerie contre les bourgs et contre Eustache. Anelier ne s'est pas mis en peine de nous expliquer le motif de cette défection, causée peut-être par un sentiment de jalousie envers le nouveau gouverneur. Au cours des hostilités, des messagers envoyés par les bourgeois et par Eustache étaient allés demander du secours au roi de France. Philippe ne se hâta point de prendre une décision. Il chargea pourtant Gaston de Béarn de s'entremettre pour rétablir la paix. Une trêve de quinze jours fut conclue. Pedro Sanchez promit même de quitter la Navarrerie et de se rallier de nouveau à Eustache. Mais son dessein transpira, et, avant qu'il eût pu le mettre à exécution, il fut assassiné. Gaston de Béarn s'enfuit épouvanté, et se rendit tout d'une traite auprès du roi de France à qui il fit connaître la position critique où se trouvait Eustache de Beaumarchais. Le roi, après avoir, comme toujours, consulté son conseil, chargea Robert d'Artois et Imbert de Beaujeu, connétable de France, d'assembler des troupes dans les sénéchaussées du midi et de les conduire à Pampelune : Gaston de Béarn servirait de guide au passage des Pyrénées. Le roi lui-même viendrait ensuite à la tête d'une autre armée.

Cependant la trêve conclue par l'entremise de Gaston de Béarn était expirée, et la situation d'Eustache devenait de plus en plus périlleuse, lorsque enfin, le 3 septembre 1276 (cette date nous est fournie par l'historien Primat), se montra l'armée conduite par le comte d'Artois et par Imbert de Beaujeu. Elle comptait dans ses rangs Gaston de Béarn, les comtes de Foix, d'Armagnac et de Périgord et maint autre seigneur du midi. Eustache alla les recevoir, et l'attaque de la Navarrerie fut décidée pour le lendemain. Mais il y avait parmi les chefs de l'armée un homme qui avait intérêt à faciliter la fuite des défenseurs de la cité de Pampelune, et qui, ayant mission de disposer les troupes

Recueil des Historiens de France, XXIII, 98.

XIVe SIÈCLE.

autour de la ville, laissa intentionnellement dégarni un côté
par où les barons de la Navarrerie, avertis à temps, par-
vinrent à s'échapper. Cet homme, Anelier l'a connu : « Je
« sais bien qui il est, dit-il, mais je ne veux pas le nommer. »
Moins discret, Primat nous apprend que c'était Gaston de
Béarn. Le lendemain matin la Navarrerie ne renfermait
plus que des hommes sans défense. L'armée assiégeante y
entra et mit tout au pillage.

Bientôt après on apprit que le roi de France en personne se dirigeait vers les Pyrénées à la tête d'une armée
que notre poète évalue, non sans une notable exagération,
à 300,000 hommes. Cette armée, quel qu'en fût l'effectif réel,
était trop nombreuse, eu égard aux ressources du pays et à
l'imperfection des services administratifs. Arrivée en Béarn,
elle eut tellement à souffrir de la famine que le roi dut se
résigner à revenir à Paris. Il avait du reste appris que la
Navarrerie avait succombé et qu'Eustache de Beaumarchais
n'avait plus besoin de secours. Le poète, assez mal informé
des événements qui ne se passaient pas immédiatement sous
ses yeux, omet de nous dire qu'à cette époque un traité fut
conclu entre le roi de France et celui de Castille (7 novembre 1276). Le texte en est publié par M. Fr. Michel dans
les notes de son édition.

Cependant Eustache parcourait la Navarre afin d'y rétablir son autorité et celle de la veuve du dernier roi. Il occupa successivement, au rapport d'Anelier, San Cristobal,
Mendavia, Puñicastro, Estella, Garayno.

Ici s'arrête le manuscrit, dont les dernières pages sont
lacérées, de sorte qu'il est souvent difficile de suivre le récit. Nous ne savons jusqu'où Anelier poursuivit sa narration.
Il est permis de croire qu'il la continua à tout le moins
jusqu'au moment où Eustache de Beaumarchais fut rappelé
en France par le roi, en mai 1277.

On aura suffisamment apprécié la valeur historique de
ce poème en disant qu'il constitue la source principale de
renseignements sur les événements dont la Navarre et
plus particulièrement Pampelune furent le théâtre pendant

V. 4673.

V. 4727 et s.

V. 4795.

Histoire de la
guerre de Navarre,
p. 651.

V. 4916, 4982,
5015, 5035.

l'année 1276. Mais, envisagé au point de vue littéraire, c'est
un ouvrage d'un très faible mérite. Le récit y est prolixe,
cependant incomplet et parfois obscur. L'auteur s'attarde à
des détails sans intérêt, il s'abandonne à des développements
fastidieux. Il ne peut mettre en scène deux personnages sans
leur prêter des discours vagues et diffus. Ce procédé, que
d'autres, et particulièrement l'auteur de la seconde partie du
poème sur la croisade albigeoise, ont employé avec succès
pour donner de la vie au récit et pour mettre en relief le caractère des personnages, n'est pour lui qu'un moyen de dé-
layer sa matière. Par contre, soit ignorance, soit faute de
jugement, il omet des faits importants qui éclaireraient les
événements et en feraient apercevoir l'enchaînement. Aussi
son histoire des troubles de la Navarre en 1276 serait-elle
souvent bien obscure, si nous ne pouvions la contrôler et la
compléter à l'aide d'autres documents. Anelier fut un observateur médiocre et un narrateur inhabile. Faut-il lui reprocher d'avoir été un témoin partial? Nous ne voudrions
pas pousser aussi loin la sévérité. Assurément ses préférences,
affirmées à tout instant, sont pour les habitants des bourgs
et pour Eustache de Beaumarchais, qui est véritablement
son héros. Mais cette sympathie un peu exclusive, que toutefois nous voudrions plus communicative, est la raison d'être
de son œuvre. Les poèmes historiques du moyen âge sont
tous plus ou moins des panégyriques, et nous ne pouvons
reprocher à Anelier d'avoir soutenu la politique française
et célébré celui qui la représentait. Nous voudrions seulement qu'il l'eût fait avec plus de talent.

Nous n'avons sur Guillaume Anelier aucun renseignement en dehors de ceux qu'il nous a donnés sur sa propre
personne en quelques endroits de son œuvre. Nous savons
par la rubrique initiale citée plus haut, *Guillelmus Anelier
de Tolosa me fecit*, qu'il était de Toulouse, et nous avons
vu qu'il avait assisté au départ de saint Louis pour la croisade de 1270. Depuis ce moment il ne se met en scène comme
témoin oculaire qu'à partir de l'arrivée d'Eustache de Beau-

marchais en Navarre, à la fin de 1275. C'est alors (v. 1486) qu'il emploie pour la première fois l'expression *yeu vi lo* « je « le vis », dont il fera par la suite un fréquent usage. Il est très probable qu'il était venu du Languedoc avec le nouveau gouverneur et que c'est à sa propre personne qu'il fait allusion en disant qu'Eustache, au départ de Toulouse, emmena avec lui un homme savant qui entendait raison. « Le sénéchal de Toulouse avait à sa suite, nous dit-il encore, « une belle compagnie et maints bons arbalétriers. » Si, comme nous le pensons, il faisait partie de cette « belle compagnie », nous comprendrons sans peine qu'il ait pu nous fournir de curieux renseignements, qu'on chercherait vainement ailleurs, sur l'administration d'Eustache en Auvergne. Anelier parle à plusieurs reprises de Toulousains et de Gascons qui combattirent à Pampelune pour la défense des bourgs. Il cite nominativement plusieurs d'entre eux, notamment Guillaume Isarn, porte-enseigne d'Eustache (v. 4942), et un certain Arnaut de Marcafava, dont le surnom est celui d'une ancienne famille toulousaine. Anelier ne se met pas seulement en scène en qualité de témoin oculaire. Il était probablement aussi capable de manier l'épée ou l'arbalète que la plume; ce qui, à la vérité, n'est pas un grand éloge. A propos d'une des sorties tentées par les barons de la Navarrerie il se présente lui-même à la troisième personne, en ces termes : « Et alors se dirigea de ce côté Guillaume Anelier, « bien armé, car il était habile à lancer. Il fit apporter des « pierres par deux portefaix, et, l'écu au col, il les lança « contre les traîtres ennemis et frappa un écu dont il fit deux « moitiés. Puis, d'un carreau il frappa un savetier par la « bouche, si bien que deux de ses compagnons durent l'em- « mener. »

Il est vraisemblable qu'Anelier a rédigé son poème peu de temps après les événements dont il avait été témoin, et auxquels il avait pris une part modeste. Mais, comme nous ne savons pas exactement jusqu'à quelle date il avait conduit son récit, puisque notre unique manuscrit est incomplet, nous sommes bien moins encore en état de fixer l'époque où il s'est mis à l'œuvre. Toutefois, si nous admettons qu'il était venu en Navarre avec Eustache de Beaumarchais, nous pourrons supposer qu'il en est reparti avec lui en 1277, et que par conséquent le poème ne devait pas s'étendre beaucoup au delà du point où il s'arrête dans le manuscrit de Pampelune. Ce serait donc en 1277 au plus tôt qu'Anelier aurait commencé la rédaction. Mais il peut aussi ne s'y être mis que plus tard. Eustache de Beaumarchais, pour qui le poème paraît bien avoir été composé, ne mourut qu'en 1294, et il eut plus d'une fois l'occasion de se distinguer, notamment lors de l'expédition de Philippe le Hardi en Catalogne.

Le nom de Guillaume Anelier a déjà figuré une première fois dans l'Histoire littéraire. Éméric David a analysé, dans un de nos précédents volumes, quatre *sirventes*, conservés dans le ms. fr. 856 de la Bibliothèque nationale, qui ont pour auteur un Guillaume Anelier. Il en a placé la composition, avec beaucoup de vraisemblance, selon nous, aux environs de 1228, et par conséquent, s'il avait connu le poème de la guerre de Navarre, il ne l'eût sans doute pas attribué à l'auteur des quatre *sirventes*. M. Fr. Michel, sans discuter une question qui n'était pas encore controversée lorsqu'il publia le poème, s'est borné à dire que Guillaume Anelier était « probablement de la même famille qui avait déjà produit « un troubadour du même nom » (p. xxv). Mais, depuis lors, divers savants, Milà y Fontanals, en Espagne, MM. Tobler, Bartsch, Gisi, Suchier, en Allemagne, ont admis que les deux troubadours n'en faisaient qu'un, à qui devaient être attribués à la fois les *sirventes* et le poème de la guerre de Navarre. Nous n'aurons pas de peine à montrer que cette identification de deux poètes du même nom ne repose sur aucune base solide et est contredite à la fois par les faits historiques et par la différence du langage.

L'auteur des *sirventes* vivait assurément quelque temps après la guerre des Albigeois, à une époque de persécutions politiques et religieuses. Il confond en une haine égale les clercs et les Français : *Clercs e Frances cuy azire*, dit-il dans

Hist. litt. de la Fr., XVIII, 553.

sa pièce *Ara faray*. Ailleurs (pièce *El nom de Dieu*) il prie Dieu de le protéger contre la colère des clercs, qui se sentent si forts de l'appui des Français que personne n'ose les contredire. Il serait bien surprenant que le même homme se fût fait le panégyriste d'Eustache de Beaumarchais, représentant le roi de France et le parti français en Navarre. Mais nous allons voir que les dates s'y opposent. Dans la pièce *El nom de Dieu*, citée tout à l'heure, Guillaume Anelier, que nous appellerons l'« ancien » pour le distinguer de l'auteur du poème, se réjouit à la pensée que le jeune roi anglais se prépare à recouvrer les terres qu'occupait le roi Richard. Il s'agit évidemment ici du jeune roi d'Angleterre, Henri III, qui à deux reprises, en 1227 et en 1229, tenta de reprendre au roi de France le Poitou et la Bretagne. Personne ne croira, avec M. Tobler, que le « jeune roi anglais » du poète ait été Édouard Ier, qui, lorsqu'il entra en guerre avec Philippe le Bel, avait dépassé la cinquantaine et occupait le trône d'Angleterre depuis vingt ans. Les conditions historiques s'opposent donc à l'identification du poète de 1228 et de celui qui combattait à Pampelune en 1276. L'examen de la langue et du style de chacun des deux auteurs conduit aux mêmes conclusions. Guillaume Anelier l'ancien est un troubadour assez médiocre, mais correct et sachant manier la langue avec une tout autre dextérité que son homonyme. Anelier le jeune a un style pénible et embarrassé qui dénote un écrivain peu exercé. De plus sa langue abonde en formes, sinon proprement incorrectes, du moins inusitées dans les œuvres littéraires. C'est ainsi qu'il fait un grand usage de prétérits en *-egui, -igui*, à la troisième personne du pluriel *-ego, -igo*, qui selon les *Leys d'amors* (II, 386; cf. 204) étaient employés à Toulouse, mais qui ne semblent pas avoir été admis en poésie, par exemple : *anego, cuyeguem, dego, enterrego, estego, mandego, ondreguon, pessegon, tirego, tornego*, dans la conjugaison en *-ar*, et, pour les autres conjugaisons, *auzigo, conego, partigo, vigon, yssigo*. Ces formes ne sont pas constantes : elles alternent avec les formes plus anciennes en *-ero* (*acrodero*,

Gisi, Der Troubadour G. Anelier, p. 35.

14   GUILLAUME ANELIER DE TOULOUSE,

anero, cridero, etc.), qui en d'autres textes sont d'un emploi
exclusif : nous devons croire cependant qu'elles appartiennent à l'auteur, car elles sont du langage de son pays et
on les retrouve en d'autres textes toulousains d'une époque
plus récente, par exemple dans la rédaction en prose du
poème de la croisade contre les Albigeois. On ne serait nullement autorisé à les attribuer au copiste, qui paraît avoir été
espagnol. L'examen des rimes montre qu'Anelier le jeune
n'observait qu'accidentellement les règles de la déclinaison.
Il emploie à tout instant la forme du cas régime en place
de celle du cas sujet. Une autre incorrection beaucoup plus
surprenante consiste à introduire en des rimes masculines
les finales atones des troisièmes personnes du pluriel en -*o*
ou en -*an* : ainsi, dans la laisse II, *credio, acordero ;* dans la
laisse XLI, *fero, foro, saubo, encargavo ;* dans la laisse VIII,
dizian. On trouve bien çà et là quelques très rares exemples
de cette irrégularité en des poèmes plus anciens, mais ici
cette faute d'accent est extraordinairement fréquente.

Le vocabulaire du poème de la guerre de Navarre est
des plus intéressants : il abonde en mots qui ne se trouvent
point ailleurs ou qui offrent des emplois particuliers. On regrette d'autant plus que les deux éditions du poème de la
Guerre de Navarre n'aient point été pourvues d'un glossaire.
Entre ces mots, en quelque sorte uniques, plusieurs sont
d'origine espagnole (*aldeas, algarrada, coraço*), et n'auraient
sans doute pas été employés par Anelier avant son séjour en
Navarre ; mais la plupart appartiennent réellement au roman
du midi de la France.

La versification d'Anelier présente dans l'enchaînement
des laisses une particularité qui semble imitée du poème
de la croisade contre les Albigeois. On sait que ce poème
se compose de deux parties absolument distinctes par la
langue, la forme et les idées. Dans l'une et l'autre partie,
chaque laisse, composée de vers alexandrins, est terminée
par un vers de six syllabes, qui ne rime pas avec la laisse à
laquelle il appartient. Mais, dans la première partie, œuvre
de Guillaume de Tudela, chanoine de Saint-Antonin, le

petit vers rime avec la laisse suivante. C'est le système des *coblas capcaudadas* des *Leys d'amors*. Dans la seconde partie, au contraire, qui a été composée par un poète anonyme originaire du comté de Toulouse ou du comté de Foix, ce petit vers reste sans rime correspondante, et est répété dans le premier hémistiche du vers suivant. C'est ce que les *Leys* dénomment *cobla capfinida*. Anelier emploie le premier système en quelques-unes de ses tirades (III, IV, VII–XVIII, XXI). Dans les autres il emploie la *cobla capfinida*. Ici l'imitation n'est que probable, parce que ces deux façons d'enchaîner les laisses ont été employées ailleurs encore. Mais ce qui n'est pas douteux, c'est qu'Anelier a très fréquemment imité le style du poème de la croisade, principalement de la seconde partie, et qu'il lui a emprunté de nombreuses expressions, souvent même des vers entiers. C'est probablement cette circonstance qui a conduit un étudiant allemand à soutenir, dans une dissertation de doctorat publiée à Marbourg, en 1885, qu'Anelier était l'auteur de la seconde partie du poème de la croisade albigeoise. Nous ne nous arrêterons pas à réfuter ce paradoxe. Il suffit d'avoir quelques connaissances en histoire et en philologie provençale pour reconnaître que la seconde partie du poème de la croisade a été composée par un contemporain et par conséquent ne peut être l'œuvre d'un homme qui a assisté en 1276 à la guerre de Pampelune. D'ailleurs la langue des deux poèmes diffère autant que peuvent différer deux ouvrages composés dans la même région, mais à plus d'un demi-siècle de distance. Enfin les idées offrent le contraste le plus absolu, puisque Guillaume Anelier est entièrement favorable aux Français, tandis que le second auteur du poème de la croisade les poursuit d'une haine implacable.   P. M.

xive siècle.

La Chanson de la croisade contre les Albigeois, t. I, p. xciv et cviij.

Ibid., p. xcv.

La Chanson de la croisade, p. xxix, xxx.

MATFRÉ ERMENGAU DE BÉZIERS,

TROUBADOUR.

SA VIE.

Matfré Ermengau est l'auteur d'un vaste poème encyclopédique, intitulé *Lo Breviari d'amor,* et de quelques poésies de moindre importance. Bien que son principal ouvrage ait été fort répandu, nous ne trouvons sur lui, dans les écrits de ses contemporains, aucun témoignage. Les historiens de l'ordre de Saint-François, auquel il a appartenu, n'ont pas recueilli son nom. Le peu de renseignements que nous possédons sur son compte est tiré de ses œuvres. Nous devons donc nous résigner à ignorer l'époque de sa mort, que nous plaçons par conjecture dans le premier quart du XIVe siècle.

Matfré composait à la fin du XIIIe siècle. Voici en effet ce qu'on lit au début de son *Breviari d'amor :*

Au nom de Dieu notre seigneur, source et père d'amour..., Matfré Ermengau de Béziers, seigneur en lois et serf d'amour..., en l'an que l'on comptait depuis la naissance de Jésus-Christ 1288, commença le premier jour de printemps, à l'aube, ce Bréviaire d'amour.

Deux ans plus tard, près des deux tiers du poème, qui compte environ 34000 vers, étaient écrits. On lit aux vers 21678 et suivants qu'à ce moment il s'était écoulé, depuis la naissance du Christ, 1289 ans trois mois et deux jours, ce qui semble correspondre au 27 mars 1290 :

> Mas, quant a sa humanitat,
> Nasquet tot en altra guia
> De la pieucela Maria,
> Aras a drech .M. e .CC.
> .lxxxix. ans e .iij. mes
> E .ij. jorns, mais ni mens non es.

XIV⁰ SIÈCLE.

On vient de voir que, dans son prologue, Matfré prenait les titres de « seigneur en lois » et de « serf d'amour ». Serf d'amour n'est pas un grade universitaire; mais « seigneur en « lois » pourrait être l'équivalent de docteur ès lois[1]. Certains passages du poème donnent à croire qu'en effet notre auteur avait étudié le droit : ce qui est encore plus évident, c'est qu'il était versé dans la théologie. Il était donc clerc, mais rien n'autorise à supposer qu'il appartînt à un ordre religieux lorsqu'il composa le *Breviari*. Il dut entrer plus tard dans l'ordre de Saint-François, car un court poème qui est ordinairement transcrit à la suite du *Breviari*, et qui se trouve aussi copié à part, est précédé dans plusieurs manuscrits d'une rubrique dont le sens est celui-ci : « Épître en- « voyée par frère Matfré, frère Mineur, le jour de Noël, à sa « chère sœur, dame *Suau*, et ensuite à tous en général. » Matfré avait donc une sœur appelée *Suau*, nom qui n'est pas fréquent. Il avait aussi un frère appelé Piere Ermengau, qui, comme lui, était poète. Nous avons de ce Piere Ermengau quelques couplets cités par Matfré dans la dernière partie du *Breviari*.

A la fin du xiii⁰ siècle, la poésie provençale était en pleine décadence. Le temps était passé où les poètes échangeaient entre eux des couplets, sous forme de tensons ou de *partimens*, fournissant ainsi aux historiens de la littérature d'utiles notions biographiques. Ce serait uniquement en des documents d'archives qu'on aurait chance de trouver quelque témoignage sur notre auteur. On a cru rencontrer un de ces témoignages dans le compte d'une décime levée sur le clergé de Béziers en 1322 et 1323 au profit du roi de France. Ce compte, trouvé en 1862 dans les Archives de Tarascon-sur-Rhône, où il s'était égaré on ne sait comment, a été publié en 1866 dans le Bulletin de la Société archéologique de Béziers, 2⁰ série, t. IV, p. 113 et suivantes[2].

---

[1] On disait de même en français « seigneur en lois ». Voir Du Cange, *Gloss.*, sous DOMINUS LEGUM.

[2] Il appartenait depuis deux ou trois ans aux Archives du département de l'Hérault, auxquelles il avait été donné par l'administration municipale de la ville de Tarascon.

IMPRIMERIE NATIONALE.

On y voit figurer, parmi les membres du chapitre de Saint-Aphrodise (p. 122), un « Matfredus Ermengaudi » que l'on a cru pouvoir identifier avec notre poète. Saint-Aphrodise était une ancienne abbaye bénédictine sécularisée depuis le xııı^e siècle. Notre Matfré, si l'identification est fondée, aurait donc été en 1322 membre du clergé séculier, et c'est seulement plus tard, vers la fin de sa vie, qu'il serait devenu frère Mineur. Mais il est probable qu'il y a ici une simple coïncidence de nom. Le nom d'Ermengau n'était pas rare à Béziers au xıv^e siècle. Nous relevons, dans la chronique biterroise de Jacme Mascaro, un Estève Ermengau, consul en 1350, un Jehan Ermengau, trésorier en 1355, un Jacme Ermengau, *caritadier* en 1364.

SES ÉCRITS.

Le *Breviari d'amor*. — Nous venons de dire que ce poème, commencé au printemps de l'année 1288, était rédigé jusqu'aux deux tiers en 1290. A supposer que l'activité de l'auteur ne se soit pas ralentie, l'œuvre dut être achevée vers 1292. Quatre années sont un laps de temps assez court pour un poème où sont résumées et combinées des notions très variées empruntées aux sources les plus diverses. Mais il est probable qu'avant de se mettre à écrire Matfré avait disposé à loisir son canevas et réuni ses matériaux.

Le *Breviari d'amor* est une sorte d'encyclopédie conçue selon un plan fort original. La théologie et l'histoire religieuse y tiennent la plus grande place, et s'y trouvent assez singulièrement juxtaposées à une série de préceptes sur l'amour entièrement empruntés aux poésies des troubadours. L'idée générale qui relie toutes les parties du livre est que le monde, en ses diverses manifestations, est une émanation de l'amour. Mais l'amour comporte bien des variétés, selon qu'il s'applique à Dieu, au prochain, aux biens temporels, à la femme. Ces variétés sont figurées en un arbre généalogique représenté en peinture au commencement de l'ouvrage, à la suite du prologue, et dont le poème est l'exposition méthodique.

Matfré nous apprend dans son prologue qu'il a composé
son ouvrage pour éviter l'oisiveté, mère de tous les vices,
et plus particulièrement pour donner satisfaction à des
amants et à des troubadours, qui, reconnaissant la supériorité de son intelligence, sont venus lui demander de leur
faire connaître la nature et l'origine de cet amour que
chantent les troubadours. Matfré, après s'être fait adresser
ce compliment, parle de lui-même en termes plus modestes. Il met son œuvre sous la protection de Dieu, qui a
fait proclamer sa louange par la bouche des enfants à la
mamelle (Ps. viii, 3); il se compare à l'ânesse de Balaam,
à qui la volonté divine donna la parole. Ignorant la théologie, l'astronomie, la physique, il eût été incapable de
traiter les matières contenues en son livre sans l'inspiration
de celui dont l'esprit souffle où il lui plaît (Joann. iii, 8).

Voici comment notre auteur explique l'origine d'Amour.
A l'origine des choses Dieu créa Nature, qui gouverne toutes
les créatures. De Nature sont issus deux enfants : Droit de
nature et Droit des gens. Chacun de ces deux enfants eut
deux filles. Les filles de Droit de nature sont l'amour charnel
et l'amour qu'on a pour son enfant (on sait qu'en provençal,
comme en ancien français, *amour* est féminin); les filles de
Droit des gens sont l'amour de Dieu et du prochain et
l'amour des biens temporels. Ces conceptions sont figurées
sur la représentation de l'arbre d'amour, qui occupe toute
une page des manuscrits du *Breviari*, tous de grand format. De nombreuses rubriques inscrites dans ce tableau
donnent la signification allégorique des branches, des
feuilles et des fruits de l'arbre. Les détails fort compliqués
de cette peinture n'ont pas été reproduits avec une parfaite
exactitude par tous les artistes chargés de l'enluminure;
d'où résultent çà et là des discordances avec les deux expo-
sitions, l'une en prose, l'autre en vers, qui font suite au tableau. Si nous ajoutons que dans certains manuscrits la
miniature n'a pas été pourvue de ses rubriques, qu'en
d'autres elle a été enlevée par des collectionneurs peu scru-
puleux, on comprendra qu'il soit malaisé d'en donner une

description exacte. Nous allons le tenter cependant, nous
guidant de préférence sur la peinture que renferme un manuscrit du Musée britannique (Harléien 4940) qui n'a pas été
utilisé dans l'édition du *Breviari d'amor* publiée à Béziers de
1862 à 1880[1]. La miniature reproduite dans cette édition
est tirée d'un manuscrit de la version catalane en prose et
offre moins de garanties.

L'arbre d'amour, tel qu'il est peint dans nos manuscrits,
avec la garniture de médaillons qui s'échelonnent sur son
tronc et sur ses branches, avec ses feuilles couvertes d'inscriptions, ressemble plus à un arbre généalogique qu'à
un arbre végétal. C'est un tronc de chaque côté duquel
s'élèvent symétriquement deux branches de hauteur inégale,
les branches intérieures étant beaucoup plus hautes que les
branches extérieures. A la racine est placé un médaillon
dans lequel est figuré, par une tête vue de face, Dieu source
de vrai amour. Autour du médaillon est écrit : *Dieus fons
e razitz de veraya amor.* Plus haut, sur le tronc, un autre médaillon représente la nature établie par Dieu pour le gouvernement de toutes créatures. A ce point deux branches
sortent de chaque côté du tronc. A la naissance de ces deux
branches sont figurés (toujours par des têtes placées dans
des médaillons) le droit de nature et le droit des gens, le
premier sur la branche qui est à la gauche du tronc[2], le
second sur la branche de droite. Ainsi donc la nature émane
de Dieu, et de la nature émanent le droit naturel et le droit
des gens. Le premier, selon la définition de l'auteur, s'étend
à tous les êtres, hommes et animaux, le second est propre à
l'humanité. C'est une division traditionnelle au moyen âge,
qui est sans doute empruntée aux Instituts de Justinien :

*Jus naturale est quod natura omnia animalia docuit. Nam jus
istud non humani generis proprium est, sed omnium animalium
quæ in cælo, quæ in terra, quæ in mari nascuntur... jus autem
gentium omni humano generi commune est.*

La branche du droit naturel et celle du droit des gens se

Instit. lib. 1,
tit. ii; cf. 1, tit. 1,
§ 2, 3.

---

[1] Nous en donnons ci-contre une reproduction réduite. — [2] A la droite du
spectateur.

XIV⁰ SIÈCLE.

divisent à leur tour chacune en deux rameaux d'inégale longueur, que Matfré appelle parfois des arbres, ce qui jette un
peu de confusion dans son exposé. Du droit de nature sortent l'amour sexuel et l'amour qu'on a pour ses enfants. De
l'amour sexuel sort un arbre, le plus long des deux rameaux,
qui est appelé l'arbre de la connaissance du bien et du mal;
on verra plus tard pourquoi. Cet arbre a pour fruit les
enfants; ce qui est figuré par une sorte de pomme placée au
sommet de l'arbre et accompagnée de la rubrique *filhs e
filhas*. L'amour des enfants, représenté par la branche la
plus courte, a pour fruit joie (*gaug*). Voilà pour la branche
du droit de nature. De l'autre côté de l'arbre se détache la
branche du droit des gens, qui se divise aussi en deux rameaux : le plus long représente l'amour de Dieu et du prochain, le plus court l'amour des biens temporels. Le fruit
du premier rameau (Dieu et prochain) est la vie éternelle,
le fruit du second (biens temporels) est le plaisir. Comment
obtenir ces divers fruits? L'auteur le montre aux yeux par
une série de sujets disposés sur les côtés du tableau en des
compartiments superposés. Pour avoir le fruit de chacun
des rameaux, il faut d'abord cueillir les feuilles qui le gar-
nissent, c'est-à-dire pratiquer les vertus inscrites sur chacune
de ces feuilles. Ainsi, pour obtenir le fruit de l'amour de
Dieu et du prochain (vie éternelle), les feuilles à cueillir
portent les noms des trois vertus théologales, des quatre vertus cardinales, des sept dons du Saint-Esprit. Pour obtenir
le fruit de l'amour des biens temporels (plaisir), les seules
vertus à pratiquer sont cure et prudence. Pour obtenir le
fruit de l'amour sexuel (fils et filles), les vertus sont au
nombre de treize, savoir : largesse, hardiesse, courtoisie, etc.
Pour obtenir le fruit de l'amour des enfants (joie), deux
vertus suffisent, correction et enseignement, car, dit Salomon : « Fils sage est la joie et la gloire du père. »

Mais ces quatre rameaux allégoriques, ou du moins les
vertus qu'ils produisent, ont leurs contraires. Ces contraires
sont figurés par quatre personnages qui frappent sur chacun
des rameaux, soit avec une épée, soit avec une hache. Ces

Prov., x, 1, et
XIII, 1.

personnages et l'arme dont ils se servent ne sont pas moins allégoriques que le reste. Orgueil représenté, selon les manuscrits, soit par un roi, soit par un chevalier, coupe l'arbre de vie éternelle à l'aide d'une hache sur laquelle sont écrits les sept péchés capitaux. Pensée de la mort, représentée par un moine, tranche avec l'épée de renoncement le rameau de l'amour des biens temporels. Le médisant qui, selon les troubadours, et surtout selon les trouvères, est contraire à l'amour des dames, sape le rameau qui représente ce genre d'amour. Sur la hache qu'il brandit sont inscrits les actes ou les vices qui nuisent à cet amour (déceler, avarice, vanterie, etc.). L'insouciance (*negligencia*) est contraire à l'amour des enfants; ce vice est écrit sur l'épée avec laquelle le fou attaque le rameau qui symbolise cet amour.

Nous avons vu qu'à la base de l'arbre était placé un médaillon représentant Dieu, source et racine de vrai amour. De ce médaillon partent douze lignes disposées comme les rais d'une roue et aboutissant à autant de médaillons plus petits, dans lesquels sont inscrites les qualités que doit posséder la personne en qui on place son amour. Ce sont, d'après la rubrique, les douze racines d'amour. De plus, comme, selon Matfré, amour a son siège dans le foie des créatures[1], on voit deux autres racines se diriger, l'une à droite, l'autre à gauche, vers deux personnages placés au bas du tableau et pénétrer dans leurs corps. L'un est Jésus-Christ, l'autre est l'Église. Ici nous voyons apparaître une nouvelle allégorie qui se greffe sur les autres. Derrière Jésus se tient le diable, derrière l'Église est la synagogue[2]. Les rubriques expliquent la signification de ces figures, qui symbolisent la victoire de Jésus sur le diable et celle de l'Église

---

[1] C'est, semble-t-il, la modification d'une idée courante au moyen âge et d'origine antique, d'après laquelle le foie était le siège de la volupté : *In jecore consistit voluptas et concupiscentia, juxta eos qui de physicis disputant* (Isidore de Séville, *Etym.*, XI, § 125); cf. *Differentiarum lib.*, l. II, c. xvii, p. 67; édit. Arevalo, IV, 20 et V, 91.

[2] C'est un sujet fréquemment traité dans les peintures du moyen âge. (Voir à ce propos un article de M. Hauréau dans le *Journal des Savants*, 1884, p. 706.)

XIV° SIÈCLE.

sur la synagogue. Enfin la partie supérieure du tableau est
occupée par une grande figure qui résume en quelque sorte
toutes ces allégories. C'est une femme aux riches vêtements,
au port majestueux, qui se tient debout entre les deux
branches les plus élevées, celles qui représentent, l'une
l'amour de Dieu et du prochain, l'autre l'amour sexuel.
Cette femme est l'amour en général (*amors generals*). Elle
résume en soi les quatre genres d'amour. Le plus noble est
l'amour de Dieu et du prochain. Elle le porte inscrit sur sa
couronne, et l'on voit le Saint-Esprit descendre sur elle en
forme de colombe. L'amour des enfants est le plus profondément enraciné dans nos cœurs : elle a, à la place du cœur,
un médaillon où on lit : « Amor de son enfan ». L'amour
sexuel et l'amour des biens temporels doivent être réglés
avec prudence : elle tient le premier sous son pied gauche,
et le second sous son pied droit.

Ce tableau, où la théologie se marie si singulièrement
aux conceptions des troubadours sur la nature de l'amour,
constitue en réalité le plan que l'auteur suit dans le cours
de son ouvrage, plan bien artificiel et parfois incohérent
dont il n'est pas arrivé à traiter toutes les parties. Les développements qu'il tire de ces données allégoriques sont mal
proportionnés. parfois d'une longueur démesurée et souvent bien imprévus; mais jamais il ne perd tout à fait le
fil de son exposition. De temps en·temps il rappelle l'une
ou l'autre des figures de son arbre d'amour et en fait le
point de départ d'un nouveau chapitre.

L'idée de ce tableau et le plan général qui en résulte semblent être de l'invention de Matfré. Aucune des compilations
encyclopédiques que le moyen âge nous a laissées n'offre une
disposition analogue. Toutefois, ici comme dans tout le reste
de l'ouvrage, l'originalité n'est que relative. On n'avait pas
encore eu l'idée, croyons-nous, de mettre le monde physique et le monde moral dans la dépendance de l'amour;
mais l'idée de figurer en un tableau allégorique, parfois sous
la forme d'un arbre, les facultés de l'âme, les vices, les vertus
et bien d'autres qualités, n'était pas nouvelle. Le *Libellus de*

V. 20093.
27253, 27532.
33463.

24 MATFRÉ ERMENGAU

Hauréau, Les œuvres de Hugues de Saint-Victor, 2e édit., p. 145.

Musée brit., ms. Arundel 83; Cat. Rouard (1879), n° 105.

fructibus carnis et spiritus, mal à propos imprimé dans les œuvres d'Hugues de Saint-Victor, et qui doit être plus probablement attribué au bénédictin Conrad de Hirschau, mort à la fin du XIIIe siècle, contient des arbres généalogiques des vices et des vertus. On en trouve de semblables ou d'analogues en bien des traités théologiques du XIIIe siècle. On avait également disposé en tableaux allégoriques le *Credo*, le *Pater*, les œuvres de miséricorde, les vertus théologales et cardinales, les péchés capitaux. Ces diverses compositions sont sans rapport direct avec l'ingénieuse construction de Matfré; elles peuvent cependant en avoir suggéré l'idée.

Matfré, après avoir expliqué en prose l'ordonnance de son arbre d'amour, entre en matière, et tout d'abord il définit l'amour : une volonté bonne qui nous conduit au bien. C'est en même temps la satisfaction qu'on trouve dans le bien et la disposition qui nous porte à souhaiter le bien d'autrui et à nous affliger lorsqu'il lui arrive du mal. L'amour ainsi entendu est la source de toutes les vertus, et c'est pourquoi il est représenté portant couronne. Puis, poursuivant le plan indiqué par le tableau allégorique, où, comme on l'a vu plus haut, Dieu est figuré à la base de l'arbre, il consacre une suite de chapitres[1] à la Trinité (v. 979), à l'essence divine (v. 1363), à la nature divine (v. 1431). Sa théologie est à la portée des simples gens. Pour faire comprendre le rapport des trois personnes de la Trinité, « sujet « trop subtil pour l'entendement des laïcs » (v. 1216), il a recours à des comparaisons assez vulgaires, et qui, il en convient lui-même, ne sont pas d'une entière exactitude, par exemple à celle d'une source d'où naissent successivement un ruisseau et un étang, l'eau restant toujours identique à elle-même. Il a du reste le bon sens de ne pas vouloir tout expliquer : « Vous me demanderez, dit-il, pourquoi « le Fils et le Saint-Esprit procèdent du Père et ne sont pas « nés de lui. A cette question les docteurs répondent, selon

---

[1] À proprement parler le poème n'est pas divisé en chapitres. Nous appelons chapitres les divisions non numérotées qui sont précédées d'une rubrique.

« le peu qu'ils y entendent, que si le Saint-Esprit était né
« du Père et du Fils, il aurait deux pères, et il ne pouvait
« plaire au Créateur qu'un fils eût deux pères. Ici quelques
« fous, voulant trop en savoir, demanderont quelle différence
« il y a entre procéder et naître. Là-dessus je me tais et ne
« desserre pas les dents, car il n'y a pas d'intelligence qui suf-
« fise à l'élucider. C'est un point qu'il faut se garder de trop
« creuser. Qui trop le creusera, mal lui adviendra. » (V. 1317-
1335.)

Matfré fait preuve de la même simplicité dans les chapitres qui traitent de la prédestination (v. 1795) et de la
volonté divine (v. 1964). Il s'efforce de concilier la prescience
de Dieu avec le libre arbitre, et explique comment Dieu peut
permettre le mal sans cependant le vouloir. Bien qu'il cite
de temps en temps saint Augustin, comme il était à propos
en pareille matière, il se borne à un exposé simple et sommaire de la doctrine courante, ayant au besoin recours à
des exemples. Ainsi il suppose (v. 2234) qu'un grand seigneur aperçoit du haut d'une tour deux voyageurs prêts à
s'engager dans un chemin qui à un certain point se partage
en deux voies, l'une suivant la crête de la montagne, l'autre
passant par la vallée. La première est pénible, mais sûre;
la seconde est agréable, mais des brigands y sont embus-
qués. Le seigneur envoie aux voyageurs un messager pour
les informer du danger. Il aurait le droit d'imposer sa volonté à ceux qui cheminent par sa terre; il se borne à les
avertir et les laisse libres. L'un des voyageurs prend la voie
du haut : il arrive heureusement à destination; l'autre, qui
suit la voie la plus agréable en apparence, est pris par les
larrons. Le seigneur figure Dieu, le messager est Jésus-
Christ, les voyageurs sont les hommes qui, dûment avertis,
prennent la route qui leur plaît.

Matfré traite ensuite de la puissance divine (v. 2436), ce
qui l'amène à examiner des questions subtiles qui, avant
comme après lui, furent souvent débattues dans les écoles :
si Dieu peut pécher; si Dieu peut agir contre sa propre volonté; pourquoi il arrive que dans ce monde les bons sont

affligés tandis que les mauvais prospèrent. Notre auteur répond à toutes ces questions sans beaucoup de décision et avec un louable sentiment de son humilité.

Ayant traité du Créateur, Matfré passe à la création, qu'il expose en ses traits généraux dans le chapitre intitulé : « En « quelle manière et pourquoi Dieu a créé tout ce qui existe » (v. 2628). Sa cosmogonie, qui dérive plus ou moins directement d'Isidore de Séville, est beaucoup plus compliquée que celle de la Genèse. D'abord Dieu créa le ciel et les anges. Ensuite il forma la matière, qu'il nomma *yle* ($\H{v}\lambda\eta$), dont il tira les quatre éléments. Du feu il fit le soleil, les étoiles, les planètes; de l'air il fit les vents; de l'eau les poissons et les oiseaux, de la terre les autres animaux, les plantes, et en dernier lieu, l'homme. Pourquoi Dieu a-t-il créé des animaux nuisibles? Nuisibles, ils ne l'étaient pas, répond Matfré; ils ne le sont devenus que depuis le péché. Si Adam n'avait pas désobéi à Dieu, les lions, les dragons, les loups et les serpents n'auraient pas cessé d'obéir à l'homme.

Matfré, passant au second des médaillons qu'il a inscrits sur son arbre, celui de Nature, distingue, comme Jean Scot Érigène[1], la *natura creans* de la *natura creata*, et, s'attachant à la seconde, il consacre à l'ensemble des créatures une longue suite de chapitres. Il traite d'abord des anges (v. 2804), distribués en neuf ordres qui forment trois hiérarchies. La division qu'il adopte est celle qu'expose saint Grégoire, *Homil. in Evang.*, II, xxxiv. Elle diffère par une légère variante de celle qu'on peut lire dans le *De cælesti hierarchia* du faux Denys l'Aréopagite[2]. Matfré, toujours d'après saint Grégoire, énumère les positions des divers ordres d'anges et indique la place qu'occuperont les élus dans les hiérarchies célestes, selon la nature de leurs actes.

Après les anges, les diables (v. 3284), qui ne séjournent pas tous en enfer où ils furent précipités après leur rébellion

[1] *De divisione naturæ*, Migne, *Patr. lat.*, CXXII, 441.

[2] La différence consiste en ce que saint Grégoire place les *principatus* dans la seconde hiérarchie et les *virtutes* dans la troisième, tandis que Denys fait l'inverse. (Voir sur ces deux classements le commentaire de Philalèthès au xxviii° chant du Paradis de Dante.)

contre Dieu. Il y en a qui habitent l'air, car, dit Matfré
(v. 3400), ils sont indignes d'habiter le ciel, et pourtant
Dieu ne veut pas les laisser sur terre où ils rendraient la vie
trop dure aux gens. Ce qui n'empêche que, dans le chapitre
suivant, nous apprenons que leur occupation principale est
de tenter les hommes. Ils ont aussi la faculté de corrompre
l'air, et d'engendrer ainsi des épidémies (v. 3468). Ces êtres
malfaisants ramènent notre auteur à une question qui le
préoccupe évidemment beaucoup, celle de la prédestination. Pourquoi Dieu, qui savait l'avenir, a-t-il créé des êtres
qui devaient mal tourner et ne songer qu'à mal faire? C'est
que Dieu emploie ces êtres malicieux à une bonne fin. Les
tentations qu'ils exercent servent à faire paraître la valeur
de l'homme de bien qui sait leur résister.

Les chapitres suivants sont un véritable traité de cosmographie, assez analogue à celui qu'on trouve dans le livre I
du Trésor de Brunet Latin. La terre est le centre du monde;
tout autour règne le firmament. La longueur de l'axe du
firmament, du pôle arctique au pôle antarctique, la distance
du firmament à la terre, sont exposées sommairement d'après
l'Almageste de Ptolémée et d'après les astronomes arabes
Mizael et Alfragas (v. 3635-3636). Une figure supplée aux
lacunes de l'exposition, qui, étant en vers, ne pouvait pas
commodément exprimer des mesures en chiffres. Le zo-
diaque est représenté comme un cercle fixé au firmament et
tournant avec lui. Matfré décrit les douze signes et indique
le jour où le soleil entre en chacun d'entre eux. Il cite à ce
propos Albumazar (v. 3698), Mizael (v. 3728), les tables de
Tolède (v. 3752), Isidore de Séville (v. 3785). Les planètes
et les étoiles sont étudiées d'après les mêmes auteurs, auxquels il faut ajouter Bède et Almazor (v. 4047). Matfré termine son exposé du système du monde par un chapitre plus
original (*d'astre e de desastre*) sur l'influence des astres. Toujours désireux de concilier la prédestination avec le libre
arbitre, il suppose ingénieusement que Dieu donne à ceux
qui sont nés sous un astre défavorable la force nécessaire
pour résister aux mauvais penchants qu'ils tiennent de leur

naissance, leur sachant d'autant meilleur gré de leurs bonnes
actions qu'ils ont eu plus de peine à résister aux influences
sidérales. C'est la grâce, moins le nom. Du reste, dit sagement notre auteur, dans ce que disent les astrologues, tout
n'est pas sûr. Bien souvent Dieu change de mal en bien l'influence sous laquelle on naît. Et puis, nous nous méprenons
souvent dans notre appréciation du bonheur et du malheur.
La richesse à elle seule n'est pas une garantie de bonheur,
ni la pauvreté la preuve qu'on soit malheureux. La mort
même n'est pas un mal, car, dit Senèque, « tous avant moi
« sont morts et tous après moi mourront ». Mourir jeune
épargne bien des maux, et notamment ceux de la vieillesse.
Le Sénèque que cite Matfré, et auquel il fait en ce chapitre
bien des emprunts, est l'auteur inconnu du livre *De remediis
fortuitorum,* bien souvent copié au moyen âge et imprimé
à la Renaissance.

Après trois chapitres sur les jours caniculaires (v. 5469),
sur « l'étoile comète » (v. 5527) et sur les étoiles filantes
(v. 5571), l'auteur étudie les quatre éléments, dans cet
ordre : le feu, l'air, l'eau et la terre. La terre lui fournit
l'occasion de parler des pierres précieuses et de leurs vertus.
On s'étonne de le voir traiter ensuite des vents, de l'orage,
de la pluie, des éclairs, du tonnerre. Il semble en effet que
l'étude de ces phénomènes aurait dû prendre place auprès
du chapitre sur l'air. Matfré décrit deux roses des vents.
L'une est la nomenclature traditionnelle et générale des
douze vents, trois pour chacun des points cardinaux, mais
l'autre est plus spéciale au littoral méditerranéen : c'est, nous
dit-il (v. 6086), la division adoptée par les mariniers, selon
laquelle il existe huit vents principaux, qui sont, à partir
de l'est, *Levant, Grec, Trasmontana, Maestre, Ponant, Labeg,
Miegjorn, Issalot.* Ce sont encore les noms usités dans le
midi. Quelques-uns sont mentionnés par Brunet Latin,
en son Trésor, p. 121-122.

L'auteur passe ensuite à la division du temps en mois,
en semaines et en jours, ce qui l'amène à parler des six
âges du monde. On sait que cette division de l'histoire du

monde en six époques était généralement admise dans les premiers temps du moyen âge. Le chapitre sur les mois n'est pas sans intérêt pour l'histoire de l'art. L'auteur y décrit les représentations habituelles des douze mois, telles que nous les trouvons en maint manuscrit du moyen âge, et particulièrement dans les calendriers illustrés qui précèdent les livres d'heures; janvier est figuré par un homme à table, février par un homme se chauffant les pieds à un bon feu, mars par un vigneron qui taille sa vigne, etc. Ailleurs encore, par exemple dans le poème espagnol d'Alexandre le Grand (coupl. 2391 et suiv.), on trouve des descriptions semblables.

Les vers 6903 à 7498 contiennent des notions d'histoire naturelle, résumées en partie d'après Isidore (v. 7343), Constantin (v. 7492) et Aristote (v. 7276, 7493). Le chapitre relatif aux plantes traite surtout des herbes médicinales. On y peut recueillir les plus anciens exemples de plusieurs noms provençaux de plantes.

Après nous avoir parlé des plantes et des animaux, Matfré aborde l'étude de l'homme, envisagé successivement au point de vue moral et au point de vue physique. Il expose la théorie des quatre humeurs, les mettant en rapport, ainsi que d'autres l'avaient fait avant lui, avec les quatre éléments. Ici ses préoccupations théologiques reparaissent. La prédominance de telle ou telle humeur détermine chez l'homme des penchants qui peuvent le conduire au péché, Matfré le reconnaît, mais il s'empresse d'ajouter que l'homme a reçu de Dieu la force nécessaire pour résister à sa nature. D'ailleurs, si les humeurs créent en nous des penchants dangereux, la faute en est au péché originel, qui a corrompu la nature humaine. Dès lors commence une série de chapitres sur le péché et ses conséquences (v. 7947). Après bien d'autres, Matfré recherche qui, d'Adam ou d'Eve, fut le plus coupable, et il conclut naturellement que ce fut Ève; pourquoi Dieu punit aussi sévèrement une faute en soi légère; pourquoi tout le genre humain dut subir la peine de la faute commise par les premiers parents; pourquoi Dieu a créé l'homme capable de pécher. Il termine enfin cet exposé très orthodoxe en établissant que l'orgueil et la convoitise sont l'origine de tous les vices. Il combine ainsi deux conceptions différentes. La première s'appuie de l'autorité de saint Grégoire (v. 8854) et a été adoptée par beaucoup de théologiens, notamment par l'auteur du traité *De fructibus carnis et spiritus* cité plus haut, où la *superbia* est placée à la racine de l'arbre des vices. L'autre est empruntée à saint Paul et a servi de thème à maint sermon du moyen âge.

Toute la partie du poème que nous avons analysée jusqu'ici a pour objet Dieu et la nature considérée comme émanant de Dieu et douée de la puissance créatrice. La nature, on l'a vu plus haut, a deux enfants : le droit de nature et le droit des gens. Le droit de nature est l'aîné : il gouverne toutes les créatures et inspire aux êtres de sexes différents un amour mutuel, d'où naît le désir de la reproduction. Le droit des gens, le second enfant, fait pendant au droit de nature sur la miniature de l'arbre d'amour. Matfré définit sommairement ces deux droits et insiste sur les différences de leur opération, puis il passe à la branche de l'amour de Dieu et du prochain, qui le retiendra plus longtemps (v. 9197). Après avoir donné les raisons que nous avons d'aimer Dieu, il montre comment toutes nos pensées et toutes nos œuvres peuvent être ramenées à l'amour de Dieu. Entre ces œuvres il compte le jeûne, qu'il ne paraît pas considérer comme une pénitence, et la pratique des sept œuvres de miséricorde, qui lui fournissent la matière de plusieurs chapitres. Les œuvres de miséricorde le conduisent, par une transition naturelle, à l'aumône et à la façon dont elle doit être faite (v. 10203). Les autorités qu'il invoque ne sont pas uniquement tirées de l'Écriture ou des Pères : il emprunte plusieurs maximes au traité *De beneficiis* de Sénèque. Revenant au culte dû à la Divinité, il réprouve ceux qui adorent les créatures ou les idoles (v. 10595) et explique en quel sens et avec quelle intention il est permis d'honorer les images dans les églises. Il blâme ceux qui leur adressent des prières. « Ceux-là, dit-il, font pis que les juifs

XIVe SIÈCLE.

« ou les hérétiques » (v. 10744). Il conclut en répétant après bien d'autres le mot de saint Grégoire, que les peintures sont les livres des laïques. Il traite ensuite du culte des saints (v. 10807) dont il blâme certaines exagérations. Il paraît avoir été convaincu qu'il vaut mieux s'adresser à Dieu qu'à ses saints, car il introduit à cet endroit (v. 11033) divers modèles de prières à la Divinité. Mais, s'il est nécessaire, selon la parole du prophète, de louer Dieu, il n'est pas moins méritoire de louer Notre-Dame. La louange de Notre-Dame sert à Matfré de transition pour entamer une histoire de la Vierge Marie dont il va rechercher les origines dans l'Ancien Testament, rassemblant et commentant les figures et les prophéties qui annoncent la venue du Christ. Cette sorte d'introduction à la vie de la Vierge, développée au delà de ce que comporte le sujet, est manifestement dirigée contre les juifs, qui refusent de croire à l'accomplissement des prophéties et de recevoir le baptême. Ils aiment mieux, dit Matfré (v. 11842), attendre Artus. C'est pour figurer la dureté de leurs cœurs que Dieu leur donna la loi écrite sur des tables de pierre. Les juifs étaient alors fort nombreux en Languedoc et particulièrement à Béziers. Jusqu'aux premières années du XIIIe siècle ils avaient joui d'une assez grande influence, due à leur richesse et parfois à leur science. Depuis lors, ils avaient vu leur position s'amoindrir, mais toutefois Béziers était resté un foyer de science juive. Matfré, soit pour mettre sa polémique plus à la portée des juifs, soit pour faire valoir son érudition, a intercalé dans son poème, entre les vers 12026 et 12027, à la suite de son explication des prophéties appliquées à la Vierge Marie et à la venue du Christ, le texte même de ces prophéties, en hébreu, en latin et en roman. L'hébreu n'est transcrit que dans quelques-uns des manuscrits du *Breviari*, mais, s'il a été omis en d'autres, c'est assurément par la faute des copistes, car Matfré annonce positivement (v. 12025-12026) les trois textes. De l'avis des juges les plus compétents, les caractères hébreux sont tracés par des mains évidemment juives. Cette partie du *Breviari* est accompagnée, dans les

Gregorii Epistolar. Lib. XI, epist. XIII.

Hist. litt. de la France, t. XXXI, p. 738-739.

manuscrits, d'une illustration fort curieuse. A côté de chaque
prophétie est représenté un juif, que le diable, se livrant
à des contorsions plus ou moins grotesques, s'efforce
d'aveugler soit avec ses mains, soit en lui mettant un ban-
deau sur les yeux. La rubrique de ces miniatures, qui ne
diffèrent entre elles que par l'agencement des personnages,
est uniformément celle-ci ; *Le juzieus excegatz non enten la
profecia*, « le juif aveuglé n'entend pas la prophétie ». Des
prophéties relatives à la venue du Christ, Matfré passe à l'histoire proprement dite de la Vierge, qu'il expose d'après le
Nouveau Testament et les Pères, s'interrompant de temps à
autre pour répondre aux objections que pourraient élever
contre l'incarnation les juifs, « faux chiens, de dure créance
« et de dure cervelle » (v. 12400). Il ne fait aucun emprunt
aux évangiles apocryphes, et s'abstient même d'affirmer que
la Vierge soit montée au ciel en corps et en âme le jour de
l'Assomption. Son tombeau, nous dit-il, fut trouvé vide, soit
que son corps ait été porté au ciel, soit qu'il ait été soustrait.
« Beaucoup de bonnes gens croient qu'elle ressuscita, mais
« nous ne le savons pas de certain, et nous ne devons pas
« l'affirmer, car il vaut mieux douter que décider follement. »
Au ciel, la Vierge est placée dans la troisième hiérarchie,
au-dessus des trônes, parmi les chérubins et les séraphins.

Nous sommes toujours dans la partie du poème qui traite
de l'amour de Dieu et des différentes manières de témoigner
cet amour. La prédication est une de ces manières, d'où un
long chapitre (v. 12985-13212) sur la prédication. Ayant
surtout en vue les sermons adressés aux laïques, il recommande de les faire simples, en évitant les raisonnements trop
subtils, et sans parler pour montrer sa science. Par-dessus
tout il faut prêcher d'exemple. On est mal venu à prêcher la
patience quand on est colère, ou le jeûne quand on est gour-
mand. Une autre façon de manifester son amour à Dieu, c'est
la prière, qui s'impose à tous, car si l'on peut en certains
cas être dispensé du jeûne et de l'aumône, il n'y a pas d'excuse à faire valoir contre la prière. L'auteur reprend ici le
sujet déjà esquissé plus haut (v. 11033) sous la rubrique *de*

la lauzor de Dieu, et traite en plusieurs chapitres de la vertu
de la prière (v. 13213), des causes qui troublent la prière
(v. 13301), de la prière adressée aux saints (v. 13389), des
heures où il faut prier (v. 13451), de la manière de prier
(v. 13529), du lieu où l'on doit prier (v. 13655). Dans ce
chapitre Matfré enseigne qu'on peut prier aussi utilement
chez soi que dans une église. On peut faire de son cœur le
vrai temple de Dieu, qu'il n'est pas besoin d'aller chercher
ailleurs. C'est vainement qu'on ira muser chez les frères
Mineurs et bayer chez les Prêcheurs, que l'on visitera les
sanctuaires de saint Meen ou de saint Marius[1], de saint
Jacques ou de Rome : « On ne trouvera pas Dieu si on ne l'a
« pas en soi. » Il va plus loin encore et affirme que chaque
vrai croyant a en soi la sainte Église, « car la sainte Église
« romaine n'est autre chose que la congrégation des fidèles
« qui croient en Jésus-Christ et en ses enseignements.....
« Donc nous sommes l'Église lui et moi. Prêtres, abbés,
« évêques, archevêques ne le sont pas plus qu'un fidèle chré-
« tien vivant dans le siècle, et celui-ci en a une plus grande
« part si sa vie est plus pure..... L'Église n'est pas close de
« murailles; elle est close du Saint-Esprit. » Matfré approuve
cependant qu'on aille à l'église pour entendre la messe et la
parole divine; mais il tient que c'est l'homme saint qui sancti-
fie le lieu, et non le lieu qui purifie l'homme (v. 13824).

Matfré donne plusieurs formules de prières d'un caractère
général adressées à Dieu, à chacune des trois personnes de
la Trinité en particulier, à la Vierge, aux anges, aux saints.
Pour ces derniers il n'y en a qu'une, où figure le nom de
saint Jean-Baptiste; mais la rubrique nous avertit qu'elle
peut servir pour tous les saints et pour toutes les saintes du
Paradis, en changeant le nom (v. 14474). Matfré ne s'en

[1] « De sang Men o de sang Mari »
(v. 13730). Saint Meen ou saint Mein
(*S. Mevennus*), abbé de Gaël, a donné
son nom à une commune du canton de
Saint-Meen, Ille-et-Vilaine. Sa vie a été
publiée dans les *Analecta Bollandiana*, III
(1884), 141. Plusieurs lieux de pèlerinage ont été institués en son honneur :
à Saint-Meen, à Lasse (Maine-et-Loire),
à Attigny (Ardennes), à Oullins (Rhône),
à Hattenville (Seine-Inférieure). —
Saint Marius, solitaire à Mauriac, vénéré
en plusieurs lieux d'Auvergne; voir
AA. SS., jun. II, 112 (8 juin).

IMPRIMERIE NATIONALE.

34 MATFRÉ ERMENGAU

tient pas là : il insère encore toute une série de prières pour
les diverses circonstances de la vie et termine par le *Pater*,
suivi d'une longue exposition (v. 14557), et par un acte de
foi (v. 15500).

Matfré range la pénitence au nombre des façons de manifester à Dieu son amour; ce qu'il appelle *far d'amor senhal*.
Il traitera donc fort longuement de la pénitence (v. 15686),
de la contrition (v. 15700) et des moyens d'exciter le repentir des fautes qu'on a commises. Entre ces moyens il en
est un que Matfré indique : la pensée des peines de l'enfer
(v. 15926). Ces peines sont ici au nombre de dix, à savoir :
(1) le feu, (2) le froid, (3) la puanteur, (4) les vers qui
dévorent les pécheurs, (5) les verges, (6) les ténèbres,
(7) l'horreur que les pécheurs éprouvent en voyant leurs péchés, (8) la vue des diables, (9) les chaînes ardentes, (10) la
faim et la soif. C'est, à peu de chose près, la série des peines
dans l'*Elucidarium* attribué à Honoré d'Autun (III, 4) :
(1) *ignis*, (2) *frigus*, (3) *vermes*, (4) *fœtor*, (5) *flagra*, (6) *te-
nebræ*, (7) *confusio peccatorum*, (8) *visio dæmonum et draco-
num*, (9) *ignea vincula*. On voit que la différence consiste
dans l'interversion des n°ˢ 3 et 4 et dans l'addition chez
Matfré du n° 10[1]. Les vices punis par chacun de ces tourments sont les mêmes de part et d'autre. La dixième peine
(faim et soif) qui manque dans l'*Elucidarium* est réservée
par Matfré aux gourmands. Ces châtiments, comme on le
voit, n'ont aucun rapport avec ceux de l'enfer de Dante.

C'est encore avec l'intention d'exciter l'horreur du péché
que notre auteur fait une effrayante description du jugement dernier et des signes qui le précéderont. Les traits
principaux de la description sont empruntés à un ouvrage
évidemment apocryphe qu'on attribuait à saint Jérôme et
qui a été résumé par Pierre le Mangeur dans l'*Historia evan-*

---

[1] Ce qui autorise, malgré ces différences, le rapprochement avec l'*Elucidarium*, c'est qu'ailleurs la série des châtiments est tout autre. Ainsi, dans l'une
des rédactions de la vision apocryphe de
saint Paul, les peines sont au nombre
de sept, rangées dans cet ordre : « Prima
« nix, secunda glacies, tertia ignis,
« quarta sanguis, quinta serpens, sexta
« fulgur, septima fetor. » H. Brandes,
« *Visio S. Pauli* », *ein Beitrag zur Visions-
litteratur* (Halle, 1885), p. 75.

gelica, ch. CXLI, en un passage souvent cité qui commence par ces mots : *Hieronymus autem in annalibus Hebræorum invenit signa quindecim ante diem judicii.* Matfré cite en effet saint Jérôme. « Saint Jérôme dit : Mon cœur tremble et frémit « lorsque je pense au son du cor que l'ange doit faire en- « tendre en ce jour » (v. 16166-16169). Mais jusqu'à présent cet ouvrage n'a pas été retrouvé[1].

De la pénitence et de la contrition Matfré passe à la confession (v. 16481) et au péché, sujet qu'il développe longuement. Il y a trois classes de péchés : véniels, criminels, mortels. Les péchés criminels sont les crimes ou délits que poursuivent les tribunaux (v. 16902) quand ils en ont connaissance : l'hérésie, le péché contre nature, l'assassinat, l'inceste, l'adultère, le vol avec effraction dans une église, le faux témoignage, l'usure. Entre les péchés mortels l'auteur distingue les sept péchés capitaux (v. 16936), à chacun desquels il consacre un chapitre; puis, se plaçant à un tout autre point de vue, il indique avec grand détail quels sont les péchés les plus habituels dans chacune des conditions de l'humanité. Nous avons donc ici une sorte d'examen de conscience à l'usage des « empereurs et autres grands princes « du monde » (v. 17268), des « seigneurs portant bannière » (v. 17432), des simples chevaliers et hommes d'armes (v. 17476), des avocats (v. 17518), des médecins (v. 17698), des bourgeois (v. 17822), des marchands (v. 17886), des conseillers, tuteurs, curateurs (v. 18012), des ouvriers et journaliers (v. 18180), des laboureurs (v. 18250), des aubergistes (v. 18302), des joueurs (v. 18366), des jongleurs (v. 18426) et enfin des femmes (v. 18498). Cette partie est probablement celle où l'auteur a montré le plus d'origi-

---

[1] Il existe dans les diverses littératures du moyen âge un grand nombre de compositions en vers ou en prose sur les quinze signes qui doivent précéder le jugement dernier, et dans presque toutes est invoqué le témoignage de saint Jérôme. Ces compositions ont été plus d'une fois étudiées et comparées, mais on n'est pas arrivé à découvrir le texte latin, attribué à saint Jérôme, d'où elles dérivent et dont Pierre le Mangeur et quelques autres nous ont donné des résumés plus ou moins fidèles; voir Carolina Michaelis, dans l'*Archiv für das Studium der neueren Sprachen*, XLVI, 55; Nölle, dans Paul et Braune, *Beiträge zur Geschichte der deutschen Sprache*, VI, 444.

ginalité, bien qu'il affirme en avoir pris la matière dans les
livres des Sentences, dans le Décret de Gratien et dans la
Somme de Henri de Suse (v. 17244). On y trouve beaucoup
de traits recueillis de première main et qui ne seraient pas
déplacés dans un tableau des diverses classes de la société à la
fin du XIIIe siècle. C'est ainsi que Matfré reproche aux princes
d'altérer les monnaies; aux seigneurs, de se refuser à payer
ce qu'ils ont acheté; aux chevaliers, de courir les tournois;
aux avocats, de faire usage d'actes faux et de suborner des
témoins, de corrompre les juges, de recevoir de l'argent
des deux parties; aux médecins, de laisser mourir les gens
sans confession, de partager avec les apothicaires le gain
fait sur les médicaments qu'ils auront ordonnés; aux bourgeois, de vivre dans l'oisiveté et de courir les filles; aux marchands, de majorer leurs prix lorsqu'ils ne sont pas payés
comptant, de ne pas fournir la marchandise conforme à
l'échantillon, d'affermer les péages et gabelles, et d'en profiter pour augmenter les droits; aux aubergistes, de mettre
l'avoine dans des auges trouées par le bas, et d'entretenir
des filles dans leurs hôtels pour attirer les voyageurs, etc.

Avec ce long traité de la confession se termine la partie
du poème consacrée à l'amour de Dieu. L'auteur aborde ensuite l'amour du prochain (v. 19230-20087). Sa doctrine
est tirée de saint Augustin (v. 19406, 19429, 19481,
19498), ses exemples sont empruntés au Nouveau Testament. Ce qu'il y a de plus caractéristique dans son exposé,
c'est la comparaison qu'il établit entre l'amour que nous
devons à notre prochain et celui que les membres du corps
ont les uns pour les autres (v. 19705-19795).

Dans la figure de l'arbre d'amour on voit sortir de l'amour
de Dieu et du prochain l'arbre « de vie pardurable », qui est
proprement une des branches de l'arbre d'amour. L'auteur,
complétant son exposition allégorique du commencement,
nous fait remarquer que les fleurs de cet arbre ou de cette
branche de vie sont bleues, « car le bleu est une couleur
« honnête » (v. 20163), et que les feuilles sont vertes, pour
montrer leur vitalité, car les vertus qui sont inscrites sur

chacune d'elles nous font vivre. Ces vertus, nous l'avons vu
plus haut, ce sont les trois vertus théologales, les quatre
vertus cardinales, les sept dons du Saint-Esprit. La matière
est abondante assurément. Elle avait été maintes fois traitée
en latin et en langue vulgaire, et Matfré ne devait pas être
en peine de la développer à nouveau. C'est ce qu'il n'a pas
fait. Il commence par les vertus théologales, la foi, l'espérance et la charité; mais la première de ces vertus l'en-
traîne en une si longue exposition que, soit fatigue, soit
crainte de donner à son ouvrage une trop grande étendue,
il s'est abstenu de traiter des deux autres, et n'a même pas
mentionné les vertus cardinales et les dons du Saint-Esprit.
Son exposé de la foi catholique consiste essentiellement en
une longue explication des articles du *Credo,* explication
d'ailleurs incomplète, car elle s'arrête au huitième des douze
articles dont se compose le symbole des apôtres. Il se borne
à mentionner (v. 20877 et suiv.) le symbole de Nicée, qu'il
appelle le *Credo major,* et le symbole de saint Athanase (*Qui-
cumque vult salvus esse*). Il accepte la tradition selon laquelle
chacun des douze apôtres aurait, à tour de rôle, prononcé
un des articles du *Credo* [1]. Certains articles lui fournissent
la matière de longues dissertations théologiques, notamment le troisième, placé dans la bouche de saint Jacques :
« Qui a été conçu du Saint-Esprit, et est né de la vierge
« Marie. » Toute l'histoire du Christ, jusqu'à la passion exclusivement, avec la naissance de saint Jean-Baptiste comme
prologue, est exposée et commentée en plus de dix-huit
cents vers (v. 21100-22921). A propos du quatrième article, dit par saint Jean : « Qui a souffert sous Ponce Pilate,
« a été crucifié, est mort et enseveli », Matfré conte la passion (v. 22928-24786). Le cinquième article, attribué à
saint Thomas : « Est descendu aux enfers, est ressuscité le
« troisième jour », lui fournit l'occasion d'expliquer que l'enfer
se divise en quatre parties : 1° l'enfer le plus bas, où sont
les pécheurs condamnés aux tourments éternels; 2° un lieu

---

[1] On sait que cette tradition remonte au VIᵉ siècle; voir Michel Nicolas, *Le symbole des Apôtres,* p. 40.

destiné aux enfants morts sans baptême; 3° le purgatoire;
4° l'enfer supérieur où les justes morts avant la venue
du Christ attendaient que le Sauveur vînt les délivrer.
Puis Matfré reprend l'histoire de Jésus, depuis sa résurrection jusqu'à sa dernière apparition. Les articles sixième et
septième donnent lieu à un court exposé sur l'Ascension et
sur le jugement dernier (v. 25256-25358). En revanche,
le huitième, « Je crois au Saint-Esprit », est expliqué plus
longuement. L'auteur traite d'abord de la descente du Saint-
Esprit sur les apôtres, puis, à ce propos, il parle du Saint-
Esprit considéré comme source de tout amour, et de l'amour
de Dieu et du prochain qui constitue proprement la charité.
Les derniers articles du *Credo* ne sont pas même mentionnés,
et cette partie du *Breviari* se termine par quelques vers où
l'auteur annonce qu'il montrera « dans le traité suivant »
comment les apôtres, les martyrs et les confesseurs sont
entrés dans l'amour de Dieu et ont gagné la vie éternelle
(v. 26044 et suiv.).

Le « traité » ainsi annoncé consiste en trois légendes de
saints, à savoir les vies de saint André, de saint Jean l'Évangéliste et de saint Thomas. Ces morceaux ne sont rattachés
à ce qui précède que par un lien bien léger. Ils n'appartiennent pas au plan primitif du *Breviari*, et il est difficile de ne
pas les considérer comme autant de compositions indépendantes, introduites par Matfré à la place que devaient occuper les matières théologiques annoncées plus haut dans le
chapitre où commence la description de l'arbre de vie éternelle (v. 20088 et suiv.). Les trois légendes viennent originairement d'une même source, qui n'est autre que les *Apo-
stolicæ historiæ* du Pseudo-Abdias, mais ce n'est certainement
pas dans cet apocryphe que Matfré les a recueillies. On sait
que les légendes des apôtres que renferme cette compilation
ont été copiées à part, modifiées dans leur rédaction, aug-
mentées à diverses époques de récits de miracles, et introduites en maint recueil de vies de saints. C'est dans un de
ces recueils que Matfré a puisé les trois légendes d'apôtres
qu'il lui a plu, nous ignorons pourquoi, d'insérer dans le

Breviari. La rédaction qu'il a suivie est des plus tardives et se rapproche sensiblement de celle que Jacques de Varaggio a insérée dans sa Légende dorée. Ce qui est plus singulier, c'est qu'aucune de ces trois vies n'est traduite dans son entier. Matfré a choisi les parties qu'il lui convenait de traduire : la vie de saint André se réduit à peu près au récit des miracles opérés par cet apôtre de son vivant ou après sa mort, et la vie de saint Jean l'Évangéliste et celle de saint Thomas sont inachevées. Il serait possible que Matfré, ayant commencé un recueil de légendes versifiées et n'ayant pu le terminer, ait eu l'idée d'introduire dans son grand ouvrage la partie qu'il en avait rédigée; mais en toute hypothèse il paraît certain qu'il en est l'auteur. C'est bien son style, c'est surtout le système de versification qui lui est particulier, et sur lequel nous reviendrons à la fin de cette notice.

Après la vie incomplète de saint Thomas, nous sommes brusquement ramenés à l'exposition de l'arbre d'amour par une transition ainsi conçue : « Vous ayant expliqué la figure « qui correspond au premier fils de Nature, je veux vous « parler de ses filles, et d'abord de l'aînée, l'amour sexuel « (*amor de mascle ab feme,* v. 27262)[1]. » Tel est le sujet auquel Matfré consacrera la fin de son poème et qu'il traitera d'une façon tout à fait originale.

Il commence par répéter, ce qu'il a dit au début du poème, que l'amour des sexes s'applique à toute la création. Une miniature placée au début de ce chapitre nous montre Dieu bénissant, dans le paradis terrestre, toutes les créatures, et les invitant à croître et à multiplier. Il justifie par des raisons de bon sens la légitimité de l'amour, qui ne de-

---

[1] Il est visible que l'auteur n'a plus présents à l'esprit les détails de la construction de son arbre d'amour. En effet, il semble dire ici que Nature a des fils et des filles. Or d'après l'exposition placée au début du poème (ci-dessus, p. 19) Nature a deux fils : Droit des gens d'où émane l'amour de Dieu et du prochain (c'est le sujet longuement développé jusqu'au point où nous sommes arrivés) et Droit de nature d'où émanent deux sortes d'amour, l'amour charnel ou sexuel (*de muscle ab feme*) et l'amour qu'on a pour ses enfants. L'amour charnel dont il va traiter est donc la petite-fille de Nature et non sa fille.

40   MATFRÉ ERMENGAU

vient coupable que si on le détourne de son véritable objet.
Un chapitre spécial (v. 27385 et suiv.) traite de l'abus qu'on
peut faire de l'amour et des périls qui peuvent en résulter
pour l'âme. Ce chapitre est comme l'introduction d'un traité
complet en soi, qui, de prime abord, à n'envisager que la
manière dont le sujet est exposé, semble se relier assez mal
à ce qui précède : « Le périlleux traité de l'amour des dames,
« selon la doctrine des anciens troubadours. » Et, en effet,
cette partie du poème se compose principalement d'extraits
de chansons amoureuses, classés selon un certain ordre, et
reliés par quelques phrases qui servent d'introduction ou
de commentaire à chaque extrait. Mais, si l'on se reporte au
commencement du *Breviari,* on reconnaîtra que le « péril-
« leux traité », loin d'être un morceau de rapport, primitivement indépendant du poème, en est au contraire la partie
essentielle. Nous avons vu, en effet, que dans son prologue
Matfré déclare avoir composé son poème pour donner satisfaction à des amants (*aymadors*) et à divers troubadours
qui, pleins de confiance dans sa compétence en matière
d'amour, étaient venus lui demander de leur expliquer la
nature et l'origine de cet amour que chantent les troubadours. Pour leur répondre, Matfré a pris la voie la plus
longue, puisqu'il a commencé par disserter sur l'amour en
général, et sur diverses sortes d'amour qui n'ont rien de
commun avec celui qui inspirait les troubadours. Mais finalement il est arrivé à la question qui lui a été posée et il va
la traiter. Ce n'est pas sans beaucoup de précautions qu'il
aborde cette délicate matière. Traiter de l'amour, tel que
l'entendaient les troubadours, lui paraît, en effet, chose si
périlleuse qu'il s'excuse de l'avoir fait. Il va jusqu'à engager
les amoureux à ne lire du traité que la dernière partie, celle
où il indique les remèdes qu'on peut employer contre l'amour
(v. 27618-27619). Ceux-là seuls pourront tout lire sans
danger qui posséderont pleinement la charité. S'il a mis dans
un livre d'ailleurs plein de théologie un chapitre aussi périlleux, c'est, il le dit avec une grande apparence de sincérité, pour faire comprendre ce que la Genèse exprime

par figure là où il est dit que dans le paradis terrestre étaient
plantés deux arbres, l'arbre de vie et l'arbre de la connaissance du bien et du mal. De même, il y a dans le *Breviari*,
entre des traités précieux, produisant des fruits excellents,
un arbre de vie : c'est le traité de l'amour de Dieu et du prochain. Quiconque persévérera dans cet amour sera sauvé.
Mais il y a aussi dans ce même livre, comparé ici au paradis,
un arbre de la science du bien et du mal : c'est le traité de
l'amour des dames. Quiconque mangera du fruit de cet
arbre connaîtra les biens qui mènent à la vie éternelle, et les
maux, c'est-à-dire les tentations de la chair, qui mènent à
la mort éternelle. Matfré traitera de l'amour charnel selon
les dits des troubadours. Les sages eux-mêmes pourront
s'amuser aux bourdes qu'il rapportera. Il y a temps pour
tout, pour prêcher et pour rire, et, selon Caton, simuler
la folie est parfois une preuve de sagesse[1].

Ce *perilhos tractat* n'est cependant pas si dangereux que
son auteur veut bien le dire. Sans doute les troubadours
ont exprimé sur l'amour des propositions condamnables, et
Matfré en cite quelques-unes. Mais il s'empresse de les combattre par d'autres citations d'une morale irréprochable, et
ainsi l'antidote est placé à côté du poison. Voici comment
il procède.

Le traité est disposé en forme de débat (*plah*, v. 27804).
Diverses catégories de personnes se présentent à Matfré, soit
pour formuler des accusations contre Amour, soit pour demander conseil. Matfré répond successivement à tous, chaque
partie citant à l'appui de sa thèse des couplets empruntés
aux troubadours. En premier lieu viennent les médisants
(*maldizen*), ces trouble-fête que la poésie amoureuse du
moyen âge, au nord comme au midi, a en si grande horreur, et ils répètent les plaintes que maints troubadours ont
proférées contre Amour. Mais à chaque accusation Matfré
oppose des textes contraires, que bien souvent il se plaît à

[1] Denys Caton, II, 18 :

Stultitiam simulare loco prudentia summa est.

emprunter aux troubadours mêmes dont les médisants ont
invoqué l'autorité. Sa discussion conserve souvent le caractère théologique. Ainsi il dira que Rambaut de Vaqueiras
s'accuse en une de ses pièces d'avoir mal parlé d'Amour;
mais, ajoute-t-il, la contrition manquait à cette confession,
et il faut croire que pour ce péché il a dû subir les peines
du purgatoire (v. 28310 et suiv.). Pierre Vidal commit la
même faute, mais du moins il en fit pénitence de son vivant,
car il se travestit en loup, et se fit chasser par les chiens
dans la terre de Cabaret, ainsi que raconte sa vie (v. 28340
et suiv.). Quant à Marcabrun, qui médit d'Amour et né-
gligea de reconnaître son erreur, nul doute qu'il ne soit au
fond de l'enfer (v. 28366 et suiv.). Après les médisants
paraissent les troubadours, qui proposent diverses questions
sur l'amour, et auxquels Matfré répond à grand renfort de
citations. C'est maintenant le tour des amoureux (*aymadors*),
qui viennent se plaindre des souffrances qu'Amour leur fait
endurer. La discussion qui s'engage consiste surtout en un
échange de couplets empruntés à la poésie amoureuse. Mais
les amoureux reviennent à la charge, se plaignant cette fois
des dames, qui les enflamment par leurs regards et puis les
font languir (v. 29486 et suiv.). Matfré leur répond qu'ils
ne méritent pas le nom d'amants fidèles, puisqu'ils cherchent
à induire en péché celles qui leur font un semblant gra-
cieux. Ils devraient se tenir pour satisfaits et ne rien désirer
au delà. Les dames, charmées de se voir si bien défendues,
viennent remercier Matfré et lui demandent comment elles
doivent se comporter afin d'éviter le blâme du monde
(v. 30220 et suiv.). Les conseils de Matfré sont d'une irréprochable correction. Ils sont appuyés de nombreuses citations, entre lesquelles il y a lieu de signaler quelques extraits de l'« Enseignement des dames » composé par Garin le
Brun, poète du XII⁰ siècle. Cet *ensenhamen* s'est conservé
entier dans deux chansonniers provençaux; mais dans l'un
et l'autre il est anonyme, et c'est à Matfré que nous devons
d'en connaître l'auteur.

Après ce long débat, qui occupe dans le poème plus de

4000 vers (du vers 27791 au vers 31933), Matfré reprend l'exposition de l'arbre d'amour représenté au commencement du *Breviari*, et fait la description de l'arbre de la science du bien et du mal, qui prend sa naissance dans le médaillon consacré à l'amour charnel. Les feuilles de cet arbre allégorique figurent autant de qualités, toutes nécessaires à un véritable amoureux. Ces qualités sont : la largesse, la hardiesse (*ardimen*), la courtoisie, l'humilité, ou plutôt la douceur, la galanterie (*dompney*), l'allégresse, la réserve (*retenemen*), les bonnes manières (*ensenhamen*), la prouesse, la patience, le jugement (*conoychensa*), le sens, le courage. Ces vertus sont étudiées dans autant de chapitres, où Matfré continue, comme dans le Périlleux traité, à citer avec une érudition abondante les poésies des troubadours. Mais entre la prouesse et la patience on est assez surpris de trouver plusieurs chapitres sur le mariage, qui est, en effet, figuré par l'une des feuilles de l'arbre de la science du bien et du mal. Le mariage n'est pas, dans la poésie des troubadours, la conclusion ordinaire de l'amour. Aussi Matfré, qui, dans les chapitres précédents, a pu fonder sa doctrine sur l'autorité de nombreux troubadours, a-t-il dû s'abstenir de toute citation dans le chapitre du mariage. Il a cependant pu invoquer l'exemple d'un roman provençal dont le texte original s'est perdu, mais dont nous possédons une traduction française fort exacte[1], où le héros finit par épouser sa bienaimée, le roman d'Élédus et Serena, qui paraît avoir été fort répandu de son temps dans le midi de la France et en Catalogne. Le mariage, ses conditions, ses avantages, sont traités assez longuement et dans un esprit bienveillant, qui contraste favorablement avec la manière dont le même sujet est ordinairement envisagé dans la poésie du moyen âge.

Matfré consacre un chapitre assez banal aux enfants con-

---

[1] Ce manuscrit, qui appartenait jadis à la bibliothèque royale de Stockholm, est entré par voie d'échange à la Bibliothèque nationale, où il est classé sous le numéro 1943 des Nouvelles acquisitions françaises. L'*Histoire littéraire* (XXII, 789) a cité, d'après le catalogue des manuscrits de Stockholm, le début et la fin de ce roman, sans remarquer qu'il est traduit du provençal.

sidérés comme le fruit que porte l'arbre de la science du bien et du mal (v. 33371-33462), et, poursuivant l'exposition de la figure allégorique du début, il traite successivement des actes ou des dispositions qui sont contraires à l'amour des sexes. On se rappelle que, dans le tableau de l'arbre d'amour, le médisant est représenté brandissant une hache avec laquelle il s'efforce de couper l'arbre qui naît de l'amour des sexes. Sur cette hache on lit ces mots, plus faciles à comprendre qu'à traduire : *decelar* (l'action de révéler l'amour qui doit rester secret), *avareza*, *cocha* (la hâte), *lauzengas* (paroles mensongères), *erguelh* (orgueil), *vilhetge* (vieillesse), *fadeza* (sottise). Ce sont là les rubriques d'autant de chapitres où sont de nouveau cités les troubadours. Vient ensuite la description et en même temps l'éloge du véritable amoureux, qui est représenté, dans la figure, couronné de fleurs et tenant à la main la feuille de largesse qu'il vient de cueillir. Pourquoi cette feuille et celle-là seulement? C'est parce que quiconque possède cette qualité a par surcroît toutes les autres, même l'état de mariage, à en croire Matfré.

Enfin, pour terminer le Périlleux traité, notre auteur nous apprend comment on doit gouverner l'amour des dames et l'empêcher de tourner à folie. Il ne se propose pas, dit-il, probablement par un souvenir d'Ovide, de donner un remède contre l'amour, car en soi l'amour est bon pour quiconque sait en user; il a pour but d'en réprimer les écarts. Les préceptes qu'il donne sont d'une incontestable sagesse, çà et là empruntés à Ovide, comme lorsqu'il recommande d'éviter l'oisiveté, qui favorise les désirs amoureux[1] (v. 34008). L'exemple de Sanson, de David, de Salomon, qui succombèrent à l'amour, est naturellement invoqué, et de nombreux couplets de troubadours, quelquefois un peu détournés de leur vraie signification, viennent appuyer les

---

[1] *Remed. am.*, 139-140 :

> Otia si tollas periere Cupidinis arcus
> Contemptaque jacent et sine luce faces.

principes sévères de notre moraliste; ce qui ne l'empêche
pas de défendre aux fidèles amants la lecture des vers, rimes,
chansons, « ditiés » amoureux, « car, dit-il, plus on en lira,
« et plus la folie croîtra ». Ce qu'il faut lire, ce sont les pièces
des troubadours qui blâment la folie des amants, et il cite
la pièce de Pierre Cardinal :

> Ben tenc per fol e per musart
>   Cel qu'am amor se lia,
> Car en amor pren pejor part
>   Aquel que plus s'i fia.

Le Traité périlleux se termine au vers 34539, sur l'annonce de la rétribution préparée par Dieu à chacun selon ses
mérites. Le poème renferme encore une soixantaine de vers
dans lesquels Matfré traite fort sommairement de l'amour
pour les enfants, sujet annoncé dans l'arbre allégorique. Il
insiste sur la nécessité de ne point ménager les corrections
et cite la parole de Salomon (Prov., XIII, 24) : *Qui parcit
virgæ odit filium.* Il termine comme suit, un peu brusquement : « On reconnaît le bon père quand les enfants sont
« débonnaires, et on reconnaît sa folie quand il ne les châtie
« pas. Tel seigneur, telle maisnie, dit-on souvent. Mais il y
« a des fous qui ne savent pas gouverner l'amour qu'ils ont
« pour leurs enfants, qui négligent de les reprendre lors-
« qu'ils commettent une faute, qui rient de leurs sottises et
« ne songent qu'à amasser des richesses et à acquérir des
« terres pour les leur laisser. »
Il n'y a pas de conclusion, et l'on ne peut se soustraire à
l'idée que le poème est resté inachevé.

On voit par cette longue analyse que l'auteur du *Breviari*
était un esprit peu original. Il ne fait preuve d'imagination
que dans la conception singulière de cet arbre d'amour qui
est comme le plan de son poème. Mais ce plan même, il
n'est pas arrivé à le suivre exactement et à en traiter toutes
les parties. On ne peut du moins lui refuser le mérite d'une
érudition étendue et variée, sinon bien profonde. Il était

versé dans la théologie; il possédait, en cosmographie, en astronomie, en histoire naturelle, les notions qui avaient cours de son temps et qui venaient de l'antiquité ou des Arabes. Sa science est tout entière puisée dans les livres, et nous ne sommes pas surpris de lui entendre dire (v. 555) qu'il lui eût été plus facile de composer son ouvrage en latin qu'en roman. Il est évident, en effet, que le latin eût été d'un emploi plus commode que l'idiome vulgaire dans la partie théologique et scientifique du *Breviari;* mais le roman reprenait l'avantage dans le traité de l'amour charnel. Toutefois, là encore, et bien que le sujet comportât une liberté pour ainsi dire illimitée, Matfré fait preuve d'érudition plutôt que d'imagination; seulement les autorités qu'il invoque ou qu'il réfute sont des poètes en langue vulgaire. Que savait-il de la littérature romane de son temps? Peu de chose, semble-t-il, en dehors de la poésie des troubadours, qu'il paraît avoir étudiée à fond. S'il lui arrive de citer, dans son Périlleux traité d'amour, quelques couplets français, l'un notamment du roi de Navarre, c'est sans doute parce qu'il les avait trouvés dans le chansonnier provençal qui lui a fourni de si nombreux extraits des troubadours, et il n'en résulte pas qu'il fût familier avec la poésie française, qui pourtant, bien longtemps avant l'époque où Matfré composait, avait commencé à se répandre dans le Midi. Nous avons vu plus haut qu'il connaissait le roman provençal où étaient contées les amours d'Élédus et de Serena. Il cite ailleurs encore ces deux personnages, en même temps que Floris et Blancaflor, Pyrame et Tisbé, Paris et Hélène, Alcyone, Philomela (qu'il appelle *Philomena* suivant l'usage du moyen âge), Tristan et Iseut (v. 17838-17843). En un autre endroit (v. 15721) il compare à la pénitence de Renart le repentir qui n'est pas accompagné d'un ferme propos de renoncer au péché. Ce sont là des allusions banales. Celle-ci l'est moins. Dans son chapitre sur la prédication, Matfré, blâmant les prédicateurs qui se montrent trop sévères, dit qu'ils sont semblables à l'homme qui assomma son compagnon pour tuer une mouche qui s'était posée sur lui (v. 13129-13137). C'est

L'ours et l'amateur des jardins de La Fontaine (livre VIII, fable x), avec cette différence que dans le *Breviari* l'émoucheur maladroit est un homme et non point un ours. Cette forme du récit, qui est plus naturelle, est celle qu'on peut lire dans Morlini (nouv. xxɪ) et dans Straparole (13° nuit, fable ɪv). Nous ignorons à quelle source ont puisé, indépendamment l'un de l'autre, Morlini et Matfré.

Le style de Matfré est simple et facile, mais dénué d'élégance. L'auteur tient en réserve une série de formules banales qu'il emploie à tout instant, soit pour marquer la transition d'un sujet à un autre (*E devetz saber atressi, Encaras plus fort vos dirai*, etc.), soit tout simplement pour obtenir une rime (*ses dubtansa, ses falhir, ses falhensa, som par, per cert, al mieu vejaire*, etc.). Le *filhs de Dieu* est ordinairement associé à l'*evangeli San Matieu*, et il est rare que saint Luc ne soit pas qualifié d'*evangelista benastruc*.

La versification du *Breviari* présente une singularité assez rare. Les vers à rime féminine n'ont que huit syllabes, en comptant l'atone finale, et sont ainsi matériellement égaux aux vers à rime masculine. La littérature provençale n'offre point d'autre exemple de cet usage, du moins dans la poésie narrative, car, dans les chansons, les troubadours associent volontiers aux vers masculins, ayant un accent sur la huitième syllabe, des vers féminins accentués sur la septième. Le même système a été adopté en français par des poètes d'époques diverses : au xɪɪ° siècle, par l'auteur de la Vie de saint Brandan, et au xɪv° par Guillaume de Digulleville. Mais Matfré ne s'en est pas tenu là : par une licence qui lui est particulière, il fait rimer ensemble des finales féminines; ainsi (v. 1319-1320) :

> Li doctor ayssi respondo
> D'aquo petit qu'en entendo;

ou une finale masculine avec une syllabe féminine, comme ici (v. 6325-6326) :

> Li quals jorn, segon est comte (*compte*),
> Vint e quatre horas conte (*contient*).

On trouve du reste ailleurs encore des finales masculines
associées par la rime à des finales féminines. Nous avons
cité des exemples de cette irrégularité dans notre article sur
Guillaume Anelier. L'association de vers féminins accentués
sur la septième syllabe avec des vers masculins accentués
sur la huitième a déplu à certains copistes du *Breviari*. Deux
manuscrits (Bibl. nat., fr. 1601 et 1745), le premier exécuté par un copiste catalan, le second, d'origine provençale,
et ne renfermant que quelques centaines de vers de notre
poème, allongent d'une syllabe tous les vers à rimes féminines, de façon à les ramener à l'usage commun. Toutefois,
bien que le but poursuivi de part et d'autre soit identique,
les procédés sont souvent différents, et en fait ces deux manuscrits nous présentent deux remaniements bien distincts.
Ainsi :

Matfré (v. 15802-15803) :

> El mon e pres carn humana
> E venc en esta mondana.

1601. Jos el mon e pres carn humana
　　　　E venc en aquesta mondana.

1745. Et en est mon pres carn humana,
　　　　Apres venc en esta mondana.

Matfré (v. 15836-15837) :

> Deu cossirar la lageza
> Del peccat e la maleza.

1601. Deu se cossirar la lageza
　　　　Del peccat e la gran vileza.

1745. Deu cossirar en la lageza
　　　　Del peccat et en la vileza.

Il n'est pas inutile de remarquer à ce propos que des
remaniements du même genre s'observent en plusieurs des
manuscrits des Pèlerinages de Guillaume de Digulleville,
pour allonger les vers féminins qui, dans le texte original,
sont accentués sur la septième syllabe.

Bien que composé à une époque où la littérature provençale était peu florissante, le *Breviari* paraît avoir été fort
répandu. Grâce à son caractère, qui est, à certains égards,
celui d'une encyclopédie, il a participé au succès qu'ont

obtenu au moyen âge d'autres résumés de la science du
temps, composés, soit en vers, soit en prose, à l'usage des
gens du monde, l'Image du monde, par exemple, et le Trésor de Brunet Latin. Nous possédons en effet douze manuscrits plus ou moins complets de cet ouvrage, outre quelques
fragments. En voici la liste :

CARPENTRAS, 377, tome I, papier; incomplet du commencement et
    de la fin.
ESCURIAL, S. I. 3[1].
LONDRES, Musée britannique, Roy. 19. C. 1.
    —   —   Harl. 4940.
LYON, Bibl. municipale, 1223.
PARIS, Bibl. nat., fr. 857.
    —   —   858.
    —   —   1601, papier; incomplet.
    —   —   9219; nombreuses lacunes.
SAINT-PÉTERSBOURG, Musée de l'Ermitage, 5, 3, 66, écrit à Lerida.
    (Ancien 757 de Saint-Germain-des-Prés.)
VIENNE, Bibl. imp. et roy., 2563 (Bibliothèque du prince Eugène).
    —   —   2583* (Bibliothèque Hohendorf).

A cette liste on peut ajouter pour mémoire quelques
feuillets isolés provenant de manuscrits dépecés. L'un de
ces feuillets, correspondant aux vers 20629 à 20839, est
classé à la Bibliothèque nationale sous le n° 14960 du
fonds français. Un autre a été trouvé dans les archives de la
Haute-Vienne, où il servait de couverture à un vieux registre.
M. Antoine Thomas l'a fait connaître dans les Annales du
Midi, V, 494. Un troisième, trouvé dans l'Ardèche, nous a
été communiqué il y a quelques années par l'archiviste de
ce département.

Les vers 15686 à 16317 du *Breviari*, qui traitent de la
contrition et des moyens de faire naître ce sentiment, ont

---

[1] Bayer donne une courte description de ce manuscrit dans une note de la *Bibliotheca hispana vetus* de Nic. Antonio, II, 102, et en cite les vers par lesquels commence le chapitre sur la Vierge (v. 12061-12072). C'est un bel exemplaire richement enluminé; voir Durrieu, Manuscrits d'Espagne remarquables par leurs peintures, dans la Bibliothèque de l'École des chartes, LIV (1893), 298. Le texte, par ce que nous en connaissons, nous paraît très correct.

IMPRIMERIE NATIONALE.

été copiés dans le ms. de la Bibl. nat., fr. 1745, fol. 130 et suiv., parmi d'autres pièces, en vers et en prose, d'un caractère religieux. Il est à remarquer que ce morceau est précédé d'une sorte de prologue composé de trente-six vers dont voici les premiers :

Totz homs ques vuelha aparelhar	Tal que iuns homs nol pot nomnar,
De la amor de Dieu gazanhar	Lo gazardo que Dieus vol dar
Vuelha m'escotar et auzir	A sos amics hobedïens
E de bon cor aretenir	Quel servisso entieyramens
Sesta santa confessio,	Am bonas hobras semenan
Et auran de Dieu gazardo	E fazen be am Dieus lauzan.....

Ces trente-six vers ne se retrouvent pas dans le *Breviari*. Il se peut qu'ils aient été composés par un autre que Matfré pour servir de préambule au morceau tiré du *Breviari*, mais il est bien possible aussi que le préambule soit l'œuvre de Matfré, comme ce qui vient après, et que le tout ait formé d'abord un traité indépendant, que Matfré aurait ensuite introduit dans le *Breviari*.

Tous les manuscrits, complets ou fragmentaires, du *Breviari* appartiennent au XIVᵉ siècle, généralement à la première moitié du siècle, sauf peut-être le manuscrit de Carpentras qui pourrait être assigné au commencement du XVᵉ siècle; d'où il résulte que le succès du *Breviari* a duré environ un siècle. Entre ces nombreux exemplaires, deux seulement, celui de Carpentras et le nº 1601 de la Bibliothèque nationale, sont en papier. Les autres sont en beau parchemin. Tous (moins le manuscrit de Carpentras) sont ornés de peintures dont les originaux ont dû être exécutés sous la direction de Matfré, car elles n'offrent guère, d'un manuscrit à l'autre, que des variantes sans importance, et ne diffèrent en somme que par la perfection plus ou moins grande du travail. Plusieurs de ces manuscrits méritent par la richesse de leur ornementation d'être classés au nombre des plus beaux livres du XIVᵉ siècle qui nous soient parvenus. On savait les apprécier à leur valeur. Une note écrite à la fin du nº 2563 de Vienne porte que ce manuscrit fut acquis à Toulouse en 1454 pour le prix de 100 écus d'or.

Un témoignage sur la réputation qu'avait encore, vers le milieu du xive siècle, le *Breviari d'amor*, nous est fourni par les auteurs des *Leys d'amor* qui le mentionnent à deux reprises (I, 138; III, 104).

Nous n'avons pas la preuve que le *Breviari d'amor* ait été connu en Italie, où cependant la littérature provençale était très goûtée à la fin du xiiie siècle. Il ne paraît pas du moins qu'aucun des manuscrits de cet ouvrage ait été exécuté par un scribe italien. Mais il n'y a pas de doute que l'œuvre de Matfré a été lue et appréciée au sud des Pyrénées, spécialement en Catalogne.

Nous avons vu tout à l'heure que deux de nos manuscrits (Bibl. nat. fr. 1601 et Saint-Pétersbourg) avaient été faits dans ce pays. Ajoutons que l'ouvrage a été traduit assez exactement en prose catalane vers le milieu du xive siècle. Nous possédons à la Bibliothèque nationale deux manuscrits de cette traduction. L'un (esp. 353), en parchemin, est très richement enluminé, l'autre (esp. 205) est en papier. Un autre manuscrit de la même version appartient à M. Paul Arbaud, d'Aix en Provence. C'est un exemplaire véritablement admirable, orné de magnifiques peintures [1]. Enfin il en existe un quatrième manuscrit à Barcelone [2], et un cinquième à la Bibliothèque nationale de Madrid [3], et il est probable que tous n'ont pas encore été signalés.

Le *Breviari d'amor* a été publié par la Société archéologique de Béziers en huit livraisons, qui parurent de 1862 à 1881, et qui forment deux volumes in-8°. En tête est placée une introduction (publiée en 1864 avec la troisième livraison) par feu Gabriel Azaïs, secrétaire de la Société. Le travail de l'édition a été fait, pour les cinq premières livraisons, publiées

[1] Deux pages de ce manuscrit (les fol. 109 v° et 224 r°) ont été reproduites en héliogravure pour l'École des chartes (n° 355 A et 355 B de la série des héliogravures).

[2] Il a appartenu à la bibliothèque du couvent des carmes déchaussés de cette ville; voir Torres y Amat, *Memorias para ayudar a formar un diccionario critico de los escritores catalanes* (Barcelona, 1834), p. 224.

[3] C'est un manuscrit en papier, dans lequel le premier chapitre ou prologue a été conservé sous la forme première, en vers. Voir Bayer, notes de la *Bibliotheca hispana vetus*, II, 102.

de 1862 à 1866, par l'auteur du présent article. Le reste est
l'œuvre de M. Azaïs. Si l'on juge à propos de donner ici ce
renseignement, c'est parce qu'il est nécessaire de dire que
cette édition, publiée en de mauvaises conditions et d'après
les seuls manuscrits de Paris, qui ne sont pas les meilleurs,
est très imparfaite. Dès 1864[1], après l'apparition de la troisième livraison, M. Mussafia put rectifier, d'après les manuscrits de Vienne, beaucoup de mauvaises leçons et combler
diverses lacunes dans la partie publiée[2].

Matfré a composé un certain nombre de chansons, dont
aucune n'a été admise dans les anthologies qui nous ont
conservé les poésies des troubadours. Deux d'entre elles ont
été transcrites en quelques-uns des manuscrits du *Breviari*,
soit en tête, soit à la suite de ce poème; les autres ne nous sont
connues que par les fragments que l'auteur en a cités dans
le *Perilhos tractat d'amor*. L'une des deux pièces dont nous
possédons le texte entier est une chanson d'amour, *Dregz de
natura comanda*, qui a été publiée par Bartsch dans ses *Denkmäler der provenzalischen Literatur* (Stuttgart, 1856), p. 79,
et par G. Azaïs dans ses Troubadours de Béziers (2° édit.,
1869), p. 130. C'est une pièce qui se rattache aux idées
exprimées dans le *Breviari* sur l'origine d'Amour, comme on
le voit par les premiers mots : « Le droit de nature, d'où

---

[1] Comptes rendus de l'Académie de
Vienne, classe de philosophie et d'histoire, 1864, p. 407 et suiv., tiré à part
sous le titre de *Handschriftliche Studien*,
Heft III. En 1864, M. Mussafia publia
dans le *Jahrbuch f. rom. und engl. Lit-
ratur* (V, 401) les variantes utiles des
mss. de Vienne par rapport au texte du
Perilhos tractat d'amor, imprimé d'après
l'un des mss. de Londres dans le tome I
des *Gedichte der Troubadours* de Mahn.
Ces variantes n'ont pas été utilisées dans
l'édition, où toute cette partie du poème,
la plus intéressante au point de vue littéraire, laisse considérablement à désirer
comme correction.

[2] Il résulte des comparaisons faites
par M. Mussafia que deux des manuscrits de Paris, les numéros 857 et
9219, qui ont servi de base à l'édition, et qui présentent en général un
texte correct, omettent de temps à
autre, par suite de bourdons, plusieurs
vers. Les mêmes lacunes se remarquent
dans le manuscrit 2563 de Vienne;
d'où résulte la conclusion que ces trois
manuscrits dérivent d'un exemplaire où
ces omissions existaient déjà. Les meilleurs manuscrits nous paraissent être
ceux de Londres, celui de l'Escurial et
le ms. 2583 de Vienne. Nous n'avons
aucun renseignement sur celui de Saint
Pétersbourg.

« Amour prend naissance, commande qu'on paye de retour
« ceux de qui on a reçu des bienfaits. » Il poursuit en rendant grâce « à Amour qui a comblé ses vœux en lui per-
» mettant de s'adresser à la dame la plus charmante qui ait
« jamais porté cordon à son col, et sur sa tête voile ou
« bande. » Les termes dont se sert Matfré indiquent clairement qu'il s'agit d'un amour purement idéal. Cette pièce
doit être l'une des premières poésies de notre auteur; il la
cite deux fois dans le *Breviari* (v. 300-301 et 33239), et il
devait être jeune lorsqu'il la composa, puisqu'il y exprime
le vœu de consacrer sa jeunesse à Amour. C'est probablement au même temps qu'appartient un couplet de chanson
qu'il cite dans le *Perilhos tractat* (édit. du *Breviari*, II, 516,
De midons puesc ieu dir en tota plassa) et où il fait un éloge
sans réserve de sa dame. Matfré annonce cette pièce comme
composée récemment (*Don diss' ieu del sieu pretz entier E de
sa gran beutat l'autrier*, v. 30087-30088); ce qui pourrait
confirmer l'idée exprimée au commencement de cet article
que Matfré était encore jeune lorsqu'il fit le *Breviari*.

Parmi les poésies amoureuses de Matfré citées par extraits
dans le *Breviari* nous rangerons encore un couplet (*Com-
paire, aitant com lo solelh*, t. II, p. 573) en réponse à une
question sur un sujet d'amour que lui avait adressée son
frère Pierre Ermengau; un couplet (*Nuls non fai saviesa*,
II, 467) où sont blâmés les anciens troubadours (*alcn antic
trobador*) qui ont médit d'Amour. Six vers où Matfré reprend
les amants qui adressent à leur dame une folle requête (*Cel
que ditz que leialmen*, II, 546) semblent tirés d'un enseignement plutôt que d'une chanson, à en juger par l'agencement des rimes (*aabccb*). En tout cas, l'authenticité n'en est
pas douteuse puisqu'ils sont précédés de ces mots : « Écou-
« tez ce que dit messire Matfré. » Enfin notre auteur cite encore comme de lui six vers décasyllabiques (*Retenemens es mot
nobla vertutz*, II, 599) où sont blâmés ceux qui parlent trop.

De tout autre nature est la pièce *Temps es qu'ieu mo sen
espanda*, copiée, à la suite de la chanson *Dregz de natura comanda*, au commencement d'un des deux manuscrits de

Vienne, celui qui porte le n° 2583'. Elle y est précédée de
cette rubrique : *Aisso es sirventes lo qual fetz Matfres.* Rien
n'indique que Matfré fût à ce moment frère Mineur. Comme
tous les *sirventes*, celui-ci reproduit la forme d'une pièce antérieure. Matfré n'a pas été chercher loin son modèle : il a
construit son sirventés sur les rimes de sa chanson *Dregz de
natura* (*a b c b a b c b d d c*). Pour le fond ce sirventés est une
violente invective contre les clercs, les seigneurs et les
juges. Aux premiers Matfré reproche d'acquérir à prix d'argent des prélatures ou des prébendes, de vendre les sacrements et de vivre dans la mollesse et la luxure. Les grands
seigneurs ne songent qu'à extorquer de l'argent à leurs
sujets, et, pour avoir le bénéfice des amendes, ils voudraient
voir les hommes s'entretuer. Quant aux juges et baillis, ils
vendent la justice. Cette satire, où du reste on ne relève
aucun trait qui ne se retrouve ailleurs, peut être rapprochée
de cette sorte d'examen de conscience que Matfré a rédigé
pour les divers états de la société (ci-dessus, p. 35); toutefois elle est plus dure pour le clergé. Elle a été publiée en
premier lieu par M. Mussafia, à la suite de son examen critique, mentionné plus haut, des premières livraisons du
Breviari, et réimprimée par G. Azaïs dans ses Troubadours
de Béziers, 2e édit., p. 134 et suivantes.

Le dernier écrit de Matfré Ermengau dont il nous reste
à parler est la lettre à sa sœur, qui se trouve dans tous les
manuscrits du *Breviari,* dans tous ceux, du moins, qui sont
complets. Elle a de plus été copiée, indépendamment des
autres œuvres de Matfré, dans le manuscrit de la Bibl. nat.,
fr. 1745, fol. 136, et dans le manuscrit Libri 40 de la Laurentienne'. Publiée pour la première fois par Bartsch dans
ses *Denkmäler der provenzalischen Literatur,* p. 81, d'après les
manuscrits du Musée brit. Roy. 19. C. 1 et de la Bibl. nat.,
fr. 1745, elle a été rééditée par G. Azaïs à la suite du *Breviari*

' Ce manuscrit portait le n° 105 dans
le catalogue du fonds Libri, lorsque la
collection était chez le comte d'Ashburnham. Les premiers vers de cette
copie ont été cités dans la *Romania,*
XIV, 520.

(II, 675), d'après les deux manuscrits du *Breviari*, Bibl. nat.
fr. 857 et 858. Cette pièce est ordinairement précédée d'une
rubrique ainsi conçue : *Aysso es la pistola que trames frayres
Matfres, frayre menre de Bezers, la festa de Nadal, a sa sor Na
Suau, et apres lieis en general a totz.* Nous avons dit, au commencement de cette notice, que, dans ses autres ouvrages,
Matfré ne prenait pas encore la qualité de frère Mineur. La
copie que renferme le manuscrit Libri se termine par cet
explicit : *Ayso et lo roman del capon, de Nostre Senhor Dieus
Jesu Crist e de Nostra Dona.* Ce titre de « Roman du chapon »
peut se justifier, comme on va le voir, par l'allégorie singulière qui forme le sujet de la lettre. « C'est la coutume,
« dit frère Matfré, d'envoyer à ses amis, au moment de Noël,
« un présent d'oublies avec du vin pimenté; et qui veut faire
« grandement les choses y joint un chapon rôti. » « Je veux,
« ajoute-t-il, observer cette coutume et je t'offre, comme pré-
« sent, le vrai fils de Dieu, qui, dans le sacrement de l'autel,
« convertit son corps en oublies, et son sang en vin. » Jusqu'ici la comparaison est décente et se présentait assez naturellement à l'esprit. Matfré a eu le mauvais goût de la
pousser plus loin. « Jésus, dit-il, nous a donné son corps en
« guise de chapon. C'est le chapon qui a été rôti sur la croix
« et qui a été percé d'un coup de lance. Ce sont les oublies
« que le Saint-Esprit a formées dans le corps de la Vierge
« Marie, en mêlant le saint sucre de la divinité à la pâte de
« notre humanité. » Matfré retrouve les mêmes éléments dans
l'œuf d'où est sorti ce chapon allégorique : le jaune représente la divinité, la glaire figure notre humanité. Une fois
éclos, le chapon fut plumé, flagellé, crucifié par les Juifs.
Le coup de lance fit jaillir le piment que le fils de Dieu avait
donné à ses apôtres le jour de la Cène et que seuls les prêtres
ont droit de boire à la communion. Cette froide allégorie se
termine par une exhortation ainsi conçue : « Sœur, dit Mat-
« fré, ne mangez pas seule le présent que je vous envoie;
« celui-là est un truand et un glouton qui mange tout entier
« un mets capable de rassasier plusieurs personnes. Invitez
« vos amis et vos parents et dites-leur de prier notre Seigneur

« pour moi, pécheur. Le présent ne vient pas de moi, je n'ai
« fait que le transmettre comme messager. Chantons tous en
« ce jour de Noël, avec les anges : Gloire à Dieu qui nous a
« envoyé son fils, et paix aux fidèles ! »

Nous ne connaissons aucune autre œuvre qu'on puisse
attribuer avec certitude à Matfré. Cependant il n'est pas
téméraire de mettre à son compte deux morceaux en prose
qui se trouvent copiés à la suite du *Breviari* dans plusieurs
des manuscrits de cet ouvrage. L'un est la traduction du
Salve regina, l'autre est une version de la légende latine du
bois de la croix, où il est conté comment Adam près de
mourir envoya son fils Seth au paradis, et comment Seth
en rapporta trois graines de l'une desquelles sortit l'arbre
dont on devait faire la croix. Cette légende a été, on le sait,
très répandue dans toutes les littératures chrétiennes du
moyen âge. M. Suchier en a publié une rédaction latine et
deux versions provençales dans ses *Denkmäler provenzalischer
Literatur und Sprache*, t. I, p. 165 et suivantes. De ces deux
versions, l'une, la seconde, est celle que nous croyons pouvoir attribuer à l'auteur du *Breviari*.

Matfré Ermengau, bien qu'il ait composé un certain
nombre de chansons, mérite à peine le nom de troubadour.
Il n'avait ni invention ni imagination. C'est un versificateur
laborieux, mais médiocre, qui, instruit dans la science des
clercs, s'est donné beaucoup de peine pour mettre à la portée
du public laïque de son temps les connaissances étendues,
mais superficielles, qu'il puisait dans les livres latins. Les
clercs qui se sont proposé le même but ont été nombreux
dans les pays de langue française ; ils ont été rares dans
le Midi. À ce point de vue on ne saurait refuser à Matfré
une certaine originalité.   P. M.

TROUBADOURS DE LA FIN DU XIIIE SIÈCLE

ET DU COMMENCEMENT DU XIVE.

La seconde moitié du XIIIe siècle a été, pour la région méridionale de la France, le commencement d'une époque de stérilité littéraire qui a duré jusqu'à la Renaissance. Les lettres latines, qu'il s'agisse de théologie, de philosophie, d'histoire ou de poésie, ne furent jamais bien florissantes dans le Midi. Même à la fin du moyen âge elles n'offrent qu'un pâle reflet de l'enseignement donné dans les écoles du Nord. La médecine et le droit sont les seules sciences que l'on cultive avec un certain éclat à Montpellier et à Toulouse. La poésie en langue vulgaire, qui n'avait eu besoin pour naître et se propager ni de la doctrine des universités ni du recueillement des monastères, subit, à partir du milieu environ du XIIIe siècle, une irrémédiable décadence, causée par les changements politiques et sociaux qui se produisirent dans les pays du Midi à la suite de la croisade albigeoise. Peu à peu on voit les troubadours passer les Pyrénées ou les Alpes, se rendre en Espagne ou en Italie, ou bien, s'ils restent en France, se fixer en certaines cours seigneuriales dont le nombre va sans cesse diminuant. Les dernières de ces cours qui furent hospitalières à la poésie sont celles des comtes de Rodez, des vicomtes de Narbonne, des comtes de Foix, des seigneurs d'Astarac. C'est là que fréquentèrent Guiraut Riquier, Folquet de Lunel, Serveri de Girone et autres troubadours de la fin du XIIIe siècle.

Mais, en dehors même des cours, il y eut longtemps encore des poètes qui survécurent au mouvement poétique de l'âge précédent et continuèrent à composer des chansons d'amour, des *sirventes*, des saluts à la Vierge dans les formes

IMPRIMERIE NATIONALE.

traditionnelles. Ce furent des poètes citadins, qui généralement combinaient le culte de la littérature avec l'exercice de professions sédentaires. Ils voyagaient peu, sinon pour leurs affaires, et formaient de petits cénacles qui s'ignoraient les uns les autres. C'est de l'un de ces cercles littéraires que sortit la « gaie compagnie des sept troubadours de Toulouse », qui fut l'origine de l'Académie des jeux floraux. Mais certains au moins de ces poètes, pour qui la poésie était un passe-temps plutôt qu'une occupation, avaient le sentiment que la période littéraire à laquelle ils s'efforçaient de se rattacher était close, et, lorsqu'ils font allusion à leurs devanciers, ils les qualifient de *trobadors antics*. C'est l'expression qu'emploie déjà Matfré Ermengau de Béziers à la fin du XIIIᵉ siècle. Elle reparaît fréquemment dans les *Leys d'amors*, au milieu du XIVᵉ.

Nous ne connaissons qu'un petit nombre des poètes méridionaux de cette période. Ils sont postérieurs au temps où furent compilés les principaux recueils qui nous ont conservé les poésies lyriques de l'époque qu'on peut appeler classique, et où les chansons des auteurs en vogue étaient portées par les jongleurs d'une extrémité à l'autre des pays de langue d'oc, et souvent même au delà. Ils cultivaient un genre démodé, qui n'assurait aux auteurs ni la célébrité ni, le plus souvent, les moyens de subsister. Leurs œuvres, peu recherchées, n'ont pas été recueillies ou ont été copiées à un petit nombre d'exemplaires, qui, en général, ne nous sont pas parvenus. Si nous avons quelques poésies de Cavalier Lunel de Montech, qui composait dans la première moitié du XIVᵉ siècle, c'est qu'un ancien possesseur du chansonnier d'Urfé, le plus vaste de nos recueils de troubadours, a jugé à propos de les écrire sur des pages blanches de ce manuscrit. Si nous sommes assez bien informés sur la poésie toulousaine du XIVᵉ siècle, c'est que la compagnie des troubadours de Toulouse a recueilli les œuvres couronnées des poètes de ce temps dans ses archives, que nous a conservées l'Académie des jeux floraux. Pour les poètes de la fin du XIIIᵉ siècle et du commencement du XIVᵉ, il ne faut pas s'éton-

xive siècle.

ner si nos devanciers n'ont pu connaître que ceux dont
quelques pièces ont été insérées dans les deux grands chansonniers écrits vers l'an 1300 que possède notre Bibliothèque
nationale, le n° 856 du fonds français et le chansonnier
d'Urfé, jadis La Vallière, actuellement n° 22543 du fonds
français. Mais, depuis la publication des derniers articles
consacrés par l'Histoire littéraire aux poètes provençaux, la
Bibliothèque nationale est entrée en possession d'un chansonnier provençal écrit en Provence dans le premier tiers du
xive siècle, qui ajoute plusieurs noms nouveaux à la liste des
troubadours des derniers temps. Au xvie siècle, ce manuscrit est tombé entre les mains de Jean de Nostre-Dame, qui
en a fait usage, avec peu de bonne foi, selon sa coutume,
dans ses Vies des plus célèbres et anciens poètes provençaux
(Lyon, 1575). Au siècle dernier, il appartenait à la famille
de Simiane. En 1836, la marquise de Simiane l'offrit à
M. Ch. Giraud, qui en fit don, en 1859, à la Bibliothèque
impériale. Les pièces nouvelles qu'il renferme ont été édi-
tées et commentées en 1869 dans un mémoire intitulé : Les
derniers troubadours de la Provence, dont nous nous ser-
virons pour rédiger les notices qui suivent.

Bibl. nat., ms.
fr. 12472.

Bibl. de l'École
des chartes, XXX.

GUILLEM D'AUTPOL. — Daspol est le nom sous lequel le
ms. Giraud place deux poésies, dont l'une est une complainte
(*planh*) en forme de chanson, sur la mort de saint Louis,
tandis que l'autre est un débat, une *tenson*, entre le poète et
Dieu lui-même. Il n'y a aucune raison de contester l'attribution de ces deux pièces, dans la seconde desquelles le poète
est désigné par son nom à trois reprises. Mais il est bien
certain que ce nom ne nous a pas été transmis sous une
forme correcte ou du moins dans son entier. Outre qu'il
est tout à fait sans exemple, il faut remarquer que les trois
vers de la tenson où il figure sont trop courts : ils n'ont que
huit syllabes au lieu de dix. M. Tobler a proposé de corriger *Daspol* en *Da[ns] S[imon] Pol.* Cette correction, tout
ingénieuse qu'elle puisse être, ne nous satisfait pas. *Dan*
n'est pas un mot provençal, et *Simon* et *Pol* sont, pour le

midi de la France, un nom et un surnom bien peu probables. Nous serions plutôt portés à voir dans *Daspol* un surnom tiré d'un nom de lieu précédé de la préposition « de ». Mais, comme il n'existe pas, à notre connaissance, de lieu nommé Aspol, nous croyons que l'on peut proposer sans trop de témérité Autpol. Il y eut, en effet, un troubadour appelé Guillem d'Autpol de qui il nous est parvenu deux pièces. Nous savons peu de chose de ce troubadour, mais ce peu concorde assez bien avec ce que nous avons à dire du Daspol que nous fait connaître le ms. Giraud. Guillem d'Autpol composait dans la seconde moitié du XIII° siècle, comme Daspol. Nos devanciers lui ont consacré une brève notice.

Hist. litt. de la Fr., XIX. 575.

L'une des deux pièces qui nous ont été conservées sous son nom est une chanson à la Vierge en vers décasyllabiques dont les rimes sont disposées selon l'ordre *ab bac cddee f*, la rime *f* étant une sorte de refrain. C'est une forme rare assurément. On ne connaît qu'une seule pièce qui offre la même disposition, et cette pièce unique est précisément la complainte sur la mort de saint Louis mise sous le nom de Daspol par le manuscrit Giraud.

L'identification d'Aspol avec Autpol ne nous fournit aucun renseignement précis sur le lieu d'origine de notre troubadour. Il y a un Hautpoul dans la Haute-Garonne, un dans le Tarn, un dans l'Hérault, et il a probablement existé d'autres lieux du même nom que nous ne connaissons pas.

La complainte sur la mort de saint Louis attribuée à Daspol par le ms. Giraud n'est pas la seule dans laquelle les troubadours ont déploré la perte que la France et la chrétienté éprouvèrent en 1270. Raimon Gaucelm, de Béziers, Austorc d'Orlac, Austorc de Segret, Olivier le Templier, ont composé des pièces sur le même sujet; mais aucune n'a aussi complètement le caractère d'une complainte que celle de Daspol, que nous appellerons dorénavant Guillem d'Autpol. Le poète exprime, avec l'accent de la sincérité, la douleur que lui cause la mort « du franc roi de France, notre « seigneur », qui s'était voué si complètement au service de Dieu. « Nous vivons, dit-il, sans guide et sans pasteur.

« Puisse Dieu nous diriger! Car si le roi est maintenant dans
« la gloire céleste, il nous a laissés ici-bas dans un grand
« trouble, et ma douleur est grande de ne pouvoir le suivre
« dans la mort. » Il apprécie en termes émus les services que
saint Louis a rendus à l'Église et à la chrétienté. Il ne
doute pas que, s'il eût vécu, il n'eût réussi à anéantir les
Sarrasins ou à les amener à embrasser la foi chrétienne.
Il se souvient de la sécurité que le saint roi faisait régner
dans ses possessions, protégeant les marchands contre les
ravisseurs et les larrons. Il exhorte le roi Philippe III à
suivre l'exemple de son père, à se défier des mauvais conseillers, à défendre les faibles contre les forts. Enfin il termine en priant Dieu de donner au roi mort pour son service
une place honorable auprès de la vierge Marie. Dans la *tornada*, l'auteur envoie sa pièce à Posquières, « car, dit-il,
« Jésus-Christ fait honorer Notre-Dame à Vauvert ». Posquières était en effet le nom d'un fief où existait un prieuré
de Notre-Dame de Vauvert (*de Valle viridi*); actuellement
Vauvert a remplacé dans l'usage l'ancien nom de Posquières.

Cette poésie rappelle à certains égards l'un des *planhs* les
plus célèbres de la littérature provençale, celui de Gaucelm
Faidit sur la mort de Richard Ier d'Angleterre. Elle a presque
la même forme; les différences consistent en ce que la première partie du couplet a quatre vers (*abba*) selon l'usage
le plus ordinaire, tandis que le *planh* de G. Faidit n'en a que
trois (*aba*), et qu'en outre chaque couplet est, chez Guillem
d'Autpol, terminé par un refrain. Mais ce refrain même,
Ay Dieu! cals dans es, est visiblement emprunté à ces vers de
G. Faidit :

> Lo rics valens Richartz, reis dels Engles,
> Es mortz. Ai Dieus! quals perd' e quals dans es!

Guillem d'Autpol était assurément un pieux troubadour;
la pièce que nous venons d'analyser et la poésie à la Vierge
que lui attribuent divers chansonniers en portent témoignage. La seconde des deux pièces du ms. Giraud nous
montre que sa piété pouvait se concilier avec une hardiesse

de pensée qui frise l'irrévérence. Dans cette seconde pièce,
le troubadour feint d'avoir assisté en songe à un parlement
tenu dans le ciel par Dieu lui-même. Là il entendit le Tout-
Puissant se plaindre de la lâcheté des barons, qui laissaient
son tombeau aux mains des Sarrasins. « Et moi je me levai
« et répondis : Vous avez tort, Dieu, et il vous faut changer
« de conduite : vous donnez le pouvoir à des gens pleins de
« fausseté, qui s'en servent pour faire orgueil et vilenie. Ils
« sont sans foi et ne font rien que vaille..... — Guillem
« d'Autpol[1], répond Dieu, puisque vous me faites de tels
« reproches, je donnerai malaventure aux clercs; j'enlèverai
« aux ordres leurs possessions. Les princes perdront leurs
« impôts; ils resteront honnis et honteux jusqu'au jour où
« ils trouveront en enfer leur sépulture. » Le dialogue, ou si
l'on veut la tenson, se poursuit ainsi pendant plusieurs couplets, Dieu répondant faiblement, ou ne répondant pas, à
son fougueux interlocuteur, qui lui conseille d'inspirer aux
Sarrasins l'idée de se convertir, et de faire tous les hommes
égaux, puisque c'est la cupidité qui perd le monde.

La pièce est adressée à un roi d'Aragon, qualifié de « père
« et fils de prouesse » et de « château d'honneur », dans lequel
il faut, très vraisemblablement, reconnaître Jacques Iᵉʳ
d'Aragon, celui qui mérita le surnom de Conquérant, et qui
mourut en 1274. Elle est à *coblas doblas*, selon la termino-
logie des *Leys d'amors*, c'est-à-dire que les rimes changent
de deux en deux couplets. Elles sont disposées selon l'ordre
a b a b b a b, les rimes *a* étant masculines et les rimes *b* féminines. C'est une disposition assez rare. On l'observe dans
une pièce de Peirol (*Bem cujava que no chantes ogan*), qui est·
aussi à *coblas doblas*.

Nous avons dit que l'on connaissait deux autres pièces de
Guillem d'Autpol. L'une de ces pièces est une chanson en
l'honneur de la Vierge (*Esperansa de totz ferms esperans*), dont
chaque couplet se termine par un vers où reviennent régulièrement, comme en un refrain, les mots *lums* (ou *jorns*),

---

[1] Le vers est, d'après le manuscrit : *Daspol car iest contrarios;* en remplaçant
Daspol par *Guillem d'Autpol*, il a les dix syllabes nécessaires.

XIVe SIÈCLE.

clardatz, alba. Cette sorte de prière, toute de lieux communs, offre, on l'a dit plus haut, précisément la même forme que la complainte sur la mort de saint Louis. Elle nous a été conservée par plusieurs manuscrits et a été trois fois publiée. L'autre pièce est une pastourelle en couplets de vingt vers, qui a été publiée par M. Chabaneau, d'après le seul manuscrit qui la renferme, le n° 856 du fonds français de la Bibliothèque nationale. Dans le dialogue qui intervient entre l'auteur et la bergère, on voit celle-ci qualifier son interlocuteur de *joglar.* Guillem d'Autpol était donc, ce qui du reste était par soi évident, un jongleur de profession. Un autre trait est à remarquer. La bergère, se défendant d'accepter les propositions de Guillem, invoque l'autorité d'un certain *fraire Joan* qui aurait dit que la volupté engendre la mort. M. Chabaneau suppose, sans grande vraisemblance, que ce frère Jean n'est autre que le frère Mineur Pierre Jean d'Olive, mort en 1298, dont les doctrines furent condamnées par le pape Jean XXII en 1325.

La complainte sur la mort de saint Louis date incontestablement des derniers mois de l'année 1270. Les autres pièces sont ou du même temps ou d'une époque peu différente. Nous ne savons rien d'ailleurs sur ce Guillem d'Autpol, n'ayant trouvé sur lui aucun renseignement en dehors de ses poésies. A plus forte raison ne sommes-nous pas en état d'indiquer la date de sa mort.

GUILLEM DE MURS. — Guillem de Mur ou de Murs composait vers 1270. Il est l'auteur d'une exhortation à la croisade adressée, vers 1269[1], à Jacques le Conquérant, roi d'Aragon, et de trois autres pièces (une tenson et deux jeux partis) où il a pour interlocuteur Guiraut Riquier. Ces poésies ont été étudiées par nos devanciers. Mais ils n'ont pu

Revue des langues romanes, 4e série, III, 109.

Hist. litt. de la Fr., XXI, 45.

Hist. litt. de la Fr., XX, 547-550.

---

[1] Après 1270, selon l'article de l'Histoire littéraire (XX, 548), parce qu'il y serait question de la mort de saint Louis. Mais le texte de la pièce est publié (Revue des langues romanes, 4e série, II, 124), et chacun peut vérifier qu'il n'y est fait aucune allusion à cet événement. Il est, au contraire, à supposer que le troubadour a composé sa pièce au temps où saint Louis se disposait à partir pour la croisade d'où il ne devait pas revenir, par conséquent avant 1270.

XIVe SIÈCLE.

connaître une pièce du même poète que le ms. Giraud
nous a conservée. C'est un jeu parti (*partimen*) entre Guillem de Murs et un personnage qualifié de *senhor*, qui était
peut-être le comte Henri II de Rodez. Cette pièce n'est pas
complète, et l'envoi fait défaut. Elle a pour sujet la question de savoir lequel vaut mieux, d'être jaloux, ou d'avoir
une femme jalouse. Le poète choisit la première alternative.
La forme du couplet est celle qu'on observe en deux des
pièces antérieurement connues du même troubadour.

Nous ignorons de quel lieu Guillem tirait son surnom, dont
la forme n'est pas assurée. Les mss. 856 et 22543 portent
Mur, le ms. Giraud *Murs*. Milá y Fontanals le rattachait à
une famille catalane de Mur, ce qui est de tout point invraisemblable. Ce troubadour était certainement originaire du
midi de la France. On peut hésiter entre Mur de Barrez
dans l'arrondissement d'Espalion (Aveyron) et Murs dans
l'arrondissement d'Apt (Vaucluse).

PEIRE et GUILLEM. — Ces deux troubadours échangent
des couplets au sujet des dissensions qui ont éclaté dans la
ville de Montpellier. Les bourgeois se sont divisés en deux
factions. Les uns font appel aux Français, les autres aux Catalans. Les consuls, cependant, ont envoyé des messagers au
roi de Majorque. Peire craint de voir Montpellier courir à
sa perte, comme il est arrivé récemment à Pampelune et à
Limoges, que les dissensions ont ruinées; il voudrait voir
les consuls agir avec plus d'énergie. Guillem, au contraire,
est d'avis que le devoir des consuls est d'engager les partis
à faire la paix, et de s'en remettre au roi pour le châtiment
des coupables. La tenson est adressée à Olivier et à Joan
Imbert, qu'il faut, selon toute apparence, identifier avec
deux personnages ainsi nommés qui figurent en 1283 sur
la liste des consuls de Montpellier. La pièce ne laisse pas
d'être obscure, la cause des dissensions qui divisaient les
habitants de Montpellier n'étant pas indiquée. Cependant
on peut tenir pour certain qu'elle a été composée après 1276,
époque où Limoges et surtout Pampelune eurent à souffrir

XIVe SIÈCLE.

de graves dommages à la suite des dissensions auxquelles notre tenson fait allusion. On peut même préciser davantage et fixer à l'année 1280 la composition de la pièce, si l'on adopte une conjecture très vraisemblable proposée par M. le baron de Tourtoulon. En cette année l'évêque de Maguelone fit dresser au « grau » de cette ville des fourches patibulaires en signe de sa juridiction. Les officiers du roi de Majorque les firent enlever. L'évêque porta plainte au sénéchal de Beaucaire, représentant du roi de France. Les habitants de Montpellier se divisèrent en deux camps, les uns se rangeant du côté de l'évêque, les autres restant fidèles au roi de Majorque. Les consuls prirent ce dernier parti. En 1282 le sénéchal de Beaucaire mit le siège devant Montpellier, et le roi de Majorque consentit à ce que les appels de sa cour fussent portés devant la cour du roi de France.

Nous ne connaissons pas les surnoms des deux auteurs de la tenson. Au sujet de l'un d'eux nous pouvons présenter une conjecture. Peire, le premier des deux interlocuteurs, celui qui, par cela même qu'il a composé le premier couplet, a déterminé la forme de la pièce, pourrait être identifié avec un certain Peire Guillem, auteur d'une pièce à la Vierge qui présente exactement les mêmes rimes que la tenson du ms. Giraud; à savoir : *-ensa*, *-ir*, *-ir*, *-ensa*, *-e*, *-e*, *-iers*, *-iers*, *-ensa*[1]. Dans l'un et l'autre cas le poète aurait imité la forme d'une chanson bien plus ancienne de Raimon Jordan de Saint-Antonin, qui commence par le vers : *Vas vos soplei en cui ai mes m'entensa.*

BERTRAN CARBONEL de Marseille. — Un de nos précédents volumes contient une notice sur Bertran Carbonel, de Marseille, auteur de seize chansons et d'un grand nombre de couplets isolés (*coblas esparsas*) qui contiennent des lieux communs de morale. Le tout nous a été conservé par le chansonnier d'Urfé ou La Vallière, dans lequel tant de

Revue des langues romanes, IV, 398.

Mahn, God. d. Troub., n° 305.

Mahn, Ged. d. Troub., n° 108.

Hist. litt. de la Fr., XX, 559-561.

---

[1] La seule différence, et elle est insignifiante, est que, dans la tenson, les rimes des vers 7 et 8 sont en *-ier* et non en *-iers*.

IMPRIMERIE NATIONALE.

pièces de la fin du XIII° siècle ont trouvé place. L'une de ces poésies (*Aissi com cel qu'entr'els plus assajans*)[1] est adressée au roi de Castille Alphonse X, une autre (*Aissi com cel ques met en perilh gran*) au comte de Rodez Henri II (1274-1302), le protecteur de Guiraut Riquier, de Folquet de Lunel et d'autres troubadours de la basse époque. Mais Bertran Carbonel avait, dans sa patrie même, des protecteurs. Il envoie une de ses chansons (*Motas de vetz pensara hom far be*) « à mon « seigneur de Berre », personnage dans lequel nous n'hésitons pas à reconnaître Bertran de Baux, seigneur de Berre (1266-1309), qui fut conseiller du roi de Naples Charles I[er][2]. Une autre (*Aissi com cel c'atrob'en son labor*) est adressée à un personnage de la même famille, à Bertran de Baux, seigneur de Pertuis et d'Aubagne (1268-1305), créé par Charles d'Anjou comte d'Avellino vers 1270[3], et qui occupa diverses charges dans le royaume de Naples jusque vers 1278, époque où il paraît être revenu en Provence[4]. L'envoi de cette pièce porte les mots : *Al pros comte de Nelien*, mais il n'est pas douteux qu'il faut lire *de Velin*, c'est-à-dire *d'Avellino*, ou, selon une manière d'écrire fréquente à cette époque, *da Vellino*. On en aura la preuve tout à l'heure. C'est probablement l'un de ces deux seigneurs qui est désigné dans la *tornada* de la

Parnasse occitanien, p. 240.

pièce *Per espassar l'ira e la dolor*, comme suit :

> Al plus privat[5] Provensal, ses dublansa,
> Que huei viva e de mais d'alegransa,
> Vai sirventes, a cel, on, quar lai van,
> Miei sirventes, ...

---

[1] Vingt des *coblas esparsas* de B. Carbonel se retrouvent dans le ms. Giraud, et une trentaine ont été transcrites, en 1372, par l'Arlésien Bertran Boysset, dans un recueil d'opuscules provençaux en vers et en prose qui a appartenu à Raynouard et qui actuellement fait partie de la riche bibliothèque de M. Paul Arbaud, d'Aix en Provence. Voir sur ce ms. *Romania*, t. XXII, p. 88 et suiv.

[2] P. Durrieu, *Les Archives angevines de Naples*, t. II, p. 280.

[3] En 1272, selon M. Durrieu (*ibid.*), mais Bertran de Baux est qualifié de comte d'Avellino dans un acte du 6 juin 1270; voir L. Barthélemy, *Inventaire des chartes de la maison des Baux* (Marseille, 1882), n° 559.

[4] A partir de cette date on a de lui plusieurs actes passés en Provence (Barthélemy, *Inventaire*, n°° 604. 607, 608. 611, etc.).

[5] « Privat » n'offre pas un sens satisfaisant; on pourrait proposer « prézat ».

Les poésies de Bertran Carbonel qu'ont pu connaître nos
devanciers ne se recommandent pas par une grande originalité. Ses *sirventes,* tout en offrant plus d'intérêt que ses
chansons amoureuses, sont des satires souvent violentes,
mais en général assez vagues, des mœurs du clergé. On y a
reconnu l'imitation très marquée des poésies, bien supé-
rieures par la force de la pensée et par la puissance de
l'expression, de Peire Cardinal. Le ms. Giraud contient
deux pièces de Bertran Carbonel qui ne se rencontrent
point ailleurs, et qui ont sur les autres poésies du même
troubadour l'avantage d'une conception assez originale. Ce
sont deux tensons de l'auteur avec son cheval, son *roncin,*
selon l'expression du texte. Dans la première (*Roncin, .c. vetz
m'avetz fait penedir*), Bertran, interpellant le pauvre animal, lui
reproche d'être trop maigre; à quoi celui-ci répond qu'on ne
lui donne pas une nourriture suffisante. Bertran se fâche et
ferait périr sa monture sous le bâton s'il ne se souvenait
qu'il a promis de la prêter à dame Saurine. Le cheval s'en
réjouit, car, dit-il à la *tornada,* « il n'y a d'ici à Messine dame
« de plus grande valeur, sans excepter duchesse ni reine ». La
forme de cette tenson, assez peu intéressante, est empruntée
à la chanson de Guillem de Berga : *Quan vei lo temps camjar
e refreidir.* La seconde tenson doit avoir été composée pendant un voyage à Aix. Bertran se plaint de l'allure de son
roussin qui a le trot dur. Celui-ci répond qu'ayant pendant
dix ans traîné la charrette en France on ne peut raisonnable-
ment exiger qu'il sache aller l'amble. Il engage son maître
à se montrer de meilleure humeur, car, dit-il, « si on vous
« fait droit vous obtiendrez bientôt ce que vous venez récla-
« mer ». Bertran manifeste l'espérance de gagner son procès:
il a toute confiance dans la loyauté du juge d'Aix. Toutefois
son interlocuteur, qui paraît être un animal très sensé, lui
fait observer que mieux eût valu transiger; « car vous êtes
« faible, et l'autre est riche et le sera plus encore, mainte-
« nant que le comte d'Avellino (*lo coms de Velli*) arrive avec
« une suite nombreuse ». On voit que ce passage confirme la
correction proposée plus haut à propos d'une autre pièce.

XIVe SIÈCLE.

Bibl. de l'École
des ch., t. XXX,
p. 468.

XIVe SIÈCLE.
—

Bertran répond qu'il n'eût pas demandé mieux que de transiger, mais que son adversaire s'y refuse jusqu'à la venue du comte. « Me conseilles-tu d'attendre? » demande-t-il à son roussin. « Bertran, dit celui-ci, il faut attendre, et faire « présent au comte de ce débat, auquel il prendra plaisir. » L'envoi est ainsi conçu : « Tenson, hâte-toi d'aller à Au- « bagne; là tu apprendras où est le comte, et tu lui diras « sans retard que je le prie humblement de me faire payer. » Pour la forme, cette pièce est imitée du *sirventes* de Peire Car- dinal : *Totz lo monz es vestitz et abrazatz.* Quant à l'idée d'un débat entre un homme et un animal, elle est fréquente dans la poésie du moyen âge. Il existe une sorte de tenson du même genre entre le comte de Provence, Raimon Bé- renger IV, et son cheval *Carn e ongla.* En français on peut citer le *Plait Renart de Dammartin contre Vairon son roncin;* en catalan, le débat de Buc et de son cheval et la *Dispute del Ase contra fra Enselme de Turmeda sobre la natura e nobleza dels animals* (Barcelone, 1569, in-4°).

Hist. littéraire
de la Fr., XXIII,
459. — Zeitschr
für rom. Phil., t. I,
p. 79.

JACME MOTE, d'Arles. — Les mots *En Jacmes Mote d'Arle* se lisent dans le manuscrit Giraud (fol. 16 v°) en tête d'un *sirventes* que ce manuscrit seul nous a conservé. « Mote » n'est guère une forme méridionale. Si l'on se risquait à lire *Mote[t]*, on pourrait identifier l'auteur du *sirventes* dont nous allons parler avec un troubadour auquel nous consacrerons tout à l'heure une courte notice. Ce *sirventes* a été composé en l'honneur de Charles II, comte de Provence et roi de Naples, au moment où ce prince, libéré de la prison où le tenait Pierre III d'Aragon, venait d'arriver en Provence. Cette circonstance permet de placer la composition de la pièce aux environs de l'année 1290. Le poète salue avec enthousiasme le retour de son souverain : « Vous nous avez « rendu, dit-il, joie, paix, courtoisie, le jour que vous vîntes « nous voir. Joie, soulas, allégresse étaient morts en Pro- « vence, avant votre arrivée. Maintenant votre bonté les a « fait revivre : tel rit qui ne pouvait que pleurer..... Nous « étions honnis, maltraités, avilis par d'ignobles goujats.

Bibl. de l'École
des ch., t. XXX,
p. 463.

« Il était grand temps, seigneur, que vous vinssiez. On nous
« volait, on nous battait. Comment Dieu pouvait-il le per-
« mettre? Ceux qui avaient été institués pour nous rendre la
« justice étaient les premiers à nous dépouiller. » En terminant, le poète rappelle à Charles II les exemples laissés par
son père Charles Ier, le conquérant de la Pouille, et par son
aïeul le preux comte Raimon Bérenger IV.

Cette pièce offre les mêmes rimes qu'une chanson du
troubadour Peirol[1] dont le succès a été grand, car elle a
servi de modèle à divers sirventés composés dans la même
forme et sur les mêmes rimes par Peire Cardinal, Bertran
de Lamanon, Austorc d'Orlac, Bernart de Rouvenac.

Motet. — « En Motet[2] » est l'auteur d'une chanson
d'amour transcrite également dans le manuscrit Giraud
(fol. 49) et qui n'a pas été rencontrée ailleurs. Elle paraît
incomplète, n'ayant que quatre couplets et un envoi. Le
nom de Motet se rencontre fréquemment à Arles depuis la
fin du XIIe siècle. Un *Motetus* fut consul d'Arles en 1197 et
1206[3]. Le même, ou un autre du même nom, exerça les
mêmes fonctions en 1221[4]. *Motetus*, chanoine d'Arles, figure
dans un acte de 1224[5]. En 1245 on trouve parmi les consuls
de la même ville un Motet[6], et en 1264 un Bertrand Motet[7]. Nous pouvons donc conjecturer que notre Motet fut le

---

[1] Peirol :

M'entencio ai tot' en un vers meza
Com valgues mais de chant qu'ieu anc
　　　　　　　　　　　　　　　[fezes ;
E pot esser que fora mielhs apreza
Chansoneta, s'ieu faire la volgues,
　Mas chansos torn'en leujaria
　E bos vers, qui far lo sabia,
Es mi semblan que mais degues valer,
Per qu'ieu en vuelh demostrar mo saber.

[2] Lu à tort *Moter* dans la Bibl. de
l'École des ch., t. XXX, p. 509.

[3] *Le Musée, revue arlésienne historique
et littéraire*, 1873-1874, p. 46, 48.

[4] *Rev. des Soc. sav.*, 5e série, t. VIII,
p. 80. Le nom est imprimé à tort *Motelus*.

Jacme Mote :

' Non es razons qu'ieu deg'aver pereza,
Senh'en prinse, de far .j. sirventes.
Tals volontatz s'es dedins mon cors meza,
Per quel faray, c'aras veg que luoes es
　De chantar qui talen n'auria,
　Car joy e pres e cortesia
Nos restauretz, senher prinse, per ver,
Lo premier jorn que nos venguest vezer.

[5] Blancard, *Chartes de Saint-Gervais-
lès-Fos* (Marseille, 1878), p. 47.

[6] *Le Musée*, 1873-1874, p. 85 ; Ani-
bert, *Mémoires sur l'anc. républ. d'Arles*,
t. III, p. 355.

[7] *Le Musée*, p. 101.

XIV⁰ SIÈCLE.

compatriote de Jacme Mote, si toutefois ce n'est pas le même
homme sous un nom un peu différent. La chanson amoureuse que nous avons de lui n'offre d'ailleurs que les lieux
communs du genre, et elle est dépourvue de tout indice
historique ou géographique. La forme aussi (*a bb a cc dd*) est
une des plus communes. Nous y remarquons *d'ostra* pour
de vostra, réduction qui s'observe aussi dans la pièce de
Jacme Mote et dans quelques autres poésies du même temps
et du même pays.

Bibl. de l'École
des ch., t. XXX,
p. 506.

PONSON. — Ponson aussi était vraisemblablement d'Arles
ou des environs. Nous trouvons sous son nom, dans le manuscrit Giraud (fol. 24 v° et 25), deux requêtes amoureuses,
adressées, nous le supposons, à la même dame. L'envoi de
la première pièce nous apprend que cette dame vivait en
Provence; dans l'envoi de la seconde l'auteur déclare préférer
l'amour de sa dame à Beaucaire et à toute la terre d'Argence. La terre d'Argence était le territoire qui environnait
Beaucaire et s'étendait, sur la rive droite du Rhône, jusqu'à
la Camargue [1]. Ce troubadour ne peut être antérieur à la
fin du XIII⁰ siècle : il écrit *os* pour *vos* et *ostre* pour *vostre*.

Ibid., p. 503.

JOHAN DE PENNES. — Johan de Pennes tirait probablement son surnom de Pennes, commune de l'arrondissement
d'Aix. Le manuscrit Giraud nous a conservé de lui une sorte
de tenson, qui, dans le premier couplet, est qualifiée de *guerrier*. (*Un guerrier, per alegrar, Vuelh comensar car m'agensa*.)
Dans les couplets suivants, les deux interlocuteurs, qui sont
le poète et sa dame, se qualifient respectivement de *guerrier*
et de *guerriera*. « Ma guerrière » est une expression dont plusieurs troubadours et trouvères se sont servis pour désigner la
dame de leurs pensées quand celle-ci se montrait rebelle à
leurs désirs. Mais dans le cas présent le guerrier et la guerrière paraissent s'entendre le mieux du monde. « Mon guer
« rier, dit la dame, sachez que je fais grande pénitence,

---

[1] Vaissète, *Hist. de Lang.*, t. II, note 38, VI; édit. Privat, t. IV, 186.

« quand je me retiens de vous témoigner la grande affec-
« tion que j'ai pour vous, par crainte des médisants. » Et le
guerrier lui répond que, quand on aime loyalement, on ne
doit pas craindre les médisants. Un autre passage de la
même pièce nous apprend que la dame était de Tarascon.
« Vous êtes fleur de beauté, dit Jean de Pennes, et je ne
« saurais où chercher dans Tarascon plus belle ni qui frappe
« mieux du dard d'amour. »

Guillem de l'Olivier, d'Arles, nous a laissé un grand
nombre de ces couplets isolés, à formes variées et contenant
en général des lieux communs de morale, que l'on nommait *coblas esparsas*. Presque tous nous ont été conservés par
le chansonnier La Vallière (fol. cxiij et cxiiij). Ils ont été
publiés dès 1856 par K. Bartsch dans ses *Denkmäler der provenzalischen Literatur*. Un petit nombre se rencontrent dans
le manuscrit donné à la Bibliothèque nationale par feu Giraud (fol. 6 v°), et parmi ceux-là deux (les nᵒˢ 3 et 5) se trouvaient déjà dans le manuscrit La Vallière. Dans ce dernier
recueil, les *coblas* sont précédées d'une rubrique ainsi conçue :
Aiso so coblas triadas esparsas d'en G. de l'Olivier d'Arles. Dans
le manuscrit Giraud on lit simplement *En G. de Lobevier*. On
a reconnu depuis longtemps que *Lobevier* était une faute de
copiste pour *Lolivier*. Mais, si l'accord peut s'établir facilement pour le surnom, il reste des doutes en ce qui concerne
le nom. Bartsch s'est décidé, sans donner ses raisons, pour
Guiraut. Nous préférons *Guillem*, non seulement parce que
Guillem est beaucoup plus fréquent à Arles que *Guiraut*,
mais encore parce que deux personnages du nom de *Guillelmus Olivari* (appartenant probablement à la même famille) figurent en 1211 et en 1276 sur la liste des consuls
de cette ville [1]. Notre troubadour pourrait être identifié avec
le second. Le caractère de ses poésies, comme l'âge des manuscrits qui nous les ont conservées, indiquent en effet la fin
du xiiiᵉ siècle, sans qu'aucune allusion historique permette

---

[1] *Le Musée, revue arlésienne*, 1873-1874, p. 55.

une détermination plus précise. Les préceptes moraux, les
maximes diverses que G. de l'Olivier a mis en rime ne sont
pas ordinairement le fruit de ses propres méditations. Beaucoup sont empruntés à la Bible ou à quelqu'un de ces traités
apocryphes qui, pendant tout le moyen âge, ont circulé sous
le nom de Sénèque. Celui-ci notamment est cité plusieurs
fois. Il aurait dit, selon notre troubadour, que l'homme à
qui on donne le nom de sage est celui qui sait le mieux
couvrir ses fautes, et que la distinction du tien et du mien
aurait fait entrer la discorde dans le monde. D'autres fois
G. de l'Olivier cite des autorités plus modernes : « Je trouve,
« dit-il, en un de nos auteurs, qu'il est permis de changer
« le bien pour le meilleur, et le preux comte Raimon de
« Toulouse a exprimé une vue ingénieuse que je reproduirai
« pour qu'elle ne s'oublie pas : Quand j'entends ce que je
« n'avais pas encore entendu, quand je pense ce que je n'avais
« pas pensé jusque-là, je dis qu'il est permis de changer
« d'avis. » C'est l'idée qu'un poète moderne a exprimée en
disant : « L'homme absurde est celui qui ne change jamais. »
Nous ignorons d'ailleurs quel était ce Raimon de Toulouse.
Aucun des comtes qui ont porté ce nom n'a laissé d'écrits.
Il est plus facile de vérifier la citation faite dans le couplet
qui suit : « Marcabrun nous dit que de bon père naît bon
« enfant (*De bon paire eys bon efan*), et semblablement mau-
« vais rejeton de mauvais parent. Il est en effet certain que
« la créature tient de sa nature. Et c'est pourquoi une
« dame qui veut aimer doit savoir choisir son amant, car le
« fol engendre la folie et le sage la sagesse. » Marcabrun,
malgré la bizarrerie et l'obscurité de son style, est l'un des
troubadours dont la renommée s'est conservée le plus longtemps. Il est intéressant de le voir cité encore à la fin du
XIIIe siècle. G. de l'Olivier fait allusion à ces vers :

El vilans ditz tras l'araire :
Bons fruitz eis de bon jardi,
Et avols fills d'avol paire,
E d'avol caval rossi.
　　　　(*Dirai vos en mon lati.*)

Bartsch, Denk-
mäler, 31, n° 17.

Ibid., 34, n° 30.

Ibid., 33, n° 24.

Ibid., 27, n° 7.

On voit que notre troubadour arlésien aimait à commenter les proverbes. En fait, un bon nombre de ses *coblas* ne
sont que la paraphrase de dictons populaires; par exemple
celle-ci : « Qui veut avoir beaucoup d'amis doit porter
« honneur à tous, grands, moyens et petits, leur venant en
« aide par des actes ou par des conseils, quand ils sont dans
« l'embarras. C'est ainsi qu'on acquiert des amis, qui, en un
« besoin, pourront vous être mille fois plus utiles que deux
« pleins sacs de besants dans votre caisse. » Évidemment il
pensait au vieux proverbe, beaucoup plus pittoresque en sa
concision : « Mieux vaut ami en voie que denier en courroie[1]. »

Bartsch, Denk-
mäler, p. 3o, n° 1 6.

La poésie de G. de l'Olivier, comme toute poésie morale,
manque un peu de personnalité. Sa morale, toutefois, n'est
pas celle des prédicateurs. Elle est moins sévère; elle fait la
part des faiblesses humaines, et ne blâme dans l'amour que
l'excès ou l'inconstance.

« Dames, dit-il, je vous donne pour conseil, si vous
« voulez faire un ami, de le choisir tel que vous n'ayez pas
« à l'abandonner pour un autre. » Et plus loin : « Beaucoup
« feignent d'être amoureux et se tiennent pour vrais amants,
« qui usent de fausseté et de tricherie envers amour. Ils ont
« semé leur passion en tant de lieux qu'ils sont sortis du
« bon chemin. C'est ainsi que l'amour se dévoie, car, en droit
« d'amour, un fin amant doit aimer une seule dame, et une
« dame ne doit avoir qu'un amant. »

Ibid., p. 27,
n° 4.

Ibid., p. 27,
n° 6.

Entre tous les couplets de G. de l'Olivier il n'en est qu'un
qui rappelle le pays où vivait l'auteur. C'est le dernier de
ceux du manuscrit Giraud. Il commence par cette comparaison bizarre autant que locale : « Aussi vrai qu'il y a trois
« lieues d'Arles à Tarascon, il y a trois choses à quoi on re-
« connaît la sottise d'une femme. » L'une de ces trois choses,
c'est quand la femme conte à son mari qu'on l'a priée
d'amour.

Bibl. de l'Éc. des
ch., t. XXX, p. 5 1 6.

---

[1] C'est un proverbe français, dont on
a bien des exemples (Le Roux de Lincy,
Le Livre des proverbes français, 2° éd., II,
236). On disait de même en provençal :

Per c'om ditz que mais val en cocha
Amics que aur e tor serrada.

(Amanieu de Sescas, *Dona per cui;*
Rayuouard, *Choix*, V, 22.)

IMPRIMERIE NATIONALE.

XIVe SIÈCLE.

—

Bibl. de l'Éc. des
ch., t. XXX, p. 510.

BÉRENGUIER TROBEL est l'auteur de deux chansons, d'une facture médiocre, que nous a conservées le manuscrit Giraud. L'une (fol. 10) n'a, à vrai dire, de la chanson que la forme. Elle consiste en une suite de conseils sur la façon de se faire des amis et sur la conduite qu'on doit tenir à leur égard. Ce sont des matières que l'on traitait plus habituellement soit en *coblas esparsas,* soit en vers de huit syllabes. A proprement parler, c'est une sorte d'*ensenhament* en forme de chanson. On y peut recueillir quelques avis pratiques : « Sache « prendre part à toute conversation, selon la condition des « gens : au marchand parles d'or et d'argent, au noble de « guerre ou d'amour, au lettré de plaids ou de littérature, « au prud'homme du vent et de la bise, aux demoiselles de « plaisirs et de chansons, aux dames de leurs enfants. » Et plus loin : « Lorsque tu te seras fait un ami, tâche de sur- « prendre quelques-uns de ses secrets, en lui confiant les « tiens avec réserve, sans lui faire connaître ce qui serait « périlleux. Ouvre-lui ton cœur en une telle mesure que, si « l'amitié venait à s'affaiblir ou à mourir, ou si un différend « surgissait entre vous, tu saches sur son compte deux fois « plus de choses que lui sur le tien. »

Dans la seconde pièce (fol. 33) l'auteur se félicite de s'être dégagé des liens d'Amour et se répand en doléances sur les peines qu'Amour impose à ceux qui le servent. C'est un sujet qui a été maintes fois traité par les troubadours et qui notamment a inspiré à Folquet de Marseille l'une de ses plus belles chansons (*Sitot me soi a tart aperceubutz*). La composition de Bérenguier Trobel sur cette matière si rebattue ne contient aucun trait nouveau ni ingénieux. Il suffira d'en traduire le premier couplet : « Comme celui qui a été mis « en prison sans l'avoir mérité, et se sent plein de joie lors- « qu'il est délivré, je m'estime heureux d'avoir pu m'éloigner « d'Amour, par qui je m'étais laissé enchaîner avec bonheur. « Tel le mauvais seigneur veut être servi et honoré sans « payer de retour, et celui-là perd son temps qui consent à « vieillir dans un servage qui ne peut en rien lui profiter. »

Selon la vraisemblance, Bérenguier Trobel vivait en Pro-

XIVe SIÈCLE.

vence et composait dans les dernières années du XIIIe siècle ou au commencement du XIVe; mais aucune allusion historique ou autre ne permet de l'affirmer positivement.

ROSTANH BÉRENGUIER. — Nous avons de Rostanh Bérenguier quatre pièces en forme de chanson, et quelques couplets échangés avec un bâtard d'un roi d'Aragon. Ces diverses compositions nous ont été conservées par le manuscrit Giraud, et aucune d'elles ne se rencontre ailleurs. Elles permettent d'assigner à l'auteur un rang fort honorable parmi les derniers troubadours provençaux. Elles nous fournissent en même temps quelques indices précis sur sa condition sociale, sur ses relations, sur le temps où il vécut. La rubrique placée dans le manuscrit en tête de chacune de ses pièces est ainsi conçue : *Mosenh Rostanh Berenguier de Maselha*. Ce titre de *Mosenh*, remplacé en deux endroits par *Mesier*, donne à croire qu'il était chevalier. Ce n'était assurément ni un jongleur de profession, ni, comme plusieurs troubadours du même temps, un bourgeois se plaisant à cultiver la poésie.

Bibl. de l'Éc. des ch., t. XXX, p. 481.

La première de ses pièces, selon l'ordre du manuscrit, est aussi la plus intéressante. C'est une sorte de chanson qui n'a pas moins de neuf couplets et de deux envois. Dans les six premiers couplets l'auteur fait l'éloge de divers personnages célèbres qu'on n'est pas habitué à trouver groupés ensemble : Lot, Job, Salomon, Abraham, le vieillard Siméon, Alexandre le Grand. Puis il nous fait savoir qu'il a un seigneur en qui Dieu a réuni tous les mérites de ces personnages. Ce seigneur, il le nomme : c'est Foulque de Villaret, grand maître de l'Hôpital. Foulque de Villaret, le conquérant de Rhodes, succéda comme grand maître à son frère Guillaume de Villaret en 1307, et se démit de ses fonctions en 1319. Il mourut en 1327. Il faut donc que la pièce de Rostanh ait été composée entre 1307 et 1319, et il n'est peut-être pas téméraire de conjecturer qu'elle a pu être faite à l'occasion de la promotion du grand maître.

Les couplets échangés avec le bâtard d'Aragon sont des

XIVᵉ SIÈCLE.

———

Bibl. de l'Éc. des ch., t. XXX, p. 483.

Tourtoulon (Ch. de), Revue des langues romanes, t. IV, p. 396.

jeux d'esprit, dont l'intérêt serait plus grand si nous avions le moyen de savoir exactement qui était ce bâtard d'Aragon. Le premier éditeur avait cru que ce pouvait être l'un des fils naturels de Jacques le Conquérant. Mais depuis on a fait observer qu'il s'agissait plus probablement d'un des nombreux bâtards de Pierre III d'Aragon, fils du Conquérant. Nous reconnaissons volontiers que cette hypothèse convient mieux aux dates avérées de certaines des compositions de Rostanh. Dans un de ces couplets le bâtard d'Aragon propose à Rostanh une énigme, assez facile à deviner du reste, contenant le nom de sa belle; ce couplet est intitulé dans le manuscrit *peticio*. Rostanh répond sur les mêmes rimes (c'est la *remissio*) : il a trouvé le mot de l'énigme, qui est le nom de femme *Garsen*. Deux autres couplets sont de simples jeux de mots. On ne peut en donner une idée qu'en les citant, d'autant plus que la traduction présenterait des difficultés de plus d'un genre.

<table>
<tr><td>Peticio del Bort.</td><td>Remisio de Monsen Rostainh.</td></tr>
<tr><td>

Midons m'es imperativa,
Car mi consen l'optatiu,
E sim fos indicativa
Quem mostres son conjunctiu,
For' amors infinitiva;
E quar em correlativa,
Volgra de mi far actiu
E de leys fayre passiva.

</td><td>

D'amor de joy genitiva,
Quar n'ay semblant vocatiu,
Am tal qu'es nominativa
De fin pres nominatiu;
E car es de joy dativa,
En ren non acusativa,
Vas leys mi rent e m'altiu
Ses volontat ablativa.

</td></tr>
</table>

Cette facétie grammaticale appartient à un genre qui n'était plus dans toute sa nouveauté au temps de Rostanh Bérenguier. Un troubadour anonyme, plus ancien d'au moins un demi-siècle, avait composé une pièce dont voici les premiers vers :

La beutat nominativa
Que avetz, el gran valor,
Dona de pretz genetiva,
Mal cuja de ma dolor,
Crezen quem feretz dativa.
Bella, de vostre ricor,

Pois no m'etz acusativa
Per conseil d'acuzador.
      (Mahn, *Ged. d. Troub.*, n° cx.)

Et un poète inconnu du XIIIᵉ siècle avait dit en latin :

Vocativos oculos,
Ablativos loculos
Gerunt mulieres;
Si dativus fueris,
Quandocumque veneris
Genitivus eris.
    (*Anzeiger f. Kunde d. deutschen Vorzeit*, 1871, col. 339.)

La vogue de cette sorte de jeu de mots fut durable. M. de
Longpérier a publié quelques vers gravés sur une bague du
xvᵉ siècle qui ne sont pas sans rapport avec le couplet du
bâtard d'Aragon :

Journ. des sav.,
1881, p. 631.

Une fame nominative
A fait de moi son datiff
Par la parole genitive
En depit de l'accusatiff.
Si s'amour est infinitive,
Ge veil estre son relatiff.

A ce propos notre regretté confrère a cité diverses pièces
du même temps, de Charles d'Orléans notamment, où les
termes grammaticaux sont de la même manière détournés
de leur sens spécial et employés dans leur signification ély-
mologique.

Entre les couplets échangés avec le bâtard d'Aragon, deux
offrent un certain intérêt historique. Ils contiennent une
attaque virulente contre les templiers, où se reflète visiblement le sentiment populaire à une époque voisine de la
chute de l'ordre. Ils ne peuvent avoir été composés longtemps avant 1312, date de la condamnation des templiers;
ils sont assurément postérieurs à l'an 1291, puisque le
second couplet fait allusion à la prise de Saint-Jean-d'Acre.
En voici la traduction :

Puisque de ce côté de la mer maints chevaliers du Temple se dé-

78   TROUBADOURS DE LA FIN DU XIIIᵉ SIÈCLE.

portent, chevauchant des chevaux gris, et se reposent à l'ombre, contemplant leurs cheveux blonds; puisque souvent ils donnent au monde mauvais exemple; puisque leur orgueil est si grand qu'on ne les peut regarder en face, dites-moi, bâtard, pourquoi le pape les souffre, quand il les voit dans les prés, sous la feuillée, gaspiller honteusement les richesses qu'on leur offre pour Dieu.

Car, puisqu'ils les ont pour recouvrer le saint Sépulcre et les gaspillent, menant une vie mondaine, puisqu'ils trompent le peuple en contrefaisant Goliath et Saül, je crois qu'ils ont encouru la colère de Dieu. Puisque si longtemps, eux et les chevaliers de l'Hôpital, ils ont souffert que la fausse gent turque restât en possession de Jérusalem et d'Acre, puisqu'ils sont plus fuyants que faucon sacre, c'est grand tort, ce me semble, qu'on n'en purge pas le monde.

Le manuscrit Giraud nous a en outre conservé trois poésies amoureuses de Rostanh Bérenguier. Elles ne sont remarquables ni par les idées ni par le style. L'une (*Tot en aisi con es del balasicz*) est une sorte de plainte d'amour adressée par Rostanh à sa dame qu'il appelle *Bel conort;* une autre (*La doussa paria*) a la forme de ces pièces qu'on appelait en provençal *estampidas,* en français *estampies,* et qui étaient vraisemblablement destinées à marquer la mesure de certaines danses. La troisième enfin (*Tant es plasent nostr' amia*) est une chanson, probablement incomplète (il n'y a que quatre couplets), dans laquelle Rostanh fait l'éloge de sa dame.   P. M.

LÉGENDES PIEUSES EN PROVENÇAL.

Les traductions ou paraphrases de l'Écriture sainte, des évangiles apocryphes, des vies des saints, des visions, des miracles, tous écrits que l'on peut comprendre sous la dénomination de légendes pieuses, occupent dans les littératures vulgaires du moyen âge une place considérable. C'étaient, surtout lorsqu'elles adoptaient la forme poétique, des œuvres de passe-temps aussi bien que d'édification. Le peuple les goûtait, et les théologiens les exceptaient de la réprobation dont ils frappaient beaucoup d'écrits en langue vulgaire. Toutefois cette branche de la littérature paraît avoir été médiocrement en faveur dans le midi de la France. A cet égard le contraste avec le nord est frappant. En français, à nous en tenir à un seul genre de légendes pieuses, nous possédons encore des versions rimées de plus de cinquante vies de saints, et le nombre total de ces versions s'élève bien plus haut encore, puisque de certaines vies de saints nous connaissons jusqu'à huit ou dix paraphrases versifiées, tout à fait indépendantes les unes des autres. C'est le cas notamment pour les vies de saint Eustache, de sainte Catherine et de sainte Marguerite. En provençal, au contraire, les seules vies de saints dont nous possédions des traductions en vers sont, par ordre alphabétique, celles de saint Alexis, de saint Amant, évêque de Rodez, de sainte Énimie, de sainte Foi d'Agen (deux versions), de saint Georges, de saint Honorat, de sainte Marguerite (deux versions), de sàinte Marie Madeleine et de saint Trophime, évêque d'Arles. On y peut joindre, pour compléter la série des légendes pieuses, les vies des apôtres saint André, saint Jean l'Évangéliste et saint Thomas, insérées par Matfré Ermengau dans son *Breviari d'amor*, et les traductions en vers des évangiles de Nicodème et de l'Enfance. À part la vie de saint Honorat, par Raimon Féraut, et la traduction de l'évangile de Nicodème, qui eurent en leur temps un assez grand succès, toutes ces versions de légendes latines ne nous sont connues que par une seule copie, rarement par deux. C'est dire qu'elles furent peu répandues ou qu'on attachait peu de prix à leur conservation. Il est donc probable que beaucoup ne sont pas parvenues jusqu'à nous. Celles qui nous restent ne se recommandent en général ni par leur ancienneté, ni par le mérite du style ou des idées. Ce sont les œuvres de versificateurs médiocres. Aucune n'approche, pour la valeur poétique, de l'ancienne vie française de saint Alexis ou de la vie de saint Thomas de

xiv° siècle.

Cantorbéry, par Garnier de Pont-Sainte-Maxence. Nous ne traiterons pas, dans les pages qui suivent, de toutes les légendes qui ont été énumérées plus haut. Deux d'entre elles ont déjà été étudiées par nos devanciers, celles de saint Amant et de saint Honorat; d'autres appartiennent à une époque à laquelle nous ne sommes pas encore arrivés. Nous nous bornerons à parler de celles qui nous paraissent avoir été composées soit à la fin du xiii° siècle, soit au commencement du xiv°.

Hist. litt. de la Fr., XV, 477-479; XXII, 236-240.

A ce que nos devanciers ont dit de la vie de saint Amant et de celle de saint Honorat nous ajouterons seulement deux remarques. Au sujet de la vie de saint Amant, ou, pour parler plus exactement, du fragment que nous en a conservé le jurisconsulte Dominicy, nous ferons observer que cette version ne nous paraît pas remonter au xii° siècle, comme on le croyait autrefois. La langue indique une époque plus récente, le milieu ou la fin du xiii° siècle. Quant à la vie de saint Honorat, nous nous bornerons à dire que l'opinion qu'on s'était formée de ce poème, d'ailleurs non dépourvu de mérite littéraire, a été considérablement modifiée depuis qu'on a retrouvé en divers manuscrits[1] la vie latine de saint Honorat dont le poème de Féraut est la paraphrase élégante, mais au fond exacte.

VIE DE SAINTE ÉNIMIE,

PAR BERTRAN DE MARSEILLE.

L'auteur ou, plus exactement, le traducteur de la vie de sainte Énimie nous a fait connaître son nom. « Maître Ber-«tran de Marseille a rimé d'après le latin ce roman en l'hon-«neur d'une glorieuse et sainte vierge de la maison royale de

---

[1] Voir dans la *Romania*, VIII, 481-508, le mémoire intitulé : *La vie latine de saint Honorat et Raimon Féraut.* Lorsque cet article a été écrit on ne connaissait de l'original latin que deux manuscrits, l'un à Trinity College, Dublin, l'autre à la Bodléienne, Oxford. Depuis, la Bibliothèque nationale en a acquis un troisième manuscrit (Nouv. acq. lat. 575).

XIV° SIÈCLE.

«France qui avait nom Énimie.» C'est à la demande du prieur et du couvent de Sainte-Énimie qu'il avait entrepris son travail, et de cette circonstance, comme aussi de la connaissance qu'il manifeste des lieux où s'était écoulée la vie religieuse de la sainte, on peut induire qu'il avait séjourné, au moins temporairement, à Sainte-Énimie. Le village de ce nom, maintenant chef-lieu de canton de l'arrondissement de Florac, est situé sur la rive droite du Tarn, dans la région désolée où cette rivière s'est ouvert un étroit passage entre le Causse de Sauveterre et le Causse Méjan, dont les flancs abrupts surplombent à une grande hauteur son lit resserré et embarrassé de rochers. Ce fut, jusqu'à une époque voisine de nous, un lieu de pèlerinage, qui toutefois ne semble pas avoir jamais été très fréquenté. Il eut à souffrir du voisinage de sanctuaires plus célèbres et plus facilement accessibles, tels que Notre-Dame de Quézac, et surtout Notre-Dame du Puy. Aussi l'œuvre de Bertran de Marseille paraît-elle avoir été peu répandue. Il ne nous en est parvenu qu'une seule copie, le manuscrit 6355 (ancien Esp. 7) de la bibliothèque de l'Arsenal, qui, d'après les caractères de la langue, paraît avoir été exécuté dans le pays même où était révérée sainte Énimie. Des extraits considérables de ce manuscrit ont été publiés par Raynouard dans le tome I de son Lexique roman; le texte entier en a été mis au jour en 1856 par K. Bartsch, dans ses *Denkmäler der provenzalischen Literatur,* et, l'année suivante, par M. C. Sachs, dans une édition à part[1]. Le manuscrit ne semble pas antérieur au milieu du xiv° siècle, mais l'œuvre elle-même paraît remonter à la fin du xiii° au moins. Nous ne possédons sur l'auteur aucune information. Le titre de maître qu'il s'attribue permet de supposer qu'il était clerc. On connaît un Bertran de Marseille, instituteur des frères de la Pénitence de la Madeleine, qui vivait dans la seconde moitié du xiii° siècle. Mais il serait téméraire d'identifier

Achard, Hommes illustres de la Provence, t. I, p. 83.

---

[1] Voici le titre que porte cette édition : *La vie de sainte Énimie, von Bertran von Marseille,* in provenzalischer Sprache zum ersten Male vollständig herausgegeben von C. Sachs. Berlin, 1857, in-8°.

IMPRIMERIE NATIONALE.

les deux personnages, le nom de Bertran ayant certainement été porté à cette époque par plus d'un Marseillais.

Nous possédons la légende latine que notre Bertran a mise en rimes provençales. Il en existe au moins deux manuscrits. L'un appartient au fonds des manuscrits latins de la Bibliothèque nationale (n° 913). C'est un livre de luxe, écrit au commencement du xiv° siècle et orné de vignettes et de lettres richement historiées. On y voit en divers endroits l'écu de France et les armes de la maison de Châteauneuf-Randon. Il est à croire qu'il a été exécuté pour un membre de cette famille, peut-être pour Austorc ou pour Gui de Châteauneuf, qui furent successivement prieurs de Sainte-Énimie entre 1301 et 1318[1]. Quant aux armes de France, leur présence s'explique assez naturellement par la légende elle-même. En effet, selon le récit latin, fidèlement traduit par maître Bertran, sainte Énimie était fille de Clovis, fils de Dagobert et arrière-petit-fils de Clovis, le premier roi chrétien. C'est donc Clovis II que l'auteur a eu en vue. On croyait au moyen âge que les rois mérovingiens portaient l'écu fleurdelisé. Une tradition très répandue affirmait qu'un ange l'avait apporté du ciel à Clovis au moment d'un combat[2]. Outre la vie de sainte Énimie, le manuscrit de la Bibliothèque nationale renferme le récit de l'invention de son corps, deux panégyriques rédigés visiblement d'après la vie, divers récits de miracles et un office noté de sainte Énimie. Le manuscrit tout entier a été publié récemment par un ecclésiastique du diocèse de Mende[3]. L'autre manuscrit appartient aux archives de la Lozère. Il contient en partie les mêmes documents que le

[1] Voir F. André, *Histoire du monastère et prieuré de Sainte-Énimie*, dans le Bulletin de la Société agricole de la Lozère, t. XVIII, 2° partie, p. 24 (1867).

[2] Voir les textes cités dans les notes du *Débat des hérauts de France et d'Angleterre* (édition de la Société des anciens textes français), p. 132 et 159-160. La même légende est mentionnée dans le roman d'Hélène de Constantinople; voir Douhet, *Dict. des légendes*, col. 551.

[3] *Acta sanctæ virginis Enimiæ et Francorum Clotarii II filiæ regis, ex Bibl. nat. lat. n° 913. S. Martini de Bobalibus*, 1883. In-16. — L'éditeur, et en même temps l'imprimeur, est M. l'abbé Pourcher, curé de Saint-Martin de Boubaux.

manuscrit de Paris, avec d'autres pièces relatives au diocèse
de Mende. Des extraits en ont été communiqués en 1862 au
Comité des travaux historiques par l'abbé Baldit, alors archiviste de la Lozère. Notre savant confrère M. Delisle fit
sur cette communication, dans la Revue des Sociétés sa-
vantes (2ᵉ série, t. VII, p. 50), un rapport dans lequel il eut
occasion de parler, avec sa compétence ordinaire, du manuscrit de Paris, et fit ressortir l'intérêt des morceaux qu'il
contient pour l'histoire ecclésiastique et pour la géographie
du Gévaudan.

La légende de sainte Énimie est une fabrication hagio-
graphique dénuée de tout fondement historique. Ainsi en
ont jugé Mabillon[1], qui l'a résumée d'après le manuscrit
de Paris, et les auteurs de l'Histoire de Languedoc[2]. Les Bollandistes[3] en ont discuté longuement les anachronismes et
finalement l'ont exclue de leur collection. Le nom même
d'Énimie, qui ne se rencontre point ailleurs, semble être le
résultat de quelque fausse lecture, et la sainte elle-même
est, selon toute apparence, imaginaire. Les faits que raconte la légende sont en résumé ceux-ci : Énimie était fille
d'un Clovis, roi de France, qui avait pour père Dagobert,
et pour ancêtre (*atavus*) Clovis, le premier roi chrétien de
France. Elle avait un frère qui s'appelait Dagobert comme
son grand-père et qui succéda sur le trône à son père Clovis. Comme ces données sont inconciliables avec l'histoire,
on a proposé de corriger le texte qui porte : *progenita de
patre rege nomine Clodoveo filio Dagoberti*, en substituant à
Clodoveo filio les mots *Clotario patre*[4]. Mais cette correction,
si elle était admise, conduirait à modifier dans le même
sens plusieurs autres passages de la légende, où Énimie est
considérée comme la fille de Clovis. Et il faudrait, dans
les mêmes endroits, changer aussi le texte de la version pro-

[1] *Acta SS. O. S. Ben.* sæc. III, t. II,
p. LIX.
[2] 1, 332.
[3] *AA. SS.* Oct. III, 403-413.
[4] L'abbé Charbonnel, *Dissertation
historique sur sainte Énimie, vierge, fille
de Clotaire II*, dans le Bulletin de la
Société d'agriculture de la Lozère, t. XV.
On a vu par le titre de l'édition citée
plus haut que M. l'abbé Pourcher a
adopté cette correction, quoique peu
vraisemblable.

vençale, qui est d'accord avec le latin. Est-il d'ailleurs nécessaire de supprimer un anachronisme dans un ouvrage qui
en contient un si grand nombre?

La jeune Énimie s'était vouée au service de Dieu et des
pauvres. Elle refusa les prétendants que sa grande beauté
avait attirés, de sorte que, voyant ses parents disposés à la
marier malgré sa résistance, elle se mit en prières et demanda à Dieu de lui conserver sa virginité. Ses vœux furent
exaucés. Elle fut attaquée de la lèpre, et toute médication
fut impuissante à l'en guérir. Il ne convenait pas, nous dit
l'hagiographe, qu'elle fût guérie par des moyens humains.
Elle supportait cette affreuse maladie avec patience, rendant
grâces à Dieu de l'avoir ainsi éprouvée, lorsqu'elle eut une
vision. Un ange lui apparut et lui dit qu'il y avait en Gévaudan une source, la source de Burla, où elle trouverait sa
guérison. Énimie se mit en marche, accompagnée d'une suite
nombreuse, et, parvenue en Gévaudan, elle eut quelque
peine à découvrir la source qui devait lui rendre la santé.
Les gens du pays l'avaient d'abord adressée à une source
déjà en réputation, qui paraît avoir été celle de Bagnols-
les-Bains, près de Mende; mais un ange l'avertit qu'il ne
convenait pas qu'elle trouvât sa guérison dans des bains
préparés par la main des hommes. Elle continua sa route, et,
ayant enfin trouvé la source de Burla, elle s'y baigna et en
sortit miraculeusement guérie. Elle se remit alors en marche
pour regagner son pays. Mais elle avait à peine quitté le
voisinage de la source, que la lèpre reparut. Revenant sur
ses pas, elle prit un nouveau bain, qui eut immédiatement
l'effet désiré. Se croyant cette fois radicalement guérie, elle
reprit le chemin de la France. Mais Dieu ne voulait pas
que la sainte quittât le Gévaudan. Frappée encore une fois
de la lèpre, elle dut revenir à la source, qui fut aussi efficace que les deux fois précédentes. Énimie comprit enfin
qu'elle devait se conformer à la volonté divine, et résolut
de se fixer auprès de Burla. Elle choisit pour habitation
une caverne située près de la source, et s'y installa avec une
jeune fille qu'elle avait tenue sur les fonts baptismaux et

qui par conséquent portait son nom. De ses compagnons de
voyage, les uns retournèrent en France tandis que les autres
s'établirent en divers lieux de la vallée du Tarn et y me-
nèrent la vie des ermites. Sa réputation de sainteté se répandit au loin, et, par son intercession, de nombreux miracles
s'accomplirent. A l'occasion d'un de ces miracles, l'hagiographe nous conte que saint « Ylarus », évêque de Javols, aurait fondé sur les bords du Tarn deux églises dédiées l'une à
la Vierge, l'autre à saint Pierre, formant comme une abbaye
double placée sous la direction d'Énimie. On croit retrouver
dans cet évêque un souvenir de saint Hilaire qui occupa le
siège de Javols vers 535, à une époque bien antérieure,
par conséquent, à celle où la sainte aurait vécu d'après les
autres données de la légende. Les seigneurs du voisinage
enrichirent de leurs donations ces deux fondations. Le roi
Clovis, père d'Énimie, et Dagobert, frère de celle-ci, suivirent cet exemple et envoyèrent des messagers qui achetèrent
les mas et les fermes du voisinage, pour en faire don au
monastère. C'est ainsi, nous dit l'hagiographe, que le couvent
se trouve posséder, sans titres écrits, des biens nombreux.

La sainte, prévoyant sa mort prochaine, réunit ses religieuses et leur adressa ses dernières recommandations. Elle
leur annonça que sa filleule Énimie la suivrait, à peu d'intervalle, dans la tombe; une révélation surnaturelle le lui avait
appris. Elle leur recommanda de placer le tombeau de cette
jeune fille auprès du sien, mais en un lieu plus élevé, et d'y
faire graver le nom d'Énimie. Le motif de cette disposition est
expliqué sommairement dans les dernières pages de la vie,
et avec plus de détails dans le récit de l'invention du corps
de la sainte qui fait suite à la légende. Nous apprenons que
le roi Dagobert, fils de Clovis et frère de la sainte, désireux
d'enrichir de saintes reliques l'église fondée en l'honneur de
saint Denis, se rendit en Gévaudan pour en rapporter le
corps de sa sœur. Mais, grâce aux prévoyantes dispositions
d'Énimie, il fut, sans le savoir, frustré dans ses intentions.
Voyant un tombeau placé en un lieu honorable, où se lisait
d'ailleurs le nom d'Énimie, il le fit ouvrir et emporta le

86   LÉGENDES PIEUSES EN PROVENÇAL.

corps qui s'y trouvait, ne doutant pas que ce ne fût celui
de sa sœur. Longtemps après, la vérité fut révélée en vision
à un moine appelé Jean. Le véritable tombeau de sainte Énimie fut alors ouvert en présence de l'évêque de Mende et d'un
clergé nombreux. Une suave odeur se répandit aussitôt dans
l'église, et divers prodiges attestèrent l'authenticité de la
précieuse relique, qui fut transportée dans l'église de Mende.
Suit le récit des miracles opérés au tombeau de la sainte.
Il est vraisemblable que cette légende a été composée à
l'occasion de l'ouverture d'un tombeau anonyme dont on
aura voulu faire un but de pèlerinage, en même temps
qu'on cherchait à mettre en valeur la source de Burla, qui
est dépourvue de toute vertu médicale, au détriment de la
source voisine de Bagnols, qui dès lors, un passage de la
légende en fait foi, était exploitée. Nous n'avons pu découvrir si l'abbaye de Saint-Denis avait, en effet, la prétention
de posséder une relique de sainte Énimie, et, à vrai dire,
nous en doutons fort; mais en le supposant on donnait du
prix au sanctuaire où le corps de la sainte avait été miraculeusement retrouvé.

Le récit que nous avons analysé ne fait pas connaître
l'époque où le tombeau fut ouvert, et, par suite, nous man-
quons d'un élément important pour dater le récit même.
Le style, qui est prétentieux et parsemé de réminiscences
classiques, donne à croire que la rédaction qui nous est
parvenue a été composée au xii° siècle, à la fin du xi° au plus
tôt; mais il se peut qu'elle soit le remaniement d'une œuvre
antérieure. En ce cas, il serait possible que la première
forme de la légende remontât au x° siècle et particulièrement à l'époque où le prieuré de Sainte-Énimie, tombé en
décadence et presque abandonné, fut rétabli et en quelque
sorte fondé de nouveau par l'évêque de Mende Étienne, et
placé dans la dépendance du monastère de Saint-Chaffre
(*S. Theofredus*), en Velay. L'acte de l'évêque Étienne est
de 951. Il a été plusieurs fois publié[1].

[1] Mabillon, *De re diplomatica*, p. 569; Vaissète, *Hist. de Languedoc*, t. I, preuves,
col. 93.

XIVᵉ SIÈCLE.

A la suite de l'invention du corps, le manuscrit de Paris contient une série de miracles, entre lesquels plusieurs sont contés en vers rythmiques. Le dernier relate diverses guérisons miraculeuses qui auraient eu lieu lors d'un concile tenu récemment à Mende. Nous n'avons trouvé nulle part ailleurs mention de ce concile, dont il nous est par conséquent impossible de fixer la date.

Bertran de Marseille a laissé de côté les miracles, qui peut-être n'étaient pas rédigés au temps où il écrivait. Il a paraphrasé la vie de la sainte et le récit de l'invention du corps avec assez d'exactitude pour que l'analyse du texte latin puisse s'appliquer à la version. Son langage simple, abondant en expressions populaires, contraste avec le style recherché et prétentieux de l'original. Ainsi l'hagiographe, ayant à dire que, la nuit venue, tandis que tout le monde reposait, Énimie était en prière, s'exprime ainsi : *Interea Phœbus, missis habenis, superas oras relinquens, æquoreis se tinxit in undis, noxque secuta nociva, cum jam mortalium quiescerent artus et acies luminum sopirentur a somno, Enimia virgo, Deo devota, nec ad modicum indulsit quieti, sed, manibus expansis, assiduas preces fundebat ad Dominum, orans ut eam eriperet ab inimico, et a sponsali thoro nunquam se sineret contaminari.*

Bertran dit plus simplement :

168 Veus venguda la nuech escura,
　　E van si jazer pel palays,
　　Car del jorn no y avia mays;
　　Mas Enimia la piuzela
172 Fo en una cambra mot bela
　　E non dormi ges, ans preget
　　Lo syeu espos que la formet
　　Que, per la soa pietat,
176 Li gardes sa virginitat.

Ms. fol., 24; éd., p. 18.

Il est plus intéressant de noter les passages où le traducteur a développé ou complété la matière que lui offrait la légende latine. L'un de ces passages se trouve dans le récit

XIVᵉ SIÈCLE.
—

Ms., fol. 40 v°;
édit., p. 54.

Ms., fol. 43 v°;
édit., p. 61.

d'un miracle opéré du vivant de la sainte. Un enfant avait été entraîné par les eaux du Tarn, et son corps inanimé avait été rejeté sur la rive. La mère implora le secours d'Énimie, qui, après avoir prié Dieu, prit l'enfant par la main et le rendit vivant à sa mère. Il y a dans le texte : *Postea vero, egressa de cella, stansque super corpus defuncti juvenis et tenens eum per manum suam, reddidit matri suæ dicens : Secura esto, ecce habes filium tuum qui tuam deinceps in omnibus habeat curam.* Bertran ajoute, d'après quelque tradition locale (à moins qu'il ait eu un manuscrit plus complet que le nôtre), qu'Énimie, avant d'opérer le miracle, s'assit sur un rocher qui s'affaissa sous son poids, jusqu'à la hauteur de ses hanches, en telle sorte que l'empreinte de son corps s'y voit encore (vers 990 et suiv.). Le récit de la lutte de saint Ylarus et du dragon offre aussi quelques additions. La plus notable est celle-ci : lorsque le dragon dompté par le saint se fut précipité dans le Tarn, Ylarus ordonna aux rochers qui dominaient le cours de la rivière de s'abattre sur lui et de l'écraser de leur masse; ce qui eut lieu : *Nec mora : ruunt montes et saxa rescindunt, magnaque eluvie facta, pudendi draconis operiunt artus.* Bertran précise et détaille la scène : «Les traces de cet écroulement sont «encore apparentes, nous dit-il. J'ai vu ce dont je vous «parle. A l'endroit où le cours du Tarn est le plus resserré «sont encore les deux rochers qui tombèrent sur le dragon, «et vous pourriez voir les montagnes voisines qui s'incli- «nent avec un aspect farouche vers la rivière, car elles «s'apprêtaient à fondre sur lui lorsqu'il fut écrasé. Le lieu «s'appelle *sossic,* en souvenir de l'écrasement du monstre. » (Vers 1236 et suiv.). Comme on le voit, Bertran, suivant la tradition du pays, a localisé la scène au Pas-du-Souci, où le Tarn disparaît pour un temps sous un amoncellement de rochers tombés des montagnes voisines.

Ces additions au texte sont assez rares dans le récit de la vie. Dans celui de l'invention du corps, Bertran s'est donné plus libre carrière. Il a considérablement développé et, à certains égards, dramatisé sa matière. L'enlèvement du corps

XIV' SIÈCLE.

de la sainte par Dagobert est brièvement raconté dans le latin. L'hagiographe rappelle qu'Énimie avait ordonné que le tombeau de sa filleule, appelée aussi Énimie, fût placé *in eminentiori loco... cum nomine insculpto.* Elle avait pris ces dispositions en prévision d'un enlèvement : *Scilicet ut veniens prædictus rex, dum sororis corpus se transferre arbitraretur, inventum ipsius comitis, Dei nutu, et loco et nomine delusus, suum transportaret ad regnum. Quod negotium ita foret* (lis. *fuisse*) *peractum apud nos nulli dubium est.* Mais, dans la version provençale, le même récit occupe plus de deux cents vers. Dagobert demande aux religieuses du monastère où est le corps de sa sœur, pour l'emporter à Saint-Denis. L'abbesse lui répond : « Eh! sire, que nous demandez-vous? Et « que deviendrons-nous en ce pays sans le corps de la sainte « que vous voulez emporter? » Le roi insiste, promet de riches donations; mais l'abbesse demeure inflexible. Il finit par entrer dans le monastère, suivi des religieuses qui se désolent, et demande où est le corps : « Cherchez-le, disent les reli- « gieuses, vous le trouverez bien; ce n'est pas par nous que « vous le saurez. » Naturellement le roi finit par trouver un tombeau où était inscrit le nom d'Énimie; il le fait ouvrir. Les religieuses se réjouissent intérieurement de son erreur; mais elles simulent une grande douleur : « Que ferons-nous « en cette vallée, disent-elles, si on emporte notre trésor? » Elles prient toutefois le roi de se montrer bon et charitable à leur égard. Dagobert le leur promet, et se retire avec le corps qu'il croit être celui de sa sœur et qu'il fait placer à Saint-Denis dans une châsse d'argent.

Ms., fol. 5o v°; édit., p. 77.

Bertran de Marseille est un versificateur facile, qui, dans un ouvrage où il n'avait pas à faire preuve d'imagination, a su montrer un certain talent de narrateur. Il est probable que la vie de sainte Énimie n'a pas été son œuvre unique. Toutefois nous ne voyons dans la poésie provençale aucun autre écrit qui puisse lui être attribué avec vraisemblance.

IMPRIMERIE NATIONALE.

VIE DE SAINTE MARIE MADELEINE.

La vie de sainte Marie Madeleine est un poème d'environ
1200 vers alexandrins qui généralement riment deux par
deux, mais où cependant l'auteur ne s'interdit pas d'ali-
gner quatre vers ou plus sur une même rime. Si la versification est négligée, le style est médiocre, et l'œuvre entière, à
quelque point de vue qu'on l'envisage, a peu de valeur littéraire. La langue n'offre aucun caractère particulier d'antiquité. L'auteur ne s'est pas fait connaître, il ne nous a
fourni aucun renseignement ni sur sa personne ni sur le
temps où il composait; nous croyons toutefois ne pas nous
éloigner de la vérité en supposant qu'il composait en Provence et dans la seconde moitié du XIIIᵉ siècle, vraisemblablement avant 1279. Nous connaissons deux copies de cette
vie de sainte Marie Madeleine. La plus ancienne, qui ne date
que du milieu environ du XIVᵉ siècle, a été écrite par un
certain Peire de Serras, qui vivait à Avignon ou dans le voisinage. Elle fait partie d'un recueil manuscrit, tout entier
de la main de ce Peire, qui, volé à la bibliothèque de Tours,
fut vendu par Libri au comte d'Ashburnham, et est présente-
ment déposé à la bibliothèque Laurentienne, à Florence[1].
La seconde copie a été faite en 1375 par l'Arlésien Bertran
Boysset. Le manuscrit qui la contient a appartenu à Raynouard et est actuellement possédé par un savant bibliophile
d'Aix en Provence, M. Paul Arbaud[2]. Le poème a été publié,
en 1884, par M. Chabaneau, dans la Revue des langues romanes, 3ᵉ série, t. XI, p. 157, d'après ce dernier manuscrit.
La légende de Marie Madeleine se présente sous des formes
très variées, depuis l'homélie d'Odon de Cluny, qui peut
être considérée comme le premier document hagiogra-
phique composé sur cette sainte. Nous verrons que le poème

Hist. litt. de la
Fr., VI, 242.

[1] Une notice détaillée de ce manu-
scrit a été publiée dans la *Romania*,
XIV (1885), 485. Pour la vie de sainte
Marie Madeleine, voir pages 525-527.
[2] Il a été décrit dans la *Romania*,
XXII, 87 et suiv.

XIV⁰ SIÈCLE.

provençal reproduit une des formes les plus récentes, celle qui avait cours en Provence au xiii⁰ siècle. En voici l'analyse.

Sainte Madeleine est ici, comme dans toutes les formes de la légende, un personnage composite, dans lequel sont combinées Marie de Béthanie, sœur de Marthe et de Lazare, Marie de Magdala, et enfin la pécheresse innomée de saint Luc (vii, 37). Son père s'appelait Syrus et sa mère Eucharia. Elle était riche, car ses parents avaient de grandes possessions à Béthanie et à Magdala, qu'ils avaient partagées entre leurs enfants. Madeleine commença par mener une vie dissolue; sept démons avaient élu domicile en son corps. Mais elle se convertit. Quand Jésus se rendit chez Simon le lépreux, elle vint se prosterner devant lui, arrosa de ses larmes les pieds du Seigneur et les essuya avec sa chevelure, puis elle répandit sur lui un vase plein d'un parfum précieux. Jésus lui pardonna ses péchés, et depuis lors elle le suivit partout. Jésus se rendit un jour à Béthanie, dans la maison qu'elle habitait avec sa sœur Marthe et son frère Lazare (Luc. x, 38-43). Lazare étant mort, Jésus le ressuscita à la prière de ses sœurs (Jo. xi). Madeleine assista au crucifiement. Elle se rendit au tombeau du Christ, et là un ange lui annonça la résurrection (Luc. xxiv). Aussitôt après, Jésus lui apparut sous la forme d'un jardinier (Jo. xx, 15). On voit que toute cette première partie du poème a pour source l'Évangile, sauf la mention du père et de la mère de Madeleine, qui est empruntée à la vie de sainte Marthe rédigée à la fin du xii⁰ siècle. Mais, pour cette partie comme pour le reste, nous ne pensons pas que le narrateur provençal ait lui-même combiné les divers éléments qu'on démêle dans son récit; il a dû se borner à paraphraser une vie rédigée en latin dont nous possédons deux transcriptions plus ou moins abrégées, l'une dans la Légende dorée de Jacques de Varaggio (chap. xcvi), l'autre dans la seconde partie du *Sanctorale* de Bernard Gui. L'original suivi par ces deux écrivains paraît perdu, ou du moins n'a pas été signalé jusqu'ici.

Au vers 326 commence une seconde partie du poème, qui n'a plus rien de commun avec l'Évangile. Quatorze ans

Bibl. nat., ms. lat. 5406, fol. 111.

après la Résurrection, les disciples du Christ se répandirent par le monde, chassés de Palestine par les Juifs. Madeleine fut confiée par sainte Marthe à la garde de Maximin, l'un des disciples, de même que Marie avait été recommandée par Jésus à saint Jean l'Évangéliste. Madeleine, Marthe, Lazare, Maximin et d'autres, parmi lesquels Trophime, le futur évêque d'Arles, sont embarqués de force sur un navire qui faisait eau. Mais Dieu les protégeait. Ils abordent miraculeusement à Marseille, où ils prêchent la doctrine du Christ. A ce moment le roi du pays offrait des sacrifices aux dieux, afin d'avoir un enfant de sa femme jusque-là stérile. Madeleine apparaît en songe à la reine, et là somme de venir en aide aux disciples du Christ, que personne ne voulait recevoir. La reine n'ose faire part de ce songe à son mari. Mais la sainte lui apparaît une seconde et une troisième fois, toujours plus menaçante. Elle se décide enfin à parler à son mari, qui donne l'ordre de fournir aux nouveaux débarqués les moyens de vivre, espérant que par leurs prières il obtiendra l'enfant qu'il désire. Cette espérance se réalise. La reine devint grosse : le roi, tout joyeux, ne se décide pas encore à se convertir; il veut d'abord aller à Jérusalem pour y faire une enquête personnelle sur les événements merveilleux que Madeleine annonce dans sa prédication. La reine veut l'accompagner; il consent, non sans hésitation, à l'emmener. Avant de partir, il remet à Madeleine le gouvernement de sa terre. Celle-ci, le traitant comme un croisé, lui trace une croix sur l'épaule. Il s'embarque. Bientôt une tempête s'élève. La reine meurt en donnant le jour à un fils qui semble voué à une mort certaine, faute de nourriture, car, dit le poète (v. 573), «qui lui donnera à téter?» Le capitaine du navire veut jeter par-dessus bord la reine et son fils, «parce que la mer ne souffre pas sur elle un corps «mort». C'est une superstition bien connue. Le roi obtient à grand'peine la permission de déposer le corps de sa femme et son enfant, encore vivant, sur un rocher désert qui était en vue, puis il remonte sur son navire et poursuit son voyage. Arrivé à Jérusalem, il se présente à saint Pierre,

qui lui fait visiter les lieux où Jésus avait vécu et souffert.
Au bout de trois ans (deux ans seulement dans le latin), il
se rembarque pour Marseille. Mais, chemin faisant, il s'arrête auprès du rocher où il avait laissé sa femme et son
fils, et n'est pas peu surpris de trouver l'enfant vivant et
nourri par sa mère qui était restée en léthargie au lieu où
elle avait été placée. A l'approche de son époux, elle sort
de son sommeil et conte que la Madeleine l'a portée en esprit à Jérusalem, et lui a fait faire en Terre Sainte le même
voyage que son mari faisait sous la conduite de saint Pierre.
Le roi, accompagné de sa femme et de son fils, revient à
Marseille. Saint Maximin les baptise; le peuple entier se
convertit, et Lazare est fait évêque de la cité. Les disciples se
séparent : Maximin se rend à Aix, Trophime à Arles et
Marthe à Tarascon, où elle triomphe du dragon (la Ta-
rasque). Quant à Madeleine, une phase nouvelle de son
existence va commencer. Un ange lui apporte, de la part
du Christ, l'ordre de se retirer dans un désert et d'y passer
le reste de son existence dans la solitude et dans la prière.
Elle se rendit à la Sainte Baume, où elle séjourna trente ans,
veillant, priant et jeûnant. Or il y avait dans le voisinage
un saint prêtre, qui, un jour, eut une vision. Il vit une troupe
d'anges descendre du ciel vers la Baume en chantant, puis
s'élever dans les airs, portant une sainte personne qu'ensuite ils ramenèrent au lieu où ils l'avaient prise. Le lendemain le prêtre se dirigea vers le lieu de l'apparition. Il se
sentit bientôt arrêté par une force invincible qui ne lui permettait ni d'avancer ni de reculer. Il comprit qu'il était sous
l'influence d'un être surnaturel qu'aucun mortel ne pouvait
approcher. Il conjura cet être inconnu, au nom du Tout-
Puissant, de se manifester. Il entendit alors une voix qui,
du haut de la Baume, lui disait d'avancer. Il obéit et se
trouva en présence de la sainte, qui, tout en restant invi-
sible, se fit connaître à lui. Depuis trente ans elle habitait
la Baume. Pendant ce temps elle avait vécu sans vêtements
et sans nourriture. Dieu l'avait fait vivre en lui envoyant
ses anges, qui, sept fois le jour, l'élevaient dans les airs.

Le moment approchait où elle devait quitter la terre. C'est pourquoi elle le priait d'avertir Maximin que, le dimanche suivant, à l'heure de matines, il la verrait monter au ciel soutenue par les anges. Le saint prêtre alla trouver Maximin et lui transmit le message dont il était chargé. Maximin loua Dieu et, au jour fixé, se rendit en son oratoire. Bientôt il vit apparaître la sainte, dont le visage était plus resplendissant que le soleil. Par ordre de Madeleine, il réunit ses prêtres, célébra la messe, et lui donna la communion. Quand elle l'eut reçue, elle se leva et joignit les mains, comme si elle attendait son fidèle ami. Jésus vint à elle avec ses anges et l'enleva au ciel. Toutefois son corps était resté sur terre. L'archevêque Maximin le fit ensevelir. Les malades qui approchaient du tombeau étaient guéris, les démoniaques délivrés, les aveugles recouvraient la vue. Ce tombeau était en albâtre. On y voyait représenté comment la Madeleine versa le parfum sur les pieds du Sauveur dans la maison de Simon le lépreux, comment Jésus fut levé en croix, comment il fut mis au tombeau[1]. Saint Maximin ne voulut pas être séparé de sa filleule. Sa dernière volonté fut d'être enterré auprès d'elle. « Le lieu où les deux

---

[1] Cette description du tombeau de la sainte est assez caractéristique pour permettre de reconnaître l'original suivi par le poëte provençal. Voici le texte (v. 1126 et suiv.) :

Lo sepulcre deu eser de peyra presioza
On jas la Magdalena santa e gloriosa :
Alabastram l'apelon, et es imagenat
De images corporals e mot ben desboisat,
Com venc la Magdalena descansa, repentent,
En l'aulbere de Simon am presios enguent,
Com si ufri l'enguent plorant al Salvador,
Com el li perdonet car li portet amor,
Et aysi es contat com Dieus fon estacatz
El peyron cruzelmens, e cum fon corejatz,
Com fon levatz en cros et en lo vas pauzatz.

Voici maintenant le texte latin tel qu'il se lit dans le *Sanctorale* de Bernard Gui : « Monstratur autem sepulcrum « ejus ex marmore alabaustri candido mi- « rabiliter sculptum, continens imagines « juxta historiam evangelicam, qualiter « ipsa ad Dominum in domum quondam « Symonis venerit, et officium humani- « tatis unguentique quod ei inter convi- « vantes, flere non erubescens, obtulit, et « qualiter circa Sepulcrum sedula fuerit « eique Dominus primo apparuerit... » (Bibl. nat., ms. lat. 5406, fol. cxiiiᵈ).

Cette description du tombeau de Madeleine se retrouve, à la vérité, dans la légende que l'abbé Faillon qualifie d'« ancienne vie de sainte Marie Madeleine » (*Monuments inédits de l'apostolat de sainte Marie Madeleine en Provence*, II, 435). Mais il y a une légère différence, qui montre que la source directe du poème provençal est bien le texte reproduit par Bernard Gui dans son *Sanctorale* : c'est que là seulement le sépulcre est en albâtre (*ex marmore alabaustri candido*), tandis que dans l'« ancienne vie » il y a simplement *ex candido marmore*.

XIVe SIÈCLE.

« corps saints sont ensevelis est de si grande dévotion qu'au-
« cun homme, fût-il comte ou roi, n'y peut entrer sans
« avoir d'abord quitté ses armes, et aucune femme, quelle
« que soit sa noblesse, n'y est admise. Ce lieu est appelé
« Saint-Maximin. C'est une petite ville du comté de Mar-
« seille, en l'archevêché d'Aix [1]. » Le poème se termine par
une prière à la sainte.

Il résulte avec évidence de l'analyse qui précède que le
poème a été composé d'après une compilation dans laquelle
avaient été combinés divers récits légendaires d'origine variée, mais tous composés vraisemblablement en Provence.
Cette compilation, qui est pour nous représentée par la Légende dorée et par le *Sanctorale* de Bernard Gui, se divisait
en trois parties : 1° une histoire de Madeleine avant son
départ pour Marseille; 2° le miracle qui amène la conversion du roi de Marseille et de son peuple; 3° la retraite à la
Sainte Baume. Il n'y a rien à dire de la première partie,
rédigée à l'aide des récits évangéliques; mais quelques remarques sur les deux autres ne seront pas superflues. Le
miracle opéré en faveur du roi de Marseille ne s'est rencontré en aucun écrit antérieur au xiiie siècle, et les conditions dans lesquelles il apparaît portent à croire qu'il a
été publié à part avant d'être incorporé à la vie de la sainte.
Nous le trouvons en latin dans le *Speculum historiale* de Vincent de Beauvais, et dans un recueil de vies de saints formé
par un certain Josbertus (dans le manuscrit *Joibertus*), chanoine de Saint-Jean de Soissons, et adressé à un prêtre de
Rebais appelé Thierri [2]. Enfin il a pris place dans la compi-

Vincentius, Spec. hist., l. IV, c. xcvi-xcviii.

---

[1] Ces détails sur la vénération qu'on
avait pour le lieu où étaient ensevelis
Madeleine et Maximin manquent aussi
bien dans le *Sanctorale* de Bernard Gui
que dans la *Légende dorée;* mais ils
devaient se trouver dans leur original
commun, qui a dû les emprunter à l'« ancienne vie », où on lit : « Qui locus postea
« tantæ religionis est habitus ut nullus re-
« gum ac principum... ecclesiam, illorum
« beneficia petiturus, ingredi audeat,

« donec prius depositis armis... » (Faillon, *Monuments inédits*, II, 436.)
[2] Manuscrit de l'Arsenal 735, se-
conde moitié du xiiie siècle. Le prologue
commence ainsi : « Dilecto suo in Christo
« Theodorico, presbitero Sancti Johan-
« nis Resbacensis, frater Joibertus, ca-
« nonicus Sancti Johannis Suessionen-
« sis. » Cette compilation commence
par un sermon de Pierre le Mangeur
et contient, à la suite des vies de saints,

de cette translation subreptice il est douteux qu'on ait eu, à Marseille ou à Aix, l'idée que la sainte et ses pieux compagnons fussent jamais venus évangéliser le pays. Cette croyance ne se manifeste qu'à la fin du XIIe siècle, époque où on prétendit avoir retrouvé à Tarascon le corps de sainte Marthe. Dès l'instant que Marthe était venue mourir en Gaule, il était naturel que sa sœur Madeleine l'eût accompagnée. C'est alors que fut composé le récit concernant le roi de Marseille, et qu'on supposa que Madeleine avait passé dans la Sainte Baume les trente dernières années de sa vie. Ces inventions, si elles sont la conséquence de la découverte du corps de sainte Marthe à Tarascon, ne peuvent pas être antérieures aux dernières années du XIIe siècle, et c'est en effet au commencement du XIIIe siècle qu'on les voit apparaître.

Duchesne, Annales du Midi, t. V, p. 15-16.

S'il est acquis que l'auteur du poème provençal a utilisé des documents qui n'existaient pas avant les premières années du XIIIe siècle, on peut se demander s'il les a rencontrés isolés ou s'il a simplement paraphrasé une vie latine où ces éléments se trouvaient déjà combinés. La première hypothèse n'a en soi rien d'invraisemblable. Toutefois, on sera porté à préférer la seconde, si l'on considère que Jacques de Varaggio et Bernard Gui reproduisent, avec des variantes, une même narration qui embrassait la vie entière de la sainte. La comparaison des deux textes, celui du *Sanctorale* et celui de la *Legenda aurea*, exclut l'idée que Bernard Gui ait copié Jacques de Varaggio; il est d'autre part invraisemblable que celui-ci ait rédigé la légende de Madeleine d'après des récits isolés qu'il aurait ajustés ensemble. Les deux compilateurs ont dû avoir sous les yeux une seule et même légende, celle que le poète provençal a paraphrasée.

A quelle époque du XIIIe siècle le poème a-t-il été composé? Sans prétendre donner une réponse précise à cette question, il est permis de supposer que ce fut après 1250 et avant 1279. La langue et le style ne permettent pas de remonter plus haut que la première de ces deux dates; une circonstance qui a son importance dans l'histoire du culte

de Marie Madeleine nous interdit de descendre plus bas. Le
9 décembre 1279 le corps de la sainte était découvert, non
pas dans le tombeau d'albâtre où on le croyait déposé, mais
dans un sépulcre de marbre placé en face. Une inscription
sur bois accompagnait le corps saint, et portait qu'il avait
été enlevé du tombeau d'albâtre et placé en cet endroit,
l'an 710, par crainte des Sarrasins. C'était une réponse
sans réplique aux moines de Vézelai, qui prétendaient avoir
le corps depuis 749. Peu après, en présence du roi
Charles II, le 5 mai 1280, les reliques de la sainte étaient
déposées dans une châsse, richement ornée, en présence
d'une nombreuse assemblée de prélats. Le récit détaillé de
la découverte de décembre 1279 et de la translation qui eut
lieu six mois après nous a été conservé par Bernard Gui[1],
et du reste on a d'autres témoignages sur les mêmes événements. Il est de toute évidence que notre vie provençale est
antérieure, d'aussi peu qu'on voudra, à ces cérémonies dont
elle ne souffle mot.

Tout porte à croire que la vie provençale de sainte Marie
Madeleine a été composée en Provence et avec l'intention
d'exciter à la dévotion envers le sanctuaire de Saint-Maximin. Les deux copies que nous en possédons ont été écrites,
on l'a vu plus haut, par des Provençaux; la légende présente la forme qui avait cours en Provence; la langue d'ailleurs, autant qu'on peut en juger à travers les nombreuses
incorrections du manuscrit qui a fourni le texte de l'édition, a bien le caractère de l'idiome usité en Provence au
XIII⁰ siècle. Enfin une dernière circonstance montre que
cette vie a été lue à Saint-Maximin. Le P. Vincent Reboul
nous apprend, dans son Histoire de la vie et de la mort de
sainte Marie Magdeleine, publiée à Marseille en 1661 et plusieurs fois réimprimée depuis, qu'on lisait autrefois les vers
qui suivent sur la muraille de la chapelle qui renferme les
tombes de Madeleine et de Maximin :

Duchesne, An-
nales du Midi,
t. V, p. 2 et suiv.

[1] Dans la seconde partie du *Sanctorale,*
Bibl. nat. ms. lat. 5406, fol. 113 v⁰ et 114,
et dans sa Vie de Nicolas III (Muratori,
Rerum italicarum Scriptores, III, 1ʳᵉ partie,
607), ainsi que dans les *Flores chronic.,*
Rec. des hist. de la Fr., t. XXI, p. 705.

  LÉGENDES PIEUSES EN PROVENÇAL.

> Aquest luoc glourioux d'esta confession
> Es de tan gran vertu et de devotion
> Que nuls comtes ni reys ni autre principat,
> O sia duc ou baron o autra potestat,
> Ame nullas armas, tro que sie desarmat,
> Nulla dona que sia, per neguna santessa,
> Per richessa que aya ni per nulla noblessa,
> Ni petita ni gran, saïns non deou intrar.

Le P. Gavoty cite le même passage dans son Histoire de sainte Marie Madeleine divisée en quinze chapitres (1re édition, Marseille, 1701). Or ces vers ne sont autres que les vers 1152-1155, 1157, 1160-1162 du poème : on en a lu plus haut la traduction. La vie de sainte Marie Madeleine peut donc être classée parmi les œuvres inspirées par une dévotion locale.

VIES DE SAINTE MARGUERITE.

La légende de sainte Marguerite est un tissu de fables dans lesquelles on chercherait vainement un fait historique. Aussi les Bollandistes se sont-ils refusés à admettre cette méprisable composition dans le recueil des *Acta sanctorum*. Il n'en est pas moins certain que peu de légendes ont obtenu au moyen âge une aussi grande popularité. En français seulement on connaît neuf versions en vers de cette légende[1], toutes antérieures au xive siècle, dont l'une a été très fréquemment copiée dans les livres de prières, et a été maintes fois imprimée depuis la fin du xve siècle. Ce grand succès s'explique par les mérites particuliers qu'une foi peu éclairée attribuait à cette légende. Sainte Marguerite prononce, avant d'être livrée au bourreau, une prière dans laquelle elle demande à Dieu une protection spéciale pour tous ceux qui écriront ou liront sa vie, qui l'entendront lire, ou simple-

---

[1] Sept ont été mentionnées dans les *Notices et extraits des manuscrits*, XXXIII, 1re partie, 19. Mais depuis on en a découvert deux nouvelles.

ment en posséderont une copie, notamment pour les femmes
en couches; un ange apparaît qui lui apporte la concession
de toutes les grâces demandées.

On connaît en provençal deux traductions en vers de la
vie de sainte Marguerite. La plus ancienne nous a été conservée dans le manuscrit de Peire de Serras dont nous avons
parlé à propos de la vie de sainte Marie Madeleine. Elle est
fort développée, car elle contient environ 1450 vers. A la
fin on lit cet explicit : *Aysso fon fagh de*[1] *las vespras de Sant
Felip e de Sant Jacme de la festa de may, anno Domini
M cc° lxxx° quarto.* Peire de Serras a exécuté son manuscrit
vers le milieu du xive siècle. Il faut donc que cette date
vienne de la copie qu'il a eue sous les yeux. On peut hésiter
sur la question de savoir si elle se réfère à la composition
du poème ou à l'exemplaire sur lequel Peire de Serras a fait
sa copie : de toute façon il est certain que cette vie de sainte
Marguerite, dont l'auteur ne s'est pas fait connaître, n'est
pas postérieure à 1284. Le début et la fin, 60 vers environ,
en ont été publiés dans la *Romania,* t. XIV, p. 524-525.
La versification en est assez négligée; les assonances y
abondent.

L'autre vie de sainte Marguerite est également anonyme.
Elle est beaucoup plus courte, puisqu'elle ne renferme que
570 vers. Elle a été publiée, en 1875, par feu le Dr Noulet,
d'après un manuscrit qui était en sa possession, dans les
Mémoires de l'Académie des sciences, inscriptions et belles-
lettres de Toulouse, 7e série, t. VII. De plus on en trouve
les six premiers vers, écrits au xive siècle, sur un feuillet
de garde d'un manuscrit du poème de Fouque de Candie
appartenant à la Bibliothèque royale de Stockholm. On a
proposé de nombreuses corrections au texte de l'édition dans
un article de la *Romania,* t. IV, p. 482-487. Mais, si grande
que l'on fasse la part de l'éditeur et celle du copiste dans
les incorrections sans nombre de ce poème, il n'en est pas
moins certain qu'il a été rédigé par un versificateur très

___

[1] Il faut corriger *a* ou suppléer avant ce mot *lo jorn.*

inhabile, qui n'obtenait la rime qu'à grand renfort de chevilles, et qui écrivait très mal sa langue. C'est une des
œuvres les plus infimes de la littérature provençale.

VERSIONS PROVENÇALES D'ÉVANGILES APOCRYPHES.

ÉVANGILE DE NICODÈME.

Nous ne possédons point de traduction en vers provençaux de la Bible ni d'aucune de ses parties. A peine peut-on
signaler ici une version des psaumes de la pénitence et une
du psaume cviii, qu'on a publiées d'après des copies de la
seconde moitié du xive siècle[1], et qui peuvent remonter au
commencement du même siècle. Ces traductions sont d'ailleurs fort médiocres. Il peut sembler singulier que ni le
Pentateuque, ni le Psautier, ni Job, ni les Évangiles, qui
ont fourni aux versificateurs français la matière de poèmes
nombreux, n'aient inspiré leurs émules du Midi : la vérité
est que, s'il a été composé en provençal des poèmes sur la
Bible, aucun ne nous est parvenu.

Par contre, nous avons en provençal une traduction de
l'Évangile de Nicodème, ou descente de Jésus aux enfers, et
trois de l'Évangile de l'Enfance. C'est du premier de ces ouvrages que nous allons d'abord nous occuper. Deux manuscrits, exécutés dans les premières années du xive siècle,
nous l'ont conservé : Bibliothèque nationale, fr. 1745, et
Musée britannique, Harl. 7403, ce dernier incomplet du
commencement. Raynouard en a publié un fragment, d'après
le manuscrit de Paris, dans le tome I de son Lexique roman.
Récemment le texte complet du même poème a été mis au
jour, d'après les deux manuscrits, par M. H. Suchier (*Denk-*

---

[1] Les Psaumes de la pénitence ont été
publiés d'après un manuscrit conservé
à Avignon et provenant de la char-
treuse de Villeneuve-lès-Avignon, dans
la *Revue des langues romanes*, 3e série,
t. V (1881), p. 209. Le psaume cviii,
d'abord édité par Bartsch, *Denkmäler
der provenzalischen Literatur*, p. 71,
d'après le manuscrit de la Bibliothèque
nationale, fr. 1745, a été réimprimé
par M. Chabaneau, dans la *Revue des
langues romanes*, 3e série, t. V, p. 232.

mäler provenzalischer Literatur und Sprache, t. I, p. 1 et suiv.),
qui a joint à son édition d'intéressantes observations dont
nous ferons usage pour la rédaction de cet article.

Le poème que nous appellerons, à l'exemple de Raynouard et de M. Suchier, Évangile de Nicodème porte à
l'explicit, dans le manuscrit de Paris, le titre un peu vague
de Passion de Jésus-Christ. Il nous présente, à la suite d'un
prologue assez insignifiant, la paraphrase de l'Évangile de
Nicodème tel qu'on peut le lire dans les *Evangelia apocrypha*
de Tischendorf. Mais il contient encore autre chose. Le récit
de la descente de Jésus aux enfers et de son retour au ciel
est achevé au vers 2144 du manuscrit de Paris. Dès lors, et
pendant près de 300 vers, le poème en ayant 2425, l'auteur reprend l'histoire évangélique à partir de la Pentecôte,
et nous montre les apôtres et les disciples se répandant par
le monde pour convertir les Juifs et les Gentils. Il fait une
rapide allusion aux persécutions, disant que les populations auxquelles on prêchait le christianisme se montrèrent
d'abord cruelles, mais qu'elles devinrent ensuite douces
comme miel. Actuellement, ajoute-t-il, le monde rede-
vient méchant et la foi s'en va; ce qui présage la fin du
monde. Il rappelle les prophéties évangéliques (Matth. xxiv,
Marc. xiii, Luc. viii) qui annoncent les tribulations fu-
tures, et arrive par cette transition à nous parler de l'Antéchrist, faisant usage, dans cette partie de son poème, de
l'*Elucidarium* attribué à Honorius d'Autun et du traité *De
Antichristo* d'Adson, abbé de Montier-en-Der. Le poème se
termine donc par l'annonce de la fin du monde. C'est ici,
après le vers 2424, que se trouve, dans le manuscrit de
Paris, un explicit ainsi conçu : *Aysso desus es la passion de
Jhesu Crist, et aysso son los .xv. signes que veno.* Et, en effet, ce
qui suit, dans le même manuscrit, est un poème provençal
sur les quinze signes précurseurs du jugement dernier, du
reste annoncé dans les derniers vers de l'ouvrage précédent. Il en est tout autrement dans le manuscrit de Londres,
où l'Évangile de Nicodème est suivi du poème français
des Quinze signes, dont on a tant de copies, et qui, dans

les textes les plus complets, commence ordinairement ainsi :

> Oez trestuit communement
> Dont nostre Sire nos reprent :
> De ce que tote creature,
> Chascune selon sa nature,
> Requenoit mieuz son creator
> Que hom ne fait. . . . .[1]

Le poème provençal des Quinze signes, qui fait suite à la version de Nicodème dans le manuscrit de Paris, a été composé à l'aide de deux textes bien différents. La source principale est un résumé des quinze signes qui a pris place dans l'*Historia scholastica* de Pierre le Mangeur (chap. CXLI) et qui se rencontre isolé dans une infinité de manuscrits. C'est un morceau attribué à saint Jérôme, bien qu'on ne le trouve nulle part dans ses œuvres et qu'il soit tout à fait indigne de ce Père de l'Église; nous avons déjà eu l'occasion de le Ci-dessus, p. 35. citer dans la notice sur Matfré Ermengau. Ce texte a fourni à l'auteur du poème provençal conservé dans le manuscrit de Paris la succession des quinze signes et leur description. Mais le même auteur a fait aussi usage du poème français des Quinze signes, dont il reproduit des vers entiers, surtout au commencement. Ces emprunts ont été distingués du contexte provençal, dans l'édition, par l'emploi d'italiques. Selon M. Suchier, l'auteur du poème provençal sur les quinze signes ne serait point autre que l'auteur de la version de l'Évangile de Nicodème, ou poème de la Passion, qui précède les Quinze signes dans les deux manuscrits. Les raisons alléguées à l'appui de cette opinion ne nous paraissent pas décisives. Nous inclinons à croire que le manuscrit de Londres nous donne l'état primitif des deux poèmes : d'abord l'Évangile de Nicodème augmenté d'un morceau sur l'Antéchrist, ensuite le poème français des Quinze signes.

---

[1] Ce poème fait suite au mystère d'Adam dans l'unique manuscrit qu'on en possède, et il a été compris dans les éditions qu'on en a faites. Pour d'autres manuscrits de la même composition, voir *Romania*, t. VI, p. 22.

Bien d'autres poèmes français ont circulé dans le Midi de la
France au xɪvᵉ siècle et même au xɪɪɪᵉ siècle. Puis, on aura
pensé qu'il était plus correct de donner une suite provençale
à un poème provençal, et on aura substitué une composition
nouvelle au dit français des Quinze signes. Cette hypothèse
nous paraît confirmée par le fait que, dans le manuscrit
de Paris, les cinquante premiers vers du poème provençal
des Quinze signes ne sont guère autre chose que la copie
du commencement du poème français. L'hypothèse inverse
nous semblerait peu vraisemblable. Si le poème provençal
des Quinze signes avait le même auteur que la version de
Nicodème, pourquoi y aurait-on substitué, dans le manuscrit de Londres, un poème français? Nous ne nions point
d'ailleurs que le style et la versification des deux poèmes
provençaux se ressemblent beaucoup. C'est, de part et
d'autre, la même médiocrité. La narration, terne et monotone, ne s'élève jamais jusqu'à la poésie, même dans les passages, et il n'en manque pas dans l'Évangile de Nicodème,
qui sont véritablement dramatiques. La versification est négligée. Les assonances y tiennent souvent lieu de rimes.
Les vers sont associés deux à deux, non seulement par la
rime, mais aussi par le sens, selon un usage ancien qui
s'est conservé dans les poésies à l'usage du peuple. Il semble
que l'auteur soit incapable de passer à une nouvelle idée
et de commencer une nouvelle phrase avant d'avoir trouvé
la rime du second vers. De temps en temps on rencontre
une véritable incorrection : *o, e* ouverts rimant avec *o, e*
fermés. Cette confusion de deux sons bien distincts apparaît fréquemment, dès le milieu du xɪɪɪᵉ siècle, dans les poésies provençales d'auteurs italiens ou catalans, mais elle est
plus tardive et plus rare dans celles qui ont été composées
par des écrivains du pays. Tout porte à croire que la paraphrase en vers de Nicodème n'est pas antérieure à la fin du
xɪɪɪᵉ siècle ou au commencement du xɪvᵉ siècle, et le poème
des Quinze signes tel que l'offre le manuscrit de Paris doit
être à peine plus récent.

La version de l'Évangile de Nicodème paraît avoir joui

d'une popularité que peu d'ouvrages provençaux de la
même époque ont obtenue. Au rapport de M. H. Suchier[1],
il en existe une traduction française partielle dans un manuscrit de Turin (L. VI. 36) qui renferme d'autres poèmes
traduits du provençal, entre autres une version de l'Évangile
de l'Enfance dont nous parlerons tout à l'heure. En outre
la plus grande partie du poème a été abrégée en prose et,
sous cette forme, a pris place dans une compilation d'histoire sacrée faite au xivᵉ siècle et dont nous possédons des
textes en catalan, en provençal et en béarnais, sans que l'on
puisse dire avec certitude en quelle langue était l'original[2].
M. Suchier a publié (*Denkmäler prov. Lit. u. Spr.*, 1, 387
et suiv.), d'après les divers textes de cette compilation, la
partie qui correspond au poème provençal sur l'Évangile
de Nicodème.

ÉVANGILE DE L'ENFANCE.

Il existe en provençal trois versions rimées de l'Évangile
de l'Enfance, ou *Pseudo-Matthæi evangelium*. Nous nous bornerons à les indiquer sommairement, sans leur consacrer
une notice détaillée, parce que deux d'entre elles sont trop
récentes pour être étudiées dans le présent volume et que la
plus ancienne n'est pas à notre portée. Celle-ci se trouvait
dans un manuscrit appartenant à Raynouard, qui la cite
souvent dans son Lexique roman et qui l'indique comme
suit dans la « Table des principaux ouvrages cités » qui ter-

[1] Dans un article sur les anciennes traductions françaises de la Bible, *Zeitschrift für romanische Philologie*, VIII, 429.

[2] M. Suchier est porté à croire que la rédaction catalane est l'original (*Denkmäler*, 1, 505). En fait cette compilation paraît avoir été particulièrement répandue en Catalogne. On en possède cinq manuscrits en cette langue. L'un d'eux a été publié sous ce titre : « *Genesi de scriptura*, trelladat del provençal a la llengua catalana per Mossen Guillem Serra en l'any mccccli, y que per primera vegada ha fet estampar En Miquel Victoria Amer, Barcelona, 1873 (*Biblioteca catalana*). » Guillem Serra est simplement le copiste de ce manuscrit, et non l'auteur ou le traducteur, comme l'a cru M. Amer; voir *Romania*, IV, 481. Du reste, l'idée exprimée dans le titre, que le texte catalan serait traduit d'un original provençal, est une supposition qui n'a rien d'invraisemblable, mais qui n'est pas démontrée.

mine le tome V du Lexique : « Traduction d'un évangile
« apocryphe, cabinet Raynouard, manuscrit. » On ignore le
sort de ce manuscrit, sur lequel les héritiers de Raynouard
n'ont pu nous fournir aucun renseignement; mais il existe
du même poème un autre exemplaire, qui, à la vérité, ne
donne pas l'ouvrage sous sa forme originale. Ce manuscrit,
qui appartient à la Bibliothèque de l'Université de Turin
(L. VI. 36; Catal. de Pasini, t. II, p. 499), contient une traduction française, très littérale, du poème que Raynouard
possédait en sa forme originale. Nous ne connaissons du
manuscrit de Turin que les vingt-huit premiers vers publiés par M. Bonnard dans son ouvrage intitulé : Les Traductions de la Bible en vers français au moyen âge, p. 233.
On y voit paraître de temps en temps des rimes provençales
conservées par le traducteur français. C'est à M. H. Suchier
que revient le mérite d'avoir reconnu l'origine provençale
du poème de Turin[1]. Peu après, un de ses élèves, M. Edmond Suchier, a pris la peine de recueillir toutes les citations de la version provençale qui se trouvent éparses dans
le Lexique roman[2]. Il en résulte que le poème possédé par
Raynouard ne contenait pas seulement la traduction de
l'Évangile de l'Enfance, mais qu'il poursuivait sous une
forme abrégée l'histoire du Christ jusqu'au crucifiement.
La langue et le style des vers cités donnent à croire que
le poème a dû être composé dans la seconde moitié du
XIIIe siècle.

Les deux autres versions de l'Évangile de l'Enfance appartiennent au milieu environ du XIVe siècle. L'une a été publiée par M. Bartsch dans ses *Denkmäler der provenzalischen
Literatur*, d'après le manuscrit B. N. fr. 1745, et il en existe
une autre copie dans un manuscrit qui appartenait jadis
à la bibliothèque de Tours et qui se trouve actuellement
à Florence (Laurentienne, fonds Ashburnham, n° 38).
L'autre version ne nous est pas parvenue entière. On n'en

[1] Dans l'article précité sur les anciennes traductions françaises de la
Bible.

[2] *Über provenzalische Bearbeitungen
der Kindheit Jesu*, dans la *Zeitschrift*
précitée, VIII, 522 et suiv.

possède qu'un fragment d'environ 600 vers conservé dans le manuscrit B. N. fr. 25415. Quelques morceaux en ont été publiés dans le Bulletin de la Société des anciens textes français, année 1875, p. 77 et suiv.

P.M.

LE ROMAN DE FAUVEL.

L'adjectif *fauve*, venu de l'allemand, prit au moyen âge un sens moral défavorable, peut-être à la suite de plus d'un jeu de mots. En effet, le masculin de cet adjectif a dû être à l'origine *falf* au cas régime et *fals* au cas sujet, d'où un rapprochement facile avec *fals* de *falsus*. D'autre part *favle*, forme de *fable* dans certaines régions, ressemblait fort à *fave*, forme de *fauve* dans les mêmes régions, et le diminutif *favele* (*fabella*) est souvent écrit *fauvele*[1]. On peut croire que c'est sous l'influence de ces ressemblances de son que *fauve* a pris le sens qu'on lui trouve dans ces vers du Testament de Jean de Meun :

Méon, Le Roman de la Rose, t. IV, p. 75.

> Quant ta parole est blanche et ta pensée est fauve,
> Tu voles en tenebres comme une souris chauve.

Nous ne savons dans quel conte ou dans quel proverbe figurait, comme symbole de la tromperie, une ânesse fauve[2]; mais dès le XIIᵉ siècle nous rencontrons des locutions familières qui se rapportent à cette conception. Benoît de Sainte-More, qui écrivait vers 1170 sa chronique rimée des ducs

[1] Sur le mot *fauve*, pris substantivement au sens de « ruse, tromperie », et les dérivés *fauvin*, *fauvine*, voir le Dictionnaire de M. Godefroy.

[2] Peut-être faut-il rapprocher cette expression du dicton populaire bien connu : « méchant comme un âne rouge; traitre comme un âne rouge »; voir Rolland, *Faune populaire de la France*, t. IV, p. 212.

de Normandie, fait dire à un personnage qui repousse des propositions qu'il juge insidieuses :

Bien conoissum la fauve asnele.

XIV° SIÈCLE.

Tobler, Verm. Beitr., 2° série, p. 208-212.

De même, dans deux branches du Roman de Renard qui remontent probablement l'une et l'autre au xii° siècle, nous trouvons la locution « savoir de la fauve asnesse » pour dire « être passé maître en tromperie ». Elle reparaît encore dans Gautier de Coinci, vers 1225[1]. Cette ânesse fauve, devenue proverbiale[2], fut plus tard, si l'on peut ainsi dire, individualisée. De même qu'on avait l'habitude de désigner les chevaux par un nom tiré de leur couleur, qui faisait à la fois fonction de nom générique et d'appellation individuelle (Morel, Blanchard, Bayard, Baucent, Vairon, Liard, Fauvel, etc.), de même une jument, une mule, une ânesse fauve s'appelait individuellement Fauve au cas sujet, Fauvain au cas régime, comme dans un conte bien connu une vache brune s'appelle Brune et Brunain. L'emploi du nom propre Fauve ou Fauvain pour symboliser la tromperie semble avoir été inventé par le poète lillois Jacquemard Gelée, qui écrivait en 1288 son Nouveau Renard. Il ne connaît d'abord que l'ânesse fauve des écrivains antérieurs, qu'il associe à Dame Guile, autre personnification de la tromperie générale. Tous, dit-il,

Tobler, ibid.

Tobler, ibid.

> Tout juent de la fauve asnesse
> Et de Ghillain sa compagnesse.

Renart le Nouvel, v. 885.

Mais ailleurs il emploie le nom propre Fauvain :

> Partout es cuers Fauvain et Ghille
> A mis Renarz.

Ibid., v. 1255.

[1] On lit dans l'édition du poème de Gautier de Coinci sur l'Empereris de Rome donnée par Méon (Nouveau recueil de contes et fabliaux, t. II, p. 26) : Tant par set de fuintie asnesse; mais les manuscrits que nous avons consultés portent avec raison : de la fauve asnesse.

[2] M. Tobler (Verm. Beiträge, 2° sér., p. 208) a signalé la locution provençale saber de la falveta, qui est synonyme de la locution française et qui a évidemment la même origine.

Plus loin il nous donne de Fauvain, dont il fait cette fois une mule, monture de dame Guile, une description composée surtout de jeux de mots et d'allégories :

Renart le Nouvel, v. 6620.

> Plus mervilleuse ne fu nule ;
> Blance, bise, bleue ne perse
> Ne fu, mais trop estoit diverse ;
> Car ele ert toute tavelee
> Par le cors de fause pensee ;
> De mentir et de parjurer
> L'ot faite de nouviel fierer ;
> De fauseté sambue et siele
> Eut, ki faite ert toute nouviele
> Dedans la ville de Hedin [1] . . .
> Mais je ne voel pas oubliier
> Comment la mule estoit nommee :
> Fauve ert de sa dame apielee [2].

Les manuscrits qui contiennent le poème de Jacquemard se terminent par une grande peinture représentant Renard, maître du monde, assis au sommet de la roue de Fortune, ayant à sa droite Orgueil monté sur son cheval de guerre, et à sa gauche dame Guile sur Fauvain ; Jacquemard, qui décrit d'avance cette peinture, couronnement de son livre, fait dire par Fortune :

Ibid., v. 7977.

> Montés, Renart, car a vo diestre
> Arés Orguel, et a senestre
> Iert dame Ghille atot Fauvain.

Dans les différents exemplaires de cette peinture que nous connaissons, la monture de Guile ne diffère guère de celle d'Orgueil, et semble être une jument plutôt qu'une ânesse ou une mule. Quoi qu'il en soit, l'expression de « che-« vaucher Fauvain », pour dire « être trompeur, perfide », se

---

[1] Les habitants de Hesdin avaient, nous ne savons pour quelle raison, une réputation de perfidie. On lit dans les *Resveries* publiées par Jubinal et Bartsch : *Es tu de cels de Hesding, De la foi male?*

[2] Le poète semble oublier, dans ses deux descriptions, que la bête montée par dame Guile était de couleur fauve ; le mot *Fauve* n'a plus pour lui qu'une valeur symbolique.

XIV⁰ SIÈCLE.
Tobler, l. c.

lit par exemple dans Baudouin de Sebourc et dans Hugues
Capet. Une autre locution, synonyme de celle-là, et qui
paraît, à partir d'une certaine époque, avoir été plus répandue, est celle d'« étriller Fauvain » :

> . . . Nus n'iert ja mès bienvenus
> S'il ne set Fauvain estrillier,

Tobler, ibid.

dit une pièce satirique que l'on peut avec grande vraisemblance attribuer à Jean de Condé; et de même Watriquet
de Couvin :

> Cil qui miex de Fauvain a estrillier s'atire
> Cil est li miex amez.

Nous avons vu que Fauvain occupait une place d'honneur dans la peinture finale exécutée pour le poème de
Jacquemard Gelée. On se plaisait évidemment au xiii⁰ siècle
à prendre pour sujet de représentations figurées cette allégorie bizarre, qui cependant n'y prêtait guère. Nous avons
conservé un petit cycle de figures, presque toutes consacrées à Fauvain, et accompagnées de vers; il est difficile de
dire si les vers ont été faits pour les images, ou à l'inverse.
Le tout se trouve dans un manuscrit de la Bibliothèque
nationale, qui porte actuellement le numéro 571 du fonds
français, et dont cette partie au moins a été exécutée en
Angleterre dans le premier quart du xiv⁰ siècle. Les vers ont
été correctement[1] publiés à Saint-Pétersbourg, en 1888,
par M. le comte A. Bobrinsky et M. Th. Batiouchkof. Ils

Zapiski
rom.-germ. philol.
obchtch., etc., t. I,
p. 88-117.

---

[1] Notons seulement quelques très
légères erreurs : VI, 5, le manuscrit
porte *no* et non *vo*, et il faut lire
C'a no [s] testamentours prenons; XVII,
7, *mert*, lisez *n'iert;* XXXII, 3, *trayons,*
lisez *trayn'on* (ms. *tray non*); XXXIII,
1 et XXXV, 3, lisez *parfonde* et *parfond*
au lieu de *profonde* et *profond;* I, 3, *senc*
est bon : « synode, concile »; VI, 3, *fes*
est bon, la correction *fet* détruit le sens;
4, lisez: *Fauve[dit] c'om n'i puet entendre;*
IX, 6, lisez : *Oyaunt toz ce qu'il a de-*
dens; XVIII, 4, lisez: *sur lui;* XXI, 6,
lisez : *N'iront mais le tro(i)t ne le pas;*
XXVII, 6, *respont* est bon; XXXI, 6,
lisez : *Sa! maistresse, vous en vendrés;*
XXXII, 8, *doinent* est bon; XXXVII, 4,
il n'y a pas de lacune; XXXVIII, 3,
lisez *Favein;* XXXIX, 2, suppléez *le* au
lieu de *je;* XL, 1, *tout* est bon.

sont assez curieux et méritent que nous en disions quelques mots. L'auteur, dans le premier morceau, nous donne son nom :

> Raous le Petiz, ki ryma
> Ce qe ceste letre dirra...

Il était du nord, et sans doute d'Arras, car il lance un trait de satire contre l'élection d'un abbé de Saint-Vaast à Arras. Il paraît avoir rimé vers la fin du XIIIe siècle. Il emploie des vers de huit syllabes rimant deux à deux et réunis en séries de quatre, six, huit ou douze vers. Dans les images auxquelles ces vers sont joints, Fauvain est bien décidément une bête chevaline, et paraît être une jument; dans le texte, les formes Fauve au sujet, Fauvain au régime, accusent une femelle, et les pronoms ou adjectifs confirment souvent cette conclusion; mais d'autres fois Fauve ou Fauvain, considéré comme un type général semblable à Renard, est un personnage masculin.

Les tableaux et les vers qui s'y rapportent, dans le manuscrit 571, sont parfois isolés; le plus souvent ils forment de petits groupes. Nous signalerons les plus intéressants. Les numéros XIX et XX sont proprement l'illustration de la locution « chevaucher Fauvain », qui a servi de point de départ à tout le reste; l'autre, « étriller Fauvain », est inconnue à notre rimeur. Au numéro XIX on voit, montés sur Fauvain, de grands personnages, un évêque, un abbé, deux seigneurs; le numéro XX est ainsi expliqué :

> Ceux qui n'ont pas tant de power
> Qu'il puissent sur Faveyn seoir
> Doivent a la keuwe tenir...

C'est peut-être l'origine de la locution moderne : « tirer le « diable par la queue. »

Le numéro I est étranger au cycle de Fauvain; il présente un autre jeu de mots sur *faus* : il constate qu'il y a plus de « faus » (hêtres) que de chênes.

XIVe SIÈCLE.

Le numéro II nous montre que

> En toutes cours jeskes a Rome
> Avient par faute de prudome
> C'on assiet Fauveyn en chaiere.

C'est l'adaptation d'un proverbe plus ancien : « Par de-
« faute de preudome assiet on fol en chaiere. » Peut-être une
image du genre de la nôtre a-t-elle donné naissance au dicton connu : *Asinus in cathedra*, dont on prétend faire les
armes de Bourges ou de Catane. Il est à remarquer que
dans notre manuscrit, conformément aux mots « jeskes a
« Rome », c'est le pape lui-même, la tête coiffée de la tiare
simple usitée jusqu'en 1297 [1], qui installe Fauvain dans sa
chaire.

Le Roux de Lincy, Livre des prov., t. II, p. 470. Rolland, Faune pop., t. IV, p. 249.

Les numéros V, VI, VII nous représentent la mort d'un
riche qui a le tort de faire de Fauvain sa « testamenteresse ».
Fauvain s'attribue tout le bien, sans restituer l'argent indûment acquis et sans rien donner aux pauvres.

Dans le numéro IX, Fauvain montre le privilège qu'on
lui a donné à Rome, et dans lequel sont excommuniés tous
ceux qui feront du bien aux pauvres; à ce propos (n° X),
Fauvain ayant passé « les mons de Mongieu », est représentée l'église de l'hôpital du Grand-Saint-Bernard.

Les numéros XII et XIII nous montrent le pape écoutant
deux solliciteurs qui ont largement payé, puis les nom-
mant tous deux abbés, l'un à Saint-Vaast d'Arras, l'autre
dans un lieu dont le copiste a défiguré le nom.

Les numéros XVI à XIX mettent en scène un créancier
de Fauvain réclamant son dû par-devant Justice; mais
Fauvain a des prélats un privilège, qui est figuré en forme
de charte avec les sceaux pendants, et qui l'exempte de
toute dette. Fauvain, parlant ici au masculin, dit lui-même :

> Sachez je suis clers et croisiés
> Et borgois d'Ai.

---

[1] Cette tiare reparaît aux n°s XII et XIII. Les éditeurs ont été embarrassés par cette forme inusitée et se sont de- mandé à tort si ce n'était pas une mitre archiépiscopale. C'est bien l'ancienne tiare romaine.

IMPRIMERIE NATIONALE.

Il s'agit certainement d'Ath en Hainaut, dont les bourgeois avaient sans doute des franchises particulières. Nous voyons bien sur l'image que le cheval symbolique est tonsuré et qu'il porte sur une sorte d'écharpe la croix des pèlerins d'outre-mer; mais nous n'y découvrons pas l'emblème de cette bourgeoisie privilégiée.

Dans les numéros XXVI à XXXVII, nous assistons aux derniers moments, à la mort et à la punition suprême de Fauvain. Le mourant donne à ses enfants les plus mauvais conseils, et repousse les exhortations du chapelain; après sa mort, son âme demande au diable de lui savoir gré de ses bons services; mais celui-ci répond, en la plongeant dans la gueule d'enfer :

> Fave, bien as fait mon talent,
> S'en averas ton paiement :
> Qu'en infer iras le parfond;
> La mainent ceux qui mon gré font.

Au contraire, dans les derniers tableaux (XXXVII-XL), on voit Dieu accueillir l'âme de Loyauté (dont la mort occupe les numéros XXI-XXV) :

> Loiaultés, bien soiez venue!
> Bonne vie avez meintenue,
> Si le vous voil gueredoner :
> Joie et gloire ciez sans finer;
> Et tout cil qui vous ensivront
> Et vos affaires maintenront
> Avront ensi joie sanz fin.
> Bon y fait penser de quer fin.

Ânesse, mule ou jument, c'est toujours jusqu'à présent Fauve ou Fauvain que nous avons vue personnifier la tromperie et la méchanceté de ce monde. Mais souvent aussi c'était Fauvel, le cheval fauve, qui figurait dans ces singulières métaphores. «Torcher Fauvel, étriller Fauvel» se disait communément pour «tromper» et, semble-t-il, spécialement pour «flatter». Ainsi le prieur des chartreux

XIVe SIÈCLE.

Eustache de la Fontaine Notre-Dame, qui écrivait en 1330 son curieux recueil de contes dévots, s'élève contre

> Celx qui Fauvel sevent torcher
> Et le menu peuple escorcher.

Geffroi de Paris, dans le Dit des Mais, reproche aux conseillers des princes d'« estrillier Fauvain », c'est-à-dire de se conduire en vils flatteurs, au lieu de donner à leurs maîtres de sages conseils. L'auteur de Renard le Contrefait emploie également cette façon de parler. Elle était si répandue qu'elle a passé en anglais : *to curry Favel*, « panser, « étriller Fauvel », s'employait pour « tromper, faire le flat- « teur »; plus tard on ne comprit plus le mot *Favel*, et, par une de ces fausses interprétations si fréquentes dans toutes les langues, on dit *to curry favour*, manière de parler encore usitée aujourd'hui. En France on forma le mot composé « étrille-Fauveau », signifiant trompeur, qui se trouve encore dans Rabelais et dans Marot.

Mais Fauvel ou Fauveau est une méchante bête; on a beau le caresser, on est souvent mal payé de ses peines : « Tel étrille Fauveau qui puis le mord » (c'est-à-dire : qu'il mord ensuite), disait un proverbe. Ce proverbe est figuré dans une des curieuses images qui ornent le fameux poème allemand de la Nef des fous, publié par Sébastien Brandt en 1494, et qui semblent bien avoir servi de point de départ au texte qu'elles accompagnent plutôt qu'elles n'ont été composées pour l'illustrer : la centième de ces images représente un fou qui vient de frotter un cheval avec une queue de renard; le cheval l'a renversé, le foule aux pieds et semble prêt à le mordre. Ce cheval, dans l'intention du dessinateur, était fauve, car les vers du texte sont dirigés contre ceux qui « étrillent le cheval fauve » (*den falben Hengst streichen*). L'image et la locution étaient restées jusqu'à ces derniers temps inintelligibles aux nombreux commentateurs de la Nef des fous, aussi bien qu'aux lexicographes allemands qui ont enregistré la locution d'après divers écrits des XVe et XVIe siècles.

15.

Le succès des locutions où figurent Fauvel et ceux qui l'étrillent se traduisit d'ailleurs de bonne heure par des images, comme il était arrivé pour Fauvain. Vers la fin du xiiie siècle, il était de mode d'orner les murs des salles de peintures représentant cette allégorie. Le roman de Fauvel, dont nous allons nous occuper, a été inspiré par ces peintures, comme l'auteur le déclare lui-même dans les premiers vers :

> De Fauvel que tant voi torchier
> Doucement, sans lui escorchier,
> Sui entrés en melencolie,
> Pour ce qu'est beste si polie.
> Souvent le voient en peinture
> Tel qui ne sevent se figure
> Moquerie ou sens ou folie.

C'est donc pour expliquer à ses contemporains le sens de cette peinture, qui frappait souvent leurs yeux, que l'auteur a composé son poème. Il résulte clairement de là que la popularité de Fauvel ne provient pas de ce poème, et qu'au contraire c'est cette popularité qui l'a inspiré. Quant à la peinture, on peut s'en faire une idée par les miniatures de plusieurs de nos manuscrits, qui représentent des hommes et des femmes de toutes conditions occupés à flatter, torcher, étriller un cheval fauve[1].

Le roman de Fauvel se compose de deux livres, dont le premier, comme nous le verrons, a été écrit en 1310, le second en 1314 ; nous examinerons plus loin la question de savoir s'ils ont le même auteur. En outre, dans un des manuscrits qui le contiennent, le manuscrit 146 du fonds français de la Bibliothèque nationale, l'ouvrage a été l'objet d'une continuation postérieure et a subi de singulières in-

---

[1] Voir notamment le manuscrit 580, où le sexe de Fauvel est accusé par un détail indécent, le manuscrit 190, le manuscrit de Saint-Pétersbourg. Dans ces diverses peintures, la robe de Fauvel est à peu près ce que nous appelons « isabelle », et nous ne la qualifierions pas de « fauve ». On peut se demander s'il n'y a pas dans le cheval fauve du moyen âge quelque souvenir du cheval « pâle » de l'Apocalypse : *pallidus*, dans quelques anciennes traductions de ce passage connu, est, si nous ne nous trompons, rendu par « fauve ».

terpolations. Nous étudierons ce manuscrit à part pour ce qui lui est propre. Les autres sont, à notre connaissance, au nombre de onze, dont huit à Paris (Bibl. nat., franç. 580, 2139, 2140, 2195, 12460, 24375, 24436, Nouv. acq. 4579), un à Tours (n° 947), un à Dijon (n° 298), et un à Saint-Pétersbourg. Sept de ces manuscrits (Paris 2139, 2195[1], 24436, Nouv. acq. 4579, Tours, Dijon[2], Saint-Pétersbourg) sont du xiv⁰ siècle, trois (Paris 580, 2140, 12460) du xv⁰, et un (Paris 24375) du xvi⁰[3]. Le manuscrit 580 ne contient que le premier livre; le manuscrit Nouv. acq. 4579 ne donne même pas la fin de ce livre, bien que le copiste ait mis au bas de la dernière colonne: *Explicit Fauvel;* le manuscrit 2140 s'arrête après les 402 premiers vers du livre II, auxquels le copiste ajoute quatre vers de sa façon en manière de conclusion; le texte de ce manuscrit, peu ancien, médiocre, interpolé gravement et incomplet, a été choisi entre tous, par une singulière préférence, par M. A. Peÿ, qui l'a imprimé, en 1866, dans le tome VII du *Jahrbuch für romanische und englische Literatur.* D'assez longs extraits du manuscrit de Saint-Pétersbourg ont été publiés par M. le comte A. Bobrinsky.

Zapiski etc., p. 70, 88.

Le livre I, dont nous nous occuperons d'abord, nous est parvenu sous deux formes différentes. Dans celle que M. Peÿ a imprimée, il est tout entier en vers plats de huit syllabes; dans l'autre, un long morceau est écrit en strophes de six vers, dont le troisième et le sixième riment ensemble, le premier et le second, le quatrième et le cinquième étant accouplés. C'est cette forme qui est la plus ancienne, comme nous le montrerons tout à l'heure; l'autre n'est qu'un remaniement qui n'est pas de l'auteur. La forme primitive elle-même a subi une interpolation qui a passé dans la forme remaniée et qui est particulièrement intéressante, parce qu'elle porte sur le passage relatif aux Templiers, qui depuis

---

[1] Écrit en 1361.

[2] Écrit en 1355 (voir *Bulletin de la Soc. des anciens textes français,* t. I, p. 47).

[3] Ce manuscrit est très mutilé, défectueux du commencement et de la fin; nous n'en ferons pas usage pour l'étude qui va suivre.

118   LE ROMAN DE FAUVEL.

longtemps a attiré l'attention sur notre poème. Nous allons
d'abord examiner la rédaction originale, qui n'est conservée
que dans le numéro 2139. C'est un petit manuscrit du
XIVe siècle, qui contient, sans séparation autre que celle des
paragraphes ordinaires, les deux livres du roman. Les vers
y sont écrits deux à deux sur une seule ligne; dans la partie
en strophes, les vers 3 et 6 de chaque strophe occupent une
ligne à eux seuls, ce qui met tout de suite en relief la construction rythmique de cette partie.

Après les vers du début, que nous avons cités, l'auteur
énumère les gens de toute condition qui torchent, peignent
ou étrillent Fauvel. Après le pape, les cardinaux et les prélats, viennent les rois et les princes [1] :

Ms. 2139, fol. 2 r°.

> Un en i a qui est seigneur
> Entre les autres, le greigneur
> Et en noblece et en puissance [2] :
> De bien torchier Fauvel s'avance;
> De l'une main touse la crigne
> Et o l'autre main tient le pigne;
> Mais il n'a point de mirouer :
> Il en devroit bien un louer;
> Bien devroit mirouer avoir,
> Car grant mestier a de savoir
> A quel chief il pourra venir
> De Fauvel si a point tenir.

Ces vers, dirigés contre le roi de France, suffisent à
montrer la frivolité de l'opinion selon laquelle notre poème
serait un pamphlet inspiré par Philippe le Bel; on verra
encore plus loin combien l'esprit de cette œuvre est opposé
à celui qui dirigeait la politique royale.

A l'imitation des grands, tous viennent « torcher Fauvel »,
chevaliers, écuyers, cordeliers, jacobins,

---

[1] Ici et ailleurs, tout en suivant tel ou tel manuscrit, nous donnons au texte, d'après la comparaison des diverses leçons, la forme la meilleure et la plus correcte; nous relevons en note les variantes intéressantes.

[2] Le ms. 2140 et le ms. de Saint-Pétersbourg donnent au lieu de ce vers : *Son regne est de toute France*; le manuscrit 24436 a un vers insignifiant; les manuscrits 2195 et 2460 portent : *Son estat met en oubliance.*

XIVe SIÈCLE.
—

Et povres gens au torchier viennent,
Mais emprès la queue se tiennent[1].

Ici, dans le manuscrit 2139, est une page blanche qui
devait recevoir la peinture dont ce début est le commentaire. Le vrai livre commence ensuite. L'auteur nous dit
d'abord ce que signifie Fauvel, et prouve, en citant Aristote,
que Fauvel ne pouvait être ni noir, ni rouge, ni blanc, ni
vert, ni bleu, mais devait être fauve :

> Tel couleur vanité denote :
> A vaine beste vaine cote.

Ms. 2139, fol. 3 r°.

Quant à Fauvel, voici sa signification et l'étymologie de
son nom :

> Fauvel est beste appropriee
> Par similitude ordenee
> A senefier chose vaine,
> Barat et fausseté mondaine.
> Aussi par ethimologie
> Pouez savoir qu'il signifie :
> *Fauvel* est de *faus* et de *vel*
> Compost, car il a son revel
> Assis sus fausseté velee
> Et sus tricherie mellee.
> *Flaterie* si s'en derive. . .
> Et puis en descent *avarice*. . .
> *Vilenie* et *varieté,*
> Et puis *envie* et *lascheté*. . .
> Pren un mot de chacune letre.

Fol. 5 r°.

L'étymologie aussi bien que la « dérivation » de chacune
des lettres du nom de Fauvel sont de l'invention de l'auteur; il est clair que pour lui comme pour nous la véritable origine du personnage symbolique qu'il célèbre était
obscure.

[1] Cela rappelle les vers cités plus haut de Raoul le Petit, bien que celui-ci ne parle pas de torcher ou étriller Fauvain. Le manuscrit 2140 ajoute quatre vers sur les femmes (édit. Peÿ, v. 159-162), oubliées par l'auteur.

Le reste du poème est consacré à développer cette pensée que, dans le monde contemporain de l'auteur, grâce à Fauvel, tout est « bestourné », c'est-à-dire sens dessus dessous; la domination même de Fauvel en est une preuve, car l'homme doit commander aux bêtes, et Fauvel, qui est une bête, règne sur les hommes. Le poète, suivant le cadre ancien des satires sur les divers « états du monde », cherche dans toutes les conditions humaines l'application de cette idée, et est amené par là à des observations présentées sans grand talent, mais non dénuées d'intérêt pour l'histoire des opinions et des mœurs.

Ce renversement est surtout visible dans les rapports de l'Église et du pouvoir temporel. Dieu, dit notre auteur en employant une comparaison familière aux partisans de la papauté, a fait deux luminaires, le soleil et la lune, dont le second est subordonné au premier et lui emprunte sa lumière :

Ms. 2139, fol. 5 v°.

> Mais Fauvel qui trestout desvoie
> A tant fait que cest luminaire
> Est touz bestournez au contraire...
> La lune a sus le soleil mise,
> Si que le soleil n'a lumiere
> Fors de la lune et a derriere.

Et l'auteur développe sa pensée de façon qu'il ne reste aucun doute. Dieu, dit-il, a donné la suprématie à la « prestrise » :

> Mais a temporel seignourie
> Dieus ne donna nule maistrie,
> Ainz vout qu'elle fust souz prestrise
> Pour estre braz de sainte Eglise...
> Le braz doit au chief obeir
> Et a execution metre
> Ce que le chief li veut commetre.

Voilà l'homme dont on a voulu faire un écrivain aux gages de Philippe le Bel dans sa lutte contre la papauté! Les sentiments qui l'animent ici sont ceux de tout le livre,

sérieux et amer d'un bout à l'autre. L'auteur est avant tout
dévoué à l'Église, et, s'il en critique âprement les abus, il
le fait, comme un si grand nombre de satiriques du moyen
âge, dont les intentions ont souvent été mal interprétées,
par le sentiment idéal de ce qu'elle devrait être. Le pape,
d'abord, ne ressemble guère à saint Pierre :

> Sainz Peres, qui papes estoit,
> D'escarlate point ne vestoit...
> Si vivoit de sa pescherie,
> Et en menoit petite vie...
> Mais nostre pape d'orendroit
> Si pesche en trop meilleur endroit :
> Il a une roi grant et forte,
> Qui des florins d'or lui aporte
> Tant que saint Pere en sa nacele
> En tremble, et ele chancele...
> Le pape, pas ne celeroi,
> Torche Fauvel devers le roi,
> Pour ses joiaus qu'il lui presente.

Fol. 6 r°.

Le poète reproche surtout au pape d'avoir accordé au roi
les « dixièmes » qui appartenaient à l'Église, et d'avoir con-
senti que les clercs fussent en certains cas jugés par les tribunaux royaux :

> Helas! com mal acointement!
> Car par ce veons sainte Eglise
> Tributaire et au dessouz mise,
> Quant Fauvel, qui est bien leiré,
> A les disiesmes empetré
> Pour le roi par devers le pape...
> Si que par la laie justise
> Justiciee est la sainte Eglise...
> Ainsi le pape Fauvel torche
> Si bel que le clergié escorche,
> Et si n'i met la main, ce semble;
> Mais sainte Eglise toute en tremble.

Les cardinaux, les prélats ne valent pas mieux :

> Pasteurs sont, mais c'est a eus paistre :

LE ROMAN DE FAUVEL.

> Hui est le loup des brebiz maistre.
> Bien leur sevent oster la laine
> Si près de la pel qu'ele saigne...
> Aucuns, encore en parleroi,
> Sont devers le conseil le roi :
> Aus enquestes, aus jugemens,
> Aus eschiquiers, aus parlemens
> Vont nos prelas : bien i entendent;
> Les biens de l'Eglise despendent...
> Par les prelaz qui veulent plaire
> Au roi et tout son plaisir faire
> Deschiet au jour d'ui sainte Eglise,
> Son honneur pert et sa franchise.

Les chanoines jouissent des prébendes, dont ils accumulent plusieurs, sans se soucier des devoirs qui y sont attachés; ils ont oublié leur règle :

Fol. 8 r°.

> Bien sont li chanoine aourné,
> Quant saint Benoit le bestourné
> Ont au jour d'ui de leur mesnie.
> Qu'il mainent bestournee vie.

On sait qu'en effet l'église de Saint-Benoît, surnommée « le Bestourné » à cause de son orientation inverse de celle des autres églises, appartenait au chapitre de Notre-Dame. Les curés sont ignorants :

> ...Les parochians eglises
> Sont au jour d'ui a ceus commises
> Qui sevent trop peu de clergie;
> Pour ce ne me merveil je mie
> Se le peuple vit folement,
> Quant il a mal gouvernement...
> Li aveugles l'aveugle meine.

Avec la critique des ordres religieux commencent les strophes de six vers. Sur les moines mendiants, qu'il n'aime pas, notre auteur a trouvé quelques accents énergiques et dignes de Jean de Meun :

Fol. 8 v°.

> Ils sont povres gens pleins d'avoir;
> Tout lessent, tout veulent avoir;

Hors du monde ont mondaine cure. . .
L'en ne fait mais, se Dieus m'ament,
Mariage ne testament,
Acort ne composition,
Que n'i viegne la corratiere,
La papelarde, seculiere,
Mendiante religion.

Les autres ordres ne sont pas plus fidèles à l'esprit de leur fondation :

Mort sont a Dieu et vif au monde.

Mais le plus grand crime de Fauvel est d'avoir amené

La fraude des Templiers aperte,
Qui les damne a mort et a perte[1].

L'Église, désespérée de ce malheur, s'en plaint en quatre strophes, dont voici les deux dernières :

Le signe de la crois portoient;
De la crestienté devoient
Estre maintiens et champions;
Pour ce mout honorés estoient,
Essauciés par tout, et avoient
Rentes et grans possessions.

Fauvel leur a trop bien rendu
Ce qu'il avoient entendu
A vivre au siecle faussement.
Tel loier a qui sert tel maistre :
Quant Fauvel a fait les siens paistre,
Si leur donne leur paiement.

Entre ces deux strophes, les manuscrits autres que 2139 en intercalent dix, qui développent les accusations portées contre les Templiers, félicitent le roi et le pape de les avoir

[1] Ainsi dans les manuscrits N. acq. 4579, 2139, 2195, 12460. Au lieu de ce vers, les manuscrits 2140 et 146 donnent celui-ci, évidemment postérieur : *Qui jugiez sont* (ou *Qui les a mis) a mort, a perte.*

punis, et font mention de la mort de plusieurs d'entre eux. Voici les plus intéressantes. C'est toujours l'Église qui parle :

Ms. 24436, fol. 137 v° b; N. acq. 4579, fol. 7 r° b.

Oncques a eus nul mal ne fiz,
Mais des biens au vray crucifiz
Avoient il outre mesure,
Et franchises et privileges.
Las! or sont devenuz hereges
Et pecheurs contre nature...

Entre eus avoient fait une orde
Si horrible, si vil, si orde
Que c'est grant hideur a le dire :
Tantost com aucun recevoient,
Renoier du tout le faisoient
Jesucrist et la croiz despire.

A crachier dessus commandoient;
L'un l'autre derriere baisoient :
Mout avoient orz estatuz.
Helas! mal furent d'Adam nez,
Car ilz en seront tous damnez
Et dissipez et abatuz...

Dieus, qui en voult faire venjance,
A fait grant grace au roi de France
De ce qu'il l'a aperceü :
Dieus l'a a s'amour apelé
Quant tel mal lui a revelé
Qu'ainz mais ne peut estre seü.

Saint Loys, le roi de Sezire,
Oïrent bien en leur temps dire
Des Templiers cas de souspeçon :
Mout se penerent del savoir,
Mais onques n'en peurent avoir
En leur temps certaine leçon;

Mais cestui neveu saint Loys
Doit estre liez et esjoys
Quant il en a ataint le voir :
Mout a mis et labour et paine
A faire la chose certaine;
Tresbien en a fait son devoir.

XIV° SIÈCLE.

Diligemment, comme preudome,
Devant l'apostolle de Rome
A poursuï ceste besoigne,
Tant que li Templiers reconnurent,
Des greigneurs qui en l'ordre furent,
Devant le pape leur vergoigne.

« Damnez en sont et mis a mort », dit en terminant l'interpolateur. Il s'agit ici de l'exécution de cinquante-quatre Templiers qui eut lieu le 12 mai 1310; ces strophes pourraient donc avoir fait partie du poème primitif, terminé en 1310. Mais il est probable qu'elles ne sont pas de l'auteur, qui, ailleurs, parle avec si peu de sympathie du roi et du pape ici glorifiés.

Du monde ecclésiastique notre poète, continuant toujours ses strophes, passe au monde laïque. Il ne le traite pas mieux. Tout y est « bestourné »; chacun y torche Fauvel. Les rois et les seigneurs chargent leurs sujets d'exactions; les nobles méprisent les autres, oubliant que tous les hommes sont égaux et que, pas plus que les vilains, ils ne sont sortis à cheval du ventre de leur mère; les petits ne savent pas s'accommoder à leur sort. Ici le poète abandonne la forme strophique :

Puis que les rois sont menteeurs,
Et riches hommes flateeurs,
Prelas pleins de vaine cointise,
Et chevaliers heent l'Eglise,
Clergie est example de vices,
Religieus pleins de delices,
Riches hommes sans charité,
Et marcheans sans verité,
Laboureeurs sans leauté,
Hortelains pleins de cruauté,
Baillis et juges sans pitié
Et parens sans vraie amistié,...
Sainte Eglise peu honoree,
France en servitute tournee,...
Et qu'ainsi toute creature
A bestournee sa nature

Ms. 2139,
fol. 11 r°.

> Et fait le contraire, si comme
> J'ai dessus dit en grosse somme,
> Je conclus par droite raison
> Que près sommes de la saison
> En quoi doit definer le monde.

Enfin l'auteur proteste qu'il n'a pas écrit par envie ni méchanceté, mais par amour de la vérité, de Dieu et de l'Église :

> A qui soupli, ains que me taise,
> Que cest petit livret li plaise,
> Qui fut complétement edis[1]
> En l'an mil et trois cens et dis.

Comme nous l'avons dit plus haut, dans certains manuscrits les strophes qui remplissent une partie du poème ont été remaniées de manière à former, comme le reste, des paires de vers rimant deux à deux. Pour nous en tenir aux manuscrits de Paris, le numéro 2139 est le seul à ne pas avoir les dix strophes interpolées sur les Templiers. Les manuscrits 146, 12460, 24436, N. acq. 4579, ont conservé les strophes intactes, y compris l'interpolation. Le manuscrit 580 nous présente pour cette partie du poème un état particulier. Le copiste avait sous les yeux un original qui contenait la partie en strophes avec l'interpolation. Arrivé au commencement des strophes, ce copiste a été embarrassé; peut-être, ne trouvant plus les rimes binaires auxquelles il était habitué, a-t-il cru simplement avoir devant lui un texte fautif, et a-t-il essayé de le remettre en ordre avec une remarquable maladresse, comme le montre la comparaison des deux premières strophes originales et de la forme qu'il leur a donnée :

Ms. 2139, fol. 8 v°.	Ms. 580, fol. 128 v°.
Des gens mis en religion	Des gens mis en religion
Vuil faire aussi colacion .	Vueil faire aussi collacion
Pour veoir comme orde est gardee	Pour veoir comme orde est gardee ;
	Ceste chose ne soit tardee.

[1] C'est la leçon des manuscrits 2139 et 24436; Saint-Pétersbourg, 580 : *Qui completement fais et dis Fu;* 2140 : *Qui fut fait complet et edis.*

<table>
<tr><td>

As mendians vuil commenchier,
Mès ce n'est pas pour euls tenchier
Ne pour euls flateir, pas n'i bee.

Saint François et saint Dominique
Deus ordres commencierent si que
Fondeies fussent en poverte :

Sans terres et possessions
Doivent ces deus religions

Vivre humblement ; c'est chose aperte.

</td><td>

Aux mendians vueil commencier,
Mais ce n'est pas pour eulx tencier
Ne pour eulx flater, je n'y bee,
Que religion ne me hee.
Saint François et saint Dominique
. . . .[1]
Deux ordres firent en povretté
Et en tel fondement aherté :
Sanz terres et possessions
Doivent ces deus religions,
Que les ames n'aillent a perte,
Vivre humblement, c'est chose aperte.

</td></tr>
</table>

Mais, après avoir ainsi refait seize strophes, le copiste s'est fatigué et il a laissé l'original intact à partir des strophes contre les Templiers.

Le copiste du manuscrit 2195 s'est lassé plus vite encore, ou il s'est aperçu plus tôt de la méprise où il était tombé en croyant avoir encore à copier des vers rimant deux à deux ; voici comment il a défiguré le commencement du morceau :

Ms. 2195,
fol. 153 v°.

Des gens mis en religion,
De leur estat un poy liron[2],
Bien voeil faire collacion,
Comment ordre est bien gardee,
Et de leur bonne renommee.
Aus mendians voeil commenchier,
Mais ce n'est pas pour euls tenchier
Ne pour euls flater, pas n'y bee,
Mais veoir comme ordre est gardee.

Mais, après cet essai malheureux, il a repris le texte sans essayer de le réformer.

Le manuscrit 2140 a fait subir à toute la partie en strophes, déjà interpolée, un remaniement semblable à celui qui, dans le manuscrit 580, a été commencé mais non

---

[1] Le manuscrit a laissé un blanc pour ce vers. Il semble qu'ici l'original de notre copiste avait passé un vers ou plutôt fait un vers avec deux, et que celui-ci s'est aperçu qu'il manquait une rime.

[2] Ce vers superflu ne sert pas à changer les strophes en vers appariés, au contraire ; il faut supposer qu'il s'était déjà glissé dans l'original de notre manuscrit, où d'ailleurs la disposition strophique était respectée.

poussé à bout. C'est bien un remaniement différent, comme
le montrent les vers du début, si on les compare d'un côté
à ceux du manuscrit 580, de l'autre aux strophes originales :

> Des gens mis en religion
> Vueil faire aussi collacion
> De leur ordre, qu'est mal gardee,
> *Si comme on dit par renommee.*
> Aus mendians vueil commencier,
> Mais ce n'est pas pour eus tencier
> Ne pour eus flater, point *ne dient,*
> *Mais afin que mieus s'umilient.*
> Saint François et saint Dominique
> Deus ordres commencierent, si que
> Fondees fussent sur *povreté*
> *Et vesquissent de charité.*
> Sans terres ne possessions
> Doivent ces deus religions
> Vivre humblement, c'est chose aperte;
> *Mais autre voie leur a ouverte*
> Fauvel...

Voici, comme dernier échantillon, la strophe qui termine ce morceau et les vers qui la remplacent dans le manuscrit 2140; ici le remanieur a procédé par suppression autant que par addition :

Tout le monde, si com me semble,	Tout le monde, si com me semble,
La charrue des chiens ressemble :	La charrue des chiens ressemble :
L'un trait avant et l'autre arriere;	L'un trait avant et l'autre arriere;
	Il sont de diverse maniere.
Li seigneurs vuelent trop grant estre,	Les seigneurs veulent trop grant estre
Et li subjet refont le mestre :	Et les subgez refont le mestre.
C'est le mestier de la civiere.	

On voit que l'éditeur de Fauvel ne pouvait tomber plus
mal qu'il n'a fait en choisissant pour base de son texte le
manuscrit 2140.

Ainsi, pour nous résumer, notre roman, composé en
1310 par un clerc fort attaché aux privilèges de l'Église,
peu ami du roi et du pape régnants, fut interpolé, entre
1310 et 1314, par un auteur dévoué aux intérêts de Phi-

lippe le Bel; ainsi interpolé, il a été soumis à des remaniements ayant pour but de ramener à la forme ordinaire de
couples de vers octosyllabiques les parties que le poète avait
écrites en strophes; ces remaniements ont été poussés plus
ou moins loin dans les divers manuscrits qui les présentent.

La suite du roman, dont il nous reste à parler, avait été
composée indépendamment de l'interpolation (quoique sans
doute après), puisque dans le manuscrit 2139 elle se trouve
jointe à la seule copie non interpolée du poème qui nous
soit parvenue[1]; en outre l'interpolation se trouve dans le
manuscrit 580, qui ne contient pas la continuation. Cette
continuation, comme nous le verrons tout à l'heure, fut
écrite quatre ans après le poème primitif. Elle débute ainsi :

<blockquote>

De Fauvel bien oï avez
Comment est peigniez et lavez;
Mais pour ce que necessité
Seroit a toute humanité
De Fauvel conoistre l'istoire, . . .
Car il est de tout mal figure, . . .
Afin que plus a plain apaire
L'estat de Fauvel et l'afaire,
Et que sans lui nous puissions vivre,
Ai fait de lui cest secont livre,
Qui parle comment mariez
Fu Fauvel et moutepliez.

</blockquote>

Fauvel, au lieu d'être une simple expression allégorique,
devient ici un personnage vivant et agissant, analogue à
Renard dans les œuvres de la fin du XIII° siècle. Le poète
nous le montre dans son palais, où tout est faux, mais relui-
sant. Sur les murs étaient peintes

<blockquote>

les croniques
De fausseté, de la en ça
Puis que le monde commença,

</blockquote>

---

[1] Il faut encore citer une série d'interpolations propres au manuscrit 2140
publié par M. Peÿ. Elles portent toutes
sur les femmes, que l'auteur avait oublié ou négligé de comprendre dans sa
satire. Ainsi les vers 157-162, 1342-
1371, 1381-1386 de l'édition de M. Peÿ
sont propres au manuscrit 2140.

LE ROMAN DE FAUVEL.

> Et de Renart toute l'istoire
> I estoit peinte a grant memoire.
> Et sachiez qu'illeques meïsmes
> Ot pluseurs decevans sofismes
> Et mistions de premeraines
> En termes, et premisses vaines
> Pour engendrer conclusions
> De mal et de decepcions;
> Neïs d'elenches les cauteles
> Et les fallaces, qui isneles
> Sont a toutes gens decevoir,
> I furent.

Fauvel est assis sur son trône, entouré de ses amis les plus proches : « Charnalité », Convoitise, Avarice, Envie, « Detraction », Haine, Tristesse, Ire, Paresse, Luxure ou Vénus, « Gloutonnie », Orgueil, Présomption, Hypocrisie, Faux Semblant, Flatterie, Vilenie, Variété, « Doubleté », Lâcheté, Ingratitude,

> Angoisseuse,
> Qui de labourer n'est oiseuse,
> Car as dimenches et as festes
> Fait labourer et gens et bestes :
> Si grant haste a de labourer
> Qu'il ne li chaut de Dieu ourer.

Plus bas se presse la foule des vices et des péchés de moindre importance. La description de ces personnages se ressent naturellement beaucoup de l'influence du roman de la Rose, auquel le poète renvoie d'ailleurs expressément à propos d'Hypocrisie et de Faux Semblant :

> Et qui savoir en veut la glose
> Si voist au romans de la Rose.

Fauvel adresse un discours à ses fidèles. Le voilà au comble de la grandeur, où l'a mis Fortune, en dépit de Raison. Mais il craint l'inconstance dont Fortune a donné tant d'exemples; il voudrait profiter de la faveur qu'elle lui témoigne pour l'épouser : il deviendrait ainsi maître de sa

XIV⁰ SIÈCLE.

roue, et la fixerait pour toujours au profit de lui et des siens. La cour applaudit à ce projet. Fauvel, dont le poète semble complètement oublier la nature chevaline,

> Ceint l'espee et si se heuse
> Et ses esperons pas n'oublie,

et bientôt

> Il est venus a Macrocosme,
> Une cité de grant fantosme,
> Qui fut jadis faite pour homme,
> Que raison Microcosme nomme.

C'est là que séjourne Fortune, étrange divinité : elle a deux profils, l'un beau et riant, l'autre affreux ; elle tient à la main deux couronnes : l'une ornée de pierres précieuses qui resplendissent, mais dont plusieurs piquent cruellement ceux qui portent la couronne ; l'autre, à l'usage des malheureux, est laide à voir, mais elle recèle de petites émeraudes qui réconfortent ceux qui en savent apprécier les vertus. Devant Fortune sont deux grandes roues qui tournent sans cesse, l'une vite, l'autre lentement ; dans chacune d'elles sont agencées deux roues plus petites, animées d'un mouvement contraire. Les roues, sur lesquelles sont échelonnés tous les hommes, sont le jeu auquel Fortune se divertit sans cesse. A ses pieds est assise Vaine Gloire, qui fascine ceux qui parviennent pour un moment au sommet de l'une des roues et les empêche de voir la rapidité du mouvement qui va les faire descendre.

Fauvel se présente, et, longuement, fait sa demande, protestant de l'amour qui le tourmente, et alléguant l'intérêt même de Fortune, qui doit désirer avoir des héritiers de son pouvoir et de ses richesses. Mais la dame accueille fort mal cette requête outrecuidante : « Tu ne me connais pas, « dit-elle à Fauvel, semblable en cela d'ailleurs à presque « tous les hommes ; tu ne sais qui je suis. Je suis la fille du « roi souverain ; j'ai pour sœur aînée Sapience, qui a d'avance « inscrit tout ce qui doit arriver. Mon père a fait le monde et

     LE ROMAN DE FAUVEL.

« l'entretient; il m'a laissé le gouvernement de tout ce qui
« est mobile et contenu dans le temps, car

> « Le temps n'est fors que la mesure
> « De tout mouvement de nature.

« Sache que j'ai quatre noms, suivant l'aspect sous lequel on
« m'envisage : Providence, Destinée, Aventure ou Fortune :

> « Aussi com s'une damoisele
> « Jetoit d'une haute tourele
> « Tout plein de gaules et de pommes
> « Sur pluseurs et femmes et hommes,
> « Et la damoisele seüst
> « Comment le giet cheoir deüst
> « En tant comme le giet saroit.
> « De Providence nom aroit;
> « En tant comme elle geteroit,
> « Destinee son nom seroit;
> « Et quant les uns bleciés seroient
> « Des gaules qui sur eus cherroient,
> « Et les autres si requeudroient
> « Les pommes ne nul mal n'aroient.
> « Par nom d'Aventure nouvele
> « Nommeroient la damoisele;
> « Et quant le commun parleroit
> « De ce que a venir seroit,
> « La damoisele grant renom
> « Avoir pourroit, et autre nom,
> « Car adonques la vois commune
> « La pourroit apeler Fortune. »

Ayant ensuite allégué maints exemples des vicissitudes
qu'elle amène par les influences des planètes (auxquelles cependant, en ce qui concerne la moralité, le libre arbitre
humain résiste), ayant cité Nabuchodonosor, les Ninivites,
Ezéchias et Boèce, Fortune explique le symbole de ses deux
couronnes, dont l'une représente la prospérité avec ses
épines secrètes, l'autre le malheur supporté avec résignation, et de ses deux roues, l'une rapide, l'autre lente, avec
leurs « contre roues », qui montrent que dans le plus grand

bonheur apparent il y a toujours quelque souffrance cachée, et que la prospérité est sans cesse minée par ce qui doit tôt ou tard la détruire. Il faut aimer, comme venant de Dieu, le sort qu'on a dans ce monde : c'est le seul moyen de ne pas souffrir de l'instabilité des choses terrestres. L'auteur des Six Principes a appelé avec raison le monde « macro- « cosme » et l'homme « microcosme » : l'un comme l'autre est composé de quatre éléments, le chaud, l'humide, le froid et le sec, d'où le feu, l'eau, l'air et la terre, et aussi le sang, le flegme, la « cole » et la « melencolie ». L'homme est flegma- tique dans le premier âge, sanguin dans la jeunesse, colé- rique dans l'âge mûr, mélancolique dans la vieillesse; de même le monde a commencé par le flegme, quand les gens

> Estoient trop lours et pesans,
> Endormis, lasches et taisans;

il est ensuite devenu sanguin au temps de David, colérique au temps de Jésus-Christ :

> Mais or est le monde venu
> En grant vieillesse, et devenu
> Trestout plein de merencolie,
> Et c'est vers la fin de sa vie.
> Merencolie, bien l'os dire,
> Est des complexions la pire :
> Elle est de nature terrestre,
> Si qu'elle doit froide et seche estre,
> Et le monde est froit et sechié,
> Plein de tout mal et tout pechié.

« Aussi sa fin approche, continue Fortune; l'Antéchrist « arrive, et toi, Fauvel, tu es son fourrier; ta puissance ac- « tuelle est le signe du temps. Tu vois combien tu as été pré- « somptueux de prétendre à m'épouser, moi qui suis la fille « de Dieu et qui siège à son côté :

> « Mais pourtant, beste de fallace,
> « Je ne vueil pas qu'aucune grace
> « De moy au departir n'emportes...
> « Vez la Vaine Gloire la bele,

LE ROMAN DE FAUVEL.

« La decevante damoisele,
« Qui les gens soutilment enivre
« Qui veulent en grant estat vivre...
« Va, si l'espouse et si l'emmaine,
« Car je le vueil et si le loue ;
« Va, si la pren dessouz ma roue. »

Fauvel est enchanté de la proposition ; il épouse aussitôt Vaine Gloire,

Mais ce fu a la main senestre,
Sans bans et sans clerc et sans prestre.

On célèbre des fêtes dans le palais de Fauvel, qui, depuis ce temps, vit avec sa femme et engendre

En tout pays Fauveaus nouveaus...
Tant est son lignage creü,
Onques si grant ne fu veü ;
Bien est en ce monde avanciez
Et a par tout les siens lanciez ;
Mais sur toute chose je plain
Le beau jardin de grace plain
Ou Dieu par especiauté
Planta les lis de roiauté
Et i sema par excellence
La franche graine et la semence
De la fleur de crestienté.
Et d'autres fleurs a grant plenté,
Fleur de pais et fleur de justise,
Fleur de foi et fleur de franchise,
Fleur d'onneur et rose espanie
De sens et de chevalerie...
C'est le jardin de douce France.
Helas ! com c'est grant mescheance
De ce qu'en si tresbeau vergier
Fauvel s'est venu herbergier !...
Helas ! France, com ta beauté
Va au jour d'ui a grant ruine
Pour la mesnie fauveline
Qui met en tout mal ses delis !
Tant ont hurté la fleur de lis

Fauvel et sa mesnie ensemble
Qu'elle chancelle toute et tremble.
Mais le lis de virginité,
Qui prist en soi la deité,
Sauve la fleur de lis de France,
Et le jardin tiegne en puissance,
Et Fauvel mete en tel prison
Qu'il ne puist faire traïson,
Si que Dieu, le roi de justise,
Soit honorez et sainte Église!

Ces vers terminent le poème, qui en compte un peu plus de deux mille; ils semblent bien dirigés contre les favoris de Philippe le Bel, et notamment contre Enguerrand de Marigni, qui allait si cruellement éprouver les retours de la fortune qui l'avait porté au comble des grandeurs.

Tous les manuscrits complets donnent ensuite ces huit vers:

Ferrant fina[1]; aussi fera
Fauvel, ja si grant ne sera,
Car il ne puet pas tous jours vivre.
Ici fine mon segont livre,
Qui fu parfait l'an mil et quatre
Trois cens et dis, sans riens abatre,
Trestout droit, si comme il me membre,
Le seziesme[2] jour de decembre.

Au lieu de « decembre », le seul manuscrit 24436 donne « septembre »; nous sommes cependant portés à croire que cette leçon est la bonne. En effet, les derniers vers que nous avons cités semblent avoir été écrits, non au moment d'un changement de règne, toujours fécond en espérances, mais sous l'impression de ce mécontentement que produit une pression gouvernementale qui se prolonge; or Philippe IV

---

[1] *Ferrant*, comme *Fauvel*, est à la fois une appellation générique et un nom individuel de cheval; mais il y a sans doute ici une allusion à la mort du comte Ferrant ou Ferdinand de Flandres, le vaincu de Bouvines, sur le nom duquel on a beaucoup joué. — Un catalogue (manuscrit) alphabétique des manuscrits français de la Bibliothèque nationale a fait de Ferrant l'auteur de notre roman; cette méprise a été signalée par M. Bobrinsky.

[2] *Le VI*, dans le manuscrit 2139 et dans celui de Saint-Pétersbourg.

mourut le 29 novembre, peu regretté, comme on sait, et il
est bien à croire que le passage en question fut écrit avant
sa mort et non quelques jours après cet événement, qui
changeait singulièrement la face des choses. Ce qui est certain, c'est que le second livre de Fauvel a été écrit en 1314,
quatre ans après le premier.

Le nom de l'auteur nous est, suivant la mode du temps,
à la fois révélé et dissimulé dans les quatre vers suivants,
qui se lisent dans les manuscrits 2195, 12460, 24436 et le
manuscrit de Tours :

> Ge rues doi .v. boi .v. esse
> Le nom et le surnom confesse
> De celui qui a fait cest livre.
> Dieu de ses pechiez le delivre!

Doi et *boi* sont les anciens noms des lettres *d* et *b*[1], *esse*
est celui de la lettre *s;* l'énigme peut donc se lire, à notre
avis, Gerues ou Gervais du Bus; en tout cas on ne saurait,
sur la foi de ces vers, appeler l'auteur de Fauvel « Rues »,
comme l'ont fait dans la notice du n° 2195 les rédacteurs du
catalogue des manuscrits français de notre grande bibliothèque, trompés sans doute par l'indication que nous relèverons tout à l'heure dans le manuscrit 146.

Gervais du Bus est-il également l'auteur du premier
livre? Nous ne le croyons pas. L'expression « mon segont
« livre », que nous venons de citer, ne le prouve pas: le poète
a composé à Fauvel une suite; il l'appelle tout naturellement
« son » second livre. Mais les idées, le style, la culture nous
paraissent autres dans ce second livre que dans le premier.
Nous avons déjà remarqué que le personnage même de
Fauvel y est conçu d'une manière différente; l'imitation du
Roman de la Rose y est beaucoup plus marquée; la satire
directe et contemporaine fait presque complètement défaut, tandis que le vrai centre du livre est l'explication
philosophique de ce qu'il faut réellement entendre par cette

---

[1] Voir sur ce point *Romania*, XXII, 617. Les manuscrits 2195 et 24436 portent
même simplement un *d* au lieu de *doi*.

XIVᵉ SIÈCLE.

personnification de la Fortune, si à la mode dans la littérature du temps. Gervais du Bus nous paraît avoir voulu profiter de la vogue qu'un premier auteur avait donnée au type de Fauvel pour exposer ses idées sur le monde et l'homme; il a réussi, puisque, sauf dans deux manuscrits, son œuvre a toujours été jointe à celle de son prédécesseur.

Quoi qu'il en soit de ce second livre, l'œuvre devait encore, et cela peu de temps après avoir été ainsi complétée, être l'objet d'une nouvelle et bien singulière amplification, et sans doute même de deux amplifications distinctes. Le manuscrit français 146 de la Bibliothèque nationale nous a conservé un texte de notre roman accompagné d'additions qui ne sont sûrement pas de l'auteur ou des auteurs des deux premiers livres, et qui se présentent à nous sous une forme extrêmement curieuse. Ce manuscrit, exécuté avec beaucoup de luxe vers la fin du premier tiers du XIVᵉ siècle, contient sur quarante-cinq feuillets pleins, dont chaque page est divisée ordinairement en trois colonnes, les deux livres de Fauvel, dont le second a reçu une très longue interpolation [1]. Mais il s'en faut que les 160 colonnes environ ne contiennent que le texte interpolé. Sans parler des peintures, qui prennent une partie de la place et souvent presque une page entière, des trois colonnes qui occupent chaque page, deux le plus souvent, quelquefois les trois, sont remplies par des poésies latines et françaises, accompagnées de musique, qui n'ont avec le roman de Fauvel qu'un rapport très indirect. Nous reviendrons plus loin sur ces hors-d'œuvre, qui méritent quelque attention; nous parlerons d'abord de ce qui est ajouté dans le texte proprement dit.

Le livre Iᵉʳ n'a pas subi d'autre addition que celle des strophes relatives aux Templiers, que nous avons signalée dans tous les manuscrits excepté un Seulement, à la fin de ce livre, après la mention, donnée plus haut, de la date 1310, un scribe, copié par le calligraphe habile, mais peu

---

[1] Sur les autres morceaux contenus dans le manuscrit, voir le Catalogue des manuscrits français.

IMPRIMERIE NATIONALE.

soucieux de bonnes leçons, auquel on doit notre manuscrit,
a ajouté les vers suivants :

Ms. 146, f° 10 c.

Regnant[1] li lyons debonaires
De qui fu plus douz li afaires
Que il n'eüst besoing esté :
Ce li fit la grant honesté
Qui en li tout adès regna ;
Certes je croi qu'il le regne a
Du roiaume de paradis.
Cilz fu Phelippes, fius jadis
Au tresbon roi hardi Phelippes,
Qui en Aragon lessa les pippes :
Cil si fu filz de saint Loys.
Du tout ai mon[2] dit assoys,
Recitant de lui un motet[3].
Ha ! sire Dieu, comme il flotet
Par mer de cuer et marchoit terre
Pour le saint sepucre conquerre !
Se li autre a li garde preissent,
D'amer Fauvel ne s'entremeissent ;
Car Loiauté et Verité
Retornassent, Fauvel gité.

Ces vers assurément ne sont pas bons, mais ils ne sont
pas sans intérêt. On n'est pas accoutumé à lire de tels éloges
de Philippe le Bel ; notre rimeur a au moins le mérite de
l'originalité en le représentant comme n'ayant eu d'autre
défaut qu'une excessive douceur et en faisant de lui le type
de la loyauté. On voit aussi qu'il croyait, et en cela il n'avait
peut-être pas tort, à l'absolue sincérité du projet de croisade de Philippe.

[1] Le manuscrit porte très lisiblement *Regnaut*, ce qui n'a pas de sens. Les fautes de ce genre, nombreuses dans les parties ajoutées, prouvent bien que notre manuscrit n'est qu'une copie. — De cette faute et de la mauvaise lecture des deux mots suivants est sorti un nouveau nom d'auteur pour notre roman. On lit sur la feuille de garde du manuscrit N. Acq. 4579 une note de Méon ainsi conçue : « Fauvel, roman de ce nom, « en vers, par Regnaut le Héron (*sic*), « François de Rues, Chaillou du Pess- « tain, Ferrant. » Nous avons vu plus haut (p. 135, note 1) ce qu'il fallait penser de Ferrant.

[2] Ms. *a mous*.

[3] Nous reparlerons plus tard de ce motet, qui se trouve dans les pièces ajoutées.

Le livre II n'offre aucune variante notable avec les autres
manuscrits jusqu'au vers 1652, vers la fin du discours de
Fortune à Fauvel. Ici se présente une particularité bizarre.
Tandis qu'en général les morceaux de chant étrangers au
poème sont, avec la musique, écrits sur une autre colonne
que le texte du poème, ici, à la suite des vers 1651-1652,

> Tel povre en esperit riche homme
> L'evangile et[1] aureus nomme,

le copiste, sans doute à cause de l'identité du sujet, a écrit
le verset *Beati pauperes spiritu* avec sa notation musicale,
puis, au-dessous, les vers et la mention que voici :

> Un[2] clerc le roy, François de Rues,
> Aus paroles qu'il a conceues
> En ce livret qu'il a trouvé,
> Ha bien et clerement prouvé
> Son vif engin, son mouvement;
> Car il parle trop proprement.
> Ou livret ne querez ja men-
> çonge. Diex le gart! *Amen!*

Fol. 23 a.

Ci s'ensivent les addicions que mesire[3] Chaillou de Pesstain a mises
en ce livre oultre les choses dessus dites qui sont en chant.

Nous reviendrons plus tard sur le sens qu'on peut atta-
cher à ces renseignements en vers et en prose. Il semble
d'abord qu'ils ne soient pas en tout cas à leur place, car le
texte du poème reprend au vers qui suit dans tous les manuscrits le vers 1652; mais après six vers commencent des
interpolations qui ne s'étaient pas produites jusque-là. Auparavant les additions étaient restées, pour ainsi dire, en
marge du texte; ici c'est ce texte même qui est remanié et
amplifié. Fortune continue d'abord ainsi :

> « Fauvel, je t'ai assez leü;

[1] *Et* manque dans le manuscrit 146.
[2] *Un* n'a pas été écrit par le rubricateur; le copiste avait marqué un *g*
comme devant être l'initiale.

[3] Ce mot est lisiblement écrit: mais
peut-être est-ce une erreur du scribe
pour *mestre*; cette erreur a été souvent
commise.

« Ne[1] me chaut se t'a despleü.
« Par ce qu'ai dit as avantage
« De congnoistre s'es fol ou sage,
« Et de savoir queles denrees
« Fortune vent[2] a qui tu bees.
« Or pues veoir se c'est grant dame,
« Fortune que veus prendre a fame. »

Les deux derniers vers ne se trouvent pas dans les autres manuscrits, qui, après les précédents, donnent jusqu'à la fin le discours de Fortune. Le manuscrit 146 au contraire l'interrompt ici :

Lors a Fauvel ceste balade
Mise avant de cuer mout malade.

La « balade » qui suit ne comprend que deux strophes, la première notée, et fort défigurée par le copiste; puis

En soi complaignant derechief
Chante Fauvel enclin le chief.

Il chante le premier couplet d'une chanson d'amour, que nous ne connaissons pas autrement, puis adresse à Fortune un second discours. Il met sa hardiesse sur le compte d'Amour, qui, dit-il, est irrésistible,

Et qui oncor fort m'atalente
Qu'a ce dit trouver mette entente.

Vient alors un petit poème amoureux en rimes plates, avec quelques « refrains » intercalés, suivant une mode qui régna surtout à la fin du XIIIᵉ siècle; il est suivi d'une chanson et d'un second poème, celui-là en strophes de six vers, entrecoupé de motets, et terminé encore par des chansons et des motets. Ces diverses poésies, d'ailleurs fort ennuyeuses, n'ont visiblement aucun rapport avec le roman. Fortune écoute patiemment Fauvel, reprend son discours, et après

[1] Ms. *Que.* — [2] Ms. *veult.*

quelques vers de suture, revient à ceux qui suivent immédiatement dans le texte les derniers que nous en avons cités :

> Je sui Fortune la doutee,
> La trespuissant, la renommee, etc.

Le discours entier de Fortune, qui contient encore près
de 3oo vers, est ensuite donné dans notre manuscrit comme
dans les autres, mais avec les interpolations les plus inco-
hérentes et parfois les plus maladroitement ajustées, contenant un nouveau discours de Fauvel, et, entre autres pièces
rapportées, un lai d'amour dans la forme difficile et compliquée qu'avait prise ce genre de poème lyrique.

Enfin le mariage de Fauvel avec Vaine Gloire est décidé,
Fauvel emmène sa femme, et

> Tous ses amis sans demourer
> A fait a ses nopces venir,
> Car trop grant feste veut tenir.

Avec ce vers, qui est le 1966e du livre II, cesse l'accord
entre le texte original et le manuscrit 146. Tandis que le
premier termine assez brusquement le récit en 68 vers
dont nous avons rapporté plus haut les derniers, le second
commence ici une partie toute nouvelle. Elle débute ainsi :

> Qui de la biauté et painture,
> De la façon et pourtraiture
> Du palais Fauvel me sivret,
> Je di qu'en ce petit livret
> Au commancier m'en aquité;
> Mès encor monstré ne dit é
> Ou, comment siet n'en quele marche.

Fol. 3o c.

Ces vers donneraient à penser que le début du « livret »
et cette partie ont le même auteur; mais il n'en est certainement pas ainsi [1].

---

[1] Plus loin encore, l'interpolateur
dit, en parlant de la « mesnie » de Fauvel, « qu'autre fois ai descrite » (fol. 31 a);
de même fol. 31 c ; mais ce sont des
allégations auxquelles il ne faut accorder
aucune confiance.

142   ## LE ROMAN DE FAUVEL.

La ville où est établi le palais de Fauvel n'est autre que
Paris; l'auteur ne la nomme pas expressément, mais il la
décrit en vers qui ont déjà été imprimés en grande partie,
et qui méritent de l'être encore :

> Entre deus braz d'une riviere
> Siet, qui la batent environ.
> Des creniaus en haut remire on
> Le dous païs et la contree
> Qui douce France est appelee;
> Et s'il est a droit recité,
> Il siet en la meilleur cité
> Qui dessouz ciel compraigne siege :
> Toutes les autres sont de liege
> Envers celle, que que nuls die.
> La riviere porte navie :
> Par son droit non Sainne est nommee,
> N'il n'a cité si renommée
> Par toute la crestienté.
> Je croi que Diex y a enté
> La foi en l'arbre de jouvent,
> Et s'ai oï dire souvent
> Que toute la flour de clergie
> Y est, si a noble dragie
> Au monde et en religion.
> Il n'a si bonne region
> De dames jusques a Thoulouse.
> Ou palais a quatorze ou douse
> Chastelez, que tours que tourneles,
> Bateilleresses, fors et beles,
> Qui li aïdent au besoing,
> Et, se voir dire ne resoing,
> La est le plus bel oratoire
> Dont on puisse faire memoire :
> Bien le puis appeler chapele,
> Car il n'a ou monde si bele
> N'ou il ait tant de biax joiax :
> Moult par fu li sires joiax
> Qui y pourchaça tex reliques;
> Nulles oudeurs aromatiques
> Ne rendent flaveur si tresbonne
> Comme fait la sainte couronne
> Que Diex porta et la croiz vraie . . .

Je dis que palais et chastel
Est, et en monde n'a pas tel;
Car, que chastiaus et chastelez,
A semez illueques delez
Plus de dis, trestouz responnanz
Au palais, et aide donnanz.
Aus deus lez des maistresses portes
Du palais a mesons moult fortes
Et deus ponz de façon moult bele :
Trestout le reaume de Castele
Si ne vaut pas ce que il portent...
L'un siet a destre vers midi,
L'un vers septentrion; si di
Que par les ponz que ci devise
En une ville qu'est [1] assise
Environ l'ille et la cité
Vet on par grant nobilité,
Ville la plus riche du monde
Et ou le plus de bien habonde...
Andui, si com dit cil qui vit le [2],
Sont assis en une grant ille
Et le palais et la cité,
Et, par noble subtilité,
L'un de[s] bous de l'isle en travers
Le palais, si com s'en va vers
Occident, tient (et) de bonne guise,
Et l'autre bout (a) la mere eglise
De la cité vers Orient
Comprent mout noblement et tient.

Cette description est entremêlée d'interprétations allégoriques et de lamentations sur la destinée qui veut qu'un si
beau lieu soit possédé par Fauvel. Celui-ci y convoque toute
sa cour, composée des vices et des péchés énumérés au début. Toutefois les vertus, jadis exclues par lui, au nombre
de trente, sous la conduite de Virginité, se décident à se
rendre aussi à la fête, non pour se divertir, mais pour
prendre part aux joutes. Elles arrivent dans la ville, appelée
dans ce morceau généralement Espérance, mais qui est

----

[1] Ms. *qui est.* — [2] Ms. *ville.*

144

LE ROMAN DE FAUVEL.

toujours bien Paris, puisqu'il s'agit du pré de Saint-Germain et de la Seine qui passe en bas (fol. 37 r°.), et sont reçues chez un hôte dont la femme s'appelle Constance; il paraît que le rimeur a voulu ici faire l'éloge de ses patrons. Après un splendide festin, Fauvel va dormir avec sa femme, mais ils sont réveillés par un épouvantable « chalivali » que leur donne « la mesnie Hellequin ». Le lendemain ont lieu les joutes, où les trente vertus font des prodiges contre les vices et les diables du parti de Fauvel; mais Fortune les avertit de cesser le combat, l'heure de la ruine inévitable de Fauvel n'étant pas encore venue. Ici le manuscrit 146 rejoint pour un moment le texte ordinaire, à l'endroit que nous avons cité plus haut :

> . . . Fauvel chascun jour engendre
> En tous pays Fauveaus nouveaus, etc.

Toutefois, après une vingtaine de vers, il s'en sépare de nouveau, intercale une description de la « fontaine de jou- « vent », où Fauvel a la prétention de rajeunir lui et les siens, puis reprend le texte ordinaire, l'interrompt encore pour insérer une longue prière à Jésus-Christ contre Fauvel, et termine enfin (fol. 44 f) à peu près par les mêmes vers que ceux du texte ordinaire. Les vers qui servent d'*explicit* sont ainsi altérés :

> Ferrant fina : bien deust finer
> Fauvel, qui n'a a qui finer
> En ce monde, car tuit obé-
> issent a lui; tout a robé.
> Robé nous a tout en lobant
> Et lobé en nous desrobant.
> Il finera, car touz jourz vivre
> Ne pourra pas. Ci faut mon livre
> Secont. Dieu en gré le recoive!
> J'ai sef : il est temps que je boive.

Et comme pour illustrer cette pensée, des deux côtés de

XIVe SIÈCLE.

la colonne où se trouvent ces dix vers sont copiés avec la
musique deux couplets, faits pour être chantés en parties,
d'une chanson à boire, qui sont assurément plus anciens et
beaucoup meilleurs :

> Bon vin doit l'en a li tirer,
> Et le mauvais en sus bouter;
> Puis doivent compagnons chanter :
>   Cis chanz veult boire!
> Quant je le voi ou voirre cler,
> Volentiers m'i vueil acorder,
> Et puis chante[rai] de cuer cler :
>   Cis chans veult boire!

Enfin le tout se termine ainsi :

> Ci me faut un tour de vin; Dex! quar le me donnez :
>   Ciz chans veult boire!

Nous n'avons donné dans ce résumé que la charpente de la
singulière composition qui nous occupe; en l'examinant d'un
peu plus près, il est facile de se convaincre qu'elle est faite
en bonne partie de pièces rapportées. Tout le tournoi des
Vertus et des Vices, si maladroitement amené et interrompu,
est une imitation visible du Tournoiement de l'Antéchrist,
de Huon de Méri. Les vers de Huon ne sont pas pris tels
quels, mais ses expressions, ses bizarres allégories, ses jeux
d'esprit se retrouvent souvent, quoique affaiblis, dans les
vers plus lâches et plus plats de son imitateur; à lui aussi
remonte la partie allégorique de la description du festin, et
notamment l'idée de faire de la honte le breuvage des con-
vives. Dans les premiers vers de cette description, où il s'agit
de mets très réels, nous avons retrouvé, non sans surprise,
une longue tirade empruntée au roman du Comte d'Anjou, et que précisément à cause de la riche énumération
qu'elle présente, nous avons imprimée dans notre précédent
volume (p. 327); la copie est presque partout absolument
fidèle et peut même fournir quelques variantes[1]. Plus loin

[1] Naturellement le plagiaire a modifié la forme du récit, qui est dans l'original fait à la première personne. Les
vers 15-16 de notre citation sont ici :

IMPRIMERIE NATIONALE.

encore, un passage que nous avons également cité (p. 336), relatif au coucher de l'épousée, est en partie textuellement reproduit. Il ne saurait être question de l'hypothèse inverse, d'après laquelle Jean Maillart aurait emprunté ces morceaux à notre compilation; celle-ci par conséquent est, en tout cas, postérieure à 1324, date de la composition du Comte d'Anjou.

La description du « chalivali » est assez curieuse; c'est sans doute la plus ancienne qu'on ait, et même la plus ancienne mention de ce mot, dont l'origine est encore si obscure. Elle répond parfaitement à celles que l'on trouve dans différents actes ecclésiastiques du xiv° siècle, interdisant cette coutume grossière et licencieuse, qui paraît avoir été alors nouvelle et être venue du Midi; elle est d'ailleurs, dans notre manuscrit, illustrée par une grande « estoire » à laquelle le texte renvoie expressément. Il la commente ainsi :

Fol. 34 b.

Desguisez sont de grant maniere.
Li uns ont le devant d'arriere
Vestuz et mis leur garnemenz;
Li autre on[t] fait leur paremenz
De gros saz et de froz a moinnes.
Li uns tenoit une grant poelle,
L'un le havet, le greïl, et le
Pesteil, et l'autre un pot de cuivre,
Et tuit contrefesoient l'ivre,
L'autre un bacin, et sus feroient
Si fort que trestout estonnoient.
Li uns avoit tantins a vaches
Cousuz sus cuisses et sus naches,
Et au dessus grosses sonnetes,
Au sonner et hochier claretes;
Li autres tabours et cimbales,
Et granz estrumenz orz et sales,

Congres, gournaus, porpois, barbues, Turboz, rougez et granz morues: les vers 17-18 sont omis; au vers 26 on lit troites au lieu de turtes. Les quatre derniers vers de l'énumération originale sont remplacés par les six suivants (il s'agit de vins) : De Saint Jangon et de Navarre, Du vinon que l'en dit la Barre, D'Espaigne, d'Anjou, d'Orlenois, [Et] d'Auçuerre et de Laonnois, Et de Saint Jehan (et) de Biauvoisin, Du vin françois d'iluec voisin (fol. 22 d).

Et cliquetes et macequotes,
Dont si hauz brais et hautes notes
Fesoient que nul ne puet dire.

Notre compilateur cite ensuite trois couplets de « sottes
« chansons » (très sottes en vérité) chantées à cette occasion,
et le premier vers seulement de neuf autres, le tout en musique. Puis il nous décrit les comportements tumultueux
de ces gens, couverts de masques ou « barboeres », et con-
duits par un géant qui devait être Hellequin lui-même. On
sait que ce personnage fantastique, d'origine mythologique
et probablement germanique, était censé parcourir pendant
la nuit les airs, avec sa bande ou « mesnie », et qu'on attribuait à ces chevauchées effrénées les ravages causés par les
tourbillons et les tempêtes. Toutefois on le considérait aussi
sous un aspect moins terrible : Adam de la Halle, dans le
Jeu de la Feuillée, sans le montrer lui-même, avait mis en
scène son messager, chargé de paroles d'amour pour la fée
Magloire. A côté des violents et grossiers compagnons de
Hellequin, notre compilateur, d'une façon fort inattendue,
introduit des « hellequines » ou « herlequines »,

Qui avoient cointise fines,
Et se deduisoient en ce
Lai chanter, qui ci se commence :
En ce dous temps d'esté, tout droit ou mois de may,
Qu'amours met par pensé maint cueur en grant esmay.
Firent les herlequines ce descort dous et gay :
Je, la blanche princesse, de cueur les en priai,
Et vous qu'en le faisant deïssent leur penser,
Se c'est sens ou folie de faire tel essay
Com de mettre son cuer en par amours amer.
Je qui suis leur mestresse avant le commençai,
Et en le faisant non de des[c]ort li donnay,
Quar selon la matere ce nom si li est vrai.
Puis leur dis : « Mes pucelles, moult tresgrant desir ai
« Qu'en fesant ce descort puissons tant bien parler
« Qu'on n'i truist que reprendre; que pour verité sai
« Que pluseurs le voudront et oïr et chanter. »

148 LE ROMAN DE FAUVEL.

Sous la direction de la « blanche princesse », huit de ces pucelles chantent alors tour à tour les douceurs ou les amertumes de l'amour, et les quatre dernières concluent, naturellement, en sa faveur. Il est clair que ce « descort » galant n'a rien à faire ici. On remarquera qu'il ne contient pas une exposition faite par le poète, mais seulement des paroles prononcées par chacune des « herlequines ». Il en résulte que cette pièce a probablement été composée pour un divertissement, une sorte d'entrée de ballet où figuraient douze fées ou « herlequines » avec leur souveraine, et où chacune d'elles, s'avançant à son tour, débitait son couplet. Cette particularité donne de l'intérêt à ce morceau, d'ailleurs assez banal, et nous engage à savoir quelque gré à l'auteur de notre compilation de l'y avoir inséré, même aussi mal à propos. Pour en finir avec les emprunts déguisés, nous soupçonnons aussi la longue prière que nous avons mentionnée plus haut d'avoir été prise par lui quelque part; sans être remarquable, elle est correctement écrite et versifiée; ce qui n'est guère le cas pour les morceaux qui appartiennent en propre au compilateur, lesquels sont souvent si mal rédigés qu'ils en deviennent inintelligibles.

Mais, en dehors de ces emprunts déguisés, cette copie de Fauvel contient, et cela depuis le premier feuillet, des pièces de rapport qui sont séparées du texte d'une manière très apparente, bien qu'elles y soient souvent rattachées. Ce sont des morceaux français et surtout latins destinés à être chantés, et toujours accompagnés de la notation musicale. Le manuscrit en présente, en tête de la copie, une table faite avec soin, précédée de cette annonce : « En ce volume sont « contenuz le premier et le secont livre de Fauvel, et parmi « les deux livres sont escripz et notez les moteiz, lais, proses, « balades, rondeaux, respons, antenes et versez qui s'ensiu- « vent. » Viennent ensuite les tables spéciales : « Premier. Mo- « tez a trebles et a tenure, » enregistrés dans l'ordre où ils se présentent, avec renvoi aux folios. — « Motez a tenures « sans trebles. » — « Proses et lays. » — « Rondeaux, balades « et reffrez de chançons. » — « Alleluyes, antenes, respons,

« ygnes et versez [1]. » Ces pièces ont certainement de l'intérêt pour l'histoire des formes poétiques et musicales du XIV⁰ siècle; mais ce n'est pas ici le lieu d'en aborder l'étude. Nous dirons seulement quelques mots du fond. Plusieurs de ces pièces ne sont certainement pas de l'auteur de la compilation copiée dans notre manuscrit, et quelques-unes n'ont aucun rapport avec le roman dont elles encadrent le texte. On y trouve en grande abondance des fragments liturgiques, antiennes, versets, répons, hymnes, dont l'admission à cet endroit ne s'explique que par un caprice assez singulier. Mais d'autres, notamment parmi les pièces latines qui en forment la majorité, ont été composées exprès pour accompagner notre roman; elles contiennent contre Fauvel, en latin *Fauvellus*, *Falvellus* ou *Favellus,* des invectives ou des plaintes dénuées d'ailleurs de tout intérêt. Quelques-unes, plus dignes d'attention, ont trait à des événements contemporains de l'auteur. Nous indiquerons parmi ces hors-d'œuvre ceux qui nous paraissent mériter qu'on les signale à un point de vue quelconque; ils se trouvent surtout dans les morceaux latins; la langue et la versification en sont d'ailleurs, à l'ordinaire, extrêmement défectueuses.

La pièce la plus intéressante est celle qui se trouve au folio 2 r⁰, où elle a déjà été remarquée. Elle a trait à la mort de l'empereur Henri VII, arrivée le 24 août 1313; on sait que la rumeur publique l'attribua à un dominicain, qui aurait empoisonné l'empereur en le faisant communier sous l'espèce du vin. Ce bruit mensonger a été accueilli par l'auteur des vers suivants comme par beaucoup de ses contemporains. On remarquera que ces vers, où il s'agit au début du perfide cheval, c'est-à-dire de Fauvel, rentrent dans la classe de ceux qui ont été composés exprès pour être joints au roman :

> Scariotis [2] geniture,
> Vipereo periture

---

[1] Il est à remarquer que les « sotes « chançons » du « chalivali » n'ont pas été enregistrées.

[2] *Scariotis* paraît bien le génitif de *Scariotes* : les dominicains sont appelés « races de Judas ».

LE ROMAN DE FAUVEL.

Equipollent quippe jure [1],
Qui rectorem mundi mire,
Florum florem,
Henricum imperatorem,
Ob argentum,
Ministrando sacramentum
Morti dire
Tradiderunt, heu! delire!
Dies illa, dies ire.
Heu [2]! avara
Secta, heu! lues amara
Predicatorum, preclara
Exterius!
Heu! audeo nil amplius
Enarrare deterius,
Tot sunt gentes;
Senciunt tamen studentes :
Bucano [3] servat multos fortuna nocentes.
Jure quod in opere
Davitico prestolatur
Cesareo funere
Jacobitis applicatur :
« Etenim homo pacis mee, in quo speravi, qui edebat panes meos, ma-
« gnificavit [4] super me supplantationem [5]. »

Sacramento protinus
Clam toxicato
Potatur
Henricus,
Per facinus
Auro dato
Violatur.
Sic quod dixit Dominus
De hisdem verificatur :

Matth. evang.,
VII, 15.

« Veniunt falsi prophete in vestimentis ovium, lupi autem interius voraces. »

Au folio 4 rº on lit une pièce mêlée de français et de latin, assez peu intéressante d'ailleurs, commençant par : *Qui sequuntur castra sunt miseri,* et qu'on a signalée encore dans un autre manuscrit. — Au folio 6 rº, une satire contre

Paris (P.), Mon.
franç., t. IV, p. 412.

[1] Le rimeur paraît avoir fabriqué le verbe *æquipolleo,* et cela veut dire : « car ils « sont à bon droit comparables à Judas. » — [2] Le manuscrit porte quelque chose comme *Heis.* — [3] Le commencement du mot est très douteux; peut-être *Vulcano?* — [4] Ms. *magnificans.* — [5] Ps. XL, 10.

XIVe SIÈCLE.

les prélats, à la fois virulente et banale comme presque
toutes les pièces de ce genre que renferme notre manuscrit,
commence à chaque strophe par les mots : *Presum, prees.* —
Au folio 10 v°, une courte pièce, adressée à Louis X lors de
son avènement, peut mériter d'être transcrite :

> Rex beatus, confessor Domini,
> Ludovicus, justo regimine
> Quondam pollens, sanctorum agmini
> Jam conregnat in celi culmine.
> Ergo vos[1] qui sub pari nomine
> Processistis ex ejus sanguine
> Hoc in avo[2] congratulemini[3],
> Sicque mores ejus sequamini
> Quod in vobis sancto conglutine
> Vox[4] et vita consonent sanguini.

Après cette strophe et l'initiale, restée sans suite, d'une
autre, on lit :

> Pour Phelippe qui regne ores
> Ci metreiz ce motet onquores.

Suivent deux petites pièces latines insignifiantes, adressées
à Philippe le Long après son avènement, par conséquent en
1316 ou 1317. On voit que cette collection si bizarrement
annexée au roman de Fauvel s'est formée pendant un certain nombre d'années.

Au folio 14 r° se lit une petite composition, en vers latins rythmiques assez agréables, commençant par *Inter
membra singula,* et qui est une des nombreuses formes de la
célèbre fable des Membres et du Ventre. Elle a été publiée
par M. Anatole de Montaiglon, d'après notre manuscrit, et
par M. Paul Meyer, d'après un manuscrit de Londres qui en
indique l'auteur, le fameux chancelier de Paris, Philippe
de Grève.

Meyer (P.). Doc.
man., p. 10. 34.

---

[1] Ms. *nos.* — [2] Ms. *ano.* — [3] Ms. *congratulamini.* — [4] Ms. *Nox.*

152   LE ROMAN DE FAUVEL.

La pièce rythmique commençant par

Veritas
Equitas
Largitas
Corruit

Romania, t. VII,
p. 466.

se retrouve dans d'autres manuscrits, qui ont été indiqués, ainsi que le nôtre, par M. Paul Meyer.

Au folio 44 v° on lit une poésie satirique fort obscure contre un certain personnage roux (*russus*), vrai Renard qui abuse de l'aveuglement du lion pour opprimer les sujets du roi. Les expressions sont trop vagues pour qu'on puisse les rapporter à l'un plutôt qu'à l'autre des favoris royaux que vit le premier quart du xiv⁰ siècle.

Parmi les pièces françaises figurent des lais, des motets, des chansons, des rondeaux, dont il ne nous semble pas qu'on trouve ailleurs des copies; malgré leur peu d'originalité, ces pièces peuvent présenter un certain intérêt comme formant la transition entre la poésie lyrique du xiii⁰ siècle et celle qui allait, avec Guillaume de Machaut et ses imitateurs, développer bientôt des formes nouvelles. Au reste, c'est surtout au point de vue musical que le manuscrit 146 peut mériter l'attention des historiens. Tous les morceaux latins ou français dont nous venons de signaler quelques-uns y sont notés souvent depuis le commencement jusqu'à la fin, et beaucoup d'entre eux étaient destinés à être chantés en parties, comme l'indique l'addition d'un *tenor*, dont le copiste se borne d'ordinaire à inscrire les premiers mots. Nous retrouverons sans doute l'occasion de parler de ces spécimens de la musique du xiv⁰ siècle.

Les peintures du manuscrit 146 doivent aussi être mentionnées. Elles sont nombreuses, mais, à peu d'exceptions près (comme celle du « chalivali »), elles n'offrent rien de bien intéressant. L'absurde donnée sur laquelle repose le roman de Fauvel a évidemment gêné l'enlumineur : comment faire d'un cheval le représentant de la perfidie et du vice? Dans la longue partie du poème où Fauvel fait la cour à Fortune, l'artiste n'a pas pu se résigner à la convention adoptée dans le texte; il n'a laissé à Fauvel que l'arrière-train d'un cheval, lui donnant un buste humain et une tête ornée d'une couronne d'or. Ailleurs, par exemple dans la scène où l'on voit Fauvel dans sa chambre nuptiale, il a placé au contraire la tête d'un cheval sur un corps humain. Tout cela n'empêche pas que cette allégorie, dont personne ne comprenait plus le sens originaire, ne soit aussi stérile pour la peinture qu'elle l'était pour la poésie.

Si maintenant, ayant terminé le fastidieux examen du manuscrit 146, nous revenons aux passages que nous avons cités plus haut, et si nous nous demandons la part qu'y ont prise respectivement François de Rues et Chaillou de Pesstain, nous serons portés à croire que le premier avait inscrit sur un exemplaire du roman de Fauvel (contenant les deux livres) toutes les pièces qui sont copiées dans le nôtre jusqu'au folio 23, et dont la plupart étaient de sa composition. C'est ce que le second auteur, Chaillou de Pesstain, entend par «les choses dessus dites (dites dans les vers où « est nommé François de Rues) qui sont en chant». Quant à lui, il a inséré dans le roman, à partir de cet endroit, la longue interpolation que nous avons analysée, et dans laquelle il a fait surtout entrer des morceaux qu'il prenait à droite et à gauche. Cette interpolation était jointe au manuscrit de François de Rues. Un amateur, ou peut-être Chaillou de Pesstain lui-même, eut l'idée de faire réunir les deux livres de Fauvel, les additions marginales de François et la longue interpolation de Chaillou dans un volume qu'il fit richement illustrer. Nous aurons plus tard à revenir sur le reste de ce beau manuscrit, qui contient encore plusieurs dits de Geoffroi de Paris, la chronique attribuée au même auteur, et l'agréable collection des rondeaux de Jehannot de l'Escurel.

G. P.

IMPRIMERIE NATIONALE.

GUILLAUME D'ERCUIS,

PRÉCEPTEUR DE PHILIPPE LE BEL.

Guillaume d'Ercuis a plus d'un titre à figurer dans l'Histoire littéraire de la France : il a été l'un des maîtres de Philippe le Bel, il a été longtemps attaché au service de ce roi et il a laissé un registre rempli de renseignements, d'un genre particulier, qu'il est assez rare de rencontrer à la fin du XIIIe siècle et au commencement du XIVe. C'est ce registre, conservé à la bibliothèque Sainte-Geneviève, sous la cote L *f* 25, qui nous fournira la meilleure partie des éléments du présent article.

Guillaume d'Ercuis tirait son nom d'une paroisse du diocèse de Beauvais, aujourd'hui modeste commune de l'arrondissement de Senlis. Il nous apprend dans son testament qu'il en était originaire : *in villa de Erqueto, in loco ubi extitit oriundus;* son père se nommait Guillaume le Boscheron, et sa mère Hersent, comme on le voit par la mention d'un anniversaire fondé dans l'église d'Ercuis; il était de condition roturière : *quanquam de nobilium genere non sit procreatus,* dit de lui Philippe le Bel dans des lettres patentes du mois de mai 1294. Il ne paraît pas avoir appartenu à la famille des seigneurs d'Ercuis, avec lesquels il eut souvent à traiter des affaires d'intérêt et avec lesquels il entretint toujours les rapports les plus courtois[1].

Reg. de G. d'Ercuis, fol. 37 v°.

[1] Je ne saurais dire s'il y avait un lien de parenté ou d'origine entre Guillaume d'Ercuis, dont il est ici question, et un autre clerc du temps de Philippe le Bel, nommé Jean d'Ercuis, qui fut doyen de l'église de Noyon à partir de l'année 1297 et qui vivait encore en 1316; voir *Gallia christiana,* t. IX, col. 1034. Il y a au Trésor des chartes, reg. 42 B, n° 106, un acte de Philippe le Bel, du mois de mai 1309, relatif à un hôpital de Saint-Louis que *magister Johannes de Ercheyo, decanus ecclesie Noviomensis,* voulait fonder *apud Ercheyum.*

La naissance de Guillaume d'Ercuis doit se placer aux environs de l'année 1260, plutôt avant qu'après. En effet, il ne devait pas avoir moins de vingt-cinq ans en 1284, quand il suivait la cour à la campagne d'Aragon : « De l'an « mil cc IIII^{xx} et IIII, ouquel an li roys de France et li [mestre « Guillame de Erquez] alerent en Arragon. »

C'était certainement du vivant de Philippe le Hardi que Guillaume d'Ercuis avait été choisi pour commencer l'instruction littéraire de l'héritier de la couronne. Philippe le Bel en conserva toujours le souvenir, et il l'a rappelé dans deux actes qui nous sont parvenus en original[1]. Le premier, daté de janvier 1298 (n. st.), se rapporte à la chapelle que Guillaume avait fondée dans l'église paroissiale d'Ercuis, fondation à laquelle le roi s'intéressait : ... *dilecti et familiaris clerici nostri magistri Guillermi de Erqueto, canonici Laudunensis, qui, studens reddere se nobiscum a longo convictu per obsequia grate familiaritatis acceptum, notitiam litterarum in nostre juventutis primordio nobis dedit, obtentu...* Les mêmes termes se trouvent dans une charte royale de l'année 1303, où Guillaume est qualifié d'archidiacre de Thiérache au diocèse de Laon. Guillaume fut toujours très fier de la part qu'il avait eue à l'instruction du roi; il s'en faisait encore honneur en 1314, quand il dictait son testament sur son lit de mort : *rex Philippus quem litterarum scientiam edocuit et instruxit.*

Philippe le Bel témoigna toujours un vif intérêt à son ancien maître. Il n'est pas douteux qu'il ne l'ait employé dans beaucoup de circonstances. Il est toutefois assez difficile de définir les fonctions que remplit Guillaume d'Ercuis et les missions dont il fut chargé. Ce qui est certain, c'est qu'il conserva jusqu'à sa mort le titre de clerc du roi. En décembre 1285, il était attaché à l'hôtel royal, et comme tel il figure sur les tablettes de Pierre de Condé : *magister G. de Erqueto, ad dona hospicii, t. libras par.* L'ordonnance

XIVe SIÈCLE.

Reg., fol. 10

Rerum gall. script., t. XXII p. 488 k.

---

[1] Les actes cités dans cet article sans indication de source font partie de la série des titres originaux de l'abbaye de Sainte-Geneviève de Paris conservés aux Archives nationales, cartons S. 1542 et 1542 A.

de l'hôtel qui fut arrêtée à Vincennes, le 23 janvier 1286 (n. st.), le mentionne en qualité de notaire sur la même ligne que maître Jean Bequet, et porte que « cil dui ensemble « auront III chevaus et XVIII deniers par jour et IIII prouvendes « d'aveine et II valès mangans a court, et un a gaiges, et forge « et chandele. » En 1297, Guillaume d'Ercuis suivit Philippe le Bel dans la campagne de Flandre, et il dépensa une assez forte somme pour s'équiper : « Celle annee fu en Flandres « li diz Guillaumes, et li cousta le voiage, pour son harnois « achater, LXI l. IX s. VI d. poitevine parisis. » Un article des tablettes de Jean de Saint-Just permet de supposer qu'il avait, en 1301, un emploi dans la chancellerie royale : *Magister Guillelmus de Erqueto, pro XXIX diebus in curia et VIII diebus Parisius cum sigillo, CX sol. X den.*

Guillaume d'Ercuis dut prendre part à quelques-uns des actes qui attirèrent les foudres de Boniface VIII sur les agents de Philippe le Bel, car il eut soin de faire transcrire dans son registre les lettres du 13 mai 1304 par lesquelles Benoît XI révoquait les sentences que son prédécesseur avait prononcées contre le roi et les conseillers de la couronne. S'il avait encouru les censures de l'Église, il avait reçu une absolution assez complète pour être l'objet d'une faveur accordée le 25 mai 1306 par le pape Clément V.

Philippe le Bel récompensa largement les services de Guillaume, qui, à la recommandation du roi, fut pourvu de bénéfices nombreux et importants. Robert, comte de Clermont, dans une charte du mois de juillet 1290, le qualifie de chanoine des églises de Laon et de Senlis. Au mois de janvier suivant, Guillaume prit possession, par procureur, d'une prébende dont le pape Nicolas IV venait de le pourvoir dans le chapitre de Reims. En septembre 1300, il résigna entre les mains du roi « l'église de Caron [1] »; mais, dans la dernière période de sa vie et jusqu'au jour de sa mort, il jouissait à la fois de l'archidiaconat de Thiérache

Trésor des chartes, reg. 57, fol. 5 v°.

Reg., fol. 13 v°.

Rer. gall. scr., t. XXII, p. 516 e.

Reg., fol. 7 v°. Cf. Potthast, Reg., n°° 25425-25427.

Mém. de la Soc. de l'Oise, t. V, p. 549.

Reg., fol. 11.

Reg., fol. 15, v°.

---

[1] Peut-être Cairon, Calvados, canton de Creulli. — Un notaire originaire de Cairon, au diocèse de Bayeux, reçut un acte dans la maison de Guillaume d'Ercuis le 13 juillet 1314; voir Mém. de la Soc. de l'Oise, t. V, p. 563.

au diocèse de Laon, de prébendes dans les cathédrales de
Reims, de Noyon et de Senlis, d'un canonicat dans la collégiale de Notre-Dame de Mello et de l'autelage de la cure de
Joncheri-sur-Suippes au diocèse de Reims. Il s'était même
fait affranchir d'une partie des charges qui incombaient à
ces bénéfices. Le pape Martin IV, par une lettre du 10 octobre 1281, avait décidé que, si certains clercs du roi de
France suivaient les cours de l'Université de Paris, ils pourraient être dispensés de la résidence pour percevoir les revenus de leurs bénéfices, à l'exception cependant des dis-
tributions quotidiennes. Le 17 septembre 1311, Philippe
le Bel notifia au chapitre de Reims qu'il avait, depuis deux
ans, désigné maître Guillaume d'Ercuis comme un de ses
dix clercs qui, en vertu d'un privilège du pape, pouvaient,
sans être astreints à la résidence, toucher les fruits de leurs
bénéfices du moment qu'ils fréquentaient l'Université de
Paris. Nous avons les modèles des certificats que Guillaume
se faisait délivrer, tantôt par l'official de Paris, tantôt par
celui de Senlis, pour faire constater son stage à l'Université.

Il ne paraît guère avoir rempli les obligations de sa charge
d'archidiacre, quoiqu'il ait fait insérer dans son registre la
liste des paroisses comprises dans les six doyennés de l'archidiaconé de Thiérache, appelé le petit archidiaconé du
diocèse de Laon. Mais il ne négligeait pas les avantages que
lui assuraient les dignités dont il était investi. Il avait fait
copier, au commencement de son registre, la formule de
lettre qu'il avait adoptée pour présenter des candidats aux
églises dépendant de ses prébendes. C'est ainsi qu'en 1309
et 1310 il présenta à l'archevêque de Reims maître Jean
de Pons comme curé de Joncheri, et mons. Jean Alout,
de Pont-Sainte-Maxence, comme curé de Blesson.

Les revenus des bénéfices que Guillaume d'Ercuis cumu-
lait et les gratifications qu'il recevait du roi lui permirent
d'acquérir des domaines considérables, situés à Ercuis, à
Neuilli-en-Thelle, à Croui-en-Thelle, à Préci-sur-Oise, à
Garges et à Noisi-sur-Oise. On en trouvera la description
détaillée dans son registre, avec l'état des revenus qu'il en

tirait et des charges qu'il avait à supporter. L'origine et la mouvance de ces biens sont indiquées dans le même registre, et mieux encore dans une volumineuse collection conservée aux Archives nationales et faisant partie du fonds de l'abbaye de Sainte-Geneviève de Paris (cartons S. 1542 et 1542 A). Dans beaucoup de ces chartes, qu'elles émanent du roi, du comte de Clermont en Beauvaisis, des seigneurs ou des petits propriétaires d'Ercuis et des environs, nous trouvons la trace de la considération dont jouissait Guillaume et des services qu'il rendait à ses amis et à ses voisins. Voici, à titre d'exemple, les termes qu'emploie Robert, comte de Clermont, en juillet 1290, pour justifier l'abandon de droits d'avouerie sur des masures situées à Ercuis : *Obtentu grati et fidelis servicii quod vir venerabilis et discretus magister Guillelmus de Erqueto, Laudunensis et Silvanectensis ecclesiarum canonicus, excellentissimi principis carissimi domini et nepotis nostri regis Francorum illustris clericus, eidem domino regi ac nobis impendit.*

On avait évidemment intérêt à se concilier le bon vouloir de Guillaume d'Ercuis. En 1304, quand il acquit un quartier de vigne de Guillaume d'Ermenonville, Pierre de Garges, chevalier, lui remit les droits de vente, revente et saisine qu'il aurait pu exiger pour cette acquisition. En 1301, il avait acheté, pour 500 livres parisis, de Jean de Buci, une maison située à Paris, rue du Cerf, dans la censive du prieur de Saint-Denis-de-la-Chartre; sur le droit de mutation, qui s'élevait à 45 livres 3 sous 9 deniers, le prieur se contenta de toucher une somme de 25 livres. Au mois de décembre 1310, l'abbé et les moines de Jumièges reconnurent les obligations qu'ils avaient à Guillaume d'Ercuis en l'associant aux bienfaits spirituels de leur maison et en s'engageant à célébrer à son intention, dans leur église, une messe solennelle, aussitôt qu'ils recevraient la nouvelle de sa mort.

Guillaume d'Ercuis s'occupait avec un soin extrême de l'administration de ses biens; il en faisait tenir une comptabilité détaillée, dont le registre qui nous est parvenu n'est

Reg., fol. 18.

Reg., fol. 16 et 39 v°.

Reg., fol. 3.

qu'un résumé sommaire et incomplet, bien qu'il fournisse déjà beaucoup plus de renseignements qu'on n'est habitué à en rencontrer à la fin du XIIIᵉ siècle, en dehors des comptes dressés pour les maisons royales ou princières.

En qualité de clerc du roi, Guillaume d'Ercuis devait séjourner le plus souvent à Paris. Nous avons vu qu'il y avait acheté une maison, et que, même dans un âge avancé, il alléguait la fréquentation de l'Université pour être dispensé de résider dans les lieux où il avait obtenu des bénéfices. Il n'en tint pas moins à posséder à la campagne des établissements confortables. Le plus important était situé dans le village même où il était né. Il se fit bâtir à Ercuis, en 1292, un « mestre manoir », qui lui coûta 889 livres 6 sous 6 deniers et pite parisis, sans compter le bois fourni par le roi; il y fit sa nouvelle entrée le 14 février 1294 (n. st.), et la fête qu'il donna à cette occasion entraîna une dépense de 71 livres 8 sous 8 deniers obole parisis, non compris la fourniture du pain, de la volaille et des autres denrées livrées par le domaine. Le 20 août 1302, cet hôtel fut honoré de la visite du fils de saint Louis, Robert, comte de Clermont, qui y passa la nuit.

Reg., fol. 23 v°.

Reg., fol. 24 v°.

Reg., fol. 16.

Le roi avait donné à Guillaume d'Ercuis des biens situés à Garges, qui venaient de la forfaiture de Philippe Trichart. Le nouveau propriétaire y fit construire un manoir, une cave et des clôtures en murs de terre, travaux qui coûtèrent 551 livres 10 sous 4 deniers obole et qui furent dirigés ou exécutés par « Guiart de Grolay le maçon, par Nicholas « le Bainne, de Paris, et par Richart de Garges le maçon ».

Reg., fol. 10.

Le manoir d'Ercuis était assez important pour nécessiter l'adjonction d'une chapelle, qui fut édifiée en 1293 et dont les frais de construction, bois non compris, s'élevèrent à 87 livres 16 sous et une pite. Cette chapelle ne tarda pas à paraître insuffisante. Guillaume d'Ercuis résolut en 1296 d'en fonder une plus considérable, que devaient desservir plusieurs chapelains. La première pierre en fut posée le 26 septembre 1300, et les travaux qui se continuèrent les années suivantes, sous la direction de maître

Reg., fol. 23 v°.

Reg., fol. 15 v°.

XIVe SIÈCLE.

Reg., fol. 26 et 26 v°.

Aufons de Villiers, maçon, absorbèrent plus de 1,100 livres. La construction d'un manoir destiné à l'habitation des chapelains coûta 1,205 livres 5 sous 9 deniers pite parisis.

Guillaume d'Ercuis a fait consigner dans son registre les dépenses que lui occasionnèrent l'achat de ses domaines, la construction et l'entretien de ses maisons, la poursuite de certains procès. On y trouve aussi la mention de dépenses d'un ordre secondaire, qui peuvent donner une idée du genre de vie que menait Guillaume, de ses goûts et de ses habitudes, de ses rapports avec sa famille, ses amis et ses voisins.

Son train de maison l'obligeait à entretenir une écurie assez bien montée. De 1303 à 1308 il achète six chevaux, dont les prix sont généralement élevés : le 29 juin 1303, Reg., fol. 17. un cheval nommé Toulouse, acheté 27 livres 19 sous parisis d'un fèvre de Toulouse, qui forgeait les épées du roi; le 25 octobre 1303, le palefroi Morel, acheté 48 livres parisis d'un marchand d'Allemagne; le 22 juin 1306, un Fol. 17. grand cheval, acheté 110 livres à la foire du lendit; le Fol. 19. 14 juillet 1306, le roncin Ferrant, qu'on attelait à la char- Fol. 19 rette, acheté 36 livres parisis; le 21 juin 1307 le roncin Pommelé, également pour la charrette, acheté au lendit Fol. 20. 50 livres parisis; en novembre 1308, le cheval Pouillais, Fol. 21. acheté 18 livres parisis de bonne monnaie, de Manette le Lombart.

Les mentions d'achats de livres sont assez rares. Je n'ai relevé dans le registre que les articles suivants : en 1295, 8 livres parisis, «pour les epistres saint Pol glosees, avecques Fol. 12. «autres menus livres»; en 1296, 40 sous, «pour la Somme Fol. 13. «Gaufroy, achatee a Orliens» (il s'agit d'un exemplaire de la Somme de Geoffroi de Trani); en 1297, 35 livres, «pour Fol. 13 v°. «escrire a Biauvez le grant breviaire de la chapelle»; en 1298, 4 livres parisis, «pour un breviaire de tres grosse Fol. 14. «lettre, achaté a Biauvez»; en 1300, 6 livres 8 sous parisis, Fol. 15 v°. pour un bréviaire que Guillaume fit acheter par maître Pierre d'Orgemont et qu'il voulait offrir à son neveu frère Thibaud Parent, d'Ercuis, chanoine de Saint-Jacques de

XIVᵉ SIÈCLE.

Provins; le 26 août 1300, 32 livres parisis, « pour VI livres
« de loy et unes decretales, venduz de monseigneur Gile de
« Chanevieres, chevalier, et de mestre Sevestre de Belay,
« executeurs mestre Johan de Bruieres ». Plusieurs des ouvrages compris dans cette dernière acquisition ne furent
point gardés par Guillaume, qui vendit, en 1303, pour
20 livres parisis, « a mestre Jehan de Vully (Ulli), filz
« mestre Guarnier de Vully, trois livres de ley, Digeste
« nove, Digeste viez et le petit Volume ». Par son testament,
Guillaume recommandait à ses exécuteurs de rembourser
aux héritiers de maître Pierre de Ronquerolles, clerc, et à
ceux de maître Pierre le Charpentier, de Bruyères, prêtre,
la valeur de trois petits volumes, dont l'un renfermait le
traité de Bernard de Parme sur les Décrétales (*duos solidos
parisiensium pro antiquis Casibus Bernardi*).

Guillaume faisait profiter sa famille de son crédit et de
sa fortune. En 1299, il avait fait conférer une prébende de
Saint-Pierre de Laon à son neveu, G. Parent, qui mourut
le 27 janvier 1307 (nouveau style).

Sa sœur Isabeau du Mesnil, ou du Mesnillet-lez-Cham-
bli, dont la mort arriva le 13 mai 1306, avait trois filles :
Thiphaine, Marion et Marion, seconde du nom; Guillaume
les aida à se marier. Il ne paraît pas s'être mis en grands frais
pour la première, qui épousa d'abord Jeannot de Somme-
cestre, drapier, et qui, devenue veuve en 1306, se remaria à Jean le François le 6 juin 1307. Le seul article du
registre qui se rapporte au premier mariage est ainsi conçu :
« Pour une tres grant chaudiere, une grant paiele et une
« meneur d'arein pour cuisine, et pour celle chaudiere et
« paicles lier, et pour deux granz coutiaux pour cuisine,
« achatez a Paris, pour les noces Thephainne sa niece, IIII l.
« XVII s. » Le second mariage n'entraîna pas une dépense
beaucoup plus considérable : 24 sous pour les frais du repas
et 6 livres pour un hanap d'argent de l'œuvre de Tours,
qui fut donné à dame Thiphaine.

Guillaume se montra bien plus généreux pour les deux
Marion. Il dota la première, qui, lors de son mariage, en

IMPRIMERIE NATIONALE.

162   GUILLAUME D'ERCUIS,

Fol. 19 v°, 20 v°, 22 v°.

1306, avec Simon le Parmentier de Cauvigni, reçut une somme de 100 livres parisis, un trousseau de 126 livres et huit arpents de terre estimés en moyenne 10 livres chacun.

Le mariage de la seconde Marion avec Oudin de Poissi fut célébré à Paris au mois de juin 1310. Il occasionna une dépense de 225 livres 4 sous 4 deniers et 1 double, dont Guillaume a fait consigner le détail dans son registre :

Pour l'argent donné pour le mariage, vii^{xx} l. p. — Pour les robes et pour le recoudre, xxxvii l. vii s. — Pour les fourreures et pour demi cendal rouge et pour la façon de ces robes, xxvii l. xii s. — Pour pain, xlv s. — Pour vin achaté, lxxvi s. — Pour char, ix s. — Pour poullaille, lxvi s. xi d. — Pour poison de mer, xxxii s. — Pour poison dous, lxxv s. — Pour façon de patez, xix s. — Pour le salaire du queu, xvi s. — Pour pois nouviaus, xii d. — Pour oes, iiii s. viii d. — Pour let, xx d. — Pour aus, xii d. — Pour verjus, xviii d. — Pour sel, xii d. — Pour cerises, vi d. — Pour poires, vi s. ii d. — Pour herbe, iii s. vi d. — Pour poudre d'espices, iii s. iiii d. — Pour espices, vii s. — Pour charbon, vii s. viii d. — Pour escuielles et platiaus de fust, xii s. — Pour poz de terre, viii d. — Pour broches et hates, iii s. viii d. — Pour le rost tourner et pour yaue apporter, xv d. — Pour un message envoié à l'abbé de Realmont, xvi d. — Pour fere le sege de plastre devant la meson, viii s. — Pour oblations, i d. et i double.

Fol. 22, 22 v°, 28 v° et 29.

Guillaume avait encore deux autres nièces : Aalès, dont Fol. 22. le mari Robert Dauvet, de Belloi, fut enterré en 1310 dans le cimetière de Neuilli-en-Thelle, et Agnès, qui fut reçue comme sœur, en 1289, à la Maison-Dieu de Pontoise, où Fol. 11 et 25. elle prit l'habit en 1294.

En 1287, Guillaume avait aidé à marier une de ses cou- Fol. 10 v°. sines, Marguerite, fille de Berte Fleurie.

Parmi d'assez nombreux mariages étrangers à la famille de Guillaume que mentionne le registre aux folios 11, 14, 15, 16 v°, 17 v°, 20, 21 v° et 25, je citerai seulement celui d'une chambrière, Berte de Neuilli, qui épousa Eustache de Blaincourt, à Ercuis, au mois de juillet 1299, mariage qui coûta près de 20 livres à Guillaume d'Ercuis, sans compter une somme de 4 livres provenant de la succession Fol. 25. de Renaud de Nanteuil, évêque de Beauvais, mort en 1283.

La générosité de Guillaume le fit souvent choisir pour

XIVe SIÈCLE.

parrain, soit à Paris, soit à Ercuis et aux environs. Il est à
remarquer qu'il fit prendre le nom de Guillot à tous ses
filleuls : Guillot, fils aîné de Jean Chapon, Guillot second
fils du même, Guillot de Poiz, Guillot fils de Jaquot du
Crevier, Guillot fils de Richard de Vui. Il appela Guillaume
et Guillemette deux filles qu'il tint sur les fonts et qui
avaient pour pères, l'une maître Evrart le Peintre et l'autre
Simon Prévôt, de Senlis, clerc. On voit par là combien il
était habituel de donner aux enfants le nom du parrain ; le
désir de se conformer à un usage aussi courant faisait oublier l'inconvénient de donner à deux frères ou à deux sœurs
le même nom de baptême : celui de Guillot, aux deux fils de
Jean Chapon, et celui de Marion aux deux filles d'Isabeau du
Mesnil, mentionnées un peu plus haut. Une autre particularité qui peut être relevée, c'est que souvent le parrain offrait
deux ou trois cuillers à l'enfant nouvellement baptisé.

Il serait inutile de relever les mentions relatives aux serviteurs et aux tenanciers de Guillaume. Citons seulement
deux clercs qui furent successivement attachés à sa personne :
Jean de Montataire, en 1290, et Guillaume du Buisson,
en 1304. Le premier, qui fut curé de Croui-en-Thelle,
chanta sa première messe le dimanche avant la Toussaint
de l'année 1297. Il reçut à cette occasion une gratification
de 100 sous parisis.

Guillaume, qui aimait à donner des témoignages d'intérêt
aux clercs qu'il protégeait, notait soigneusement le jour où
ils célébraient leur première messe : c'est ce qu'il fit le
1er juillet 1302 pour messire Girard, clerc de la chapelle
de la reine; le 9 mai 1303, pour messire Robert d'Ercuis,
dont la messe fut chantée dans la Sainte Chapelle à Paris,
et le 17 avril 1306, pour messire Raoul de Paris, qui officia
dans l'église de Saint-Germain-des-Prés. Le 25 mars 1305
(nouveau style), une fête, qui coûta près de 50 livres, fut
célébrée dans le maître manoir d'Ercuis à l'occasion de la
première messe de l'abbé de Saint-Vincent de Senlis; ce
prélat, nommé Jean, administrait l'abbaye, sans avoir reçu
l'ordre de la prêtrise, depuis une douzaine d'années, s'il

Fol. 13, 14, 16,
16 v°, 19, 21 et
21 v°.

Fol. 13 et 16.

Fol. 19, 21 et
21 v°.

Fol. 11 et 13.
Fol. 18.

Fol. 16 v°.

Fol. 17.

Fol. 19.

Fol. 18.

n'y a pas d'inexactitude dans la liste des abbés de Saint-Vincent, dressée par les Bénédictins.

Ont été pareillement inscrites dans le registre les vêtures ou professions d'un certain nombre de religieux ou religieuses; par exemple, en 1291, celle de Jean, fils de Colart Aupos, à Saint-Lucien de Beauvais, et celle de Thibaut Constant, à Saint-Pierre de Ferrières. Après avoir indiqué la date de l'entrée en religion de Thibaut Constant, le clerc de Guillaume d'Ercuis ajoute : « Et cousta son vestir au dit « Guillaume, sanz les autres courtoisies que l'en li fist, « xx livres xvii sous xi deniers parisis. »

Ces particularités sont souvent inscrites dans le registre sans avoir la moindre apparence d'un article de compte. Évidemment Guillaume tenait à conserver le souvenir des événements notables de la vie de ses amis. Il faisait marquer avec soin la date de leur mort et le lieu de leur sépulture. Nous voyons ainsi que Pierre de Garges, chevalier, mourut le 7 mai 1304, et Pierre de Crespi, bourgeois de Paris, le 10 avril 1305. A la date du 20 octobre 1307 se trouve rapportée la mort de maître Jean de Cerenz, qui fut enterré dans le couvent des dominicaines de Poissi; un autre passage du registre (fol. 15 v°) le qualifie de « maçon », et, comme dans un acte du 7 mars 1295 (nouveau style), conservé en original aux Archives nationales, on lui donne le titre de « serjant et maçon de nostre seigneur le roi », nous pouvons supposer qu'il a, au moins en partie, dirigé les grands travaux que Philippe le Bel fit exécuter à Poissi. Il est inscrit sous la forme de *magister Johannes de Serenz*, en 1284 et 1285, sur les tablettes de Pierre de Condé; et nous voyons, dans un compte de l'année 1305, que son fils, Jean de Beaumont, clerc, était alors entretenu aux frais du roi à l'Université d'Orléans ou de Paris (*Jo. de Bello Monte, filius magistri Johannis de Serento, clericus in studio Aurelianensi aut Parisiensi*. . .).

Parmi les notes de l'année 1304, j'ai remarqué celle qui est ainsi conçue : « Celle année, le samedi ou jour de la « saint Martin d'esté (4 juillet), aussint comme au soleil cou-

« chant, trespassa dame Nichole de Colone (probablement de
« Cologne), dont Dex ait l'ame. » Cette dame Nicole était une
riche mercière de Paris, qui avait prêté au roi 240 livres
parisis, somme qui fut remboursée en 1305 à sa fille Alis
par Guillaume d'Ercuis. Ce détail n'est pas le seul indice
des rapports que Guillaume entretenait avec la famille de
Cologne; le registre mentionne la réception d'Anselet, fils
d'Alis, dans l'église de Saint-Maurice de Senlis, le 25 mars
1303, et le voyage qu'Alis fit à Saint-Jacques, en Espagne,
du 27 mars au 27 mai 1307. Le 27 novembre de cette
année, Guillaume prêta 200 livres parisis à dame Alis de
Colonne, pour l'aider à acquérir une maison contiguë à celle
que lui-même possédait à Paris. Elle ne fut pas oubliée dans
les dispositions testamentaires de Guillaume, en 1314 :
*Item voluit, ordinavit et concessit quod Aelipdis de Colonia, civis
Parisiensis, in recompensacionem plurium bonitatum et curiali-
tatum eidem testatori ab ipsa cive de suo proprio multocies im-
pensarum...*

A côté de ces détails d'ordre intime, le registre nous offre
des notes d'un intérêt plus général, qui méritent d'être recueillies parmi les sources de l'histoire du règne de Philippe
le Bel. Elles sont assez peu nombreuses pour que nous puissions en donner ici l'indication complète. Plusieurs seront
même rapportées textuellement :

En 1297, campagne de Philippe le Bel contre Gui, comte de Flandre.
(Fol. 13.)

1301. — A Paris, grand incendie, qui commença le 26 décembre
et dura plusieurs jours. (Fol. 16.)

1304, le 21 juin. — Entrée des sœurs de l'ordre de Saint-Dominique dans l'église que le roi avait fondée à Poissi. (Fol. 17 v°.)

1304, 18 août. — « Celle annee, le mardi après la mi aoust, ot li
« roys Phelippe à Mont en Poievre de ses ennemis les Flamans victoire
« glorieuse. » (Fol. 17 v°.)

1304, 21 septembre. — « Fu esleuz d'un acort en evesque de Paris
« mestre Guillaume d'Orilat, clerc et phisicien le roy, et sacré à Sens le
« jour de la feste saint Supplice (17 janvier 1305), qui fu le dimenche
« après les octaves de la Thiphainne. » (Fol. 18.) — Ce témoignage s'accorde assez bien avec le Mémorial de Jean de Saint-Victor.

XIV° SIÈCLE.

Fol. 17 v°.

Fol. 18 r°.

Fol. 16 v°

Fol. 19 v° et 20

Fol. 20 v°

Script. ...
pall. t. XXI, p. 6..

1305, 15 mars. — « Celle annee [1304], le lundi après la saint
« Gringoire, morut en prison ou chastel de Pontoise Guy de Dompierre,
« qui fu cuens de Flandres. » (Fol. 18.) — La date de la mort de Gui
de Dampierre avait été fixée au 7 mars 1305 par les auteurs de L'Art de
vérifier les dates.

1305, 1ᵉʳ avril. — « Celle annee, le jeudi es octaves de la Nostre Dame
« en marz, premier jour d'avril, et veille de l'Egipcienne, trespassa, en-
« tour menuit, Jehanne, royne de France et de Navarre; et fu li cors en-
« terrez, le dimenche prochainnement ensuivant (4 avril), ou moustier des
« Freres Menenrs de Paris, dont Nostre Sires par sa grant misericorde
« ait merci de l'amme de li. » (Fol. 8 et 18 v°.)

1305. — « Celle annee, fu creez en pape Clemens li quarz (sic), ou
« temps de lors arcevesque de Bourdiaus, et coronez a Lyon entour la saint
« Clement (14 nov.); a qui coronement li roys de France et ses 11 ainnez
« filz et pluseurs barons du royaume furent presens, et y ot pluseurs qui
« s'en sentirent. » (Fol. 8 v° et 19.)

1308, 9 mai. — Mort de Gui, évêque de Senlis. (Fol 20 v°.) — Article publié avec peu d'exactitude par les auteurs du *Gallia christiana*
(t. X, col. 1422).

1308, 19 juillet. — Élection de Guillaume de Berron comme évêque
de Senlis. (Fol. 21.) — La date précise de cette élection n'a point été
donnée dans le *Gallia christiana* (t. X, col. 1422).

1309, 30 octobre. — « Granz venz qui moult de maulz fist. » (Fol. 21 v°.)

1310 (nouveau style), 13 avril. — « Celle annee trespassa a Paris,
« en la meson l'evesque de Miaus, delez leglise Saint Pol de Paris, Yole,
« contesse de Dommartin, le lundi feste sainte Eufemie, le xIIIᵉ jour de
« avril; dont le corps gist en l'abbaie des nonneins de Gomerfonteinne
« delez Chaumont en Wecquesin; dont Dex ait l'amme. » (Fol. 22.) —
Nous n'avions point de détails sur la mort d'Yolent de Dreux, venve de
Jean de Trie, et la date de cet événement était restée incertaine.

1310, 4 mai. — Dépôt dans l'église de Saint-Germain-l'Auxerrois
du suaire de saint Germain d'Auxerre, solennellement apporté à Paris.
(Fol. 22.)

1310, 12 mai. — « Celle annee, le mardi en la feste saint Nerey,
« Achilley et Pancracii, le xIIᵉ jour de may, entre tierce et medi, entre
« Saint Antoine de Paris et le moulin a vent, furent ars 1111 Templiers,
« pour leur mauvese foy que il tenoient. Item un pou après, a Senliz, 1x.
« Item un petit après, a Paris, v, dont frere Jehans de Taverni, qui fu
« aumonier le roy Phelippe de France, fu li uns. » (Fol. 22.)

D'après ce qui précède, on se fera une idée du genre de
renseignements qu'on peut demander au registre de Guillaume d'Ercuis. C'est un document analogue à ces livres de

XIV° SIÈCLE.

raison que nous possédons en si grand nombre pour les
trois derniers siècles, mais dont les exemples sont assez rares
au moyen âge. Quoique le registre de Guillaume d'Ercuis
ne soit qu'un extrait et un résumé d'une comptabilité détaillée tenue dans la maison de ce personnage pendant un
quart de siècle, il peut fournir des données très importantes
pour l'histoire économique au temps de Philippe le Bel. On
devra s'en servir pour étudier des questions très compliquées,
comme celles de la division de la propriété, du prix et du
produit des terres, des modes d'exploitation, du cours des
monnaies, du pouvoir de l'argent, etc., questions pour lesquelles il serait téméraire de proposer des solutions générales, mais sur lesquelles il importe d'ouvrir des enquêtes
particulières et approfondies, quand d'heureux hasards
mettent à notre portée, pour un petit coin de pays bien déterminé, de nombreux éléments d'information.

A ce titre, le registre de Guillaume d'Ercuis, composé de
79 feuillets de parchemin, petit in-folio, mérite de fixer
l'attention des historiens. Il a été dressé en 1310 d'après
un plan qui en rend l'étude assez commode. Abstraction
faite de pièces et de notes additionnelles, qui ont été ajoutées
sans aucun ordre, on peut y distinguer trois parties :

1° (Fol. 10-22 v°.) Extrait, sous forme de journal, des
registres tenus depuis 1284 jusqu'en 1310. C'est dans cette
partie que sont insérées les notes relatives à des événements
historiques et aux rapports de Guillaume avec ses parents,
ses amis et ses voisins;

2° (Fol. 23-35.) Relevé des principales dépenses effectuées
de 1284 jusqu'en 1310, d'après la nature des dépenses. On
y remarque des détails très circonstanciés sur les travaux
exécutés à Ercuis et à Garges, sur des frais de procédure, etc.
On trouve à la fin (fol. 34) un tableau récapitulatif;

3° (Fol. 37-77.) Un censier ou terrier, où sont énumérées
les parcelles de terre que possédait Guillaume, les charges
foncières qu'il avait à acquitter et les redevances de toute

XIV° SIÈCLE.
—
Fol. 45 v°

Fol. 23.

Fol. 25 v°.

Fol. 8.

nature qu'il percevait de ses nombreux tenanciers, parmi lesquels on peut citer « Robert, le mestre de l'escole de Er- « quez ».

Les écritures de la maison de Guillaume étaient tenues avec un ordre parfait. Il avait, par exemple, un compte spécialement ouvert pour un moulin qu'il avait fait construire en 1290 et dont les bois lui avaient été donnés par le roi. L'examen de ce compte lui permettait de constater que, de 1290 à 1308, la construction et l'entretien du moulin lui avaient coûté 286 livres 15 sous 7 deniers obole parisis. Pendant la même période, le moulin avait rapporté 480 li-. vres 61 sous 8 deniers, soit un bénéfice d'un peu plus de 200 livres. L'achat et l'entretien d'un troupeau de moutons qui avait appartenu à Jean de Bulles, archidiacre du Grand-Caux en l'église de Rouen, coûtèrent, de 1293 à 1310, 310 livres 17 sous 4 deniers parisis; ce troupeau rapporta 467 livres 16 sous 10 deniers.

L'état général de la fortune de Guillaume d'Ercuis peut se déduire d'un tableau dans lequel sont récapitulées les recettes en argent et les dépenses afférentes aux six années écoulées depuis 1303 jusqu'en 1308 :

RECETTES.	DÉPENSES.
1303. 1,060 l. 8 s. 2 d. p.	888 l. 12 d. 3 pites p.
1304. 1,087 l. 8 s. 4 d. p.	770 l. 3 s. 5 d. p.
1305. 1,498 l. 13 s. 1 d. p.	1,293 l. 11 s. 4 d. p.
1306. 1,232 l. 10 s. 6. d. pite p.	2,010 l. 12 s. 2 d. obole p.
1307. 1,974 l. 5 s. obole p. (faible monnaie).	1,670 l. 6 s. 8 d. p. (faible monnaie).
1308. 2,168 l. 12 s. 11 d. ob. p. (faible monnaie).	1,374 l. 18 s. 7 d. (faible monnaie).

En 1308, Guillaume tira de ses bénéfices ecclésiastiques un revenu de 835 livres 15 deniers parisis en forte monnaie, savoir :

De l'archidiaconat de Thiérache........ 197 l. 10 s. 10 d.
De la prébende de Reims............. 84 l.

De la prébende de Noyon.............   93 l. 16 s. 8 d.
De la prébende de Senlis.............   41 l. 8 s. 6 d.
De la prébende de Mello.............   363 l. 5 s. 3 d. p.
De l'autelage de Joncheri............   55 l.

De ce produit durent être défalquées des charges montant à 51 livres 4 sous 1 denier.

Vers la fin du registre (fol. 65) avait été consigné un état de la caisse de Guillaume d'Ercuis. La perte d'un feuillet en a fait disparaître le commencement, qui devait contenir une date; mais nous avons à la fin la partie essentielle, c'est-à-dire le total, qui s'élève à 2,033 livres 15 sous 4 deniers de faible monnaie, équivalant à 664 livres 18 sous 5 deniers de forte monnaie; ce qui donne à peu près un rapport de 3 à 1 entre la forte et la faible monnaie. Cet état nous renseigne exactement sur le cours des espèces qui étaient en circulation à une époque du règne de Philippe le Bel qui malheureusement n'est pas déterminée, mais qu'on peut avec toute vraisemblance fixer aux environs de l'année 1305. Nous y voyons que le vieux florin d'or au sceptre (à la masse?) était compté pour 68 sous; le florin à la chaire, pour 70 sous; le florin à la reine, pour 48 sous; le florin de Florence, pour 34 sous; le tournois d'argent du temps de saint Louis, pour 3 sous; l'esterlin, pour 12 deniers; les premiers petits tournois noirs[1], pour 3 tournois; les premiers doubles tournois, sur le pied de 4 pour 7 deniers; les vieux parisis du temps de saint Louis, pour 3 deniers; les premiers doubles parisis, pour 2 deniers. Les cours s'étaient bien modifiés en 1309 et 1310, époque à laquelle Guillaume d'Ercuis acquittait ses dettes en donnant un florin à la reine pour 16 sous 6 deniers, ou pour 17 sous; un florin à la masse pour 24 sous; un florin de Florence pour 12 sous ou pour 11 sous 6 deniers; un esterlin pour 4 deniers; un sou tournois d'argent, pour 11 sous 4 deniers; un cambrésien, pour 6 deniers; un tournois d'argent, pour 11 deniers obole; une ancienne maille blanche, pour 3 de-

Reg., fol. 30 v°.

---

[1] *In primis parvis nigris tur...* Ici et dans les articles suivants le mot *primis* est figuré par les lettres *ps*, avec un trait vertical au-dessus de la lettre *p*.

niers obole; un denier blanc de Valence, pour 11 deniers; un florin de Venise, pour 12 sous; un tournois d'argent du temps de saint Louis, pour 1 sou; un florin à la chaire, pour 25 sous.

Guillaume d'Ercuis, quand il vit arriver le terme de sa carrière, rédigea son testament avec le soin et la précision dont nous avons constaté l'empreinte à chaque page de son registre. Il consacra la meilleure partie de sa fortune à doter la chapelle qu'il avait fondée sur son domaine d'Ercuis, et au service de laquelle il voulait affecter quatre chapelains. Des legs plus ou moins considérables furent faits à l'église paroissiale d'Ercuis, aux curés des soixante paroisses les plus voisines d'Ercuis, à vingt léproseries, à vingt Hôtels-Dieu, à l'Hôtel-Dieu et à la léproserie de Beauvais, à la cathédrale et à l'Hôtel-Dieu de Paris, à l'église de Saint-Germain-l'Auxerrois, à la maison du Val-des-Écoliers, où il avait choisi sa sépulture, à la cathédrale et à l'hôpital de Reims, à l'église et aux pauvres de Joncheri, aux cathédrales de Laon, de Noyon et de Senlis, à la collégiale de Mello, à ses filleuls, ses parents et ses serviteurs, aux abbayes de Froidmont et de Royaumont. Le mobilier, y compris les livres, fut attribué aux chapelains d'Ercuis. Furent choisis comme exécuteurs testamentaires : l'abbé de Royaumont; le prieur et le sous-prieur du Val-des-Écoliers de Paris; maître Jean de Saint-Just; Robert, chanoine de Mello et chapelain perpétuel de la chapelle royale du Goulet; Jean, maire du Plessis, et le fils de celui-ci; Jean, professeur de droit et chanoine de Saint-Laurent de Beauvais. Le testament fut reçu le 13 juillet 1314 par deux notaires de l'officialité de Paris, qui s'étaient transportés au domicile de Guillaume, retenu au lit par la maladie. Le même jour, une entente s'établit entre le testateur et Jean, abbé de Sainte-Geneviève, pour transférer aux chanoines réguliers de Sainte-Geneviève la propriété de la chapelle d'Ercuis et de tous les biens qui en dépendaient; parmi les témoins qui assistaient à la convention, on peut citer un médecin, maître Donat le Lombard.

Ces dispositions prises, Guillaume d'Ercuis ne tarda pas

Mém. de la Soc. de l'Oise, t. V, p. 545.

Mém. de la Soc. de l'Oise, t. V, p. 569.

à s'éteindre. Il n'était plus en vie le 25 juin 1316, date d'une charte accordée à l'abbaye de Sainte-Geneviève par Louis, fils aîné du comte de Clermont.

L'abbaye de Sainte-Geneviève, au droit de la chapelle d'Ercuis, entra en possession de la meilleure partie de la fortune de Guillaume d'Ercuis. C'est ce qui explique comment cette maison hérita des titres de propriété qui sont aujourd'hui aux Archives nationales (cartons S. 1542 et 1542 A.), et du registre que nous avons analysé. Ce registre, qui porte à la bibliothèque Sainte-Geneviève la cote L. f. 25, in-quarto, a été jusqu'ici assez négligé. L'abbé Le Beuf l'a remarqué, comme l'atteste une note écrite de sa main au commencement, sur le feuillet de garde, et les auteurs du *Gallia christiana* l'ont cité sous le titre de *Diarium gallicum domini d'Arcuys, archidiaconi in ecclesia Laudunensi*. Mais il était tout à fait oublié quand M. Charles Kohler en signala l'intérêt, en 1885, à la Société de l'histoire de France, et fit accepter, en principe, le projet d'une édition qui n'a point encore été exécutée.

M. H. Constant d'Yanville n'a connu que les titres des Archives nationales pour composer les deux notices qu'il a consacrées à Guillaume d'Ercuis dans les Mémoires de la Société académique de l'Oise (t. V, p. 531-563) et dans les actes du Congrès archéologique tenu à Senlis en 1877. Ce qui donne le plus de prix à la première de ces notices, c'est le texte du testament de Guillaume, publié d'après une copie authentique du 8 juin 1329, conservée aux Archives nationales[1].

L. D.

Gall. christ. nova.
t. X, col. 1422.

Ann. Bull. de la Soc. de l'hist. de France, ann. 1885, p. 68 et 153.

---

[1] A ce qui a été dit plus haut, p. 156, des fonctions remplies à la chancellerie royale par Guillaume d'Ercuis peuvent s'ajouter quelques détails consignés dans un mémoire manuscrit adressé en 1895 à un des concours de l'Académie des inscriptions et belles-lettres. L'auteur de ce mémoire a établi, d'après des textes authentiques, que Guillaume d'Ercuis était notaire du roi en 1286, 1287, 1289 et 1291. Il a trouvé la signature de ce notaire au bas de plusieurs actes de Philippe le Bel, dont les plus récents sont de l'année 1302.

ANONYMES

AUTEURS DE TRAITÉS DE GRAMMAIRE.

Ayant achevé la nomenclature des grammairiens connus du XIIIe siècle, M. Ch. Thurot a, dans un court chapitre, mentionné sommairement quelques écrits anonymes du même temps, où diverses questions de grammaire sont traitées avec plus ou moins d'étendue. Ces écrits n'ont pas tous, comme il semble, été rédigés par des Français; par conséquent ils n'ont pas tous à figurer dans notre histoire littéraire. Mais plusieurs y réclament une place que le moment est venu de leur accorder, les auteurs de ces écrits ayant dû mourir, pour la plupart, dans les dernières années du XIIIe siècle ou les premières du XIVe. Nous observerons l'ordre suivant lequel ils se succèdent dans la notice de M. Ch. Thurot.

Deux de ces traités anonymes nous sont offerts par le n° 2572 des manuscrits latins de la Bibliothèque nationale : le premier, sans titre, au fol. 715, commençant par : *Accedentibus ad artem grammaticam nosse necessarium est quid sit constructio;* le second, au fol. 722, sous ce titre : *Summæ grammaticales,* commençant par : *Ars, in plerisque naturæ sequens vestigia, æmula quadam accentuum in vocibus identitate. . .* Le dernier est incomplet. Ces deux traités, qui sont de la même main, paraissent du même auteur, un grammairien très expert en logique, qui se donne à résoudre un grand nombre de questions obscures, les traite avec aisance, et en présente la solution avec autant de clarté que de fermeté. Ce grammairien est-il français? On le croit quand on le voit, ayant à discourir sur l'union d'un nom d'homme à un nom de lieu, choisir pour exemple « Pierre de Corbeil », *Petrus de Corboleo.* Mais on en doute quand on constate que

XIV⁵ SIÈCLE.

son latin est presque pur de tout néologisme cisalpin. On suppose alors que l'auteur est un Italien, qui professait à Paris.

Dans le n° 3702 de la même bibliothèque, du fol. 142 au fol. 145, des modèles de conjugaison, commençant par ces mots : *Formæ præteritorum perfectorum activorum vel neutrorum quot sunt?* Les modèles ne se rapportent qu'aux trois premières conjugaisons. Ce fragment de grammaire pratique est sans intérêt.

Dans le n° 7520, fol. 101, un traité sur les lettres de l'alphabet, et sur les substitutions qui ont lieu d'une lettre à une autre dans les mots composés. Tel est le début de ce traité : A *quandoque est nomen indeclinabile, et tunc ponitur materialiter, ut apud Priscianum.* A la suite, un vocabulaire de mots dérivés, avec l'indication de ceux dont ils dérivent. Voici le titre de ce vocabulaire : *Tabula super derivationes, ad inveniendum promptissime dictiones quæ ab aliis sensu, non littera descendunt, ut* « gallus » a « castro ». Cette dérivation de *gallus* est certainement bizarre; mais elle n'est pas originale. On lit, en effet, dans l'*Elementarium* de Papias : *Gallus a castratione dicitur.* Suivent des mots composés, pour la plupart barbares, cités comme dérivant d'une façon quelconque de radicaux tout à fait inattendus : les mots *abundo, abies, abdomen* dérivés du verbe *eo;* les mots *abhominor, abhomium, abhominarium, abhominabilis,* dérivés du verbe *hostio;* etc. Nous avons à regretter que ce téméraire grammairien soit, à n'en pas douter, un Français. C'est là ce que prouve la phrase suivante : *Dicitur atqui, id est certe, ac si, et similiter, gallice* « autresi », *et ac si ponitur pro sicut.* M. Thurot reproduit un passage du traité sur les lettres de l'alphabet où l'auteur dit que les Latins ne doivent employer l'*y* au lieu de l'*i* que dans les mots grecs ou barbares. Priscien avait déjà donné ce conseil; mais il n'était pas facile de le suivre quand, ne sachant pas le grec, on ignorait en quel cas les Grecs avaient fait usage de l'*ypsilon* ou de l'*iota.* C'est ce que notre auteur déclare lui-même ingénument : *In multis dictionibus dubium est an debeat scribi apud nos per i latinum an*

L. cit., p. 535.

per y græcum, cum nesciamus illas ex toto latinas, vel græcas, vel barbaras.

L'opuscule que M. Thurot signale dans le n° 7562, fol. 132, du même fonds, comme un abrégé de Priscien sur les parties du discours, ne concerne que la première de ces parties. Si l'abréviateur est allé plus loin, nous n'avons conservé qu'un fragment de son écrit.

Mais nous avons entier un très court traité sur les trois accents, le grave, l'aigu, le circonflexe, qui se trouve au fol. 217 du n° 7645, où il commence par : *Tractantibus de accentu videndum est quid sit accentus.* M. Thurot n'en a rien extrait. Il contient pourtant certaines assertions, dont quelques-unes sont peut-être originales, qui montrent à la fois l'ignorance de l'auteur et son défaut de perspicacité. Citons l'étymologie qu'il donne du mot « baron » : *Notula gravis appellatur* baria, *et dicitur a* barin, *quod est grave; unde graves et authenticæ personæ barones appellantur.* Mais, si peu recevable que soit cette étymologie, ce n'est pas notre grammairien qui le premier l'a proposée. Il l'a certainement tirée du Grécisme, ch. IX, v. 190 :

A gravitate baro fertur; quod monstrat origo
Ejus, nam græce bares id quod grave signat.

On ne veut pas douter qu'il y ait eu des gens graves parmi les barons du moyen âge. Cependant la gravité n'était certainement pas le propre de tout baron. L'étymologie du mot est encore cherchée. M. Littré le tire du celtique.

Au feuillet 63 du n° 8653, un long traité, qui n'est pourtant pas achevé. L'auteur doit, dit-il dans sa préface, exposer d'abord ce qui concerne les parties du discours, et parler ensuite de la construction, enfin des figures. Or il s'agit encore de la construction dans notre dernier chapitre, et ce dernier chapitre est lui-même incomplet. L'âge du manuscrit ne permet pas d'admettre que ce traité soit postérieur au XIIIe siècle; mais il l'est certainement au XIIe, puisqu'on y trouve cités le Doctrinal d'Alexandre ainsi que la Physique

· et la Métaphysique d'Aristote. On a d'ailleurs lieu de supposer qu'il est d'un Français, quand on y voit appelé « Bru-
« neau » l'individu de l'espèce asine (fol. 78, col. 2). Quoi
qu'il en soit, l'auteur est certainement un grammairien expérimenté, qui connaît bien son Donat et son Priscien et
paraît les interpréter fidèlement. Mais il ignore complètement le grec, et, quand il cite des mots de cette langue,
presque toujours il les estropie. C'est son ignorance du grec
qui l'a conduit à proposer cette bizarre étymologie du mot
« mécanique » : *Dicitur mecanica a mœchor, -aris, quod est adul-
teror, -aris, quia, sicut mulier adultera respectu mulieris legitimæ
vilipenditur, ita artes mecanicæ respectu liberalium vilipenduntur*
(fol. 63, col. 2). Les étymologies ont toujours eu, pour les
grammairiens, un bien dangereux attrait.

Au fol. 228 du n° 14744 (ancien 17 de Saint-Victor) est
un autre traité sur les parties du discours, dont Priscien
peut réclamer la meilleure part. M. Thurot en indique une
seconde copie dans le n° 17162. Nous en connaissons cinq
autres à la Bibliothèque nationale, sous ce titre : *Regulæ e
Prisciano collectæ*, dans les n°ˢ 7610, 7611, 7616, 7619
et 9341, et encore une autre dans le n° 13 de Saint-Claude.
M. Thurot a, d'ailleurs à tort, rangé ce traité parmi les
écrits du xiii° siècle, car, entre les manuscrits cités, deux au
moins, les n°ˢ 7611 et 9341, sont évidemment du xii°. Il est,
en outre, notable que, dans les huit manuscrits, ces *Regulæ*
succèdent immédiatement à l'*Elementarium* de Papias. Cela
fait dès d'abord soupçonner que les deux ouvrages sont du
même auteur; et l'on en est presque convaincu quand on a
pris la peine de comparer les définitions et les étymologies
de l'*Elementarium* et des *Regulæ*. Ce sont en effet les mêmes,
énoncées presque dans les mêmes termes.

Dans le n° 14927, fol. 191 (ancien 585 de Saint-Victor),
un traité de grammaire commençant par *Tria locutionum genera grammatici conjectat industria*. Rien ne prouve que l'auteur de ce traité ait eu la France pour patrie. Les citations
y abondent, mais elles sont toutes tirées ou des livres saints
ou des classiques latins. Est-il même certain que cet auteur

ait vécu dans le XIIIe siècle? On en doute, quand on voit qu'il ne critique ou n'appelle en témoignage aucun maître de ce temps-là.

Dans le n° 15121 (pareillement de Saint-Victor) sont deux traités, dont le premier, très court, commence, au fol. 152, par ces mots : *Vitia apud grammaticos illa dicuntur quæ in latino eloquio cavere debemus.* Ces vices sont le barbarisme, le solécisme, etc. Il s'agit ensuite des *scemata*, puis des tropes. Rien n'est à signaler. Nous n'avons ici que de brèves définitions, avec des exemples. Les définitions appartiennent, pour la plupart, à Donat. Le second traité, dit M. Thurot, est un abrégé du commentaire de Pierre Hélie sur Priscien. On a lieu de croire que cet abréviateur est un Français. Veut-il citer un exemple des régions divisées par les géographes et dont les parties sont distinguées par des qualificatifs différents? Son exemple est la Gaule, partagée en citérieure, ultérieure (fol. 164, col. 1). Deux fois au moins, ayant à nommer une ville, c'est Chartres qu'il nomme : *Carnotum, Carnotensis* (fol. 161, col. 2); *Romæ sum vel Carnoti* (fol. 183, col. 1). Enfin on est tenté de supposer qu'il s'appelait Geoffroi, car c'est presque toujours ce nom qu'il choisit pour sujet ou pour régime lorsqu'il veut montrer comment une règle doit être observée : *Ego Gaufridus lego* (fol. 172, col. 3); *Gaufridi legentis orationem audio* (fol. 177, col. 1); *Mei Gaufridi eges, tui Gaufridi egeo* (fol. 164, col. 3). Mais, quel qu'ait été le nom de l'auteur et celui de sa patrie, son écrit, étant l'abrégé d'un autre, a peu d'intérêt.

Dans le n° 15037 (ancien 806 de Saint-Victor), du fol. 164 au fol. 169, sur deux colonnes, en très fine écriture, un traité grammatical commençant par ces mots : *De sophismatibus artis grammaticæ dicturi.* L'auteur de ce traité l'a divisé, dit-il, en quatre parties. Dans la première il disserte, tant en logicien qu'en grammairien, sur diverses phrases de l'Écriture sainte. Sur celle-ci d'abord : *Creavit Deus hominem ad imaginem suam; masculum et feminam creavit eos.* La question est : à qui se rapporte le mot *eos?* La seconde partie est plus philosophique. Aristote et Donat sont mis

XIVe SIÈCLE.

en présence et se contredisent. L'auteur intervient pour les mettre d'accord ou démontrer lequel des deux a raison. La troisième et la quatrième sont un vocabulaire de termes usuels et un recueil de vers mnémoniques. Voici les premiers de ces vers :

> Populus est volucris, populus gens, populus arbor.
> Proximus est quivis natura conditionis :
> Spe convertendi bonus est homo proximus hosti ;
> Proximus estque suum mihi præsentans benefactum ;
> Confinis meus est mihi proximus, ut probat usus.

Les quatre derniers de ces vers sont tirés du Grécisme, ch. XIII, v. 99-103. Il n'y a guère lieu de douter que l'auteur de ce traité soit Français; nous remarquons d'abord qu'il prescrit d'écrire *Galterus* et *Guillelmus* par un *G*, non par un *H*. Nous trouvons en outre, dans son vocabulaire, quelques mots qui n'étaient guère usuels hors de France, comme, par exemple, *craneum* signifiant crâne.

Sur le volume cité par M. Thurot sous le n° 449 de la Sorbonne, qui est aujourd'hui le n° 16253 de nos manuscrits latins, notre seule remarque est que l'*Ars dictaminis* que renferme ce volume, où manquent les premiers feuillets, est l'ouvrage, souvent copié, de Laurent d'Aquilée. Nous n'avons donc pas à en parler ici.

Le n° 901 du même fonds (aujourd'hui 16220) contient, du fol. 51 au fol. 53, deux traités anonymes, l'un occupant huit colonnes, l'autre deux, qui paraissent du même auteur. Le premier, intitulé *Regimina casuum*, offre des explications suffisantes sur les régimes; le second ne traite que des rapports entre le *suppositum*, sujet, et l'*appositum*, ce qui se dit du sujet. Nous lisons, fol. 52, col. 2 : *Brunellus est mihi asinus*. Cela fait de nouveau supposer que l'auteur est un Français. C'était un bon grammairien. Cependant rien n'est à noter dans ses deux traités, où tout est élémentaire.

Dans le n° 16218 (904 de la Sorbonne), au feuillet 225, un *Exoticon* beaucoup plus considérable que celui dont Alexandre de Halès passe pour être l'auteur. Celui-ci ne

IMPRIMERIE NATIONALE.

s'étend que sur dix-neuf colonnes dans le n° 136 du collège Caius et Gonville, à Cambridge, et le nôtre en occupe quarante-sept dans un volume in-folio. Le plan des deux ouvrages est d'ailleurs le même; ce sont les mêmes mots, prétendus grecs ou hébreux, qui sont, dans l'un et dans l'autre, très librement interprétés, et l'examen attentif de l'un et de l'autre nous a fait constater que presque toutes les interprétations accréditées par le nom respecté d'Alexandre ont été sans scrupule reproduites par notre gréciste. Nous le dénonçons donc comme plagiaire, avant de montrer à quel point il est ignorant.

Voici le début de notre *Exoticon* : *Quoniam dialecticus resolvit propositionem in terminos, et ultra terminos non inquirit resolvere;* et à des explications telles quelles sur les lettres de l'alphabet grec succèdent celles qui ont les mots pour objet. Les premiers de ces mots sont :

> Chere theoron gignos crucis andro phalando
> Cama lithos sexqui iambyn se gnoti philos...,

qui sont traduits en latin par : *Salve! Video quem nudum crucis, o aries, in ligno; incendio ipsum totum eleva te cognosces amoris qui...* Et ces mots très obscurs sont expliqués ainsi :

Scientia (Alexandre de Halès : sentencia) istorum versuum est quod ille qui profert hanc salutationem salutat Christum et quod dicit : « O aries, quem video in ligno crucis nudum, salve... » Et, in alio versu, orat quod ille qui cognoscit ipsum totum elevetur de terra, dante, ad cælum et ad gloriam sempiternam.

Puis vient le commentaire grammatical :

Chere græce, salve latine; et inde dicitur hæc cheruca, hujus cherucæ, sive cherucus, -ci, id est ventilogium, id est illud quod ponitur super columpna templi ad sciendum ex qua parte ventus proveniat, quia videtur quod salutet ventos vertendo se contra ipsos...

Theoron græce, videre latine; et inde dicitur theatrum, -tri, quia in illo solebant convenire gentes ut viderent ludos...

Gignos græce, nudus latine; et inde dicitur gignosista, -sista, ille vel illa qui vel quæ frequentat studia, et inde dicitur hoc gignasium, hujus gignasii, scilicet studium ubi poetæ solebant prius recitare carmina nudis

personis antequam in publico recitarentur, et illæ personæ nudæ repræ-
sentabant materiam carminum suorum. . .

Andros græce, aries latine ; et inde dicitur andromis, -dis, scilicet vestis
ex pellibus arietis. Unde Juvenalis in primo :

> . . . . . *Igniculum brumæ si tempore poscas,*
> *Accipit andromedem* [1] . . . . .

Phalando græce, lignum latine ; et inde dicitur hæc phala, hujus
phalæ, turris lignea, et, si large sumatur, potest dici turris lapidea. . .

Nous ne citons pas davantage. On se rend compte de
toutes les étranges choses que doivent contenir les quarante-
sept colonnes de cet *Exoticon.*

La nationalité de l'auteur n'est pas douteuse. Très fréquemment il donne en français l'équivalent des mots latins,
grecs, hébreux, dérivés des radicaux qu'il vient d'estropier
ou d'imaginer. Nous lisons, fol. 227, col. 1 : *Apothecaria,*
espiscerie *gallice;* col. 2 : *Salabarra, vestis grossa, scilicet*
esclavine *gallice;* fol. 229, col. 2 : *Cepha idem est quod*
hoinnon *gallice, quia totum est in capite;* col. 4 : *Antipira, ab*
anti, contra, et pir, ignis, gallice escremail, *et inde dicitur*
antela, poitrail *gallice, ab anti, contra, et telon, longum;*
fol. 230, col. 2 : *Cyroginis idem est quod subcreo,* soriron
gallice; fol. 230, col. 2 : *Fundibalus,* mangounnel *gallice;*
fol. 233, col. 3 : *Pyropus,* carboucle *gallice.* Nous multiplie-
rions facilement ces exemples. L'auteur est certainement
français. En quel temps vivait-il? Il a dû vivre dans la seconde moitié du xiii° siècle, après Jean de Garlande, puisqu'il cite, fol. 228, col. 1, son poème *De mysteriis Ecclesiæ,*
et, fol. 234, col. 3, son *Distigium.* Un autre exemplaire,
pareillement anonyme, de cet écrit est dans le n° 852 de la
bibliothèque de Tours.

Dans le n° 15462 (906 de la Sorbonne) au feuillet 152,
une grammaire complète. M. Thurot, qui la cite plusieurs
fois, dit que l'auteur est peut-être français. Nous le croyons
italien. Ce qui nous porte à le croire, c'est qu'ayant à

Thurot, ouv.
cité, p. 92, n. 6.

---

[1] Il y a, comme on le sait, dans Juvénal, sat. 3, v. 102, non pas *andromedem,*
mais *endromidem.*

nommer des villes, il choisit des noms italiens : *Quorsum
vadis? Versus Papiam. — Quousque vadis? Usque Cremonam
vado* (fol. 155, col. 1). Ce n'est pas non plus en France que
sont les cours d'eau nommés ici, *Malaca* et *Crimonella*. En
résumé, nous n'avons pas rencontré dans toute cette grammaire un seul nom, un seul mot français.

M. Thurot cite ensuite, d'après le n° 1334 de la Sorbonne (aujourd'hui 16297) une introduction anonyme à
l'étude de la grammaire, extraite, dit-il, d'un traité plus considérable qui se trouve dans le n° 14876 sous le nom de
Boetius. On a précédemment parlé de ce *Boetius*, et l'on a
dit que, si l'auteur de l'opuscule contenu dans le n° 16297
a fait de trop libres emprunts à sa grammaire, il n'est pourtant pas exact qu'il l'ait, en propres termes, abrégée. L'éco-
nomie des deux ouvrages est, en effet, toute différente.
M. Thurot a cité plusieurs passages de celui que nous offre
le n° 16297. Le plus intéressant est tiré du premier chapitre, qui commence par ces mots : *Utrum qui invenit grammaticam fuerit grammaticus?* Et telle est la réponse à cette
question : *Non grammaticus, sed philosophus, proprias naturas
rerum diligenter considerans, ex quibus modi essendi appropriati
diversis rebus cognoscuntur, invenit. Modi enim significandi, tam
essentiales quam accidentales, tam generales quam speciales, a
modis intelligendi sunt accepti.* Voilà un grammairien modeste
et sensé. Arnauld et Dumarsais n'ont pas mieux exposé la
même doctrine. La question qui vient ensuite est celle-ci :
La grammaire est-elle une science? Oui sans doute; elle est
l'objet d'une science, comme tout ce qui est intelligible. Et
c'est une science nécessaire, *necessaria tanquam introductoria
ad alias scientias.* Ces diverses propositions sont clairement
démontrées. Celles qui suivent sont plus subtiles et impor-
tent moins.

Dans le n° 15972 (n° 1442 de la Sorbonne) on rencontre
d'abord, au fol. 85, une mise en vers du *Priscianus major,*
commençant par :

> Vox sonus est oris, quantum, vel quale, vel aer;
> Quale quod auditur proprie, quantum quia longa.

Hist. litt. de la
Fr., t. XXX,
p. 276.

Thurot, ouv.
cité, p. 123-125,
127, 128, 175,
213.

Les vers sont expliqués par des gloses interlinéaires et marginales, sans lesquelles ils seraient souvent inintelligibles. Il faut même quelquefois recourir aux gloses pour avoir la fin des mots dont les vers ne contiennent que la première syllabe. Cela nous donne lieu de croire que le poème et les gloses sont du même auteur. Cet auteur était français, car c'est en français qu'il traduit les mots latins dont le sens ne lui semble pas être connu de tous ses lecteurs. Ainsi nous rencontrons, fol. 91 v° : *Vas vimineum, gallice* corbeille; fol. 95 r° : *Papaver, semen quoddam, gallice* oliete, *de quo fit oleum;* fol. 96 : *Viscum,* glu *gallice; phaleræ, id est ornatus equorum, gallice* loreins; fol. 101 v° : *A sorbeo dicitur sorbello, gallice* humer; fol. 103 v° : *Scalpo, gallice* grater. Ces citations nous paraissent suffire. Mais rien n'indique le temps où cet auteur a vécu; il est seulement prouvé, puisqu'il cite plusieurs fois le Doctrinal, qu'il parut après Alexandre de Villedieu. Nous ne remarquons d'ailleurs rien de notable dans cette grammaire versifiée. Les vers contiennent les règles; dans les gloses sont les exemples.

Au fol. 109 du même volume est un traité plus élémentaire encore, auquel huit vers servent de préface. Voici les deux premiers :

> Janua sum rudibus primam cupientibus artem;
> Nec sine me quisquam rite peritus erit.

Ici nous ne trouvons aucun indice de nationalité. Un autre exemplaire anonyme du même traité est dans le n° 2417 de la Bibliothèque impériale de Vienne.

Le dernier de ces traités anonymes, cités, pour le XIIIe siècle, par M. Thurot, se trouve dans le n° 1247 de la Mazarine, où il commence par ces mots : *Quia omne imperfectum naturaliter suam perfectionem appetit.* Le titre est : *Notulæ supra primum librum Prisciani de constructionibus,* et ces *Notulæ* occupent un fort volume in-4°. C'est donc un titre trop modeste. Mais rien ne fait supposer que l'auteur de ce long traité soit un Français.

Ces écrits anonymes sont, pour la plupart, médiocres.

Priscien est, à la fin du xiii⁰ siècle, plus en faveur que Donat. Il ne faut pas s'en étonner; étant plus subtil, il répond mieux au goût du temps. Mais Priscien lui-même est moins en faveur qu'Alexandre de Villedieu et Évrard de Béthune. Avec eux on n'enseigne plus la grammaire d'une manière méthodique; on commente, on explique chacun de leurs vers obscurs, du premier au dernier, en observant l'ordre ou le désordre suivant lequel ils se succèdent dans les deux poèmes; des règles il est à peine question. On ne forme pas ainsi de bons écrivains. C'est pourquoi, sans doute, ils sont devenus très rares.

B. H.

CHRONIQUES ET ANNALES DIVERSES.

Nos prédécesseurs, dom Brial, dans le tome XV de l'Histoire littéraire (p. 587-608), et M. Le Clerc, dans le tome XXI (p. 656-779), ont consacré des articles collectifs à un assez grand nombre de chroniques ou d'annales, généralement anonymes, qui appartiennent pour la plupart au xii⁰ et au xiii⁰ siècle. A leur exemple, nous avons cru devoir examiner ici quelques morceaux du même genre, dont plusieurs descendent jusqu'au commencement du xiv⁰ siècle et qui n'ont point fixé, au moins d'une façon suffisante, l'attention de nos devanciers, soit que les textes n'eussent pas été signalés, soit que le caractère original en eût été méconnu. Nous suivrons, autant que possible, l'ordre topographique, en allant de l'Ouest à l'Est et du Nord au Midi.

CHRONIQUE DES DUCS DE NORMANDIE.

La Chronique des ducs de Normandie dont nous allons parler est tout à fait distincte de la grande Chronique de Normandie dont nous possédons un si grand nombre de manuscrits et qui a été plusieurs fois imprimée au xv° et au xvi° siècle. Toutes les deux sont en prose française; mais celle que nous nous proposons d'étudier ici est beaucoup moins développée que la grande Chronique, et la rédaction en est notablement plus ancienne. L'auteur, dont le nom est inconnu, vivait à la fin du xii° siècle. Le plus souvent il s'est borné à abréger l'ouvrage de Guillaume de Jumièges, en intercalant toutefois dans son récit des détails complémentaires qu'il a dû emprunter à des textes latins non encore déterminés. Plusieurs de ces additions dérivent plus ou moins directement de Dudon de Saint-Quentin; d'autres doivent venir de l'abbaye de Fécamp, sur laquelle l'écrivain paraît, dans plusieurs circonstances, avoir voulu particulièrement attirer l'attention.

Cette compilation, dont le fond primitif est assez insignifiant, a subi à plusieurs reprises des remaniements très considérables. Les manuscrits qui nous l'ont transmise sont fort différents les uns des autres, surtout pour la période postérieure à la mort de Henri Ier, c'est-à-dire à la date jusqu'à laquelle Robert de Torigni a continué l'ouvrage de Guillaume de Jumièges.

Nous pouvons citer onze manuscrits qui nous offrent les différentes formes de cette compilation. Nous essayerons de les grouper suivant l'ordre chronologique des remaniements du texte.

La plus ancienne rédaction est celle que renferme un manuscrit du commencement du xiii° siècle, venu de l'abbaye de Braine (Bibl. nat., français 10130, fol. 8 v°-19 v°), où elle fait suite à une Chronique abrégée des rois de France. C'est sans doute à la réunion des deux ouvrages que s'applique le titre final : « Ci faut l'estoire des rois », qu'on lit au fol. 19 v°. Dans ce manuscrit, le prologue commence par les mots : « Li ancien sage home deviserent la roondesce de la « terre, si come ele estoit avironee tout environ del grant « occean, en trois parties... » Le récit se termine aux premières tentatives de l'impératrice Mathilde pour recueillir la succession de son père Henri Ier. Le texte en est très cor-

184   CHRONIQUES

rect. On n'y rencontre pas les détails relatifs au monastère de
Fécamp dont nous aurons bientôt l'occasion de parler; mais
le chapitre consacré au duc Robert le Magnifique contient
(fol. 14, col. 1) quelques lignes sur la fondation de l'abbaye
du Bec, dont il n'est pas question dans les autres rédactions.
On y trouve, sur la fin (fol. 18 v°), une portion des généa-
logies qui remplissent les chapitres 34-37 du livre VIII de
Guillaume de Jumièges, et (fol. 19 v°) l'histoire de ce singulier cavalier qui vint en une journée de Rennes à Rouen
pour prédire à Rollon que sa lignée ne dépasserait pas la
septième génération.

Une copie incomplète de la rédaction qui vient d'être indiquée d'après le manuscrit de Braine se trouve à la fin
(fol. 186 v°-198) du manuscrit français 2137 de la Bibliothèque nationale, copié au XIIIe siècle. Par suite d'une lacune, elle ne va pas au delà de la délivrance du jeune duc
Richard Ier par son précepteur Osmont. Ce fragment a été
publié en 1839 par M. Francisque Michel, dans la seconde
partie du petit volume in-4° intitulé : Les Chroniques de Normandie (p. 77-95). Dans ce fragment les premiers mots du
prologue sont : « Nous trouvons es anciennes estoires que li
« sage home enquirent et demanderent la grandesce et la
« reondece de la terre dou monde... »

Un manuscrit du XIIIe siècle, venu de Saint-Corneille de
Compiègne, aujourd'hui à la Bibliothèque nationale, fonds
français 24431, nous offre (fol. 54 v°-71) une rédaction de
la Chronique des ducs de Normandie qui va jusqu'au retour de Richard Cœur-de-Lion dans ses États. Malgré la mutilation que le premier feuillet a subie, il est facile de s'assurer, par le rapprochement des autres manuscrits, que le
prologue commençait par les mots : « Par la division que li
« ancien home firent dou monde, savons nous que la terre
« est enclose de la grant mer... » Dans cette rédaction la
première partie est plus développée que dans le manuscrit
de Braine. On en a arrangé plusieurs passages pour montrer en quelle estime l'abbaye de Fécamp était tenue par les
premiers ducs de Normandie.

XIVe SIÈCLE.

Ainsi Guillaume de Jumièges mentionne en ces termes la reconstruction de l'abbaye de Fécamp par le duc Richard Ier et la mort de ce prince : *Apud Fiscannum miræ magnitudinis et pulchritudinis in honore Deificæ Trinitatis templum construxit, magnificisque ornatibus multimode adornavit* (l. IV, c. 19) ... *Obiit autem apud Fiscannum Richardus dux primus, flentibus populis, gaudentibus angelis, 996 anno ab incarnatione Domini* (l. IV, c. 20).

Le texte du manuscrit de Compiègne donne à ce sujet des renseignements très détaillés :

Un jour avint, a Fescamp, qu'il fu a l'uis de la sale; si esgarda le moustier de la Trinité, qui plus estoit bas de la salle. Si dit li dus que ce n'estoit pas drois, quar l'eglyse est porte dou ciel, ou nous recevons baptesme et crestienté et comfession. « Ce est, dit il, la maison dont « Dex dist que ce est li mons ou il li plait a abiter. C'est, dit il, li mons « que Rous, nos ayeus, songoit, ou il garissoit de la liepre. » Dont fist faire eglise, et i donna rentes et estora proveudes; les nonnains osta, et fist une abbeïe a Moustierviler, ou il les mist. A Fescamp mist chanoynes: mais puis i mist li dus Richars, sis fix, moines, qui la parestora.

...A sa fin se fist porter au moustier [de Fescamp], et se fist comfès et commenier, et commanda qu'il fust emfoïz a l'uis dou moustier, ou degontail. Mors fu et emfoïz moult honorablement. L'endemain li arcevesques Robers, ses fix, i vint, qui deffoyr le fist por veoir le, et dou sarquil vint tant bonne odor comme merveille.

Fol. 62. Édit. Michel, p. 33 et 34.

Guillaume de Jumièges nous apprend que la troisième fille du duc Richard II mourut sans avoir été mariée : *jam adulta obiit virgo* (l. V, c. 13). Le manuscrit de Compiègne ajoute que cette princesse « fu morte et fu emfoïe a Fescam « o Williaume, son frere, en une fosse ».

Fol. 63. Édit. Michel, p. 37.

Guillaume de Jumièges (l. V, c. 17) n'entre dans aucun détail sur la mort et la sépulture de Richard II. Le manuscrit de Compiègne donne à ce sujet des renseignements très précis sur la restauration de l'abbaye de Fécamp, dans laquelle le duc tint à rendre l'âme et à être enterré :

Il osta les chanoynes de Fescam et i fist venir les moynes de Digon, a tenir l'ordre Saint Beneoit. Richement l'estora et establi qu'il y auroit sept vint moynes, par le conseil l'arcevesque Robert, son frere. Il vint un jor a Fescam quant il se senti amaladis, et en plain chapitre, oiant

Fol. 63 v°. Michel, p. 39.

IMPRIMERIE NATIONALE.

        CHRONIQUES

touz les moynes, se fist confès, et si avoit la haire vestue, et se fist a tous les moynes deccpliner, et se fist illucques mestre sor la cendre, ou il morut en l'an M XXVI.

Au dire de Guillaume de Jumièges (l. VI, c. 2), Nicolas, fils de Richard III, fut élevé dans l'abbaye de Saint-Ouen de Rouen, dont il devait plus tard être l'abbé et le restaurateur. Dans le manuscrit de Compiègne on revendique pour le monastère de Fécamp l'honneur d'avoir initié ce jeune clerc à la vie religieuse: « Il ot un fil, Nicolas ot non, « qui primes fu moynes a Fescam... »

A partir du tableau des cruautés de Guillaume Talevas jusqu'à la mort de Henri Ier, le texte du manuscrit de Compiègne ne diffère pas de celui du manuscrit de Braine. Les incidents de la lutte engagée entre Mathilde l'impératrice et le roi Étienne y sont à peu près passés sous silence. Les règnes de Henri II et de Richard Cœur-de-Lion y sont représentés par des notes tout à fait insuffisantes.

La version de ce manuscrit a été littéralement reproduite dans le petit volume in-4° que M. Francisque Michel a publié en 1839 sous le titre de « Les Chroniques de Nor- « mandie » (p. 2-73). De courts extraits en ont été insérés dans les *Monumenta Germaniæ historica* (*Scriptores*, t. XXVI, p. 702 et 703).

M. Paul Meyer a récemment fait connaître un manuscrit de l'Université de Cambridge, coté Ii. 6. 24, qui était, au XIIIe siècle, dans une abbaye de Caen, et qui contient la Chronique des ducs de Normandie prolongée jusqu'au passage de Louis, fils de Philippe Auguste, en Angleterre. La première partie de la Chronique, qui débute par les mots : « Par la division ke li ancien firent de totes les terres, savom « ke tute la terre est aclose... », offre de grandes ressemblances avec le texte du manuscrit de Compiègne. On doit cependant faire observer que certains passages sont plus développés tantôt dans un manuscrit, tantôt dans l'autre. M. Meyer en a cité des exemples tout à fait probants. La seconde partie, depuis la mort de Henri Ier, offre des analogies moins complètes.

XIV⁰ SIÈCLE.

L. cit., p. 63.

Il y a dans le même manuscrit une Chronique des rois d'Angleterre, de Guillaume le Conquérant à Richard Cœur-de-Lion, qu'on ne saurait guère séparer de la Chronique des ducs de Normandie et dans laquelle on peut relever plusieurs traits originaux. C'est là que nous lisons l'anecdote où la reine Éléonore de Guienne est représentée laissant tomber ses voiles et demandant à ses hommes du Poitou si elle était diable, comme le répétait souvent le roi Louis, son mari.

M. Paul Meyer a donné des extraits du manuscrit de Cambridge qui suffisent pour en faire apprécier la valeur.

Nous devons au même savant l'analyse de la Chronique des ducs de Normandie qui occupe les fol. 304 v° et suiv. d'un manuscrit de la seconde moitié du xiii⁰ siècle, n° 3516 de l'Arsenal, et dont les dernières lignes mentionnent la résolution prise par Richard Cœur-de-Lion d'aller en Terre-Sainte en passant par l'île de Chypre. Le prologue commence par les mots : « Chi trovons nos en escripture que li « anchien sage home deviserent la reondece de la terre... »

Pour la première partie, jusqu'à la mort de Henri I⁰ʳ, le manuscrit de l'Arsenal doit se classer à côté du manuscrit de Braine que nous avons mis en tête de ce groupe de textes. Pour l'autre partie, notamment pour le règne de Henri II, il convient de le rapprocher du manuscrit de Cambridge.

Une rédaction de la Chronique des ducs de Normandie, un peu plus développée que les précédentes, se trouve à la fois dans un manuscrit de la Bibliothèque nationale (français 4946, fol. 83-101 v°), qui date du xiv⁰ siècle et vient de l'abbaye de Saint-Ouen de Rouen, et dans le ms. 307 de Berne, qui remonte également au xiv⁰ siècle[1]. Cette rédac-

Ibid., p. 49 et 63.

[1] L'un de ces manuscrits est la copie de l'autre, à moins que tous deux ne soient la reproduction d'un exemplaire plus ancien. En effet, les fragments du ms. de Berne que Sinner a insérés dans le *Catalogus cod. mss. bibliothecæ Bernensis* (II, 258-265) se retrouvent littéralement dans le ms. de Saint-Ouen; de plus, le contenu des deux manuscrits est identique; tous deux renferment : 1° une Chronique de Guillaume de Nangis, intitulée dans l'un et dans l'autre « Ichi commenchent les croniques « des gestes royaux et franchoises »; 2° les Chroniques de Normandie; 3° un fragment en français de l'Histoire orientale de Jacques de Vitri; 4° « l'Exposicion du « livre au lix Agap »; 5° de courtes an-

tion, qui va jusqu'à la reprise des hostilités entre Philippe Auguste et le roi Jean en 1202, se rapproche beaucoup de celle du manuscrit de Compiègne. Elle s'en distingue par des additions, dont plusieurs méritent d'être signalées. Telle est la page consacrée à la construction de l'église de Fécamp et à la mort du duc Richard 1er :

Fol. 92 v°.

Un jour avint a Fescamp sus la mer, qui sa chambre estoit, et la u il fu nés et levé de fons, que il esgarda sa sale et esgarda l'eglise Sainte Trinité, qui estoit assés mendre que sa sale. Il fist venir devant li machons et gent qui sages estoient de chele ouvragne, et leur dist : « La « meson Dieu nostre createur doit estre haute et paroir par dessus les « autres; car Dieu la retint a soi, et nous y sommes baptizié et i reche-« von creanche et confession et le lavement de nos pechiés. Eglise est

Psaume LXVII, 16.

« porte du chiel. De cheste meson dist David : *Mons Dei mons pinguis,* « Li mons Dieu est habondans, ou il plest a abiter a Nostre Segneur; « che est li mons que Rous, mes aieus, vit en avision, ou il se bengnoit « et garissoit de la liepre. Alés querre pierre et fetes la meson Dieu tele « qu'ele soit bele et a son plaisir, seur les moies mesons. » Chil le firent, si comme il out commandé, et firent l'eglise, ou li dus donna dras de soie et aournemens de crois, de galisses, de candelabres et d'encheusiers et de vestemens et de chanoines, pour Dieu servir moult honorecment.

... Après che, li dus Richart eslist Fescamp a estre meson de sa sepulture, et fist fere son sarqueu, et chascun vendredi le fesoit emplir de fourment et donner a la povre gent, et avec faisoit donner v sous de deniers d'argent; demi muy de fourment tenoit ses sarqueus. Quant il le fesoit fere, une vois li dist :

Tu qui fecisti tot, tanta palatia, turres,
Quam facis ex multis hec erit una tibi.

Après cheu, estoit li dus a Baieues, et amaladi durement, que de plus vivre se desespera. Il se fist aporter a Fescamp...

De sa sale ala li dus apuiant seur un baston, nus piés, en l'eglise. A l'entree de l'iglise li demanda ses freres ou il vouloit estre enfouy. « Il « n'est mie drois, dist il, que je soie enfouy en l'iglise, car trop sui pe-« chieres; mès hors de l'iglise, el degoutail, commant je et voil estre enfouis, « en despit de ma char. Enmi le cuer du moustier, oiant tous les cha-« noines, se fist confès. Et la nuit après mourut. Moult i out riche ser

noles en français, qui seront analysées plus loin et qui sont intitulées dans les deux manuscrits : « Chi sont li an aconté du commencbement du monde tresqu'en la fin a ichest temps d'ore. » Le ms. de Paris se termine par la Chronique des abbés de Saint-Ouen, qui n'existe pas dans le ms. de Berne.

vise, et fu enfouy la u il devisa. La douleur de sa mort fu moult ple-
nere par sa terre. Au tiers jour le fist l'archevesque, ses niés, desfouir
·pour cheu que il n'avoit pas esté, et le trouva aussi bel comme se il ves-
quist encore. Et moult bone oudeur issi de sa fosse. Puis firent sus li
une chapele de saint Thomas l'apostre. Mort fu en l'an de l'incarnation
Nostre Segneur qui estoit neuf cens xcvi.

On voit combien de détails nouveaux cette version ajoute
à celle que nous avons reproduite un peu plus haut, d'après
le manuscrit de Saint-Corneille de Compiègne. Tout cela
paraît avoir été traduit du latin; mais il n'y en a pas trace
dans Guillaume de Jumièges, et c'est à peine si Dudon de
Saint-Quentin mentionne la préparation du cercueil, l'aumône du vendredi et la suave odeur qui s'exhala de la tombe
au lendemain de l'enterrement.

Dans les manuscrits de Saint-Ouen et de Berne, le récit
de la capture de Louis d'Outremer, à Rouen, par les Normands aidés du chef danois Haigrold, est tel que M. Paul
Meyer l'a signalé ailleurs, en relevant le mot curieux :
« Quant Normant pourront venger Fourré, si le venge-
ront. »

Le groupe de manuscrits dont il nous reste à parler, et
dans lesquels se trouvent les additions ou interpolations qui
viennent d'être indiquées d'après les manuscrits de Saint-
Ouen et de Berne, est de beaucoup le plus important,
parce que la Chronique des ducs de Normandie y est suivie
d'une composition originale de grande valeur, une histoire
de Jean-sans-Terre, qui intéresse à la fois la France et
l'Angleterre. La réunion de cette histoire et de la Chronique des ducs de Normandie forme un ouvrage qui est
connu sous le titre de « Histoire des ducs de Normandie et
« des rois d'Angleterre », titre parfaitement légitime, puisque
l'un des plus anciens manuscrits qui nous l'ont transmis
nous offre la rubrique : « Li estore des dus de Normendie
« et des rois d'Engleterre. » Pour bien fixer les idées sur la
nature de cet ouvrage, nous dirons qu'après le résumé de
l'histoire des ducs de Normandie jusqu'à la mort de Henri Iᵉʳ,
dont il vient d'être question, il nous offre un assez long

Page 185.

Dudon, éd. Lair,
§ 128.

Not. et extraits,
XXXII, ɪɪ, 5ɪ.

récit de la lutte engagée entre l'impératrice Mathilde et le roi Étienne pour la succession de Henri Ier, puis des notes très insuffisantes sur le règne de Henri II, un exposé un peu moins sommaire de celui de Richard Cœur-de-Lion, et enfin un excellent tableau des événements notables qui s'accomplirent en Normandie et surtout en Angleterre, du temps du roi Jean et au commencement du règne de Henri III, jusqu'à la levée du corps de saint Thomas, archevêque de Cantorbéry, au mois de juillet 1220.

L'écrivain auquel nous devons la seconde partie de l'ouvrage s'en est approprié la première sans y faire aucune modification essentielle. Tout au plus pourrait-on lui faire honneur de quelques-uns de ces développements qui, dans plusieurs manuscrits (ceux de Compiègne, de Saint-Ouen de Rouen et de Berne), ont été ajoutés à la Chronique des ducs de Normandie pour donner à la narration, comme l'a justement fait observer M. Paul Meyer, « une allure plus « vive, plus conforme aux goûts d'un public laïque qui se « plaisait aux chansons de geste ou à des récits analogues à « ceux du Ménestrel de Reims ».

Autant la première partie de l'Histoire des ducs de Normandie et des rois d'Angleterre est dépourvue d'originalité, autant la seconde se fait remarquer par un accent personnel qu'il est rare de rencontrer au même degré dans les compositions historiques de cette époque, et surtout par une richesse d'informations et une exactitude chronologique auxquelles on ne saurait donner trop d'éloges.

L'auteur ne se met pas en scène; on ne saurait cependant douter qu'il n'ait assisté à beaucoup des événements qu'il a racontés. Sur plusieurs points ses récits sont en parfaite harmonie avec les documents authentiques, tels que les actes émanés de la chancellerie anglaise dont les publications de Sir Thomas Duffus Hardy nous ont fait connaître le texte. On peut leur accorder une entière confiance. Nulle part ailleurs certains épisodes de la conquête de la Normandie ne sont racontés avec autant de détails; nulle part ailleurs l'intervention des Français et des Flamands dans les affaires d'Angleterre, à partir de 1215, n'est exposée avec une aussi minutieuse fidélité.

M. Francisque Michel, qui a le premier fait connaître l'Histoire des ducs de Normandie et des rois d'Angleterre, a supposé que l'auteur, venu en Angleterre avec les Flamands qui s'y rendaient en foule pour y chercher fortune, fut témoin oculaire d'un bon nombre de faits qu'il rapporte. Un de nos prédécesseurs, M. Le Clerc, s'est borné à conjecturer qu'il était originaire de Flandre. M. le Dʳ O. Holder-Egger est allé plus loin et a émis une hypothèse à laquelle nous croyons pouvoir nous rallier. Suivant lui, l'auteur de l'Histoire des ducs de Normandie et des rois d'Angleterre aurait été un familier de la maison de Béthune. A l'appui de son opinion il développe les considérations suivantes.

Robert VII de Béthune, pauvre petit chevalier de l'Artois durant la vie de ses parents et de son frère aîné, alla chercher fortune auprès de Jean-sans-Terre, quand ce prince, pour résister à ses ennemis de l'intérieur et de l'extérieur, appelait de tous côtés des mercenaires. Mais c'était le moment où Philippe Auguste ouvrait les hostilités contre le comte de Flandre. Celui-ci, pressé par la nécessité, envoie un message en Angleterre pour réclamer le secours de Robert de Béthune et des autres Flamands. A partir de ce moment le chroniqueur ne fait plus guère qu'enregistrer les faits et gestes de Robert de Béthune. C'est ce chevalier qui brûle la flotte française dans le port du Dam et qui se retire à Newport. C'est lui qui, à la demande de trois barons flamands, va chercher le comte Ferrand dans l'île de Walcheren. Revenu en Flandre avec le comte, il prend part au recouvrement du port de Dam, à celui de Bruges, et aux sièges et chevauchées qui marquèrent la fin de l'année 1213. Il part alors pour l'Angleterre. En janvier 1214 il accompagne Jean-sans-Terre pour recevoir le comte de Flandre à Cantorbéry. Revenu en Flandre avec le comte de Salisbury, il pénètre dans l'Artois et le comté de Guines (avril 1214). La nouvelle de la mort de son père, l'avoué Guillaume, vient le surprendre au milieu de la campagne. Dès lors, le

Hist. litt. de la Fr., t. XXI, p. 670.

Mon. Germ. hist. Script., t. XXVI, p. 699.

récit, qui était très détaillé, devient d'une extrême maigreur.
Robert de Béthune avait sans doute à s'occuper de l'administration des biens de sa maison pendant l'absence de son
frère aîné Daniel, retenu à la cour de Constantinople.
Mais, en 1215, lors du soulèvement des barons anglais,
Robert passe la mer et se met au service du roi Jean. Aussitôt le récit se ranime. Quand Jean-sans-Terre a accordé la
Grande Charte, Robert de Béthune, mécontent des procédés
du roi anglais, rentre dans ses foyers. Mais la guerre va se
rallumer, et Jean fait un pressant appel aux barons flamands.
L'historien nous fait assister à la réception du message par
Robert de Béthune : Celui-ci (ce sont les termes du récit
original) » fist frossier la cyre del saiel le roi, si fist lire les
« lettres. Or oiiés que les lettres disoient : li rois d'Engletierre
« saluoit Robiert de Biethune comme son tres chier ami et
« son home, etc. » M. Holder-Egger est porté à croire que
la lettre fut lue par celui qui rappelle avec une telle précision
des détails qui, après tout, n'avaient guère d'importance.
Quoi qu'il en soit, le chroniqueur nous fait immédiatement
passer la mer à la suite de Robert de Béthune, et il raconte
par le menu les faits de guerre dont l'Angleterre fut le
théâtre en 1215, 1216 et 1217.

Telles sont les raisons qui ont porté le docteur Holder-
Egger à supposer que l'Histoire des ducs de Normandie a été
écrite par un « siergans et menestreus » de Robert de Béthune.
L'auteur pourrait aussi bien avoir été un clerc attaché à
la maison de Béthune, comme ce maître Mathieu, clerc
de Guillaume de Béthune, auquel ledit Guillaume, peu de
jours avant sa mort, assura un revenu de 12 livres sur les
échoppes de Béthune. Il serait assez naturel que maître Mathieu, après la mort de Guillaume de Béthune, fût passé au
service du fils de son ancien maître.

Not. et extr.,
t. XXXIV, part. 1,
p. 375, 396.

Quel que fût l'auteur de l'Histoire, il écrivait avec l'intention que ses récits fussent lus ou débités devant des auditeurs auxquels, de temps en temps, il fait directement appel :
« Or oiiés quel vie li rois Jehans mena... (p. 109). —
« Or oiiés que les lettres disoient... (p. 153). — Fiere chose

XIVᵉ SIÈCLE.

« poés ore oïr... (p. 149). — Or oïiés que les letres di-
« soient... (p. 153 et 203). — Que vous diroie je plus? »
(p. 95).

C'est aussi pour mieux soutenir l'attention des auditeurs
que le récit est semé d'anecdotes, souvent assez piquantes
et toujours présentées sous une forme dramatique. Il suffit
d'indiquer ici un bon mot relatif aux trahisons de Hugues
de Gournai (p. 92); une réponse de Baudouin de Béthune,
comte d'Aumale, à Jean sans Terre (p. 100); les reparties de
la reine Isabelle d'Angoulême à son mari (p. 104); un dialogue entre Jean sans Terre et Hubert Gautier, archevêque
de Cantorbéry (p. 106); les vanteries de Mahaud de Saint-
Valeri, femme de Guillaume de Briouze (p. 111); les propos
du roi Jean sur le justicier Geoffroi fils de Pierre (p. 116);
la discussion sur Geoffroi de Mandeville, gendre de Robert
fils de Gautier (p. 117); l'entrevue de Philippe Auguste
avec le même personnage (p. 121), etc. etc. Tout cela est
assez adroitement amené et habilement enchâssé dans la
narration.

Nous connaissons quatre manuscrits de l'Histoire des
ducs de Normandie et des rois d'Angleterre, savoir : 1º le
manuscrit français 12203 de la Bibliothèque nationale,
copie du XIIIᵉ siècle, qui a fait partie de la librairie des ducs
de Bourgogne (nº 1532 des catalogues publiés par Barrois);
le texte y est précédé (fol. 131) de cette rubrique : « Après
« s'ensuit li estore des dus de Normendie et des rois d'En-
« gleterre »; 2º le manuscrit français 17203 de la Bibliothèque nationale, jadis de Saint-Germain des Prés, copie
du XIIIᵉ siècle, dans laquelle l'ouvrage n'a de titre ni au
commencement ni à la fin (fol. 68 vº-124); 3º le manuscrit
français 6295 des nouvelles acquisitions de la Bibliothèque
nationale, copie du XIIIᵉ siècle, d'origine flamande, dépourvue de toute espèce de titre (fol. 63-104 vº); le scribe s'est
arrêté un peu avant d'avoir achevé sa tâche, aux mots :
« puis s'en alerent a Froit mantel, une maison qui siet sor
« un tertre et al cor », lesquels se lisent à la page 147 de
l'édition de Francisque Michel; 4º le manuscrit 218 de la

IMPRIMERIE NATIONALE.

bibliothèque de Lille (jadis DD-7), copie sur papier du
XVe siècle.

Revue histor.,
sept.-déc. 1892,
p. 71.

L'Histoire des ducs de Normandie et des rois d'Angleterre,
dont Jacques de Guise s'est approprié quelques morceaux,
a vu le jour en 1840, sous les auspices de la Société de
l'histoire de France, par les soins de M. Francisque Michel,
qui a fidèlement suivi les manuscrits 12203 et 17203 de la
Bibliothèque nationale.

En 1882, M. le docteur O. Holder-Egger en a publié,
d'après les deux mêmes manuscrits, des fragments étendus,
dans les *Monumenta Germaniæ historica* (*Scriptores*, t. XXVI,
p. 702-717).

ANNALES DE ROUEN ET TEXTES QUI EN DÉRIVENT.

ANNALES DE ROUEN.

Les Annales de Rouen, généralement connues sous le
titre de *Chronicon Rotomagense*, commencent à la naissance
de saint Jean Baptiste. Le fonds en a été emprunté aux
Annales de Saint-Bénigne de Dijon. Rédigées vers le commencement du XIIe siècle, elles offrent jusqu'à cette époque
assez peu d'intérêt. On n'y trouve guère, en effet, que la
succession des empereurs, celle des papes, avec une indication sommaire des principales institutions attribuées à
chaque pontife, la liste des persécutions et des conciles, les
époques auxquelles ont brillé les saints les plus illustres,
et notamment les grands docteurs. Les archevêques de
Rouen y sont énumérés à partir de saint Melon en 306. La
série des rois de France s'ouvre par le nom de Pharamond
en 425.

Bibl. nat., ms.
lat. 5530, fol. 5.

Ce qui est dit dans les Annales de Rouen, sous l'année 94,
des missionnaires envoyés en Gaule par saint Clément,
doit avoir été intercalé après coup. En effet ce passage
n'était pas dans l'exemplaire des Annales de Rouen qu'avait

Hist. litt. de la
France, t. XXIX,
p. 417.

sous les yeux, au commencement du XIIe siècle, le moine
de Saint-Évroul qui rédigeait alors les annales de son monastère dont il sera bientôt question. On sait d'ailleurs

que l'usage d'inscrire le nom de saint Nicaise en tête de la liste des archevêques de Rouen ne s'introduisit pas avant le XIIᵉ siècle.

A partir du milieu du XIIᵉ siècle, les Annales de Rouen prennent une certaine ampleur. Elles ne nous fournissent pas seulement beaucoup de dates utiles pour l'histoire politique et religieuse de la Normandie; elles nous font connaître des détails très intimes de l'histoire de Rouen, et notamment les incendies qui ravagèrent si fréquemment cette ville. Nous leur devons un des témoignages les plus catégoriques qui nous soient parvenus sur les grandes processions des bâtisseurs d'églises au milieu du XIIᵉ siècle. « En 1145, dit l'annaliste, dans toute la Normandie et dans « d'autres pays on fit des chariots qu'on chargeait de maté- « riaux divers et auxquels des fidèles de tout âge et de tout « sexe s'attelaient fort dévotement avec des cordes, pour les « porter à des églises où ils passaient la nuit à chanter les « louanges du Seigneur; tantôt ils laissaient les chariots sur « place, tantôt ils les ramenaient avec eux pour faire d'autres « pieux charrois. »

Labbe. Nova bibl., t. I, p. 368.

Il est impossible de déterminer à quel endroit s'est arrêté chacun des rédacteurs qui ont travaillé aux Annales de Rouen dans le cours du XIIᵉ et du XIIIᵉ siècle. Ce qu'on peut affirmer, c'est qu'ils devaient tous appartenir à la cathédrale de Rouen. Autrement il serait difficile de s'expliquer pourquoi les particularités relatives aux archevêques et au chapitre de Rouen y tiennent une si large place. Le récit des luttes soutenues contre les officiers de Philippe Auguste et de saint Louis ne peut avoir été écrit que par des chanoines ou des clercs de chanoines. Le compte rendu des démarches qui eurent pour résultat d'arracher au chapitre du Mans et d'ensevelir dans la cathédrale de Rouen la dépouille mortelle de Henri, fils du roi Henri II, en 1183, n'est guère moins significative. De même, la relation des cérémonies célébrées à Cantorbéry, en 1220, en l'honneur de saint Thomas : après avoir dit qu'à cette fête assistaient tous les évêques et abbés d'Angleterre, l'archevêque de Reims, et

plusieurs évêques ou abbés de France, l'auteur ajoute :
« Parmi eux se trouvaient maître Raoul et Jean, archidiacres,
« et aussi Guillaume, chancelier, et plusieurs autres cha-
« noines de Rouen, au lieu de l'archevêque, qui n'avait
« pu s'y rendre; ils obtinrent des reliques du saint martyr,
« qu'on plaça très honorablement dans la cathédrale de
« Rouen. »

Les préoccupations particulières de l'annaliste ne lui faisaient pas négliger les faits généraux. C'est ainsi qu'il a signalé l'ordonnance somptuaire publiée au parlement de la
Pentecôte 1279, dont le texte a été retrouvé il y a une quarantaine d'années.

Les Annales de Rouen s'arrêtent à l'année 1282, à la note
qui mentionne la nomination d'Eustache de Rouen comme
évêque de Coutances.

Les anciens manuscrits de ces Annales ont disparu, y
compris celui que dom Martene vit en 1708, à Sens, chez
un amateur nommé Baron. Les copies que nous en avons
dans les manuscrits latins 5530 et 5659 de la Bibliothèque
nationale ne remontent qu'à la fin du XVᵉ ou au commencement du XVIᵉ siècle. La copie qu'en avait faite André
Duchesne et qui est dans le volume 58 des papiers de ce
savant n'est que la reproduction du manuscrit 5530.

D'Achery a le premier mis en lumière un morceau des
Annales de Rouen, celui qui se rapporte aux années 1227-
1234. Le P. Labbe, auquel le document avait été communiqué par Vyon d'Hérouval, l'a publié, mais en supprimant
la plupart des articles antérieurs au Xᵉ siècle. Des fragments
en ont été insérés dans le Recueil des historiens de la
France (t. XI, p. 386; t. XII, p. 784; t. XVIII, p. 357;
t. XXIII, p. 331). Il se trouve en grande partie dans les
Monumenta Germaniæ historica (*Script.*, t. XXVI, p. 490).

Sept articles des Annales de Rouen, des années 1210-1217,
traduits en français, ont été imprimés, vers le milieu du
XVIᵉ siècle, à la fin d'un livret intitulé : « Cy commence le
« livre de la Pucelle, natifve de Lorraine, . . . et à la fin
« plusieurs aultres choses advenues du depuys en la ville de

L. cit., p. 374.

Ibid., p. 379.

Bibl. de l'École
des chartes, 3ᵉ sér.,
t. V, p. 177.

Martene, Voy.
litt., t. I, p. 63.

D'Achery, Spic.,
fol., t. III, p. 613.

Labbe, Nova
bibl., t. I, p. 364-
380.

« Rouen; on les vend à Rouen, au hault des degrez du Pa-
« lais, chez Martin le Mesgissier » (s. d.), in-16. On les retrouve en grande partie dans un volume qui a été publié
plusieurs fois à partir de 1578, toujours à Rouen, sous le
titre de « Description du pays de Normendie. . . Extraict de
« la Cronique de Normendie, non encore imprimée, faicte
« par feu maistre Jean Nagerel. . . »

Le manuscrit des Annales que le P. Labbe avait entre
les mains renfermait une très importante continuation, dont
nous ne pouvons pas indiquer la limite extrême; dans l'édition, elle s'arrête à l'année 1343. Le reste a été omis par
le P. Labbe, auquel le temps avait manqué pour en achever
la transcription. Cette continuation porte souvent sur les
événements de l'histoire générale et renferme le texte de
documents, tels que la lettre dans laquelle l'archevêque
de Tolède rend compte de l'éclatante victoire remportée,
le 30 octobre 1340, par les rois de Castille et de Portugal
sur les rois de Maroc et de Grenade.

Cette continuation, qui a été publiée par le P. Labbe,
en partie, dans le Recueil des historiens de la France et
dans les *Monumenta Germaniæ historica*, n'est qu'un amas de
notes et de pièces, recueillies sans méthode et un peu
au hasard. Le travail a été fait par les soins de membres
du chapitre de Rouen, qui ont parfois raconté avec une
excessive prolixité les événements qui intéressaient leur
église, par exemple les funérailles de l'archevêque Aimeri, au mois de janvier 1343. Dans une autre circonstance, l'auteur indique encore plus clairement qu'il
appartient à l'église de Rouen. Après avoir exposé avec
quelle solennité la charte normande fut confirmée en
1339 par Philippe de Valois et par le duc Jean, il avertit que des exemplaires de la charte furent déposés dans
beaucoup d'endroits, et notamment *in hac Rotomagensi ecclesia.*

Une autre continuation des Annales de Rouen se lit dans
le manuscrit latin 5659; mais il ne convient pas d'en parler ici, car elle n'a été rédigée qu'au commencement du

L. cit., p. 388.

Ibid., p. 380-390.
Rer. gall. scr.,
t. XXIII, p. 343.
Mon. Germ. hist.,
S., t. XXVI,
p. 503.

Labbe, Nova
bibl., t. I, p. 389.

Ibid., p. 387.

XIVᵉ SIÈCLE.

Rer. gall. scr.,
t. XXIII, p. 35o.

XVIᵉ siècle par Jean Masselin, neveu du célèbre Jean Masselin auquel nous devons le Journal des États généraux rassemblés à Tours en 1484.

Dans le manuscrit latin 553o, les Annales de Rouen
sont suivies de plusieurs notes du XIVᵉ siècle, à peu près exclusivement relatives à des événements rouennais : le jubilé
de l'année 135o, les émeutes ou harelles de 135o et de
1380, l'incendie du clocher de Notre-Dame-du-Pré le 1ᵉʳ juin
135ı, la chute du coq de la grande tour du clocher de Rouen
en 1353 et les mesures prises pour le rétablir l'année suivante
par un charpentier, maître Pierre Viel, natif de Mesnil-
Esnard. Ces notes paraissent avoir été écrites dans le prieuré
de Saint-Lô de Rouen. On y mentionne, en effet, parmi
Ms. lat. 553o,
fol. 48 v°.
les pèlerins qui allèrent à Rome en 135o, « trois chanoines
« de ce prieuré de Saint-Lô ».

ANNALES DE SAINT-
ÉVROUL.

Vers le commencement du XIIᵉ siècle, un moine de Saint-
Évroul copia les Annales de Rouen sur les marges latérales
d'une table de comput indiquant, pour chacune des 15oo
premières années de l'ère chrétienne, l'indiction, l'épacte,
les concurrents et le terme pascal. A cette copie furent successivement ajoutées, par différents moines de l'abbaye de
Saint-Évroul, et notamment par Orderic Vital, des notes
dont la plus récente est de l'année 15o3. Complétées par
ces additions et par quelques interpolations introduites dans
la partie primitive, les Annales de Rouen sont devenues les
Annales de Saint-Évroul (*Annales Uticenses*). Elles offrent
un réel intérêt pour l'histoire de France et d'Angleterre au
XIIᵉ siècle. Le zèle enthousiaste des populations à seconder
les travaux des bâtisseurs d'églises y est signalé, sous l'année
1145, dans un article dont la rédaction est tout à fait indépendante du passage correspondant des Annales de Rouen.
A partir du XIIIᵉ siècle, les moines de Saint-Évroul se sont
bornés à noter à peu près exclusivement la date de la nomination ou de la mort de différents évêques ou abbés normands.

L'exemplaire original des Annales de Saint-Évroul se

XIVe SIÈCLE.

conserve à la Bibliothèque nationale, ms. latin 10062,
fol. 138-160. La lecture d'un certain nombre de morceaux
est devenue très difficile. Le texte en a été publié à la fin
de l'édition d'Orderic Vital donnée par la Société de l'histoire de France, et dans les *Monumenta Germaniæ historica*
(*Script.*, t. XXVI, p. 490 et 507). Les articles de la période
comprise entre les années 1226 et 1327 sont insérés dans
le Recueil des historiens (t. XXIII, p. 480-484).

Une copie des Annales de Saint-Évroul, exécutée vers
l'année 1200, et à laquelle ont été ajoutées après coup les
notes relatives aux quarante premières années du XIIIe siècle,
se trouve dans le manuscrit latin 11885 de la Bibliothèque
nationale, fol. 24-35. Cette copie n'est malheureusement
pas complète : quelques articles y ont été omis, d'autres
abrégés, de sorte qu'on ne peut pas s'en servir pour rétablir tous les passages devenus illisibles dans l'exemplaire
original. Une autre copie des Annales, s'arrêtant à l'année 1112, existait avant la Révolution dans un manuscrit
de Saint-Évroul qui contenait, entre autres morceaux, les
poésies de Jean de Reims.

Aux Annales de Saint-Évroul doivent se joindre dix notes
relatives à divers événements des règnes des fils de Philippe
le Bel, qu'une main du XIVe siècle avait consignées dans un
manuscrit de l'abbaye de Saint-Évroul, jadis n° 20 de la
bibliothèque d'Alençon, aujourd'hui disparu. Ces notes ont
été comprises dans l'édition des Annales de Saint-Évroul.

Un abrégé des Annales de Saint-Évroul a été mis en tête
d'un Ordre des offices à l'usage de l'abbaye de Gatine en
Touraine, qui fait aujourd'hui partie de la bibliothèque
Sainte-Geneviève (ms. in-4° BB. l. 8). La première partie
de ce morceau, copiée en caractères serrés, occupe le folio 5 v° du manuscrit; la suite se trouve au recto et au verso
du folio 2. L'abrégé des Annales de Saint-Évroul s'arrête à
l'année 1142. Ce qui suit jusqu'à l'année 1226 est indépendant des Annales de Saint-Évroul et a été copié par plusieurs mains, dans la seconde moitié du XIIe siècle et dans

le premier tiers du xiiᵉ. Il est impossible de n'y pas reconnaître l'œuvre d'un moine de Galine. La mort du premier abbé de cette église est annoncée, sous l'année 1173, dans les termes suivants : *Obiit Alanus, primus abbas hujus loci, cui successit Ganfridus.* A côté de mentions relatives aux archevêques de Tours et à divers événements d'un intérêt tout à fait local, comme la chute d'un « hêtre couronné » qui servait à l'orientation de beaucoup de voyageurs, on y remarque des détails assez circonstanciés sur des faits d'histoire générale, notamment sur la campagne du roi Louis VIII dans le Poitou en 1224.

Toute la partie originale des Annales de Galine a été publiée dans le Recueil des historiens de la France, t. XII, p. 774, et t. XVIII, p. 322. André Salmon en a tiré six petites notes pour son Recueil de chroniques de Touraine, p. 374; il a regretté de n'avoir pu découvrir le manuscrit dont s'étaient servis les premiers éditeurs. Nous nous sommes assurés que le texte de ce manuscrit a été fidèlement reproduit dans le Recueil des historiens.

Les Annales de Rouen servirent, vers le commencement du xiiᵉ siècle, à constituer les Annales de l'abbaye de Saint-Étienne de Caen, dont le texte forme le nᵒ 703 A du fonds de la reine de Suède au Vatican. Voici comment un religieux de Saint-Étienne traça le tableau chronologique des événements dont la connaissance pouvait intéresser ses confrères. Il écrivit la série des années écoulées depuis la création du monde jusqu'à la naissance de Jésus-Christ, et depuis la naissance de Jésus-Christ jusqu'en 1336; en regard des chiffres indiquant les années, il ménagea, à droite et à gauche, deux colonnes en blanc pour recevoir la mention des faits qu'il aurait à enregistrer. Mais, comme pour les premiers temps il n'avait presque rien à indiquer, il a rempli les blancs par une sorte d'introduction relative à l'œuvre de la Création et à la division des sciences, dont la rubrique et les premiers mots sont : *Incipiunt Annales historiæ e diversis tractatoribus excerptæ. Omne quod naturaliter subsistit aut actor et creator...* Cette introduction se termine ainsi : ... *Ratio philosophi est administratio rustici. Scriptum namque est : Secundum quod dictabant philosophi et sapientes, operabantur quadratarii et artifices. Ecce de philosophia et ejus partibus, quæ in quattuor genera et in xx et unam species, sive in xx et octo gradus, dividitur, Domino adjuvante, tractavimus; superest ut ad historiæ ordinem revertamur.*

Pour la partie postérieure à la naissance de Jésus-Christ les Annales de Saint-Étienne ne sont guère qu'une copie ou un extrait des Annales de Rouen, jusqu'au commencement du xii° siècle. Dans le manuscrit 703 A de la Reine le texte primitif s'arrête à l'année 1143 ou environ; différentes mains ont ajouté des notes qui vont jusqu'en 1336. C'est de ce manuscrit que paraissent venir les extraits contenus dans un recueil de la famille des Bigot (ms. français 5350 de la Bibliothèque nationale, p. 119-122).

Il y a peu d'originalité dans les Annales de Saint-Étienne. En dehors des mentions relatives à la mort de quelques abbés ou prieurs, aux intempéries des saisons, aux phénomènes météorologiques, on n'y peut guère relever que des détails sur le voyage de saint Louis à Caen, en 1269, et sur un conflit entre matelots français et anglais en 1293.

Une bonne partie des Annales de Saint-Étienne a été publiée par André Duchesne, sous le titre de *Annalis historia brevis, in monasterio Sancti Stephani Cadomensis conscripta*, et par M. Holder-Egger sous celui de *Annales Sancti Stephani Cadomensis*. Il y en a des fragments dans le Recueil des historiens de la France (t. XI, p. 379; t. XII, p. 779; t. XVIII, p. 348; t. XXIII, p. 491), où la compilation est intitulée : *Chronicon Sancti Stephani Cadomensis*. Il en a été dit quelques mots dans un de nos précédents volumes.

Duchesne, Hist. Norm. scr. p. 1013-1021.

Mon. Germ. hist. t. XXVI. p. 492 et 511.

Hist. litt. de la France, t. XXI, p. 767.

Les Annales de Jumièges, qui ont beaucoup de points de ressemblance avec les Annales de Rouen, commencent à la naissance de saint Jean-Baptiste (*Natus est Johannes Baptista, transactis ab origine mundi annis v^m cxcviii et mensibus sex*) et s'arrêtent à l'année 1220. C'est un document original

ANNALES DE JU-MIÈGES.

assez important pour l'histoire du XIIe et du commencement du XIIIe siècle.

Le manuscrit Y. 15 de la bibliothèque de Rouen, copié au XIIe siècle, contient les restes d'un exemplaire, peut-être original, des Annales de Jumièges; mais ce ne sont que des débris fort mutilés : il y manque d'abord la partie correspondant aux années 875-1171, puis tout ce qui suivait l'année 1175 et qui, selon toute apparence, avait été successivement ajouté par différentes mains.

Heureusement le texte complet des Annales de Jumièges fut copié vers l'année 1225 dans l'abbaye de Saint-Wandrille, et nous possédons cette copie, exécutée avec soin et augmentée d'articles intercalaires; elle remplit quatorze feuillets du manuscrit 553, 2e partie, du fonds de la Reine au Vatican. La seule lacune que nous y avons remarquée porte sur les événements de l'année 1201. Encore avons-nous un moyen de la combler.

En effet, Antoine Le Roux, quand il donna, en 1513, une édition de la Chronique de Sigebert, avait à sa disposition un texte complet des Annales de Jumièges, dont il détacha les articles concernant les années 1187-1210, pour servir de continuation à la Chronique de Robert de Torigni. C'est ainsi que les paragraphes des Annales de Jumièges correspondant aux années 1187-1210 ont été compris dans les éditions de Robert de Torigni publiées en 1566 par Simon Schard, en 1583 par Laurent de La Barre, en 1583 et en 1613 par Pistorius et en 1726 par B.-G. Struve. Dom Brial a de même reproduit ces paragraphes dans le tome XVIII du Recueil des historiens, sans en avoir reconnu l'origine.

Plusieurs passages des Annales de Jumièges sont entrés dans la compilation du XVIe siècle connue sous le titre de *Chronicon triplex et unum* et figurent dans les extraits que M. Chéruel a donnés de cette Chronique, en les intitulant *Normanniæ nova Chronica*.

Les Bénédictins de la congrégation de Saint-Maur avaient fait transcrire par dom Jean Durand les annales contenues dans le manuscrit de la Reine, et c'est ainsi qu'ils ont pu

XIV° SIÈCLE.

Rer. gall. scr.,
t. XI, p. 386;
t. XII, p. 775.
Mon.   Germ.
hist., S., t. XXVI.
p. 491 et 508.

en faire entrer quelques articles dans les tomes XI et XII du
Recueil des historiens. C'est aussi d'après ce manuscrit que
M. Holder-Egger en a publié la meilleure partie. Un assez
long passage, relatif aux livres dont Alexandre de Jumièges
avait enrichi la bibliothèque de son monastère, a été pour
la première fois mis en lumière par M. l'abbé Lebarcq,
dans l'opuscule intitulé *De Alexandro Gemmeticensi* (Insulis,
1888, in-8°), p. 4 et 5.

Les annales portant sur les années 886-1204, qui sont
copiées au folio 106 v° du volume 58 des papiers de Baluze,
paraissent n'être qu'un extrait des Annales de Jumièges.

ANNALES DU MONT-
SAINT-MICHEL..
Rob. de Torigni,
t. II, p. 207 et 211.

Au Mont-Saint-Michel les Annales de Rouen furent traitées à peu près comme à Saint-Évroul et à Jumièges. On
les prit comme base des Annales qu'un moine du Mont-
Saint-Michel inscrivit, au commencement du xII° siècle,
sur deux colonnes, en marge d'un tableau de comput qui
avait pour point de départ la naissance de Jésus-Christ. Cette
compilation, dont les premiers mots sont : *Natus est Johannes
Baptista transactis ab origine mundi 5198 annis et mensibus
sex*..., fut exécutée vers l'année 1120; elle a été continuée
d'une façon très inégale jusqu'à la fin du xIII° siècle. Elle se
poursuivait sans doute encore plus loin; mais le manuscrit
unique qui nous l'a transmise s'arrête brusquement à l'année 1292, au bas d'un feuillet, sans qu'on puisse déterminer
l'étendue de la partie qui manque à cet endroit. Ce manuscrit est l'exemplaire original, sur lequel ont été successivement inscrites les mentions additionnelles depuis l'année 1120; il forme la deuxième partie (fol. 67-77) du
n° 211 de la bibliothèque d'Avranches.

Les Annales du Mont-Saint-Michel fournissent de précieux renseignements pour l'histoire du célèbre monastère
construit « au péril de la mer »; mais elles ont un mérite
d'un ordre supérieur. Les notes relatives aux années 1135-
1173 ont été tracées dans le manuscrit d'Avranches par une
même main, peut-être par celle de Robert de Torigni. Ce
qui est certain, c'est que ce bout d'annales, dont il y a une

reproduction lithographiée dans l'ancienne série des fac-similés de l'École des chartes (pièce 609), est bien l'œuvre de Robert de Torigni et qu'on y doit reconnaître le premier germe de la partie correspondante de la continuation des Chroniques de Sigebert. Entre beaucoup d'indices, il faut signaler les termes que l'auteur emploie pour rappeler le concile célébré à Tours en 1163 par le pape Alexandre III : *concilium Turonense, cui nos interfuimus qui hæc scripsimus.*

L. cit., p. 214-230.
Mon. Germ. hist., S., t. XXVI. p. 497 et 512.

La seule édition que nous possédions des Annales du Mont-Saint-Michel se trouve à la suite de la Chronique de Robert de Torigni, publiée par la Société de l'histoire de Normandie. Elle a été partiellement reproduite par M. Holder-Egger.

ANNALES DE SAINT-WANDRILLE.

On connaît, sous le titre de *Annales Fontanellenses,* un arrangement des Annales de Rouen qui fut fait au commencement du XIIe siècle dans l'abbaye de Saint-Wandrille. Il commence par les mots *Anno ab urbe condita 752 . . .* La partie originale de cette compilation se réduit à des notes intercalaires et à une courte continuation pour la période comprise entre les années 1127 et 1204. Il y en a deux copies modernes à Bruxelles, n°s 7815 et 7821 de la Bibliothèque royale. Selon toute apparence, ces annales doivent se confondre avec celles que les Bénédictins appelaient *Breve chronicon Fontanellense,* et dont ils ont donné des extraits dans le Recueil des historiens de la France, d'après un manuscrit de l'abbaye des Dunes.

Inv. des mss. de Bruxelles, t. I, p. 157; Mon. Germ. hist., Script., t. VI. p. 475.

Rer. gall. scr., t. XII, p. 771.

Dans la copie n° 7815 de Bruxelles les Annales de Saint-Wandrille sont intitulées *Chronicon Thosanum.* Tel est aussi le titre qu'André Duchesne leur a donné en tête d'un extrait pris par lui sur un manuscrit dont le sort nous est inconnu. L'extrait de Duchesne se termine par quatre articles qui ne paraissent pas avoir été publiés :

Bibl. nat., coll. Baluze, vol. LVIII, fol. 153.

1129. Obiit Guillelmus, camerarius Angliæ et Normanniæ.
1135. Obiit Robertus sacerdos, filius Hugonis physici.
1152. Petrus de Gerberreo victor (*sic*).
1190. Egressus sum ego Petrus de terra possessionis meæ de Gerberroi.

XIV° SIÈCLE.

Pillet, Hist. de
Gerberoy, p. 119.

Ce dernier article avait été ajouté après coup en lettres
rouges dans le manuscrit original. Se rapporterait-il, ainsi
que le précédent, à un membre de la famille des vidames
de l'église de Beauvais? Ce qui permet de le supposer, c'est
que le dernier vidame, Pierre de Gerberoi, ne paraît pas
dans les chartes après l'année 1190, et que le vidamé était
déjà réuni en 1195 à l'évêché de Beauvais.

ANNALES

RÉDIGÉES OU CONTINUÉES DANS UNE MAISON DE L'ORDRE DE CLUNI,

PUIS À FÉCAMP, À VALMONT, À SAINT-TAURIN D'ÉVREUX,

À BRAINE ET À CAEN.

De courtes annales, dont nous ne connaissons pas le type
primitif, mais qui ont eu une certaine vogue en Normandie
au xiiᵉ et au xiiiᵉ siècle, nous sont parvenues sous la forme
d'éditions arrangées et continuées suivant les intérêts de
différentes églises. Elles ont pour point de départ la naissance
du Christ; mais elles débutent par la supputation des années
écoulées depuis la création du premier homme : *Anni ab
Adam, primo homine, usque ad Ninum regem, quando natus est
Abraham, sunt anni tria millia LXXXIIII, qui ab omnibus historio-
graphis nuncupantur.* C'est un résumé de l'histoire ecclésiastique, de la succession des empereurs romains, et des principaux événements arrivés en France.

La liste des missionnaires envoyés en Gaule par le pape
Clément se réduit à cinq noms : Pothin à Lyon, Paul à Narbonne, Gatien à Tours, Denys à Paris et Julien au Mans.
— L'histoire des Francs commence à l'année 369 par la
rubrique *Incipiunt Gesta Francorum*, sous laquelle est raconté
le refus de payer un tribut à l'empereur Valentinien.

C'est à partir du xᵉ siècle seulement que les Annales
prennent une couleur locale. On y remarque des notes très
précises sur la fondation et les premiers abbés de Cluni, et
sur plusieurs prieurés dépendant de ce monastère : la fon-

dation de la Charité-sur-Loire, en 1056; l'arrivée à Bermondsey, en Angleterre, des moines de la Charité, en 1090; la dédicace de l'église de la Charité, par Pascal II, le 9 mars 1107[1]; la mort de Guillaume II, comte de Nevers, bienfaiteur de la Charité, en 1147; l'établissement du prieuré de Sainte-Foi-de-Longueville, au pays de Caux, en 1093. C'est évidemment pour les religieux de la Charité, ou d'une fille de la Charité, que de telles indications ont été insérées dans les Annales dont il s'agit.

D'autre part, on est frappé du soin avec lequel l'auteur ou, pour parler plus justement, l'un des auteurs des Annales a marqué les dates de la mort et de l'avènement des ducs de Normandie, comme aussi les noms des trois premiers abbés de Fécamp : 1001, *Willelmus, primus abbas Fiscampi;* 1028, *Johannes, abbas Fiscampi II;* 1078, *obiit Johannes, abbas Fiscampi, successit Willelmus, abbas III.* Il est allé jusqu'à enregistrer, sous l'année 1058, la donation faite à l'abbaye de Fécamp du domaine de Saint-Gabriel, situé aux environs de Caen : *Facta est donatio Sancti Gabrielis,* preuve incontestable que l'écrivain qui travaillait alors à la rédaction des Annales appartenait à l'abbaye de Fécamp.

Dans les notes du XIIe siècle, rien ne concerne plus l'abbaye de Fécamp; mais il est question de la fondation d'un petit monastère de la haute Normandie, l'abbaye de Valmont : 1169, *fundata est abbatia Sanctæ Mariæ de Walemont a Nicholao de Stotevilla,* et de la mort d'un parent du fondateur de l'abbaye de Valmont : 1185, *obiit Robertus de Stotevilla.*

Les Annales dont nous nous occupons se sont donc formées ou développées sous des influences diverses, dans une maison de l'ordre de Cluni, à Fécamp et peut-être à Valmont.

Dans les manuscrits qui nous ont transmis ces Annales, le texte est à peu près uniforme jusqu'à l'année 1204 ou environ. A partir de cette date, nous sommes en présence

---

[1] Les manuscrits des Annales mettent par erreur cet événement sous l'année 1105.

de rédactions tout à fait différentes, dont l'origine et le caractère sont très faciles à déterminer. Ces manuscrits sont au nombre de trois :

1° Ms. latin 4861 de la Bibliothèque nationale. Les Annales y ont été copiées, sur les huit derniers feuillets, au commencement du xiii⁰ siècle. Diverses mains y ont ajouté une continuation, qui ne manque pas d'intérêt et qui va jusqu'en 1317. Cette continuation a été écrite dans l'abbaye de Saint-Taurin d'Évreux; ce qui a fait souvent désigner l'ensemble des Annales par les mots : *Chronicon Sancti Taurini Ebroicensis.* C'est sous ce titre que la meilleure partie en a été insérée dans le Recueil des historiens de la France (t. XII, p. 776; t. XVIII, p. 353; t. XXIII, p. 466) et qu'elle a été analysée dans un précédent volume de l'Histoire littéraire.

2° Ms. français 10130 de la Bibliothèque nationale. Les huit derniers feuillets contiennent une copie des Annales qui a été exécutée au commencement du xiii⁰ siècle. L'écriture change à partir de l'année 1215. Les articles plus récents, dont le dernier appartient à l'année 1246, ont été ajoutés par plusieurs moines de l'abbaye de Saint-Yved de Braine, au diocèse de Soissons.

Le manuscrit français 10130 avait été déposé au collège de Clermont par le P. Labbe, qui avait donné la partie la plus importante des Annales dans la *Nova bibliotheca mss. librorum* (t. 1, p. 325-328) sous le titre de : *Chronicon Fiscanense cum appendice Brennacensi.* De là, des morceaux étendus sont passés dans le Recueil des historiens de la France (t. XI, p. 363; t. XII, p. 777; t. XVIII, p. 350). Les articles des années 1227-1246 ont été publiés dans la même collection (t. XXIII, p. 429), d'après le manuscrit original. Nos prédécesseurs, qui n'avaient à leur disposition que les extraits du P. Labbe, n'ont pas fait connaître ces Annales avec une suffisante exactitude. Les omissions que présente le texte publié par le savant jésuite portent, en effet, sur des notes dont il faut tenir compte quand on veut étudier l'origine des différentes parties de la compilation. C'est ainsi que l'édi-

Hist. litt. de la France, t. XXI, p. 769.

Hist. litt. de la France, t. XVIII, p. 351; t. XXI, p. 669, 704.

tion ne mentionne pas la mort d'Agnès, comtesse de Braine, qui est marquée dans le manuscrit en regard de l'année 1204 : *Obiit Agnes, comitissa Branæ.* Une autre note, correspondant aux années 1207 et 1208, est également restée inédite : *Ecclesia nostra hic dedicata est.* Nous croirions volontiers qu'il s'agit ici de l'abbaye de Braine, quoique, suivant les auteurs du *Gallia christiana*, la dédicace de l'église de Saint-Yved ait dû être célébrée en 1216 par l'archevêque de Reims et l'évêque de Soissons; mais il suffit de parcourir les consciencieuses recherches de Stanislas Prioux pour constater que la chronologie des commencements de l'abbaye de Braine présente encore beaucoup d'incertitudes.

Gallia christ. nova, t. IX, col. 189.

Prioux, Monogr. de Braine.

3° Ms. de l'université de Cambridge, coté Ii. 6. 24. Les deux premiers cahiers de ce manuscrit contiennent, en caractères du XIII° siècle, une copie des Annales, dont le commencement a disparu et qui, dans l'état actuel, se rapporte aux années 219-1253. Ce texte nous offre, pour les trente dernières années, une continuation originale, qui n'a point été encore publiée. L'origine en est facile à déterminer : c'est seulement dans la ville de Caen qu'un annaliste peut avoir trouvé intéressant de noter des faits locaux tels que la mort de deux abbesses de la Trinité de Caen, en 1229 et en 1238[1], et un tremblement de terre qui eut lieu à Caen le 23 septembre 1241.

L'article le plus intéressant de la continuation des Annales dans le manuscrit de Cambridge se rapporte aussi à la ville de Caen; il mérite d'être signalé, puisqu'il a trait aux persécutions dont les juifs furent l'objet sous le règne de saint Louis : « En 1252, les juifs furent chassés de la ville de « Caen et absolument privés de leurs biens. Tous les juifs « subirent le même traitement dans chacune des provinces « du royaume de France, le 8 décembre 1252. »

Les Annales se terminent par la mention du débarque-

---

[1] Les Annales placent en 1229 la mort de l'abbesse Jeanne, dont les auteurs du *Gallia christiana nova* (t. XI, col. 433) avaient rencontré le nom dans des actes de 1217 et de 1223; elles rapportent au 9 juillet 1238 la mort d'une autre abbesse, Isabelle, à laquelle le *Gallia christiana* consacre une simple mention, sans date d'année : *Isabella II d'Ivetot obiit 7 junii.*

ment de Henri III, roi d'Angleterre, en Gascogne, dans le cours de l'année 1253.

Le manuscrit de Cambridge présente une particularité paléographique assez curieuse : les nombres 90, 91, 92, etc. y sont figurés par la lettre L suivie des chiffres XL, XLI, XLII, etc. Ainsi la première croisade y est enregistrée sous la date M LXLVI, et la mort de Richard Cœur-de-Lion sous la date M CLXLIX. Le même mode de notation se trouve dans le manuscrit de Braine et dans quelques passages du manuscrit de Saint-Taurin; ce qui pourrait fournir un nouvel argument pour démontrer l'origine commune de ces textes.

Je n'ai pu vérifier quel est le manuscrit qu'on a cité sous le n° 1888 de la «bibliothèque publique de Cambridge» comme contenant des Annales de Fécamp.

Les Annales dont nous venons d'indiquer les différentes rédactions furent abrégées et traduites en français probablement dans le cours du XIIIᵉ siècle. Le manuscrit français 4946 (fol. 112 v°) de la Bibliothèque nationale, le manuscrit 792 de Sainte-Geneviève et le manuscrit 307 de Berne nous les ont conservées sous cette forme et avec ce titre : « Chi sont li an aconté du commenchement du monde « tresqu'en la fin a ichest temps d'ore », ou bien «tresqu'en « la fin de ce temps present». Dans le manuscrit de la Bibliothèque nationale, les Annales s'arrêtent à la mort de Philippe le Hardi et à l'avènement de Philippe le Bel : « XIIᶜ IIJIˣˣV, « mourut le roy Phelippe en la voie d'Arragon et commen- « cha a regnier Phelippe li Biaus ses fix. » Le manuscrit de Sainte-Geneviève descend jusqu'à l'avènement de Charles le Bel [1] : « Ci morut le roi Phelippe le Lonc, et fu Karles, « son frere, rois. » Dans le manuscrit de Berne, la copie ne va pas au delà de l'année 1227, par suite de l'enlèvement

Mon. Germ. hist., S., t. XVI, p. 482.

---

[1] La table copiée sur le fol. 13 du manuscrit annonce ainsi ces Annales : «Item croniques abregées dès le commencement du monde jusques a la nativité Nostre S. Jhesu Crist, et de ycelle nativité jusques a l'an M CCCXL et plus, et sont ycelles croniques de papes, d'empcrieres, de rois de France, d'Engleterre, et quant il furent nés et rois, de plusieurs sains et saintes, de plusieurs choses avenues en ce temps, de plusieurs crestiens et sarrazins et autres choses.» Voir une notice de M. Paul Meyer sur le manuscrit de Sainte-Geneviève, dans *Romania*, 1894, t. XXIII, p. 503 et 504.

du feuillet qui contenait les articles suivants. Telle que nous l'offrent ces trois manuscrits, la rédaction doit être postérieure à la canonisation de saint Louis; la note relative à l'avènement de ce roi est ainsi conçue : « xiie xxvii, fu roy « Loys, qui estoit moult enfes, qui ore est saint Loys. » Nous ne saurions dire à quel type latin correspond cette traduction française, où se trouvent plusieurs des notes intéressant l'ordre de Cluni et l'abbaye de Valmont. Tout porte à croire qu'elle a été faite sur un exemplaire dont nous n'avons plus l'équivalent : elle mentionne en effet : 1° sous l'année 1226, la mort de Guillaume de Joinville, archevêque de Reims : « Ci fu mors l'arcevesques Guillaumes »; 2° sous l'année 1268, un orage qui éclata à Provins : « a la quinzaine de « Noel (8 janvier 1269, n. st.), près de mienuit, fu a Pro- « vins grant tonnoires »; 3° sous l'année 1280, l'émeute dans laquelle les ouvriers de Provins mirent à mort le maire Guillaume Pentecôte : « le merquedi devant la Can- « deleur[1], s'assemblèrent tuit li ouvrier de Provins, pour « prendre Guillaume Penthecouste. » Or ces trois événements sont passés sous silence dans les manuscrits latins que nous connaissons. La mention qui en est faite dans la version française dénote une origine champenoise.

Un quatrième manuscrit, copié vers l'année 1275, le n° 6447 du fonds français, qui vient de la librairie des ducs de Bourgogne (n° 1728 des catalogues publiés par Barrois), nous a conservé une assez curieuse rédaction française des mêmes Annales, sous le titre : « Ci commencent li an del « monde tresci qu'en nos tans. » On y reconnaît la main

---

[1] Cette date répond au 29 janvier 1281, nouv. st. En effet, le Cartulaire de la ville de Provins donne une liste d'émeutiers qui furent bannis « pour le « fait de Guillaume Pentecoste, liquiez « fu tuez le mercredy devant la Chande- « leur l'an iie iiii^{xx} i »; d'autre part, la ville de Provins se fit donner des lettres de rémission, au mois de juillet 1281, par le comte Edmond et par le roi Philippe le Bel (Bourquelot, *Hist. de Pro-* *vins*, t. I, p. 242, et t. II, p. 427). C'était le 30 janvier que l'anniversaire de Guillaume Pentecôte était célébré dans l'abbaye de Saint-Jacques de Provins (*ibid.*, t. I, p. 240). Le nom du maire de Provins n'est pas prononcé dans les articles de la Chronique rimée dite de Saint-Magloire et des Annales de Rouen relatifs à l'émeute de Provins (*Recueil des historiens*, t. XXII, p. 84, et t. XXIII, p. 313).

d'un Flamand, qui a supprimé une partie des mentions qui n'intéressaient pas son pays, en gardant cependant plusieurs articles relatifs au monastère de la Charité et aux comtes de Nevers; il a ajouté un assez grand nombre de notes nouvelles, qui se rapportent plus particulièrement à la Flandre. Primitivement le travail n'avait pas été poussé au delà de l'année 1275. Les événements des trente années suivantes, jusqu'aux batailles de Courtrai et de Mons-en-Pevelle et jusqu'à la mort de Jean, comte de Hainaut, ont été enregistrés après coup et à diverses reprises.

Parmi les articles propres à la rédaction flamande, il en est un qui a une certaine valeur; c'est celui de l'année 1214, qui est ainsi conçu : « M CC XIIII, Loeïs li fiux Loeïs fu nés. Li « rois Phelippes venqui la bataille a Bovines contre Ferrant. » L'auteur de cette note rapportait la naissance de saint Louis à la même année que la bataille de Bouvines et la considérait comme antérieure à ce dernier événement. C'est là un nouvel argument qui corrobore ceux que M. de Wailly a développés pour établir que saint Louis est né le 25 avril 1214.

Bibl. de l'École des chartes, 1866, p. 115.

ANNALES DU BEC.

Le compilateur de ces Annales, qui vivait dans la première moitié du XII° siècle, doit avoir eu sous les yeux les Annales de Rouen, dont nous avons parlé un peu plus haut, mais beaucoup d'articles de son opuscule sont originaux et instructifs, surtout en ce qui concerne l'histoire de l'abbaye du Bec. La rédaction primitive s'arrêtait à l'année 1136. On y a ajouté après coup des articles se rapportant aux années 1142, 1146 et 1154. Ces Annales ne sont connues que par une copie de dom Jouvelin, laquelle commence à l'année 851 et se trouve à la Bibliothèque nationale, dans le manuscrit latin 13905, au fol. 72 v°.

Un manuscrit du Bec, principalement rempli par un obituaire, un martyrologe et la règle de Saint-Benoît en latin et en français, renfermait aussi des Annales écrites dans l'abbaye du Bec, qui commençaient à l'année 851, et qui,

jusqu'à l'année 1109, ne différaient pas de celles dont il
vient d'être question. Ces Annales descendaient jusqu'en
1183, et, à partir de l'année 1110, on doit les considérer
comme originales. Nous en possédons une copie qui avait
été envoyée à Mabillon, et qui se trouve à la fin du manuscrit latin 12884, p. 260-263. A la suite sont neuf vers
latins sur le débarquement de saint Louis à Damiette :

> Quadragenus erat millesimus atque ducentus
> Annus et octavus, Christo duce, cum Ludovicus
> Rex crucesignatus, Augusti fine, Ciprinas
> Transfretat ad partes, yemans cum fratribus illic.
> Postea, post Pascha, Damietæ tendit ad urbem.
> Sed Parthi portum prohibent exireque Francos.
> Pila volant; feriunt Parthos, portuque relicto
> Devicti Parthi fugiunt urbemque relinquunt.
> Nec mora, rex intrat urbem cum gente potenti.

Ces vers, qui avaient été ajoutés après coup dans le manuscrit original, pourraient bien avoir été le début d'un
petit poème consacré aux événements de la première croisade de saint Louis.

Les Annales du Bec sont le document qui a été relevé
deux fois, sous les titres suivants, dans la seconde édition
de la Bibliothèque historique du P. Lelong : « Ms. Breve
« chronicon Beccense ab anno 851 ad annum 1136. Cette
« chronique est conservée dans la bibliothèque de Saint-Ger-
« main-des-Prés. — Ms. Breve chronicon Beccense ab anno
« 1026 ad annum 1154. Cette chronique est conservée dans
« la bibliothèque de Saint-Germain-des-Prés. »

Lelong, édit.
Fontette, n°ˢ 16642
et 16669.

Les deux manuscrits de Saint-Germain ne nous ont transmis qu'un texte incomplet des Annales du Bec; ce texte
a paru pour la première fois en 1884, dans le volume intitulé
Notices et documents publiés par la Société de l'histoire de
France à l'occasion du cinquantième anniversaire de sa fondation, p. 93-99.

CHRONIQUE DE LA FONDATION DE SAINTE-BARBE.

A côté des annalistes proprement dits méritent d'être signalés des religieux qui, par goût ou par devoir, ont écrit l'histoire de leurs églises et qui, souvent à leur insu, nous ont transmis des informations très sûres et très précieuses pour fixer la chronologie de divers événements, pour établir la généalogie des grandes familles, pour faire comprendre les rapports des différentes classes de la société et pour retracer les mœurs et les usages du monde civil aussi bien que du monde ecclésiastique. Plusieurs écrits de ce genre sont depuis longtemps célèbres et occupent une place très honorable parmi les compositions historiques du moyen âge. Mais il en reste un certain nombre, d'un ordre secondaire, auxquels on n'a pas accordé une attention suffisante. Les écrits de ce genre, communs en Angleterre, ainsi qu'on le voit en parcourant le *Monasticon anglicanum*, sont assez rares en France. C'est une raison pour sauver de l'oubli ceux qui nous sont parvenus.

Telle est une relation anonyme et dépourvue de titre, relative aux premiers temps du prieuré de Sainte-Barbe en Auge, au diocèse de Lisieux, qui a été rédigée dans cette maison et que nous a conservée un manuscrit du xive siècle, portant aujourd'hui, à la bibliothèque Sainte-Geneviève, la cote E. l. 17, in-quarto. Au xviie siècle, le P. Arthur du Monstier en eut connaissance : il en a tiré la Vie de Guillaume, premier prieur de Sainte-Barbe, que nous trouvons dans la compilation manuscrite intitulée *Neustria sancta*, et les chapitres consacrés dans le *Neustria pia* au prieuré de Sainte-Barbe. Mais les retranchements, les transpositions et les modifications qu'il lui fit subir en ont altéré le caractère et ont empêché d'en apprécier tout l'intérêt. Dom Brial, qui en avait entrevu la valeur et qui s'en est occupé, d'abord dans le Recueil des historiens de la France, puis dans une courte notice de l'Histoire littéraire de la France, essaya de faire disparaître les défauts les plus saillants de la pre-

Bibl. nat., ms. lat. 10051, fol. 28.

Du Monstier, Neustria pia p. 716.

Rer. gall. scr., t. XIV, p. 498.
Hist. litt. de la France, t. XIV, p. 602.

mière édition, en supprimant les réflexions dont Arthur
du Monstier avait entremêlé le texte original; mais ce n'était
là qu'une faible partie du mal. Il eût été possible de corriger d'autres erreurs en recourant aux passages de la première partie de la Chronique que le P. Alain Le Large a
insérés en 1696 dans le livre intitulé *De canonicorum ordine dis-
quisitiones* (p. 537-545), et qu'il a présentés comme une vie
de Guillaume, premier prieur de Sainte-Barbe. Mais dom
Brial n'avait pas reconnu que la publication d'Arthur du
Monstier et celle d'Alain Le Large représentaient un seul et
même texte, différemment arrangé au gré des éditeurs.
L'examen d'un manuscrit ancien et authentique pouvait seul
nous rendre dans toute leur saveur et leur pureté les récits
du chanoine de Sainte-Barbe. Nous allons en présenter un
résumé succinct, d'après l'exemplaire de la bibliothèque
Sainte-Geneviève.

Sous le règne de Henri I⁰ʳ, roi d'Angleterre et duc de
Normandie, un Rouennais nommé Gilbert, dont la famille se
rattachait au clergé et à la noblesse, remplissait à la fois les
fonctions de chantre de la cathédrale et de trésorier du roi.
Il avait cinq enfants, qui furent successivement préposés à
la trésorerie royale, et dont l'aîné, nommé Guillaume, après
de brillants succès dans le monde, quitta la cour « du roi
« des Anglais » pour se consacrer au service « du roi des
« anges ». Avec un de ses clercs, maître Hubert, il se retira
aux environs de Breteuil et se joignit à de pauvres religieux
qui reconnaissaient pour chef Hugues du Désert, un ancien
compagnon de l'ermite Vital, si célèbre comme fondateur
de l'abbaye de Savigni.

A ce moment, Rabel, fils de Guillaume le Chambrier, un
des barons de Normandie, qui jouissait du plus grand crédit
à la cour du roi, se disposait à mettre des chanoines réguliers dans l'église de Sainte-Barbe en Auge, où son bisaïeul
Stigand, au temps de Guillaume le Conquérant, avait
établi un collège de chanoines séculiers. Sur les instances
de Rabel et sur celles du roi et des évêques, Guillaume dut
s'arracher à son ermitage pour venir organiser la nouvelle

institution, à la tête de laquelle il était placé en qualité de prieur, le titre d'abbé ayant répugné à sa modestie. Il amena avec lui deux de ses compagnons du Désert, Ernaud et Hébert, tous deux originaires de Rouen. Ce Hébert est le religieux qui, un peu plus tard, devait diriger pendant seize années d'importants travaux de construction et amener au prieuré l'eau prise à grands frais dans la rivière voisine.

Ce fut en 1128 [1] que Guillaume et ses deux compagnons prirent possession du prieuré. Ils y trouvèrent plusieurs religieux de l'abbaye d'Eu, qui s'empressèrent de se retirer à l'arrivée des nouveaux chanoines. L'église était alors placée sous l'invocation de saint Martin; mais la célébrité des reliques de sainte Barbe que Robert fils de Stigand avait jadis rapportées de la Grèce fit prévaloir le nom de sainte Barbe. Le nom des deux patrons se lisait autour du sceau que le prieur Guillaume fit graver pour le chapitre :

In re Martini Barbara nomen habet [2].

Sur un sceau personnel, Guillaume avait fait graver un autre pentamètre :

Si recte vivis, fac mihi quod tibi vis.

Les rapides progrès du prieuré et l'empressement de plusieurs Rouennais à y prendre l'habit religieux décidèrent le Chambrier à augmenter la dotation primitive. Il y ajouta le domaine du Mesnil-Guerout et deux manoirs anglais, donation que le roi confirma, non sans quelque difficulté, en accordant aux chanoines certaines immunités et notamment l'exemption de pontage. « On appelle pontage, dit le chroni-« queur, une redevance de quatre deniers, que les agents du

[1] Une note écrite à la fin de la chronique fixe à l'année 1127 l'établissement des chanoines réguliers dans l'église de Sainte-Barbe.

[2] Ce type n'était plus employé au xv⁰ siècle, comme on le voit par un sceau que Léchaudé d'Anisy a dessiné dans son Recueil de sceaux normands, pl. XXII, n° 5. C'est seulement dans les temps plus modernes qu'on fit revivre l'ancien usage. — En souvenir du sceau gravé au xii⁰ siècle, les chanoines se servaient en 1680 d'un cachet portant la légende : *In re Martini Barbara nomen habet.* (Demay, Sceaux de Normandie, p. 339, n° 3019.)

« fisc prennent sur les chevaux qu'on embarque pour passer
« la mer. »

Ni les démarches du prieur Roger pour défendre ses
droits de propriété, pour se faire attribuer les prébendes de
Saint-Étienne du Mesnil-Mauger, et pour acquérir le domaine de Saint-Martin d'Écajeul, ni le voyage qu'il fit à
Rome pour obtenir un privilège du souverain pontife ne
présentent beaucoup d'intérêt; mais il importe de relever
plusieurs détails qui autorisent à inscrire le nom du prieur
Guillaume sur la liste des écrivains du xiie siècle. L'ordre
des offices qu'il avait arrêté fut adopté dans plusieurs églises,
notamment dans celle de Saint-Lô en Cotentin et dans celle
de Saint-Lô de Rouen, qui l'une et l'autre étaient filles de
Sainte-Barbe. Il rédigea des abrégés des évangiles, qui devaient se lire le dimanche au chapitre, et trouva de très
suaves mélodies pour plusieurs hymnes ou séquences.
C'était, en effet, un chantre excellent; mais les joyeux accents firent place aux lamentations quand la maison fut
frappée d'un double malheur : la mort du roi Henri en
1135, et celle du Chambrier survenue peu de temps après.

Les troubles dont l'Angleterre fut alors le théâtre jetèrent
les églises dans une profonde désolation. Tous les barons
élevaient des retranchements, fortifiaient des châteaux, faisaient main basse sur les biens des monastères. Le prieur
de Sainte-Barbe passa en Angleterre et vola au secours de
ses frères chassés de leur prieuré de Beckford (comté de
Glocester) par Guillaume de Beauchamp. Mais l'apathie
des évêques, semblables à des chiens qui n'osent aboyer
contre les loups, l'obligea à se rendre de nouveau à la cour
de Rome. C'était sur la fin de l'année 1146. Le jour de
Sainte-Barbe, 4 décembre, il trouva le pape Eugène III à
Viterbe. Le surlendemain, fête de saint Nicolas, Jacinthus,
diacre cardinal de Sainte-Marie *in Cosmedin,* l'invita à remplir l'office de chantre dans la chapelle papale; il s'acquitta
de cette tâche à la très grande satisfaction de l'assistance,
le second côté du chœur étant dirigé par Rotrou, évêque
d'Évreux. Un autre prélat normand, Richard de Subligni,

évêque d'Avranches, était alors aussi en cour de Rome. Le prieur Guillaume, pendant le voyage, vivait aux frais des deux évêques, auxquels il put rendre un signalé service. Rotrou et Richard de Subligni étant tombés entre les mains de brigands, Guillaume s'échappa, grâce à la croix qu'il portait cousue sur son manteau. Il courut demander du secours à l'évêque diocésain, dont les anathèmes furent si effrayants que les prisonniers recouvrèrent immédiatement la liberté.

Revenu en Angleterre, il réussit, au moins en partie, à faire rendre justice à ses religieux par les évêques de Worcester et de Lincoln. Un peu plus tard, il fit construire dans les manoirs de Beckford et de *Coleceordia* des bâtiments et des oratoires pour recevoir des colonies de religieux. Les revenus du premier de ces manoirs étaient suffisants pour y entretenir des copistes, dont les écrits étaient envoyés en Normandie, mais le domaine de Beckford excita longtemps la convoitise de Guillaume de Beauchamp, et nous avons à ce sujet une lettre du prieur Guillaume, dans laquelle il se plaint en termes énergiques du peu d'empressement des juges royaux et de l'évêque de Worcester à lui rendre justice. Cette lettre, qui est restée inédite, est peut-être le seul écrit de Guillaume qui nous soit parvenu.

Malgré ces embarras, le prieuré de Sainte-Barbe jetait alors un vif éclat. Il était réputé pour la largesse de son hospitalité et l'abondance de ses aumônes. Le prieur jouissait d'une grande considération; il était souvent consulté par le primat d'Angleterre, Thibaud, archevêque de Cantorbéry, et par l'impératrice Mathilde.

Il serait trop long de suivre le chroniqueur dans le récit qu'il fait de plusieurs procès soutenus par le prieur, et des petits événements qui signalèrent la fondation et les premiers développements de plusieurs dépendances de Sainte-Barbe sur divers points des diocèses de Lisieux, de Bayeux, de Rouen et de Séez. Mentionnons seulement deux faits qui touchent à l'histoire générale.

En 1147, le pape Eugène III donna des pouvoirs spéciaux

IMPRIMERIE NATIONALE.

à Godefroi, évêque de Langres, et à Arnoul, évêque de
Lisieux, qui devaient accompagner le roi Louis VII à la
croisade. Ces deux évêques étaient autorisés à se faire suppléer dans leurs diocèses pendant la durée de l'expédition. Arnoul jeta alors les yeux sur Guillaume, prieur de
Sainte-Barbe, pour en faire son vicaire; mais les religieux,
craignant que l'absence de leur père leur fût préjudiciable,
le conjurèrent de ne pas les abandonner. Incertain du parti
qu'il avait à prendre, Guillaume alla consulter le pape Eugène III, pendant le séjour du pontife à Auxerre (juillet ou
août 1147). Il ne tarda pas à revenir avec la permission de
ne pas quitter son troupeau, la garde de l'évêché de Lisieux
étant confiée à Rotrou, évêque d'Évreux, pendant le voyage
d'Arnoul.

L'année suivante, en mars 1148, le prieur Guillaume
accompagna Philippe, évêque de Bayeux, au concile de
Reims, présidé par Eugène III.

Après la mort de Guillaume, arrivée, paraît-il, en 1153,
le gouvernement du prieuré de Sainte-Barbe fut confié à
un Anglais nommé Daniel, qui s'était formé dans les écoles
de Normandie et qui avait acquis l'expérience des affaires en
dirigeant en Angleterre la maison de Beckford. Son administration paraît avoir duré environ trente années, c'est-à-
dire de 1153 à 1183. Parmi les donations considérables qu'il
reçut en Normandie et en Angleterre, nous devons mentionner celle d'une terre située à *Colescordia* (*sic*), terre que Rabel
le Chambrier avait précédemment donnée à Guillaume,
son jongleur, pour le récompenser de ses services : *Willelmus, cytharista Rabelli Camerarii, quamdam terram apud Co-
lescordiam nobis donavit, assensu domini sni Willelmi Camerarii,
quam ipse Camerarius dederat ei pro servicio suo.*

Le chroniqueur, qui parle incidemment de Lisiard, élu
évêque de Séez en 1188, n'a point poursuivi ses récits au
delà de l'année 1183. On peut supposer que c'est vers la
fin du XIIe siècle qu'il a fixé par écrit ses souvenirs et ceux
de ses contemporains sur la fondation du prieuré de Sainte-
Barbe et sur l'administration des deux premiers prieurs.

Ce récit se termine par une note, dont il n'est peut-être pas
l'auteur et qui a pour objet de célébrer les mérites d'Eudes
le Sénéchal, qui avait fondé des prébendes pour les six chanoines séculiers de la collégiale de Saint-Martin, devenue
plus tard le prieuré de Sainte-Barbe. Ce personnage, fils
de Stigand de Mézidon, mourut, suivant l'auteur de la note,
le 6 novembre 1062, à l'âge de vingt-six ans et fut enterré à
Rouen dans le cloître de Saint-Ouen. Il était, disait-on, cousin d'un empereur des Romains et apparenté aux maisons
royales de France et d'Angleterre; il avait servi trois ans dans
le palais des empereurs de Constantinople, Isaac Comnène
et Constantin Ducas (*Communioni* (*sic*) *Constantinoque Du-
cillo* (*sic*), *imperatoribus Constantinopolitanis*), en qualité de *pro-
thospatarius et thimatephilatus* (*sic*). Il savait le grec et plusieurs
autres langues « dont j'ignore même les noms », dit l'auteur
de la note; il était éloquent, et savait guérir les maladies
des hommes, des chevaux et des oiseaux de chasse.

Ici s'arrête la chronique qui vient d'être analysée. Espé-
rons qu'elle ne tardera pas à être fidèlement publiée. C'est,
en effet, l'une des compositions qui font le mieux connaître
quel était au xiie siècle, en Normandie, l'état temporel et
spirituel d'une communauté de chanoines réguliers, et les
rapports de cette communauté avec les frères détachés dans
les maisons d'Angleterre.

CHRONIQUE FRANÇAISE DES ROIS DE FRANCE,

PAR UN ANONYME DE BÉTHUNE.

C'est à l'Artois qu'il convient de rapporter une chronique
française du commencement du xiiie siècle, dont le texte,
jusqu'à présent inédit, conservé dans le manuscrit français 6295 des Nouvelles acquisitions de la Bibliothèque nationale, mérite de fixer un instant notre attention. Ce n'est,
en effet, ni une composition dépourvue d'originalité, ni une
de ces séries de notes d'intérêt purement local, comme beaucoup des morceaux que nous passons actuellement en revue.

Not. et extr. des
man., t. XXXIV,
part. I, p. 365.

28.

Il y faut reconnaître un des plus anciens essais tentés pour faire passer en français l'histoire des rois de France, et la dernière partie doit se classer parmi les meilleurs témoignages auxquels on peut recourir pour étudier plusieurs événements du règne de Philippe Auguste.

Le plan suivi par l'auteur est assez défectueux; les différentes parties de l'ouvrage sont mal coordonnées, et la lecture la plus superficielle suffit pour y faire constater un manque absolu de proportions. Il y faut distinguer quatre parties.

La première commence à la ruine de Troie et s'arrête au dépôt que Charlemagne fit à Aix-la-Chapelle de reliques rapportées de Jérusalem. Le texte, sauf de légères variantes, est identique à celui de la Chronique française des rois de France, dont nous avons parlé plus haut, et dont l'un des meilleurs et des plus anciens manuscrits est le n° 10130 du fonds français de la Bibliothèque nationale, venu de l'abbaye de Braine. Cette première partie commence et finit ainsi : « Troie, si come nous troevons, fu la plus noble cités « del monde... — ...Sainte Eglise et si serf furent en « grant pooir et en grant honor. » Après ces derniers mots, l'écrivain, pour terminer le règne de Charlemagne, ajoute une phrase que ne renferme pas la Chronique dont il s'est approprié tout le commencement : « Quant revenus s'en fu « en France, en après le secors que il ot fait a la sainte terre « de Jerusalem, quida vivre en pais et en repos, car toutes « les terres dont il estoit sire estoient en repos. »

L'histoire de Charlemagne était ainsi trop sommairement traitée, au gré du public pour lequel travaillait notre auteur. C'est évidemment pour donner satisfaction à ce public qu'après la phrase ci-dessus transcrite il intercala, sans la moindre transition, une traduction de la relation de Turpin se rapprochant beaucoup de celle que renferme le manuscrit II. 6. 24 de l'université de Cambridge, et plus encore de celle du manuscrit français 1850 de la Bibliothèque nationale, dont la version a été publiée à Lund en 1881 par M. Fredrik Wulff. En effet, notre texte, comme celui du manuscrit 1850, contient la description des figures que

XIVe SIÈCLE.

Charlemagne avait fait peindre dans son palais d'Aix-la-Chapelle pour représenter les sept arts libéraux, description qui fait défaut dans le manuscrit de Cambridge.

La troisième partie, comprenant l'histoire des successeurs de Charlemagne jusqu'à l'année 1182 ou environ, n'est, à proprement parler, qu'une traduction de l'Histoire des rois de France, en trois livres, s'arrêtant à l'année 1214, dont nous connaissons deux manuscrits, l'un à la Bibliothèque nationale (lat. 14663, fol. 194), l'autre au collège de la Trinité à Dublin (E. 3. 24), et dont le troisième livre a été imprimé dans le Recueil des historiens.

Rer. gall. scr., t. X, p. 277; t. XI, p. 319; t. XII, p. 217; t. XVII, p. 424.

La traduction que l'auteur de notre Chronique a faite de l'Histoire des rois de France en trois livres est tout à fait indépendante de la traduction du même ouvrage qui fut offerte, vers le milieu du xiiie siècle, à Alfonse, comte de Poitiers, par un de ses ménestrels, sous le titre de « Geste des nobles « rois de France ». Elle n'est pas toujours d'une irréprochable fidélité. Ainsi l'histoire latine, après avoir énuméré les barons que Philippe Auguste eut à combattre au commencement de son règne, ajoute : *Comes autem Campaniæ et comes Carnotensis et archiepiscopus Remensis se inter utrumque gerebant;* ce que le ménestrel d'Alfonse a traduit par : « Li quens « sanz faille de Champaigne, li quens de Chartres et li ar-« chevesques de Rains, cil estoient et de l'une partie et de « l'autre. » L'auteur de notre Chronique, rattachant les noms des comtes de Champagne et de Chartres à la liste des adversaires du roi, ne cite que l'archevêque de Reims comme ayant gardé une apparence de neutralité : « L'archevesques « de Rains n'estoit ne de ça ne de la. »

L'infidélité de la traduction est rachetée par quelques mérites, notamment par d'assez curieuses additions, telles que le récit d'une vision de Charles le Chauve, la légende de Gormond et d'Isembard, et la paraphrase des vers qu'on avait gravés sur le tombeau du roi Louis le Jeune dans l'abbaye de Barbeaux.

Reste la quatrième partie, qui est une histoire du règne de Philippe Auguste, depuis environ l'année 1185 jusqu'en

P. 189.

1216. Dans certains endroits, elle offre une ressemblance frappante avec les passages correspondants de la chronique intitulée : Histoire des ducs de Normandie et des rois d'Angleterre, que M. le Dr Holder Egger a démontré avoir été rédigée par un anonyme de Béthune et qui a été analysée plus haut. Cet anonyme est aussi très vraisemblablement l'auteur de la Chronique dont nous parlons en ce moment. Les faits et gestes des seigneurs de Béthune n'y occupent pas, en effet, moins de place que dans l'Histoire. Ainsi, en dehors des détails consignés dans l'Histoire, la Chronique nous révèle beaucoup de particularités relatives à plusieurs membres de la famille de Béthune. Un seul exemple montre quelle importance le chroniqueur attachait à cet ordre de faits.

Dans le récit de la troisième croisade, il mentionne seulement la mort de quatre princes ou chevaliers : l'empereur Frédéric Barberousse; Philippe, comte de Flandre; Aubri Clément, maréchal de Philippe Auguste, et Robert de Béthune. De ces quatre personnages, Robert de Béthune est celui dont il parle avec le plus d'ampleur; non content d'en faire l'éloge en termes émus, il vante les mérites des cinq enfants qu'il avait laissés pour héritiers :

En cele voie (la croisade de 1190) morut a Sutre uns haus hom de sa terre (la terre du comte de Flandre), qui od lui s'en aloit, qui ert apelés Robers. Avoés ert de la cité d'Arras et sire del chastel de Betune. Grans damages fu de la mort a cel preudome. Car ce ot esté uns des meillors vavasors del monde. Mais sa terre ne remest pas sans oir. Car il ot v moult bons fils : Robert l'aisné, un saint home et bon chevalier, qui après lui fu avoés, mais poi dura; Guillaume, qui refu puis avoés et sire del chastel de Tenremonde par mariage, moult preudom et moult loials, mais moult ot d'aversités; Baudewin, uns tres bons chevaliers, qui puis fu cuens d'Aubemarle; Johan, un clerc, qui puis fu evesques de Camberai; Cuenon le puis né, qui puis fu maistre chamberlens de l'empiere de Constantinoble, et uns des plus preudomes et des plus sages del monde, et ce parut bien en la terre, tant com il vesqui.

La place que les hommes et les événements de la Flandre et de l'Artois occupent ici suffit pour indiquer la patrie de

l'auteur. Un enfant de l'Artois pouvait seul, en signalant les
excès commis par les baillis royaux, avoir l'idée de désigner
en particulier Nevelon le Maréchal, dont le nom n'était
jusqu'ici connu que par les chartes, et qui paraît avoir joué
le principal rôle dans le gouvernement de l'Artois au commencement du xiii° siècle. Citons le passage. Il s'agit des
douceurs de la paix que la victoire de Bouvines assura aux
sujets de Philippe Auguste :

> Puis ne fu qui guerre li osast movoir (à Philippe Auguste), ains vesqui
> puis en grant pais, et tote la terre fu en grant pais grant piece, fors de
> ses baillius, qui moult faisoient de tors, et li baillius son fil assés plus,
> de tant de terre com il ot a tenir; et ce fu par un sien sergant que on
> apeloit Nevelon, qui baillius estoit d'Arras, qui en tel servage mist tote la
> terre de Flandres qui en la partie Looys estoit escheüe que tot cil ki en
> ooient parler s'en esmerveilloient coment il le pooient souffrir ne endurer.

Le chroniqueur appartenait donc à l'Artois et il était au
service de la maison de Béthune, peut-être en qualité de
ménestrel, comme l'a conjecturé M. Petit-Dutaillis[1]. Ce sont
là les traits qui caractérisent l'auteur de l'Histoire des ducs
de Normandie et des rois d'Angleterre, dont nous avons
parlé un peu plus haut. Est-il vraisemblable qu'il se soit rencontré en même temps, à la suite du même baron artésien,
deux hommes qui aient eu la pensée et le moyen de raconter
les événements qui s'accomplissaient sous leurs yeux? N'est-
il pas naturel de supposer que la Chronique dont nous
nous occupons et l'Histoire qu'a publiée M. Francisque Michel sont toutes les deux l'œuvre d'un seul et même écrivain?

L'hypothèse est d'autant plus acceptable qu'on saisit dans
la Chronique et dans l'Histoire les mêmes procédés de composition et les mêmes façons de parler. On retrouve dans la
Chronique des dialogues et des anecdotes du même genre
que les dialogues et les anecdotes de l'Histoire. Suivant les

---

[1] Revue historique, septembre-décembre 1892, p. 69. L'hypothèse de
M. Petit-Dutaillis me paraît tout aussi
plausible que celle que j'avais d'abord
émise (Notices et extraits des manuscrits,
t. XXXIV, part. 1, p. 375), en me demandant si la Chronique n'aurait pas été
composée par un maître Mathieu, clerc
de Guillaume de Béthune, cité dans
une charte de l'année 1214. Voir plus
haut, p. 192, et Notices et extraits des
manuscrits, t. XXXIV, part. 1, p. 396.

deux ouvrages, Philippe Auguste aimait à jurer par la lance saint Jacques. Dans l'un et dans l'autre, on essaie de rendre le récit plus vif en adressant de fréquents appels à des auditeurs vrais ou fictifs. Voici quelques locutions qui nous ont paru significatives.

Dans la Chronique : « Or oés quel mescheance.... » (en parlant de l'empereur Frédéric). « Or oés quel mescheance « avint a Looys... » — Dans l'Histoire : « Or oiiés quel vie li « rois Jehans mena... Or oiiés que les lettres disoient... « Or oiiés avant de Looys... »

Dans la Chronique, à propos de la bataille de Bouvines : « Que voz en diroie je plus? » — Dans l'Histoire, à propos de la bataille de Mirebeau : « Que vous diroie je plus ? » — Et à propos du combat dans lequel périt Eustache le Moine : « Que vous en diroie je plus? »

La Chronique termine ainsi l'énumération des principaux chefs de l'armée de Philippe Auguste à Bouvines : « ...et « maint autre haut home dont je n'en voeil pas les noms « nomer, car trop i avroit paine... »; et celle des chevaliers de la garnison de Douvre : « ...et pluisor autre que je ne voz « sai pas toz nomer ». — Dans l'Histoire, la liste des barons français qui accompagnèrent le prince Louis en Angleterre est suivie de ce membre de phrase : « et maint autre que je ne puis pas toz nomer ».

L'auteur de la Chronique et celui de l'Histoire, peut-être par un artifice de langage, reviennent çà et là sur des omissions dont ils s'aperçoivent après coup : « Robers de Cor- « tenai que j'avoie oblié a nomer... — Mais je le vous « avoie oublié a dire... — Jou vous avoie oublié a dire « dou legaut Galon... »

Dans les deux ouvrages, beaucoup de phrases commencent par la formule : « En ce point... » C'est ainsi que nous lisons dans la Chronique : « En cel point que la ville de Stan- « fort ardoit... En cel point commença... En cel point « erent mort... » — De même, dans l'Histoire : « En che point « que chou avint... En cel point avint une merveilleuse « aventure a Londres... En cel point que li rois se parti... »

Il est donc très probable que la Chronique a été composée
par l'anonyme de Béthune auquel nous devons l'Histoire
des ducs de Normandie et des rois d'Angleterre.

Beaucoup de récits sont communs à la Chronique et à
l'Histoire; ils n'y sont pas cependant reproduits en termes
identiques. Souvent le texte est plus développé dans l'Histoire, et les narrations y ont un tour plus vif[1]. Les traits
sont parfois un peu émoussés dans la Chronique, mais on
y trouve, çà et là, des noms et des particularités qu'on
chercherait vainement à la page correspondante de l'Histoire.

Ainsi, l'auteur de l'Histoire ne nomme pas le bourgeois
qui fit une si mordante allusion aux trahisons de Hugues
de Gournai, réfugié dans la ville de Cambrai. La Chronique
en fait honneur à « un borgois de Betune c'on apeloit Raol
« Bordon ».

Michel, p. 92.

Ms., fol. 50.
col. 4.

En parlant des conseillers de Philippe Auguste, le rédacteur de la Chronique donne des détails qui trahissent une
connaissance personnelle des hommes dont il s'agit : il nous
apprend que frère Guérin, qui devint évêque de Senlis, était
de basse extraction, « si ert de basses gens », et que Bar-
thélemi de Roie était « un gros chevalier ». Rien de pareil
ne se lit dans l'Histoire à l'endroit où ces personnages sont
mis en scène.

Ms., fol. 54,
col. 2.

Michel, p. 120.

Un des chevaliers flamands qui furent faits prisonniers en
1213 sous les murs de Lille est appelé « Boisars de Bourghiele »

---

[1] Voici, comme exemple, le récit du
tournoi dans lequel Geoffroi de Mandeville fut mortellement frappé à Londres
pendant l'hiver de 1215-1216 :

(Histoire, éd. Michel, p. 164.) « En
« cel point avint une mervelleuse aven-
« ture a Londres. Li chevalier commen-
« chierent a bouhourder pour eus deduire.
« Joffrois de Mandeville, qui cuens estoit
« d'Assesse, fu la o les autres; mais il
« n'ot viestu ne wambais ne pourpoint.
« Uns chevaliers de France, ke on apie-
« loit Acroce meure, lassa courre vers
« lui d'un tronchon; li cuens li escria,

« quant il le vit venir : « Hacroce meure,
« ne me fier pas : je n'ai point de pour-
« point viestu. » Chil ne le vaut point lais-
« sier por son crier, ains le feri si el ventre
« qu'il l'ocist. Grans deus en fu menés;
« mais onques li bacelers n'en fu faidis. »

(Chronique, fol. 59, col. 4.) « En cel
« meisme iver ravint grant mesaventure a
« Londres de Joifroi de Manderville, uns
« des plus haus homes d'Engleterre, que
« Guillaume Acroce meure, uns bache-
« lers de France, ocist par mescheance a
« bohorder; mais onques faidis n'en fu,
« et si fu grans doels de sa mort. »

XIVe SIÈCLE.

Michel, p. 138.
— Ms., fol. 55,
col. 3.

dans l'Histoire, et « Alard de Borgele » dans la Chronique.
Alard est assurément le nom véritable : nous avons, au Trésor
des chartes et dans les registres de Philippe Auguste, huit
actes authentiques dans lesquels figure cet Alard de Bour-
gelles.

Michel, p. 138.
— Ms., fol. 55,
col. 3.

Le siège du château d'Erquinghem par Ferrand, comte
de Flandre, en 1213, est rapporté à la fois dans l'Histoire et
dans la Chronique; mais cette dernière est seule à nous apprendre que le comte, en quittant Erquinghem pour marcher sur Lille, passa la Lis à Warneton, « un chastel l'avoé
« de Betune ».

Dans l'Histoire et dans la Chronique il est dit que Ferrand, comte de Flandre, refusa de s'associer à l'expédition
que Philippe Auguste projetait de faire en Angleterre. A la
suite de ce refus, s'il fallait accepter le témoignage de l'His-

Michel, p. 120.

toire, le comte aurait été appréhendé et jeté en prison à Paris,
dans la tour du Louvre. Cette dernière allégation est con-
trouvée, puisque ce fut seulement après la bataille de Bouvines, en 1214, que Ferrand fut enfermé au Louvre. Le

Ms., fol. 54,
col. 3.

récit de la Chronique doit être beaucoup plus conforme à
la vérité. Nous y lisons que Philippe Auguste, irrité du refus
du comte de Flandre, l'ajourna à Arques, que dans cette
place il n'en obtint aucune satisfaction et qu'il l'ajourna de
nouveau à Gravelines, en le menaçant de mesures de rigueur
s'il ne s'y présentait pas tout préparé à remplir ses devoirs
militaires. Tout cela est fort vraisemblable et se concilie bien

Éd. Delaborde,
t. I, p. 250.

avec le témoignage de Guillaume le Breton.

Un dernier exemple montrera que la rédaction de la Chronique est indépendante de la rédaction de l'Histoire et que,
pour certains passages, la première doit être préférée à la

Michel, p. 165.

seconde. Nous avons, dans toutes les deux, une liste des barons français qui accompagnèrent le prince Louis en Angleterre. Sur les deux listes, les noms sont à peu près les
mêmes et le nombre des chevaliers qui suivaient chacun
des principaux barons est énoncé en termes identiques;

Ms., fol. 60,
col. 2.

mais l'ordre est tout à fait différent, et la liste de la Chronique renferme seize noms qu'on cherche en vain dans le

texte de l'Histoire; celui-ci ne nous offre que deux noms dont
l'absence soit constatée dans la Chronique.

Mais le mérite de la Chronique ne se borne pas à compléter, sur des points secondaires, les récits que nous a transmis l'Histoire des ducs de Normandie et des rois d'Angleterre. Beaucoup d'événements que ce dernier ouvrage passe
à peu près sous silence sont minuticusement racontés dans
la Chronique. On en peut citer un exemple frappant. Dans
l'Histoire, la bataille de Bouvines est simplement l'objet
d'une allusion en quelques lignes. Le récit de cette mémorable journée n'occupe pas moins de dix colonnes de la Chronique, et il abonde en renseignements nouveaux sur les
incidents de la bataille.

Michel, p. 144.

Ms., fol. 56 v°.
59.

Dans beaucoup d'autres passages, la Chronique n'est ni
moins originale ni moins instructive[1]. Elle nous apporte
des informations que les historiens contemporains ont négligé de nous donner sur le traité conclu en 1185 entre
Philippe Auguste et Éléonore de Vermandois; sur le douaire
assigné à Mathilde de Portugal par son mari Philippe, comte
de Flandre; sur le séjour de Jean sans Terre à Fontainebleau
au mois de juillet 1201; sur la campagne de Philippe Auguste en Bretagne (été de 1206), qui se termina par l'entrevue
du roi et de Gui de Thouars dans le château de Vitré; sur
les fêtes de la chevalerie du prince Louis à Compiègne, le
25 mai 1208; sur le mariage de l'héritière du comté de
Pontieu avec Simon de Dammartin en 1208; sur le traité qui
fut conclu la même année avec le comte de Namur pour la
garde des filles de Baudouin, comte de Flandre et empereur
de Constantinople; sur la campagne que le prince Louis dirigea vers la fin de l'année 1211 contre le comte de Pontieu et
qu'il mit à profit pour s'emparer des châteaux d'Aire et de
Saint-Omer.

[1] M. Petit-Dutaillis (Revue historique,
septembre-décembre 1892, p. 65) résume en ces termes son opinion sur l'ouvrage de l'Anonyme de Béthune, dont
il a fait grand usage pour la composition
de son Étude sur la vie et le règne de
Louis VIII : « Le récit de l'Anonyme se
« recommande par des qualités de pre-
« mier ordre; il a la valeur d'un té-
« moignage contemporain, et, tout en
« étant généralement très exact, il ne
« présente nullement la rebutante séche-
« resse qui rend la plupart des documents
« de ce temps si fastidieux à étudier. »

La divergence qui existe entre l'Histoire et la Chronique
pour l'exposition des événements de la même période ne
saurait être invoquée pour soutenir que les deux ouvrages
n'ont pas la même origine. Cette divergence s'explique par
l'objet même de chacune des compositions, qui se complètent
l'une l'autre. L'Histoire est avant tout consacrée aux annales
de l'Angleterre, et la Chronique aux annales de la France;
dans toutes les deux, les rapports des Flamands et des Arté-
siens avec Jean sans Terre et Philippe Auguste sont traités
avec un soin tout particulier.

La Chronique se fait remarquer par les qualités d'exactitude que nous avons eu l'occasion de relever dans l'Histoire
des ducs de Normandie et des rois d'Angleterre. Il y a bien
peu d'erreurs à y corriger, à moins qu'il ne s'agisse de faits
que l'auteur rapporte par ouï-dire et sans les avoir directement connus. C'est ainsi qu'il s'est trompé sur un démêlé à
la suite duquel Philippe Auguste, vers l'année 1210, aurait
obligé Renaud et Simon de Dammartin à quitter ses états
et à se refugier auprès de leur cousin, le comte de Bar. Il
a été aussi fort mal renseigné sur la date de la mort de l'empereur Othon IV et sur les circonstances de l'élection et du
couronnement de Frédéric II.

Nous avons déjà dit qu'un défaut de la Chronique était
un manque absolu de proportions. Ce défaut existe aussi
bien dans la dernière partie de l'ouvrage que dans les pages
relatives aux premiers siècles de la monarchie. Ainsi les
événements de la croisade qui aboutit à la prise de Constantinople sont indiqués en quelques lignes; mais les préparatifs de cette même croisade ont fourni la matière de développements considérables. Les barons français qui prirent
la croix à la suite des prédications de Foulques de Neuilli
y sont énumérés en grand détail, à peu près dans les termes
dont s'est servi Geoffroi de Villehardouin au début de son
histoire. Il n'est guère probable que l'un des deux écrivains ait
connu la relation de l'autre. Tous les deux ont vraisemblablement copié des listes, plus ou moins officielles, qui avaient
été mises en circulation au moment du départ des croisés.

Les pages consacrées au règne de Philippe Auguste
émanent, sans contredit, d'un auteur contemporain. Nous
sommes portés à croire qu'elles ont été écrites avant l'avènement de Louis VIII au trône, c'est-à-dire avant 1223.
Malheureusement nous ne pouvons pas dire jusqu'à quelle
date le récit se poursuivait. L'unique exemplaire de la Chronique qui nous est parvenu est incomplet; le copiste s'est
arrêté au cours du récit d'un épisode du siège de Douvre,
dans lequel figure Eustache le Moine, en 1216. Cet exemplaire, dont la transcription doit être fixée au XIIIe siècle,
est d'origine flamande; après avoir fait partie des collections de W. H. Crawford, il est entré en 1891 à la Bibliothèque nationale, où il porte le n° 6295 dans le fonds français des Nouvelles acquisitions.

Notre Chronique a été mise à contribution, dans le cours
du XIVe siècle, pour la rédaction de cette indigeste compilation que Denis Sauvage a publiée, en 1562, sous le titre
de « Chronique de Flandre anciennement composée par un
« auteur incertain », et dont une nouvelle édition, intitulée
« Istore et croniques de Flandres » a paru en 1879 et en
1880, par les soins du baron Kervyn de Lettenhove dans
la Collection des chroniques belges inédites.

Beaucoup des pages que cette compilation consacre au
règne de Philippe Auguste, celles notamment qui se rapportent à la bataille de Bouvines, sont littéralement empruntées à la Chronique que nous venons d'analyser. Toutefois, le compilateur ne s'est pas fait scrupule d'y modifier
ou d'y supprimer beaucoup de détails intéressants, pas plus
que d'y ajouter des interpolations de fort mauvais aloi. C'est
ce qui explique le discrédit dans lequel sont tombées les
Chroniques de Flandre; ce discrédit ne saurait atteindre la
chronique originale que nous a conservée le manuscrit 6295
du fonds français des Nouvelles acquisitions et qui a sa place
marquée parmi les monuments historiques du règne de
Philippe Auguste, à côté de l'Histoire des ducs de Normandie
et des rois d'Angleterre. Il n'est pas inutile de faire observer,
en finissant, que l'Histoire et la Chronique sont copiées l'une

à la suite de l'autre dans le manuscrit français 6295 précité, circonstance qui se concilie parfaitement avec l'attribution des deux ouvrages à un seul et même auteur, un
familier des seigneurs de Béthune.

Il a été dit un peu plus haut que la Chronique de l'Anonyme de Béthune apporte des renseignements nouveaux sur
divers incidents de la bataille de Bouvines. M. Guesnon s'en
est heureusement servi pour la restitution très ingénieuse
d'une longue inscription en vers qui était jadis gravée sur
une des portes de la ville d'Arras.

Bulletin hist. du
Com. des tr. hist.,
1893, p. 239-244.

Comme cette inscription, connue seulement par de mauvaises copies modernes, a fixé l'attention de nos prédécesseurs, et que les passages les plus importants en étaient restés inintelligibles, il n'est pas inutile de consigner ici le
résultat des observations de M. Guesnon.

Hist. litt. de la
France, t. XXIII,
p. 433-436.

L'inscription consistait en 42 vers français, gravés sur
40 pierres dont une a pu être recueillie au musée de la ville
d'Arras. Elle rappelait que la porte au-dessus de laquelle on
la lisait avait été construite sous la direction de maître Pierre
de l'Abbaye, en 1214, époque à laquelle Louis, fils du bon
roi Philippe, était seigneur de l'Artois. L'année même de
la construction ayant été illustrée par la victoire de Bouvines, l'auteur de l'inscription s'est longuement étendu sur
ce glorieux synchronisme. Non content de mentionner la
mise en fuite de l'empereur Othon, il a consacré plusieurs
vers à chacun des cinq comtes que l'armée française avait
faits prisonniers : Ferrand, comte de Flandre, Renaud,
comte de Dammartin et de Boulogne, Othon, comte de
Teklenburg en Westphalie, et un cinquième ainsi désigné :

Et li quins fu li quens de Lus,

vers qui avait suggéré cette réflexion à nos prédécesseurs :
« Le cinquième, le comte de Lus, en qui l'on pourrait re-
« trouver le comte de Loos, s'il avait combattu à Bouvines,
« semble occuper ici la place du comte de Hollande, qui avait
« pu, d'ailleurs, prendre le titre de comte de Loos, comme

« Louis de Loos avait pris le titre de comte de Hollande. »
M. Guesnon propose de lire :

> Et li quins fu li quens Velus,

c'est-à-dire celui que l'Anonyme de Béthune désigne ainsi :
« Uns cuens d'Alemaigne que on apeloit le conte Velu ». La
correction est certaine. On comprend aisément que des savants du xvie siècle aient cru voir DE LUS dans une inscription tracée en grandes lettres gothiques qui portait VELVS
ou PELVS. Déjà, en 1885, M. François Delaborde n'avait pas
hésité à identifier le prétendu comte de Lus avec le Rau-
grave de la Philippide de Guillaume le Breton : *Et comitem
quem Theutonici dixere Pilosum.*

L'auteur de l'inscription dit, en terminant, que la bataille
de Bouvines fut livrée un dimanche de juillet, cinq jours
avant le mois d'août. Il ajoute que 34 ans et 2 mois moins
2 jours s'étaient écoulés depuis le couronnement du roi
(Philippe Auguste), et que 236 ans auparavant un autre
empereur, nommé Othon, avait été mis en déroute sur
l'Aisne par le roi Lothaire. C'est ce qu'indique très clairement le texte restitué par M. Guesnon :

> Et droit xxxiiii ans devant,
> Ces ii jors mains avec ii mois,
> Fu primes coronés li rois.
> Et ii cens devant xxx et vi
> Fu desor Aisne desconfis
> Ote, uns emperere molt fiers,
> Si le venqui li rois Lohiers.

Ainsi rétablie, l'inscription s'explique tout naturellement,
et rien n'oblige à recourir aux hypothèses qui avaient été
imaginées par nos devanciers, et qui pouvaient faire croire
ou que l'inscription avait été composée 36 ans après les
événements, c'est-à-dire en 1250, ou bien que les derniers
vers avaient été ajoutés en 1284, trois cent six ans après la
défaite de l'empereur Othon II.

A côté des deux ouvrages de l'Anonyme de Béthune qui
viennent d'être comparés peut se placer une autre chronique

Guill. le Breton,
édit. Delaborde,
t. II, p. 298.

XIV⁰ SIÈCLE.

Petit-Dutaillis,
Ét. sur Louis VIII,
p. XXI.

française, jusqu'ici inédite, dont nous devons la connaissance à M. Charles Petit-Dutaillis. Nous en possédons seulement un petit nombre de pages qu'André Duchesne a pris la peine de copier lui-même d'après « un cahier en parche- « min de la bibliothèque de l'église collégiale de Saint-Quen- « tin ». Elles se trouvent à la Bibliothèque nationale, dans le volume 49 de la collection de Duchesne (fol. 163-168), précédées de ce titre : « Fragment de l'histoire de Philippe « Auguste, roy de France. »

La perte de cette chronique est vraiment regrettable. Ce qui en subsiste suffit pour nous montrer qu'elle était l'œuvre d'un contemporain, fort au courant des événements accomplis dans le nord de la France au commencement du XIII⁰ siècle. Le fragment conservé se rapporte en majeure partie à la bataille de Bouvines (le commencement du récit a disparu), au naufrage des embarcations sur lesquelles avaient pris passage les gens d'armes levés en France par Hugues de Boves pour aller au secours de Jean sans Terre, et au passage en Angleterre du prince Louis et des chevaliers français qui avaient pris parti pour les barons révoltés. Le fragment se termine brusquement par une phrase qui contient une allusion au retour du prince en France : « Mesire Loeïs remest en Engleterre, ou il fu alés por con- « querre, II ans après la victoire de Bovines. »

La chronique dont André Duchesne nous a conservé un morceau se fait remarquer par un caractère d'originalité très prononcé. Elle abonde en traits qui ne se retrouvent pas tous dans les autres relations contemporaines. Voici, par exemple, le tableau des dangers que courut l'empereur Othon à la journée de Bouvines :

Othes li empercre et sa bataille chevauchierent contre l'ensaigne saint Denis, droit a la bataille le roi, et les gens le roi s'adrechierent a lui. Pierres Malvoisins et li bon chevalier qui li roi gardoient assemblerent as gens l'empereor, et moult le fisent bien.

La presse fu si grans entor le roi adonc de ceaus qui le gardoient que ses chevax fondi desos lui, et li rois fu a terre; mais tantost fu remontés et aidiés de Pierron Tristan et de ses autres amis qui la furent environ

lui. Gerars la Truie se departi de la bataille le roi et vint assembler a
Othon l'empereor moult hardiement et moult se conbati a lui, et tant
fist qu'il feri le cheval l'empereor Othon d'un coutel a pointe qu'il tenoit, parmi le senestre oel, en la cervele, et puis le tint grant piece par
le frain; mais li chevaus, qui navrés estoit a mort, commença de la
teste a buisnier et a drechier, si que l'en nel pooit tenir; et l'emperere
se deffendoit durement et bien, et escrioit s'ensaigne molt haut : « Rome!
« Rome a Othon! »

Puis vint a la mellee Guillaume des Bares et Pierres Malvoisins, et tin-
drent grant piece Othon par le frain; mais Bernars d'Ostemak, ses boens
chevaliers, et Hellins de Wavring li jenvnes l'en delivrerent molt bien
come prodome; mais il furent andui pris.

Othes l'emperere fu ramenés fors de l'estor, et vit que ses chevaus
moroit desous lui. Guy d'Avesnes vint a l'emperere, si descendi de son
cheval, et fist monter Othon, et l'en mena, et Fauveaus, li bons chevax
l'empereor, morut lues.

Que vos en diroie je plus? Tantost que l'emperere s'en fu partis, si
fu desconfis li remanans de ses gens, et si s'en fuïrent, et cil a pié et cil
a cheval. Et li Flamenc qui lor chars avoient amenés les desteloient enmi
le champ, et les laissoient tos cargiés d'armes et de vins et de viandes : si
s'en fuioient.

Tout cela se combine à merveille avec les détails consignés par Guillaume le Breton dans le livre XI de la Philippide.

Le récit du naufrage de Hugues de Boves et des chevaliers qu'il conduisait en Angleterre (26 septembre 1215),
tel que nous le lisons dans la Chronique copiée par André
Duchesne, offre une certaine analogie avec le passage correspondant de l'Histoire des ducs de Normandie et des rois
d'Angleterre. Les deux récits sont loin cependant de faire
double emploi. On en pourra juger en rapprochant du texte
publié par Francisque Michel les lignes suivantes de la
nouvelle Chronique :

Hist. des ducs
de Norm. et des
rois d'Angleterre,
p. 154-156.

Hue de Bove, si com je vos ai dit devant, fu venus en Flandres atot
grant avoir de par le roi Jehan, et aporta ses letres pendans as chevaliers
et as sergans; et tant fist et porcacha que Gautiers Bertaus atot grant
gent passa mer, et Robers de Betune, et Bauduins d'Aire, et Gillebers et
autre chevalier assés, et gent a cheval et a pié, et Bauduins Buridans,
et Adam de Wallaincort, et assés d'autre; mais detris seroit del nomer
et anois.

IMPRIMERIE NATIONALE.

234   CHRONIQUES

Au Dan et a la Mue furent les nés prestes et cargies et orent vent por
sigler. Huc de Bove comanda a sigler, et Gautier de Sotengien li jenvnes,
et Raous ses frere, et Bauduins qui wallès estoit, et autre assés qui furent
en lor nés. Et d'autre part, en la nés Huon de Bove fu Tierris d'Orque,
et Jehans Veillars, et Gautiers de Hailli, et autre chevalier assés dusques
a xxxvii, sans les escuiers.

Si com il sigloient vers Engleterre, si leva une tormente si grans que
li uns ne sot l'autre conseillier, et s'en fuïrent les nés ça et la. Mais la nés
Huon de Bove hurta a une roche, ou il le fist adrechier a force, si brisa
la nés et peri, et fu noiés Huc de Bove, et tuit cil qui furent avec lui, et
d'autre part feri en Clipesant (?). La nés Gautier de Sotengien le jenvene si
ovri par devant al retrait de la mer, et ne sorent mot, si virent un levrier
en la mer, qui par un pertuis de la nef i estoit cheüs. Mout orent grant
paor cil de la nef, et issirent fors sor le sablon, qui près estoit de terre,
et huchierent aïe as gens qui estoient sor terre, mais petit lor valut, car
li batel n'i osoient venir, et neporquant s'en eschapa uns prestre, et
uns garçons et uns levriers. Et li auquant des autres rentrerent en la nef
quant il l'orent estoupee au miex qu'il porent, et li auquant rentrerent
el batel. Et quant la mers revint, si dist l'en qu'il furent noié. Les autres
nés arriverent pluisors en Flandres, et aillors, et furent croisié de paor;
et pluisors en arriverent en Angleterre, et furent li auquant croisié, et
li auquant non. Autre fois i passerent assés gent en l'aïe le roi, qui moult
ot esté dolans de la mort Huon de Bove et des autres qui furent noié.

La meilleure partie de ce récit est un abrégé du passage
correspondant de l'Histoire des ducs de Normandie et des
rois d'Angleterre. Dans les deux textes on retrouve, avec des
variantes de rédaction, tous les mêmes incidents, jusqu'à la
chute du lévrier dans la mer, jusqu'au sauvetage du prêtre
et du garçon, jusqu'à l'affolement qui fait prendre la croix
aux chevaliers en péril de mort. Ce qui appartient en propre
à la nouvelle chronique, c'est la mention de plusieurs des
compagnons de Hugues de Boves : Baudouin Buridan, Adam
de Wallaincourt, Thierri d'Orques, Jean Veillart et Gautier
de Hailli. Aucun de ces noms ne figure dans l'Histoire des
ducs de Normandie et des rois d'Angleterre.

La chronique contenue dans le manuscrit français 6295
des Nouvelles acquisitions indique le naufrage des nefs de
Hugues de Boves et de Gautier de Sotengheim, sans entrer
dans aucun détail.

CHRONIQUE OU ANNALES DE SAINT-MÉDARD DE SOISSONS.

La notice qui a été consacrée dans le tome XXI de l'Histoire littéraire (p. 718) à la Chronique de Saint-Médard de Soissons a suffisamment mis en relief les articles de ce morceau qui présentent un intérêt historique. Il n'y aurait pas lieu de revenir sur cette petite composition, si un rapprochement, qui n'a pas encore été fait, ne permettait pas d'en déterminer l'auteur et d'ajouter ainsi un nouveau nom au catalogue des annalistes du XIIIe siècle.

Ces courtes annales remplissent quatorze colonnes du manuscrit latin 4998 de la Bibliothèque nationale (fol. 29-32).

Le copiste les a intitulées *Incipiunt quedam excepta de cronicis*. Elles commencent à la naissance de Jésus-Christ et se poursuivent, sans changement d'écriture, jusqu'à l'année 1241 (fol. 30 v°). Au bas du folio 31 v° et sur le folio 32, a été ajouté après coup un supplément, qui ne comprend pas seulement des faits postérieurs à l'année 1241, mais encore des faits antérieurs qui n'avaient pas été mentionnés à leur date dans le corps des Annales. Ce supplément, qui paraît avoir été écrit à plusieurs reprises, ne renferme rien de postérieur à l'année 1261.

Le soin avec lequel sont relevés dans ces Annales les moindres événements relatifs à l'abbaye de Saint-Médard de Soissons prouve jusqu'à l'évidence qu'elles ont été rédigées dans ce monastère. Aussi Baluze a-t-il cru pouvoir mettre en tête le titre de *Chronicon Sancti Medardi Suessionensis*.

La Chronique de Saint-Médard fournit d'assez précieux renseignements sur divers points de l'histoire du XIIe et du XIIIe siècle. Elle a fixé l'attention de plusieurs savants, et notamment de M. Le Clerc, auteur de l'article ci-dessus indiqué. Publiée pour la première fois par D. Luc d'Achery, elle a été admise en grande partie dans le Recueil de nos historiens (t. III, 366; t. IX, p. 56; t. X, p. 291; t. XI, p. 367; t. XII, p. 278; t. XVIII, p. 720) et dans un des derniers vo-

Hist. litt. de la Fr., t. XXI, p. 718. D'Achery, Spicil., fol., t. II, p. 486.

30.

236 . CHRONIQUES

lumes des *Monumenta Germaniæ historica* (*Scriptores*, t. XXVI,
p. 518). Il n'est donc pas sans intérêt de rechercher le nom
du religieux à qui nous devons en attribuer la composition.

En lisant cet opuscule, on ne peut s'empêcher de remarquer
la complaisance avec laquelle l'auteur parle de deux moines,
qui cependant n'ont jamais été élevés à de hautes dignités
ecclésiastiques. Le premier est Gautier de Coinci. L'auteur
de la Chronique ne s'est pas contenté de nous apprendre que
Gautier, après avoir été nommé prieur de Vic-sur-Aisne au
mois d'août 1214, et grand prieur de Saint-Médard le
19 juin 1233, mourut le 25 septembre 1236. Il va jusqu'à
noter la date à laquelle ce même Gautier était entré en religion, et l'âge qu'il avait alors atteint : *Anno 1193 Galterus
de Coinssiaco monachus factus est, tempore Bertranni abbatis,
et erat xv vel sexdecim annorum.*

L'auteur de la Chronique donne des détails encore plus
abondants sur un autre religieux qui tirait son surnom du
même village que Gautier de Coinci. « En 1208, dit-il, Go-
« bert de Coinci, âgé de sept ou huit ans, est fait moine.
« En 1219, il prend place dans les stalles du chœur (*positus
« fuit super formas*). Au mois de juin 1222, il fait profession.
« En mars 1223 (n. s.), il est ordonné diacre dans l'église
« de Valséri. En septembre 1233, il reçoit à Noyon l'ordre
« de la prêtrise. Le 3 novembre de la même année, il va
« demeurer dans le prieuré de Vic-sur-Aisne. Le 19 juin,
« il est à la tête de cette maison. Le 3 février 1254 (n. s.), il
« est élu grand prieur de Saint-Médard de Soissons. Pour se
« délivrer des embarras que des malveillants lui suscitaient
« dans son administration, il résigna ses fonctions de grand
« prieur, le 8 juillet 1260, et alla le lendemain se retirer
« dans une localité appelée *Casea*. »

L'auteur de la Chronique devait avoir un motif personnel
pour donner sur Gautier et sur Gobert de Coinci des détails biographiques dans lesquels il n'entre jamais, même
quand il s'agit des évêques et des abbés qui ont joué les
premiers rôles dans l'histoire de Saint-Médard de Soissons.
Pour expliquer cette particularité, on est naturellement

amené à se demander si la rédaction de la Chronique ne
devrait pas être attribuée à Gobert de Coinci lui-même. Un
examen attentif des textes confirmera cette conjecture.

La Chronique de Saint-Médard, dans laquelle sont consignées les moindres circonstances de la vie de Gobert, ne
mentionne pas la mort de ce religieux. On peut, à la rigueur,
expliquer ce silence en supposant que l'auteur a précédé
Gobert dans la tombe. L'absence d'une phrase relative à la
mort de Gobert ne saurait donc être invoquée comme un argument décisif; ce qu'il faut seulement retenir, c'est qu'elle
cadre exactement avec l'hypothèse qui vient d'être énoncée.

Le passage qui m'a paru révéler le nom de l'auteur appartient à l'année 1240. Après avoir enregistré à cette date
la mort de Pierre de Milli, grand prieur de Saint-Médard, et
la nomination de son successeur, Guillaume de Minci, l'annaliste ajoute cette observation : « Alors on me donna un répit
« de treize années : *datæ sunt michi induciæ per spacium XIII anno-*
« *rum.* » Ces treize années, comptées à partir de 1240, nous
portent à l'année 1253. En 1253 il se produisit donc dans
la vie de l'annaliste un changement qui aurait pu s'opérer
dès l'année 1240. La Chronique mentionne en effet à la
date de 1253 un fait qui présente bien ce caractère. Nous y
lisons qu'en 1253 (v. s.), au mois de février, le lendemain
de la Purification, Gobert de Coinci, prieur de Vic, fut élu
grand prieur de Saint-Médard. Évidemment quand l'annaliste, après avoir mentionné la nomination d'un grand prieur
en 1240, faisait remarquer qu'un répit de treize ans lui
avait été accordé, il voulait dire que dès l'année 1240 on
avait pensé à lui confier la dignité de prieur, mais que treize
années devaient s'écouler avant que cette charge lui fût imposée. Les deux articles qui viennent d'être rapprochés nous
autorisent donc à mettre les Annales de Saint-Médard sous
le nom de Gobert de Coinci. De plus, le soin que ce religieux a pris d'enregistrer tous les événements relatifs à Gautier de Coinci permet de supposer qu'il était parent de ce
dernier moine, si célèbre au moyen âge par la composition
d'un grand poème français sur les Miracles de Notre-Dame.

Le manuscrit latin 4998, qui nous a conservé l'opuscule de Gobert de Coinci, renferme un autre texte anonyme d'une bien plus grande importance, qui a échappé à nos prédécesseurs. Dans le tome XVI de l'Histoire littéraire, ils ont bien parlé d'une chronique composée vers la fin du XIIe siècle par Gui de Basoches, chantre de Châlons, mort en 1203; mais ils n'ont connu de cette chronique que les passages cités par Alberic de Trois-Fontaines, et les seuls renseignements qu'ils ont donnés sur l'auteur dérivent tous de la phrase par laquelle la mort de Gui de Basoches est enregistrée, sous l'année 1203, dans l'ouvrage du même Alberic :

Hist. litt. de la Fr., t. XVI, p. 448.

Guido, cantor Sancti Stephani Cathalaunensis, frater Nicholai viri nobilis de Bazochiis et abbatis Milonis Sancti Medardi Suessionensis, scripsit librum unum apologeticum, librum historiarum a mundi principio breviter transcurrendo usque ad tempus suum, cujus dicta suis in locis in hoc opere annotavimus, de mundi regionibus libellum unum, in eodem volumine contractum, et preter hec volumen aliud satis rhetoricum epistolarum diversarum. Unde, quia ita scripsit et in eo anno obiit, hec de eo diximus ut sciatur quis fuerit.

Mon. Germ. Hist., Scr., t. XXIII, p. 882.

Les ouvrages de Gui de Basoches ont passé pour perdus, même longtemps après la publication du tome XVI de l'Histoire littéraire de la France. Le mérite de les avoir découverts revient tout entier à notre confrère, M. le comte Paul Riant[1]. C'est lui qui a démontré, par des arguments irréfutables, que les ouvrages de Gui de Basoches indiqués par Alberic de Trois-Fontaines sous les titres de *Liber apologeticus*, de *Liber historiarum* et de *Libellus de mundi regionibus* nous ont été conservés en entier dans le manuscrit latin 4998 (fol. 35-64 v°) sous un titre collectif ainsi conçu : *Liber apologie contra maledicos, vel Cronosgraphie* (sic), *id est excerpta vel adbreviationes diversarum hystoriarum.* L'ouvrage qui porte ce titre est divisé en onze livres, dont les trois premiers sont consacrés à l'Apologie; le quatrième est le traité des régions du monde; dans les sept derniers, nous avons une histoire

[1] Note sur les œuvres de Gui de Basoches, par le comte Riant. Paris, H. Menu, 1877, in-8°. (*Revue de Champagne*, 1876, t. I, p. 1.)

XIVe SIÈCLE.

universelle depuis la création du monde jusqu'à la mort de
Richard Cœur-de-Lion, en 1199. Les parties les plus intéressantes des quatre premiers livres, c'est-à-dire de l'Apologie et du traité des régions du monde, ont été publiées
en 1893 par M. Wattenbach.

Quant au recueil épistolaire de Gui de Basoches, celui
qu'Alberic de Trois-Fontaines appelle *volumen aliud satis
rhetoricum epistolarum diversarum,* M. le comte Riant en a
signalé un exemplaire, remontant au xiie siècle, dans un
manuscrit de l'abbaye d'Orval, aujourd'hui déposé à la bibliothèque de Luxembourg. Ce recueil comprend trente-six
lettres, dont chacune se termine par une petite pièce de
poésie. C'est de là que M. Élie Berger a tiré en 1877 un
pompeux éloge de la ville de Paris, qu'on peut lire dans le
Bulletin de la Société de l'histoire de Paris (t. IV, p. 38). Plus
récemment, le 13 février 1890, M. le professeur W. Wattenbach a communiqué à l'Académie des sciences de Berlin
des observations sur l'ensemble des lettres de Gui de Basoches; à peu près à la même date, il les analysait en grand
détail et en publiait des extraits dans les Nouvelles archives
pour l'histoire d'Allemagne (XVI, 67-113). Malgré l'étendue
et l'intérêt de ce dernier travail, le sujet est loin d'être épuisé,
et il reste encore des passages très curieux à dégager des
longues amplifications, en prose et en vers, dans lesquelles
se complaît Gui de Basoches; mais ce n'est pas ici qu'il convient de s'en occuper.

ANNALES DE SAINT-DENYS.

Une édition très insuffisante des Annales de Saint-Denis
a été donnée par d'Achery, qui a supprimé la partie primitive, a fondu en un seul bloc deux séries parfaitement distinctes, n'a pas toujours reconnu l'année à laquelle certaines
notes doivent être rapportées et n'a jamais distingué les
dates qu'il convient d'assigner à la rédaction ou du moins à
la transcription des divers groupes de notes.

C'est d'après l'édition de d'Achery que la meilleure part

XIV° SIÈCLE.

Félibien, Hist.
de l'abb. de S. De-
nys, p. cciii.

des Annales est passée dans l'Histoire de l'abbaye de Saint-Denys par dom Félibien et dans cinq volumes du Recueil des historiens de la France (t. X, p. 297; t. XI, p. 377; t. XII, p. 215; t. XVII, p. 422; t. XXIII, p. 143); les améliorations que les continuateurs de dom Bouquet ont apportées au texte, en se servant d'une copie partielle de dom Jean Durant, aujourd'hui perdue, sont insignifiantes.

Nous devons à M. Élie Berger une reproduction très fidèle de l'exemplaire original et unique des Annales de Saint-Denys, conservé à la bibliothèque du Vatican, n° 309 du fonds de la reine de Suède. Il s'est attaché à déterminer rigoureusement l'époque de la composition des différents articles, et à en bien établir le texte, tâche que l'état matériel du manuscrit rendait souvent très difficile. L'édition a paru en 1879 dans la Bibliothèque de l'École des chartes (t. XL, p. 261). Deux ans plus tard, en 1881, M. Georges Waitz, qui avait à sa disposition une collation du manuscrit du Vatican faite par le docteur Mau, a fait entrer un choix d'articles des Annales de Saint-Denys dans les *Monumenta Germaniæ historica* (*Scriptores*, t. XIII, p. 718).

Ce manuscrit 309 du fonds de la reine de Suède renferme différents traités ou tableaux d'astronomie, de comput et de chronologie. Il a longtemps servi dans l'abbaye de Saint-Denys, pour laquelle il avait été copié au cours du IX° siècle. Les deux petits corps d'annales qu'il contient sont depuis longtemps connus sous le titre de *Chronicon Sancti Dionysii ad cyclos paschales* : le premier se trouve sur les marges d'un tableau de comput, du folio 17 au folio 36; le second sur des feuillets intercalaires aujourd'hui numérotés 37-58.

Les premières annales embrassent la période comprise entre la naissance de Jésus-Christ et l'année 1285. Les notes dont elles se composent ont été tracées par différentes mains,

Mon. Germ.
hist., Script., t. III,
p. 136; t. XIII,
p. 718.

à partir de la fin du IX° siècle. La partie la plus ancienne, jusqu'à la mort de Charlemagne, offre une certaine analogie avec les *Annales Augienses brevissimi* que nous connaissons d'après un manuscrit de Carlsruhe, provenu de l'abbaye de

Reichenau. Elle n'a qu'une assez médiocre importance. Les
continuations qui ont pour objet les événements du x° et du
xi° siècle ne sont guère plus intéressantes. Mais l'intérèt
augmente sensiblement à partir du règne de Louis le Gros.
Ce ne sont pas seulement de courtes notes, comme nous
sommes habitués à en rencontrer dans la plupart des Annales. Çà et là nous y trouvons des articles beaucoup plus
amples, dans lesquels on ne s'est pas borné à indiquer des
dates. Le plus curieux de ces articles est peut-être celui qui
a trait à la régence de l'abbé Suger pendant la croisade du
roi Louis VII.

Les secondes annales, dont l'écriture est de la seconde
moitié du xiii° siècle, vont du commencement de notre ère
jusqu'à l'année 1292. Elles sont, pour une notable partie,
la reproduction des premières; mais les pages consacrées au
xiii° siècle sont originales, et nous offrent des développements très intéressants, tels qu'on pouvait les attendre de
religieux généralement bien informés et souvent mêlés aux
affaires de la cour. Nous avons là des renseignements de
première main sur la naissance, le mariage et la mort des
membres de la famille royale, sur plusieurs des événements
considérables du règne de saint Louis, sur des cérémonies
publiques qui eurent beaucoup d'éclat et auxquelles prirent
part toutes les classes de la société, sur la date et le caractère
des travaux exécutés dans l'abbaye de Saint-Denys, sur la
vie des abbés et sur leurs rapports avec les rois. C'est là que
se lit une note sur un concile tenu en 1290 dans l'église de
Sainte-Geneviève à Paris, concile dont aucune autre chronique ne fait mention et dans lequel le cardinal Benoît
Gaëtani, depuis pape sous le nom de Boniface VIII, prononça ces discours violents dont M. le docteur Henri Finke
a récemment découvert le texte.

Bull. de la Soc.
de l'hist. de Paris,
1895, p. 114.

ANNALES DE SAINT-GERMAIN.

Le manuscrit latin 13013 de la Bibliothèque nationale,
jadis 989 de Saint-Germain-des-Prés, renferme de courtes

Monum. Germ. hist., Script., t. II, p. 166.

annales qui ont été ajoutées sur les marges d'un tableau cyclique (fol. 8 v°-19 v°). M. Pertz, qui les a publiées sous le titre de *Annales Sancti Germani minores*, pour les distinguer des autres Annales de Saint-Germain dont il sera bientôt question, en a expliqué la composition d'une façon très ingénieuse, et les résultats auxquels il est arrivé doivent être acceptés, sinon dans tous les détails, au moins quant aux grandes divisions qu'il a établies. Nous distinguerons donc dans les Annales de Saint-Germain : 1° une partie primitive, qui a été copiée au IXe siècle d'après un exemplaire venu de la Grande-Bretagne; cet exemplaire renfermait des notes relatives à des rois et à des prélats anglo-saxons, et des notes supplémentaires écrites sous le règne et dans les états de Charlemagne; 2° un groupe de notes relatives à l'histoire de France depuis la mort de Dagobert jusqu'au xe siècle; 3° des notes additionnelles tracées par différentes mains du xe, du xie et du xiie siècle. Nous n'avons à nous occuper que de ces deux dernières parties.

C'est la différence des écritures qui a conduit M. Pertz à supposer que les notes antérieures à l'année 919 devaient former un groupe distinct, dont il n'a pas d'ailleurs essayé de déterminer l'origine. Il a été depuis constaté par M. Waitz que ces notes avaient été copiées d'après le manuscrit des Annales de Saint-Denis que nous avons analysé dans le paragraphe précédent. Pour cette partie des Annales il y a identité entre le manuscrit de Saint-Denys et celui de Saint-Germain, à tel point que le manuscrit de Saint-Germain, dont la conservation est parfaite, permet de rétablir des mots et des articles qui sont aujourd'hui complètement illisibles dans le manuscrit de Saint-Denys. Ainsi MM. Élie Berger et Mau ont signalé dans celui-ci deux notes effacées se rapportant aux années 865 et 870. Le manuscrit de Saint-Germain (fol. 15) nous autorise à les restituer dans les termes suivants :

Mon. Germ. hist., Script., t. XIII, p. 718.

DCCCLXV. Normanni cœnobium sancti Dyonisii primitus xx diebus, a duodecimo kalendas novembris usque in quinto idus novembris, obsederunt.

DCCCLXX. Hyrmintrudis regina obiit, et Lotharius junior.

M. Pertz fixe à l'année 919 la fin de la deuxième partie des Annales de Saint-Germain. C'est, en effet, à l'année 923 que commence dans le manuscrit (fol. 16) une série de notes additionnelles tracées par différentes mains au cours du xe, du xie et du xiie siècle. Il faut cependant faire une exception et rattacher à la deuxième partie la note qui est sur le folio 16 v°, en regard de l'année 965, et qui, relative à l'abbaye de Saint-Denys, a été empruntée aux Annales de ce dernier monastère. Elle peut encore se lire dans le manuscrit original des Annales de Saint-Denys, malgré les détériorations qu'il a subies en cet endroit :

Hoc anno, v kalendas augusti, consecratio altaris in honore sancti Petri. Vespertino tempore cecidit tempestas secus cœnobium sancti Dyonisii mire magnitudinis, sed non longe a castello, et tunc secutæ sunt fulgure (*sic*), jam fratribus aliquantis quiescentibus, quæ interfecerunt duos fratres, quorum unus erat juvenis, qui cecidit ante altare sancti Petri et statim expiravit. Alter vero senex atque presbiter, qui cecidit dum psalmos cantaret prostratus ante altare sanctæ Trinitatis, subito extinctus est, non sine grandi merore atque fletu ceterorum.

Aucun doute ne peut s'élever sur le caractère de la troisième partie des Annales. Les notes dont elle se compose ont été incontestablement écrites dans l'abbaye de Saint-Germain-des-Prés, et beaucoup se rapportent à l'histoire domestique de ce monastère.

Le texte des Annales de Saint-Germain a trouvé place dans les *Monumenta Germaniæ historica* (*Scriptores*, t. IV, p. 1-4).

Il nous est venu de l'abbaye de Saint-Germain-des-Prés un autre manuscrit, aujourd'hui n° 12117 du fonds latin, à la Bibliothèque nationale, qui contient un tableau des cycles depuis la naissance de Jésus-Christ jusqu'en 1063. On y trouve en caractères du xie siècle, sous forme de notes marginales, les noms des empereurs romains, ceux des rois de France depuis Childéric, ceux des abbés de Saint-Germain depuis Droctovée, et les grands noms de l'histoire ecclésias-

tique à partir du v° siècle. Quelques articles se rapportant à
des événements du x° et du xi° siècle ont seuls de l'intérêt.
La réunion de ces articles a formé des Annales de Saint-Germain, dont la partie comprise entre les années 466 et 1061
a été publiée en 1839 par M. Pertz d'après un texte qu'avait
établi M. Benjamin Guérard.

Monum. Germ.
hist., Script., t. III,
p. 166.

Dans le manuscrit 12117 le tableau des cycles est précédé
(fol. 110 v°) d'un catalogue des rois de France, commençant
à Mérovée, père de Childéric, et descendant jusqu'à Henri I°r.
Au nom de ce prince, par lequel se terminait primitivement
le catalogue, on a ajouté, après l'avènement de Philippe I°r,
la phrase suivante : *Qui in regno confirmatus accepit neptem
imperatoris Hanrici, ex qua filiam unam procreavit que infra
lustrum defuncta est, subsequente matre. Deinde, per aliquot annos intercurrentibus nuntiis, duxit Annam, filiam Rutenorum
regis, de qua genuit* III *filios, Philippum scilicet, Rotbertum et
Hugonem. Philippum igitur pro se unguere fecit in regem anno
dominicæ incarnationis* M LVIIII. *Ipse vero sequenti anno obiit.*

Cette phrase méritait d'être relevée, parce qu'on la retrouve à peu près textuellement dans une chronique faussee-
ment attribuée à Hugues de Fleuri[1], dont la critique n'est
pas encore suffisamment faite, mais qu'on sait bien avoir
été, sinon composée, du moins remaniée à l'abbaye de Saint-
Germain-des-Prés.

ANNALES DE LAGNI.

Le recueil de morceaux relatifs au comput que renferme
le manuscrit n° xxi de la bibliothèque Vallicellane, à Rome,
vient de l'abbaye de Lagni-sur-Marne. Sur les marges d'une
table chronologique, dressée au xi° siècle, qui occupe les
fol. 346 v° et suivants de ce volume, différents religieux ont
inscrit des notes dont la plus ancienne est de l'année 1061
et la plus récente de l'année 1234. C'est principalement par
ces notes qu'on a pu établir la chronologie de l'histoire de

---

[1] Cette chronique est celle dont les continuateurs de dom Bouquet ont donné
des fragments, t. VIII, p. 321 ; t. X, p. 219 ; t. XI, p. 157, et t. XII, p. 8.

l'abbaye pendant près de deux siècles. On y trouve la mention de plusieurs événements locaux, dont le plus notable est l'extinction d'une commune, marquée sous l'année 1156; il s'agit là vraisemblablement d'une commune, plus ou moins éphémère, qui aura essayé de s'établir à Lagni vers le milieu du xiie siècle, et qui dut succomber à la suite de démêlés avec l'abbaye. Les dates assignées dans les Annales à plusieurs faits de l'histoire générale ne sont pas toujours exactes. On n'en doit pas moins tenir compte des renseignements que ce document fournit sur quelques détails assez peu connus des règnes de Louis le Gros et de Louis VII, par exemple sur le siège du château de Livri en 1128 et sur la blessure qu'y reçut le comte Raoul de Vermandois. Ce siège et la blessure du comte Raoul ne nous étaient connus que par le récit de Suger. C'est grâce aux Annales de Lagni que la date du siège de Montgé a pu être fixée à l'année 1142. Les termes dans lesquels la mort de Louis VII y est annoncée montrent quelles sympathies ce prince s'était conciliées dans le monde religieux: *Obiit Ludovicus rex christianissimus, sancte Ecclesie amator et protector, justicie cultor, pauperum pater et patronus, cujus temporibus religio floruit et pax habundavit.*

Dom Michel Germain avait remarqué les Annales de Lagni pendant son séjour à Rome. C'est d'après les extraits qu'il en avait pris et qui font aujourd'hui partie du manuscrit latin 11733 de la Bibliothèque nationale (fol. 33), que les auteurs du *Gallia christiana* ont connu les articles relatifs à l'histoire de l'abbaye de Lagni. La seule édition que nous possédions de ces trop courtes annales est celle que M. Élie Berger a publiée en 1877 dans la Bibliothèque de l'École des chartes (t. XXXVIII, p. 477-482).

Gallia chr. nova, t. VII, p. 496.

ANNALES DE SAINT-NICAISE DE REIMS
ET AUTRES ANNALES DE REIMS.

Un bénédictin qui a rendu d'immenses services à la congrégation de Saint-Maur et à l'érudition française, dom An-

selme Le Michel, avait recueilli dans ses voyages, entre
autres débris de vieux manuscrits, deux feuillets d'un volume
in-folio qui devait, selon toute apparence, contenir la copie,
faite au milieu du xiii⁰ siècle, d'une grande chronique générale, se terminant par une continuation rédigée dans la
ville de Reims. Ces deux feuillets portent aujourd'hui les
cotes 78 et 79 dans le manuscrit latin 9376 de la Bibliothèque nationale. Ils contiennent un fragment d'annales
qui commence à l'année 1197. Le texte s'arrêtait primitivement à l'année 1244; plusieurs mains y ont fait des additions, dont les plus anciennes datent du règne de saint
Louis et dont la plus récente est de l'année 1543. Plusieurs
des articles additionnels, et notamment ceux qui ont été intercalés en regard des années 1231 et 1242, prouvent que
ces annales viennent de l'église de Saint-Nicaise de Reims.

Les Annales de Saint-Nicaise sont d'une grande importance pour l'histoire civile et ecclésiastique de la cité de
Reims au xiii⁰ siècle. On y trouve des détails précis sur la
succession et les actes des archevêques, sur les travaux
exécutés aux édifices religieux, sur les fortifications de la
ville et sur les démêlés des bourgeois avec les archevêques et
le chapitre au temps de saint Louis. Les articles des années
1233, 1238 et 1240, relatifs à ces démêlés, sont à citer parmi
les textes les plus curieux qui nous sont parvenus au sujet des agitations municipales du xiii⁰ siècle. L'annaliste est
entré dans beaucoup de détails et il était parfaitement informé; il connaissait les procédures relatives à l'émeute qui
obligea les chanoines à prendre la fuite au mois de novembre
1233, et il a tenu à rappeler que ces procédures étaient
conservées dans le trésor de la cathédrale et que la bulle
obtenue par le chapitre avait été insérée dans le registre de
Grégoire IX : *Cujus cause acta in thesauro ecclesie Remensis
servantur bullata, et in registro ejusdem Gregorii habentur scripta:*
preuve de l'importance qu'on attachait au xiii⁰ siècle à la
formalité de l'enregistrement des actes de la chancellerie
pontificale.

L'histoire générale doit aussi profiter des Annales de

XIV° SIÈCLE.

Saint-Nicaise. Elles renferment une mention qui fixe un détail encore incertain de l'histoire monétaire du règne de saint Louis. On a rapporté à l'année 1265 une ordonnance royale, dépourvue de date, par laquelle il était défendu de laisser courir des monnaies qui étaient une contrefaçon des monnaies royales, « c'est a sçavoir poitevins, provençaux et « tholosains ». S'appuyant sur un passage de la Chronique métrique de Saint-Magloire, M. de Wailly a supposé que la prétendue ordonnance de 1265 pouvait bien avoir été promulguée en 1263. Or les Annales de Saint-Nicaise ont enregistré cette mention sous l'année 1263 : *Hoc anno delete fuerunt monete, videlicet mansois, angevin et poitevin.* Ce témoignage, qui concorde si exactement avec celui de la Chronique métrique de Saint-Magloire, prouve que la prohibition des contrefaçons de la monnaie de saint Louis doit être rapportée à l'année 1263.

Mém. de l'Acad. des inscr., t. XXI, part. II, p. 364.

Les premiers articles des Annales de Saint-Nicaise, ceux des années 1197-1227, ont été publiés, dans le Recueil des historiens de la France (t. XVIII, p. 699), par dom Brial, qui les a présentés, sans raison plausible, comme une continuation des Annales de Reims connues par une édition du P. Labbe. Plusieurs des articles suivants ont été insérés dans une note des Archives administratives de la ville de Reims (t. I, p. 566), par Varin, qui lui aussi a confondu les Annales de Reims avec les Annales de Saint-Nicaise. L'ensemble des notes, depuis 1197 jusqu'en 1309, a paru en 1881 dans les *Monumenta Germaniæ historica* (*Scriptores*, t. XIII, p. 83).

Les Annales de Reims, auxquelles, comme il vient d'être dit, on a indûment rattaché les Annales de Saint-Nicaise, sont les notes relatives à des événements du IX° et du X° siècle (830-999), que le P. Labbe paraît avoir trouvées dans un manuscrit de l'abbaye d'Igni, aujourd'hui perdu, qu'il a publiées sous le titre de [*Chronicon*] *Remense alterum*, et qui ont été reproduites par les continuateurs de dom Bouquet (t. IX, p. 94, et t. X, p. 118) et par M. Pertz (*Mon. Germ. hist., Scriptores*, t. XIII, p. 81). Il a été question de ces An-

Labbe, Nova bibl., t. I, p. 362.

nales de Reims dans deux précédents volumes de l'Histoire littéraire de la France (t. VI, p. 5o6, et t. XV, p. 6oo).

Du texte publié par le P. Labbe doivent être rapprochées d'autres annales que le P. Lelong a simplement enregistrées dans la Bibliothèque historique de la France, sous le titre de *Chronicon Remense a Christo nato ad annum 1200*. La seule copie qu'on en possède est à Montpellier, aux folios 35-58 du manuscrit 280 de la Faculté de médecine. Les articles principaux en ont été publiés par M. Pertz, qui les a intitulés : *Annales Remenses et Colonienses*. Dom Brial n'a connu ces Annales que par la mention contenue dans la Bibliothèque historique de la France. M. Castets les a récemment signalées dans la Revue des langues romanes (année 1892, 4e série, t. VI, p. 42o).

On a encore appelé *Chronicon Remense* des Annales de Saint-Denys de Reims, s'arrêtant à l'année 119o, que le P. Labbe a publiées d'après un manuscrit qui lui appartenait et qui a disparu : *Chronicon breve Remense, a Christo nato ad annum salutis m c xc, ex vetustis membranis quæ penes me sunt*. Des fragments empruntés à l'édition de Labbe ont été insérés dans le Recueil des historiens de la France (t. IX, p. 39; t. X, p. 271; t. XI, p. 291, et t. XII, p. 274) et dans les *Monumenta Germaniæ historica* (*Scriptores*, t. XIII, p. 82). C'est la deuxième des Chroniques de Reims signalées par nos prédécesseurs.

CHRONIQUE DE L'ABBAYE DE SIGNI.

Jusqu'à ces derniers temps, la Chronique de l'abbaye cistercienne de Signi, au diocèse de Reims, n'était connue que par la citation d'un passage relatif à Guillaume, abbé de Saint-Thierri, et par l'édition de quelques fragments insérés dans l'ouvrage de Marlot (*Metropolis Remensis historia*, t. II, p. 875-878). Nous en possédons aujourd'hui le texte complet, à la fin d'un exemplaire de la Chronique de Sigebert, copié vers l'année 1172, que feu M. Durand, ancien professeur de l'Université, a légué à la Bibliothèque nationàle et qui a pris le n° 583 dans le fonds latin des Nouvelles acquisitions.

A proprement parler, la Chronique de Signi n'est qu'une histoire domestique, rédigée par plusieurs moines de l'abbaye. Les premières pages, qui débutent par un récit de la fondation du monastère en 1134, ont été écrites vers le milieu du XIII° siècle; le reste a été ajouté après coup, partie dans la seconde moitié de ce siècle, partie vers l'année 1330. Cette chronique offre un réel intérêt pour l'histoire ecclésiastique du XII° siècle, surtout pour celle des monastères cisterciens situés en Champagne. Elle renferme des détails très curieux sur la construction de l'église et des autres bâtiments de l'abbaye de Signi. Le passage qui l'est le plus est celui où il est question d'une expédition entreprise par l'ordre de Philippe Auguste pour mettre à la raison le seigneur de Château-Porcien, qui opprimait les religieux de Signi. Un bailli du roi s'apprêtait à assiéger le château quand le seigneur, se sentant trop faible pour résister, remit au représentant du roi les clés de la forteresse, avec une somme d'argent qui décida le bailli à se retirer sans pousser plus loin les hostilités.

Bibl. de l'École des chartes, t. LV, p. 644.

Le seigneur qui dut ainsi s'humilier devant les officiers de Philippe Auguste est désigné, dans la Chronique, par les mots *vir nobilis R., dominus Castri Portuensis.* C'est évidemment Raoul de Balham, qui fut seigneur de Château-Porcien à la fin du XII° siècle et au commencement du XIII°. Il figure dans le premier et dans le quatrième registre des fiefs de Champagne, vers les années 1172 et 1205. On connaît au moins six chartes de Raoul, seigneur de Château-Porcien, pour l'abbaye de Signi; elles sont des années 1211, 1214, 1217 et 1218. Le 10 avril 1216, il prit l'engagement de soutenir Thibaud, comte de Champagne. On ne saurait dire à quel moment exact doit se placer la menace d'exécution militaire qui l'obligea à reconnaître l'autorité de Philippe Auguste; mais, comme cet événement eut lieu du temps de Gilles, abbé de Signi, on peut supposer qu'il doit se placer entre les années 1205 et 1210 ou envi-

D'Arbois de J., Hist. des comtes de Champagne, t. IV, p. 667, et t. V, p. 97. — Longnon, Livre des vassaux, p. 237.

ron. M. d'Arbois de Jubainville a fixé à l'année 1218 la date
de la mort de Raoul de Balham.

Le texte de la Chronique de Signi a été publié en 1894
dans la Bibliothèque de l'École des chartes (t. LV, p. 645-
660), avec un catalogue des abbés copié vers le milieu
du xiii° siècle et continué par différentes mains jusqu'aux
temps modernes.

CHRONIQUE UNIVERSELLE D'ORIGINE SÉNONAISE.

Un petit manuscrit du commencement du xiv° siècle,
qui a fait partie de la bibliothèque de François de Nesmond,
évêque de Bayeux (1662-1715), et qui est aujourd'hui la
propriété du chapitre de Bayeux, nous offre la copie, faite
au commencement du xiv° siècle, d'une Chronique générale
commençant à la création et s'arrêtant à l'avènement de Jean
sans Terre. Comme aucun autre exemplaire n'en a encore
été signalé, il convient d'en citer les lignes du début et de
la fin :

Fol. 1.

In primordio temporis, ante omnem diem, Deus pater in Verbo et per
Verbum suum fecit ex nichilo rerum omnium materiam, quam postea
per vi dies formans et distinguens in varias species, tribus primis diebus
eam disposuit, tribus sequentibus ordinavit. . .

Fol. 66 v°.

Anno Domini m° c° xc ix° Ricardus rex Anglorum, dnm Caslucium,
castrum vicecomitis Limovicensis, oppugnat, sagitta transfigitur, nec
longe post de ipso vulnere obit et in cenobio Fontis Ebrardi humatur;
vir quidem animosus strenuissimusque in armis, in militari negocio
circumspectus, a militibus valde dilectus, necnon a summo pontifice
cum clero et populo honoratus, hujus ecclesie patroni (sic). Bella que
fecit et acta in libro dierum regum Anglorum plenius inveniuntur. Cui
Johannes, frater ejus, successit, juvenis quidem remissiorisque animi
amansque quietem, ac per hoc cum rege Francie pacem quantocius
studuit reformare.

La date de la compilation est clairement indiquée dans
une phrase relative au lien qui avait rattaché Philippe Au-

guste à la dynastie carolingienne : « D'Ermengarde (fille de
« l'empereur Lothaire) descendit Baudouin, comte de Hai-
« naut, dont la fille Élisabeth épousa Philippe, roi de France,
« père de Louis, mort à Montpensier après la prise d'Avi-
« gnon, et dont le fils, le très chrétien Louis, gouverne au-
« jourd'hui très heureusement le royaume : . . . . *cujus filius*
« *Ludovicus christianissimus hodie feliciter regni moderamina*
« *tenet.* »

Fol. 51 v°.

L'origine sénonaise de la Chronique est suffisamment démontrée par la place que l'auteur assigne à l'église de Sens
dans l'histoire de l'évangélisation de la Gaule, comme on
le verra un peu plus loin. Elle résulte aussi des emprunts
qu'il a faits à deux chroniques locales, comme celles qui
jusqu'à ces derniers temps ont été attribuées à Guillaume
Godel et à Robert Abolant.

L'examen des rapports de la Chronique du manuscrit de
Bayeux avec celle qu'on a communément attribuée à Guillaume Godel nous oblige à revenir sur ce que nos prédécesseurs, insuffisamment informés, ont dit de Guillaume
Godel.

Hist. litt. de la France, t. XIII, p. 508.

Le manuscrit latin 4893 de la Bibliothèque nationale
contient une Chronique qui part de la création du monde et
nous conduit jusqu'à l'année 1173. La copie ne saurait être
de beaucoup postérieure à cette date.

D'anciennes notes, ajoutées sur les folios 41, 44 v°, 59 r°
et 59 v°, montrent que le manuscrit a longtemps appartenu à l'abbaye d'Uzerche[1]. Une autre note, en caractères
du XIIIe siècle, consignée sur le folio 68, rappelle les circonstances dans lesquelles fut prise la ville de Jérusalem
depuis les temps les plus anciens jusqu'au règne de Saladin.
Elle se termine par la liste des noms sous lesquels Jérusalem a été désignée. Cette note, qui commence par les mots

---

[1] Sur le folio 41, en regard de l'article relatif à la défaite de Waifre, duc d'Aquitaine, on lit : « Hac occasione fuit Userchia constructa, et quere in principio magni terrarii ipsius monasterii. » En marge du folio 44 v° on a copié une longue liste des dettes de l'abbaye d'Uzerche : « Hoc est debitum quod invenit Helias in ecclesia Usercensi. . . . » Les notes du folio 59 recto et verso sont publiées dans le Recueil des historiens, t. XXI, p. 760.

Hec cronica Willelmi Godelli, monachi Sancti Martialis Lemovicensis, istoriographi, quot vicibus capta fuit civitas sancta Jerusalem, id est XXV, *primo a Juda*. . . émane vraisemblablement d'un historiographe, moine de Saint-Martial de Limoges, nommé Guillaume Godel; mais elle est absolument indépendante de la Chronique qui remplit les 59 premiers feuillets du manuscrit 4893, et c'est sans aucun motif que Baluze s'en est autorisé pour inscrire en tête du volume le titre : *Chronica Willelmi Godelli, monachi Sancti Martialis Lemovicensis, ab initio mundi usque ad annum Christi* M CLXXII. L'abbé Lebeuf, les continuateurs de dom Bouquet et dom Brial ont bien reconnu que la Chronique ne saurait avoir été composée à Saint-Martial de Limoges; elle est cependant restée sous le nom de Guillaume Godel, moine de Saint-Martial, et M. Holder-Egger est le premier qui ait abandonné l'attribution traditionnelle; il a intitulé *Ex chronico quod dicitur Willelmi Godelli* les extraits de la Chronique du manuscrit 4893 qu'il a insérés dans les *Monumenta Germaniæ historica* (*Script.*, t. XXVI, p. 195 et suiv.).

Journal de Verdun, févr. 1756, p. 122.

Rec. des hist., t. XIII, p. 671.

Hist. litt. de la France, t. XIII, p. 508.

Le nom de Guillaume Godel doit donc être rejeté, et la Chronique du manuscrit 4893 demeure, au moins provisoirement, une œuvre anonyme. Ce que nous savons de l'auteur se réduit à quelques détails qu'il a semés çà et là dans son écrit et qu'on peut résumer en deux mots. De race anglaise, il prit l'habit monastique en 1145, reçut plusieurs ordres de Hugues, archevêque de Sens (1145-1168), et fut promu à la prêtrise dans l'église de Saint-Silvain de Levroux par Pierre, archevêque de Bourges (1141-1171). Il a fait des voyages en Angleterre, à une date indéterminée, et en Allemagne dans le cours de l'année 1172.

La Chronique, divisée en quatre livres, s'ouvre par une longue préface dont les premiers mots sont : *Seriem temporum descripsisse et varios insolitosque rerum eventus*. . . L'auteur y indique assez soigneusement les sources auxquelles il a puisé. Ce sont, pour les temps antérieurs à Charlemagne, la Bible, Hégésippe, Jules l'Africain, Eusèbe, Orose, Grégoire de Tours, le vénérable Bède, Anastase et Fréculfe.

Pour les temps postérieurs il ne cite que Hugues de Fleuri et Henri de Huntingdon :

> ...Post mortem vero Karoli Magni, a tempore videlicet Ludovici imperatoris piissimi, filii ejus, adjutores michi rari fuere, nec nomine exprimere aliquem valeo preter Hugonem, Floriacensem monachum, qui eque compilationes quasdam conjecerat de historiis Francorum et ex quorumdam dictis, quas ex illo tempore ad tempus usque suum in unum opusculum conformavit, et illud nobili et famose misit comitisse Adele, filie Willelmi Nothi et regis Anglorum ex Normannis primi, et preter Henricum, Huntudonensem archidiaconum, qui satis studiose et eleganter, maxime post venerabilem Bedam presbiterum, a quo congruo tempore plurima sumsi, usque ad coronationem secundi Henrici regis, suam texit de Anglorum regibus et gente historiam, de qua utique tam pauca descripsi quam, tempore brevissimo, in quadam abbatia anglicana hospitans, hanc pre manibus tenui.

Ms. lat. 4893, fol. 1 v°, col. 2.

Au commencement du livre IV, le chroniqueur nous avertit des emprunts faits à un écrivain qu'il n'avait pas nommé dans sa préface, Odoran, moine de Saint-Pierre-le-Vif de Sens :

> His diebus, in cenobio Sancti Petri Vivi Senonensis, Rainardus abbas idem monasterium ab imo renovavit et claustra monasterii cum domibus ad se pertinentibus ex toto reedificavit et monachos regulari tramite instruens liberalibus disciplinis edocuit, ex quibus fuit quidam Odorannus monachus, ingenio subtilis, cujus arte et ingenio (*vel* industria) eidem loco plurima bona provenerunt. Scripsit etiam quedam brevissima cronica de suo tempore, ex quibus aliqua, quamvis parva, excerpsimus in hec verba...[1].

Cette particularité paraît avoir échappé aux bibliographes qui ont parlé des écrits d'Odoran.

Duru, Bibl. hist. de l'Yonne, t. II, p. 439.

La critique de la Chronique du manuscrit latin 4893 ne saurait être faite d'après les maigres extraits qui en ont été

---

[1] Ce passage a été littéralement copié par Robert, moine de Saint-Marien d'Auxerre. Voir *Chronologiu seriem temporum et historiarum rerum in orbe gestarum continens ab ejus origine usque ad annum a Christi ortu 1200, auctore anonymo, sed cœnobii S. Mariani apud Altissiodorum, regulæ Præmonstratensis, monacho, edita studio Nicolai Camuzæi* (Par., 1609, in-4°), fol. 74 v°. — Ce passage ne se trouve pas dans les extraits de la Chronique de Robert, moine de Saint-Marien, qui sont publiés au tome XXVI des *Scriptores* des *Monumenta Germaniæ historica* d'après le manuscrit original de la bibliothèque d'Auxerre.

donnés dans le Recueil des historiens de la France (t. X,
p. 259; t. XI, p. 282; t. XIII, p. 671), et dans les *Monumenta Germaniæ historica* (*Scriptores*, t. XXVI, p. 195). Il
suffit de noter ici qu'elle affecte un caractère franchement
sénonais, et qu'elle est suivie de listes géographiques et de
catalogues historiques dont les trois derniers se rapportent
aux archevêques de Sens, de Bourges et de Cantorbéry; ce
qui convient parfaitement à un écrivain de race anglaise, qui
avait été ordonné prêtre dans le diocèse de Bourges et qui dut
passer une grande partie de sa vie dans le diocèse ou du
moins dans la province de Sens. Le soin avec lequel les
noms des abbés de Pontigni ont été enregistrés sous les
années 1114, 1151 et 1165 a fait supposer à M. Holder-
Egger, avec beaucoup de vraisemblance, que l'auteur a dû
vivre dans ce monastère.

Ms. lat. 4893,
fol. 55 vᵒ, 57 et
58 vᵒ.

Quoi qu'il en soit, le compilateur à qui nous devons la
Chronique copiée dans le manuscrit de Bayeux a largement
mis à contribution la Chronique qui, jusqu'à ces derniers
temps, était attribuée à Guillaume Godel. Nous citerons seulement trois articles, d'après lesquels on verra jusqu'à quel
point les deux textes sont identiques. Le premier passage
concerne Fulbert, évêque de Chartres, qui, dans le manuscrit 4893, comme dans celui de Bayeux, est indûment
qualifié de chancelier du roi Robert :

<table>
<tr><td>

Anno Domini M xx Fulbertus, Car-
notensis episcopus, magne auctoritatis
habetur. Hic vir sapientissimus et ho-
neste vite fuit. Cancellarius primo Ro-
berti regis Francorum extitit, et postea
presul Carnotensis. Fecit *Corus nove Je-
rusalem*, *Stirps Jesse* et *Solem justicie*, et
plura hujusmodi.

(Ms. latin 4893, fol. 51.)

</td><td>

Florebat per idem tempus Fulbertus,
primo cancellarius regis Roberti, et ex
cancellario episcopus Carnotensis. Hic,
vita honestissimus sapientiaque precla-
rus, composuit *Corus nove Jerusalem*,
Stirps Jesse, *Solem justicie* et plura hu-
jusmodi.

(Ms. de Bayeux, fol. 53 vᵒ.)

</td></tr>
</table>

Les deux autres passages se rapportent au bienheureux
Gautier, abbé de l'Esterp, et à la fondation de l'abbaye de
Cîteaux :

<table>
<tr><td>

Sanctus Galterius, Stirpensis ecclesie
abbas, vir religiosus hoc tempore flo-

</td><td>

Floruit hoc tempore beatus Galterius
in territorio Limovicensi, Stirpensis ec-

</td></tr>
</table>

ruit, per quem Deus tam in vita quam in morte sua multa mirabilia operatus est. Huic sancto Dei Walterio, pro sue sanctitatis merito, Victor, papa Romanus, auctoritatem judicandi de criminibus contulit utpote viro discreto.
(Ms. latin 4893, fol. 52 v°.)

clesie abbas, cui, pro sue merito sanctitatis, Victor papa auctoritatem judicandi de criminibus contulit utpote viro discretissimo et sapientie titulis adornato.
(Ms. de Bayeux, fol. 55.)

Hoc eodem anno, M° videlicet xcviii, in Burgundia, xii kalendas aprilis, in festo sancti Benedicti abbatis, fundatum est cenobium quod Cistercium vocatum est, in episcopatu Cabilonensi, non longe a castro Divionensi.
(Ms. latin 4893, fol. 55.)

Interea, anno Domini M° xc° viii, xii kalendas aprilis, in festo sancti Benedicti, in Burgundia, in episcopatu Cabilonensi, non longe a castro Divionensi, fundatum est cenobium quod Cistercium dicitur...
(Ms. de Bayeux, fol. 57 v°.)

La comparaison de ces textes ne peut laisser aucune espèce de doute. Mais ce qui achève de mettre en lumière les rapports intimes qui existent entre les deux chroniques, c'est la façon dont il y est parlé de sainte Hildegarde. L'auteur de la Chronique contenue dans le manuscrit 4893 rend ainsi compte de la visite qu'il fit à cette religieuse en 1172 :

Hoc anno (1172) vidi in Alemannie partibus feminam provecte etatis, virginem, cui tantam gratiam contulit virtus divina ut, cum ipsa laica et illiterata sit, mirabiliter tamen ab hoc mundo rapiatur frequencius et in summis discat non solum quod postea in imis dicat, sed pocius, quod satis mirabile est et inauditum, etiam scribendo latine dictet, et dictando libros catholice doctrine conficiat. Libros etiam ejus vidi et legi, quos ipsa, ut dixi, illiterata latine dictavit. Sexaginta denique compleverat annos in hujusmodi gratia quando eam vidi.

Ms. lat. 4893 fol. 59.

Le compilateur de la Chronique contenue dans le manuscrit de Bayeux a reproduit presque littéralement ce passage:

Per idem tempus, in Alamanie partibus habebatur admirabilis virgo quedam, nomine Helizabeth, cui tantam virtus divina contulerat gratiam ut, cum laica et inlitterata esset..., scribendo latine dictaret, et dictando libros catholice doctrine conficeret.

On voit qu'il a seulement substitué l'emploi de la troisième personne à celui de la première, et qu'il a introduit dans le récit le nom d'Élisabeth, pensant qu'il s'agissait,

non point d'Hildegarde, mais d'Élisabeth de Schönau, dont
il avait mentionné les visions sous l'année 1157 :

> Helizabeth sanctimonialis in cenobio Conaugiensi, diocesis Treveren-
> sis, claret. Huic ostensa est assumptio beate Virginis per hunc modum.
> Anno Domini M C LVII, in die Assumptionis Christi. . .

Les emprunts que l'anonyme du manuscrit de Bayeux a
faits à la Chronique dite de Guillaume Godel ne sauraient
donc être mis en doute. Il n'est pas moins évident que cet
anonyme a largement mis à contribution la Chronique que
nous étions habitués à citer sous le nom de Robert Abolant
et qui, d'après les judicieuses observations de M. Holder-
Egger, doit être attribuée, non à Robert Abolant, mais à un
Robert, moine de Saint-Marien d'Auxerre, mort en 1212, à
l'âge de cinquante-six ans. Comme ce Robert a souvent copié la Chronique dite de Guillaume Godel, il est parfois
difficile de déterminer si l'anonyme du manuscrit de Bayeux
est remonté au texte le plus ancien (celui du prétendu Guillaume Godel), ou s'il a suivi la version plus moderne du
religieux de Saint-Marien. Mais il est certain qu'il a puisé
aux deux sources.

En effet, les passages relatifs à Fulbert, à Gautier de
l'Esterp, à la fondation de Cîteaux et à Hildegarde, que
j'ai cités un peu plus haut, ne se trouvent que dans la
Chronique dite de Guillaume Godel; ils sont absents de
la Chronique de Robert[1].

Par contre, on pourrait citer nombre d'articles qui ont
été incontestablement empruntés à Robert :

1° Note relative à Renaud le Vieux, comte de Sens :

> Per hos dies quibus prefatus pontifex obiit Sevinus, Rainardus quoque comes Senonis est defunctus. Hic abbatias Sancte Columbe et Sancte Fare diu sub dominio habuit, easque multipliciter aggravavit, necnon et abbatiam sancte

> Per hos dies Rainaldus, comes Senonensis, obit. Hic abbatias Sancte Columbe et Sancte Fare diu sub dominio suo tenuit, easque multipliciter aggravavit, necnon et abbatiam beate Marie pro posse destruxit, in cujus possessione

[1] Je ne connais la Chronique de Robert que par l'édition de Camuzat citée ci-dessus dans la note de la page 253,

et par les extraits de M. Holder-Egger dans les *Mon. Germ. hist.*, Script., t. XXVI.

Marie pro posse destruit, in cujus possessione castrum quod Joviniacum dicitur firmissime muniendo construxit. Aliud quoque castrum in terra Ferrariensis cenobii condidit et munivit, quod ex suo nomine Castrum Rainaldi vocavit[1].

(Chron. Roberti, éd. Camuzat, fol. 73 v°.)

Joviniacum castrum firmissime construxit muniendo. Aliud quoque castrum [in terra] Ferrariensis cenobii condidit et munivit, quod ex suo nomine Castrum Rainaldi vocavit.

(Ms. de Bayeux, fol. 53 v°.)

2° Note relative à la fondation de la Charité :

Anno Henrici imperatoris 15... Sequenti anno fundata est in Burgundiæ partibus ecclesia nobilis nunc et valde famosa Sancte Marie de Charitate, in quo loco requiescit sanctus Girardus, prior, ejusdem constructor ecclesie, ubi multorum monachorum devota caterva divinis obsequiis mancipatur. Super Ligerim fluvium in episcopio Autissiodorensi hic locus situs est[2].

(Chron. Roberti, éd. Camuzat, fol. 76 v°.)

Anno Henrici imperatoris XVII, fundata est nobilis et famosa ecclesia beate Marie de Caritate in territorio Altisiodorensi super Ligerim, in qua sanctus Geraldus, prior et constructor ipsius ecclesie, requiescit, ubique multorum monachorum devota caterva divinis obsequiis mancipatur.

(Ms. de Bayeux, fol. 55.)

3° Note sur l'incendie de l'église de Vézelai en 1120 :

Hoc anno, in ecclesia Virziliacensi, in vigilia transitus beate Marie Magdalene, incertum quo justo Dei judicio, innumerabiles promiscui sexus et etatis atque ordinis, in ipso crepusculo noctis atque diei, ecclesia subito conflagrante, combusti sunt.

(Chron. Roberti, éd. Camuzat, fol. 79. — Mon. Germ. Hist., Script., t. XXVI, p. 231.)

Hoc anno, in vigilia beate Magdelene, ecclesia Verzeliacensi, in ipso crepusculo noctis atque diei, subito justo Dei judicio, conflagrante, innumerabiles promiscui sexus, etatis atque ordinis combusti sunt.

(Ms. de Bayeux, fol. 58.)

[1] Robert n'a guère fait qu'abréger l'article correspondant de la Chronique de Clarius (éd. Duru, dans Biblioth. histor. de l'Yonne, t. II, p. 497) :

« Igitur Rainardus comes Vetulus,
« Sanctæ Columbæ abbatiam tenens in
« beneficio, plurima ei abstulit, retinens
« in usus proprios, similiter cœnobium
« sanctæ Faræ virginis, quod in dominio
« habebat, multis modis adgravavit, nec-
« non et abbatiam sanctæ Mariæ virginis
« destruxit in quantum potuit; in cujus
« possessione castrum quod Joviniacus di-
« citur firmavit. Aliud vero castrum con-
« struxit in terra Ferrariensis cœnobii,
« quod ex suo nomine Castrum Rainardi
« vocavit. »

(Clarius, dans Duru, Biblioth. histor. de l'Yonne, II, 497.)

[2] Voici le passage correspondant de la Chronique dite de Guillaume Godel (au manuscrit latin 4893, fol. 52 v°) :

« Anno Domini M LVI, fundata est
« hoc anno, in Burgundie partibus, ec-
« clesia nobilis nunc et valde famosa
« Sancte Marie de Caritate. In quo
« nunc loco requiescit sanctus Girar-
« dus, prior, ejusdem constructor ec-
« clesie, ubi multorum monachorum
« devota caterva divinis obsequisi man-
« cipatur. Super Ligerim fluvium hic
« locus est in episcopatu Autisiodorensi
« positus, qui vere ex re tali sortitur vo-
« cabulum. »

(Ms. latin 4893, fol. 52 v°.)

4° Note sur la bienheureuse Alpaïs, sous l'année 1180 :

Sub hoc tempore, in territorio Senonico, villa Cudot, habetur puella celebri opinione vulgata... (Chron. Roberti, éd. Camuzat, fol. 85. — Mon. Germ. hist., Script., t. XXVI, p. 243.)	Fuit eo tempore, in territorio Senonensi, in villa Chudo, puella quedam celebri opinione vulgata... (Ms. de Bayeux, fol. 62.)

L'article consacré à la mort de Richard Cœur-de-Lion et à l'avènement de Jean sans Terre, rapporté un peu plus haut (p. 250), a été copié en grande partie dans la Chronique de Robert, qui s'exprime ainsi à ce sujet :

Mon. Germ. hist., Script., t. XXVI, p. 258.

Anno Domini 1199, Richardus, rex Anglie, dum castrum quoddam vicecomitis Lemovicensis oppugnat, sagitta transfigitur, nec longe post moritur, vir quidem animosus ac bellicosus, sed nimis in flagitia lubricus, et qui vix unquam cum finitimis principibus pacem habuerit, maximeque adversus regem Franciæ factiosus extiterit ac per hoc totum fere principatus sui tempus duxerit bellis turbidum, laboribus inquietum. Id tamen in eo commendabile videbatur quod ecclesiastica sacramenta officiaque divina coram se faceret solemniter celebrari et in divinis cantibus audiendis sibi admodum complaceret, in milites quoque liberalis existens, graciam procerum profusione munerum cumpararet. Successit ei frater ejus Johannes, juvenis quidem remissioris animi amansque quietis, ac per hoc cum rege Franciæ pacem quantotius studuit reformare.

On en peut dire autant du long paragraphe relatif à l'évangélisation de la Gaule, que nous croyons devoir résumer, en suivant de très près le texte du manuscrit de Bayeux :

En ce temps-là, saint Pierre, apprenant que les populations de la Gaule étaient encore plongées dans les erreurs de l'idolâtrie, y envoya des missionnaires, parmi lesquels Savinien, Potentien et Altin, trois des 70 disciples désignés par le Seigneur. Sur l'ordre de saint Pierre, ils passent les Alpes et se rendent à Sens, l'une des villes les plus riches et les plus peuplées de la Gaule. Saint Savinien y opère beaucoup de conversions, confère le diaconat à Scrotin et Odald, et construit en l'honneur des saints Apôtres l'église qu'on appelle encore aujourd'hui Saint-Pierre-le-Vif[1], parce qu'elle avait été bâtie du vivant même de saint Pierre.

[1] Geoffroi de Courlon, dans sa Chronique de l'abbaye de Saint-Pierre-le-Vif de Sens (éd. Julliot, p. 50), n'explique pas de cette façon le nom de Saint-Pierre-le-Vif : « Tunc Senonis accedentes, in « vico qui Vivus dicitur... »

Il dirige sur Orléans Altin et Odald, et sur Troyes Potentien et Serotin ;
ceux-ci réussissent dans leurs prédications et fondent un temple qu'ils
placent, sous l'invocation des Apôtres. Les missionnaires d'Orléans ne
sont pas moins heureux ; après y avoir dédié un temple au premier
martyr Étienne, ils séjournent à Chartres et à Paris, où ils sèment la
divine parole et construisent de grandes églises dédiées à la mère de Dieu.
Tout joyeux de leurs succès, ils rejoignent leur chef à Sens, où ils re-
çoivent la couronne du martyre, après avoir fondé dans la même ville
trois églises en l'honneur de la mère de Dieu, de saint Jean et du premier martyr.

Sous le règne de Claude, Pierre donne mission d'évangéliser d'autres
cités de la Gaule à plusieurs disciples qu'il avait ordonnés évêques, et
notamment à saint Martial. C'était, dit-on, l'enfant que le Seigneur avait
mis au milieu de ses disciples et qu'il avait lui-même servi à la dernière
cène. Saint Martial convertit à la foi une partie des habitants de Limoges,
où il avait ressuscité six morts. Parmi les missionnaires se trouvaient
saint Ursin, qu'on prétend avoir été ce Nathanaël, dont le Seigneur avait
dit : *Ecce vere Israelita in quo dolus non est*, et saint Julien, qu'on veut   Jo. 1, 47.
identifier avec Simon le Lépreux, qui reçut le Seigneur dans sa maison.
Ils évangélisèrent les villes de Bourges et du Mans. Avec eux, saint
Pierre envoya à Metz saint Clément, qui passe pour avoir été l'oncle du
pape du même nom. Il dirigea en même temps, avec le titre d'évêque,
Euchaire, Valère et Materne sur Trèves, Sixte sur Reims, Mansuet sur
Toul, Front sur Périgueux, Menge sur Châlons et Saturnin sur Tou-
louse.

Ce qui précède est tiré de la Chronique de Robert de
Saint-Marien (éd. Camuzat, fol. 32), lequel toutefois omet
le nom de saint Saturnin. Je ne connais pas la source de ce
qui suit :

Saint Martial, avec saint Amadour et Véronique, la femme de celui-ci,
qui avait été l'amie particulière de la sainte Vierge, pénétra en Aquitaine ;
il portait du sang de saint Étienne et beaucoup d'autres reliques précieuses. A la Roche d'*Anicium*, depuis appelée le Puy-Notre-Dame, il
consacra un autel à la sainte Vierge, où il déposa un soulier de la mère
du Seigneur, réservant l'autre pour l'église de Rodez. Il partagea les cheveux de la Vierge entre les églises de Clermont en Auvergne et de Mende.
Après avoir dédié dans ces quatre villes des églises à Notre-Dame, il en
consacra d'autres en l'honneur de saint Étienne, à Limoges, à Bourges,
à Cahors, à Agen et à Toulouse ; à chacune de ces églises il laissa des
reliques du premier martyr. Pendant qu'il prêchait à Poitiers, le Seigneur
lui apparut et lui dit : « Apprends qu'aujourd'hui Pierre a été crucifié

« à Rome pour mon nom ; dédie-lui cette église. » Ainsi fut-il fait, et de
même à Saintes et à Angoulême. Lorsque, dans la ville de Bordeaux, il
dédiait à saint Étienne l'église dans laquelle saint Séverin devait plus
tard être enterré, et qu'il voulait en placer une plus importante sous
l'invocation de saint Pierre, celui-ci lui apparut et lui donna cet avertissement : « Sache qu'aujourd'hui mon frère André a été mis en croix
« pour le Christ ; ne manque pas de lui consacrer cette nouvelle église. »

Quant à saint Amadour, il vécut en solitaire, au lieu qui porte aujour-
d'hui son nom ; saint Martial y érigea, en l'honneur de la Vierge, un
autel qui est aujourd'hui célèbre dans l'univers entier. Véronique, sa
femme, après avoir suivi les prédications de saint Martial, s'arrêta, avant
de mourir, dans le Bordelais, sur le bord de la mer, dans un endroit
où le saint apôtre dédia une petite chapelle à la sainte Vierge. Comme
reliques, il n'y mit que des gouttes du lait de Notre-Dame, et c'est pour
ce motif que l'oratoire prit le nom de Soulac : *Solac dicitur eo quod solum
lac beatæ Virginis ibi positum est.*

Au pontificat de saint Clet se rapportent les missions de beaucoup
de docteurs, et notamment celles de Photin à Lyon, de Paul à Narbonne
et de Gatien à Tours. Il faut ajouter ici le grand nom de Denys l'Aréopagite, le disciple de saint Paul, qui, après avoir vaillamment combattu
pour la foi à Paris, termina sa vie par un glorieux martyre, en compagnie
du prêtre Rustique et de l'archidiacre Éleuthère.

La Chronique du manuscrit de Bayeux est donc une
compilation du temps de saint Louis, dépourvue d'originalité ; elle n'en méritait pas moins d'être signalée, ne fût-ce
que pour montrer quels développements avaient pris au
xiiie siècle, dans le nord de la France, les traditions relatives aux origines de nos principales églises. Il y a là un
assez curieux essai de coordination des légendes locales,
confuses et souvent contradictoires, qui s'étaient introduites
et propagées à ce sujet dans les diverses provinces.

La compilation que nous venons d'analyser soulève une
question assez délicate, dont nous n'avons pas jusqu'ici
tenu compte. Elle présente de telles analogies avec la Chronique de Gérard de Frachet, qu'on pourrait se demander
s'il n'y faut pas voir un remaniement d'une première rédaction de l'œuvre de Gérard, remaniement dans lequel le
texte primitif aurait subi tantôt des suppressions, tantôt des
augmentations plus ou moins considérables. Nous nous ré-
servons d'examiner cette question, à la fin de ce volume, dans

un article complémentaire, où, revenant sur ce que nos
prédécesseurs ont dit de Gérard de Frachet, nous aurons à
parler des continuations de la Chronique de ce religieux,
dont l'importance a été récemment mise en relief.

ANNALES DE NEVERS.

Le manuscrit 3091 du fonds harléien au Musée britannique est un assemblage de cahiers sur lesquels différentes
mains ont tracé, à l'époque carlovingienne, plusieurs traités
ou morceaux, en prose ou en vers, dont la plupart se rapportent au comput. Au folio 28 verso commence une table des
cycles de dix-neuf ans, à laquelle ont été ajoutées, dans le
cours du xe, du xie et du xiie siècle, des notes historiques
dont la réunion forme des annales d'une grande valeur.

Le manuscrit est d'origine nivernaise, comme l'atteste un
calendrier qui occupe les folios 22 et suivants et qui renferme plusieurs mentions nécrologiques. Les additions faites
au tableau des cycles sont évidemment dues à des clercs de
la cathédrale de Nevers. La succession des évêques de cette
église y est marquée avec beaucoup de précision et avec
des détails qui permettent de singulièrement améliorer la
chronologie adoptée par les auteurs du *Gallia christiana*, pour
la période comprise entre les années 928 et 1196. Les notes
sur les comtes de Nevers ne sont guère moins instructives.

Gall. chr. nova,
t. XII, col. 632-
641.

Les annalistes ont soigneusement enregistré beaucoup
de petits faits d'histoire locale, tels que des phénomènes
météorologiques, des intempéries et des tremblements de
terre, des dédicaces d'églises (le 5 mai 858 et le 9 octobre
1076, dédicace de l'église Saint-Sauveur; le 25 octobre 1058,
dédicace de la cathédrale de Nevers; le 10 août 1063, dédicace du prieuré de Souvigni); les incendies de la ville de
Nevers en 953, en 996, en 1039 et en 1053; la condamnation à mort, en 1075, d'un hérétique nommé Belin et de
ses compagnons. Une grande place est réservée à des épisodes de guerres privées dont le Nivernais fut le théâtre et

dont il n'y a guère de traces dans les autres documents contemporains. Tels sont : un combat livré, le 21 juin 960, entre
un certain Airard et les chevaliers de Saint-Cyr, c'est-à-dire
les vassaux du chapitre de Nevers ; un autre combat, le 12 août
990, entre Landri, comte de Nevers, et Archambaud Ier de
Bourbon ; le meurtre commis à Saincaise, le 1er mai 1004,
d'un chevalier nommé Maïeul et de ses deux compagnons ;
le massacre d'Eldrade et de plusieurs autres chevaliers, le
29 août 1034 ; la défaite que Guillaume, comte de Nevers,
infligea en juin 1099, sur les bords de l'Allier, à Aimon
de Bourbon, événement qui devra faire modifier la chronologie proposée par M. Chazaud pour la succession des sires
de Bourbon ; l'assassinat de Bernard de Saint-Saulge, en
1106, par les serfs de Séguin de Nevers ; la victoire remportée en 1164 par Guillaume, comte de Nevers, sur Étienne,
seigneur de Sancerre ; l'expulsion par le petit peuple de
Nevers (*plebecula Nevernensis*), en 1177, des gens de Renaud
de Decize, frère du comte de Nevers, qui s'étaient livrés à
d'intolérables excès.

Des articles se rapportent aux troubles qui désolèrent la
Bourgogne en 958. Le sac de la ville de Meaux par les
Normands, qui est assez longuement raconté dans les Annales
de Saint-Vast, mais dont la date était incertaine, se trouve
fixé au 14 juin 888 par une note de l'annaliste nivernais
qui semble mériter toute confiance. On n'en saurait dire
autant de la mention qu'il a mise sous l'année 954 de la
campagne de Hugues le Grand contre le Danois Haigrold ;
mais il ne s'est pas trompé quand il présente cette expédition, qui eut lieu en 944, comme ayant eu le Cotentin pour
objectif.

Il faut remarquer l'indication de la conférence qui eut
lieu au mois de novembre 958 à Marzi, près de Nevers, et
à laquelle durent se rendre le roi Lothaire et sa mère, le
duc Hugues Capet et sa mère, d'une part ; d'autre part,
Guillaume Tête d'Étoupe, duc d'Aquitaine, apparemment
pour régler les affaires de l'Aquitaine, province sur laquelle
Hugues Capet avait des prétentions

Plusieurs de ces passages servent à éclaircir les récits de
Flodoard. Il n'en faut pas davantage pour assurer une réelle
importance aux Annales de Nevers, dont le texte a été publié
pour la première fois en 1881 dans les *Monumenta Germaniæ
historica* (*Scriptores*, t. XIII, p. 88). Le manuscrit original
qui nous les a transmises a été l'objet d'une notice dans le
volume que sir Ed. Thompson a fait paraître en 1884, sous
ce titre : *Catalogue of ancient manuscripts in the British Museum,
Part II, Latin*, p. 66 et 67. Plus récemment, M. Ferdinand
Lot les a employées avec profit pour établir la chronologie
de certains détails du règne de Lothaire (Les derniers Caro-
lingiens, Paris, 1891, in-8°, fasc. 87 de la Bibliothèque de
l'École des hautes études).

ANNALES DE SAINT-ORENS D'AUCH.

Le monastère de Saint-Orens d'Auch, de l'ordre de Cluni,
possédait un livre de comput dans lequel était une série de
tableaux cycliques embrassant la période comprise entre les
années 1-1215 de notre ère. On y a mis sur les marges un
certain nombre de notes historiques; mais, en dehors des
noms de papes, d'empereurs et de princes carlovingiens,
nous n'avons à y relever que d'assez rares mentions d'abbés
de Cluni, d'archevêques d'Auch et de comtes de Fesenzac.
Ce livre est celui qui porte aujourd'hui, à la Bibliothèque
nationale, le n° 456 dans le fonds latin des Nouvelles acquisitions (jadis 44 du fonds Libri).

Il renferme aussi quelques indications historiques ajoutées
à un ancien calendrier, et une note sur deux archevêques
d'Auch au XI⁰ siècle, Austindus et Guillaume.

Ce manuscrit était arrivé entre les mains de Peiresc, qui
en parle en ces termes dans une lettre du 8 janvier 1636 :
« J'ay recouvré quelques petits fragments d'une Chronique
« manuscrite du monastère de Saint Oyen de la ville d'Ausche
« en Gascogne, où je pense que M. Du Chesne pourra trouver
« quelques petits articles qui ne seront peut-estre pas inutiles

Peiresc, Lettres
aux fr. Dupuy,
t. III, p. 430.

XIVe SIÈCLE.

« pour l'histoire de ces quartiers; mais possible que M. Gas-
« sendi y trouvera encore quelque aultre chose plus à son
« usage pour quelques observations d'eclypses du siècle de
« Charlemagne assemblées en un chapitre, et pour quelques
« autres petits fragments de l'ancienne astronomie qui ne
« sont, possible, pas touts si communs. »

Monum. Germ.
hist., Script., t. III,
p. 171.

Pertz a publié, sous le titre de *Annales Auscienses*, les notes
historiques contenues dans le manuscrit de Saint-Orens.
Waitz les avait copiées à la bibliothèque de Carpentras, où
le manuscrit était alors classé sous le n° 279. Quand Libri
a soustrait ce volume et que, pour en dissimuler l'origine,
il a fait frauduleusement ajouter sur le folio 16 verso *Est
S. Joannis in Valle,* il ne se doutait pas que la publication
des extraits de Waitz fournirait le moyen de découvrir le
vol commis à Carpentras.

L. D.

GIRARD DE HAUTGUÉ ET JEAN DE VESVRES,

PRÉTENDUS AUTEURS

DE LA ROUE DE FORTUNE.

La singulière composition dont nous allons dire quelques mots est l'œuvre d'un faussaire ignorant et relativement
assez moderne. Nous aurions peut-être dû la passer sous silence; mais elle a été souvent citée comme appartenant au
commencement du XIVe siècle, et des généalogistes l'ont
prise en sérieuse considération; nous ne pouvions donc
guère nous dispenser de la signaler, pour démasquer une
fraude qui a déjà trompé et qui pourrait encore tromper
plus d'un historien.

La Roue de Fortune, *Rota Fortunæ*, plus connue sous le

titre de Chronique de Grancei, est une sorte d'histoire de
la maison de Grancei, depuis les origines les plus fabuleuses
jusqu'au commencement du xiv° siècle. Les auteurs, sans
tenir le moindre compte des exigences de la chronologie,
ont trouvé moyen de rattacher à leur sujet les noms les plus
fameux de l'histoire de France et de mettre en scène une
foule de personnages plus fantastiques les uns que les autres.

En tête de la généalogie figure un certain « Esturdus »,
comte de Langres, qui vivait au temps de Girard de Rous-
sillon. D'un mariage contracté avec la fille du roi d'Angleterre, il eut une fille, qui fut dame de Grancei, belle-fille
du roi de Bohême et mère de deux enfants; l'aîné de ces enfants monta sur le trône de Bohême; le second posséda la
seigneurie de Grancei et s'allia à la fille du dauphin de
Vienne. Une fille de ce seigneur de Grancei épousa le seigneur de Conflans en Champagne. Les fils issus de ce mariage furent élevés dans les écoles de Châlons, où ils eurent
pour camarades les trois enfants d'une pauvre lavandière
de l'évêque. Il serait fastidieux de rapporter ici l'histoire
romanesque de ces trois garçons, dont l'un fut pape et dont
les deux autres occupèrent les sièges de Sens et de Chartres.
On a peine à se figurer les écarts d'imagination auxquels
s'abandonnent les généalogistes de la maison de Grancei.
Ne vont-ils pas jusqu'à englober dans la famille des comtes
de Bourlemont, alliés des Grancei, saint Thomas de Cantorbéry, saint Patrice l'Irlandais, qui ménagea une visite
du purgatoire et de l'enfer à son cousin Jean, comte de
Bourlemont, et saint Ouen de Rouen, qui aurait eu pour
aïeule une duchesse de Normandie, fille d'Élisabeth de
Bourlemont, et de Louis, sire de Joinville?

Pour donner crédit à de telles fables, on prétendit que
le fond du récit venait d'une certaine Adeline, fille du comte
de Langres, reine de Jérusalem. Quelques additions y
auraient été faites en 1220 par Girard de Hautgué et par
Jean de Vesvres:

Adelina, filia comitis Lingonensis, regina Hierusalem et duchissa
Aurelianensis, hunc librum primo composuit, et quasdam historias an-

IMPRIMERIE NATIONALE.

tiquas apposuit ante Incarnationem et post; anno Domini centesimo regnavit Adelina prædicta. Deinde Girardus de Alto Vado juxta Vileyum (Villei-sur-Tille, Côte-d'Or, c. Is-sur-Tille), magnus archidiaconus Lingonensis, in utroque jure professus, tam canonico quam civili, cancellarius Franciæ, filius Petri dicti Malregard, vicecomitis Aurelianensis, et Johannes de Vavris juxta Chalanceium (Vesvres-sous-Chalancei, Haute-Marne, c. Prauthoy), episcopus Græcorum, quasdam historias addiderunt, anno Domini millesimo ducentesimo vicesimo. (Bibl. nat., ms. français 5310, fol. 80 v° et 81.)

Les mêmes Girard et Jean sont encore cités un peu plus loin :

Johannes, episcopus Græcorum et cancellarius ejusdem regni, et Girardus de Alto Vado, patruus prædicti Johannis de Vavris, magnus archidiaconus Lingonensis, cancellarius Franciæ, hujus libri compositores... (*Ibid.*, fol. 87).

Ces prétendus Girard de Hautgué et Jean de Vesvres ne se retranchent pas seulement derrière la reine Adeline, ils invoquent aussi une révélation miraculeuse qu'avait obtenue saint François d'Assise. Un jour que celui-ci, à la suite d'une fervente prière, avait appris par la voix d'un ange qu'il tirait son origine de la maison de Bourlemont, il avait demandé à Notre Seigneur de lui faire connaître la vie des comtes ses ancêtres, et aussitôt une colombe lui avait apporté un livre qui contenait toute la généalogie de ces puissants seigneurs : *Angelus donum sibi detulit, in specie columbæ, libellum in quo origo comitum de Bolemonte continebatur, de verbo ad verbum, secundum quod est supra dictum; et in illo libello tota generatio comitum de Bolemonte continebatur.* Saint François aurait profité d'une mission dont le pape l'avait chargé près du roi de France pour offrir une copie de ce livre aux seigneurs de Grancei.

Bibl. nat., ms. fr. 5310, fol. 90 v°.

L'existence de Girard de Hautgué et de Jean de Vesvres est fort problématique. Au texte dont la rédaction leur est attribuée sont soudées plusieurs additions, dont la première aurait été faite par le sire de Grancei, en 1319, le jour de Sainte-Marguerite, en présence de Louis de Poitiers, évêque de Langres, de frère Jean Joliet, de Langres, jacobin,

maître en théologie, et de frère Miles de Chevannes, cordelier. Les dernières additions sont datées de Domrémi, le samedi avant la Saint-Barnabé 1336.

Ni le corps de la Chronique ni les prétendues additions
ne me paraissent mériter la moindre confiance. Tout doit
avoir été fabriqué à une époque assez récente, la fin du
xve siècle ou plus probablement encore la première moitié
du xvie. Le style ne vaut pas mieux que le fond. Qu'on
en juge par le paragraphe qui termine la relation de la dédicace de l'église de Villei-sur-Tille :

Finito [a] sancto viro sermone[1], Galtherus, divina miseratione
episcopus Lingonensis, capellam seu ecclesiam de Villeyo sacrosanc-
tumque cimiterium dedicavit, consecravit, benedixit, in festo Mariæ
Magdalenæ, anno Domini millesimo centesimo nonagesimo sexto, sanc-
tissimo et devotissimo patre Honorio Romanum episcopatum tenente,
Friderico imperatore illustrissimo ac christianissimo rege Ludovico
regnum Franciæ gubernante[2]. Post missæ solemnis celebrationem, sine
sexus, ætatis, vestimenti distinctione, in prato juxta molendinum, di-
versa cibaria, ibidem decocta, cum aliis necessariis, abundanter, sine
aliqua prohibitione, susceperunt. Post comestionem, nobiles, scilicet
dux Borgundiæ, dominus de Granceyo, dominus de Tylicastro, Petrus
dictus Graviers de Bollemonte et plures alii de Borgundia, de Francia,
Campania, Lothoringia, in pratis dictæ villæ giraverunt. Quid plura?
Totum festum in gaudio et exultatione compleverunt, ut impleretur
sermo beati Gregorii papæ dicentis : « Lætetur omne seculum in solem-
« nitate Mariæ Magdalenæ, etc. »; abbate Sancti Benigni omnibusque aliis
abbatibus, tam albis quam nigris, quasi totius diocesis Lingonensis,
incolisque villarum circum vicinarum testibus ad hoc vocatis specia-
liter et rogatis, ut omnia ista prædicta in memoria æterna firmiter
habeantur.

Le texte latin de la Roue de Fortune est seulement connu
par une copie incomplète que le P. Jacques Vignier s'était
procurée et qui remplit les folios 73-94 du manuscrit français 5310 de la Bibliothèque nationale.

Mss. 5310, fol.
93 v° et 94 v°.

Ibid., fol. 92.

[1] Il s'agit d'un sermon prononcé par saint François pour la dédicace de l'église.

[2] Est-il besoin de faire observer qu'en 1196, date de la prétendue dédicace de l'église de Villei, le pape était Célestin III, l'empereur Henri VI, et le roi de France Philippe Auguste ?

Il en existe une traduction française, dont le même
P. Jacques Vignier a connu un exemplaire commençant par
les mots : « S'ensuivent les croniques anciennes abrégées, et
« translatées de latin en françois, tant de Troye la grande,
« de Lengres, Grancey, Choiseul, Molesmes, Chaulmont,
« Borlemont et Nogent que autres. A Troye la grande avoit
« ung roy nommé Priam . . . »

Un exemplaire, différent de celui dont a parlé le P. Vignier, forme le nº 4945 du fonds français de la Bibliothèque
nationale. Il vient du cabinet de Philibert de la Mare. C'est
celui qui est indiqué dans la Bibliothèque historique de la
France. Il a été extrait « d'ung certain volume de chronicque
« appartenant au sieur Helyon de Mailly, chevalier, seigneur
« d'Arc-sur-Thille, le xiiᵉ apvril, après Pasques, 1556 ».
Cette date empêche de rapporter à une époque plus récente
la fabrication de la Roue de Fortune.

Un extrait de cet ouvrage fut imprimé à Dijon en 1653,
par les soins d'un religieux de l'ordre de Saint-François,
dans un livret dont le P. Lelong nous a conservé le titre :
« Généalogie curieuse à l'honneur de quantité de noblesse
« de Bourgogne et de Bassigny, tirée d'un vieux manuscrit
« que feu M. le président Godran a laissé à M. de Mont-
« moyen ou de Latrecy, à Dijon, écrite par un nommé
« Gérard de Haute-Rive, archidiacre de Langres, et qui
« montre comme saint François d'Assise est allié de l'an-
« cienne noblesse de Grancey. » (Dijon, Chavance, 1653.
In-12.)

Un peu plus tard, le P. Jacques Vignier prépara une édition du texte latin, avec un ample commentaire historique,
qui, dans la pensée du laborieux jésuite, aurait formé le
dernier supplément de la Décade historique du diocèse de
Langres. Ce morceau devait être intitulé : « La Chronique
« de Grancey, intitulée autrement la Roue de Fortune, qui
« est un roman généalogique, contenant beaucoup de re-
« marques et de curiositez qui peuvent servir à l'histoire du
« diocèse de Lengres, composée premièrement en gros latin
« par un chanoine de l'église cathédrale, comme il y a ap-

Ms. fr. 5310,
fol. 94 vº.

Fontette, t. III,
p. 723, nº 40678.

Fontette, t. III,
p. 723, nº 40679.

XIVe SIÈCLE.

« parence, l'an mil trois cent vingt, et attribuée par l'au-
« theur à Gérard de Haultvé, ou Hautgué, qu'il qualifie
« grand archidiacre et chancelier, et à Jean de Vesvres, qu'il
« fait aussy chancelier et evesque de Grèce, en l'an 1220 ou
« 1320, traduite en françois l'an 1336, et finalement illus-
« trée de commentaires historiques par. . . » Voici en quels
termes l'ouvrage était apprécié au début d'une épître dédicatoire, adressée à la noblesse de la province :

Ms. fr. 5310, fol. 73.

Il n'est point de fable si mensongère qui ne contienne quelque vérité
cachée, comme le feu l'est sous la cendre, laquelle il fault remuer, afin
qu'il éclatte. La Chronique appellée de Grancey est un roman de cette
nature, des plus faux en apparence, mais non pas en effect, parce que
l'autheur y entrelasse, parmy les fictions, beaucoup de choses véritables
et beaucoup d'autres estimées telles, qu'il fault sçavoir développer, et
n'escrit mesme presque rien, qui ne fust, lorsqu'il escrivoit, conforme à
l'opinion populaire. . .

M. Louis Paris a publié en 1855, dans le Cabinet historique (t. I, part. 1, p. 144-157), un chapitre du commentaire du P. Jacques Vignier. Il ne s'est pas mépris sur la
valeur historique de la Roue de Fortune, mais il n'a point
hésité à la considérer comme l'œuvre d'un chanoine de
Langres du xive siècle.

Telle est aussi, quant à la date du document, l'opinion
de M. Émile Jolibois, qui, mettant surtout à profit les deux
manuscrits 4945 et 5310 du fonds français de la Bibliothèque nationale et un troisième manuscrit du petit sémi-
naire de Langres, en a fait paraître en 1857 une traduction
ou, pour mieux dire, un arrangement: « La Roue de For-
« tune ou Chronique de Grancey. Roman généalogique écrit
« au commencement du xive siècle, traduit et publié pour
« la première fois par Émile Jolibois » (Chaumont, 1857;
in-8° de v et 66 pages). L'éditeur estime que cette Chronique « reproduit dans toute leur naïveté plusieurs des lé-
« gendes les plus populaires au xive siècle dans le diocèse de
« Langres ». Suivant lui, « la Roue de Fortune était une
« sorte d'épithalame que l'on tirait des archives du château
« aux jours de fiançailles et qu'un clerc complaisant modifiait

« suivant les circonstances, pour égayer les réunions de fa-
« mille, tout en faisant briller l'illustration et la gloire des
« parents et des amis. »

Le véritable caractère de la Roue de Fortune semble avoir
été entrevu par le bibliophile qui a fait réimprimer à Nancy,
en 1863, l'extrait indiqué ci-dessus d'après la Bibliothèque
historique du P. Lelong. En effet, la plaquette intitulée :
« Généalogie curieuse de sainct François d'Assise, » ou « Gé-
« néalogie curieuse à l'honneur de quantité de nobles de
« Bourgogne... » (Nancy, Cayon-Liebault, 1863; in-8°
de IV et 24 pages), devait entrer dans une collection de
« Facéties et curiosités bibliographiques », comme on le voit
annoncé sur la couverture et le faux titre.

La conclusion de cet article, c'est que la Roue de Fortune ou Chronique de Grancei ne devra plus être classée
parmi les écrits du XIVe siècle. C'est un roman généalogique
forgé de toutes pièces, à l'époque de la Renaissance, par un
faussaire ignorant, qui voulait flatter la vanité de plusieurs
des grandes maisons de la Bourgogne et des provinces
voisines.　　　　　　　　　　　　　　　　　　L. D.

Catal. de l'Hist.
de France, t. IX,
p. 78.

GÉRARD DE NOGENT,

Le nom de ce docteur nous est offert diversement écrit,
comme le sont beaucoup d'autres. Il est deux fois appelé
Gerardus de Nogento dans le Cartulaire de l'Université de
Paris et de même dans les archives de la Sorbonne, *G. de
Nogendo* dans le n° 16170 de la Bibliothèque nationale, et,
dans le n° 3523 de la Mazarine, *Girardus de Nagento* ou
Nagesno, de universitate Parisiensi, de lingua francisca. Nous

n'hésitons pas à le nommer Gérard de Nogent. Mais il y a plusieurs Nogent en France, et rien ne nous indique dans lequel il est né. Nous avons aussi peu d'informations sur sa vie. M. Franklin le cite parmi les *hospites* ou les *socii* de la Sorbonne, entre les années 1253 et 1274. Il était maître ès arts en 1289. Nous le voyons témoin en cette qualité d'un accord aux termes duquel le cardinal Jean Cholet fonde et dote une chapelle en expiation de violences commises par ses gens sur quelques écoliers. Dans un autre accord, du 27 juin 1292, il a le titre de recteur de l'Université. C'était donc alors un personnage. On ignore la date de sa mort; mais on suppose qu'admis vers 1260 dans la maison de Sorbonne, il a pu vivre jusque dans les premières années du XIV° siècle.

Nous avons conservé plusieurs de ses écrits. Ce sont des commentaires philosophiques, rédigés par un professeur pour ses élèves. On n'y trouve, notons-le, rien de personnel; l'auteur donne de lui cette opinion qu'il était aussi modeste qu'expérimenté; modeste et timide, craignant de faire parler de lui, soit en émettant quelque proposition nouvelle, soit en se déclarant contre l'une des deux sectes belligérantes avec une vivacité qui l'aurait trop mis en scène. Il est nominaliste; mais il le prouve moins en critiquant la doctrine contraire qu'en reproduisant les définitions d'Albert le Grand, de saint Thomas, qu'il cite souvent. La fréquence de ces citations nous fait faire une remarque. Il était contre l'usage, au moyen âge, de nommer un auteur encore vivant. En fait, on ne se gênait aucunement pour prendre tantôt ici, tantôt là, ce que l'on trouvait à sa convenance; mais on attendait la mort d'un maître pour le citer comme une autorité. Or, Albert le Grand ayant vécu jusqu'en 1280, cela nous donne lieu de croire que les écrits de Gérard où se lit son nom sont postérieurs à cette année.

Il s'agit d'abord d'un commentaire sur l'Introduction de Porphyre, qui débute par ces mots : *Secundum quod dicit*[1]

Franklin, La Sorb., p. 212.

Chartul. univ. Paris., t. II, sect. 1, p. 35.

Ibid., p. 60.

---

[1] Ou *Sicut dicit.*

XIVᵉ SIÈCLE.

Algazel in Metaphysica sua, scientia corrigit vitia animæ. Il est anonyme dans le nᵒ 15005 (fol. 206) de notre Bibliothèque nationale ainsi que dans le nᵒ 261 du collège Merton; mais dans le nᵒ 3523 de la Mazarine il est au nom de *Gerardus de Nagento.* Le prologue de ce commentaire a pour objet de montrer l'utilité de la logique et d'exposer dans quel ordre se succèdent les divers traités qui l'enseignent. Au nombre de ces traités figure le Livre des six principes, de Gilbert de la Porrée, qu'évidemment Gérard croyait d'Aristote. La glose qui suit explique le texte et ne fait que cela. Gérard évite, répétons-le, toute occasion de controverse.

Au folio 212 de notre nᵒ 15005 et au folio 14 du nᵒ 3523 de la Mazarine, nous avons du même auteur un commentaire sur les Catégories commençant par : *Æquivoca dicuntur . . . . . Sicut dicit Boetius in commento suo, iste liber est de vocibus.* On y doit trouver et l'on y trouve, au chapitre de la substance, l'exposé très bref, mais très net, de sa doctrine sur la plus grosse question du débat scolastique. C'est la doctrine d'Aristote et d'Albert. Les substances premières ont en elles-mêmes leur principe d'individuation : *Singularia in genere substantiæ habent rationem determinati.* Quant aux substances secondes, on les appelle secondes parce qu'elles ne peuvent être déterminées qu'au sein des premières. Donc les genres, les espèces, les universaux ne précèdent pas les particuliers en ordre de génération, et ne sont pas, en fait, des substants; le substant proprement dit n'est pas l'homme, le cheval; mais cet homme, ce cheval, Socrate, Bucéphale : *Prima substantia est quæ proprie et principaliter et maxime dicitur substare.* Cette déclaration suffit. Elle fait prévoir que Gérard ne doit pas commenter moins fidèlement le texte d'Aristote dans ce qui lui reste à dire sur les neuf autres catégories.

Après ces deux commentaires, les nᵒˢ 15005 de la Bibliothèque nationale et 3523 de la Mazarine nous en offrent un troisième sur l'Interprétation. Quoiqu'il soit anonyme dans les deux manuscrits, on n'hésite pas à croire que Gérard en est aussi l'auteur. Associés les uns aux autres par les deux copistes, les trois commentaires sont en effet composés suivant la même méthode et rédigés dans le même style, un style très sec, mais qui, du moins, a le mérite de la précision. Le début est ici : *Primum oportet constituere... Sicut dicit Philosophus in tertio De Anima, triplex est operatio intellectus.* On remarque de si grandes différences entre les deux manuscrits cités qu'on hésite à mettre ces différences au compte d'un copiste; il semble plutôt que les deux manuscrits offrent deux rédactions successives de l'auteur, et que la dernière est celle que contient le volume de la Mazarine. Ajoutons que, dans le volume de la Bibliothèque nationale, ce commentaire est incomplet.

Nous avons enfin sous le nom de Gérard, dans le n° 16170 de la Bibliothèque nationale, venu de la Sorbonne, une série de cinquante-six questions sur les Seconds analytiques, qui commencent par ces mots : *Sicut dicit Avicembron, gaudium est homini ipsum velle per se quod in eo principaliter nobilius invenitur.* Quoique Gérard entre en matière par une citation d'Avicembron (Ibn-Gébirol), il s'en faut qu'il soit de son parti. Pour s'en convaincre on n'a qu'à lire les conclusions de Gérard sur la troisième question. Il se demande suivant quel mode se forment les idées, et soutient, avec Platon, que la connaissance intellective ne peut rien devoir à la sensitive, parce qu'elles sont l'une et l'autre différentes quant à l'espèce et que *nihil agit extra suam speciem.* Mais Aristote et Thémiste prétendent, au contraire, que toute idée vient des sens. Peut-on ici mettre d'accord Aristote et Platon? Gérard voudrait bien l'essayer; mais, après quelques tâtonnements, il y renonce. Si toute science, dit-il pour conclure, procède de la connaissance intellective des principes, il demeure constant qu'on ne parvient pas à cette notion nécessaire des principes par une autre voie que celle des sens.

Gérard de Nogent n'aurait probablement pas été nommé recteur de l'Université de Paris s'il n'avait pas été un professeur très considéré. Cependant il ne s'est pas fait un nom parmi les philosophes de son temps.   B. H.

JEAN,

RECTEUR DES ÉCOLES D'ARBOIS.

Le n° 8653 A de la Bibliothèque nationale est un recueil de pièces dont une seule, au folio 21, nous offre le nom de l'auteur : JEAN, recteur des écoles d'Arbois. Cette pièce est un poème en vers rythmiques dont tel est le début :

> Dogmata scolaribus molior donare,
> Per quæ vitam celebrem sciant acetare.
> Virgo, mater Domini, favere dignare;
> Quæ paris absque pare, mater es absque mare[1].

> Ad minorum commoda simul et majorum,
> Egenorum pariter et opulentorum,
> Novum carmen faciam pro posse decorum,
> Pluraque doctorum sociabo dicta meorum[2].

Ses maîtres, qui lui ont fourni les derniers vers de toutes ses strophes, sont Horace, Ovide, Juvénal, Caton, Stace, et, parmi les modernes, Alexandre de Villedieu, Évrard de Béthune, Gautier de Châtillon, Matthieu de Vendôme, *Guiardinus*. Quel est ce *Guiardinus*? Un des vers qu'il lui attribue se lit dans le poème *De contemptu mundi* publié sous le nom de saint Bernard; mais il cite plus loin ce *De contemptu mundi* comme anonyme. Il semble donc que *Guiardinus* est un nom altéré, ou que c'est le nom de quelque poète jurassien dont la mémoire s'est perdue.

Ce *Dictamen* du recteur Jean se compose de trente-cinq strophes, dont l'objet est, comme l'annoncent les premières, de former aux bonnes mœurs les enfants, les adultes, et, en outre, d'enseigner leurs devoirs réciproques aux riches

---

[1] À la marge : *Guiardinus*. — [2] À la marge : *Doctrinale*. C'est le deuxième vers du *Doctrinale*.

et aux pauvres. L'intention de l'auteur est certes louable, mais sa poésie l'est moins. S'étant imposé l'obligation de faire rimer trois vers rythmiques avec un vers métrique tiré de quelque poème étranger, il a rarement pu vaincre cette difficulté sans faire emploi de termes impropres et de paraphrases superflues.

Presque toutes les pièces qui composent le volume sont de la même main. Cependant elles ne sont pas toutes du même auteur. Il y a, parmi ces pièces, d'assez longs fragments de l'Alexandréide et des épîtres d'Ovide *De Ponto*. Le poème badin *De tribus angelis* est d'un rimeur plus ancien que notre recteur et qui avait plus d'esprit que lui. Au folio 11, sous ce titre *Introitus Prisciani minoris*, nous lisons un morceau de prose qui, suivant Échard, est de Robert Kilwardeby. Enfin nous hésitons beaucoup à croire de notre recteur le glossaire latin-français et le recueil de proverbes français, interprétés en distiques latins, que M. Ulysse Robert a tirés de ce volume. Mais nous attribuons volontiers à ce méchant poète d'autres pièces en vers rythmiques, composées dans la même forme que celle plus haut citée, dont chaque strophe finit aussi par un vers d'emprunt. Nous croyons pouvoir mettre encore à son compte la plupart des pièces farcies qu'on lit soit avant, soit après le *Dictamen* dont il est nommé l'auteur. Celle-ci par exemple :

Quant rois vient qui largement done,
    Negans sua nemini,
Avec la joie que cuer sone,
    Laudes sonare memini.
Por doner a nos sa persone.
    Deus unitur homini,
Donques, tuit de volonté bone,
    Laudate nomen Domini... (Fol. 22.)

Les autres ne sont ni pires ni meilleures. On ne suppose pas sans doute qu'elles puissent être pires.

Cependant nous attribuons plus sûrement à notre recteur le recueil de formules épistolaires qui compose la plus grande partie du volume. Ce qui nous persuade qu'il en est

Quét. et Éch., Script. ord. Prædicat., t. I, p. 376.

Bibl. de l'École des chartes, 1873. p. 34, 38.

l'auteur, c'est que lui-même s'y met en scène : *Reverendo magistro H... J., scolarum rector Arbosiensium*. Nous avons plus à parler de ces lettres fictives, qui toutes se rapportent à des faits contemporains. On peut donc y voir une chronique rédigée sous cette forme particulière par un témoin qu'intéressent à la fois les affaires de son clocher et celles de l'État, c'est-à-dire celles de l'Empire dont il paraît être un serviteur zélé. La date de ces *dictamina* n'est pas incertaine. Y sont cités les noms des papes Clément V et Jean XXII, du roi Philippe le Bel, de Henri de Chalon, de Vital, archevêque de Besançon, de Pierre de Savoie, archevêque de Lyon. De plus une des lettres (fol. 3) annonce la mort récente du jeune Robert de Bourgogne, *hujus provinciæ dominus et comes futurus*, qui mourut en 1315 au château de Poligni. Il est donc évident que ce recueil est des premières années du xiv° siècle.

Voici quelques documents pour l'histoire locale. Le vicaire d'Arbois demande aux écoliers de cette ville de vouloir bien contribuer, après leur maître, à la restauration de l'échafaudage qui supporte la cloche de son église (fol. 1, v°). Les vignerons d'Arbois ayant éprouvé de graves dommages, Mahaut, comtesse d'Artois et de Bourgogne, écrit au bailli d'Arbois de rappeler les Lombards dans le pays, en leur rendant la liberté de prêter aux vignerons, avec un intérêt honnête, les sommes que ceux-ci jugeront nécessaires pour remettre leurs vignes en bon état (*ibid.*). Le prieur des frères Prêcheurs de Poligni, chargé d'aller prêcher dans l'église d'Arbois, s'excuse de ne pas s'y rendre, disant que les bourgeois de cette ville n'assistent jamais aux sermons, pas même dans la semaine sainte (fol. 2, v°). La maison-Dieu d'Arbois tombant en ruines, on demande à l'archevêque de Besançon un secours d'argent pour la restaurer (fol. 7, v°). Le bailli d'Arbois écrit à la comtesse Mahaut que les bourgeois de ce lieu la prient de vouloir bien attendre jusqu'à la vendange le payement de 200 livres qu'ils lui doivent (fol. 10). Le même bailli, ici nommé G. de Molins, mande au prévôt d'Arbois de faire emprisonner certains vagabonds qui commettent sur son territoire, la nuit, étant masqués, toutes sortes d'infamies et de brigandages :

Quidam infruniti, tempore tetro larvati, per Arbosium prout intelleximus evagantur, nec duntaxat luculentæ fornicationi sunt dediti, verum etiam furtis et rapinis non metuunt impudenter grassari. Quamobrem vestræ sagacitati mandamus quod hujusmodi viros pestiferos diligenter investigare curetis, necnon vinctos compedibus mancipare, quoad Arbosium regredientes qua pœna mulctandi sunt malefactores hujusmodi prudenti consilio decernamus.

Enfin notre Jean, recteur des écoles d'Arbois, écrit au procureur de l'archevêque de Besançon qu'un seigneur du voisinage (nous croyons lire Henri de Bivan) a traîtreusement fait arrêter un clerc, nommé Étienne de Rougemont, qui se rendait à ses écoles, et l'a dépouillé de 60 livres tournois. Il demande en conséquence que ce larron soit excommunié (fol. 10, v°).

D'autres pièces concernent Poligni, Salins, Besançon. Les gens de Besançon, vexés par des nobles conjurés contre eux, prient Jean de Chalon de leur envoyer son fils pour les défendre (fol. 7, v°). L'archevêque de Besançon écrit à tous les curés de son diocèse que l'arrogance des juifs ne connaît plus de bornes et qu'il faut appeler sur eux la vindicte du bras séculier :

H., cælesti gratia archiepiscopus Bisuntinus, singulis rectoribus ecclesiarum in diœcesi Bisuntina salutem... Promulgatum est coram nobis judæos nostræ diœcesis, elatos corde plus solito, cantus et synagogas cum cærimoniis exaltasse, necnon christianas habere pedisequas et puerorum altrices; quod in christianitatis esse præjudicium et contumeliam perspicue innotescit. Quapropter vobis sub pœna suspensionis mandamus quod moneatis singulos sæculare brachium exercentes Judæorum synagogas et cærimonias cum cantu deprimere, et ab eorum domibus excludere christianas, ut in judaismi cadat ruinam elatio nequiter usurpata. Quod si vobis moniti non paruerint, in ipsos sicut jus dictaverit procedemus. (Fol. 10 v°.)

Quelques lettres ont trait à l'histoire de la province et même à l'histoire générale. Ainsi nous avons Hugues de Bourgogne, sieur de Mont-Justin, écrivant à son cousin germain Henri de Bourgogne, sieur de Chassigni, pour le prier de l'autoriser à faire la paix entre lui et leur parent commun Henri de Vergi (folio 9). L'empereur Henri VII invite l'archevêque de Besançon à venir assister à son couronnement. On sait que ce couronnement eut lieu dans la ville de Rome, le 29 juin 1312. Le même Henri se plaint en ces termes au pape Clément de l'occupation de Lyon par les Français (1312) :

Beatissimo patri in Christo ac domino Clementi, Romanæ necnon universalis Ecclesiæ summo pontifici, Henricus, divina et ejusdem patris gratia rex Romanorum, salutem in omnibus, cum omnis obsequii subjectione devota... Non ignorat sublimitas vestra Philippum, regem Francorum, super limitatione regni et Imperii conventiones nobiscum obligaturas pepigisse, adeo ut infra tempus præcisum nihil prorsus erat a nostrum alterutro innovandum; quod pactum præfatus rex in præjudicium et gravamen Imperii neglexisse videtur, Lugdunum, civitatem nostram, imo, pater, vestram, per suos filios obsidendo, qui cives loci vinculo [1] novæ servitutis miserabiliter colligarunt. Quapropter, sanctissime pater, vestram celsitudinem imploramus quod dictum regem movere dignemini ut manum submoveat a civitate præfata, quam obligationem tenendo qua constat ipsum et nos fuisse invicem obligatos. (Fol. 8.)

D'autres pièces ont le même intérêt. Nous avons cité celles-ci pour engager de futurs historiens à les lire toutes.

B. H.

THIBAUD DE TROYES,

POÈTE LATIN.

Plusieurs volumes de la Bibliothèque impériale de Vienne contiennent un abrégé de la Bible, en vers rythmiques, dont

---

[1] Nous substituons le mot *vinculo* à un mot illisible.

l'auteur n'a pas encore été bien indiqué. Denis, qui a successivement décrit ces volumes, mentionne ainsi le premier qu'il a rencontré : *Compilatio Bibliæ rigmatice per sanctum Thomam de Aquino, ord. Prædicatorum.* Et ainsi le second : *Biblia rhythmica dictata a fratre Theobaldo Cretensi, ord. Prædicatorum.* Entre ces deux auteurs Denis ne s'était pas prononcé, laissant le choix libre. Or il n'était guère vraisemblable que saint Thomas, un si grave docteur, eût employé son temps précieux à mettre la Bible en rimes. C'est pourquoi le rédacteur du dernier catalogue des manuscrits de Vienne a donné pour titre au n° 4924 de cette bibliothèque : *Compilatio Bibliæ rigmatice, per sanctum Thomam de Aquino, sed potius Theobaldum Cretensem.* Il avait lu ce nom, Thibaud de Crète, dans la rubrique du n° 883. C'est aussi là que Denis l'avait trouvé.

Échard l'avait pourtant averti qu'il ne devait pas se fier à cette indication. Ayant demandé à Vienne quelques informations sur ce Thibaud de Crète, Échard n'en avait pas reçu de satisfaisantes; et, ne pouvant admettre que ce Crétois, ce Grec schismatique, eût revêtu l'habit de son ordre, il a proposé de lire, au lieu de *Cretensi, Retensi : Teutonem,* dit-il, *forte conjicio et forsan oppidi Retensis et domus in eo ordinis Prædicatorum alumnum.* Et il a fait vivre ce Thibaud *Retensis* au xve siècle.

Mais nous allons faire voir que sa conjecture n'est pas acceptable. Et d'abord la date qu'il assigne à la composition du poème est certainement fausse. Ce poème ayant été longtemps estimé, nous en avons d'assez nombreuses copies et nous savons l'âge de quelques-unes. Deux sont, à la vérité, du xve siècle, dans les n°s 1544 de Troyes et 568 de Grenoble. Mais une autre, dans le n° 14413 (fol. 58) de la Bibliothèque nationale, paraît être des premières années du xive siècle et une quatrième, dans le n° A 592 de Rouen, est datée du xiiie. Voici l'*explicit* de ce manuscrit de Rouen : *Explicit brevis perstrinctio Bibliæ, compilata a fr. Th. et completa in crastino beatæ Luciæ anno Dom.* mcc *et cet.* Échard a donc beaucoup rajeuni l'auteur. Il a dû vivre dans les der-

xive siècle.

Denis, Cod. man. theol. Vind., t. I, col. 357.

Ibid., col. 2321.

Quét. et Éch., Script. ord. Præd., t. II, p. 821.

nières années du XIII° siècle et peut-être dans les premières
du XIV°.

Échard ne s'est pas moins trompé sur le lieu de sa naissance. *Cretensis* est évidemment un mot altéré. Mais faut-il
lire *Retensis?* La copie contenue dans le n° 883 de Vienne
est la seule dont Échard ait eu connaissance. Et il ne l'a pas
vue; il ne l'a citée que sur le rapport de Denis. Or il n'est
pas douteux qu'il se serait abstenu de proposer la correction
Retensis s'il avait su qu'il existait à Clairvaux une copie de
ce poème, aujourd'hui conservée dans le n° 1544 de Troyes,
dont tel est le titre : *Biblia metrificata a fratre Theobaldo
Trecensi, ord. fratrum Prædicatorum. Cretensi, Trecensi* sont
deux mots qui, dans les manuscrits, se ressemblent beaucoup et peuvent être aisément pris l'un pour l'autre. Thibaud était d'ailleurs un nom très commun, au moyen âge,
dans la province de Champagne, et sous sa forme germanique, Dietpold, il ne l'était pas plus en Bavière, en
Prusse qu'en Autriche, ou, comme dit Échard, chez les
Teutons.

Thibaud de Troyes est donc pour nous l'auteur véritable de cette Bible rimée dont il existe encore aujourd'hui
divers manuscrits à Paris, à Grenoble, à Rouen, à Troyes,
à Berne (n° 592), à Vienne, et dont tels sont les premiers
vers :

> Verbum a principio procedens æterno,
> Qui cuncta consilio creasti superno,
> Te rogare cupio, tibi me prosterno;
> Nos purgatos vitio serves ab inferno.

Quoique ce poème ait eu du succès, il est sans aucun
mérite. La langue en est obscure, incorrecte, et pas un trait
ingénieux ne donne quelque agrément à ce banal abrégé.
Le XIII° siècle ne fut pas, il s'en faut bien, un siècle littéraire; cependant il nous a laissé peu d'œuvres qui vaillent
moins que celle-ci. N'ayant aucun souci de l'art poétique,
l'auteur ne s'est proposé que d'étonner les gens par des tours
de force, à la manière des baladins. Les difficultés qu'il s'est
fait un jeu de surmonter sont celles-ci : sommairement rap-

peler les principaux faits de l'Écriture en des strophes de
quatre vers; faire rimer ensemble les syllabes médianes de
ces quatre vers et pareillement ensemble les finales; enfin
terminer chaque strophe par une courte prière. Citons deux
strophes au hasard pour faire comprendre comment cela
se pratique. Ainsi sont résumés les chapitres 27-34 de la
Genèse :

> Dans Rebeccæ geminum benedictione,
> Jacob facis dominum, foves visione,
> Uxorum et seminum auges concione.
> Nos a nexu criminum salves, Jesu bone.
>
> Qui Jacob ad patriam præcipis redire
> Et Laban sævitiam fratrisque lenire,
> Nomen das et gloriam, Sichen punis dire,
> Fac misericordiam in diebus iræ.

Il nous semble qu'on pouvait, même dans ces conditions,
faire de meilleurs vers. Cependant il n'y en a guère de meilleurs dans tout le poème.

Un poème semblable, du même style, précède celui de
Thibaud dans le n° 14413 de la Bibliothèque nationale. En
voici les deux premières strophes :

> Qui mundanam machinam potenter creasti,
> Adam ad imaginem propriam formasti,
> Et, Abel respiciens, Cain reprobasti,
> Lameth, primum bigamum, a te sequestrasti,
> Salva me, baptismatis quem aqua mundasti.
>
> Deus, qui justum Enoch fers in paradisum,
> Qui Noe diluvio salvasti provisum,
> Arcum das in nubibus in pactum præcisum,
> Ex Ur Abram liberas, consolans per visum,
> Reges ei subicis, Sara parit risum,
> Pro quo pater obtulit vervecem occisum,
> Nomen auges Abrahæ, dans Saræ decisum,
> Me salva, me libera, repara collisum.

Nous disons que les deux poèmes sont du même style;
nous pourrions dire de la même langue, une langue particulière, où se rencontrent tant d'expressions impropres

qu'on a toujours peine à la comprendre et qu'on ne la comprend pas toujours. Remarquons, en outre, ce singulier parti pris de finir toutes les strophes par une prière, et notons que plusieurs de ces prières se ressemblent dans les deux poëmes autant que la rime le permet. Cela nous fait soupçonner que ces deux poëmes, qui sont, dans notre manuscrit, l'un et l'autre anonymes, ont l'un et l'autre pour auteur Thibaud de Troies. Cependant nous ne faisons qu'émettre un soupçon. Les catalogues récemment publiés ne nous signalent aucune autre copie du dernier.

B. H.

GUILLAUME DE SAINT-MARCEL,

AUTEUR SUPPOSÉ

DE LA VIE DE SAINT LOUIS, ÉVÊQUE DE TOULOUSE.

Louis, fils de Charles d'Anjou, deuxième du nom, roi de Sicile, et de Marie de Hongrie, né à Brignoles, en Provence, en l'année 1274, fit vœu dans sa jeunesse, étant gravement malade, de prendre un jour, s'il échappait à la mort, l'habit des religieux franciscains. Ayant satisfait à cet engagement, il fut ensuite nommé par Boniface VIII, en 1296, évêque de Toulouse et mourut à Brignoles, l'année suivante, le 19 août. Il avait bien peu vécu; cependant il avait, disait-on, opéré tant de guérisons miraculeuses, il s'était du moins signalé par tant de modestie, tant de piété, qu'on parla, le lendemain de sa mort, de l'admettre au nombre des saints. Il fut canonisé par Jean XXII au mois d'avril 1317.

Sa vie a été écrite, suivant ce que rapporte Luc Wadding, par plusieurs de ses contemporains. Une seule de ces an-

XIVe SIÈCLE.

ciennes biographies a été conservée, et publiée sous ce titre : *S. Ludovici, Caroli II, regis Siciliæ, filii, ex ordine Minorum, episcopi Tolosani, Vita. F. Henricus Sedulius ex tenebris eruit, stilo et commentario illustravit;* Anvers, J. Moret, 1602, in-8°. Les continuateurs de Bollandus en ont donné plus tard une édition nouvelle, avec une préface très étendue, dans le troisième tome du mois d'août, p. 775-822. Ajoutons qu'il en existe un grand nombre de traductions plus ou moins libres.

Le latin donné par le premier éditeur n'était déjà plus conforme à l'original. Il l'avait, dit-il, trouvé dans un manuscrit surchargé d'additions plus ou moins considérables; on lisait en effet, à la fin de ce manuscrit, le récit d'un miracle advenu dans la ville de Louvain, par l'intercession de saint Louis, au cours de l'année 1426. Il l'a lui-même, il en fait l'aveu, beaucoup modifié. Cet Henri *Sedulius*, Mineur belge, provincial de son ordre, lettré, grand ami de Juste Lipse, goûtait peu, ce qui n'étonnera personne, le latin du xive siècle; il a donc cru devoir tantôt abréger, tantôt amplifier la narration manuscrite. En cela, dit-il dans sa préface (p. 10), il a suivi la méthode des bons auteurs : *Exemplo bonorum auctorum, qui facta dictaque adstrictius, spatiosius et uberius explicare solent.* C'est une méthode maintenant condamnée. Il y a déjà deux siècles, Adrien Baillet déclarait ne pas approuver les abréviations et les paraphrases de Sedulius : « Il eût peut-être, dit-il, « aussi bien fait de laisser son auteur en l'état qu'il l'avait « trouvé. » Nous tenons, pour notre part, qu'il eût sûrement beaucoup mieux fait de ne rien changer au texte primitif. En quelques endroits de la vie de saint Louis il y a des faits qui se rapportent à l'histoire générale et même à l'histoire littéraire; nous y trouvons, par exemple, des informations précises sur le séjour de Richard de Middleton dans la ville de Paris; mais quelle confiance pouvons-nous avoir en ces informations, quand nous ne savons pas qui nous les donne?

Il y a toutefois plusieurs passages de la légende remaniée où l'on retrouve sinon la forme, du moins le fond de la légende primitive. Ces passages sont ceux où le narrateur parle de lui-même. Ainsi, après avoir donné quelques détails sur l'enfance du saint évêque, il ajoute : « Je tiens cela « de la reine Marie, sa mère, et des personnes chargées de « son éducation. » Ailleurs, racontant que le jeune Louis se plaisait à traiter les plus graves questions avec les plus savants hommes de son temps, il dit avoir assisté à une de ces conférences dans la ville de Barcelone. Il est donc évident que l'auteur de la légende primitive a vécu dans le même temps que le saint homme. Or, dans le nombre de ses contemporains qui passent pour avoir écrit l'histoire de sa vie, Wadding désigne un certain GUILLAUME DE SAINT-MARCEL, que Sbaraglia a cru et pu croire l'auteur de l'écrit anonyme remanié par Sedulius. Ce Guillaume de Saint-Marcel, pénitencier du pape, de l'ordre des Mineurs et non de l'ordre des Prêcheurs, comme l'a cru Gui Allard, remplissait les fonctions d'inquisiteur dans le Comtat Venaissin, quand, en l'année 1290, Nicolas IV lui fit attribuer quelques subsides par le gouverneur du Comtat. Il occupait encore la même charge dans le même lieu, lorsque en l'année 1309, suivant Luc Wadding, Clément V lui donna commission d'aller en Sicile faire le procès aux templiers qui s'y trouvaient, soit nationaux, soit étrangers. L'année suivante, le même pape l'envoyait à Rome, le chargeant de rétablir la paix dans cette ville très agitée. C'était lui témoigner une grande confiance.

Voilà des renseignements qui, sans confirmer la conjecture de Sbaraglia, ne la contredisent pas. Cependant il y a, ce qu'ignorait Sbaraglia, des copies de la vie de saint Louis qui nomment un auteur tout autre que notre Guillaume. Cet auteur serait, dit l'annotateur, malheureusement trop moderne, d'un manuscrit d'Angleterre, un certain Jean d'Orta, né dans la ville de Trani, *Joannes de Orta de civitate Trani.* Voilà ce que nous apprennent les éditeurs d'un texte pur de toutes les corrections de Sedulius, qui vient d'être publié dans le tome IX, fasc. 3 et 4, des *Analecta Bollandiana.* Quel est ce Jean d'Orta? Les nouveaux éditeurs n'ont, disent-ils, rien à nous apprendre sur son compte. Ils ont trouvé son nom dans le titre d'un manuscrit et ne le connaissent pas autrement. Il aurait été, suivant ce qu'il rapporte, attaché, mais il ne nous fait pas connaître à quel titre, soit à la personne de la reine Marie, soit à celle de son fils. Mais, quelle qu'ait été sa fonction à la cour de Sicile ou à l'évêché de Toulouse, voilà, suivant les nouveaux éditeurs, l'auteur de la vie du saint évêque qui nous a été conservée et dont nous avons enfin une édition sincère. Si donc Guillaume de Saint-Marcel en a fait une, comme l'assure Wadding, elle est perdue, et c'est une perte regrettable. Pénitencier de Clément V, puis de Jean XXII et mort évêque de Nice, il n'a pu demeurer étranger aux actes préliminaires de la canonisation, ayant certainement connu l'évêque de Toulouse et ayant pu donner sur lui des renseignements personnels.   B. H.

JEAN D'ABBEVILLE,

ARCHIDIACRE DE MEAUX.

Dans l'ancien catalogue des manuscrits de la Sorbonne, daté de l'année 1338, on lit : *Sermones magistri Joannis de Abbatisvilla de festis, super epistolas et evangelia, ex legato ejusdem archidiaconi Meldensis, anno Dom. 1221.* Il y a certainement plus d'une erreur dans la description de ce volume. Le sorbonniste Jean d'Abbeville, doyen de Meaux, neveu de Guéroud d'Abbeville, archidiacre de Ponthieu, lequel mourut vers l'année 1271, ne peut avoir fait son testament en l'année 1221. C'est pourquoi M. Delisle a proposé de lire, au lieu de 1221, 1321, et recommandé de ne pas confondre cet archidiacre de Meaux avec son homonyme, le cardinal de Sainte-Sabine, mort en 1237. Nous avons un autre argument, non moins décisif, contre cette fausse date de 1221. A qui l'archidiacre de Meaux a-t-il légué les sermons dont il s'agit? Le volume

Delisle, Cab. des mss., t. III, p. 51.

Franklin, La Sorbonne, p. 222.

Delisle, Cab. des mss., t. II, p. 158.

286   JEAN D'ABBEVILLE,

ci-dessus décrit est aujourd'hui le n° 15937 de la Bibliothèque nationale, et on lit à la fin : *Iste liber est pauperum magistrorum de Sorbona, ex legato mag. Joannis de Abbatisvilla, archidiaconi Meldensis.* Ainsi le legs a été fait à la maison de Sorbonne, et, comme cette maison n'existait pas encore en l'année 1221, le rédacteur de l'ancien catalogue s'est grossièrement trompé quand il a daté le legs de cette année. Et le mot *ejusdem* que nous offre son titre est une autre bévue; les sermons que contient le volume, commençant par : *Licet cum Martha sollicitarer incuria et turbarer,* ne sont pas en effet du donateur, Jean d'Abbeville, archidiacre de Meaux; ils sont de Jean d'Abbeville, archevêque de Besançon, puis cardinal de Sainte-Sabine, compatriote et peut-être parent lointain de l'archidiacre. On les trouve encore dans les n°s 3301 B, 3560 de la Bibliothèque nationale, 76 de Vendôme et 1237 de Troyes; et dans ce n° 1237 de Troyes ils sont intitulés : *Mag. Joannis Abbatisvillæ, archiepiscopi Bisuntini, Sermones de festis et sanctis.* Remarquons en outre que, dans le n° 76 de Vendôme, ils suivent d'autres sermons du même cardinal.

Catal. des mss. de l'Arsenal, t. I, p. 248.

Distinguons enfin de l'archidiacre de Meaux un Jean d'Abbeville qui mourut à Saint-Victor vers la fin du XIIIe siècle, en léguant d'autres livres à cette abbaye. On ne peut supposer que l'archidiacre se soit fait admettre, dans les dernières années de sa vie, parmi les religieux de Saint-Victor, puisqu'il est encore désigné, dans son legs à la Sorbonne, comme exerçant les fonctions d'archidiacre.

Il est vraisemblable que notre archidiacre mourut dans les premières années du XIVe siècle; mais nous n'avons, sur la date de sa mort, aucun renseignement certain. Nous ne sommes pas beaucoup mieux informés en ce qui regarde ses œuvres. Nous ne pouvons, en effet, lui attribuer sûrement qu'un commentaire sur le Cantique des cantiques dont les n°s 478 et 13198 de la Bibliothèque nous offrent deux exemplaires; le second est anonyme. Renouvelons ici l'avertissement de M. Delisle : que l'on prenne garde de ne pas confondre, non seulement deux personnes, mais encore deux

écrits différents. Le cardinal a commenté, lui aussi, le Cantique. Nous avons son commentaire dans les n°s 12971 de
la Bibliothèque nationale et 427 des Nouvelles acquisitions;
et il se trouve encore dans les n°s 137 de Cambrai, 63, 64
d'Amiens et 31 de Bruges; mais il est sans aucun rapport
avec le travail très original de l'archidiacre sur le même
livre.

La sainte Écriture est, dit l'auteur, un puits d'où l'on
peut tirer toute vérité. Le Cantique d'amour n'est-il, comme
on le suppose habituellement, qu'un épithalame allégorique?
Il entend, pour sa part, démontrer que les trois livres de cet
écrit mystique ont pour objet d'enseigner aux trois ordres
des fidèles, *incipientes, proficientes, perfecti,* les trois sciences
que les philosophes nomment l'éthique, la physique et la
théorique. A la vérité, le texte n'offre pas toujours l'occasion
de discourir sur les vertus, les vices, la règle des mœurs, la
condition des personnes, leurs devoirs réciproques, le ciel,
le monde, l'histoire naturelle et les articles de la foi. Mais
cette occasion, l'auteur se la procure par un procédé tout
particulier: quand l'esprit du texte ne la lui fournit pas, c'est
la lettre qu'il contraint à lui rendre le service que l'esprit lui
refuse. Et voici comment il traite la lettre : sur un mot qui,
pris seul, ne serait pas la matière d'une amplification morale, il fabrique quelques vers et ensuite les paraphrase.
Ainsi, le texte offrant *dentes tui sicut greges,* le moraliste s'empare du mot *dens* qu'il définit en ces deux vers :

> Albus, carne caret, disponitur ordine, servit
> Dens alii, nil fert obstans, masticat et angit.

N° 13198, fol. 27,
col. 2.

Et suit le commentaire : les dents sont les saints, blancs à
cause de leur innocence; les dents rangées en bon ordre, ce
sont les prophètes, les patriarches (qui sont appelés plus loin
les dents molaires), les archevêques, les évêques, et (l'auteur
ne s'oublie pas) les archidiacres, qui rendent service à tout
le monde, *servit alii;* ne nuisent à personne, *nil fert obstans;*
masticat, qui mâchent tout le jour le pain de la sainte Écri-

ture pour nourrir l'Église; *angit*, qui gémissent de tous les malheurs qui peuvent advenir aux gens qui dépendent d'eux.

De même, sur les mots *electus ut cedri :*

Fol. 54, col. 2.

> Cedrus celsa fugat colubros, durat, dat odorem,
> Et succo libri durant illius inuncti.

Et, à la suite, une longue glose où l'on démontre en quoi les mêmes saints ressemblent au cèdre. *Celsa :* leur sainteté les élève au-dessus de ce monde. *Fugat colubros :* ils chassent devant eux les démons et mettent en déroute les hérétiques. *Durat :* ils gagnent par le mérite de leurs œuvres la couronne de l'immortalité. *Dat odorem :* partout ils répandent l'odeur de leur bonne renommée. *Et succo libri*, etc. : Jean de Gênes nous apprend dans son glossaire que, pour préserver le parchemin de toute sorte de vermine, on l'oignait d'une gomme tirée du cèdre et nommée *cedria;* ainsi, dit le glossateur, *sancti, humore gratiæ inuncti et imbuti, nulla hæreticorum astutia corrumpuntur.*

De même encore, sur les mots *comæ ejus sicut elatæ palmarum :*

> Asperat inferius, est supra palma decora ;
> Fert tarde fructum, frondes servare laborat,
> Et tanto crescit quanto plus tunditur ipsa . . .

Et voici l'abrégé du commentaire. *Inferius* veut dire *in istis inferioribus*, qui sont les choses temporelles. Or, ces choses, les saints les méprisent. Leurs vêtements sont négligés, leur nourriture est grossière : ce qui les fait taxer de rudesse, *asperat*. Mais *supra,* c'est-à-dire en ce qui regarde les choses spirituelles, ils ont une rayonnante beauté. *Fert tarde fructum :* l'héritage auquel les saints aspirent, ils n'en jouiront que plus tard, dans le ciel. *Frondes*, ce sont les enseignements du Seigneur, lequel a dit : *Si quis diligit me, sermones meos servabit. Et tanto crescit*, etc. : ils sont d'autant plus saints qu'ils ont été plus persécutés.

Suivent, dans le même verset, les mots *Nigræ quasi corvus.*
Voici d'abord ces deux vers sur le corbeau :

> Cras canit et clamat, rapit atque cadavere gaudet,
> Dilaniat, pullum nunquam pascit nisi nigrum.

Dire *cras*, c'est ajourner au lendemain sa pénitence. Or
voilà ce que font trop de pécheurs. *Clamat :* crier est le propre
des orgueilleux, et Dieu n'aime que les humbles. *Rapit :* il réprouve les voleurs. *Cadavere gaudet*, et les gens qui s'adonnent
à la luxure : *cadavere notatur luxuria. Dilaniat :* ce sont les ca-
lomniateurs. *Pullum nunquam pascit*, etc. : qui se ressemble
s'assemble; les bons ne fréquentent que les bons et les méchants que les méchants.

Voilà donc le corbeau considéré comme l'emblème de
plusieurs vices, et particulièrement de l'orgueil, dont ils
procèdent tous. Mais on peut le voir sous un autre aspect :

> Est facilis corvus, huic circumflexio velox.
> Arte quidem tali prudenter multa geruntur;

et, sous cet aspect, le corbeau représente le prédicateur, qui
dit facilement ce que le Saint-Esprit lui inspire, qui va de
lieux en lieux, *circumflectitur,* répandre la parole divine et
rend ainsi de nombreux services.

Ailleurs, les mots *oculi tui columbarum* lui servent de matière pour glorifier la Vierge sous la forme d'une colombe :

> Felle caret, pullos alienos nutrit et alis
>   Protegitur, juxta plena fluenta sedet;
> Saxo nidificat, incedit cum grege, grano
>   Vescitur electo, nec nocet ungue suo.
> Argenti species pennis monstratur et auri;
>   Præbent conceptum basia blanda sibi.
> Pro cantu gemit hæc, restaurat luminis usum;
>   Ad sponsum ramos ore columba gerit.

Fol. 13, col. 1.

Quelquefois même ce n'est pas au texte du Cantique que
le moraliste emprunte le mot qu'il va gloser tant en vers
qu'en prose. Trouvant, par exemple, le mot *gallus* dans une

phrase par lui citée de saint Grégoire, il introduit le coq en scène et le décrit d'abord ainsi :

Fol. 44, col. 2.

> Discernit gallus nocturni temporis horas;
> Post præbet voces, homines vigilare monendo;
> Clamores tribuit majores nocte profunda;
> Emittit luce voces veniente minores;
> Cum proferre parat cantus, se percutit alis;
> Hic super ecclesias ventis opponitur alte.

Le coq, on s'y attend, c'est encore le prédicateur; et la comparaison de l'un et de l'autre n'occupe pas moins de neuf colonnes.

D'autres fois enfin les vers que commente Jean d'Abbeville ne sont pas de lui; ils sont d'Ovide, de Lucain, de Pierre Riga (fol. 3, col. 4; fol. 7, col. 2; fol. 8, col. 1; fol. 40, col. 4; fol. 47, col. 1), de Matthieu de Vendôme (fol. 51, col. 2). On soupçonne combien il doit, en les commentant, s'éloigner du Cantique. Mais il n'a pas de cela le moindre souci. Tout ce qui lui importe, c'est de prêcher agréablement la saine morale, surtout aux prélats, aux clercs de son temps, dont la vie, dit-il, est plus mal réglée que celle des laïques. C'est une intention qu'on loue volontiers; mais l'exécution n'y répond pas. On a pu juger ce que valent les vers. La prose ne vaut pas beaucoup plus. Ce n'est généralement qu'un verbiage fastidieux. Il y a bien, à la vérité, quelques censures; mais elles sont banales. Il maudit si souvent les hérétiques qu'il semble éprouver le besoin d'en dénoncer quelques-uns parmi les maîtres de son temps; mais il n'en dénonce aucun et ne laisse pas même soupçonner à qui ses malédictions s'adressent.

Jean d'Abbeville a-t-il eu, malgré son peu de mérite, un rival? Il a feint, s'il n'en a pas eu, d'en avoir un, et l'a malmené tour à tour en prose et en vers : en prose, dans le long préambule de son commentaire; en vers, dans l'épilogue :

> Qui bona denigras, livor, compesce labellum;
> Quam male contemnas prius inspice, prave, libellum.
> Dona sacri flatus quid prosequeris reprobando?
> Invide, plene dolo, quid rides ore nefando?

Linguam compesce, paulisper, quæso, quiesce ;
Non multum durat quod non requiescere curat...

Et à ces vers de sa façon il en a joint vingt autres d'un bien meilleur style. Mais ceux-ci sont d'Ovide : *Ibis*, v. 108 et suiv.; 32 et suiv. La citation ne les donne pas dans le même ordre que le poème.

B. H.

JEAN, SIRE DE JOINVILLE.

SA VIE [1].

Les origines de la famille de Joinville sont obscures. Le nom même de Joinville n'apparaît pas avant le xie siècle; il est composé de « ville » et, probablement, d'un nom de femme, Joie (à l'accusatif, « Joien »), ce qui indique un domaine noble formé à l'époque barbare et ainsi dénommé en l'honneur d'une femme appelée *Gaudia*. Autour de l'habitation seigneuriale se créa, comme d'ordinaire, un centre de population : le lieu, situé sur un coteau voisin de la Marne, dans un pays riant et fertile, s'y prêtait admirablement. Au-dessus de ce coteau s'élève une montagne assez escarpée qui domine tout le pays avoisinant. C'est là que, vers l'an 1020, un chevalier nommé Étienne, étroitement attaché aux comtes de Brienne, construisit un château qui fut d'abord simplement désigné comme le « Neuf Chastel » (*Novum Castellum*), mais qui bientôt fut appelé le château de Joinville : c'est de ce château qu'Étienne et ses descendants prirent leur

---

[1] Pour toute cette biographie, et surtout pour l'histoire des ancêtres de Joinville, nous nous sommes constamment servis de l'excellent livre de M. H.-François Delaborde : *Jean de Joinville et les seigneurs de Joinville*, suivi d'un *catalogue de leurs actes*, Paris, 1894, gr. in-8°. Nous y renvoyons une fois pour toutes, ne le citant expressément que lorsque nous avons à mettre en relief ou à discuter quelque détail de l'exposé du savant historien.

surnom. Étienne nous est donné comme étant de Vaux-sur-
Saint-Urbain, c'est-à-dire du voisinage immédiat de Joinville. Quelle était sa famille, nous ne le savons pas, et nous
ne rapporterons pas ici les conjectures ou les inventions par
lesquelles on a fait de lui un puîné du seigneur de Broies, un
descendant du comte Guillaume de Pontieu, ou même un
neveu de Godefroi de Bouillon. Tout ce que nous savons
de lui, c'est qu'il épousa une sœur du comte Engelbert II de
Brienne, qu'il eut des démêlés, entre 1019 et 1026, avec
l'abbaye de Saint-Blin et l'évêque de Toul, et qu'ayant
usurpé les terres de l'abbaye de Montier-en-Der dont il était
en partie l'avoué (par une cession du comte de Brienne),
il fut anathématisé en 1027 au synode tenu à Reims par
le roi Robert, et fit avec l'abbaye un arrangement qui
nous est parvenu. Il mourut vers 1060 et eut pour successeur son fils Jofroi I, qui fut d'abord, comme son
père, le persécuteur et ensuite le bienfaiteur des moines
de Montier-en-Der. A Jofroi I, mort en 1080, succéda son
fils Jofroi II, qui dut aussi faire amende honorable à l'abbaye que les seigneurs de Joinville étaient censés protéger,
puis, Jofroi II étant mort sans postérité, son autre fils Roger
(1100-1137 environ), père de Jofroi III. Sous tous ces seigneurs, la maison de Joinville n'avait cessé de s'élever; sous
Jofroi III, elle entra dans l'ère de sa grande prospérité L'arrière-petit-fils de Jofroi III, Jean, dans l'épitaphe qu'il lui
fit en 1311, après avoir énuméré les abbayes fondées par
lui (ce qui ne l'empêcha pas d'ailleurs d'avoir, comme tous
ses prédécesseurs, des démêlés avec les moines), ajoute avec
fierté : « Il fu chevaliers li mieudres de son tans, et ceste chose
« aparu es grans fais qu'il fist deça mer et dela, et pour ce la
« seneschaucie de Champagne fu donee a lui et a ses hoirs,
« qui despuis l'ont tenue. » Ces « grands faits » nous sont
d'ailleurs inconnus; nous savons seulement qu'il accompagna son seigneur le comte Henri de Champagne dans la
triste croisade de 1147, ouvrant ainsi la série des Joinville
qui devaient s'illustrer outre mer, et que ce fut au retour
de cette expédition que le comte de Champagne l'investit de

la haute dignité et des importantes fonctions de sénéchal,
qui restèrent dans sa famille et qui même, au moins à partir
de 1226, y furent formellement reconnues comme hérédi-
taires. Jofroi III mourut au mois d'août 1188, et son
fils Jofroi IV, qu'on surnommait «le Vaslet» pour le distinguer de son père, lui survécut peu. Il s'était croisé en
1189, et il devança son seigneur Henri II au siège d'Acre,
où il arriva avant la fin de cette même année, tandis que
le comte de Champagne n'y débarqua qu'en juillet 1190;
Jofroi fut une des nombreuses victimes des maladies qui
sévissaient dans l'armée assiégeante et mourut en cette
même année 1190[1]. Son petit-fils Jean, qui le mentionne
dans l'épitaphe de Jofroi III, dit simplement : «De lui
«[Jofroi III] issi Jofrois, qui fu sires de Joinville, qui gist
«en Acre.» Il avait donc son tombeau à Acre, où son pieux
descendant le visita certainement; ses deux fils, qui l'avaient
accompagné, avaient sans doute donné au corps une sépulture provisoire jusqu'à ce que la prise d'Acre permît de l'enterrer dans une des églises de la ville. Son fils aîné, Jofroi V,
surnommé «Troullart», sans attendre la fin du siège, était
revenu en Champagne aussitôt après la mort de son père
pour prendre possession de ses fiefs et de sa fonction de
sénéchal. Il n'avait pas toutefois renoncé à la «sainte cheva-
«lerie», car il fut de ceux qui se croisèrent des premiers au
fameux tournoi d'Écri (1199). Après avoir pris une part
active aux négociations infructueuses par lesquelles les croisés essayèrent de décider le duc de Bourgogne, puis le comte
de Bar, à se mettre à leur tête, il se rendit en Terre Sainte
par l'Italie méridionale, sans se joindre aux croisés qui
s'étaient réunis à Venise et sans les suivre dans l'étrange

---

[1] C'est ce qui résulte clairement de
deux chartes de Jofroi V (n°s 83 et 84
du Catalogue de M. Delaborde). La date
donnée dans l'épitaphe de Jofroi III se
rapporte non à Jofroi IV, comme on l'a
pensé jusqu'à présent, mais à Jofroi III;
elle doit d'ailleurs être lue 1182, *mil nuef
vins et dous*, par une erreur de Jean de
Joinville, pour 1188. La date du mois
d'août doit être exacte. La rédaction latine
de l'épitaphe, citée par M. Delaborde
(p. 36, n. 8), montre bien comment il
faut interpréter la rédaction française.
Elle porte en toutes lettres : *millesimo
centesimo octuagesimo secundo*, et attribue
formellement cette date de décès à
Jofroi III (*Primus Godefridus, qui jacet
hic*).

déviation qu'ils imprimèrent à la croisade. Il mourut peu de temps après son arrivée, sans doute en 1203, au Crac des Hospitaliers [1]; c'est là qu'il fut enterré, et c'est de là que son neveu Jean, un demi-siècle après, rapportait son glorieux écu pour l'appendre aux murs de l'église de Saint-Laurent, chapelle seigneuriale des Joinville; Jean, dans l'épitaphe souvent citée, après avoir parlé de son père Simon, s'exprime ainsi: « Icis Simons refu freires a Jofroi Troullart, « qui refu sires de Joinville et seneschaus de Champaigne, « li qués, pour les grans fais qu'il fist deça mer et dela, refu « dou nombre des bons chevaliers; et pour ce qu'il trespassa « en la terre sainte sans hoirs de son cors, pour ce que sa « renomee ne perist, en aporta Jehans, cis sires de Joinville « qui encor vit, son escu… Li dis sires de Joinville mist. « l'escu a Saint Lorens pour ce que on proit pour lui [2], ou « quel escu apert la prouesse dou dit Jofroi en l'ounour « que li rois Richars d'Engleterre li fist, en ce qu'il parti « ses armes as seues. » Les armes des Joinville avaient été créées par Jofroi IV, qui avait emprunté celles de son frère utérin Hugues de Broies; elles se composaient de trois « broies », instruments servant à broyer le chanvre, et formaient pour leur premier inventeur des armes parlantes, les plus anciennes peut-être qu'on connaisse. A partir de Jofroi V, elles furent accompagnées d'un chef chargé d'un lion de gueules issant d'un champ d'argent, c'est-à-dire de la moitié du lion qui était l'emblème des Plantegenêt et auquel Richard lui-même substitua, en 1198, les trois lions passants qu'on appelle ordinairement, mais à tort, des léopards. On s'est demandé quand Richard avait accordé à Jofroi Troullart cette haute marque d'estime; ce ne peut

---

[1] Aujourd'hui Kalaat-el-Hosn, dans la-montagne à l'est de Tripoli. Il y avait bien un autre Crac, le célèbre Crac de Montréal, aujourd'hui Schobek, la plus méridionale des forteresses de la Palestine; mais Joinville n'y alla point, et longtemps avant 1200 il avait cessé d'appartenir aux chrétiens.

[2] Ce précieux monument était encore dans la collégiale de Saint-Laurent de Joinville en 1544; il fut emporté alors par les reitres de Charles-Quint, qui pillèrent et brûlèrent l'église de Joinville en revenant du siège manqué de Saint-Dizier (voir Delaborde, p. 122, n. 4). Il a disparu.

être en Palestine, puisque Jofroi en était parti avant l'arrivée de Richard et n'y revint qu'après sa mort; on a donc
pensé qu'il avait combattu pour Richard dans les luttes
que celui-ci soutint contre le roi de France après sa sortie
de captivité. Peut-être aussi n'y a-t-il là qu'une légende de
famille, et le lion n'avait-il pas cette origine. Quoi qu'il en
soit, la croyance où était Jean de Joinville de l'amitié et
de l'admiration qu'avait eues Richard pour son oncle n'est
sans doute pas étrangère à la sympathie avec laquelle il
parle de ce prince dans ses Mémoires. Il répète deux fois
(§§ 77 et 558) la célèbre anecdote, qu'il emprunte au « Livre
« de la Terre Sainte », sur la terreur inspirée par Richard aux
Sarrasins, et il présente sous un jour tout à fait faux un épisode de la troisième croisade. D'après lui (§§ 556-7) les croisés auraient appris à Acre qu'il ne tenait qu'à eux de prendre
Jérusalem « le lendemain », « pour ce que toute la force de
« la chevalerie le soudanc de Damas s'en estoit alee vers lui
« pour une guerre qu'il avoit a un autre soudanc; » mais,
au moment d'attaquer la ville, le duc de Bourgogne, qui
commandait les Français, s'en serait retourné « pour ce que
« l'en ne deïst que li Anglois eüssent pris Jerusalem ». C'est
absolument le contraire de la vérité : si le duc de Bourgogne
et les Français qu'il commandait se brouillèrent avec Richard, ce fut en grande partie parce qu'à deux reprises ils
voulaient à tout prix marcher sur Jérusalem, tandis que
Richard, mieux informé des difficultés, ordonna de battre
en retraite. Il est vrai que cette altération de la vérité se
trouve également dans le Livre de la Terre Sainte, et que
Joinville dit simplement qu'on « monstra ceste exemple » à
saint Louis; mais il n'a pas été fâché de l'insérer, non plus
que de blâmer sévèrement le roi Philippe pour avoir quitté
Acre aussitôt après la prise de la ville (§ 77). Savait-il que
l'oncle dont il était si fier l'avait quittée bien avant ?

Ce fut Simon, troisième fils de Jofroi V, qui lui succéda, le premier fils, Robert, étant mort en Pouille, où il
avait accompagné Gautier de Brienne, le second, Guillaume,
étant dans les ordres (il fut évêque de Langres et archevêque

de Reims). Son fils Jean, dans l'épitaphe de famille souvent citée, dit seulement de lui : « [Simon] qui fu sires de
« Joinville et seneschaus de Champaigne, li qués refu dou
« nombre des bons chevaliers pour les grans pris d'armes
« qu'il out deça mer et dela, et fu avec le roi Jehan d'Acre
« a penre Damiete. » Cette expédition en Égypte (1219-1220)
ne fut qu'un court épisode dans la vie de Simon. Presque
toute son activité fut dirigée vers un seul but : obtenir la
reconnaissance de l'hérédité du sénéchalat dans sa famille;
pour y parvenir, il combattit et servit successivement la comtesse Blanche, mère de Tibaud IV, et Tibaud lui-même, et
il réussit à faire admettre ses prétentions une première fois,
en 1218, par Blanche, et une deuxième fois, et celle-là définitivement, en 1226, par Tibaud. Simon de Joinville
devait bientôt montrer qu'il était digne de cette haute fonction en rendant à son seigneur un service signalé. En 1230,
les barons, ligués contre le comte de Champagne, qu'ils
voulaient punir d'avoir abandonné leur parti pour se joindre
à la régente, avaient envahi ses terres, l'avaient battu à Provins et s'apprêtaient à assiéger Troies, quand le sénéchal,
qui se trouvait à Joinville, où il avait rassemblé tous ses
hommes, fut avisé de la situation par un message et
chevaucha avec une telle rapidité qu'il était le lendemain
dans la ville. Son fils, qui, dans son livre sur saint Louis,
a raconté incidemment cet exploit, exagère sans doute un
peu en nous assurant que Simon, parti « a l'anuitier »,
était à Troies « ainçois que il fust jours », car il y a au
moins vingt lieues de Joinville à Troies, et on était au mois
d'août, où les nuits sont courtes; mais il n'en paraît pas
moins vrai que la célérité du sénéchal sauva la ville et donna
à Tibaud le temps de revenir avec l'armée royale. Simon
vécut ensuite en paix, sauf quelques altercations, suivant
l'usage, avec les abbayes dont il était l'avoué, et mourut
au mois d'avril ou de mai 1233. Il avait épousé en premières noces, vers 1209, Ermenjard de Montclair, qu'il
perdit en 1220 après en avoir eu deux filles et un fils,
Jofroi, qui devait être son héritier, et qui mourut avant lui

Deux ou trois ans après la mort d'Ermenjard, vers 1222,
il se remaria avec Béatris, fille d'Étienne, comte de Bourgogne et d'Auxonne, et sœur de Jean, comte de Chalon.
Béatris avait un mari vivant, Aimon de Faucigni, auquel
elle avait donné deux filles, et dont elle avait été séparée
par un de ces jugements ecclésiastiques si facilement alors
obtenus par les grands; elle donna à Simon quatre fils,
Jean, Jofroi, Simon et Guillaume, et deux filles, Marie et
Hélouis. Jofroi, sire de Vaucouleurs, s'établit en Angleterre, où il fonda une maison puissante et où il attira son
frère Guillaume, entré dans l'Église; Simon, sire de Mar-
nai, fit, grâce à l'appui de sa sœur utérine Agnès de Faucigni, mariée au comte Pierre de Savoie, un grand établissement en Savoie et devint la tige des seigneurs de Gex;
Marie, dite Simonette, épousa Jean, seigneur de Til-Châtel;
Hélouis fut mariée à Jean, sire de Faucognei, vicomte de
Vesoul, et vécut jusqu'en 1312. C'est de Jean, l'aîné des
fils, que nous avons à nous occuper.

Jean naquit, d'après les recherches et les raisonnements
très plausibles de M. François Delaborde, dans l'un des
quatre premiers mois ou, au plus tard, le 1ᵉʳ mai de l'année 1225. Il était le premier enfant issu du mariage de Simon et de Béatris de Bourgogne. Il ouvrit les yeux dans ce
beau château de Joinville, qui voyait à ses pieds la ville
du même nom et dominait au loin le cours de la haute
Marne et tout le pays de Vallage. Son frère consanguin,
Jofroi, étant mort en 1231 ou 1232, il se trouva l'héritier
du fief patrimonial et de la sénéchaussée; et, au mois de
mai 1233 au plus tard, son père étant mort également, sa
mère, légalement chargée du «bail», prit les titres de
dame de Joinville et de sénéchalesse de Champagne, mettant
ainsi en pratique le droit héréditaire que Tibaud IV avait
reconnu en 1226. Le 1ᵉʳ mai 1239, Jean, ayant atteint l'âge
de quatorze ans, qui constituait, suivant la coutume de
Champagne, sa majorité civile, fit un acte par lequel il confia de nouveau à sa mère l'administration de tutelle jusqu'à
la Noël de 1243 (Delaborde, n° 297). Le même jour, il

IMPRIMERIE NATIONALE.

prenait un engagement qui nous révèle certains usages ou
plutôt certains abus très communs au temps de la féodalité.
Les mariages entre les possesseurs de fiefs étaient des affaires
publiques, qui intéressaient au plus haut degré et leurs voisins et leurs suzerains, et pour lesquels on recherchait l'intervention ou on essayait de se soustraire à la surveillance des
uns et des autres. Pour se procurer des alliances ou des agran-
dissements, les seigneurs concluaient trop souvent des mariages entre des enfants en bas âge, qui se trouvaient plus tard
engagés dans des liens sur la formation desquels ils n'avaient
pas été consultés. Dès 1230, quand Jean avait à peine cinq
ans, son père avait conclu pour lui un mariage avec Alaïs
de Grandpré, dont la mère, Marie de Garlande, veuve du
comte Henri V de Grandpré, venait d'épouser le propre
frère de Jean, Jofroi. A peine contracté, le mariage de Jofroi
fut rompu par une sentence de l'archevêque de Reims, à la
demande, semble-t-il, de Marie; mais cela n'empêcha pas
l'autre projet de tenir, et les conventions qui le concernaient
furent renouvelées en juin 1231. L'une d'elles (Delaborde,
n° 273) porte que si, par un cas fortuit, le mariage n'avait pas
lieu, la jeune Alaïs serait rendue (*reddetur*) à sa mère ou à
son frère, libre et en lieu sûr : il semble bien résulter de là
qu'au moment de ces conventions l'enfant avait été remise à
la dame de Joinville pour être élevée avec son futur époux.
On est donc très surpris de voir, dans l'acte mentionné ci-
dessus (Delaborde, n° 296), la preuve de négociations our-
dies plus tard par Béatris pour faire contracter à son fils une
autre union, que le comte de Champagne aurait assurément
vue d'un mauvais œil : il s'agissait de faire épouser à Jean
la fille du comte de Bar, puissant voisin et souvent rival des
comtes de Champagne. Ces projets transpirèrent, et ce fut
sur l'injonction de Tibaud IV que Jean de Joinville prit, le
1ᵉʳ mai 1239, au moment de sa majorité civile, l'engagement solennel qui nous a été conservé avec la confirmation
de sa mère : « Je... faz a savoir... que j'ai juré mon tres-
« chier segneur Thiebaut... et creanté com a mon segneur
« lige... que je ne m'alierai au conte de Bar ne par mariage

« ne par autre chose… et nomeement je ne prandrai a fame
« la fille lou conte de Bar, se par l'otroi mon seigneur devant
« dit non. » On savait bien que cette autorisation ne serait
pas donnée, et Jean dut se résigner au mariage beaucoup
moins brillant que son père avait arrangé pour lui : Alaïs
de Grandpré ne lui apportait en dot que trois cents livrées
de terre, c'est-à-dire des terres donnant trois cents livres
parisis de revenu; cela avait sans doute semblé convenable
pour un cadet qui ne devait hériter que d'un des fiefs secondaires de son père; cela semblait maigre pour le jeune chef
de la maison de Joinville. Quoi qu'il en soit, dès l'an 1240,
d'après Du Cange, Jean, âgé seulement de quinze ans,
épousa Alaïs de Grandpré. Elle vécut vingt ans avec lui et
lui donna deux fils, Jofroi et Jean, morts tous deux avant
leur père; l'aîné ne paraît être venu au monde qu'en 1246
ou 1247; ce qui permet de croire que le mariage, contracté
en 1240, ne fut consommé qu'en 1245, quand l'époux
d'Alaïs eut atteint sa majorité chevaleresque de vingt ans. Il
est peut-être téméraire de tirer une conclusion d'une phrase
écrite longtemps après le fait qu'elle raconte; mais on ne
peut s'empêcher de remarquer que, dans le passage célèbre
où Joinville nous dit qu'en allant faire ses dévotions aux
« corps saints » du voisinage, au moment de son départ pour
la Terre Sainte, il ne voulut pas retourner ses yeux vers
Joinville, « pour ce que li cuers ne li atendrisist dou biau
« chastel que il laissoit et de ses dous enfanz », il ne mentionne pas son regret de quitter sa jeune femme.

Quelle éducation avait reçue l'héritier du fief de Joinville
sous la direction de sa mère? Il ne nous en dit rien, et nous
ne pouvons que le deviner d'après ses écrits. Assurément
elle consista surtout, comme celle des jeunes chevaliers de
son temps, dans l'apprentissage de la profession des armes :
monter à cheval, « bouhourder », s'exercer au maniement
de la lance et de l'épée. Le futur sénéchal de Champagne
devait en outre se préparer aux devoirs de sa charge : elle
consistait, outre des fonctions militaires et surtout judi-
ciaires importantes, à diriger le service intérieur du palais

dans les cours que tenait le comte, et le service personnel du
prince dans les cours auxquelles il assistait, notamment·
pour les repas, où l'étiquette tenait une si grande place et
où le sénéchal avait l'honneur de « trancher » devant son
maître, art difficile auquel il fallait s'initier. Joinville l'avait
appris de bonne heure, puisque en 1241, âgé de seize ans,
il remplit son office et trancha devant son seigneur, le roi de
Navarre, à la grande cour de Saumur (§ 93). Sa mère dut lui
enseigner les règles minutieuses de la politesse courtoise,
dont il se piquait, jusque dans son âge le plus avancé, d'être
le fidèle et vigilant dépositaire. Elle l'associa sans doute peu
à peu, pendant ces quatre années où il lui avait sagement
continué son « bail », à l'administration de ses fiefs, de manière à le mettre en état de les gouverner à son tour et de
se retrouver dans cet enchevêtrement de droits et de juridictions, menant sans cesse à des conflits et trop souvent à
des violences, qu'avait peu à peu formé le développement
du système féodal qui avait pénétré dans tous les rapports
des hommes. Tout seigneur au moyen âge était un juge ou
au moins un juré constamment en réquisition : le sénéchal
de Champagne, qui présidait d'ordinaire les assemblées solennelles des « grands jours » de Troies, devait connaître à
fond les coutumes qui régissaient le droit civil et le droit
criminel; ce n'est pas dans les livres qu'on s'en instruisait :
il fallait assister longtemps aux plaids et s'éclairer par l'entretien et les conseils des gens expérimentés. Joinville était
né avec l'intelligence ouverte, l'observation nette, la mémoire précise, le désir de s'instruire et le sens du respect
joint à l'indépendance du caractère et de l'esprit. Il écouta
certainement beaucoup, comprit vite, retint bien et appliqua
avec justesse. On peut sans doute penser de lui, à ces premières années de son entrée en pleine activité, ce qu'il dit
de saint Louis à ses débuts : « S'il se conduisoit bien et ha-
« bilement, ce n'estoit pas de merveille, car ce fesoit il par le
« conseil de la bone mere qui estoit avec li, de cui conseil il
« ovroit, et des preudommes qui li estoient demouré dou
« tens son pere (§ 105). » Il devint bientôt aussi versé dans

le droit féodal qu'il l'était dans les règles de la courtoisie, et
aussi intransigeant en ce qui en concernait la stricte exécution : prêt à accorder à son suzerain tout ce qui lui était lé-
gitimement dû, il se retranchait avec obstination dans son
droit s'il lui semblait qu'on voulût l'entamer sur le moindre
point de fond ou de forme. Dès ses premiers rapports personnels avec Louis IX, en 1248, le roi ayant demandé aux
barons présents de jurer que, s'il lui arrivait malheur dans
la croisade, ils seraient fidèles à ses enfants, Joinville lui
refusa net le serment, parce qu'il n'était pas « son homme »
(§ 114). En pleine croisade, il menaçait le roi de quitter son
service s'il ne faisait pas amender une insulte qu'un de ses
sergents avait faite à un chevalier du sénéchal (§ 509). Et
le dernier acte émané de lui, sa lettre à Louis X, montre
chez le vieillard de quatre-vingt-dix ans la même résistance
à toute innovation que chez le jeune homme de vingt-trois
ans : « Sire, ne vous desplaise de ce que je au premier par-
« leir ne vous ay appeley que *bon signor*, quar autrement ne
« l'ai je fait a mes signours les autres roys qui ont estey de-
« vant vous. » Les formules plus soumises et plus empha-
tiques usitées alors lui semblaient entachées de servilité et
incompatibles avec l'indépendance d'un baron.

Dans cette éducation toute pratique et mondaine, quelle
place tenait l'instruction que nous appellerions proprement
littéraire ? Joinville apprit certainement à lire et à écrire; il
écrivait volontiers lui-même : nous possédons quelques mots
tracés par lui au bas de cinq chartes de 1293, 1294, 1298,
1312 et 1317, et l'écriture, libre et hardie, n'indique nullement une main peu accoutumée à écrire[1]. Pour la mise au
net de ses ouvrages, Joinville employait toutefois des copistes de profession, et cela se comprend facilement quand
on songe aux conditions de régularité et de lisibilité qui

[1] Tous ces courts autographes de Joinville ont été reproduits en héliogravure : celui de septembre 1293 dans *Seize chartes originales et inédites
de Jean de Joinville*, par A. Roserot (Paris, Picard, 1894); ceux d'octobre
1294 et de septembre 1298 dans la grande édition (Didot) de M. de Wailly,
§ 520; ceux de novembre 1312 et de septembre 1317 dans : *Deux chartes
inédites de Jean, sire de Joinville*, publiées par H. Gilet (Joinville, impr. Rosen-

302   JEAN,

étaient requises en ce cas. Il est bien probable aussi qu'il a dicté, et non écrit lui-même, ses ouvrages : c'était l'usage de tout laïque; mais il n'éprouvait aucune difficulté à écrire ou à lire. Apprendre à lire, au moyen âge, c'était apprendre tout au moins quelque peu de latin, car c'est dans des livres latins qu'on a épelé jusqu'au XVIIIe siècle; le futur chevalier paraît même avoir poussé un peu plus loin ses études sur ce point : il cite dans ses Mémoires quelques bribes de latin, non seulement des débuts de prières ou d'hymnes que tout le monde pouvait retenir, comme : *Miserere mei Deus, Esto Domine, Te Deum laudamus, Ad te levavi animam meam, Veni creator Spiritus,* mais même une ligne entière du psaume CIV (§ 166); toutefois on ne voit guère qu'il ait lu de livres, pieux ou profanes, écrits en latin[1]. Quant aux livres français, qui dès sa jeunesse étaient nombreux et qui se multiplièrent beaucoup durant sa longue vie, un esprit aussi curieux et aussi amateur de distractions que le sien dut assurément profiter des moyens qu'ils lui donnaient de s'instruire et de se récréer; mais on ne trouve dans ses écrits que peu de traces de ses lectures. Il cite dans ses Mémoires le Livre de la Terre Sainte, et il emprunte à ce livre, comme nous l'avons vu, deux passages, rapportant le premier (sur la bravoure de Richard, qu'il répète deux fois) avec assez de fidélité pour qu'on puisse reconnaître la rédaction qu'il avait sous les yeux. Pour compléter ses Mémoires, il a puisé dans un « romant », qui n'est autre qu'une rédaction française des Chroniques de Saint-Denis; mais ce sont là toutes les allusions à des livres antérieurs qu'on peut relever chez lui[2]. Venu jeune à la cour de Tibaud « le Chansonnier », il

stiel, 1894). Quatre de ces notes se composent simplement des mots : *Ce fu fait par moi;* celle d'octobre 1294 est ainsi conçue : *Et commun a tous mes serianz que il les paiet ades san delai. Ce fu escrit par ma mein.* On y remarquera les graphies *comman, san, paiet,* conformes à la prononciation et non aux habitudes orthographiques du temps.

[1] Dans une remarque sur les anciens noms de Sur et de Sayette (§ 590), il cite les paroles de l'Évangile : *in parte Tyri et Sidonis,* et il en conclut que Sur s'appelait autrefois *Tyri;* il dit encore ailleurs (§ 560) qu'on appelle Sur *Tyri* dans la Bible; cela dénote visiblement une bien vague connaissance du latin.

[2] Voir cependant ce que nous dirons plus loin sur un poème religieux en français dont Joinville a cité quatre vers dans le *Credo.*

dut se faire initier, lui qui ne dédaignait pas la société des
femmes, à cet art de composer, paroles et musique, des
chansons d'amour ou des chansons satiriques qui y était si
florissant; mais, s'il s'y essaya, il ne nous est parvenu aucun
de ses essais; nous verrons cependant plus loin qu'il n'est
pas trop téméraire de lui attribuer une chanson de circonstance, composée à Acre en 1250. Son style ne porte l'empreinte d'aucune imitation, d'aucune tradition; il écrit
comme il parle, ou plutôt c'est sa parole même que nous
entendons en le lisant : son discours a la négligence, la familiarité, les redites, les sous-entendus du langage impro-
visé sous l'impression ou le souvenir du moment; il en a
parfois l'obscurité, que, dans la conversation, éclairent le ton
et le geste et dont les auditeurs ne s'aperçoivent pas. De là
vient précisément ce naturel inimitable, ce charme tout
personnel qu'on a souvent relevé dans ses Mémoires : de tous
les chefs-d'œuvre de notre littérature, le livre de Joinville
est assurément le moins littéraire.

Il est bon de noter le goût pour les arts qui se manifeste
à plusieurs traits chez ce représentant accompli de la haute
société du xiiiᵉ siècle. Il fit faire sous ses yeux l'illustration
de son *Credo,* à laquelle il attachait autant de prix qu'au
texte, et s'occupa certainement avec non moins de soin de
celle du manuscrit de ses Mémoires; il fit exécuter des peintures à sa chapelle de Saint-Laurent, des verrières à l'église
de Blécourt (§ 651). Bien des années après, il se rappelle
avec un vrai plaisir les « beles vignetes de bon or fin » qu'il
a vues sur des joyaux orientaux (§ 457); il admire et décrit
le magnifique *ex-voto* que la reine Marguerite le chargea de
porter à Saint-Nicolas de Varangéville (§ 633). Il aime la
musique, et a gardé le souvenir charmé des trois « menes-
« triers » d'Arménie qu'il entendit à Jaffa, et de leurs « douces
« et gracieuses melodies » (§ 525). Il est vrai qu'il n'a pas
moins d'admiration pour les « merveilleus saus » qu'ils exécu-
taient. En cela comme en bien d'autres choses, il nous semble
avoir la façon de sentir et de juger d'un enfant.

Joinville fut élevé pieusement, cela va sans dire. Il nous

apprend (§ 435) que sa mère lui avait enseigné, avant de
dire quelque chose de grave, à faire un signe de croix sur
sa bouche en invoquant l'aide du Saint-Esprit. Il ne résista
point à l'enseignement qu'il reçut, mais il ne le subit point,
comme la plupart de ses pareils, avec une docilité purement
passive. Les questions religieuses prirent pour ce laïque une
importance singulière; discuteur et même, comme on l'a dit
justement, « ergoteur », le sénéchal voulut se rendre compte
des raisons de sa foi; quand il se lia avec saint Louis, celui-ci
s'effraya parfois de son « soutil sens », et il n'aimait pas à
l'entendre aborder devant d'autres, avec son franc parler habituel, des questions délicates de croyance. Plus tard encore,
Joinville ne craignait pas de disputer avec Robert de Sorbon.
Mais quand, en partie grâce à l'ascendant et aux directions
de son royal ami, il crut avoir établi sa foi sur des fonde-
ments tout à fait solides, il voulut, toujours préoccupé de
ces grands sujets, communiquer aux autres les motifs de sa
certitude. Son *Credo* nous montre une remarquable instruction biblique et théologique, et prouve qu'il avait sérieuse-
ment réfléchi aux matières de la foi. Où avait-il puisé ces
notions précises et le germe de ces réflexions? Sans doute
dans l'entretien des clercs, qu'il aimait à fréquenter; nous
le voyons très lié avec divers moines, prédicateurs et prélats,
et emmenant avec lui en Orient son chapelain et d'autres
clercs. On peut sans doute se le représenter un peu comme
ce Baudouin II, comte de Guines, dont Lambert d'Ardres
nous a si vivement retracé les entretiens et les disputes avec
les clercs : « Il entendait volontiers parler de théologie, et re-
« tenait dans son esprit les paroles des prophètes, les saintes
« histoires et la doctrine évangélique, non seulement pour
« la surface, mais pour le sens mystique. Aussi aimait-il
« extrêmement les clercs... Et instruit par eux au delà de
« ce qui est strictement nécessaire, il leur faisait des objec-
« tions et les contredisait en beaucoup de points. Il se plaisait
« même à les provoquer, et, ayant la parole toujours prête et
« beaucoup de subtilité, il se jouait parfois d'eux; mais, une
« fois la dispute finie, il les honorait magnifiquement. »

Monum. Germ.
historica, Script.,
t. XXIV, p. 598.

Malgré son goût pour la controverse et la « subtilité » de
son sens, Joinville fut d'ailleurs un chrétien non seulement
croyant, mais crédule : on le voit admettre sans cesse des
interventions miraculeuses dans les faits les plus ordinaires,
attribuer à des processions, à des vœux, à des reliques
une efficacité instantanée, croire à des songes, à des visions, à des apparitions. Il ne doute pas du récit d'un
« prudhomme » qui avait vu, dans le dortoir de l'abbaye de
Cheminon, la mère de Dieu rabattre la couverture sur la
poitrine de l'abbé de peur qu'il ne prît froid (§ 121); il fait
peindre à deux reprises Notre-Dame de Vauvert soutenant
par les épaules un écuyer qui était tombé dans la mer
(§ 651); il trouve aussi très croyable que la mère de Dieu
n'ait pu, le 4 juin 1250, guérir un possédé à Tortose, parce
qu'elle était ce jour-là occupée à aider le débarquement du
roi à Damiette (§ 597). Il a de Dieu et de ses rapports avec
les hommes une conception naïve qui fait sourire : les Sarrasins ayant brûlé une machine qu'il devait garder avec ses
chevaliers, il remarque que ce fut « une grande courtoisie »
que lui fit Dieu, car, si elle n'avait pas été brûlée avant
l'heure où lui et les siens devaient prendre la garde, ils
auraient été en grand péril. Cette foi candide s'accommodait
d'ailleurs très bien chez lui avec une grande liberté de conduite et d'opinions à l'égard des gens d'Église. Les seigneurs
de Joinville, comme on l'a vu, avaient été en luttes et en
procès constants avec les moines de leur voisinage, et notre
sénéchal continua fidèlement, trop fidèlement même, cette
tradition; il avait donc dû apprendre, dès son enfance, à se
méfier des prétentions temporelles des ecclésiastiques et à
ne pas étendre indistinctement à leurs personnes le respect
profond qu'il portait à leurs fonctions. Il se plaisait à railler
Robert de Sorbon, en présence du roi, sur la richesse que
montrait dans son costume ce fils de vilain (§ 535); il était
heureux d'entendre saint Louis répondre avec une fermeté
mêlée de malice aux réclamations injustes des prélats de
France (§§ 61-64, 669-671), ou Hugues de Digne blâmer
les religieux qui suivent la cour (§§ 657-658), ou le cardinal

306   JEAN.

Eudes de Châteauroux lui parler avec des larmes dans les
yeux de « celle desloial gent qui sont a la court de Rome »
(§ 612). Mais, en revanche, il est plein de la plus tendre
vénération pour les prêtres ou les moines qu'il trouve dignes
du caractère sacré dont ils sont revêtus; s'il croit, avec saint
Louis, qu'un « prudhomme » est supérieur à un « béguin »,
il consent volontiers à soumettre toute la grandeur mondaine à la sainteté reconnue.

Dans sa dévotion même, Joinville resta toujours ende çà de
l'ascétisme, et son caractère très mondain se pliait difficilement à certaines exigences de la piété. Il jeûnait sans doute
régulièrement (il se condamna même, pour une infraction
involontaire au précepte de l'abstinence, à jeûner tous les
vendredis d'un carême au pain et à l'eau); il entendait la
messe tous les matins; mais il ne s'astreignait pas aux longs
exercices qui remplissaient la journée de son saint ami; il ne
pouvait prendre sur lui de laver les pieds des pauvres le
jeudi saint (§ 29); il avouait sincèrement qu'il aurait mieux
aimé avoir commis trente péchés mortels que d'être lépreux
(§ 27), et, bien qu'ayant volontairement risqué sa vie à la
croisade pour le service de Dieu, il ne désirait nullement le
martyre. Un des siens ouvrit l'avis, dans un moment de
cruelle angoisse, que le plus sage était de se laisser tuer par
les Sarrasins, parce qu'ainsi on irait droit en paradis; mais,
dit Joinville, « nous ne le creümes pas » (§ 319). Il n'est
d'ailleurs pas douteux que, s'il avait eu le choix entre la
mort et l'apostasie, il eût sans hésiter choisi la mort.

Telles furent l'éducation et l'instruction de Jean de Joinville. Les premières impressions qu'il reçut ne contribuèrent
pas moins à former son caractère, qui resta le même pendant toute sa longue vie. Il était naturellement franc et gai;
il avait l'esprit vif, alerte et ouvert, mais d'une portée
bornée, peu propre aux combinaisons compliquées et peu
accessible aux idées de quelque étendue; il était droit, loyal,
fidèle à ses devoirs privés (§ 502) comme à ses devoirs publics, toujours juste dans ses intentions, quoique capable
de se laisser influencer par les préjugés ou même par la

passion (nous le verrons dans son affaire avec les moines de
Saint-Urbain); il était indépendant par nature, disant ce qui
lui venait à l'esprit, raisonneur, causeur et même un peu ba-
vard; il ne manquait pas de confiance en lui-même; il aimait
assez à faire des leçons aux autres, mais ne refusait pas d'en
recevoir; enfin il était parfaitement bon, et il avait le cœur
tendre, charitable, fait pour l'amitié et les affections de famille.

Il se trouva, tout enfant, dans une situation à la fois domi-
nante et difficile : chef de maison à l'âge où l'on est généralement sous l'autorité d'un autre, il lui fallait de tous côtés,
envers ses inférieurs et ses supérieurs, maintenir des droits
qui, dans le système féodal où il tenait un rang si important,
étaient sans cesse remis en question; il se pénétra de bonne
heure de la nécessité de les défendre et devint pointilleux sur
tout ce qui les concernait; mais il ne fut pas moins scru-
puleux pour tout ce qui regardait l'accomplissement de ses
devoirs de seigneur et de vassal. Appelé à remplir tout jeune
les fonctions de sénéchal, qui lui donnaient la direction de
l'hôtel du comte de Champagne, il s'instruisit à fond dans
toutes les questions d'étiquette et en fit une des grandes affaires de sa vie; ces mêmes fonctions lui apprirent la pratique du droit féodal et coutumier, dont l'exercice devait
plaire à son esprit amateur à la fois de raisonnements et de
décisions. Né dans la caste guerrière, il commença de très
bonne heure, comme nous le verrons, à s'acquitter de son
métier de chevalier, et se comporta toujours bravement à
la guerre, par devoir plus que par goût, et, comme on l'a
remarqué, sans aucune aptitude pour les hauts emplois
militaires. Il parut tout jeune à la cour de Tibaud de Champagne, et y acquit vite l'usage du monde, avec le goût de la
magnificence et des fêtes. Le spectacle des choses l'amusa et
le charma toujours; il avait une vision très vive des objets
extérieurs, et sa mémoire gardait avec une ténacité remarquable les images que son œil avait perçues : on a souvent
relevé les minutieux détails pittoresques qu'il revoyait dans
son souvenir avec une singulière netteté, comme le costume

de saint Louis à Saumur, en 1241, et ce « chapel de coton
« qui mout mal li scoit » (§ 94), ou l'éclatante apparition de
la nef du comte de Jaffa devant Damiette (§ 158), ou les
« braies de toile escruc » que portait le Sarrasin qui le sauva
d'une mort imminente (§ 321), ou la « cote vermeille a dous
« roies jaunes » du valet qui lui offrit ses services à Acre
(§ 408). Il n'avait pas du reste une moindre curiosité ni
une moindre mémoire pour les faits et pour les paroles que
pour les objets; aussi, dans sa vieillesse, était-il un conteur
intarissable et toujours écouté : une heureuse fortune a
voulu que l'occasion lui fût donnée de conter aussi pour la
postérité. Plein de respect pour les grandes traditions, animé
des sentiments chevaleresques et chrétiens les plus élevés,
il était prédisposé à reconnaître dans Louis IX l'idéal qu'il
s'était formé d'un roi de France; sa sincérité et son franc
parler, qui auraient pu éloigner de lui un autre prince, le
recommandèrent tout de suite à celui-là, et les circonstances
firent qu'il devint son plus cher ami : ce fut encore une heureuse fortune pour nous, puisqu'elle nous a permis de connaître de plus près, dans la réalité vivante et vraie, et non
à travers les secs récits des chroniqueurs ou les éloges toujours un peu suspects et conventionnels des hagiographes,
l'un des types les plus purs et les plus nobles de l'humanité
et le meilleur des rois qui ont régné sur la France.

Le premier fait que nous connaissions de la vie de Joinville, après son mariage, est sa présence aux fêtes que donna
Louis IX, en 1241, à Saumur, à l'occasion de la chevalerie
de son frère Alfonse, dans les magnifiques halles qu'y avait
fait construire Henri II d'Angleterre. Le jeune sénéchal
contempla avec admiration ces tables somptueuses, à l'une
desquelles il tranchait, alignées sous les hautes arcades, ces
rois, ces princes, ces prélats, ces barons, vêtus de splendides
costumes, parmi lesquels il décrit celui du roi de France,
qui, à peine âgé de vingt-sept ans, n'avait pas encore renoncé au luxe de vêtements ordinaire alors, et que d'ailleurs, plus tard même, il ne déconseillait pas aux autres,
tout en le voulant maintenu dans de sages limites. Jean de

Joinville suivit ensuite le roi à Poitiers, où il installait son
frère Alfonse et où le comte de la Marche faillit faire éclater
la rébellion qu'il préparait et qu'il déclara quelques mois
après. Dans la guerre qui suivit (1242), Tibaud de Champagne paraît avoir aidé son suzerain, sinon de sa personne,
du moins par l'envoi d'un contingent; mais, nous dit Joinville, « je ne fui pas a celi fait, car je n'avoie onques lors
« hauberc vestu » (§ 103). On a cru pouvoir conclure du récit,
d'ailleurs inexact, qu'il fait de la journée de Taillebourg,
que, tout en ne prenant pas part aux combats, il se trouvait
avec l'armée royale; mais c'est certainement une erreur : il
nous dit lui-même que ce qu'il raconte de cette guerre il le
tient de « ceux qui revinrent » (c'est en 1241, et non en
1242, qu'il avait entendu Jofroi de Rancogne tenir le
propos qu'il rapporte au § 104)[1]. Ce qu'on peut croire,
c'est qu'en 1241 Joinville, se trouvant à Poitiers, en avait
profité pour faire à Saint-Jacques le pèlerinage qu'il rappelle dans un passage de ses Mémoires (§ 438).

Joinville avait pris possession de ses fiefs à la Noël de
1243, suivant la convention conclue avec sa mère; en juin
1245, nous le voyons, pour la première fois, sceller un acte
de son propre sceau (Delaborde, n° 308); il venait sans
doute aussi d'être armé chevalier, ayant atteint sa vingt et
unième année. Il eut, peu de temps après, l'occasion de
faire ses premières armes. Il se trouvait avec son frère dans
une « ost » du comte de Chalon, dont des Allemands avaient
envahi le territoire, dans des circonstances que nous ignorons. Il rappelle ce souvenir dans ses Mémoires (§§ 277-
278), à propos de la mort héroïque, à la croisade, de Josse-
rand de Brancion, qui était son oncle, et pour rapporter les
belles paroles que ce vaillant chevalier avait alors prononcées.
Il venait, avec l'aide de ses deux neveux, de chasser un parti
d'ennemis d'une église qu'ils saccageaient. « Le prudhomme
« s'agenouilla devant l'autel et cria merci à Notre-Seigneur
« à haute voix, et dit : Sire, je te prie qu'il te prenne pitié

---

[1] Voir sur ce point l'excellente dissertation de **M. Ch. Bémont**, *La Campagne du
Poitou, 1242-1243*, in-8°, 1893 (*Annales du Midi*, t. V, p. 289).

« de moi, et que tu m'ôtes de ces guerres entre chrétiens
« où j'ai vécu longtemps, et que tu m'accordes de pouvoir
« mourir à ton service ! » Cette scène se passait un vendredi
saint, probablement en 1246. La prière du vieux guerrier,
qui avait assisté à trente-six batailles, devait bientôt être
exaucée : il prit en 1248, comme son neveu Jean, la croix
que le roi de France avait prise dès le mois de décembre
1244, et mourut en Égypte « au service de Dieu ».

Ce fut certainement pour des motifs purement religieux
que Joinville se croisa : il ne pouvait avoir à le faire aucun
intérêt temporel. En son absence, comme il le raconte, les
officiers du comte et ceux du roi commirent à son égard
et à l'égard de ses hommes toutes sortes d'empiétements et
d'injustices ; il n'était pas riche, la plus grande partie de son
bien étant possédée en usufruit par sa mère ; il voulait cependant tenir son rang de haut baron, et il emmenait à sa
solde neuf chevaliers, dont deux bannerets, ce qui, avec
leurs écuyers et sergents, constituait une troupe considérable ; il se regardait en outre comme tenu, avant de partir,
de payer toutes ses dettes et de réparer tous les torts qu'il
avait pu faire à d'autres ; aussi dut-il aller à Metz, dont les
riches bourgeois faisaient d'ordinaire le métier de prêteurs
sur hypothèque, et engager une grande partie de sa terre.
Il obtenait peu après de son beau-frère, le comte de Grandpré, le payement partiel de ce qui revenait à sa femme
dans l'héritage de leurs parents (Delaborde, n° 313 ; ms. fr.
11853, fol. 42 v°), et Alaïs allait elle-même faire confirmer
cet arrangement par le comte de Bar. Pour les fêtes de
Pâques 1248, il avait convoqué à Joinville ses hommes et
ses « fievés », et quand la réunion était déjà au complet, la
veille de Pâques (18 avril), naquit le second fils du sénéchal, Jean, plus tard seigneur d'Ancerville. Cela donna
lieu à des fêtes qui se prolongèrent plusieurs jours : Jofroi
de Vaucouleurs, frère du sénéchal, et les autres « riches
« hommes » donnèrent successivement des festins, toujours
suivis de « caroles » ; on se plaît à se figurer ces danses
aux chansons menées par ce jeune père, qui se livrait

aux joies innocentes du monde au moment de s'en séparer pour longtemps. Le vendredi, il réunissait tous les assistants et les chargeait de rédiger eux-mêmes le compte de ce qu'ils avaient à lui réclamer. Peu de jours après, il se rendait à Metz et envoyait sa femme à Bar. En revenant, il trouva une convocation du roi : Louis IX mandait à Paris « tous ses barons », nous dit Joinville; mais il veut dire, sans doute, tous les barons croisés; car c'est précisément à cette occasion qu'il refusa au roi de jurer fidélité à ses enfants, parce qu'il n'était pas son homme; toutefois, il acceptait naturellement sa direction pour la croisade, comme tous ceux qui y prenaient part. Ce fut dans ce « parlement » qu'on prit les dernières dispositions générales : on convint de se réunir dans l'île de Chypre avant l'automne, et Joinville revint encore une fois chez lui pour prendre congé des siens. Au mois de juillet, il fit aux églises et abbayes de Saint-Laurent, de Montier-en-Der, d'Écurei et du Val d'Osne diverses libéralités, et se fit remettre son écharpe et son bourdon par l'abbé de Cheminon, « le plus prudhomme « qui fût dans tout l'ordre de Cîteaux ». Et il partit, non pas directement pour son grand voyage, mais d'abord, pieds nus et en chemise, pour visiter diverses reliques à Saint-Urbain, à Blécourt et ailleurs, ne se retournant pas pour voir le beau château dont la vue lui aurait attendri le cœur.

Joinville s'était arrangé avec Jofroi d'Apremont[1], comte de Sarrebrück, qui était son cousin, pour louer ensemble un vaisseau à Marseille: Jofroi, comme Jean, emmenait avec lui neuf chevaliers. Ils se retrouvèrent à Auxonne, où les attendaient leurs bagages, chargés sur des bateaux; ils s'embarquèrent eux-mêmes et descendirent lentement la Saône jusqu'à Lyon, pendant qu'on menait « les grands destriers » le long de la rivière. Ils suivirent de même le Rhône jusqu'à Arles. Au mois d'août, ils s'embarquèrent à Marseille; on

---

[1] Ce personnage, mentionné à plusieurs reprises, n'est désigné par son nom qu'au § 113, où il est appelé Jean; c'est une erreur ou de Joinville ou plutôt de l'auteur du manuscrit d'où dérivent nos copies.

sait avec quelle vivacité le bon sénéchal raconte ce départ
et les impressions qu'il ressentit quand il se trouva sur ce
navire, où « l'on se dort le soir et on ne set si on se trouvera
« ou fons de la mer au matin », où l'on ne voit que « ciel et
« eaue », et où chaque jour vous éloigne du pays où l'on est
né (§ 127). Il est difficile de bien comprendre la « fiere mer-
« veille » qui advint en route à nos croisés, et quelle était
cette « montaigne toute ronde, qui estoit devant Barbarie, »
et autour de laquelle ils tournèrent plusieurs jours; grâce à
la procession de trois samedis consécutifs qu'ils commen-
cèrent sur le sage conseil du doyen de Maurupt, ils purent
enfin s'en éloigner, et, après un mois de navigation, ils dé-
barquèrent en Chypre, sans doute à Limissol; Joinville
avait été « grief malade » de ce premier voyage en mer
(§§ 125-129).

Une fois à Chypre, il se trouva assez embarrassé : il ne
lui restait plus, son voyage payé, que 240 livres, et il lui
fallait solder ses chevaliers; quelques-uns de ceux-ci lui déclarèrent qu'ils le quitteraient s'il ne se procurait pas d'argent. Les croisades différaient beaucoup des guerres ordinaires : dans celles-ci, le vassal suivait le seigneur à son
mandement et lui devait un certain temps de service; au
service de Dieu, toujours volontaire, chacun était pour soi.
Il est probable, cependant, que le vassal qui accompagnait
son seigneur n'avait pas droit à une solde; mais la plupart
des croisés étaient aux gages les uns des autres. Joinville,
dont le suzerain n'avait pas pris part à l'expédition, ne re-
levait du roi, comme on l'a vu plus haut, qu'au point de
vue militaire; il avait, d'ailleurs, à recruter ses hommes, à
les payer, à les entretenir à sa guise et suivant ses moyens :
leur nombre et leur rang accroissaient naturellement son
importance. Il semble bien que des neuf chevaliers, dont
deux bannerets, qui l'accompagnaient, aucun ne fût son
vassal; on comprend donc que, le voyant gêné, ils son-
geassent à chercher un autre chef. Heureusement le roi, qui
était à Nicosie, apprit l'arrivée du sénéchal, avec lequel il
paraît avoir eu déjà des relations amicales; il le fit chercher,

le prit à ses gages et lui donna 800 livres, en sorte qu'il
eut « plus d'argent qu'il ne lui en fallait » (§ 136).

Dans cette société française de l'Orient, où le jeune sénéchal se trouvait tout à coup transporté, il était loin d'être
un étranger. Des liens de parenté plus ou moins étroits,
qu'il serait trop long d'exposer, le rattachaient aux plus
grandes familles de Chypre et de Syrie. Le prince d'Antioche, Boémond V, le regardait comme son parent (§ 431);
la dame de Barut (Beyrouth), Eschive de Montbéliard,
femme de Balian d'Ibelin, était sa cousine; le comte de
Jaffa, Jean d'Ibelin, était (par les femmes) « du lignage de
« Joinville » (§ 158). Les Ibelin venaient, peu d'années auparavant, de terminer à leur avantage leur lutte avec Frédéric II; ils étaient maîtres en Chypre par leur neveu le roi
Henri, et en Syrie, où l'un d'eux était régent du royaume.
Ils entourèrent tous le roi de France de leurs hommages,
restèrent auprès de lui pendant l'hiver qu'il passa dans l'île,
et l'accompagnèrent en Égypte. Dans leur entourage, Joinville rencontra certainement leur serviteur et ami, ce Philippe de Novare dont les Mémoires, récemment retrouvés
en partie, forment, après ceux du sénéchal, l'œuvre personnelle la plus intéressante, dans le domaine de l'histoire,
que nous ait laissée le XIIIe siècle; ces deux hommes, très
différents, avaient cependant des côtés communs, et ils
durent s'entendre malgré l'inégalité de leur âge, Philippe
étant déjà presque vieux, Jean tout jeune encore.

Une autre cousine du sénéchal se présenta inopinément
en Chypre et avisa de son arrivée Joinville ainsi qu'Érard de
Brienne, son parent plus proche : c'était Marie de Brienne,
femme de l'empereur de Constantinople Baudouin II; elle
voulait essayer d'obtenir du roi un secours pour l'empire
latin qui chancelait et qui n'avait plus, en fait, que douze
ans à vivre. Une centaine de chevaliers, dont Joinville, lui
promirent, si, la croisade terminée, le roi ou le légat voulaient envoyer à Constantinople un corps de trois cents chevaliers, d'être du nombre. Cinq ans après, le sénéchal
n'avait pas oublié son engagement, et il se fit donner par le

Gestes des Chi-
prois, § 262.

IMPRIMERIE NATIONALE.

comte d'Eu une lettre attestant que, s'il ne l'avait pas tenu,
c'est que le roi, n'ayant plus d'argent dans ses coffres, ne
pouvait songer à donner à Baudouin le secours en question.
La pauvre impératrice avait mal débuté en Chypre; à peine
débarquée, un coup de vent avait emporté jusqu'en Syrie
le vaisseau qui contenait ses bagages, et elle était restée sans
autre ressource que son manteau et « un surcot a mangier »,
c'est-à-dire une de ces blouses qu'on passait sur ses vêtements pendant le repas pour éviter de les salir. Joinville,
ayant amené sa cousine à Limissol, où elle fut d'ailleurs
très bien reçue, lui envoya le lendemain du drap, de la
« pane de vair », de la tiretaine et du cendal pour faire dou-
bler et fourrer un costume; de quoi le roi et les autres barons eurent grande honte, pour ne s'en être avisés avant.
Le sénéchal montra là sa courtoisie, et bien des années
après il n'est pas fâché de la rapporter (SS 137-140), ainsi
que le petit triomphe qu'elle lui valut.

Nous n'avons pas à faire ici l'histoire de cette désastreuse
expédition d'Égypte, dont Joinville a raconté avec tant de
couleur et de vie les premiers succès et surtout les épouvan-
tables revers. Son récit, que de nombreux témoignages
permettent de compléter, d'éclairer et parfois de rectifier
(surtout pour les dates), est un document d'une valeur incomparable et pour l'histoire et pour la connaissance des
mœurs du temps et du caractère de saint Louis et de Joinville lui-même. Saint Louis et son ami étaient également
dépourvus de talents militaires : cela se voit à la façon dont
le premier dirigea les opérations comme à celle dont le second les raconte; mais tous deux avaient la plus solide bravoure et le plus haut sentiment du devoir. Joinville n'hésite
pas à nous dire qu'il eut maintes fois grand'peur : le feu
grégeois en particulier lui inspire une véritable épouvante,
et il va, comme nous l'avons rapporté, jusqu'à voir une intervention spéciale de Dieu en sa faveur dans l'incendie
d'un « chat-château », qui le dispensa d'une garde faite
sous la menace de ce terrible agent de destruction. Mais
la candeur même avec laquelle il nous révèle ses faiblesses

doit faire ajouter une foi entière à ce qu'il nous laisse voir,
avec la même absence complète d'affectation, de ses qualités et de ses vertus, de son courage, de son endurance,
de sa résignation, de la bonne humeur qui ne l'abandon-
nait pas dans les pires souffrances et les plus graves dangers, de sa présence d'esprit, de sa décision aux moments
importants. Il loue de même son royal ami par le simple
et fidèle rapport de ses actions et de ses paroles, et ce rapport suffit en effet à nous faire voir la vaillance, la simplicité, la fermeté, la douceur et la droiture d'âme du saint
roi, qui éclatèrent plus qu'à aucun moment de sa vie dans
cette terrible épreuve, où non seulement sa force morale,
mais sa foi religieuse aurait pu sombrer. Tout cela est présent à toutes les mémoires, et il suffit de l'indiquer; nous
nous attacherons seulement à suivre le sénéchal dans la part
qu'il prit aux événements. Nous ne nous arrêterons pas à
chacun des incidents, souvent très minutieux, qu'il relate;
on les trouvera facilement dans son livre, et on les y lira
avec plus d'agrément que ne saurait en donner une interprétation moderne.

Joinville s'embarqua à Limissol en même temps que le
roi, au mois de mai (la date exacte est controversée) 1250;
il ne fut pas de ceux que la tempête dispersa le lendemain;
il arriva le 4 juin devant Damiette (les dates données par
lui sont inexactes[1]) et débarqua l'un des premiers, sans tenir
compte des ordres du roi, en face d'une « bataille » de six
mille Turcs à cheval; il n'avait avec lui aucun de ses hommes,
mais bientôt ses chevaliers, venus dans un autre bateau, le
rejoignirent. Les Turcs, devant l'attitude résolue des croisés,
ne firent qu'un simulacre de charge et tournèrent bride;
le lendemain l'émir Fakhr ed-Dîn évacuait Damiette, où
les chrétiens entrèrent sans coup férir le 6 juin. Ce facile
succès fut le commencement des malheurs qui suivirent : des
mesures mal prises écartèrent les marchands qui auraient

---

[1] Sur toutes les dates de l'expédition de saint Louis, on consultera avec profit, outre la table chronologique de M. de Wailly, R. Röhricht, *Kleine Studien zur Geschichte der Kreuzzüge*, Berlin, 1890, in-4°, p. 11-25.

316   JEAN,

approvisionné la ville, la répartition du butin souleva partout des mécontentements, les barons se mirent à gaspiller en fêtes l'argent qu'ils auraient dû épargner, le gros de l'armée s'abandonna à la débauche. Bientôt les Sarrasins revinrent attaquer le camp, qu'on avait établi en dehors des murs, la ville étant réservée aux femmes et aux non-combattants : les chevaliers, poussés par leur ardeur et leur envie de se distinguer, n'écoutaient aucune discipline et se lançaient contre l'ennemi, trop souvent pour ne pas revenir, comme ce Gaucher d'Autrèche dont saint Louis ne voulut pas plaindre la mort. Joinville lui-même avait peine à résister à la tentation ; il eut au moins le mérite de venir demander la permission de faire sa petite sortie, et d'obéir à l'ordre de se tenir coi, que lui donna rudement Jean de Beaumont, qui remplissait dans l'armée à peu près les fonctions de major général. On entoura le camp de fossés, on organisa fortement les gardes, et la sécurité revint, mais avec elle le désœuvrement. Cinq mois se passèrent dans cette inaction énervante, parce que le roi voulait attendre, pour se mettre en marche vers Alexandrie ou Babylone (le vieux Caire), l'arrivée de son frère Alfonse de Poitiers ; celui-ci tardait au delà de toute prévision, et il aurait sans doute tardé plus encore si Joinville n'avait enseigné au légat Eudes de Châteauroux l'infaillible expédient employé dans des cas pareils par le doyen de Maurupt : on fit les deux premières processions du samedi, et avant la troisième le comte était arrivé (§ 182).

Le 23 novembre, l'armée quitta Damiette, se dirigeant décidément vers Babylone, d'après l'avis du comte d'Artois. La marche fut extrêmement pénible, et on n'arriva qu'un mois après devant Mansourah, à dix-huit lieues de Damiette, où Fakhr ed-Dîn avait établi son camp. Les croisés restèrent là sept semaines, souffrant de cruelles privations parce qu'ils n'avaient pas bien organisé leur ravitaillement, sans cesse harcelés par la cavalerie sarrasine qui les avait tournés, essayant en vain de construire une chaussée pour passer le bras secondaire du Nil qui les séparait de l'ennemi. C'est pour protéger les travaux que le roi avait fait bâtir

deux « chats-châteaux », qui furent brûlés par le feu grégeois; sur quoi il en fit bâtir, en démembrant les barques
qui avaient amené les croisés, un troisième, qui eut naturellement le même sort. Les deux fois, Joinville et les siens
avaient été désignés pour faire le guet la nuit suivante, et
ils se félicitèrent fort de la destruction des « chats-châteaux »
en leur absence. Enfin, le 8 février 1250, on passa l'eau par
un gué qu'avait indiqué un Bédouin. Joinville raconte
(§ 217) comment il dirigea si bien le passage de ses gens
qu'aucun d'eux ne fut noyé. La journée qui suivit est célèbre : le sénéchal, sans en exposer l'ensemble, raconte la
part personnelle qu'il y prit : cette part fut héroïque; elle fut
utile, puisque la défense obstinée du pont qu'il gardait
avec le comte de Soissons empêcha sans doute les ennemis
de prendre le roi par derrière. Il eut la joie de le rejoindre
vers la fin de la journée et de lui donner son « chapel de fer »
en place du lourd heaume d'Allemagne qui l'écrasait. On
campa dans le camp abandonné par les Sarrasins; mais
la victoire, où avait péri le comte d'Artois, valait une défaite. Dès le petit jour, les ennemis envahissaient le camp,
et Joinville, couché, devait se relever malgré ses blessures
pour défendre sa propre tente. Ce fut ce soir-là que le chapelain du sénéchal, Jean de Voissei, mit en fuite, à lui
tout seul, huit Sarrasins retranchés derrière un rempart de
pierres, et s'acquit une réputation dans toute l'ost. Au reste,
de ses neuf chevaliers, six avaient été tués ou blessés à mort,
dont un des « bannerets », Huon de Til-Châtel (l'autre,
Huon de Landricourt, était mort la veille du combat). Bientôt il fallut repasser le bras du fleuve et retourner dans
l'ancien camp; les communications avec Damiette furent
tout à fait coupées; la famine et le scorbut éclatèrent dans
l'armée. Joinville, malade à la fois de ses blessures, du scorbut, d'une fièvre double tierce et d'un violent coryza, dut
s'aliter le 15 mars (§ 299) et n'eut plus qu'à subir les cata-
strophes qui se succédèrent rapidement. Le 5 avril, le roi
se décida à prendre le chemin du retour, que l'ennemi occupait déjà par terre et par eau; il refusa de monter sur

une galère, où il aurait eu de grandes chances d'échapper;
mais, quoique gravement malade et pouvant à peine se tenir
à cheval, il voulut rester avec « son peuple » là où le danger
était le plus grand, et partit le dernier de tous : il fut bientôt
arrêté. Joinville et les deux chevaliers qui lui restaient, dont
l'un avait les jarrets coupés, furent portés dans un bateau,
qui commença à descendre le fleuve, au milieu des cris des
malades que les Sarrasins, maîtres du camp, massacraient
sur la rive. Le fleuve était encombré de barques qui se heur-
taient; bientôt les galères sarrasines parurent, et lancèrent
sur les chrétiens une grêle de traits et une si grande quantité de feu grégeois « qu'il sembloit que les estoiles dou ciel
« cheïssent ». Puis les Turcs s'emparèrent des bateaux, les
pillèrent et tuèrent ceux qui les montaient. Joinville, voyant
tout perdu, jeta à l'eau tout ce qu'il avait de précieux et at-
tendit la mort. Il fut sauvé par un Sarrasin « qui estoit de la
« térre l'empereour » (sans doute un Sarrasin de Pouille ou de
Sicile); celui-ci le fit passer sur la galère qui venait de heurter
sa barque et le défendit contre ceux qui voulaient l'égorger,
en criant que c'était un cousin du roi. Il le mena ou plutôt
le porta jusqu'au « château » de la galère où se tenaient les
« chevaliers » sarrasins; ceux-ci eurent quelque pitié de lui,
lui firent remettre une couverture d'écarlate fourrée de
menu vair dont il se fit un vêtement en y perçant un trou,
et un chaperon dont il se couvrit la tête. « Et lors, pour la
« poour que j'avoie, je commençai a trembler bien fort, et
« pour la maladie aussi. » (§ 323.) On lui donna à boire,
mais l'eau qu'il voulait avaler ne put passer la gorge et re-
jaillit par les narines : il se crut mort et le dit à ceux de ses
gens qui avaient pu le suivre, et qui se mirent à pleurer;
mais un Sarrasin lui donna une potion qui, en deux
jours, le guérit de l'abcès qu'il avait à la gorge. Bientôt « le
« grand amiral des galères » l'envoya chercher et l'interrogea; Joinville lui avoua qu'il n'était pas cousin du roi,
mais ajouta qu'il tenait un haut rang parmi les croisés et
que sa mère était cousine germaine de l'empereur Frédéric
(il rapprochait notablement la parenté). L'amiral lui dit

qu'il l'en aimait davantage (on sait quelles relations amicales
Frédéric II entretenait avec les Musulmans), et le fit dîner
avec lui; Joinville, oubliant que c'était un vendredi, mangea
de la viande, ce dont il fit pénitence quand il en fut averti.
Le dimanche, on descendit les prisonniers sur le rivage;
ceux qui étaient trop malades pour marcher, on les tuait
et on les jetait à l'eau. Le Sarrasin qui avait préservé Joinville le fit monter sur un palefroi et le ramena à Mansourah,
où était le quartier général et où l'on inscrivit son nom sur
la liste des prisonniers; là il l'abandonna, lui demandant
seulement de veiller sur un enfant chrétien qu'il avait également sauvé. Puis Joinville fut réuni dans un grand pa-
villon aux autres barons captifs, qui l'accueillirent avec
grande joie. D'une autre tente, où on les fit bientôt passer, ils
voyaient un enclos où les Sarrasins avaient parqué un grand
nombre de chevaliers et d'autres gens; ils demandaient à
chacun s'il voulait renier le christianisme : ceux qui refusaient avaient aussitôt la tête coupée, ceux qui consentaient
étaient mis à part. Le soudan envoya aux barons des gens
de son conseil pour leur offrir la liberté à condition qu'ils
prendraient des engagements que la conscience ou l'honneur
leur interdisait d'accepter, et que le comte Pierre de Bretagne repoussa en leur nom à tous. « Et il nous respondirent
« qu'il leur sembloit que nous n'avions talent d'estre delivré,
« et qu'il s'en iroient et nous envoieroient ceux qui joueroient
« a nous des espces aussi comme il avoient fait aus autres. Et
« s'en alerent. » (§ 336.) Entrèrent alors de jeunes Sarrasins,
les épées tirées, et les prisonniers se crurent perdus; mais
un vieillard qui se trouvait avec les jeunes gens leur dit :
« N'est-il pas vrai que vous croyez en un Dieu qui a été pour
« vous pris, tourmenté et mis à mort, et qui est ressuscité
« le troisième jour? Ne vous découragez donc pas, vous qui
« n'êtes pas encore morts pour lui comme il est mort pour
« vous. S'il a pu se ressusciter, soyez certains qu'il vous déli-
« vrera quand il lui plaira. » Et il partit avec ses compagnons,
« dont je fui mout liés, dit Joinville, car je cuidoie certaine-
« ment qu'il nous fussent venu les testes tranchier ». Ce dis-

cours du vieux Sarrasin avait beaucoup « reconforté » Joinville, et toute cette scène lui avait laissé une telle impression
qu'il l'a racontée deux fois, dans son *Credo*, où il l'a fait accompagner d'une miniature qui le représente lui-même au
milieu des autres captifs[1], et dans ses Mémoires (§ 337).
Presque aussitôt on vint leur annoncer que le roi avait traité
avec le soudan et qu'ils allaient être délivrés. On les mit
dans une galère, et ils recommencèrent à descendre le Nil;
le jeudi 28 avril (ils étaient pris depuis plus de trois semaines), ils arrivaient (à Fariskour) devant la « herberge »
que le soudan Touran-Chah s'était fait construire sur le
bord du fleuve; dans dix jours[2] on devait lui rendre Damiette, et il devait rendre le roi et les captifs. Mais ils n'étaient
pas au bout de leurs angoisses et de leurs souffrances. Le
2 mai, les émirs se soulevèrent contre Touran-Chah et
mirent le feu à sa herberge; il s'enfuit, se jeta dans le fleuve
et fut tué par les mamelouks tout près des quatre galères où
étaient entassés les prisonniers chrétiens. Trente mamelouks,
l'épée à la main et la hache au cou, envahirent la galère de
Joinville; à ce coup il vit sa mort assurée, et, comprenant
que toute résistance ne ferait que rendre le supplice plus
affreux, il s'agenouilla et tendit le cou devant un d'eux, qui
tenait « une hache danoise a charpentier », en disant : « Ainsi
« mourut sainte Agnès. » Mais ils furent encore épargnés. On
les entassa dans la sentine, puis on en tira ceux qui pouvaient
à peu près se tenir (Joinville n'était pas du nombre) pour
aller confirmer avec les émirs qui avaient pris le pouvoir les
conventions conclues avec Touran-Chah. Tout faillit encore
échouer, parce que le roi se refusait à prononcer une for-

---

[1] On a cru pouvoir reconnaître Joinville dans celui des prisonniers qui est
coiffé d'un chaperon (ou plutôt d'un
capuchon). M. Delaborde (p. 111-112)
a montré que cette supposition manquait de base. D'ailleurs, la miniature,
comme il le remarque avec raison, ne
peut être prise pour un document exact:
tous les croisés y sont vêtus de surcots à
manches, tandis que Joinville, nous le
savons, n'avait alors d'autre vêtement
de dessus que la couverture qu'on lui
avait donnée et où il avait fait un trou
pour y passer sa tête.

[2] Les manuscrits de Joinville portent
« le samedi devant l'Ascension » (§ 347);
mais il faut lire « après »; « devant » a été
répété par erreur à cause du « jeudi de-
« vant l'Ascension » mentionné un peu
plus haut.

mule de serment qu'avaient rédigée des prêtres chrétiens
renégats et qu'il jugeait blasphématoire. On finit pourtant
par conclure, et, le 6 mai, au point du jour, les quatre galères,
avec ceux qui les conduisaient, arrivaient devant Damiette;
et Jofroi de Sargines, envoyé par le roi, faisait rendre la
ville aux musulmans et embarquer sur les vaisseaux restés
au port la reine et tous les chrétiens valides : les vainqueurs
devaient garder les malades, les approvisionnements et les
engins de guerre jusqu'à ce qu'on vînt les prendre; mais
ils pillèrent la ville, tuèrent les malades et brûlèrent, avec
les engins, les « bacons », que leur religion ne leur permettait
pas de manger. Cependant les émirs ne relâchaient pas les
prisonniers, arrêtés près du pont de Damiette; ils délibé-
raient s'il ne serait pas plus politique, maintenant que la
ville était rendue, de tuer le roi et tous les « riches hommes »;
ce qui les aurait mis à l'abri pour quarante ans de toute attaque des chrétiens. L'un d'eux, qui désirait cette solution
et qui la crut adoptée, ordonna aux galères de retourner
vers Babylone. « Lors cuidames nous estre tuit perdu, et it
« eut maintes lermes plorees. » ($374.) A la fin du jour seule-
ment, le parti de la loyauté prévalut : on ramena les galères
et on les fit toucher au bord. Les prisonniers voulaient
descendre tout de suite, mais la politesse musulmane exigeait
qu'ils eussent d'abord mangé, ce qu'ils n'avaient pas fait de
la journée. Enfin on les mit à terre, et ils purent rejoindre
le roi, qui contre toute attente avait résisté à tant d'épreuves.
Mais les émirs gardaient le comte de Poitiers en otage de
deux cent mille livres dont ils avaient exigé le payement
immédiat. Ces deux cent mille livres n'étaient pas faciles à
trouver : tout réuni, il en manquait trente mille, et il les
fallait absolument. Joinville conseilla au roi, qui le fit,
d'appeler le maréchal et le commandeur du Temple (le
maître était mort) et de leur demander cette avance. On sait
que les Templiers avaient pour habitude de recevoir des dépôts d'argent. Le commandeur refusa net, disant que leur
serment les obligeait à ne remettre les dépôts qu'à ceux qui
les avaient faits; mais le maréchal insinua qu'ils céderaient

sans trop de peine à un simulacre de violence : Joinville, tout faible et chancelant, maigre et décharné qu'il était encore, s'en chargea. Il passa sur la galère où les Templiers avaient transporté leur trésor, et, comme on lui en refusait les clefs, il prit une cognée et dit qu'il en ferait « la clef le « roi ». Sur quoi le maréchal lui dit : « Sire, nous voyons bien « que vous nous faites violence, et nous vous ferons donner « les clefs. » Il les reçut et prit tout ce qu'il trouva dans une « huche ». On paya les deux cent mille livres, le comte de Poitiers fut rendu, et les navires qui emportaient le roi et ses compagnons se mirent en route pour Acre; on laissait malheureusement aux mains des infidèles bien des captifs, surtout des « menues gens », dont la délivrance avait pourtant été stipulée dans le traité.

Pendant les six jours que dura la traversée, Joinville ne quitta pas un instant les côtés du roi. Malades tous deux, ils étaient en outre dans le dénuement le plus complet : les gens du roi, dans leur hâte de quitter Damiette, n'avaient rien préparé pour lui, et il n'eût pas eu de quoi se coucher et se vêtir sans les matelas que lui avait donnés Touran-Chah et le costume qu'il lui avait fait faire; quant à Join-ville, il n'avait toujours que sa couverture percée d'un trou au milieu; dans sa prison, il avait eu l'idée de la faire rogner et de se faire, avec les rognures, confectionner un « corset », c'est-à-dire un vêtement collant couvrant tout le haut du corps. Ce fut alors que la sympathie, qui avait sans doute déjà en France rapproché ces deux hommes, dont l'un, inférieur en âge et en vertus, était si bien fait pour comprendre l'autre et l'aimer, sympathie qui avait dû se forti-fier pendant le long séjour en Chypre et dans les épreuves de la campagne d'Egypte, se changea en une véritable ami-tié, qui persista, jusqu'à la fin de sa longue existence, dans le cœur de celui qui survécut. Pendant que le sénéchal de Champagne profitait avec bonheur de cette occasion de se rapprocher du saint roi, les frères du roi « ne lui te-« naient nulle compagnie ». Le comte de Poitiers n'avait pas l'idée de quitter son navire pour le joindre; le comte d'An-

jou, sur le même vaisseau, s'était remis à jouer gros jeu, à
la grande indignation de Louis. Celui-ci confiait ses amertumes à Joinville; il lui révélait le fond de son âme et lisait
à son tour avec plaisir dans le cœur sincère et dévoué de
son ami.

Les premiers jours que le sénéchal passa à Acre furent extrêmement pénibles. Il n'avait pas d'argent, et les gens du
roi lui refusaient le payement de ses gages; enfin payé, il
déposait son argent au Temple, et un commandeur infidèle
niait le dépôt. Il n'avait plus un seul de ses chevaliers; il
était encore si faible qu'il s'évanouit dans un bain. Logé
dans la maison d'un curé, couché dans une chambre qui
communiquait avec l'église Saint-Michel, il y fut pris de la
fièvre, ainsi que ses gens; et, abandonné de tous, il entendait chaque jour, à côté de lui, chanter le *Libera* pour plus
de vingt morts de cette maladie. Tout s'améliora peu à peu :
son dépôt lui fut restitué, il retrouva ou engagea des serviteurs, il guérit, et le roi l'invita à prendre à sa table ses
deux repas quotidiens. Il était tout à fait remis le 12 juin,
quand le roi convoqua tous ses barons pour délibérer avec
lui sur la question de savoir ce qu'il devait faire, rester en
Syrie ou retourner en France.

La situation était grave, et les raisons politiques venaient
contrarier les suggestions de l'honneur et les impulsions de
la conscience. La reine Blanche avait envoyé prier instam-
ment son fils de revenir dans son royaume, où elle craignait que le roi d'Angleterre, imitant l'exemple donné jadis
par Philippe II, ne profitât de l'absence du souverain pour
fomenter quelque rébellion et prendre sa revanche de la
défaite de 1242. D'ailleurs Louis IX semblait avoir épuisé
ses ressources; il avait largement satisfait à son vœu, et il
n'y avait aucun espoir, avec les forces qui lui restaient, qu'il
pût reconquérir Jérusalem ou même accomplir quelque
entreprise vraiment importante. D'autre part, dans l'état de
démoralisation chez les chrétiens et de surexcitation chez
les musulmans qu'avait produit le désastre récent, il était à
craindre que le départ du roi ne fût le signal d'une invasion

des Sarrasins dans ce qui restait du royaume de Syrie et
d'une fuite générale des chrétiens; il fallait aussi tenir compte
de l'exécution du traité conclu avec les émirs d'Égypte, à
laquelle était subordonnée la délivrance des milliers de
chrétiens restés en Égypte. C'était cette considération qui
touchait surtout saint Louis, comme le raconta Charles
d'Anjou dans l'enquête pour la canonisation. C'est elle qui
dominait Joinville. Il se rappelait ce que lui avait dit à son
départ le sire de Bourlemont, son cousin : « Vous en alés
« outre mer; or vous prenés garde au revenir; car nus che-
« valiers, ne povres ne riches, ne peut revenir qu'il ne soit
« honis s'il laisse en la main des Sarrasins le pueple menu
« Nostre Seigneur en la quel compaignie il est alés. » (§ 421.)
Cette noble pensée primait en lui et le besoin bien naturel
de repos qu'il avait et son désir de revoir les siens et son
beau château. A cette première réunion, le roi ne fit qu'exposer les motifs qui pouvaient militer en faveur de l'une ou
de l'autre décision; il remit à huitaine pour demander l'avis
des seigneurs qu'il avait réunis, princes, prélats, hauts
barons de France et de Syrie. Dans l'intervalle, la question
du départ fut naturellement l'objet de tous les entretiens.
Beaucoup de croisés, las de tant de fatigues et découragés
par tant de déceptions, inquiets de ce qui se passait chez eux,
désireux de revoir leurs terres et leurs familles, prêchaient
passionnément le retour; le légat lui-même, le pieux et cou-
rageux Eudes de Châteauroux, ne songeait qu'au départ :
il vint proposer à Joinville de s'embarquer sur le vaisseau
qu'il avait déjà retenu, et prit mal le refus que lui fit le
sénéchal, sous le prétexte qu'il n'avait pas de quoi payer son
passage. On oubliait les « povres prisonniers », qui étaient
voués, si on s'éloignait, à la mort ou à un esclavage perpétuel; on se calmait la conscience en se promettant de
revenir. Toutefois les sentiments de Joinville, rares peut-
être parmi les « riches hommes », étaient très répandus dans
le gros des croisés réunis à Acre. Une chanson, qui fut
certainement composée et courut alors, entre le 12 et le
26 juin, exprime ces sentiments d'une façon tellement sem-

Notices et doc.
p. pour la Soc. de
l'Hist. de France,
p. 175.

Romania,
t. XXII, p. 547.

blable à celle qu'emploie Joinville qu'on se sent très porté
à la lui attribuer; il n'est pas à coup sûr invraisemblable,
comme on l'a remarqué plus haut, qu'il ait possédé l'art de
« trouver », si à la mode chez les grands seigneurs de son
temps et de son milieu. On peut, il est vrai, objecter, d'abord
qu'il aurait sans doute rappelé cette chanson dans ses
Mémoires, ensuite qu'elle s'exprime avec une liberté que
Joinville, en rapports intimes avec le roi, aurait pu difficilement prendre sans le froisser. Quoi qu'il en soit, elle forme
un complément naturel aux pages correspondantes des Mémoires.

Le 19 juin, le conseil du roi se réunit de nouveau. Gui
Mauvoisin parla au nom des princes et de presque tous les
barons de France, qui l'en avaient chargé; il remontra au
roi que ses ressources ne lui permettaient pas de rester en
Syrie d'une manière digne de son rang : il n'avait plus rien
dans son trésor, et, des 2800 chevaliers qui l'avaient suivi,
il ne lui en restait pas cent; l'avis de ses barons était qu'il
retournât au plus tôt en France, et qu'il revînt avec des
forces et des subsides pour prendre de sa défaite une éclatante revanche. Saint Louis ne se contenta pas de cette déclaration en masse : il fit interroger par le légat individuellement chacun des présents. Des treize qui étaient assis
avant Joinville, un seul s'écarta de l'avis exposé par Gui
Mauvoisin : c'était le comte de Jaffa; et, comme il le remarqua lui-même, il avait trop d'intérêt à ce que le roi ne
partît pas pour que son opinion ne fût pas suspecte. Quand
vint le tour du sénéchal de Champagne, il déclara qu'il était
de l'avis du comte de Jaffa, et il eut la hardiesse d'ajouter
que le roi n'avait pas encore entamé l'argent de sa cassette,
n'ayant touché qu'à celui des clercs[1], et qu'avec ces deniers, en promettant de bonnes soldes, il verrait de toutes
parts de vaillants chevaliers venir se mettre à ses gages. Il
rappela que le départ du roi serait la condamnation des

----

[1] C'est-à-dire, d'après l'explication de M. de Wailly, que toutes les dépenses de la croisade avaient été soldées jusque-là avec l'argent fourni par le pape
et provenant des contributions levées sur les clercs en vue de la guerre sainte.

pauvres gens faits prisonniers à son service et à celui de
Dieu. « Il n'avoit nul illec, dit-il en racontant cette scène,
« qui n'eüst de ses prochains amis en la prison, par quoi
« nus ne me reprist, ainçois se pristrent tuit a plorer. » Mais
cet attendrissement passager ne pouvait prévaloir sur l'ar-
dent désir du retour : le maréchal Guillaume de Beaumont
et le sire de Chacenai furent, avec les « Poulains » (sobri-
quet qu'on donnait aux chrétiens latins de Syrie), les seuls
à partager l'avis de Joinville. Le roi ne dit rien, et remit à
huit jours pour faire connaître sa décision. Il faut lire
dans Joinville lui-même les scènes charmantes qu'il rappelle
ensuite : comment tous les barons l'interpellèrent sur son
audace; comment le roi, contre son usage, ne lui adressa
point la parole pendant le repas; comment il se retira dans
l'embrasure profonde d'une fenêtre, et là, les mains passées dans les barreaux de fer, le cœur serré, mais toujours
plein du même sentiment, se résolut à aller trouver son
cousin, le prince d'Antioche; comment le roi le surprit
dans sa rêverie et lui dit en confidence que, loin de lui
en vouloir de ses paroles, il lui en savait « mout bon gré »;
comment il fut alors tout aise en voyant qu'il n'avait pas
perdu l'affection de son royal ami et que leurs deux âmes
s'entendaient comme de coutume. Le dimanche suivant
(26 juin), le roi réunit de nouveau son conseil et fit savoir qu'il s'était décidé à rester, et qu'il donnerait largement à ceux qui voudraient rester avec lui. « Mout en i eut
« qui oïrent ceste parole qui furent esbaï, et mout en i eut qui
« plorerent. » (§ 437.)

Tel est le récit de Joinville; nous nous sommes arrêtés
longuement à cet épisode, d'abord parce que c'est le seul
moment de sa vie où notre sénéchal paraisse avoir pris une
part importante à la marche des événements, ensuite parce
que son récit soulève, au sujet de sa véracité ou tout au
moins de la fidélité de ses souvenirs, une question délicate,
dont il paraît plus opportun de parler ici que dans l'examen
même de son livre. Nous avons, sur ce moment critique de
l'expédition de saint Louis, deux documents importants,

en dehors des Mémoires de Joinville : l'un, qui prime tous
les autres, est la lettre que saint Louis fit écrire d'Acre
aux habitants de son royaume pour leur raconter les événements antérieurs et leur annoncer la décision qu'il venait
de prendre; l'autre est le morceau historique que l'on désigne communément sous le nom de « Lettre de Jean Sar-
« razin », mais qui se compose en réalité d'abord d'une lettre
de ce personnage, écrite à Damiette en juin 1249, puis d'une
continuation qui va jusqu'en 1261 et qui est due à un anonyme, témoin oculaire et généralement bien informé. Or
ce document dit tout le contraire de Joinville : il présente
ceux qui conseillèrent au roi de partir comme une infime
minorité. On pourrait soupçonner l'anonyme d'erreur ou
d'altération de la vérité; mais que répondre au témoignage
du roi lui-même, qui déclare que la majorité des barons
lui avait conseillé de rester? « Le grand âge de Joinville,
« a-t-on dit, aura pu, sur ce point, obscurcir ses souvenirs,
« et la vanité lui faire exagérer quelque peu ses mérites. »
Assurément on peut croire qu'il y eut dans le conseil, qui
devait être fort nombreux, plus de deux barons qui sou-
tinrent le sénéchal; mais, d'autre part, tout ce qu'il raconte
avec tant de vivacité et de relief de l'effet produit par ses
paroles, des colères qu'elles suscitèrent, de ses craintes
d'avoir mécontenté le roi et de la façon délicate et touchante
dont celui-ci le rassura, tout cela n'est compréhensible
que s'il a été vraiment presque seul de son avis. Si le contraire est prouvé, il faut regarder tout son récit comme
une audacieuse invention. C'est ce à quoi nous ne saurions
nous résoudre, et ce qui paraîtra inadmissible à tous ceux
qui ont lu ces pages, si évidemment véridiques, et qui connaissent dans leur ensemble la vie et le caractère de l'ami
de saint Louis[1]. Voici, croyons-nous, comment on peut expliquer la contradiction flagrante qui existe entre les affir-
mations de Joinville et celles du roi. Le premier ne nous

Hist. occid. des
Croisades, t. II,
p. 623.

Jeanroy, (A.) Ex-
traits des chroni-
queurs français,
p. 99.

[1] Il est à noter qu'au paragraphe 12
(écrit après le reste du livre) Joinville
rappelle encore que le roi resta en Syrie « contre tout son conseil ». Il avait
même fait peindre cette scène en tête
de son livre.

parle du vote des barons que pour la seconde assemblée
(19 juin) et ne mentionne à celle du 26 que le discours du
roi. Tous ses souvenirs se concentraient sur ce moment, le
plus brillant et l'un des plus émouvants de sa vie, et négli-
geaient ce qui suivit, où son rôle fut effacé. Or il est probable au contraire que la lettre de saint Louis s'applique,
comme le récit de l'anonyme, à la troisième assemblée, où
les votes furent tout différents et purent l'être pour plusieurs
raisons : d'abord les barons durent savoir que le conseil
qu'ils avaient donné le 19 avait été fort mal pris dans la
masse des croisés; ensuite il est probable que le roi n'avait
pas confié au seul Joinville le parti vers lequel il inclinait;
enfin et surtout, entre le 19 et le 26, étaient revenus
d'Égypte les envoyés que saint Louis avait chargés de négocier la délivrance des captifs, et ils étaient revenus sans
avoir rien obtenu; ce qui ne put manquer de renouveler
dans tous les cœurs les sentiments de compassion et de
devoir envers eux que l'égoïsme avait un instant étouffés.
Nous croyons pouvoir concilier ainsi les conclusions qu'imposent des documents d'une authenticité inattaquable et la
confiance due à un des plus beaux morceaux de notre littérature historique, lequel perdrait presque toute sa valeur
s'il ne devait être considéré que comme un produit de
l'amnésie sénile et de la vanité masquée sous un appel aux
plus nobles inspirations de l'honneur et de la conscience[1].

Il ne s'agissait, dans cette décision du roi, que d'un séjour d'un an (§§ 425, 427) ou même de quatre mois. Saint
Louis fut amené peu à peu à le prolonger pendant quatre
ans. Cela tint d'abord aux retards successifs que subit la
délivrance des prisonniers restés en Égypte (un premier
convoi arriva en octobre 1250; la dernière libération paraît
avoir eu lieu en 1252 seulement); puis le roi s'attacha à
l'opération, toujours reprise et toujours annulée, qui consistait à relever les fortifications des villes restées au pouvoir
des chrétiens; enfin il essaya divers traités, soit de paix, soit

---

[1] Voir une explication à peu près identique donnée par M. Delaborde : *Romania*,
t. XXIII, p. 148.

d'alliance, tantôt avec le sultan de Damas, tantôt avec les
émirs devenus maîtres de l'Égypte, comme avec le Vieux de
la Montagne et avec les Mongols. Enfin il avait cru, en
restant en Syrie, devenir le centre d'un nouvel afflux de
croisés; mais cette prévision ne se réalisa pas. Aucun roi,
aucun prince ne vint rejoindre le roi de France; en France
même les hauts barons ne bougèrent pas, et les malheureux
« pastoureaux » qui s'étaient soulevés pour aller retrouver
leur seigneur n'aboutirent qu'à se faire massacrer. Ainsi
l'espérance que saint Louis avait eue au début d'arriver à
reprendre Jérusalem allait chaque jour se dissipant; il refusa
d'entrer en simple pèlerin dans la ville sainte, qu'il ne pouvait
conquérir. La mort de la reine Blanche (novembre 1252),
qu'il apprit seulement quelques mois après, le rappelait
impérieusement en France; mais il resta encore près d'une
année. Après un séjour de quatre ans en Syrie, que ne marqua aucun fait éclatant et qui n'eut pour l'avenir de ce pays
condamné aucun résultat durable, il quitta Acre le 12 avril
1254, et, au bout d'une pénible et périlleuse traversée,
rentra enfin dans son royaume. Il ne rapportait pas d'Orient
le prestige de la victoire, mais il en rapportait déjà l'auréole
de la sainteté.

Joinville l'accompagna dans ses déplacements, d'Acre à
Césarée, à Caïfa, à Jaffa, à Tyr, à Sidon. Il prit part à quelques escarmouches et à une inutile expédition contre Bélinas (l'ancienne Césarée de Philippe), où il courut de grands
dangers et montra beaucoup de courage et de sang-froid,
mais qu'il a racontée si peu clairement qu'on a peine à en
comprendre le détail (SS 570-581). Il fit en 1253 un pèlerinage à Notre-Dame de Tortose, « pour ce que c'est li pre-
« miers autels qui onques fust fais en l'onour de la mere
« Dieu sor terre, et i fait Nostre Dame mout grans miracles ».
A son retour à Sidon, le roi le chargea de la mission de confiance d'escorter la reine et ses enfants jusqu'à Tyr, où il
les rejoignit bientôt lui-même; on passa le carême à faire les
préparatifs du départ, à la grande joie du sénéchal, qui,
ayant rempli ce qu'il avait considéré comme un devoir sacré,

soupirait depuis longtemps après le moment du retour; il monta, le 12 avril 1254, sur le vaisseau même qui emmenait le roi et sa famille. Etant encore à Acre, entre le moment où les frères du roi s'étaient embarqués pour la France (10 août 1250) et celui où le roi quitta Acre pour Césarée (24 mars 1251), il avait employé ses loisirs à faire écrire et illustrer son *Credo,* dont nous ne possédons qu'une seconde édition, faite beaucoup plus tard.

Les souvenirs de cette période de quatre années, qui remplissent une grande partie des Mémoires de Joinville (§§ 406-617), sont de nature fort diverse et présentent souvent beaucoup d'intérêt, mais ne peuvent guère être résumés dans une esquisse biographique comme celle-ci. Ce sont des anecdotes de tout genre, qui éclairent de mille façons soit les mœurs et les idées du temps, soit le caractère de saint Louis et celui de Joinville; quelques-unes sont belles et touchantes, d'autres sont puériles, comme l'histoire des tours que le jeune comte d'Eu s'amusait à faire au sénéchal (§ 583), tours que nous trouverions fort peu spirituels et qui, pour le narrateur, montrent combien le comte était « soutil »; tant il est vrai que les hommes de ce temps, et surtout les meilleurs, étaient des enfants. Joinville nous raconte aussi en détail comment il avait organisé sa vie pendant les longs séjours qu'on faisait dans les diverses villes que le roi fortifiait, ou plutôt dans les camps qu'on établissait auprès des murailles. Il était devenu, depuis le départ des frères du roi et de la plupart des « riches hommes », le plus grand seigneur de l'armée. Il recevait du roi deux mille livres de gages par an, avec lesquelles il entretenait dix chevaliers, dont deux bannerets, qu'il avait engagés pour remplacer ceux qu'il avait perdus en Égypte. Ce contrat de deux mille livres avait été passé à Acre en 1251 et expirait à Pâques de 1252; quand il fallut le renouveler, le roi crut que Joinville lui demanderait de l'augmentation; mais celui-ci se contenta des conditions premières, en stipulant seulement que le roi, qui, malgré sa vertu, était fort sujet à s'emporter, ne se fâcherait pas si le sénéchal lui demandait

quelque chose, et que celui-ci de son côté ne se fâcherait pas
si le roi lui refusait sa demande. « Il semble, dit fort bien
« M. François Delaborde, que le pacte ne fut très exactement
« observé ni d'un côté ni de l'autre; car, peu de temps après,
« le roi accueillit assez mal une demande de son ami ($ 5o6),
« et dans une autre occasion ce fut Joinville qui s'emporta au
« point de menacer saint Louis de quitter son service, s'il ne
« faisait justice à un chevalier champenois maltraité par un
« agent royal. » Quoi qu'il en soit, le contrat fut sans doute
ainsi renouvelé d'une Pâques à l'autre jusqu'à celle de 1254.
Mais saint Louis voulut établir entre Joinville et lui un lien
plus étroit et plus durable. Un acte daté de Jaffa, avril
1253, constate que le roi a accordé à Jean de Joinville, sénéchal de Champagne, en considération des services qu'il
en a reçus, deux cents livres tournois de rente annuelle et
héréditaire, moyennant quoi celui-ci lui a fait hommage lige
contre tous, sauf sa fidélité envers le comte de Champagne
et le comte de Bar (Delaborde, n° 341). Joinville devenait
ainsi le vassal direct du roi, et c'est à ce titre que plus tard
il prit place dans ses conseils. L'amitié qui l'unissait à saint
Louis devenait d'ailleurs de plus en plus étroite par le contact constant où ils vivaient et où ils avaient l'occasion de
s'apprécier toujours davantage. Elle n'alla cependant pas
jusqu'à une intimité que ne permet guère la condition
royale et que ne favorisait pas le caractère de saint Louis,
extrêmement réservé sur certains points : Joinville s'étonne
et se plaint de ce que, pendant cinq ans qu'ils avaient vécu
l'un près de l'autre, le roi ne lui eût jamais dit un mot de la
reine ni des enfants qu'elle lui avait donnés; et, ajoute-t-il
avec sa franchise ordinaire, « ce n'estoit pas bone chose, si
« comme il me semble, d'estre estrange de sa femme et de
« ses enfants ». C'était plutôt de ses confidents, même les plus
chers, que saint Louis se faisait « estrange » sur des sujets
qu'il croyait trop délicats pour en parler librement. La reine
Marguerite, dont le bon sénéchal avait aussi gagné l'amitié,
était moins discrète. Elle ne craignait pas de se plaindre à
lui de ce que son mari était si « divers » ($ 631), ou de lui

avouer que sa belle-mère était « la femme qu'elle haïssait le
« plus » (§ 6o5); et c'est d'elle sans doute qu'il tenait le récit
des procédés par lesquels Blanche de Castille s'était attiré
cette haine, et des ruses innocentes auxquelles les royaux
époux avaient recours pour se soustraire à sa surveillance
(§§ 6o6-6o8).

Outre les dix chevaliers à sa solde, le roi avait consti-
tué à Joinville une « bataille », en mettant sous ses ordres
quarante chevaliers champenois qui avaient été ramenés
d'Égypte en octobre 1251, et que le sénéchal avait réussi,
non sans peine, à faire prendre par lui à ses gages. Cinquante chevaliers et leur suite représentaient plusieurs centaines d'hommes. Joinville nourrissait tout ce monde, et il
nous raconte par le menu comment il s'approvisionnait et
quelles sages mesures il prenait pour que son nombreux personnel ne lui bût pas trop de vin : il faisait largement tremper
d'eau le vin des « vallez », et moins abondamment celui des
écuyers; les chevaliers avaient à leur disposition une carafe
de vin et une d'eau et les mélangeaient comme ils voulaient;
quant au sénéchal lui-même, malgré les avertissements de
saint Louis, il buvait son vin pur, s'appuyant sur l'avis des
médecins, qui lui assuraient que, grâce à sa grosse tête et à
son estomac « froid », il ne risquait pas de s'enivrer (§ 23). Il
recevait, outre les gages du roi, des subsides envoyés de
Champagne (§ 5oo), et il ne regardait pas à la dépense : à
chacune des grandes fêtes de l'année, il invitait à dîner « tous
« les riches hommes de l'ost », si bien que le roi, trouvant sa
propre table trop peu peuplée, était obligé de lui en « em-
« prunter » quelques-uns. Au reste, il donnait l'exemple
d'une vie irréprochable : son lit était disposé de telle façon
qu'on le voyait dès qu'on entrait dans sa vaste tente, « pour
« oster toutes mescreances de femmes ». Il avait deux chapelains qui lui disaient ses heures; levé avant tout le monde, il
entendait la messe que lui « chantait » l'un d'eux, tandis que
l'autre en célébrait une plus tard pour ses chevaliers, moins
matineux. Sa messe ouïe, il allait trouver le roi et travaillait
avec lui quand il y avait des messages à envoyer ou à rece-

voir, ou, si le temps était beau, il l'accompagnait dans une promenade à cheval. Le reste du jour était sans doute employé à des exercices militaires, ou, plus souvent encore, à surveiller les travaux de fortification, où le roi lui-même portait la hotte pour gagner le « pardon » promis à cette bonne œuvre (§ 517) et où le sénéchal ne put sans doute se défendre d'imiter son royal ami. Les occasions de donner un coup de lance ou d'épée étaient fort rares. Cette existence monotone et sans grande utilité pesait à tout le monde, et ce fut, nous l'avons dit, un beau jour pour le sénéchal que celui où il mit le pied sur le vaisseau qui devait le ramener en France.

La traversée fut fertile en incidents : le vaisseau qui portait la famille royale et Joinville toucha près de Chypre, une nuit, un banc de sable et eut une partie de sa quille emportée; les passagers attendirent la mort, jusqu'à ce que le jour vînt leur rendre espoir. On sait que le roi ne voulut jamais, malgré les instances de tous les siens et des mariniers eux-mêmes, quitter pour un autre ce vaisseau devenu dangereux, à cause des conséquences funestes que son départ aurait pu avoir pour ceux qui l'accompagnaient (§§ 13-16, 39-41, 618-629). Puis une violente tempête amena un nouveau péril, où Joinville rassura la reine en se portant « plege » pour saint Nicolas de Varangéville que, si elle lui faisait un beau vœu, il les tirerait certainement du danger : le sénéchal lui-même, dans la nuit du demi-naufrage, avait promis au saint un pèlerinage, et il se chargeait de porter l'ex-voto de la reine. Elle fit le vœu, et Joinville le porta en effet plus tard à Saint-Nicolas de Varangéville (aujourd'hui Saint-Nicolas du Port). Quel malheur que ce joyau d'une incomparable valeur historique, sans parler de celle qu'il avait sans doute pour l'art, ne nous ait pas été conservé[1]! C'était une nef d'argent faite par un orfèvre de Paris;

---

[1] D'après une lettre qu'a bien voulu nous écrire M. l'abbé Carrier, curé-doyen de Saint-Nicolas du Port, l'ex-voto de Marguerite de Provence a disparu, avant 1790, de l'église où il avait été porté par Joinville. « Il aura été caché par les « Bénédictins gardiens du sanctuaire, « car sa disparition temporaire faisait « l'objet d'un litige entre les bourgeois « et les religieux au XVIII⁰ siècle. » On aurait donc quelque chance de retrouver un jour ce trésor.

« et estoit en la nef li rois, la roïne et li troi enfant, tuit d'ar-
« gent, li mariniers, li mas, li gouvernaus et les cordes,
« tuit d'argent, et li voiles tous cousus a fil d'argent; et me
« dist la roïne que la façons avoit cousté cent livres. » Près
de Pantalaria, on subit un retard de plusieurs jours par la
faute de quelques « fils de bourjois de Paris » qui s'étaient
attardés dans l'île malgré les ordres du roi et que celui-ci punit
sévèrement, après avoir refusé de les abandonner à leur sort
(§§ 640-644). Puis le feu prit dans la chambre de la reine,
et saint Louis, inquiet, à partir de ce jour chargea Joinville
de surveiller chaque soir l'extinction des feux et de venir
lui en rendre compte (§§ 645-649). Enfin on vit les côtes de
France, après dix semaines de navigation, et le vaisseau
s'arrêta devant Hières. Mais, à l'étonnement de tous, le roi
refusa de descendre : Hières n'était pas à lui, mais à son
frère le comte de Provence ; il ne voulait toucher terre que
sur ses domaines, et il déclara qu'il ne débarquerait qu'à
Aigues-Mortes. Le vent était contraire, et pendant deux
jours on resta devant Hières, sans que personne pût
« vaincre » le roi ; enfin Joinville le décida, nous assure-t-il
(§ 653), en lui rappelant l'aventure de la dame de Bourbon, qui, pour s'être obstinée de même à débarquer à
Aigues-Mortes et non à Hières, était restée sur mer sept
semaines de plus. Le lendemain, 17 juillet 1254, les pèlerins prenaient terre. Joinville resta encore quelques jours
auprès du roi et entendit avec lui le sermon du bienheureux
Hugues de Digne, qu'il essaya en vain de décider à rester à
la cour et dont il apprit plus tard avec plaisir qu'il faisait
à Marseille, après sa mort, « mout beles miracles » (§ 660).
Il accompagna le roi à Aix, à la Sainte-Baume, « une voute
« de roche mout haute la ou l'on disoit que la Magdeleine
« avoit esté en hermitaige dis et set ans » (§ 663), et à
Beaucaire, où saint Louis se retrouvait dans son domaine.
Là Joinville prit congé de lui et revint enfin dans son château, non sans être allé visiter sa nièce, la dauphine de
Viennois, son oncle, le comte de Chalon, et son cousin, le
duc de Bourgogne. Il trouva en bon état sa famille, sinon ses

XIV⁰ SIÈCLE.

domaines, et ne s'arrêta que peu de temps à Joinville pour ses affaires; il alla bientôt à Soissons retrouver le roi, qui lui fit « si grant joie que tuit cil qui estoient la s'en mer- « veillierent ».

Au mois de décembre, il se retrouvait à Paris, où il avait accompagné son jeune seigneur, Tibaud V, devenu comte de Champagne et roi de Navarre depuis l'année précédente. Il s'agissait de deux affaires assez graves. La sœur de Ti- baud, Blanche de Champagne, mariée au comte Jean de Bretagne, se prétendait lésée par son frère dans ses droits à l'héritage de leur père et était venue se plaindre au roi en lui faisant hommage; le roi avait convoqué les parties de- vant le parlement. D'autre part, Tibaud désirait avoir en mariage la fille de saint Louis, Isabel; ce fut Joinville qu'il chargea d'obtenir du roi la réponse qui se faisait attendre [1]. Le roi lui répondit : « Accordez-vous d'abord avec le comte « de Bretagne ; je ne veux pas qu'on dise que je fais tort à « mes barons pour marier mes enfants. » Joinville rapporta cette réponse à Tibaud et à sa mère, Marguerite de Navarre, qui se hâtèrent de conclure un arrangement avec le comte de Bretagne; sur quoi Louis donna (avril 1255) sa fille au roi de Navarre : « Les noces furent faites a Melun grans et « plenieres, et de la l'amena li roi Thibaus a Provins, la ou « la venue fu faite a grant foison de barons » (§ 666). Le souvenir de ces grandes fêtes de Provins et du succès qu'y obtint la jeune reine nous a été conservé dans une jolie chanson, récemment découverte et publiée.

Meyer (P.), Rec. d'anc. text., p. 372.

A partir du retour de saint Louis en France, le livre du sénéchal cesse de nous fournir des renseignements suivis sur la vie de l'auteur; en combinant ce qu'il contient avec ce que nous apprennent les documents d'archives, nous ar- rivons cependant à en fixer quelques dates et quelques faits. On ne voit pas trop à quel moment, en 1254, Joinville au- rait pu accomplir son vœu de pèlerinage à Saint-Nicolas de

---

[1] Il semble qu'il y ait à cet endroit (§ 665) une lacune dans nos manuscrits. Joinville a sans doute voulu dire que les Champenois le soupçonnaient, à cause de l'amitié que lui montrait le roi, d'être disposé à sacrifier les intérêts de Tibaud.

336   JEAN,

Varangéville; d'ailleurs la confection de l'ex-voto de la reine
Marguerite, qu'il s'était chargé de porter, prit nécessairement un certain temps; ce fut donc sans doute en 1255,
après les fêtes de Provins, qu'il fit ce pèlerinage « de Join-
« ville, a pié et deschaus ». C'était un voyage assez pénible
dans ces conditions. Il se consacra ensuite sans doute à l'administration de ses domaines et à la réparation du dommage
qu'y avait causé son absence. Un seigneur féodal devait sans
cesse établir et défendre ses droits contre les empiétements
dont ils étaient menacés de tout côté. Joinville, nous l'avons
vu, tenait aux siens et les soutenait fermement contre ses
supérieurs; mais il ne tenait pas moins à ses devoirs et se
considérait surtout, comprenant le système féodal dans ce
qu'il avait de meilleur, comme le patron et le garant de ses
inférieurs. Or, nous dit-il, « tandis que j'avoie esté ou ser-
« vice Dieu et le roi outre mer, li serjant au roi de France et
« au roi de Navarre m'avoient destruite ma gent et apovroiee,
« si qu'il ne seroit jamais heure que je et il n'en vaussissent
« pis » (§ 735). Il s'appliqua à panser ces plaies. En 1258,
nous le voyons octroyer une charte de franchise aux habitants de Joinville (Delaborde, n° 36). En cette même année,
il dut prendre part à la guerre que Tibaud V fit au comte
Jean de Chalon et au comte de Bourgogne, son fils, à
propos d'un différend survenu au sujet du pariage de l'abbaye de Luxeuil. Cette guerre devait être pénible au sénéchal, qui était le proche parent et l'ami des adversaires de
son seigneur, et il fut heureux de la voir terminée par l'intervention du roi (§ 681).

En 1259, Tibaud le remerciait de ses bons services en
lui donnant en accroissement de fief ce qu'il possédait à
Germai (Delaborde, n° 383), d'ailleurs sous l'hommage
du roi de France (Delaborde, n° 468), dont il devenait ainsi
doublement le vassal. En 1260, il perdit sa mère (le 11 avril)
et, peu après, sa première femme, Alaïs de Grandpré: il
n'avait alors que trente-cinq ans. En 1261, il se remaria
avec Aélis, fille de Gautier, seigneur de Reinel, son voisin. Aélis était fille unique : son père mourut dès l'année

D'Arbois de Ju-
bainville, Hist. des
comtes de Cham-
pagne, tome IV,
p. 390.

suivante, et la seigneurie de Reinel entra dans la famille du
sénéchal et appartint, après la mort d'Aélis, à l'aîné des fils
qu'elle avait donnés à son mari.

Les occupations du sénéchal à Joinville et à la cour de Tibaud ne l'empêchaient pas de se rendre fort souvent à Paris.
Sa charge l'obligeait d'y accompagner son seigneur à certaines occasions solennelles : il fit ainsi son office aux noces
de Philippe, fils aîné du roi, en 1262, et aux fêtes de la chevalerie du même prince à la Pentecôte de 1267. Il eut en
ces deux circonstances une petite déception : aux banquets
donnés par le comte de Champagne, le sénéchal avait droit
aux écuelles qui avaient servi, et ce n'était pas un profit à
négliger, puisqu'il s'agissait, au moins en grande partie, de
plats et bassins d'argent; après ces deux fêtes, il avait réclamé celles qui garnissaient la table de son seigneur, mais on
lui avait répondu qu'elles appartenaient au roi de France et
que le sénéchal de Champagne n'y avait aucun droit. Il se
fit du moins donner ce qu'on appelle un acte de non-préjudice, par lequel le comte déclarait ne vouloir porter en rien
atteinte aux « droitures » de la sénéchaussée (Delaborde,
n° 461; M. Delaborde a restitué à cet acte la date de 1268,
au lieu de 1262). Mais ce n'était pas seulement à la suite du
comte de Champagne que Joinville venait à Paris. Il était
devenu, comme on l'a vu, « l'homme » du roi, et saint Louis
l'avait attaché à son conseil; il prenait part et au gouvernement du royaume et à l'administration de la justice. Il était
de ceux qui jugeaient « les plais de la porte, qu'on appelle
« maintenant les requestes » (§ 57), et qui entouraient le roi
quand, soit dans sa chambre ou dans son jardin du
palais, soit sous le chêne de Vincennes, que nous ne connaîtrions pas sans le charmant récit du sénéchal, il pro-
nonçait en dernier ressort sur les cas qui lui avaient été
réservés ou dont les parties appelaient. Joinville nous a
indiqué lui-même plusieurs occasions où il se trouvait dans
le conseil du roi. Il rapporte en deux endroits (§ 65, §§ 678-
679), avec de légères variantes, les objections que les conseillers de saint Louis firent à son projet de restituer en partie

au roi Henri d'Angleterre ce que Philippe II avait enlevé à
Jean, et la réponse qu'il fit à ces objections; on peut donc
croire que le sénéchal de Champagne assistait à cette
discussion, qui eut lieu en 1258 [1]. À ce même parlement il
venait pour une affaire personnelle dont nous saisirons ici
l'occasion de dire un mot. Il s'agit d'un de ces conflits de
droits et de juridictions qui mettaient sans cesse en querelle
le monde ecclésiastique et le monde laïque. Les moines de
Saint-Urbain s'étaient divisés et avaient nommé deux abbés,
dont Joinville soutenait l'un, Jofroi; l'évêque, Pierre de
Châlons, cassa les deux élus et en consacra un troisième,
Jean de Mimeri; mais Jofroi était allé appeler à Rome,
et le sénéchal, ayant pris l'abbaye « en sa main », en interdisait l'accès à Jean de Mimeri. L'évêque fit excommunier
le sénéchal, qui paraît ne s'en être pas autrement soucié. À
la Saint-Martin d'hiver de 1258, il y eut, nous dit-il, au
parlement « grant tribouil » à ce sujet entre l'évêque et lui.
Au parlement suivant (Saint-Martin 1259), les prélats
avaient prié le roi de s'entretenir séparément avec eux, et
l'évêque de Châlons en profita pour lui dire: « Sire, ne me
« ferez-vous pas justice du seigneur de Joinville, qui enlève
« à ce pauvre moine (Jean de Mimeri) l'abbaye de Saint-
« Urbain ? — Sire évêque, répondit le roi, vous avez décidé,
« vous autres clercs, qu'on ne doit entendre en cour laïque
« aucun excommunié; or vous êtes excommunié vous-même :
« j'en ai vu des lettres, portant trente-deux sceaux (c'était
« sans doute la copie d'une bulle rendue à la requête de
« Jofroi); tant que vous ne serez pas absous, je ne puis
« vous écouter. » Et, laissant l'évêque tout confus, il revint
auprès des barons en riant de sa repartie, qu'il leur raconta.
Jofroi obtint à Rome sa consécration et devint abbé de
Saint-Urbain; mais il rendit à Joinville le mal pour le bien,
au moins au dire de celui-ci; car il faut bien reconnaître

---

[1] Les variantes qui existent entre les deux relations que Joinville donne de cet événement font penser au contraire à M. Delaborde (p. 128, n. 6) que le sénéchal ne se trouvait point alors dans l'entourage du roi. Elles ne nous semblent pas assez graves pour justifier cette conclusion.

XIVe SIÈCLE.

que les arbitres désignés d'un commun accord pour statuer
sur les différends survenus entre Joinville et l'abbé, —
différends qui n'avaient pas été éteints malgré le serment
prêté par Joinville, en juillet 1264, de se conformer à une
première sentence arbitrale, — donnèrent tort au sénéchal
(7 novembre 1266; Delaborde, n° 447). Mais, à côté de
cette discussion, il y en avait une autre plus grave: l'abbé
Jofroi voulait dépouiller les seigneurs de Joinville de leur
droit héréditaire de garde sur l'abbaye, et prétendait que
ce droit appartenait réellement au roi de France. Le débat
fut porté à Paris, malgré la prétention du roi de Navarre,
qui en revendiquait la connaissance (Delaborde, n° 441,
21 mai 1266), et qui fut débouté par le Parlement (Delaborde, n° 458). Le sénéchal et l'abbé s'étaient rendus à Paris
(1267)[1] : Joinville offrait une enquête, Jofroi voulait que
le roi citât directement le sénéchal comme usurpant un
droit royal; mais saint Louis, toujours équitable, répondit :
« Vous avez beau dire, je ferai faire une enquête; car si je
« mettais le sénéchal en procès, j'aurais tort envers lui,
« qui est mon homme, et qui m'offre de me faire savoir la
« vérité avec certitude. » On fit l'enquête, et le résultat fut
que le roi confirma par lettres le droit de garde de Joinville
sur l'abbaye; toutefois, comme on le verra, les démêlés de
celui-ci avec les moines de Saint-Urbain n'étaient pas finis.

Les fonctions qu'il remplissait dans les conseils du roi
ou le besoin de s'occuper de ses propres affaires n'étaient
pas les seuls motifs qui attiraient si souvent Joinville à Paris,
à Corbeil, à Poissi, à Fontainebleau, à Reims ou à Orléans.
Le roi le voyait toujours avec plaisir et lui donnait des
marques d'affection tout à fait exceptionnelles. C'est dans
ces visites du sénéchal que Louis l'interrogeait sur sa façon
de comprendre Dieu (§ 26), sur son horreur pour le péché
(§ 27), sur les œuvres pies qu'il pratiquait (§ 29), s'effor-
çant toujours de le faire progresser dans la voie de la perfection, lui recommandant d'honorer les saints, nos médiateurs

Cf. l'Enquête pour
la canonisation.

---

[1] C'est à ce même voyage de 1267 que Joinville apprit la seconde « croiserie »
du roi et refusa de s'y associer (voir plus loin).

auprès de Dieu, ou lui enseignant le moyen assuré d'être honoré dans ce monde et sauvé dans l'autre (§ 24). Quand le roi était « en joie », il s'amusait à entendre les discussions de maitre Robert de Sorbon et du sénéchal, et donnait raison à celui-ci quand il mettait le « prudhomme » au-dessus du « béguin » (§ 32); mais si Joinville se laissait aller à dire des choses blessantes pour le docteur, le roi prenait celui-ci sous sa protection, quitte à s'en excuser ensuite auprès du sénéchal de la façon charmante que celui-ci a racontée, le faisant asseoir à ses côtés avant son fils et son gendre, et si près, dit Joinville, « que ma robe touchoit a la seue », et lui avouant qu'il avait défendu maître Robert contre sa conviction (§§ 35-38). Ainsi se continuait la familiarité établie outre mer, le roi conservant toujours sa tendre sollicitude pour son jeune ami, et celui-ci gardant toujours envers le roi, au milieu de son affection et de son respect, la plus entière liberté de parole. « Onques ne lui menti », dit-il, et ses franches réponses scandalisèrent parfois le saint roi, qui s'efforçait de le ramener à des sentiments plus conformes à sa foi.

Joinville assista encore, en 1266, au conseil où le roi reconnut l'acte en vertu duquel Mathieu de Trie réclamait le comté de Dammartin (§ 66). Rentré chez lui, il fut éprouvé par la fièvre quarte; il dut se faire dire la messe dans sa chambre, ce qui donna encore lieu à un acte de non-préjudice, mais cette fois comme précaution prise contre lui. Les chanoines de Saint-Laurent avaient obtenu des seigneurs de Joinville la promesse que ceux-ci n'auraient pas de chapelle au château et se serviraient de l'église Saint-Laurent; ils eurent donc soin de constater que la condescendance qu'ils avaient montrée au sénéchal en autorisant un prêtre à dire la messe chez lui ne pouvait créer aucun précédent (Delaborde, n° 448). Il était encore malade au mois de mars 1267 quand il reçut, ainsi que tous les autres barons, une convocation du roi; il pria le roi de l'excuser, mais celui-ci lui fit répondre qu'il tenait d'autant plus à l'avoir à Paris qu'il y avait là des médecins capables de le guérir (§ 730). Personne ne savait

pourquoi le roi convoquait cette grande assemblée. La reine
elle-même ne put rien en dire à Joinville. Le lendemain de
son arrivée, qui était le jour de l'Annonciation (25 mars),
il se rendit aux matines, et là il s'endormit et eut un songe:
il vit le roi agenouillé devant un autel, et plusieurs prélats
qui le revêtaient d'une chasuble rouge en serge de Reims
(§ 731). Ému de cette vision, il la raconta à son prêtre,
Guillaume, qui, ayant peut-être eu vent des desseins du
roi, la lui expliqua en lui disant que le roi allait se croiser
de nouveau, « car la chasible de sarge vermeille senefioit la
« croiz, laqués fu vermeille dou sanc que Dieus i espandi »,
et « ce que la chasible estoit de sarge de Reins senefie que la
« croiserie sera de petit esploit ». Le jour même, Joinville
devait avoir la preuve que son prêtre ne s'était pas trompé :
il vit à la Sainte-Chapelle le roi faire descendre de son reliquaire le morceau de la vraie croix qu'il avait acquis en
1241, et ceux qui l'entouraient comprirent, à leur grande
désolation, qu'il avait en effet formé le dessein de recom-
mencer outre mer une expédition hasardeuse. Le même
jour[1], le roi prit la croix au milieu de l'assemblée de ses
barons, et avec lui se croisèrent ses trois fils, Philippe, Pierre
et Jean Tristan ; son gendre, le roi de Navarre Tibaud, prit
la croix à la Pentecôte, dans les fêtes données à l'occasion
de la chevalerie du fils aîné du roi. Joinville fut vivement
engagé par ses deux suzerains à en faire autant : il refusa
net, alléguant que son devoir était de rester chez lui « pour
« aider et défendre son peuple », qui avait tant souffert de sa
longue absence, et que, « s'il exposait sa vie dans cette aven-
« ture, en voyant avec évidence que ce serait pour le mal et
« le dommage de sa gent, il courroucerait Dieu, qui donna sa
« vie pour son peuple » (§ 736). On ne pouvait dire plus
clairement au roi lui-même qu'il allait contre la volonté de

[1] Joinville dit : « le lendemain » ; mais ce fut le jour même de l'Annonciation d'après le témoignage très assuré de l'archevêque de Rouen, Eudes Rigaud, qui assistait à la cérémonie (voir *Histor. de Fr.*, t. XXI, p. 592). C'est par erreur que M. Röhricht, dans le mémoire que nous avons cité plus haut (p. 315, note), dit que le roi ne se croisa qu'à la Pentecôte : ce fut le roi de Navarre qui prit la croix à la Pentecôte, ainsi qu'Eudes Rigaud lui-même.

Dieu en abandonnant son peuple et en risquant une vie
à laquelle étaient imposés des devoirs supérieurs encore à
ceux du sénéchal; Joinville n'hésite pas à dire encore, quarante ans après ce jour douloureux, et dans le livre même
consacré à la glorification de saint Louis, que ceux qui lui
conseillèrent cette croisade commirent « un péché mortel »
en lui faisant sacrifier le bien de son peuple; et en effet,
ajoute-t-il, « quand il était en France, tout le royaume était
« en bonne paix au dedans et au dehors, et depuis son dé-
« part tout n'a fait qu'aller de mal en pis ». Il est impossible
de ne pas croire que dans sa pensée le roi lui-même avait sa
part de ce péché; car qui était plus strictement obligé que
lui à remplir sa véritable mission? L'expédition en elle-
même était d'ailleurs une folie, vu l'état de santé du roi : il ne
pouvait alors supporter ni le cheval ni la voiture, et il était si
faible qu'il fallut que, le jour où il lui dit adieu, Joinville le
portât dans ses bras de l'hôtel d'Auxerre à l'église des Cordeliers. L'acceptation de ce service affectueux prouve au moins
que saint Louis n'en voulait pas à son ami de sa résistance,
quelque pénible qu'elle dût lui être. Le sénéchal prit congé
de lui et revint à Joinville le cœur serré, pressentant qu'il ne
reverrait plus celui qu'il aimait et vénérait tant. Différents
actes nous le montrent bientôt dans ses domaines, occupé de
ces affaires qui lui tenaient tant à cœur; c'est ainsi qu'en
1267 il donne une charte de franchise à la « ville neuve » de
Ferrières qu'il était en train d'établir (Delaborde, n° 459),
et conclut à ce sujet, l'année suivante, un accord avec
l'abbaye de Saint-Urbain (Delaborde, n° 467); le 26 août
1268, il emprunte à son seigneur Tibaud 528 livres tournois qu'il s'engage à lui rendre en trois termes (Delaborde,
n° 485). En 1269, un incident, dont nous ne connaissons
pas le détail, le mit en querelle avec un seigneur voisin,
Milon de Saint-Amand, sur les terres duquel Joinville avait,
paraît-il, envoyé ses gens « faire le degast »; un accord in-
tervint par les soins de la comtesse Marguerite de Luxembourg; mais le sénéchal dut payer 200 livres de dommages-
intérêts (Delaborde, n° 474).

Cependant la « croiserie » s'était accomplie et avait eu le triste résultat prédit par le prêtre Guillaume. Saint Louis était mort à Tunis le 25 août 1270. La nouvelle dut en parvenir assez tôt au sénéchal, qui plus tard recueillit de la bouche du fils même du roi, le comte Pierre d'Alençon, « qui l'aimait beaucoup », quelques détails sur les derniers instants de cette sainte vie, à laquelle la sienne avait été si intimement unie. Le souvenir de cette union domina, et pour lui et pour les autres, les années qui lui restaient à vivre. Déjà sans doute avant la mort du roi, dans les années qui suivirent son retour en France, il avait rédigé en grande partie son récit de la croisade à laquelle il avait pris part. Il semble l'avoir repris et y avoir mis la dernière main, mais sans en faire exécuter une copie destinée à être multipliée, en 1272, comme nous essaierons de l'établir dans la seconde partie de ce travail. S'il ne livrait pas encore ses souvenirs au public sous forme écrite, il faisait volontiers part à ceux qui voulaient l'écouter des trésors que sa mémoire fidèle avait conservés. On se plaisait à l'entendre redire ses entretiens avec le saint roi, raconter les épreuves et les exploits de la croisade, rappeler la façon dont Louis IX gouvernait et rendait la justice. En 1282, il fut un des témoins entendus à Saint-Denys dans l'enquête qui aboutit à la canonisation ; il est indiqué comme « monseigneur Jehan, « seigneur de Joinville, chevalier, homme d'avisé aage et « mout riche, seneschal de Champaigne, de cinquante ans « ou environ » (en réalité il avait 57 ans) ; il raconta quelques « enseignements » du saint roi, qu'il n'a reproduits qu'en partie dans son livre définitif, et le trait de loyauté inflexible même envers les Sarrasins qu'il y a répété (§§ 386-387) ; il déclara que « oncques il ne vit home plus atrempé de grei« gneur perfection de tot ce qui pooit estre veü en home, et « qu'il croit qu'il soit en paradis pour pluseurs biens qu'il « fist, et qu'il fu de si grant merite que Nostre Sires doit « bien fere miracles pour lui. » Les négociations avec Rome commencées sous Philippe III aboutirent sous Philippe IV, et Joinville fut tout heureux quand il apprit « ces bonnes

Hist. litt. de la
France, t. XXVI,
p. 458.

« nouvelles », bien qu'il ait plus tard regretté qu'on eût qualifié
le roi de confesseur et non de martyr (§ 5). Il tint à assister à
la levée solennelle du corps, qui eut lieu le 25 août 1298; le
frère Jean de Samois, qui fit le sermon, cita le trait de loyauté
dont Joinville avait fait le récit. « Et ne croyez pas que je vous
« mente, ajouta-t-il, car je vois ici tel homme qui me l'a
« témoigné sous serment; » et il désignait le sénéchal, sur
qui tous les regards se portèrent, et qui dut éprouver une
vive émotion.

Parmi les personnes qui se plaisaient le plus à entendre
le seigneur de Joinville évoquer ses souvenirs du saint roi,
figurait au premier rang sa suzeraine, Jeanne de Navarre,
mariée au roi de France Philippe IV. Elle le pria avec
instance de les réunir dans un livre qui les conserverait
pour elle-même et pour les autres; le sénéchal y consentit
d'autant plus facilement que, comme nous l'avons dit, il
avait sans doute par devers lui, déjà rédigée, une partie notable du livre qu'on lui demandait. Mais, avant que la promesse qu'il lui avait faite eût été tenue, Jeanne mourait, le
2 avril 1305. Joinville venait précisément de terminer
l'œuvre qu'elle lui avait demandée et, quelque temps après
il l'offrit à son fils Louis, roi de Navarre et comte de Champagne (plus tard Louis X). Il y raconte, en terminant, un
songe qu'il avait eu : il avait vu le saint roi dans la chapelle
de Saint-Laurent, à Joinville, et, tout heureux, lui avait dit :
« Sire, quand vous partirez d'ici, je vous recevrai dans une
« maison que j'ai à Cheminon. » Et le roi avait répondu en
souriant, avec sa familiarité et son affection habituelles :
« Sire de Joinville, je vous assure que je n'ai pas envie de
« partir d'ici de si tôt. » Joinville interpréta cette vision comme
un signe du désir qu'avait le saint roi d'être « herbergié »
dans cette chapelle, et il fit établir un autel sous son invocation, avec une rente pour qu'on y célébrât à perpétuité la
messe en son honneur. Il raconte cette touchante histoire au
jeune roi Louis, pour lui dire qu'il ferait sûrement le gré
de Dieu et de son saint aïeul (et surtout celui du sénéchal)
s'il envoyait à cette chapelle quelque relique du « vrai

« cors saint, par quoi cil qui venront a son autel i eüssent
« plus grant devocion » (§ 767). Il dut se rappeler, en écrivant cela, cette jolie scène d'Acre qu'il avait rapportée ailleurs : des pèlerins arméniens étaient venus lui demander
de leur faire voir « le saint roi »; Joinville avait trouvé la
qualification un peu prématurée, et avait dit au roi, en lui
présentant la requête des pèlerins : « Je n'ai pas encore envie
« de baiser vos os » (§ 566). Au reste le vœu du vieil et
fidèle compagnon de Louis IX ne paraît pas avoir été exaucé :
on vénérait à Saint-Laurent de Joinville de belles reliques
rapportées par lui d'Orient, la ceinture de saint Joseph et
un fragment du crâne de saint Étienne, mais on ne trouve
aucune mention d'une relique de saint Louis.

Nous avons réuni tout ce qui, dans les quarante-sept ans
que le sénéchal vécut après son royal ami, se rapporte encore à celui-ci; une partie nous en a été fournie par le livre
qu'il lui a consacré. Ce livre est muet, naturellement, sur les
autres faits de la vie de Joinville; mais quelques actes nous
fournissent des renseignements, au moins chronologiques,
et deux précieux témoignages récemment découverts, sans
parler d'une lettre bien connue de Joinville lui-même, nous
permettent de nous représenter ce que fut sa belle et active
vieillesse.

Cette même croisade où était mort le roi de France avait
coûté la vie à l'autre suzerain de Joinville, le roi de Navarre
et comte de Champagne Tibaud V, et à sa femme Isabel de
France, qui avait voulu accompagner son père et son mari.
Le 11 mai 1271, Joinville assistait, à Troyes, aux funérailles
de leurs corps rapportés d'Afrique (Delaborde, n° 489).
Royaume et comté passaient à Henri, frère de Tibaud;
en juin 1271, il prêtait hommage au nouveau roi Philippe III, et Jean de Joinville était une de ses cautions pour
les 30,000 livres qu'il s'engageait à payer comme droit de
relief (Delaborde, n° 491). En septembre, Joinville était malade et donnait au chapitre de Saint-Laurent des lettres de
non-préjudice semblables aux premières (Delaborde, n°s 492,
499). En 1273, Jofroi, seigneur de Briquenai, fils aîné de

346   JEAN,

Joinville, qui avait épousé Mabile de Villehardouin, veuve
du seigneur de Nanteuil, faisait avec son père un échange
considérable de terres (Delaborde, n° 501). En 1274, un
autre de ses fils ayant été armé chevalier, le sénéchal « gagea »
à cette occasion ses bourgeois de Joinville, c'est-à-dire leur
imposa une aide; ils la payèrent, mais firent constater qu'ils
ne l'auraient due régulièrement que pour la chevalerie du
fils aîné du seigneur de Joinville (Delaborde, n° 504).

Cependant de graves événements venaient changer en
Champagne toute la face des choses. Le roi Henri de Navarre
mourait, tout jeune encore, le 22 juillet 1274, laissant une
fille unique âgée de deux ans, Jeanne. Blanche d'Artois,
mère de la petite reine et comtesse, la fiança dès 1275 à
Philippe, second fils du roi de France, qui devint presque
aussitôt, par la mort de son frère aîné Louis, l'héritier
présomptif de la couronne; Blanche se remaria elle-même
avec le frère du roi d'Angleterre, Edmond de Lancastre, qui
eut nominalement le « bail » du comté, mais qui en confia
l'administration à Jean d'Acre ou de Brienne, le frère de
cette impératrice Marie que Joinville avait jadis si courtoi-
sement reçue en Chypre. Joinville fit naturellement partie
de l'administration du comté; un acte de 1277 (Delaborde,
n° 517) nous le montre comme membre de la haute cour
de Champagne. Mais l'existence propre de la Champagne touchait à sa fin : l'accession de l'époux de Jeanne de Navarre
au trône de France devait en faire une partie intégrante du
domaine royal; elle en fut détachée provisoirement quand,
Jeanne étant morte en 1305, ses droits passèrent à son fils
Louis; mais l'annexion devint définitive par l'avènement
de Louis au trône de France. Quels furent devant cette
perspective et dans cette transformation les sentiments du
sénéchal? Sa position personnelle n'en souffrit pas : la
Champagne conserva toute son organisation féodale, et le
sénéchalat de Champagne resta dans la famille de Joinville.
Mais celui-ci dut éprouver quelque tristesse à voir le comté
auquel se rattachaient si étroitement toute l'histoire de ses
ancêtres et la sienne s'absorber dans le royaume dont il avait

été longtemps un membre presque indépendant. Quoi qu'il en soit, il seconda fidèlement et servit activement la politique royale. Le 11 mars 1283, il était des enquêteurs qui assuraient à Paris, contre les prétentions d'Edmond de Lancastre, que Jeanne, ayant atteint sa douzième année, était majeure suivant la coutume de Champagne pour les femmes (Delaborde, n° 548); il suivait ensuite le roi à Orléans et se retrouvait sûrement à Paris le 16 août 1284 pour faire le devoir de sa charge aux noces de Jeanne et de Philippe le Bel. En décembre, il siégeait aux « grands jours » de Troyes (Delaborde, n° 557). L'année suivante, le jeune mari de Jeanne étant parti avec son père pour la guerre d'Aragon, Joinville fut désigné, avec l'archidiacre du Cotentin, pour les fonctions d'administrateur ou garde général du comté (Delaborde, n⁰ˢ 559-560).

La réunion de la Champagne à la couronne arriva plus tôt qu'on ne le pensait : Philippe III mourut en Aragon le 9 octobre 1284, et Philippe, comte de Champagne, devenu Philippe IV, roi de France, commença son règne de trente et un ans, fécond en crises de toutes sortes. Joinville a laissé dans ses Mémoires des témoignages non équivoques de son peu de sympathie pour son nouveau maître; ces témoignages, il est vrai, appartiennent à une époque très postérieure à celle où nous sommes arrivés, mais les sentiments qu'ils expriment ont pu commencer de bonne heure. L'ami de Louis IX aurait voulu que tous les descendants du saint roi prissent modèle sur lui : « C'est, dit-il en parlant de « sa canonisation, un grand honneur pour tous ceux de sa « lignée qui voudront l'imiter par leurs bonnes actions, et « un grand déshonneur pour ceux qui ne voudront pas se « conformer à lui, un grand déshonneur, dis-je, pour ceux « de son lignage qui voudront se mal conduire; car on les « montrera au doigt, et l'on dira que le saint roi dont ils « sont issus n'aurait jamais fait de telles mauvaises actions. » (§ 761.) On peut ne voir ici qu'un avertissement général; mais d'autres passages sont absolument clairs. Après avoir rapporté ce que lui avait dit saint Louis du profit qu'on

doit tirer des grands périls dont on réchappe, et qu'il faut
considérer comme des menaces que nous fait Dieu pour
nous prévenir de son courroux et d'un châtiment imminent,
il ajoute (§ 42) : « Si i preigne garde li rois qui ore est ; car
« il est eschapez d'aussi grant peril ou de plus grant que
« nous ne feïmes : si s'amende de ses mesfaiz en tel maniere
« que Dieus ne fiere en lui ne en ses choses cruelment. »
On comprend que Joinville, qui admirait surtout en Louis IX
sa loyauté parfaite et son amour de la justice, n'ait eu que
de l'éloignement pour un roi qui avait à coup sûr de très
grandes qualités, mais qui avait érigé la violence et la ruse
en principes de gouvernement. Il ne devait pas non plus
goûter le faste de Philippe le Bel, lui qui avait nettement
blâmé le luxe de Philippe le Hardi (§ 25). Cet éloignement se
manifesta-t-il dès l'abord, et faut-il attribuer à la froideur
des rapports entre le roi et le sénéchal de Champagne le
fait que celui-ci n'assista à aucun des grands jours de Troyes
de 1287 à 1291 ; qu'en 1288 il y fut même débouté de son
appel contre une main-mise pratiquée sur sa justice par le
bailli royal de Chaumont (Delaborde, n° 576), et qu'il y
reparut en 1291 comme simple membre et non comme
président (Delaborde, n° 592) ? Quoi qu'il en soit, le sénéchal semble avoir à cette époque passé son temps surtout
dans ses terres. En 1287, ou au commencement de 1288,
le petit livre qu'il avait jadis fait écrire et enluminer à Acre,
pour rendre clairs et démontrés à tous les articles du *Credo*,
lui étant tombé sous les yeux, il occupa ses loisirs à en faire
une nouvelle édition (§ 820). D'ailleurs il était cruellement
éprouvé dans ses affections : sa femme Aélis mourut en
1288 (Delaborde, n° 577)[1], et l'aîné de ses fils, celui qui
devait être l'héritier de son titre, Jofroi, la suivit ou la
précéda de peu. Au reste, il devait voir avant sa mort sa
nombreuse famille successivement décimée. Son autre fils

---

[1] M. Delaborde dit (p. 141) : « A une
date que nous ignorons, mais qui ne
peut être postérieure au mois de novembre 1290 », et il s'appuie sur la
pièce 585 de son catalogue ; mais la
pièce 577 prouve qu'Aélis de Reinel
n'existait plus en 1288 et que sans
doute elle venait de mourir.

du premier lit, Jean, mourut également avant lui; il en
fut de même de l'aîné de ses quatre fils du second lit,
nommé aussi Jean, du troisième, appelé Gautier, et
de l'aînée de ses deux filles, Marguerite, mariée à Jean de
Charni. De neuf enfants dont nous constatons l'existence, il
ne lui restait à sa mort que deux fils, Ansel et André, et
une fille, mariée d'abord (en 1300) à Jean de Chacenai,
puis (après 1307) à Jean de Lancastre, seigneur de Beaufort. Outre ces chagrins, il avait des soucis de divers
genres, dont les plus fréquents concernaient toujours ses
rapports avec les abbayes placées sous sa garde. Un dissentiment avec les moines d'Écurei fut arrangé à l'amiable
(12 avril 1295, Delaborde, n° 619); mais il n'en fut pas
de même, au moins pendant longtemps, de la querelle sans
cesse renaissante avec ceux de Saint-Urbain. Ils avaient, en
1275, fait un pacte, confirmé par serment, pour renouveler la lutte contre l'adversaire qui les avait vaincus en
1267; à une date que nous ne connaissons pas, ils produisirent devant les grands jours un acte qui aurait attribué au
comte de Champagne (c'est-à-dire maintenant au roi) la
garde de leur abbaye. Joinville déclara l'acte faux; en 1289,
l'affaire fut de nouveau remise, et le conflit resta pendant.
Près de vingt ans après, en juin 1308, une transaction in-
tervenait, par laquelle le sénéchal transférait au roi de
France ses droits à la garde de l'abbaye, moyennant douze
cents livres de petits tournois « en forte monnoie » (Delaborde, n° 711). Mais cet arrangement laissait, paraît-il,
subsister entre les parties de vives rancunes. Les moines
prétendaient que Joinville n'avait obtenu la reconnaissance
de ses droits, qu'ils avaient dû racheter pour cette somme
considérable, qu'en faisant voler chez eux les documents qui
leur assuraient gain de cause et qu'il aurait fait triomphale-
ment brûler dans son château. Ils s'étaient d'ailleurs divisés en deux partis, dont l'un, favorisé par le vieux sénéchal et aidé par ses hommes, s'était livré à des violences de
tout genre contre les religieux restés fidèles. L'un et l'autre
parti envoyèrent en 1310 au légat du pape, Bertrand,

350   JEAN,

évêque d'Albi, un mémoire exposant les faits; nous n'avons
que celui des adversaires de Joinville, qui l'appellent « l'an-
« cien ennemi de notre monastère, qui de tout temps, par
« lui-même ou ses complices, n'a cessé et ne cesse d'op-
« primer nos personnes et d'usurper nos biens par des vio-
« lences, des injustices et des procès » (Delaborde, n° 725).
Voilà des traits sous lesquels on ne s'attendrait guère à voir
paraître l'ami de saint Louis, celui qui venait, à quatre-
vingt-cinq ans, de terminer ce livre si plein de candeur,
d'amour de la justice et de loyauté. Il faut certainement rabattre beaucoup des allégations des moines contre Joinville
et contre leurs confrères dissidents; il résulte des termes
mêmes qu'ils emploient que le mémoire de ces derniers ne
contenait pas contre eux des accusations moins atroces, et
l'on sait qu'au moyen âge on ne craignait pas, dans les actes
de ce genre, d'exagérer sans pudeur et son innocence et la
noirceur de ses adversaires. Toutefois les torts de Joinville
dans cette affaire ne sauraient être contestés : le différend
ayant été évoqué aux grands jours de Troyes (24 septembre
1310), il fut obligé de payer 200 livres tournois en réparation
du dommage causé aux moines par ses hommes, et débouté
d'une demande reconventionnelle qu'il avait faite au sujet
de dégâts que les moines auraient commis dans ses forêts; il
dut jurer de ne plus exciter contre eux leurs hommes de
Saint-Urbain, ni qui que ce fût; quant aux autres questions
en litige, les deux parties s'engageaient, sous peine d'une
énorme amende (mille marcs d'argent), à accepter ce que
décideraient des arbitres (Delaborde, n° 729). Cette décision mit fin à un long conflit[1], où notre sénéchal, qui paraît
avoir été fort irascible et n'avoir pas fait autant d'efforts que
saint Louis pour dominer ce fâcheux penchant, ne joua pas
toujours un rôle conforme aux règles de morale qu'il professait et dont l'amitié du saint roi avait fortifié l'empire sur
son âme.

---

[1] On peut croire que des relations
amicales s'établirent depuis lors entre
les religieux et le sénéchal, car on le voit
leur céder, en 1316, cinq cents arpents,
réduits plus tard à cent quatre-vingts, de
sa forêt de Mathons (Delaborde, n° 757).

Sur les soins mêmes qu'il donnait à l'administration de
ses fiefs, nous n'avons que bien peu de renseignements.
Les actes émanés de sa chancellerie, ou dans lesquels son
nom figure, sont pour la plupart dénués d'intérêt. Nous
avons signalé plus haut sa création d'une « ville neuve » à
Ferrières. Il s'occupait d'orner de peintures la chapelle de
Saint-Laurent, de verrières l'église de Blécourt; dans les
unes et les autres il faisait reproduire un miracle dont il avait
été témoin en revenant de Syrie ($ 651), et ce n'était sans
doute pas le seul souvenir de son pèlerinage qu'il avait consigné dans ces tableaux dont la perte est si regrettable. En
1275, il faisait un riche don territorial aux Templiers de
Ruetz, « pour recompensation, dit-il, des biens que li frere
« de la chevalerie dou Temple ont fait a moi et a mes ances-
« sours »; c'est encore un souvenir des croisades, où tant de
membres de la famille de Joinville s'étaient trouvés, comme
notre sénéchal lui-même, en rapport avec le Temple (Delaborde, n° 508 *bis*). L'auteur de cette donation dut éprouver
des sentiments bien pénibles lors de la cruelle et violente
destruction de l'Ordre. En 1307, il fit construire dans un
village qu'il avait bâti, non loin d'Éclaron, une belle église
dédiée à Notre-Dame, à saint Jean Baptiste et à saint Sul-
pice[1]. En 1311, il présidait à la restauration de la tombe
de son bisaïeul Jofroi III à Clairvaux et composait pour ce
monument une longue inscription dont nous avons fait souvent usage et dont nous aurons à reparler. Il faisait régner
dans sa maison une exacte discipline : ennemi, comme
saint Louis, de cette habitude d'invoquer à tout propos,
dans des assertions banales ou sous l'empire d'un mouvement de colère, Dieu sans respect et le diable sans horreur,

---

[1] La construction du village et de
l'église de « Monthoil » est mentionnée
dans un recueil de notices sur les seigneurs de Joinville conservé à la Bibliothèque nationale (Delaborde, n° 510).
La *Gallia christiana* (t. XIII, col. 145)
appelle également ce lieu « Monthoil »,
en latin *Mons Oculi*. Le village de Monthoil ou Monteuil n'existait déjà plus à la
fin du xve siècle; il faut en chercher l'em-
placement entre Brachey et Flaméré-
court (c^{on} de Doullevant, Haute-Marne),
c'est-à-dire à deux ou trois lieues au sud-
ouest de Joinville. Nous devons ce renseignement à notre savant confrère
M. A. Longnon.

352   JEAN,

qui était si étrangement répandue de son temps ($ 22), il
avait établi chez lui pour la réprimer un châtiment qui paraîtra bien bénin si on le compare aux peines répugnantes
ou cruelles que le roi ne craignait pas d'infliger en pareil
cas ($ 685) : l'homme qui en donnait un autre au diable
recevait un coup de poing ou un soufflet, et grâce à cela le
bon sénéchal se flattait d'avoir presque complètement aboli
« ce mauvais langage » dans sa maison.

Quels que fussent dès cette époque les sentiments de
Joinville pour le petit-fils de saint Louis, si dissemblable
de son aïeul, son haut rang féodal et sa charge de sénéchal de Champagne l'amenaient souvent à la cour, où il était
d'ailleurs attiré par l'amitié que lui témoignait la reine
Jeanne. Il eut même l'occasion d'y figurer ailleurs qu'à Paris,
et presque dans son domaine. C'est à Vaucouleurs, qui
appartenait à son neveu, que le roi Philippe et l'empereur
Albert eurent, en 1299, une importante entrevue, où fut
décidé le mariage de Rodolphe, duc d'Autriche, fils de
l'empereur, avec Blanche, sœur du roi; les deux souverains
avaient été auparavant reçus au château de Reinel, chez le
fils même du sénéchal. Joinville dut prendre une part importante à ces négociations, puisque ce fut lui qui fut chargé,
l'année suivante, de conduire, avec le comte de Sancerre,
Blanche de France à son époux, qui l'attendait à Haguenau.
Il a rappelé ce voyage dans son livre, parce qu'en passant à Varangéville il voulut revoir dans l'église de Saint-
Nicolas-du-Port la nef d'argent qu'il y avait portée de la part
de la reine Marguerite quarante-cinq ans auparavant. Que
de souvenirs cet ex-voto dut réveiller dans son cœur fidèle !
Au mois de juillet 1301, sa présence auprès de la reine
Jeanne, qui revenait de sa promenade dans les Flandres
qu'on croyait soumises, est attestée, comme encore au mois
de février 1302. Assista-t-il aux « États généraux » qui se
tinrent le 11 avril et où les barons de France, unis aux communes et au clergé même, déclarèrent énergiquement soutenir le roi dans sa lutte contre le pape? Nous ne le savons
pas; en tout cas, il ne figure pas parmi les trente et un barons

qui envoyèrent aux cardinaux, à la suite de cette mémorable séance, une lettre bien connue.

Cependant, en cette même année, le désastre de Courtrai
obligeait le roi à réunir toutes les ressources dont il pouvait
disposer: le 23 août, Joinville, comme tous les autres barons,
recevait l'ordre d'envoyer à la Monnaie la moitié de sa vais-
selle d'argent. En 1303, il rejoignit l'armée royale avec ses
deux fils et son neveu Gautier de Vaucouleurs, qui fut tué
devant la Bassée. Ils durent également prendre part à la
campagne de 1304, et Joinville, malgré ses 79 ans, assistait sans doute à la glorieuse journée de Mons-en-Pevèle,
car nous le voyons faire la guerre bien des années encore
après. En 1311, notamment, il fut chargé avec d'autres de
conduire une petite expédition sur les terres du duc de Lorraine, qui avait molesté des villes placées sous la garde du
roi de Navarre. Lors de ses fréquents séjours à Paris ou aux
autres résidences royales, où il fréquentait de préférence,
quand la reine Jeanne fut morte, la cour de son fils Louis, roi
de Navarre et comte de Champagne, le vieux sénéchal attirait
l'attention et le respect de tous comme le représentant autorisé des anciennes traditions de sagesse et de courtoisie dont
la haute société française avait eu longtemps le privilège.

C'étaient précisément ces traditions que recherchait avi-
dement un Italien, Francesco da Barberino, qui, vers l'année 1310, ayant accompagné à Avignon une ambassade
vénitienne, en profita pour visiter la cour de France. Il ras-
semblait de toutes parts des notes sur la vie sociale et poétique de la France du nord et du midi, dont il s'efforçait
de faire pénétrer dans son pays, en les épurant d'ailleurs
beaucoup et en les systématisant d'une façon souvent assez
pédantesque, les théories et les pratiques. Comme la plupart
des hommes de ce temps, comme Joinville lui-même, il
attachait autant d'importance à des minuties, parfois à des
puérilités d'étiquette et de contenance mondaine, qu'à des
questions capitales pour la conduite de la vie ou l'entente de
l'honneur. Des détails dont nous ne parlons plus qu'aux enfants, parce qu'une pratique générale nous les a rendus à

Romania, t. XVI,
p. 77.

Thomas (A.),
Francesco da Bar-
berino, p. 26 et
suivantes.

la fois familiers et indifférents, étaient alors gravement dis-
cutés par les personnages les plus sérieux. Il faut dire aussi
que ces détails avaient une tout autre importance alors, em-
portant avec eux des questions de préséance. Aussi Barberino fut-il très heureux d'entendre le sénéchal de Champagne lui donner raison, quand il soutenait que si deux
hommes de condition égale mangeaient à côté l'un de l'autre
(à la même écuelle, suivant l'usage) et n'avaient pas d'écuyer
tranchant, celui qui avait le couteau à sa droite (on n'en
mettait qu'un pour deux personnes) devait trancher pour
l'autre. « Me trouvant, dit-il, dans un endroit appelé Poissi,
« près de la Normandie, j'interrogeai à ce sujet mon-
« seigneur Jean de Joinville, chevalier d'un grand âge, le plus
« expert en ces matières de ceux qui vivent aujourd'hui, et
« dont la parole jouit d'une grande autorité tant auprès du
« roi de France que des personnes de son entourage, et il fut
« de mon avis. Il ajouta que c'est pour cela que les bons ser-
« viteurs doivent avoir soin de placer les couteaux à main
« droite. » Une autre fois, il entendit, chez le roi de Navarre,
Joinville déclarer qu'il y avait plus d'honneur pour un seigneur à laisser son écuyer servir les autres à table que d'utilité à le garder pour lui seul. Là aussi il le vit réprimander
vivement un jeune écuyer qui, avant de trancher, avait négligé de se laver les mains, et il nota soigneusement cette
sage leçon. On voit que Joinville exerçait consciencieusement
les fonctions de sénéchal, qu'il remplissait alors depuis
soixante-dix ans.

Mais ce n'était pas à des enseignements de ce genre que
se bornait sa sagesse. « Je lui demandai une fois, dit notre
« Florentin, quelle était la plus grande marque de discerne-
« ment qu'on pût donner quand il s'agissait d'honorer (c'est-
« à-dire de traiter avec honneur) : C'est d'honorer tout le
« monde, me répondit-il. » Une anecdote que Joinville avait
racontée à Barberino frappa particulièrement celui-ci, et
non seulement il la mit dans son livre latin, mais il en tira
une des règles en vers italiens qu'il inséra dans ce traité de
courtoisie et d'honneur qu'il composait, sous le nom caracté-

XIVe SIÈCLE.

ristique de *Documenti d'amore*, pour former ses compatriotes.
« Monseigneur Jean de Joinville avait un fils, appelé Jean
« comme lui, qui était sur le point de faire un long voyage.
« Choisis, lui dit-il, parmi nos hommes les quatre que tu
« croiras être le plus de nos amis et des tiens, pour les mener
« avec toi. — J'emmènerai donc tels et tels, répondit le fils.
« — Parmi ceux-là, remarqua le père, il y en a un qui a
« jadis trahi son seigneur; prends à sa place un tel, en qui
« j'ai toute confiance. — Mais, dit le fils, celui-là m'assure
« qu'il m'aime plus que lui-même; le vôtre, au contraire, m'a
« servi quand je le lui ai demandé, mais ne m'a jamais té-
« moigné son attachement par ses discours. Alors le père lui
« dit les paroles dont nous avons fait notre règle : N'est pas
« ami qui le dit, ni ennemi qui se tait; l'œuvre seule prouve,
« et plus la longue que la courte et récente. » On retrouve
bien ici notre sénéchal tout entier, avec son goût pour les
maximes et son penchant à donner des leçons et à se citer
en exemple; sa méfiance invincible à l'égard de celui qui a
jadis trahi son seigneur montre une fois de plus combien
était puissant chez lui le sentiment de l'honneur féodal.

C'est encore ce sentiment que nous l'entendons exprimer,
avec la vivacité qui ne l'avait pas quitté à quatre-vingt-six ans,
dans un curieux document récemment mis au jour. En revenant de cette chevauchée en Lorraine dont nous avons
parlé, à la fin de 1311, il avait en sa compagnie un chevalier appelé Hugues de Vienne, seigneur de Jonvelle, qui
venait de se faire bâtir un beau château non loin de Jonvelle,
à Montdoré (commune de Vauvillers, arrondissement de
Lure), et avait obtenu une aide du roi moyennant promesse d'hommage. Mais il avait pu faire disparaître l'acte
qui constatait son engagement, et il se flattait de faire payer
de nouveau au roi son hommage. Comme on passait près
de Passavant et qu'on pouvait voir le château de Montdoré,
« qui est si haut assis qu'on le peut bien voir de loin », il le
montra à ses compagnons et, après avoir fait un éloge enthousiaste du roi de France et une protestation de fidélité,
il ajouta : « Vous voyez quelle situation a le château de

Delaborde (Fr.),
Jean de Joinville,
p. 158.

356   JEAN.

« Montdoré et comme il pourrait être utile au roi dans ce
« pays. Si cela plaisait au roi et qu'il voulût m'en récom-
« penser suffisamment, je serais disposé à tenir mon château
« de lui et à en devenir son homme. » Mais en entendant
cette insinuation, Joinville ne put se contenir : « Sainte
« Marie ! messire Hugues, s'écria-t-il, qu'est-ce que vous
« dites? Faites attention à vos paroles : vous tenez déjà le
« château de Montdoré du roi et vous en êtes en son hom-
« mage; et vous savez bien que vous n'auriez pu le construire,
« à cause de l'empêchement qu'y mettaient les gens du
« comte de Bar, sans l'appui des gens du roi que vous a
« prêtés le connétable de Champagne, à cause de quoi vous
« avez repris du roi le château et êtes devenu son homme.
« Ne dites plus telles paroles, vous ferez sagement. » Hugues
protesta, mais les paroles du vieux sénéchal furent consignées dans un procès-verbal qui servit plus tard à déjouer
la supercherie du seigneur de Jonvelle.

On le voit, Joinville se montra jusqu'à la fin de sa vie un
fidèle observateur des devoirs qui liaient les vassaux envers
leur suzerain. Il ne crut pas les enfreindre, mais simplement
défendre des droits auxquels il n'était pas moins attaché,
en entrant, en 1314, dans la ligue que formèrent les nobles
de Champagne, adhérant à celle des trois états de Bourgogne, pour résister aux exigences arbitraires de Philippe
le Bel. Malgré les concessions du roi, qui promit entre autres
choses de rendre aux monnaies d'argent le titre qu'elles
avaient au temps de saint Louis, les ligues de Bourgogne
et de Champagne, auxquelles s'en étaient jointes plusieurs
autres, s'organisèrent plus fortement (Delaborde, n° 763,
nov. 1314), et l'on ne sait jusqu'où aurait pu aller ce commencement de rébellion, quand la mort soudaine de Philippe (29 novembre) amena une détente.

Le nouveau roi, Louis X, était lié avec Joinville par une
ancienne amitié, le souvenir de sa mère et la dédicace que
le sénéchal lui avait faite de son livre. Il apportait d'ailleurs
dans le gouvernement des vues toutes contraires à celles de
son père, et la noblesse de Champagne abandonna sans

peine, envers celui dont elle était doublement vassale, son
attitude d'opposition menaçante. Le roi mit aussitôt ce bon
vouloir à profit, et, dès le mois de mai 1315, il convoquait
les seigneurs champenois pour l'assister dans une expédition
en Flandre. C'est en réponse à cette convocation que Joinville
fit écrire au roi (8 juin) la lettre où un détail curieux nous
montre que le vieux sénéchal subissait à son tour, quoique
plus tardivement que la plupart des autres hommes, les at-
teintes de l'âge : il avait alors quatre-vingt-onze ans. Le roi
lui avait mandé de se trouver avec ses gens à Authie[1] au
milieu de juin ; Joinville dit qu'il a reçu la lettre trop tard
(le 8 juin), mais qu'il fera toute diligence. Le scribe avait
d'abord écrit sous sa dictée : « Le plus tost que je pourray
« je et ma gent seront apparilié pour aleir ou il vous plaira » ;
mais les deux mots « je et » ont été rayés ; le vieillard n'a
pas voulu promettre ce qu'il ne se sentait pas sûr de pouvoir
tenir. Il est donc probable qu'il ne prit pas part à cette campagne de 1315, qui fut d'ailleurs absolument stérile et que
le mauvais temps abrégea beaucoup.

L'année suivante (5 juin 1316), Louis X mourait, âgé
de vingt-six ans seulement ; il ne laissait qu'une fille,
Jeanne, née de sa première femme, Marguerite de Bourgogne, et le fils que la reine Clémence de Hongrie mit au
monde le 15 novembre ne vécut que six jours. Pour la
première fois se posait en France la question de l'accession des femmes à la couronne. On sait qu'elle fut résolue
à leur détriment et que Philippe, frère de Louis, devint
roi ; l'opposition du duc Eudes de Bourgogne, qui revendiquait les droits de sa nièce, fut de courte durée. Contestables et en fait annulés pour le trône de France par la
volonté générale, ces droits étaient certains pour la Champagne et la Navarre, qui n'avaient été réunics à la couronne
que par hérédité féminine. Aussi plusieurs barons de Cham-

---

[1] La lettre porte *Ochie,* que M. de
Wailly a interprété par Orchies (Nord) ;
mais il faut lire *Othie* et comprendre
Authie (Somme), comme l'ont fait
A. Firmin Didot et M. Delaborde et
comme l'attestent d'autres documents.
Le scribe de Joinville avait mal lu les
lettres royales.

pagne se joignirent-ils d'abord au duc de Bourgogne; mais celui-ci céda lui-même les droits de sa nièce en échange d'une simple rente, et toute résistance cessa dans le comté. Quelle attitude prit le sénéchal dans ces difficiles conjonctures? Nous ne le savons pas. Son fils Ansel fut un des agents les plus actifs de Philippe le Long; il prit une part importante aux négociations qui amenèrent la soumission d'Eudes et fut richement récompensé de ses services; mais rien ne prouve que son père ait été d'accord avec lui. Déjà en 1314, on remarque que le nom d'Ansel ne figure pas à côté de ceux de son père et de son cousin sur la liste des barons ligués pour repousser les prétentions royales. Il semble difficile de croire que le vieux sénéchal, si attaché au droit et aux traditions, n'ait pas, au moins au début, regardé Jeanne comme l'héritière légitime du comté de Champagne. Si dans nos documents, d'ailleurs fort pauvres en renseignements sur cette période, on ne trouve aucune mention de son nom, c'est peut-être que l'âge avait enfin eu raison de son indomptable vigueur de corps et d'âme. Il mourut le 24 décembre 1317, âgé de quatre-vingt-douze ans et demi[1].

Jusqu'à lui, les membres de la famille de Joinville, ceux du moins qui n'étaient pas morts en Orient, avaient eu leur sépulture dans l'abbaye de Clairvaux ou dans des monastères fondés par eux. Jean de Joinville voulut être enterré dans sa chère chapelle de Saint-Laurent, où se trouvait l'autel dédié à saint Louis, dont les murs étaient couverts des peintures qu'il avait fait exécuter. La tombe qu'on lui éleva était un cercueil de pierre grise, haut de trois pieds; sur le couvercle il était représenté couché, les mains jointes, l'épée au côté, un écu à ses armes pendu au bras gauche, les pieds appuyés sur un chien; il était vêtu d'une cotte de mailles qui ne laissait voir que le visage, et la tête était couverte d'un capuchon, pareil sans doute à celui que nous

---

[1] La date du 24 décembre a été solidement établie par M. François Delaborde, au lieu de celle du 11 juillet, qu'on admettait jusqu'ici. Quant à l'année, elle n'est pas douteuse; la date de 1319, marquée dans une épitaphe qui ne remonte qu'au XVIIe siècle, est absolument fausse.

XIV' SIÈCLE.

lui voyons dans la miniature de présentation du plus ancien manuscrit de son grand ouvrage. Des deux côtés de sa
tête, sous un dais découpé, se voyaient deux petits anges
tenant en leurs mains des encensoirs[1]. Le travail, au témoignage d'un juge qui paraît impartial, mais qui peut-être
avait en mépris tout l'art du moyen âge, était « grossière-
« ment exécuté » et « sans mérite pour les arts ». Il n'en est pas
moins déplorable que ce tombeau, ainsi que toute l'église
de Saint-Laurent, qui nous serait si vénérable, ait été détruit
en 1793. Elle contenait les monuments de beaucoup des
descendants de Joinville, notamment de plusieurs membres
des familles de Lorraine et de Guise. Les ossements qu'ils
renfermaient furent, le 20 novembre 1792, enlevés et jetés
à la fosse commune, d'où l'indignation populaire les fit
peu après retirer pour être inhumés convenablement dans
le cimetière; ceux de Joinville avaient été laissés en place
parce qu'on n'avait pas pu trouver l'ouverture de son tombeau; ils furent sans doute portés au cimetière quand on
démolit l'église. Au reste, la tête avait été, en 1629, lors
d'une ouverture de la tombe par les chanoines, mise à part
et gardée « comme un saint reliquaire ». On avait constaté
qu'elle était fort grosse, ce qui confirme le seul détail que
Joinville nous ait donné sur sa personne physique (§ 23),
et que le corps était d'une stature peu commune, près de
six pieds. Nous ne savons quelle inscription portait le tombeau : les deux épitaphes latines, dont l'une a été insérée
dans l'obituaire de Saint-Laurent et l'autre a été donnée, on
ne sait d'après quelle source, par le P. Merlin, semblent être
toutes deux du XVIIe siècle; nous relèverons dans la seconde,
d'ailleurs d'une emphase bien peu en rapport avec le sujet,
cette appréciation de Joinville, qui dénote chez l'auteur une
connaissance de l'homme et de son œuvre peu commune
de son temps : *Ingenium candidum, affabile et amabile.*

Didot (A. Fir-
min), Études sur
Jean de Joinville,
p. 111.

---

[1] C'est ce que conjecture, avec beaucoup de vraisemblance, M. Delaborde.
Le dessinateur du XVIIe siècle à qui
nous devons notre seule copie de ce monument s'est amusé à leur mettre dans
les mains un encrier, des plumes et un
livre. M. A. Firmin Didot avait déjà remarqué combien étaient suspectes, pour
le XIVe siècle, ces allusions aux talents
d'écrivain du sénéchal.

Joinville, nous l'avons dit, laissait deux fils, Ansel et André. Ansel, qui joua un rôle important sous Philippe V et ses deux successeurs, devint comte de Vaudémont, à la suite de son mariage en secondes noces avec l'héritière du comté; son fils Henri n'eut qu'une fille, Marguerite, qui, après deux unions infécondes, épousa en 1393 Ferri de Rumigni, second fils du duc de Lorraine, et porta ainsi la seigneurie de Joinville, avec le comté de Vaudémont, dans la maison de Lorraine. Nous ne suivrons pas la descendance de Marguerite, qui, devenant de plus en plus illustre, compte parmi ses membres les ducs de Guise, dont le second, François « le Balafré », fit ériger par Henri II la baronnie de Joinville en principauté. On sait que Marie de Lorraine, la dernière héritière des Guise, morte en 1688, laissa la plus grande partie de ses biens à Mademoiselle de Montpensier, qui à son tour les légua à Philippe d'Orléans, père du Régent. C'est ainsi que le titre de « prince de Joinville » entra dans la famille d'Orléans, où il est encore porté. Nous rappellerons le goût pour les lettres que montra l'arrière-petite-fille de Jean de Joinville, Marguerite, et qu'elle transmit à sa fille, Élisabeth de Nassau : nous avons eu l'occasion de dire ici que le curieux roman de Lohier et Mallart, plein de traditions et de fictions inspirées par le patriotisme français, avait été composé pour elle, et que sa fille l'avait elle-même traduit en allemand, ainsi que le poème de Hugues Capet. Notons enfin que la grande famille qui, par le mariage de Marguerite, se substitua aux Joinville dans la possession de leur fief ne fut pas indifférente à l'œuvre historique du sénéchal : Antoinette de Bourbon, femme de Claude de Lorraine, premier duc de Guise, fit faire du Livre de saint Louis, au XVIe siècle, une copie splendidement exécutée, qui prouve quel prix elle y attachait. Le souvenir du sénéchal a aussi été ravivé de nos jours dans le pays qui s'honore de l'avoir eu jadis pour seigneur, et, depuis 1861, une statue en bronze de l'ami de saint Louis s'élève sur la place principale de Joinville.

Hist. litt. de la Fr., t. XXVIII, p. 244.

SES ÉCRITS.

I. Le *Credo*. Dans l'hiver de 1250-1251, Joinville était à Acre, n'ayant pas grand'chose à faire. Il occupa ses loisirs à la composition d'un petit ouvrage où les images devaient tenir autant de place et avoir autant d'importance que le texte : un commentaire du *Credo*, ayant pour objet essentiel de graver dans la mémoire de ceux qui le liraient et le regarderaient les articles de la foi chrétienne, la démonstration de ces articles par les prophéties et les symboles de l'Ancien Testament, et l'application qu'on en doit faire à la vie. C'est donc une œuvre d'édification composée par un laïque et destinée aux laïques, et cela lui donne de prime abord une incontestable originalité. Le moyen âge a produit beaucoup d'œuvres plus ou moins semblables; mais nous n'en connaissons aucune qui ait précisément ce caractère. Le petit poème italien, longtemps, mais à tort, attribué à Dante, qui porte le même titre que l'ouvrage de Joinville, est une simple paraphrase des articles du *Credo*, et ne contient pas le commentaire qui remplit la plus grande partie de celui-ci, et en forme un élément indispensable.

L'idée de cette composition est bien de Joinville tel que nous le connaissons : nous y retrouvons son goût pour les questions théologiques et son penchant à se faire l'instituteur des autres. Considérant que la connaissance et la ferme croyance des articles essentiels de la foi, résumés dans le *Credo*, est indispensable au salut, il a entrepris de les exposer et de les démontrer les uns après les autres : tous ceux qui liront son livre y trouveront, assure-t-il, grand profit, mais il sera surtout utile à l'article de la mort; car à ce moment le diable, qui ne peut plus faire pécher l'homme en action, lui suggère souvent des tentations contre la foi. Qu'on lise le « romant » au moribond et qu'en même temps on lui en montre les images : ainsi l'ennemi ne pourra s'emparer ni de ses oreilles ni de ses yeux. Ces images forment,

IMPRIMERIE NATIONALE.

en effet, une partie du livre aussi importante que le texte : elles en portent l'enseignement même à ceux qui ne peuvent lire. Joinville montre en l'efficacité de ces peintures, et avec plus de raison dans l'espèce, autant de confiance que saint Louis, qui, en 1249, avait envoyé au roi des Tartares, « pour aus atraire a nostre creance », une belle tenture où il avait fait broder « toute nostre creance, l'annonciation de « l'angre, la nativité, le bautesme dont Dieus fu bautisiez, et « toute la passion et l'ascension, et l'avenement du saint « esprit (§§ 134, 471) ». Les images du *Credo* représentent d'abord les faits principaux mentionnés dans le symbole : la création (avec la chute des anges), l'annonciation, la nativité (avec le bœuf dans l'étable), la flagellation, Jésus attaché au poteau, portant sa croix, crucifié, mourant, descendant aux enfers et assis à la droite de son Père, le jugement dernier, les apôtres dans le cénacle; puis ce que l'auteur appelle les prophéties en action (« les profecies de « l'uevre »), c'est-à-dire les faits de l'Ancien Testament où l'on voyait des préfigurations de mystères chrétiens : Dieu apparaissant à Moïse dans le buisson qui brûle sans se consumer (symbole de Marie qui enfanta sans perdre sa virginité); Jonas englouti pendant trois jours par la baleine (symbole de la mort et de la résurrection du Christ); Jacob recevant la tunique de Joseph et déchirant la sienne (la tunique de Joseph, faite d'une seule pièce, « ainsi comme on fait les « ganz de laine », représente le corps de Jésus-Christ, qui ne provient que de la Vierge, tandis que le nôtre, provenant d'homme et de femme, est de deux pièces; Jacob, en recevant la tunique de Joseph, déchira la sienne : ainsi Dieu, recevant la foi nouvelle, a déchiré l'ancienne et jeté les Juifs à tous les coins du monde); le jugement de Salomon (symbole du jugement dernier); Jacob bénissant les deux fils de Joseph et préférant le cadet à l'aîné (Dieu préférant la nouvelle loi à l'ancienne). On y trouve encore l'image de quelques prophètes « de la parole » et, en outre, de saint Augustin, l'agneau pascal, le signe du *tau*, la parabole des vierges sages et des vierges folles et les sacrements de baptême,

XIVe SIÈCLE.

Page 320.

d'eucharistie et de mariage; enfin une dernière miniature,
la plus intéressante de beaucoup, nous représente une scène
où figure Joinville lui-même et dont nous avons déjà parlé.
Ce sont du moins les images, au nombre de vingt-six,
que contient l'unique manuscrit du *Credo;* mais, comme
l'a remarqué M. de Wailly, le texte en annonce une dizaine
d'autres qui n'y figurent pas, d'où la preuve que c'est une
copie, d'ailleurs ancienne, mais qui n'a certainement pas
été exécutée sous les yeux de Joinville.

Ce manuscrit, dont nous devons dire un mot avant de
revenir à l'œuvre elle-même, appartient à la Bibliothèque
nationale. Il y portait jadis le n° 7857 du fonds français.
M. Paulin Paris fut le premier à reconnaître dans l'ouvrage
qu'il contient une œuvre de Jean de Joinville. Elle y est en
effet anonyme (bien qu'il soit probable que, dans les manuscrits exécutés sous ses yeux, le sénéchal se fût nommé et
eût demandé des prières à ceux qui se serviraient de son
travail); mais le passage où l'auteur raconte, presque absolument comme dans les Mémoires de Joinville, un épisode
de sa captivité en Égypte, indiquait cette attribution, que
beaucoup d'autres rapprochements ont mise hors de doute.
Sur cette indication, M. Artaud de Montor, en 1837, imprima à vingt-cinq exemplaires, pour la Société des bibliophiles français, un fac-similé du manuscrit, accompagné
d'une traduction, qui n'est pas sans reproche, et d'une courte
dissertation. Peu de temps après, le précieux volume ainsi
désigné à l'attention fut dérobé au Cabinet des manuscrits
et entra, on ne sait au juste comment, dans la collection de
Barrois, avec laquelle, en 1849, il fut vendu à Lord Ashburnham. Il était encore à Ashburnham-Place il y a quelques années : M. Ambroise-Firmin Didot, en 1870, ne put
que faire reproduire, en le réduisant, le fac-similé de M. Artaud de Montor. M. de Wailly, dans sa grande édition de
Joinville, n'a donné en fac-similé que les images, d'après la
reproduction de M. Firmin Didot; pour le texte, auquel il
a joint une excellente traduction, il a pu faire collationner
par M. Paul Meyer le manuscrit original, que l'auteur du

fac-similé avait mal rendu en plus d'un endroit[1]. Enfin,
en 1888, le manuscrit fut, avec soixante-trois autres articles de la collection Barrois, recouvré par la Bibliothèque
nationale. Il y porte aujourd'hui le n° 4509 des Nouvelles
acquisitions du fonds français.

Ce manuscrit, qui paraît remonter au commencement du
XIVe siècle, contient non pas, si l'on peut ainsi dire, la première édition de l'ouvrage, mais une autre, postérieure de
trente-sept ans. Joinville nous dit, en effet, dans l'introduction : « Et je, por esmovoir les gens a croire ce de quoi
« il ne se pooient soffrir, fis je premiers faire ceste uevre en
« Acre, après ce que li frere le roi en furent venu et devant ce
« que li roi s'alast fermer la cité de Cesaire en Palestine. » Et,
d'autre part, il résulte d'un passage du texte que ce passage
a été écrit en 1287 ou 1288[2]. Il serait intéressant de distinguer ce qui, dans l'œuvre que nous avons, appartient à la
première rédaction de ce qui a été ajouté dans la seconde.
Nous ne pouvons le faire avec une complète certitude; toutefois il y a des passages qui ne remontent évidemment pas à la
première rédaction. Le paragraphe 777[3] cite une parole de
frère Henri le Tiois, c'est-à-dire Henri de Marbourg, « qui
« mout fu grans clers » : il était donc mort quand Joinville
invoquait son témoignage; or il mourut en 1254, trois ans
après la première rédaction, et c'est d'ailleurs dans ce paragraphe même que cette première rédaction est mentionnée.
Les paragraphes 772-776 rapportent diverses paroles de

Quétif et Échard,
Script. ord. Præ-
dic., t. 1, p. 148.

[1] M. de Wailly n'a pas signalé les
rectifications dues à cette collation, et
il n'est pas toujours facile de les discerner, parce que le savant éditeur a
appliqué au *Credo* le même système
qu'aux Mémoires, et ramené certaines
finales de noms et de verbes à une orthographe uniforme, tout en respectant la
graphie irrégulière de l'intérieur des
mots et d'autres finales. Aussi une nouvelle édition, soigneusement revue sur
le manuscrit, ne serait-elle pas inutile.

[2] M. de Wailly a consacré un éclair-
cissement spécial (éd. 1874, p. 491) à
établir cette date : Joinville a par inad-
vertance compté les 1287 ans écoulés
depuis l'incarnation comme écoulés depuis la dispersion des juifs. Nous disons
1287 ou 1288, parce qu'il a pu écrire
cette phrase avant Pâques de 1288 et
compter encore, suivant l'usage du
temps, 1287.

[3] Pour plus de commodité nous adop-
tons la division en paragraphes introduite
par M. de Wailly et le numérotage qu'il
a donné à ces paragraphes et qui fait suite
à celui des paragraphes du Livre de saint
Louis. Pour avoir les paragraphes qui
composent le *Credo* lui-même, il faut re-
trancher 769 du chiffre donné.

Louis IX, et, la première fois qu'il est nommé, son nom
est suivi des mots « que Dieus assoille » : ils ont donc été
écrits après la mort du roi. Ces additions se trouvent toutes
en bloc au début du livre, entre le préambule (§§ 770-771)
et l'entrée en matière (§ 778). Le corps de l'ouvrage, où
tout s'enchaîne naturellement, paraît être resté intact, sauf
qu'au paragraphe 820 le nombre des années écoulées depuis
la dispersion des Juifs a été modifié, de façon à nous faire
connaître la date de la seconde édition du *Credo*. Il est notamment presque certain que le passage (§§ 807-815) où
Joinville raconte un épisode de sa captivité en Égypte a été
écrit en 1250-1251 à Acre, sous l'impression encore toute
fraîche des événements. C'est ce que montre la façon dont
ce récit est introduit, à propos de la foi qu'on doit avoir en la
résurrection de Jésus-Christ : « De sa resurrection vous dirai je
« que je en oï en la prison lou diemenche après ce que nous
« fumes pris. » Si Joinville avait écrit en France, trente-sept
ans après l'événement, il aurait certainement ajouté quelques
mots pour dire ce qu'était cette « prison » et à quelle époque
elle remontait. Comme on le verra, ces constatations ne sont
pas sans intérêt pour la façon de travailler de l'auteur. Nous
y reviendrons à propos des Mémoires.

Nous avons déjà indiqué le plan et l'objet de l'œuvre qui
nous occupe actuellement. La foi est une vertu par laquelle
nous croyons fermement ce que nous n'avons pas vu et que
nous ne savons que par le témoignage d'autres, et Joinville
emploie une comparaison qu'il tenait de saint Louis, comme
il le dit dans son grand livre (§ 45), ainsi que la conclusion
qu'il en tire. On voit ici clairement que le *Credo* a été composé sous l'influence des entretiens que le sénéchal avait eus
avec le saint roi, dans cette traversée de Damiette à Acre qui
avait cimenté leur amitié[1]. Or la foi aux articles essentiels de
la religion est indispensable au salut; Joinville veut donc dé-

---

[1] Ce qui est dit au paragraphe 849
des tentations contre la foi que le diable
envoie aux hommes au moment de la
mort est encore tiré d'une parole de saint
Louis (§ 43), et cette pensée semble
avoir été la vraie cause de la composition du *Credo*, comme nous l'avons fait
remarquer plus haut, p. 361.

montrer la vérité de ces articles, non par des raisonnements,
puisque la foi repose sur des témoignages, mais par les
témoignages et les symboles de l'Ancien Testament : si nous
croyons nos pères et nos mères qui nous assurent que nous
sommes leurs enfants, ce que nous ne pouvons vérifier, à
combien plus forte raison devons-nous croire Dieu lui-même,
qui nous a annoncé les mystères chrétiens en les préfigurant
dans l'histoire sainte, et les prophètes, qui les ont directement prédits! Ce sont ces préfigurations et ces prophéties
que l'auteur se propose de rassembler, et, pour qu'elles
prennent une réalité plus sensible, il fera peindre ou le fait
de l'histoire sainte qui symbolise un mystère chrétien, ou le
prophète qui l'a annoncé, et aussi le mystère lui-même. Ces
préfigurations et prophéties sont celles que tout le moyen
âge a employées à cette démonstration, et dont plusieurs
sont encore invoquées dans l'enseignement catholique actuel.
Il est à noter que Joinville, comme beaucoup de ses émules
en théologie dogmatique, cite ($ 783) une prophétie de Da-
niel sur la cessation de l'onction parmi les Juifs lors de la
venue du Sauveur, prophétie qui s'appuie sur l'ancienne
traduction latine de la Bible et qui a disparu de la Vulgate;
la persistance de cette citation, ainsi que celle de quelques
autres variantes abandonnées dans la Vulgate, tient à ce
qu'elles étaient alléguées dans le fameux sermon contre les
juifs, attribué à saint Augustin, où sont accumulés, toujours d'après une traduction de la Bible antérieure à la Vulgate, les témoignages de l'Ancien Testament en faveur de
la nouvelle loi; c'est à un contresens de cette traduction,
également recueilli dans le sermon, qu'est due la présence
du bœuf et de l'âne dans la crèche où naît Jésus-Christ, présence que nous atteste la peinture de la Nativité dans le
Credo de Joinville. En dehors de la Bible et de l'Évangile
de Nicodème[1], Joinville emploie à sa démonstration des
récits légendaires, comme celui de la découverte à Jérusalem, par la reine de Saba, du bois qui devait fournir la

---

[1] Notez l'interprétation des noms de Jacob par « lutteur » ou « combattant », et
d'Israël par « qui voit Dieu » ($$ 843 et 884).

croix (§ 794), ou du rôle que le prophète Élie doit jouer
sur terre à la fin des siècles pour combattre l'Antéchrist
(§ 816); il emprunte au *Physiologus* le conte du lion qui
ressuscite ses lionceaux en trois jours (§ 804) et celui du
pélican qui se tue pour faire revivre ses petits (§ 793);
il est à remarquer que cette comparaison de Dieu au pélican, qui n'est pas rare au moyen âge, se retrouve dans
une chanson très connue de Tibaud de Champagne. Notons encore une citation de saint Augustin (§ 837), une
autre d'un « païen » qui semble être Sénèque (§ 805), une
idée d'origine gnostique, mais fréquemment reproduite au
moyen âge, d'après laquelle Dieu a attrapé le diable en lui
tendant pour amorce l'humanité de son fils, comme on
prend un poisson à l'hameçon (§ 800). Signalons enfin deux
réflexions dont la première ne manque pas de portée théologique, dont l'autre a un caractère purement moral. La foi
n'est rien sans les œuvres, dit Joinville; ce qui le prouve,
ce sont les diables, qui, naturellement, « croient fermement
« touz les articles de nostre foi, et riens ne leur vaut, por
« ce qu'il ne font nulles bones uevres » (§ 847) [1]. A propos
du jugement de Salomon, Joinville exalte la vertu de justice : « Et disons que l'espee qui tranche de dous pars senefie
« la droite justice : ce que l'espee tranche ausi bien devers
« celui qui la tient com devers les autres nous donne a en-
« tendre que nous devons faire droite joustice ausi bien de
« nous come d'autrui, et ausi de nos amis come de nos
« anemis » (§ 825). On reconnaît ici le fidèle disciple de
Louis IX, le magistrat féodal profondément imbu du sentiment de ses devoirs.

La question que nous avons surtout à nous poser à propos du *Credo* est celle des sources où l'auteur a puisé son
information. Cette information est véritablement surprenante, si l'on songe que nous avons affaire à l'œuvre d'un

---

[1] Moins solide est le raisonnement destiné à prouver que les œuvres ne suf-fisent pas sans la foi; il y a des Sarrasins et des «bougres parfaiz» (il s'agit des hérétiques qui prenaient le nom de par-faits) qui font beaucoup d'austérités, « et riens ne lor vaut » : l'auteur l'affirme, mais il ne le prouve pas.

jeune chevalier (Joinville avait alors vingt-six ans), qui ne pouvait guère avoir fait d'études bien sérieuses. Elle ne nous présente, naturellement, rien de nouveau, rien qui ne se retrouve çà et là dans les œuvres du moyen âge consacrées à la démonstration de la foi chrétienne; mais elle a été constituée par des emprunts à des sources nombreuses et diverses: la Bible et ses commentaires, les légendes pieuses, le *Physiologus*, les écrits théologiques en faveur[1], Sénèque, saint Augustin. On pourrait croire que Joinville n'a fait que traduire un livre latin; mais nous ne connaissons aucun livre latin qui reproduise le plan et la composition du sien, et toute l'allure naïve et la marche parfois irrégulière de celui-ci nous y font bien reconnaître une œuvre de laïque et non de clerc, sans parler des passages, comme l'épisode de la captivité de Joinville, qui ne peuvent évidemment avoir d'original latin. Faut-il croire cependant que le sénéchal possédait une érudition théologique si étendue et avait à sa disposition tous les livres auxquels il renvoie? Nous ne le pensons pas; nous croyons plutôt qu'il a prié quelque clerc, son chapelain peut-être, de lui fournir les autorités qu'il voulait employer à l'édification des laïques, comme il s'est adressé à un enlumineur de profession pour exécuter les images inséparables du texte dans le plan qu'il avait conçu.

Il ne faudrait pas toutefois tirer argument des mots dont se sert Joinville en parlant de son livre (« fis je faire ceste « uevre ») pour dire qu'il n'a fait que la commander : il a certainement rédigé lui-même le texte, qui porte à chaque page l'empreinte de son style libre et familier; il emploie la même expression pour le Livre de saint Louis et pour l'épitaphe de son bisaïeul; cela veut dire simplement qu'il a fait mettre au net par un scribe de profession le brouillon qu'il avait dicté ou écrit; pour le *Credo*, où l'illustration était aussi

---

[1] Le raisonnement cité plus haut sur l'inutilité de la foi sans les œuvres se retrouve par exemple dans une Vie de saint Eustache en vers : *Diable croient et criement Damedé, Mais en lor foi n'a point de carité; En lor duresce se sont desesperé, Lor seignor heent, et por ce sont dampné* (ms. B. N. fr. 1374, f° 65). C'était donc un lieu commun de théologie.

importante que le texte, l'ouvrage n'existait réellement que
quand il se présentait avec ses deux parties.

Les additions qu'il fit à cette œuvre en 1287 se bornent
bien probablement, avec les mentions de Henri le Tiois et
de la date de la première rédaction, à quatre « paroles » de
saint Louis (qui n'avait pas encore droit à ce titre). Les trois
premières se retrouvent dans le Livre de saint Louis, et nous
dirons plus loin un mot du rapport des deux rédactions. La
dernière (§ 776), peu remarquable d'ailleurs, est curieuse
par la façon dont Joinville la rapporte : « Et me dist li rois
« que ce estoit la ferme creance, laquel creance Dieus a en-
« noree de son non, laquel Dieus a fait profetisier et tesmoi-
« gnier as creanz et as mescreanz, ensi comme il dit en un
« livre. » Les mots qui suivent, comme l'a très bien remarqué
M. de Wailly, forment évidemment quatre vers de sept syllabes, légèrement altérés dans le manuscrit, et qu'il est facile
de restituer ainsi :

> A sainz, a sages, a rois
> Fist Dieus son tesmoing porter,
> A genz de diverses lois,
> Que nus n'en peüst douter.

Il serait curieux de retrouver le « livre » d'où proviennent
ces vers, qui semblent, à cause de leur rythme et de leurs
rimes croisées, appartenir à une chanson pieuse. Mais il
faut évidemment une correction à la phrase qui les précède :
telle qu'elle est, elle signifierait que c'est ou Dieu ou le roi
Louis qui est l'auteur du livre en question, ce qui est également inadmissible. Il faut lire : « si comme il [est] dit en
« un livre. » Cette rectification laisse encore douteuse la question de savoir si le livre est cité par saint Louis ou seulement
par Joinville; la seconde hypothèse paraît la plus vraisemblable, et nous avons sans doute ici la trace d'une lecture
française du sénéchal.

II. « Le Livre des saintes paroles et des bonnes actions de
« saint Louis. » Tel est, sinon le titre que Joinville donne lui-

même à son grand ouvrage, au moins l'objet qu'il lui assigne. Jusqu'à quel point le livre répond à ce programme, c'est ce que nous examinerons plus loin. Mais, avant de nous occuper de l'œuvre en elle-même, il nous faut traiter une question préalable, qui se trouve avoir ici beaucoup plus d'importance qu'elle n'en a dans les cas ordinaires : celle de la transmission du texte de cette œuvre. Cette question a donné lieu depuis longtemps à beaucoup de controverses, et elle est inséparable de l'histoire des éditions qui ont été faites du livre.

Joinville, qui, après la mort de la reine Jeanne de France, dédia son livre à Louis, fils de cette princesse, en avait sûrement présenté au roi de Navarre un exemplaire orné en tête, suivant l'usage, d'une miniature où il était représenté le lui offrant. Nous pouvons nous faire une idée de cette peinture en comparant celles qui ornent les deux manuscrits, dits de Bruxelles et de Lucques, dont nous parlerons tout à l'heure, et qui sont, l'un de la fin du second tiers du XIVe et l'autre du milieu du XVIe siècle : le jeune roi est assis sur un trône, et le vieux sénéchal, un genou en terre, lui offre le volume, vers lequel le roi étend la main ; quelques personnages assistent à la scène. Ce précieux manuscrit entra, quand Louis X eut succédé à Philippe IV, dans la librairie royale de France, et y resta : on doit sans doute le reconnaître dans la « Vie de monseigneur saint Louis » qui figure parmi les livres de Philippe V. En tout cas, il est ainsi décrit dans l'inventaire que Gilles Malet dressa en 1373 de la riche collection de Charles V : « Une grant partie de la vie et des faiz de « monseigneur saint Loys, que fist fere le seigneur de Jain- « ville, tresbien escript et ystorié, couvert de cuir rouge a « empreintes, a fermoers d'argent. » L'inventaire de 1411 complète ainsi cette notice : « Escript de lettres de fourme, en « françoys, a deux coulombes, commençant ou deuxieme « feuillet : *et por ce que*, et ou derrenier : *en tel maniere*. » Cette description nous montre que ce manuscrit était fort beau et offrait de nombreuses peintures (« tresbien escript « et ystorié »). Il devait être de grand format : en effet, les

Delisle (L.), Le Cabinet des man., t. III, p. 323.

Ibid., t. III, p. 157; Inv. de la Bibl. du Louvre, p. 20; ms. fr. 2700, 1re p., n° 77.

Ms. fr. 2700, 3e p., n° 45; ms. fr. 4430, n° 44.

mots « et por ce que », qui commençaient le deuxième feuillet,
n'apparaissent dans le manuscrit de Bruxelles qu'à la fin de
la première colonne du folio 4, dans le manuscrit de Lucques
qu'au folio 3 r°, et dans la grande édition de M. de Wailly
qu'à la ligne 24 de la quatrième page (§ 15); après les mots
« en tel maniere », qui commençaient le dernier feuillet
(§ 742), la même édition compte encore cinq grandes pages.

La notice de l'inventaire de 1411 est reproduite dans
celui qui fut dressé en 1423, après la mort de Charles VI,
par ordre du duc de Bedford, quand Paris et le Louvre
étaient au pouvoir des Anglais. A partir de ce moment, on
perd toute trace du manuscrit : il n'existait certainement pas
dans la bibliothèque du roi quand Antoine Pierre (qu'on
appelle à tort « de Rieux », comme nous le verrons plus
loin) dédiait à François Iᵉʳ l'édition qu'il avait tirée d'un
manuscrit peu ancien trouvé par lui en Anjou. On a conjecturé que le manuscrit royal avait été emporté par les Anglais
quand ils durent abandonner Paris : cette conjecture paraîtra
vraisemblable si on se rappelle que Henri VI et Bedford
étaient, tout comme Charles VI, descendants de saint Louis
et rattachaient à cette origine leur prétention au trône de
France. Le fait qu'on ne l'a pas retrouvé en Angleterre ne
prouve rien : il a pu y être détruit, comme bien d'autres,
dans les guerres civiles, ou peut-être, et c'est ce que nous
voudrions espérer, sortira-t-il quelque jour d'une de ces
riches collections privées qui nous gardent encore tant de
secrets [1].

Avec le manuscrit en question figure, dans les deux copies que nous possédons de l'inventaire de 1373, un autre
manuscrit ainsi qualifié : « La vie saint Loys et le fait de son
« voiage d'oultre mer. » L'une de ces copies porte cette mention en regard : « Le roi l'a devers soi. » C'était bien certaine-

Douët d'Arcq,
Inv. de la Bibl. de
Ch. VI, n° 33.

Bimard de La
Bastie, dans Mém.
de l'Académie des
inscript., t. XV,
p. 705.

Histor. de Fr.,
t. XX, p. XLIV.

Ms. fr. 2700,
1ʳᵉ p., n° 107.

---

[1] En tout cas, le manuscrit conservé
à la Bibliothèque des Avocats, à Édim-
bourg (coté 15 l. 16), n'est ni celui-là
ni même un manuscrit ancien : c'est
tout simplement une copie de l'édition
donnée par Antoine Pierre, en 1547,
copie exécutée pour être offerte au roi,
suivant un usage qui a duré assez longtemps après la découverte de l'imprimerie. Voir sur ce manuscrit la note
de M. P. Meyer, *Romania*, t. XXIII,
p. 303.

ment un second exemplaire du livre de Joinville, car on ne
voit pas d'autre vie de saint Louis où son « voyage d'outre
« mer » tienne une place prépondérante. On aime à trouver
ici un témoignage du plaisir que le sage roi Charles V
prenait à lire le simple et véridique tableau des vertus de
son saint ancêtre. Gilles Malet, n'ayant pas le volume sous
les yeux, n'a pu en indiquer la condition matérielle, et
dans l'inventaire de 1411 le manuscrit est signalé comme
en déficit. Il ne se trouva pas davantage en 1423, et nous
sommes privés du plaisir de lire le livre de Joinville dans
l'exemplaire même où le lisait Charles V.

Mais Charles V possédait un troisième manuscrit du livre
de Joinville, qui est ainsi signalé dans l'inventaire de 1373 :
« Un livre des miracles et de la vie monseigneur saint Loys,
« roy de France, couvert de cuir vermeil a empraintes, a
« deus fermoers d'argent, donné au roy par Gilet. » Ce titre
inexact nous empêcherait de reconnaître ici le livre du sé‑
néchal, qui ne contient pas les miracles de saint Louis, si
l'inventaire de 1411 ne nous éclairait; à la notice qu'on
vient de lire il ajoute en effet : « Escript de lettre formee en
« françois, a deus coulombes, commençant ou second feuillet:
« *dalançon son filz*, et ou derrenier : *et neuf ou mois.* » Or cette
double indication, que répète l'inventaire de 1423, ne nous
permet pas de douter qu'il ne s'agisse du manuscrit même
dit de Bruxelles, écrit à deux colonnes, dont le deuxième
feuillet commence par *dalançon son filz* et dont le dernier ne
contient que les mots *et neuf ou mois d'octobre.* Il est singulier
que jusqu'à présent on n'ait pas remarqué cette notice, qui
prouve que le célèbre manuscrit fr. 13568, dit manuscrit
de Bruxelles, a fait partie des livres de Charles V. Il avait
été donné au roi par Gilles Malet : ce bibliothécaire vrai‑
ment rare ne se contentait pas d'inventorier avec soin la
librairie confiée à sa garde; il l'enrichissait sans cesse de ses
dons : on n'a pas relevé moins de vingt-trois manuscrits,
dont quelques-uns fort beaux, offerts par lui au roi.

Enregistré en 1423 parmi les livres laissés par Charles VI,
notre manuscrit passa, ainsi que plus d'un autre de la librairie

Ms. fr. 2700,
2ᵉ p., nᵒ 39.

Ibid., 1ʳᵉ part.,
nᵒ 205.

Ibid., 3ᵉ part.,
nᵒ 134.

Douët d'Arcq,
Inv. de la bibl. de
Charles VI, nᵒ 114.

Delisle, Le Cab.
des man., t. I,
p. 34.

royale, dans les mains du duc Philippe de Bourgogne. Il est
ainsi décrit dans l'inventaire des livres qui se trouvaient
« en la maison a Bruges » dressé après la mort de Philippe
(1467) : « Ung livre en parchemin, intitulé au dehors : *C'est*
« *le livre qui parle des fais du roy Louys de France*, couvert de
« cuir rouge, escript a deux coulompnes en letre de fourme,
« commençant au second feuillet : *dalançon son filz*, et au dernier : *mente que je voy*. » Cette description, où il faut noter que,
au lieu du dernier feuillet, qui ne contient que quatre mots,
on a eu égard à l'avant-dernier, est complétée par celle que
donne l'inventaire fait en 1487 à Bruxelles, où les livres de
Bruges avaient été transportés; notre volume se trouvait à la
chapelle, « en ung coffre a part, » parmi des livres « fort an-
« ciens et caducques » (c'est probablement le mauvais état de
la reliure qui l'avait fait ainsi classer) : « Ung livre couvert
« de cuir rouge dessiré, a ung cloant de leton, historié, et
« intitulé : *Livre parlant des faiz du roy Loys de France*, co-
« mençant ou second feuillet : *dalençon son filz*, et finissant ou
« derrenier : *et neuf* (éd. *veuf*) *ou mois d'octobre*. » Tous ces
traits, et notamment l'indication des mots qui commencent
le second feuillet, commencent l'avant-dernier et finissent
le dernier, conviennent parfaitement au manuscrit de Bruxelles; l'illustration, que désigne l'épithète d'« historié »,
existe, mais n'est pas abondante : elle comprend la miniature de présentation, qui occupe la moitié de la première
page, et, au folio 42, une image qui tient à peu près le
tiers de la page, et qui est censée représenter la prise de
Damiette : nous disons « est censée représenter », car cette
représentation est tout à fait contraire au texte, duquel il
résulte que Damiette fut prise sans coup férir; on a peine
à croire que le manuscrit offert par Joinville à Louis X
contînt entre le texte et l'illustration une contradiction
aussi choquante[1].

Le coffre qui renfermait les livres « anciens et caducques »
fut descendu, on ne sait quand, dans les souterrains de la

Barrois, Bibl.
protyp., n° 1434.

Ib., n° 2101.

---

[1] Voir de Wailly, éd. de 1874, p. 88; les deux miniatures sont reproduites dans
cette édition.

chapelle du palais ducal, et il y était oublié quand les Français, s'étant emparés de Bruxelles en 1746, l'y retrouvèrent par hasard. Si le coffre était encore complet, il devait contenir cent soixante-trois volumes; le maréchal de Saxe semble n'en avoir pris que cent huit[1], qu'il fit expédier à Paris pour la bibliothèque du roi. Plus tard on restitua quatre-vingts volumes, mais on en garda vingt-huit, au nombre desquels se trouvait le manuscrit en question.

La découverte de ce texte de Joinville, bien supérieur à celui qu'on avait imprimé jusque-là, et daté en apparence de 1309, excita dans le monde savant un véritable enthousiasme. « C'est au règne de Louis XV, dit Capperronnier, « dans la préface de l'édition qu'il en donna à l'Imprimerie « royale, si glorieux et si heureux pour les lettres, qu'il était « réservé d'être encore pour les gens de lettres une époque « mémorable par la découverte du véritable manuscrit de « Joinville..... Le manuscrit dont il s'agit est un petit « in-quarto écrit sur vélin à deux colonnes, et comprend trois « cent quatre-vingt-onze pages : l'écriture est d'une forme « et d'un tour à la faire reconnaître au premier coup d'œil « pour une écriture du commencement du XIVe siècle. La « comparaison que l'on peut faire de cette écriture avec celle « de plusieurs autres manuscrits dont la date est incontes-« tablement avouée du XIVe siècle serait, en cas de besoin, « une nouvelle preuve pour établir l'antiquité que nous « croyons devoir attribuer au manuscrit de Joinville. Mais « il vaut mieux en appeler à la lecture du manuscrit même, « et y renvoyer ceux qui auraient quelques doutes là-dessus. « Le langage et l'orthographe sont des règles que l'on peut « consulter, sans craindre de se tromper, sur le siècle auquel « appartient un ouvrage. » Telle était encore l'opinion qu'exprimaient sans hésitation les membres de l'Académie des inscriptions et belles-lettres chargés de publier le tome XX des Historiens des Gaules et de la France, qui parut en 1840.

[1] Le chiffre de 188 est certainement exagéré; on a proposé de le ramener à 118; d'après ce qui est dit plus loin, il semble qu'il doive être fixé à 108. Voir L. Delisle, *Le Cabinet des manuscrits*, t. I, p. 418.

« Le manuscrit de Bruxelles a été, disent-ils (p. 304), achevé
« du vivant de l'auteur, et peut-être sous ses yeux. » Et ailleurs (p. XLIV), ils remarquent expressément : « Le lan-
« gage, l'écriture, les peintures, et l'orthographe par ses
« variations mêmes, tout convient à la date qu'il porte dans
« ses dernières lignes; rien n'autorise à croire qu'il n'ait été
« exécuté que sous le règne de Charles V. » Ces paroles, qui
font partie de la préface générale du volume, ont visiblement été écrites en vue de répondre à la lecture faite par
M. Paulin Paris, en 1839, dans la séance publique de l'Académie des inscriptions, sous le titre de « Nouvelles recher-
« ches sur les manuscrits du sire de Joinville ». M. Paulin
Paris y avait en effet soutenu que la date finale du manuscrit de Bruxelles provenait certainement d'un manuscrit
plus ancien, et qu'il était postérieur à cette date d'au moins
un demi-siècle; il avait étendu le même jugement au
ms. fr. 5722, contenant la Vie et les miracles de saint
Louis, œuvre du même scribe, et présentant également
tous les caractères des manuscrits exécutés sous le règne
de Charles V; ce manuscrit, comme celui de Bruxelles,
avait été pris par les éditeurs du tome XX des Historiens de
France et par leurs prédécesseurs du XVIII* siècle pour un
manuscrit du commencement du XIV* siècle. La question
soulevée par la dissertation de M. Paulin Paris resta longtemps sans être reprise; elle le fut par M. de Wailly en 1867,
dans la première des quatre éditions qu'il a données du livre
du sénéchal, et la solution qu'avait indiquée M. Paulin Paris
fut mise hors de toute contestation. Notre éminent confrère
démontra en effet, par la comparaison méthodique et minutieuse du manuscrit de Bruxelles et du rajeunissement
contenu dans les manuscrits, bien postérieurs, de Lucques
et de Reims, dont nous parlerons plus loin, que ces deux
textes ont pour base commune un texte plus archaïque que
l'un et l'autre, dont les formes vieillies ont été généralement
rajeunies avec discernement par le premier copiste, encore
voisin de l'époque où avait été composé l'ouvrage, tandis
qu'elles ont constamment embarrassé le second et lui ont

XIV* SIÈCLE.

Didot (A. Fir-
min), Études sur
Joinv., p. 131-152.

fait écrire un très grand nombre de contresens ou de non-
sens. C'est surtout la déclinaison à deux cas de l'ancien français, encore fidèlement observée par Joinville, mais effacée
par le premier copiste et devenue inintelligible au second,
qui a fourni à M. de Wailly la matière de ses ingénieuses
et décisives observations. Pour n'en citer qu'un ou deux
exemples, dès le début du livre on lit dans A (ms. de
Bruxelles) : « A son bon seigneur Looys..... Jehan, sire
« de Joinville, son seneschal de Champaigne », et dans L
(ms. de Lucques) et B (ms. de Reims) : « Jehan, seigneur de
« Jonville, des seneschaux de Champaigne ». L'original portait évidemment « ses seneschaus » au nominatif; « ses se-
« neschaus » a été changé par le scribe d'A en « son senes-
« chal », devenu de son temps, comme il l'est resté, la forme
unique du singulier; l'autre scribe n'y a rien compris et,
prenant « seneschaus » pour un pluriel, a écrit la leçon absurde « des seneschaux ». La même faute se rencontre à
chaque page dans L et B, ainsi que la faute inverse, dont
voici un exemple. Au paragraphe 65, saint Louis, expliquant les raisons qui l'ont amené à faire une paix durable
avec le roi d'Angleterre, dit, dans le manuscrit A : « Car
« nous avons .II. seurs a femmes, et sont nos enfans cousins
« germains »; dans les manuscrits B L : « Car nous avons
« deux seurs a femmes, et est nostre enfant cousin germain. »
L'original portait : « et sont nostre enfant cousin ger-
« main », ce qui, dans le manuscrit A, est bien compris et mis
en langage plus moderne; la leçon des manuscrits B L,
qui n'a pas de sens, vient de ce que le scribe auquel on
la doit, ne connaissant « nostre enfant » et « cousin ger-
« main » que comme des singuliers, a cru voir une faute
dans le pluriel « sont » et l'a changé en « est », sans se demander si ce qu'il obtenait ainsi signifiait quelque chose.

Ces constatations permettent d'affirmer que le manuscrit
13568, si précieux d'ailleurs pour la restitution du livre
de Joinville, est loin d'en offrir le texte original ou même
une copie contemporaine, et qu'il n'a pu être écrit qu'à
une époque assez postérieure, quand la langue du séné-

XIVe SIÈCLE.

chal, encore intelligible à un lecteur instruit et attentif,
avait besoin d'un rajeunissement constant pour être comprise sans difficulté des lecteurs ordinaires. C'est ce rajeunissement que nous présente le manuscrit offert à Charles V
par Gilles Malet, passé dans la librairie de Bourgogne, et
rapporté de Bruxelles en 1746.

En 1741, cinq ans avant l'arrivée à Paris du manuscrit
de Bruxelles, la Bibliothèque du Roi s'était enrichie d'une
autre copie du livre de Joinville. Ce fut La Curne de Sainte-
Palaye qui, dans son voyage d'Italie, trouva à Lucques, chez
le sénateur Fiorentini, un beau volume, écrit au XVIe siècle,
qui contenait, outre l'ouvrage du sénéchal, la curieuse composition historique désignée sous le nom de Chronique de
Reims ou Récits d'un ménestrel de Reims. Il en fit des extraits d'après lesquels Bimard de la Bastie, en 1740, le
signala à l'Académie des inscriptions et en recommanda
l'acquisition. En effet, l'année suivante, Bignon, bibliothécaire du Roi, l'acheta pour la somme de 360 livres; on le
partagea alors en deux tomes, qu'on fit relier aux armes de
France : c'est le premier de ces tomes (ms. fr. 10148) qu'on
désigne, en parlant des copies de Joinville, sous le nom de
manuscrit de Lucques. C'est un volume in-4°, écrit avec soin
et même avec luxe, sur un vélin de choix, et contenant
plusieurs miniatures : d'abord à la première page la miniature de présentation dont il a été parlé plus haut; puis, au
verso de cette page, quatre petits tableaux représentant les
quatre occasions où saint Louis risqua sa vie pour son peuple;
au verso du folio 2, un clerc écrivant dans un grand volume au milieu d'une riche librairie; au verso du folio 3
un personnage couché dans un lit, qui dicte à un clerc,
tandis qu'un jeune homme l'écoute avec respect et que dans
le fond plusieurs personnages donnent des marques de vive
douleur (on a vu dans ce moribond Joinville lui-même,
mais les fleurs de lis de la courtine et l'ensemble de la scène
prouvent que c'est saint Louis; toutefois ce n'est pas, comme
l'a conjecturé Sainte-Palaye, « saint Louis parlant au sire
« de Joinville, qui dicte à un secrétaire » : le jeune homme du

IMPRIMERIE NATIONALE.

Mém. de l'Acad.
des inscr., t. XV,
p. 738.

Corrard, dans
Revue archéolog.,
1873, p. 181.

Mém. de l'Acad.
des inscr., t. XV,
p. 738.

premier plan est le comte d'Alençon, fils du roi, que Joinville mentionne au début de son livre); au verso du folio 36,
un combat entre des chevaliers français, dont le roi, et des
Sarrasins armés de massues; au folio 77, le roi à cheval
s'avançant à la tête de son armée; au folio 119, le navire
portant le roi et les siens lors du départ de Syrie. Toutes
ces peintures, exécutées dans le goût et avec les costumes
du XVIe siècle, si elles ont été faites d'après des miniatures
contemporaines de Joinville, n'en sauraient donner qu'une
idée très vague. Elles devaient toutefois être mentionnées,
parce qu'elles ont joué un certain rôle dans la discussion
du rapport des manuscrits entre eux.

Le manuscrit de Lucques porte à sa première page un
écu écartelé aux armes d'Antoinette de Bourbon et de
Claude de Lorraine, premier duc de Guise et dix-septième
seigneur de Joinville, son mari. C'est donc pour elle que ce
manuscrit fut exécuté, antérieurement à 1550, date de la
mort de Claude. Antoinette de Bourbon, connue par sa
piété et ses bonnes œuvres, habitait de préférence le château de Joinville, et c'est là qu'elle se fit enterrer en 1583,
comme elle y avait fait inhumer son mari; fille de François
de Bourbon, comte de Vendôme, elle descendait directement
de saint Louis : on comprend donc le double intérêt que
devait lui inspirer le livre du sénéchal. « Cet exemplaire,
« dit M. de Wailly (éd. de 1874, p. XIII), devait être à l'usage
« personnel de la duchesse de Guise; et tout porte à croire
« qu'après l'avoir conservé jusqu'à sa mort, elle le transmit à
« ses héritiers. Il n'est donc pas impossible que son arrière-
« petit-fils, Charles de Lorraine, le possédât encore, lorsque,
« brouillé avec le cardinal de Richelieu, il quitta la France en
« 1631 pour se retirer avec sa famille en Italie, où il mourut
« à Cuna, dans le Siennois, le 30 septembre 1640. On s'ex-
« plique comment ce volume put être découvert à Lucques
« dans le siècle suivant. » C'est ce qu'avait déjà pensé l'acadé-
micien Bimard de La Bastie.

Nous avons indiqué plus haut dans quel rapport le texte
que donne le manuscrit de Lucques est au texte original : il.

en présente, comme celui du manuscrit A, un rajeunissement, mais un rajeunissement qui, d'une part, est beaucoup
plus complet, et, d'autre part, est beaucoup moins intelligent. La comparaison des procédés suivis respectivement
dans chacune des deux recensions permet, comme on l'a vu,
de rétablir souvent à coup sûr le modèle commun qu'elles ont
suivi plus ou moins directement. Le manuscrit de Lucques,
généralement moins digne de confiance que le manuscrit
de Bruxelles, a d'ailleurs conservé en assez grand nombre
des leçons évidemment préférables à celles de ce manuscrit,
et en comble diverses petites lacunes; malheureusement il
est gravement défectueux par la perte d'un cahier et de
plusieurs feuillets. Pour essayer de comprendre dans quel
rapport précis il se trouve avec son original, il faut nous
occuper du troisième manuscrit du livre de Joinville qui est
parvenu jusqu'à nous.

Ce manuscrit fut montré, en septembre 1865, par
M. Brissart-Binet, libraire à Reims, qui l'avait récemment
acquis d'une personne restée inconnue, à M. Paulin Paris;
celui-ci y reconnut aussitôt un nouveau texte de Joinville : il
s'empressa, avec le consentement libéral du possesseur, de
communiquer le manuscrit à M. Natalis de Wailly, qui préparait alors sa première édition de Joinville, et qui fit aussitôt
(28 octobre 1865) part de la découverte à l'Académie des
inscriptions, à laquelle il venait précisément, dans les mois
de juillet et d'août, de lire une notice sur le manuscrit de
Lucques. M. de Wailly constata que le nouveau manuscrit,
qu'il désigna par la lettre B, était apparenté de fort près à L
(manuscrit de Lucques): il remonte également au milieu
du XVIe siècle environ, mais il est d'une exécution beaucoup
plus modeste; il est écrit sur papier et ne contient pas de
miniatures; il manque donc aussi de l'explication, donnée
dans L au recto du folio 2, des quatre petits tableaux qui
couvrent le verso du folio 1 [1]. Au reste, pour les leçons
et pour les formes du langage, il est constamment d'accord

[1] La place a été laissée dans le ms. B pour des dessins qui n'ont pas été exécutés.

48.

avec L, dont il a le grand mérite de combler les deux
grandes lacunes, et il n'en est pas une simple copie, car à
côté des innombrables leçons particulières (et souvent fautives) qu'il partage avec L, il en a parfois de meilleures,
dont quelques-unes, il est vrai, doivent être attribuées à
l'initiative de l'écrivain auquel nous le devons, mais dont
la plupart remontent certainement à l'original commun,
comme le montrent soit leur nature même, soit surtout le
fait que plusieurs d'entre elles se retrouvent dans le manuscrit A. Le manuscrit B a donc une réelle valeur, et l'on
doit une vraie reconnaissance à M. Deullin, savant collec-
tionneur d'Épernai, qui, l'ayant acheté aux héritiers Brissart-Binet, en a fait généreusement don à la Bibliothèque
nationale, où il porte aujourd'hui le numéro 6273 des Nouvelles acquisitions du fonds français.

Il ressort de ce qui vient d'être dit que L et B remontent
à un même original, lequel était un rajeunissement de l'ancien texte, fait à une époque où l'on n'en comprenait plus
qu'imparfaitement la langue. Est-ce pour Antoinette de
Guise, c'est-à-dire de 1530 à 1550 environ, que ce rajeunissement avait été exécuté? On ne saurait essayer de répondre à cette question sans en soulever une autre, qui
concerne le rapport des manuscrits perdus qu'ont utilisés,
aux XVIᵉ et XVIIᵉ siècles, les premiers éditeurs de Joinville
avec celui d'où dérivent les copies contenues dans le manuscrit de Lucques et dans le manuscrit Brissart-Binet.

Le manuscrit d'après lequel Antoine Pierre donna, en
1547, son édition ou plutôt son arrangement du livre de
Joinville avait été trouvé par lui à Beaufort-en-Vallée
(Maine-et-Loire), parmi « quelques vieulx registres du feu
« Roy René de Cecile »; Beaufort avait, en effet, été acheté
en 1469 par le roi René, qui en fit cadeau à sa femme Jeanne
de Laval. Ce manuscrit, comme nous le dirons plus loin,
était apparenté de très près à celui que Claude Ménard,
soixante-dix ans plus tard, découvrit à Laval et imprima
en 1617, et dont il raconte ainsi la trouvaille : « Une visite « m'ayant porté quelques mois sont à Laval, et furetant

« çà et là quelque aliment à ma curiosité, le sieur de la
« Mesnerie me fist voir un ramas de diverses papperaces,
« qu'un vieil ministre, ancien compagnon des Apostasies,
« et du licol de Marlorat, lui avoit données, restes hono-
« rables des reformes qu'ils faisoient la torche en la main,
« dans divers monastères pendant les troubles premiers, et
« ne l'euz si tost, que comparant l'un à l'autre, je reconnus
« estre vray, ce que j'ay creu tous jours, l'imprimé n'avoir
« goust aucun du temps qu'il portoit. » Marlorat ayant été
pendu à Rouen en 1563, le « compagnon de son licol », de
qui le sieur de La Mesnerie tenait les « papperaces » en question, devait les lui avoir données plus de cinquante ans
avant l'époque où celui-ci les communiquait à Ménard. On
pourrait croire que ce manuscrit était celui même qu'Antoine Pierre avait trouvé à Beaufort en 1544, et qui, compris
dans quelqu'une de ces pilleries dont parle Ménard, aurait
été transporté à Laval par hasard; mais il n'en est sûrement
pas ainsi. Si Ménard eût cru avoir sous les yeux le manuscrit même dont s'était servi le premier éditeur, il l'aurait
dit expressément, au lieu qu'il semble bien le distinguer
de celui qu'il publie quand il dit au lecteur : « Mon cher
« Anjou t'avoit desja fourny l'original premier de ceste
« piece. » D'autre part, il y a des raisons de croire que le
manuscrit du sieur de La Mesnerie provenait de Laval
même, où il avait pu facilement tomber entre les mains des
huguenots, qui furent maîtres de la ville à plusieurs reprises. Nous trouvons, en effet, la trace de l'existence à
Laval d'un manuscrit du livre de Joinville bien avant
l'époque à laquelle nous fait remonter le récit de Ménard[1].
Pierre Le Baud, « chantre et chanoine de l'église collégiale
« de Notre-Dame de Laval », écrivit, dans les dernières
années du XVᵉ siècle, une histoire de Bretagne, qui ne fut
publiée qu'en 1638 par Pierre d'Hozier. Il y a inséré quel-

---

[1] Notons ici que La Croix du Maine dit par erreur que Josse Clichtoue a fait usage du livre de Joinville. Dans son sermon sur saint Louis prononcé en 1507 au collège de Navarre (*Sermones Judoci Clichtovei*, Paris, 1543, fol. cccLv), ainsi que dans son écrit *De laudibus Ludovici regis Franciæ* (Paris, 1516), le célèbre chanoine de Chartres ne cite et ne suit que Jofroi de Beaulieu.

382

JEAN,

ques passages de Joinville relatifs au comte Pierre de Bretagne, « donnant ainsi à la fois une preuve d'érudition, « d'exactitude et de bon goût ». Or il est bien probable qu'il avait trouvé à Laval même le manuscrit dont il s'est servi.

Était-ce le même que celui de Ménard? La comparaison des deux morceaux de quelque étendue que Le Baud a empruntés à Joinville ne permet pas de répondre avec certitude; en effet, les emprunts de Le Baud ne sont pas absolument textuels (il remplace notamment, dans le récit, la première personne par la troisième); on pourrait, à un ou deux endroits, supposer que son manuscrit était un peu plus archaïque que celui dont s'est servi Ménard[1]; toutefois il est probable que ces légères variantes sont du fait de l'historien breton, et que le manuscrit qu'il avait consulté à Laval vers la fin du xve siècle était celui même que Ménard y trouva au commencement du xviie. Si ce n'était pas le même, il lui ressemblait de si près qu'on peut les regarder comme un seul, qu'on appellera le manuscrit de Laval.

Mais le manuscrit de Laval n'était pas le même que le manuscrit de Beaufort. A travers toutes les altérations que l'éditeur de 1547 a fait subir à son texte, on remarque dans son édition quelques bonnes leçons qu'il a en commun avec les manuscrits A et BL, et auxquelles répondent des leçons moins bonnes de Ménard[2]. Mais surtout elle a vingt-trois paragraphes (sans parler de mots isolés ou de membres de phrases) qui se trouvent dans ces manuscrits et manquent dans Ménard. Or la fidélité avec laquelle Ménard a copié son manuscrit ne saurait être mise en doute : ce n'est pas à

---

[1] *Decouroit* au lieu de *sortoit*, dans le passage cité plus loin, ne rappelle sans doute que fortuitement le *decouloit* de BL, le sens de la phrase étant d'ailleurs modifié. Au lieu des derniers mots dans ce même passage on lit dans Le Baud : « car il se retournoit souvent devers eux, et les injurioit et attainoit de paroles », ce qui peut paraître au premier abord plus archaïque que la phrase correspondante dans Ménard; mais ce n'est qu'une tournure que Le Baud a substituée à une autre : le verbe *attainer* (anciennement *ataïner*) est précisément un mot que ce chroniqueur emploie volontiers (voir deux exemples dans Godefroy). Pour *a l'arson* on lit dans Le Baud *o l'arson;* ce doit être une faute de lecture, car *o* ici n'a pas de sens.

[2] Nous citerons : *séjour*, au début du § 84. au lieu de *secours* qui est dans les manuscrits et dans Pierre; *Valbert* au § 724 et *Somas* au § 250, où Pierre donne à bon droit *Vauvert* et *Domas*.

lui qu'il faut attribuer les divergences, encore moins les
omissions que présente son édition en regard de celle d'Antoine Pierre. M. de Wailly semble croire que Ménard et
Pierre ont travaillé sur le même manuscrit, puisqu'il dit
que, si le second a omis vingt-trois paragraphes qui se retrouvent chez le premier, « c'est à coup sûr parce que TD
« (M. de Wailly désigne ainsi, nous verrons pourquoi, le
« manuscrit de la traduction) avait subi entre 1548 et 1617
« des altérations qui s'expliquent assez par les troubles qu'ont
« entraînés nos guerres de religion. » Cette explication n'est
pas plus admissible pour le manuscrit de Ménard relativement à celui de Pierre que ne l'est l'explication analogue
pour la traduction relativement à son original. Le texte de
cette traduction avait été l'objet, dans le manuscrit qu'a
suivi Ménard, d'une opération semblable à celle que le traducteur lui-même avait fait subir, comme nous allons le
voir, au texte original : on en avait laissé de côté un certain
nombre de passages jugés superflus; l'auteur du manuscrit
de Laval en supprima quelques autres pour la même raison.
Le livre de Joinville allait ainsi en s'amoindrissant de plus
en plus, parce qu'on ne voulait en conserver que ce qui
semblait pouvoir intéresser l'histoire générale ou l'histoire
de saint Louis.

Sur la date de son manuscrit, Ménard ne nous donne
aucun renseignement. Il croyait y retrouver le langage
même et la rédaction originale de l'auteur : en quoi il se
trompait gravement. Le texte de ce manuscrit, pareil, sauf
les suppressions et quelques variantes peu importantes, à
celui du manuscrit de Beaufort, était une traduction assez
libre, souvent même une paraphrase, qui paraît remonter
environ au milieu du xv⁰ siècle. Nous croyons utile de le
montrer en mettant en regard deux courts passages dans les
trois recensions (A, BL, M) qui nous sont parvenues, d'autant plus qu'on n'a pas jusqu'ici fait la comparaison exacte
de T (manuscrit de Ménard, identique pour le texte à ceux
de Le Baud et de Pierre) avec A et BL. Nous choisissons
d'abord à cet effet un morceau relatif à Pierre Mauclerc,

384   JEAN,

qui nous a été conservé à la fois par Le Baud et par Mé-nard[1].

<table>
<tr><td valign="top" width="33%">

A

(De Wailly, § 237; *Histo-riens de France*, t. XX, p. 227.)

A nous tout droit vint le conte Pierre de Bre-taingne, qui venoit tout droit de vers la Massourre, et estoit navré d'une espee par mi le visage, si que le sanc li cheoit en la bouche. Sus un bas cheval bien fourni seoit; ses renes avoit getees sur l'ar-çon de sa selle et les tenoit a ses deus mains, pour ce que sa gent qui estoient darieres, qui mout le pres-soient, ne le getassent du pas. Bien sembloit que il les prisast pou; car quant il crachoit le sanc de sa bouche, il disoit : « Voi! pour le chief Dieu! avez veü de ces ribaus? »

</td><td valign="top" width="33%">

BL

(B f° 60 r°, L f° 60 v°.)

A nous tout droit (qui gardions le poncel) vint le (bon) conte Pierre de Bretaigne, qui venoit de vers la Massourre, et es-toit navré d'une espee par mi le visage, *en sorte* que le sang *decouloit* en *sa* bouche. Sus ung *beau* che-val bien fourni (se) seoit: *sa reigne* avoit gectée sur l'arçon de sa selle et *le* te-noit a ses deux mains, pour ce que ses gens qui estoient derriere, qui *trop* le pressoient, ne le gec-tassent du pas. Bien sembloit qu'il les prisast peu; car quant il crachoit le sang de sa bouche, il di-soit (souvent) : « *Voyez !* par le chief Dieu ! avez vous de ces ribaulx [2] ? »

</td><td valign="top" width="33%">

T

(Ménard, p. 94; Le Baud, p. 240; Pierre, f° LXXII v°.)

(Aprés ung peu, d'illecq veez cy) droit a nous qui gardions le poncel (ad ce que les Turcs ne passas-sent) le conte Pierre de Bretaigne, qui venoit (de) devers la Massourre (la ou il y avoit eu une autre ter-rible escarmouche), et es-toit (tout) blecié *ou* visage, *tellement* que le sang luy *sortoit de* la bouche (a planté, comme s'il eust voulu vomir de l'eau qu'il eust eu dans la bouche). Et *estoit* (le dit conte de Bretaigne) sur un (gros) *courtault* bas (et assez) bien fourny; *et estoient* ses regnes (brisees et rom-pues) *a* l'arçon de sa selle, et tenoit *son cheval* a deux mains (par le coul), de paeur que *les Turcs,* qui estoient derriere (luy et) qui le *suyvoient de près,* ne le *feissent cheoir de des-sus son cheval*[3]. (Nonob-

</td></tr>
</table>

[1] Nous mettons entre parenthèses, dans BL, ce qui manque dans A, et nous imprimons en italique ce qui offre des différences. De même dans T ce qui est ajouté en regard de BL est entre paren-thèses, ce qui est modifié en italique. Nous avons mis aussi entre parenthèses quelques mots de A qui semblent ajoutés.

[2] Nous suivons la leçon de L, sauf que nous omettons, avec B, *mout* de-vant *souvent.* B n'a d'ailleurs d'autre va-riante qu'une légère interversion de mots et l'addition de *Mais* avant *Bien* à la dernière phrase. M. de Wailly a em-prunté à BL les mots *qui gardions le pont, mout souvent* (la comparaison de M engage à omettre *mout* avec B), et les excellentes leçons *le tenoit* au lieu de *les tenoit* et *par le chief* au lieu de *pour.* La leçon finale de BL est dénuée de sens, et prouve que l'auteur de leur source commune n'avait pas compris.

[3] Il est clair que le traducteur n'a pas compris *ne le getassent du pas,* mais il n'est pas le seul. Ces mots signifient : « ne le fissent aller plus vite que le pas »; le comte tenait à ne pas accélérer son allure pour n'avoir pas l'air de fuir devant les Sarrasins. C'est à tort que les éditeurs de 1840 interprètent en marge « ne lui fissent quitter son poste en le désarçonnant », et que M. de Wailly traduit par « ne le jetassent hors du pas-sage du ponceau ».

> stant qu'il) sembloit qu'il
> *ne les doubtoit pas gram-*
> *ment;* car souvent il (se
> tournoit vers-eux et leur)
> disoit *parolles en signe de*
> *moquerie.*

Les procédés du traducteur paraphraste sont visibles dans
ce morceau : il ajoute des membres de phrases qui ampli-
fient inutilement le texte, des rappels qui ont pour but de
l'éclaircir, des gloses qui parfois en faussent le sens en pré-
tendant le préciser. Il cherche à tout comprendre dans son
texte, et se tire assez adroitement d'affaire quand il ne comprend qu'en gros, comme dans la phrase finale; mais il lui
arrive de commettre des contresens parfois assez graves;
il n'y en a pas moins de trois dans ce court passage : il veut
que le sang sortît de la bouche du blessé, au lieu que Joinville dit que le sang lui tombait dans la bouche; il substitue
les Turcs aux gens du comte de Bretagne qui le pressaient
par derrière; il interprète à sa façon les mots « ne le getassent
« du pas ». Partout le même souci de comprendre et d'expliquer, mais avec trop de liberté de commentaire et non sans
de fréquentes méprises.

Le second passage que nous comparons dans les trois
recensions nous montre chez le traducteur les mêmes qualités et les mêmes défauts: il s'efforce d'interpréter son texte,
mais il le comprend souvent de travers, et il donne sans
sourciller des explications extraordinaires.

A	BL	T
(De Wailly, § 32; *Historiens de France*, t. XX, p. 195.)	(B. fol. 7 r°, L fol. 9 r°.)	(Ménard, p. 10.)
Quant le roy estoit en joie, si me disoit : «Se- «neschal, or me dites les «raisons pour quoy preu- «domme vaut miex que «beguin.» Lors si encom- mençoit la tençon de moy et de maistre Robert. Quant nous avions grant	Quant le roy estoit en joye, *il* me disoit : «Se- «neschal, or me dictes les «raisons pourquoy preud- «dhomme vault myeulx «que beguin.» Lors en- commençoit la *noise* de moi et de maistre Robert. Quant nous avions grant	Quant le (bon) Roy es- toit en joie, il (me faisoit questions, present maistre Robert, et) me *demanda* (par une fois) : «Sennes- «chal, or me dictes *la ray-* «*son* pourquoy (c'est que) «preudomme vault mieulx «que *jeune homme*». Lors

IMPRIMERIE NATIONALE.

piesce desputé, si rendoit sa sentence et disoit ainsi : « Maistre Robert, je vour-« roie avoir le non de « preudomme, mès que je « le feusse, et tout le reme-« nant vous demourast ; car « preudomme est si grant « chose et si bonne (chose) « que neïs au nommer em-« plist il la bouche. » Au contraire disoit il que male chose estoit de prendre (de) l'autrui ; car le rendre estoit si grief que neïs au nommer (le rendre) escorchoit la gorge par les erres qui y sont, lesquiex senefient les ratiaus au diable, qui touz jours tire ariere vers li ceulz qui l'autrui chastel vueulent rendre. Et si soutilment le fait le dyable, car aus grans usuriers et aus granz robeurs les attice (il) si que il leur fait donner pour Dieu ce que il deveroient rendre. Il me dist que je deïsse au roi Tibaut de par li que il se preïst garde a la meson des prescheeurs de Provins que il faisoit, qu'il n'encombrast l'ame de li pour les granz deniers que il y metoit ; car les sages hommes, tandis que il vivent, doivent faire du leur aussi comme executeurz (en) devroient faire, c'est a savoir que les bons executeurs desfont premierement les tors faiz au mort, et rendent l'autrui chatel, et du remenant de l'avoir au mort font aumosnes.

piece disputé, *il* rendoit sa sentence et disoit ainsi : « Maistre Robert, je voul-« droye (bien) avoir le nom « de preudhomme, mais « que je le feusse, et tout « le *demourant* vous demou-« rast ; car preudhomme est « si grant chose et si bonne « que *mesmes* au nommer « emplist il la bouche. » Au contraire disoit il que malle chose estoit de prendre l'autruy ; car le rendre estoit si grief que *mesmes* au nommer escorchoit la gorge par les erres qui y sont, lesquelles (erres) signifient les *rentes* au dyable, qui tous (les) jours tire arriere *vous et les aultres* qui l'aultruy chastel veullent rendre. Et si subtillement le fait le dyable, car *a ses* grans usuriers et *a ses* granz *larrons* les attise *en telle maniere* que il leur fait donner pour Dieu ce qu'ilz deveroient rendre. Il me dist que je disse au roy Thibault de par luy que il se print garde *de* la maison des prescheurs de Provins *ce que ilz faisoient, qu'ilz ne encombrassent* l'ame de luy pour les grans *dons* qu'il y mettoit ; car le *saige homme,* tandis qu'*il est vivant,* doit faire du *sien ainsi* comme (son) *executeur deveroit* faire, c'est assavoir que *le bon executeur deffaict* premierement les tortz faitz au mort, et rend l'autruy chastel, et du demourant de l'avoir *du* mort faict (les) aulmones ¹.

commençoit noise (et disputation) entre maistre Robert et moy. Et quant nous avions *longuement* (debatu et) disputé (la question), *le bon Roy* rendoit sa sentence et disoit ainsi : « Maistre Robert, je « vouldroie bien avoir le « nom de predoms, mès « que fusse *bon preudomme,* « et le remenant vous « demourast ; car preu-« domme est si (trés) grant « chose et si bonne que « (ce mot PREUDOMME) « *a* nommer remplist la « bouche. » Au contraire disoit *le bon seigneur Roy,* que malle chose estoit l'autrui prendre. Car le rendre estoit si (trés) grief que *seullement* à le nommer (il) escorchoit la gorge, pour les rr qui y sont, lesquelles rr signifient les rentes au deable, qui tous les jours *attire* a lui ceulx qui veullent rendre le chasteil d'autruy. Et bien subtillement le fait le deable, car il seduit ses usuriers et *rapineurs* et les *esmeut de* donner (a l'Eglise leurs usures et rapines) pour Dieu, ce qu'ils deussent rendre (et savent a qui). Il me dist (estant sur ce propos) que je deisse de par lui au roy Thibault (son filz) qu'il se prensist garde *de ce qu'il faisoit,* et qu'il ne encombrast son ame (cuidant estre quite) des grans deniers qu'il *donnoit* (et laissoit) a la maison des (Freres) Prescheurs de Provins. Car le sage homme, tandis

---

¹ Texte de L, sauf que ce ms. avant *soutillement* omet *si*, attesté par B et par A. Le ms. B porte *benin* au lieu de *beguin* (le scribe avait lu *beguin*), *la sentence* pour *sa sentence*, omet *mesmes* la seconde fois et les huit mots compris entre *ainsi comme* et *le bon executeur*; avant *aumosnes* il porte *des* et non *les*.

> qu'il vit, doit faire (tout)
> ainsi que bon executeur
> (d'un testament). C'est a
> savoir que le bon execu-
> teur premierement (et
> avant autre euvre, il) doit
> *restituer et restablir* les tors
> (et griefs) faiz a (autrui
> par) *son* trespassé : et du
> *residu* de l'avoir *d'icelui*
> mort doit faire les au-
> mosnes aux povres de
> Dieu, ainsi que le droit
> escript l'enseigne.

Ce qui est surtout notable dans ce second morceau, c'est le contresens complet commis par le traducteur sur le mot « beguin », qu'il rend par « jeune homme »; ce mot avait en effet disparu de l'usage depuis le xve siècle : il désignait non pas, comme *begart* en Allemagne et plus tard en France, des mendiants plus ou moins affiliés à l'ordre de Saint-François, mais des dévots qui, vivant dans le monde, s'astreignaient à certains exercices pieux et prétendaient mener une vie particulièrement austère. Il est curieux que ce mot, en latin, ne semble presque être employé dans ce sens que par maître Robert de Sorbon, qui soutenait si vivement contre Joinville la supériorité du « beguin » sur le « preudomme »[1].

La traduction contenue dans les manuscrits de Le Baud, Ménard et Pierre est le plus souvent allongée, comme nous l'avons vu, jusqu'à la paraphrase; d'autres fois elle est singulièrement abrégée. On pourrait dire de très nombreux passages ce que M. de Wailly dit des paragraphes 383 à 385, qu'il a choisis parce qu'ils sont identiques dans les deux anciennes éditions (Pierre, f° cxii v°; Ménard, p. 162) : « Le texte de ces paragraphes, qui se compose à peine de « onze lignes dans l'une et l'autre édition, en aurait fourni « plus du triple si le texte original n'avait pas été écourté. »

---

[1] Du Cange voit dans les deux passages qu'il cite de Robert de Sorbon une critique des béguins : cela serait singulier en regard du récit de Joinville, et c'est en effet le contraire qui résulte de ces passages.

Mais le manuscrit d'où dérivaient les manuscrits angevins présentait en outre des suppressions complètes. Il y manquait plus d'une centaine de paragraphes, qui font défaut dans les deux éditions de Pierre et de Ménard. Si l'on tient compte des abréviations et des omissions, on trouve que c'est presque un sixième de l'ouvrage qui est omis dans la traduction. La perte des paragraphes manquants (sauf de cinq qui font aussi défaut dans BL) devrait, d'après M. de Wailly, être imputée à l'état défectueux où se trouvait le manuscrit que le traducteur avait sous les yeux. Cette explication est certainement erronée : si, en effet, il avait manqué des feuillets au manuscrit à l'époque où on s'occupa de le traduire, les lacunes seraient tout à fait fortuites, et, quelque habileté que le traducteur eût mise à les pallier, elles auraient laissé des traces dans son œuvre. Or ce n'est pas ainsi qu'elles se présentent. Dès le début, la traduction omet la fin du paragraphe 2 et les paragraphes 3-17, qui interrompent la suite toute naturelle des paragraphes 2 (première partie) et 18, et qui contiennent, soit une division de l'ouvrage qui ne paraissait sans doute guère justifiée au traducteur, soit une répétition anticipée de faits racontés dans le cours du livre. L'omission des autres paragraphes peut presque toujours, sinon se justifier, au moins se comprendre, et fait partie de la besogne du traducteur, comme les nombreuses abréviations qu'il a pratiquées dans le corps même des paragraphes[1]. Il serait trop long de relever ici tous les passages ainsi supprimés ; bornons-nous à dire qu'une comparaison attentive nous a démontré que ces suppressions,

---

[1] Même la singulière altération de la dédicace peut s'expliquer sans qu'il soit besoin d'admettre que le premier feuillet du manuscrit était (comme il arrive souvent) devenu malaisé à lire. Le texte portait : « Loys, filz du roy de France, roy « de Navarre » ; le traducteur a compris que ce roi de France était saint Louis, et, ne voyant pas comment le fils du roi de France pouvait être roi de Navarre, il en a fait un roi de France, fils et successeur de saint Louis. Une fois ce pas fait, il n'en coûtait pas au traducteur de faire dire à Joinville, en parlant à ce Louis : « Vous qui estes l'esné filz et hoir, « et qui avez succedé au royaume après « ledit seigneur Roy saint Loys vostre- « dit pere », ou de faire traiter par la mère du prince auquel il s'adressait saint Louis de « son bon espoux ». C'est ce qu'avait déjà parfaitement vu, au siècle dernier, Bimard de la Bastie (*Mémoires de l'Académie des inscriptions*, t. XV, p. 722).

qu'elles portent sur des membres de phrases, des phrases
complètes ou des paragraphes entiers, sont toujours volon-
taires. Le traducteur laisse de côté des détails qui lui semblent inutiles (par exemple, les paragraphes 95, 96 et en
partie 97 sur les fêtes de Saumur; 401-402, sur un entretien de frère Raoul avec Faracataie), des épisodes plus ou
moins étrangers au récit (par exemple, §§ 114-119, sur le
clerc qui tua trois sergents; 487-492, sur les mœurs des
Tartares; 446-450, sur Jean l'Ermin; 511-514, sur les différends du roi avec les Templiers; 525-526, sur les mé-
nétriers arméniens), mais surtout il retranche un grand
nombre des souvenirs personnels de Joinville, qui ne lui
paraissaient évidemment pas présenter d'intérêt pour l'histoire. C'est ainsi qu'il supprime les paragraphes 137-140,
où Joinville raconte avec complaisance la courtoisie dont il
usa envers sa cousine l'impératrice de Constantinople; 420-
421, où il rapporte un entretien qu'il eut avec le légat;
501-504, où il nous décrit ses arrangements privés en
Terre Sainte; 672-677, où il nous expose son démêlé avec
l'abbé de Saint-Urbain, etc. Ce qui démontre bien qu'il ne
s'agit pas ici de lacunes dans l'original de la traduction,
c'est que très souvent, d'un paragraphe ou d'une suite de
paragraphes supprimés, il reste une phrase au commencement, au milieu ou à la fin, parfois aussi un bref résumé.
Le livre, tel qu'il est, a d'un bout à l'autre, dans ses suppressions [1] comme dans ses additions [2] et dans ses changements, le caractère d'un travail conscient et, on peut le
dire, d'un travail intelligent, bien que le traducteur du
XVe siècle se soit fréquemment mépris sur le sens de l'ori-

[1] Il en est un certain nombre qui,
portant sur des passages où le texte des
manuscrits est altéré, ont sans doute
été pour le traducteur une manière de
se tirer d'embarras.

[2] Ces additions ne sont jamais que
des sortes de brefs commentaires; on
en a vu ci-dessus plusieurs spécimens.
En voici un qui est assez typique. Joinville dit (§ 291) que le « cuir » des
jambes de ceux qui avaient la maladie de
l'ost devenait « tavelé de noir et de terre
« aussi comme une vieille heuse »; le traducteur (Ménard, p. 121) reproduit
assez exactement cette phrase (sauf *tavelé*, qu'il n'a pas compris et qu'il a
rendu par *tanné*); mais il éprouve le besoin, après « d'une vieille houze », d'ajouter : « qui a esté longtemps mucee der-
« riere les coffres. »

390   JEAN,

ginal, et que, naturellement, il n'ait pas compris comme nous la fidélité qu'il devait à son modèle, ni, en dehors de ce devoir, l'intérêt qu'offrait ce modèle dans la naïveté même et l'irrégularité de sa physionomie.

Mém. de l'Acad.
des inscript., t. XV,
p. 716.

La traduction conservée dans les manuscrits angevins remonte, comme nous l'avons dit et comme on l'avait dit avant nous, au milieu du xve siècle environ; c'est ce qu'on peut juger d'après le style, d'après les mots nouveaux qu'elle emploie et les mots anciens qu'elle écarte, d'après le degré d'intelligence de l'ancienne langue que montre l'auteur. Antoine Pierre, on l'a vu, avait trouvé son manuscrit dans des papiers provenant du roi René : tout porte à croire que c'est ce prince ami des livres qui avait fait exécuter la traduction. Proche parent et allié de la famille de Lorraine, René comptait parmi ses ancêtres Joinville et saint Louis; il est donc tout naturel qu'il ait désiré lire le livre où le sénéchal de Champagne avait glorifié le roi de France.

La question qui nous intéresse est de savoir sur quel manuscrit a été faite la traduction qui nous est parvenue. Se rattachait-il à la famille du manuscrit A, ou à celle de l'auteur commun des manuscrits BL, ou enfin était-il indépendant de l'une et de l'autre, ce qui lui donnerait naturellement, malgré les altérations qu'il a subies dans la traduction, une importance capitale pour la critique du texte?

C'est cette dernière hypothèse que M. de Wailly a soutenue et qu'il a appuyée sur une combinaison extrêmement ingénieuse. D'après lui, A, la source de BL et l'original de la traduction du xve siècle (T) représenteraient trois manuscrits contemporains, mais dont le plus vraiment authentique serait le dernier. Joinville aurait dicté son œuvre à un clerc dans son château; sur la dictée du clerc, D, aurait été exécuté un manuscrit, J, destiné d'abord à être offert au roi, mais que Joinville aurait ensuite gardé par devers lui. Sur J aurait été copié le manuscrit effectivement offert à Louis Hutin, H, duquel dérive directement notre manuscrit A. Antoinette de Guise aurait trouvé à Joinville, au xvie siècle, le manuscrit J[1] et en aurait fait faire une copie, rajeunie pour la langue, qui est la source de L et de B. D'autre part, la dictée du clerc, restée également à Joinville, aurait été, au xve siècle, l'original de la traduction (T ou TD), conservée dans les manuscrits de Beaufort et de Laval. Cette généalogie expliquerait comment il se fait que d'une part T a trois bonnes leçons dans des passages où A et BL sont fautifs, et que d'autre part les paragraphes 42 et 501-504, qui sont dans A, manquent également dans BL et dans T : Joinville aurait fait ajouter ces cinq paragraphes au manuscrit H quand il le fit transcrire de J, où ils n'étaient pas encore, non plus que dans la dictée du clerc.

Arrêtons-nous d'abord à cette dernière remarque. L'addition dans H du paragraphe 42 peut se concevoir : ce court paragraphe est un avertissement sérieux donné par le vieil ami de saint Louis à Philippe le Bel, et l'idée a pu lui en venir pendant qu'il regardait copier le manuscrit destiné au fils de Philippe. Mais il est bien difficile de comprendre ce qui aurait pu le déterminer à faire ajouter au manuscrit qu'il destinait au roi les paragraphes 501-504 : ils contiennent un tableau de la vie que l'auteur menait en Terre Sainte, qu'on a souvent signalé comme un véritable hors-d'œuvre, et qui appartenait sûrement aux Mémoires primitifs, non encore incorporés au Livre de saint Louis. Au contraire, l'omission des paragraphes 42 et 501-504 à la fois dans BL et dans T n'a rien de surprenant. Dans BL elle est fortuite (comme l'est celle des §§ 655-656); mais le contenu de ces paragraphes les destinait à être omis par T. Nous avons vu que la traduction ainsi désignée supprime en abondance, comme dénués d'intérêt historique, les détails personnels que Joinville nous donne sur lui-même; la suppression des paragraphes 501-504 n'est qu'un cas entre

---

[1] Cette conjecture avait déjà été émise, presque dans les mêmes termes, par Bimard de la Bastie dans le remarquable mémoire que nous avons plusieurs fois cité : « Il y a une grande apparence, dit-il en parlant de l'exemplaire sur lequel a été fait le manuscrit de Lucques, que ce manuscrit avoit été trouvé dans le château [de Joinville]; peut-être même étoit-ce l'original de l'autheur. » (*Mém. de l'Acad. des inscript.*, t. XV, p. 703, et de même p. 739.)

392   JEAN,

beaucoup de pareils et s'explique comme l'élimination d'une centaine de paragraphes et comme la réduction sensible d'une centaine d'autres. Quant au paragraphe 42, adressé au « roy qui ore est », on comprend très bien que la source de BL l'ait négligé, comme elle a supprimé, ainsi que T, la date finale de 1309. La coïncidence de ces trois lacunes (en comptant la date finale) ne prouve donc pas que les paragraphes sur lesquels elles portent aient été ajoutés par Joinville au manuscrit H, et fissent défaut dans le manuscrit supposé J et dans la dictée du clerc.

Cet argument écarté, voyons si le système de M. de Wailly peut se soutenir. Il se heurte dès l'abord à une grave objection. On a relevé dans les manuscrits ABL un certain nombre de fautes communes qui semblent prouver qu'ils dérivent tous d'une même copie qui contenait ces fautes. De ces fautes M. de Wailly en a défalqué quelques-unes qui, dit-il, avaient été attribuées à ABL d'après des indications insuffisantes de son édition et qui en réalité n'appartiennent qu'au manuscrit A. Sans discuter ce détail, nous constatons qu'il en reste encore un nombre très suffisant. Citons : « vaillant » pour « vieil » (§ 23), « disoit des mors » pour « disoit les prieres des mors » (§ 54), « Tarente » pour « Charente » (§ 100), « mil » pour « mi » (§ 157), « haydier » pour « hardier » (§ 184), « Bichiers » pour « Vichiers » (§ 185), « ses » pour « set » (§ 191), la lacune évidente, causée par un « bourdon », du § 217, « nous » pour « les » (§ 243), « Guibelin » pour « Gui d'Ibelin » (§ 268), « la « chose » pour « la chace » ou « l'enchaus » (§ 479), « meismes » pour « Androines » (§ 495). M. de Wailly explique un certain nombre de ces fautes par des erreurs du clerc à qui Joinville dictait; mais il en reste, comme « nous » pour « les », « meismes » pour « Androines », l'omission de « les prieres » et surtout le bourdon du paragraphe 217, qui répugnent à cette explication, et qui ne peuvent guère être que des fautes de copiste. On peut en ajouter d'autres encore, comme l'omission de « qui estoit » avant « devers Babilone » (§ 294), « çaintes » pour « traites » (§ 337; « traites » est attesté par le

Romania, t. III, p. 405.

Ibid., p. 490.

XIVe SIÈCLE.

Credo), « devant l'Ascension » pour « après l'Ascension »
(§ 347 : voyez ci-dessus, p. 320), etc. Or il faut noter que
toutes ces fautes se retrouvent dans T. Il paraît bien résulter
de là que T provient, comme A et BL, d'une copie où elles
se trouvaient déjà. Ce qui vient corroborer cette conclusion,
c'est que T présente, en petit nombre il est vrai, quelques
leçons fautives qui lui sont communes avec BL et qui ne se
trouvent pas dans A, en sorte que T et BL doivent dériver
d'une même copie, tirée comme A de l'exemplaire qui contenait déjà les fautes communes à ABL. M. Marius Sepet
n'hésite pas à dire : « Les versions de Rieux et de Ménard se
« rattachent certainement, par leur première origine, à la
« même source que les manuscrits L et B. Une comparaison
« attentive et détaillée nous en a convaincu. Ce n'est plus une
« conjecture, c'est à nos yeux une certitude. » M. de Wailly
admet, avec plus de réserve, que T, « qui diffère si évidem-
« ment de A comme de BL, a cependant quelques points de
« ressemblance avec ces deux derniers manuscrits ». Outre
les omissions indiquées plus haut, il cite : « 1° la mauvaise
« leçon « les patriarches » au lieu de « li patriarches » (§ 529);
« 2° dans la même phrase, le verbe « combatre »; 3° les mots:
« et les autres choses », etc., ou des mots équivalents, qui
« terminent le paragraphe 768. » De ces remarques aucune,
à vrai dire, n'a de portée : « combatre », nécessaire au sens,
est omis dans A, et T a ici en commun avec BL non une
faute, mais la bonne leçon, ce qui arrive dans une infinité
de cas et ne saurait rien prouver pour une classification;
il en est de même de la phrase finale du paragraphe 768,
qui appartient certainement à l'original; quant à « les pa-
« triarches » pour « li patriarches », c'est une faute qu'il était
bien naturel que l'auteur du rajeunissement BL et celui de
la traduction T commissent indépendamment l'un de l'autre.

Mais il y a réellement quelques fautes communes à T et
à BL qui ne peuvent guère s'expliquer que par une source
commune. Nous avons relevé les trois suivantes; peut-être
un examen plus attentif en ferait-il découvrir d'autres. Au
paragraphe 33, dont nous avons cité plus haut *in extenso* la

Rev. des quest. histor., t. XIII. p. 243.

Romania, t. III, p. 489.

triple rédaction, saint Louis dit que les « r » du mot « rendre »
écorchent la gorge et signifient « les ratiaus au deable »; B L
et T ont également « les rentes », ce qui n'a pas de sens. Au
paragraphe 6o, le membre de phrase « et touz li peuples qui
« avoit afaire par devant li estoit devant li en estant » manque
dans B L et dans T. Au paragraphe 386, le chevalier qui se
vante devant le roi d'avoir trompé les Sarrasins est appelé
dans A « Phelipes de Damoes » (lisez : « Nemoes ») : B L et T
s'accordent à l'appeler « de Montfort », ce qui est une faute
certaine, puisque dans l'enquête pour la canonisation, Joinville, rapportant la même histoire, le nomme « de Nemox ».
Ajoutons que dans les éditions de Ménard et d'Antoine Pierre
et dans les extraits de Le Baud, comme dans B L, « Join-
« ville » est toujours écrit « Jonville ».

Ces fautes communes pourraient à la rigueur se concilier
avec le système de M. de Wailly : on supposerait (et c'est
sans doute ce qu'il faisait puisqu'il admettait la parenté de
B L et de T) qu'elles avaient été commises par le clerc dans
sa dictée, qu'elles avaient passé à l'hypothétique intermédiaire J, et que le scribe de H, d'où dérive A, les avait
corrigées. Mais il faut avouer que la première comme la
dernière de ces suppositions sont fort peu vraisemblables, et
qu'il est beaucoup plus simple de croire que T et B L dérivent d'une copie autre que celle qu'a suivie A, copie où
se trouvaient ces fautes et sans doute quelques autres [1]. Au
reste, en dehors des fautes, il est clair que le texte de T se
rapproche constamment de celui de B L plus que de celui
de A : l'opinion de M. Sepet sera, croyons-nous, partagée par
tous ceux qui compareront les leçons des trois recensions.
Remarquons d'ailleurs que, si la classification de M. de
Wailly était fondée, il faudrait forcément donner toujours

[1] Nous avons remarqué un seul endroit où T présente en commun avec A
une mauvaise leçon qui n'est pas dans
B L. C'est au même paragraphe 6o que
nous venons de citer pour une faute
propre à B L T. Dans la phrase : « Et
« quant il veoit aucune chose a amender
« en la parole de ceus qui parloient pour
« [li, ou en la parole de ceus qui par-
« loient pour] autrui », les mots entre
crochets manquent également dans A
et dans T; mais il s'agit là d'un bourdon, faute très fréquente dans tous les
manuscrits et particulièrement dans A,
en sorte que la coïncidence doit être
regardée comme purement fortuite.

la préférence au texte de BLT sur celui de A, puisque T
représenterait la dictée originale, BL le manuscrit J, et
A seulement H, copie de J; or c'est là une conséquence que
l'éminent critique lui-même n'a pas admise, puisque dans
sa dernière édition comme dans les précédentes il a pris
pour base, peut-être même avec trop de prédilection, le
texte de A, en le corrigeant seulement à l'aide de BL ou
même de T quand il lui paraissait défectueux.

Mais un fait semble s'opposer à notre conclusion :
M. de Wailly a en effet signalé trois passages où T a une bonne
leçon, tandis que ABL en ont une fautive. Au paragraphe 354
on lit (texte de M. de Wailly) : « Il en vindrent bien trente,
« les espees toutes nues es mains, et [au col] les haches
« danoises. » Les mots « au col », indispensables au sens, ne
sont que dans T. — Au paragraphe 404 de même : « Tandis
« que nous fumes [sus mer], par sis jours, je, qui estoie ma-
« lades, me seoie touz jours decoste le roy. » Les mots « sus
« mer » manquent dans ABL et sont donnés par T. — Au
paragraphe 372 on voit figurer, dans A B L, parmi les émirs
musulmans un Sarrasin « qui avoit non Sebreci, qui estoit
« nez de Mortaing ». A cette leçon absurde T substitue avec
toute raison « Morentaigne », Mauritanie. A ces trois remarques il faut en ajouter trois autres encore plus assu-
rées, s'il est possible, et dont l'une au moins s'appuie sur
une autorité indépendante. Au paragraphe 467 il s'agit du
procédé employé par les Tartares pour élire un roi. Chaque
tribu apporta une flèche, et un enfant en choisit une, qui
se trouva être celle de la tribu du « saige home » qui avait
donné ce conseil. Puis les cinquante-deux principaux de
cette tribu apportèrent de nouveau chacun une flèche : « Lors
« fu acordé que la saiete que li enfes leveroit, de cele feroit
« l'on roi. Et li enfes en leva une [d'icelui saige home qui
« ainsi les avoit enseigniez], et li peuple en furent si lié que
« chascuns en fist grant joie. » Les mots entre crochets, indispensables au sens et attestés par ce qui suit, ne sont ni
dans A ni dans BL. — Au paragraphe 758, dans une partie
du livre qui est empruntée aux Grandes Chroniques de

France, les trois manuscrits donnent: « Precieuse chose et
« digne est de plorer le trespassement de cel saint prince »,
ce qui n'a pas de sens. M. de Wailly rétablit « Piteuse chose »,
en s'appuyant sur le texte latin de Jofroi de Beaulieu, de
qui ce passage est traduit, et qui porte : *Pium quidem et
condignum flere*, et sur les manuscrits des Chroniques, qui
donnent « Piteuse »; mais il faut remarquer que « Piteuse » se
trouve aussi dans T. — Une dernière leçon de T supérieure
à celle des trois manuscrits est à signaler, c'est le premier
mot du paragraphe 561 : « Les grans deniers que li rois
« mist a fermer Jaffe ne convient il pas a parler »; ainsi
portent A et B L; il faut évidemment « Des grans deniers »,
et c'est ce que donne T

Voilà donc six cas, et on en trouverait peut-être d'autres
en cherchant bien, où T a une leçon certainement préférable à celle que s'accordent à donner A et BL. Il semble
qu'il faille en conclure que T remonte, indépendamment
des manuscrits conservés, à l'original de Joinville; mais cette
conclusion est inconciliable avec ce qui vient d'être exposé,
et d'où il résulte que T a des fautes communes d'une part
avec A et B L, d'autre part avec B L seuls. Il y a heureusement moyen de sortir de ce qui semble au premier abord
une impasse. Si, en effet, nous considérons ces bonnes leçons
de T en elles-mêmes, nous voyons qu'il n'en est pas une
qui ne puisse être le résultat d'une correction intelligente,
et nous avons constaté que l'auteur de la traduction était
intelligent. Les mots « au col », « sus mer » et « d'icelui saige
« home qui ainsi les avoit enseigniez » sont tellement indispensables que tout lecteur un peu attentif, à plus forte raison
un traducteur, les suppléera. « Des » pour « Les » s'impose
également. Il ne faut pas non plus grand effort d'esprit
pour s'apercevoir qu'il n'y a pas de Sarrasins à Mortain et
pour rétablir « Moritaigne » ou « Morentaigne ». « Piteuse »
seul au lieu de « Precieuse » demande assurément quelque
réflexion; mais en somme « Precieuse chose est de plorer le
« trespassement de cel saint prince » est absurde, et « Pi-
« teuse » est bien naturellement suggéré. Il faut bien remar-

XIVe SIÈCLE.

quer que, dans un grand nombre de cas où le texte était
altéré dans son manuscrit comme dans les autres, le traducteur a vu la faute, et, s'il n'a pas su la corriger aussi
heureusement que dans les six cas allégués, il l'a évitée en
changeant ou en omettant le passage où elle se trouvait. De
bonnes leçons vraiment probantes, c'est-à-dire qui ne pourraient s'expliquer que par leur présence dans l'original,
comme seraient des formes plus correctes de noms propres,
ou des lacunes comblées autrement que par une facile divi-
nation, il n'y en a pas dans T, et nous n'hésitons pas à dire
que le manuscrit qui a servi de base à la traduction dérive de
la même source que B L, et ne saurait remonter à la dictée
du clerc de Joinville.

La même conclusion doit s'appliquer à B L (plus T) en
regard de A. M. de Wailly veut que l'auteur commun de L
et B provienne du manuscrit J, sur lequel aurait été aussi
copié H, source de A; mais les fautes communes aux trois
manuscrits rendent cette hypothèse inadmissible. Nous
avons vu que plusieurs de ces fautes, notamment les lacunes
causées par des bourdons, sont des fautes de l'œil et non de
l'oreille, et ont été nécessairement commises, non dans une
dictée, mais dans une copie. La leçon « Les » pour « Des »,
que nous venons de mentionner, en tête du paragraphe 561,
est encore plus évidemment propre à un manuscrit : elle
est le fait du rubricateur chargé de peindre les initiales
des paragraphes, et qui, ayant trouvé « es » a complété par
erreur le mot avec une « L » au lieu d'un « D » : on sait combien sont fréquentes les erreurs de ce genre. En outre, le
manuscrit de Lucques contient en tête une miniature de
présentation qui dérive bien probablement de celle de
l'exemplaire royal[1]. Il faut donc nous résigner à regarde

---

[1] Pour répondre à cet argument,
M. de Wailly (*Romania*, t. III, p. 493)
suppose que le manuscrit J (d'où déri-
veraient B L) était d'abord destiné au
roi de Navarre et orné comme tel de la
miniature de présentation, mais que
Joinville, peu satisfait de l'exécution
de cette miniature, fit faire un autre
exemplaire pour le roi et garda le premier pour lui; ou encore qu'il aurait
fait faire le nouvel exemplaire pour y
ajouter les paragraphes 42 et 501-504.
Il faudrait des raisons bien fortes pour
autoriser de semblables hypothèses.

tous nos manuscrits (A, la source de BL et l'original de T)
comme provenant de cet exemplaire. Si M. de Wailly s'est
refusé à l'admettre, c'est qu'il était préoccupé de défendre
l'authenticité du texte de Joinville contre des attaques in-
considérées et de l'établir sur des bases inébranlables; mais
en fait, après ses beaux travaux, cette authenticité ne risque
plus d'être mise en suspicion, et le fait que nous possédons
trois manuscrits remontant, l'un (A) directement, les deux
autres (BL), ainsi que la traduction T, à travers un intermédiaire, au manuscrit même offert par Joinville à Louis X
suffit à nous garantir que le texte de ce précieux livre n'a
été l'objet ni d'interpolations ni de changements volon-
taires. Le scribe chargé d'exécuter le manuscrit royal avait
commis un certain nombre de fautes qui ont passé dans les
copies; il en est que nous corrigeons sans peine, mais il y en
a que nous devons nous borner à constater, et il en est
sans doute que nous n'apercevons même pas : les plus fâ-
cheuses, comme les plus difficiles à discerner, sont les
omissions, dont nous voyons par certains exemples que ce
scribe s'est certainement rendu coupable. Mais ces fautes et
ces omissions sont en somme peu graves; aucune n'est volontaire, et aucune n'entrave la confiance absolue que nous
pouvons avoir dans le texte qui résulte de la comparaison
de nos manuscrits.

Revenons encore un moment, après cette longue mais
nécessaire[1] digression, à ces manuscrits eux-mêmes. Le
manuscrit A n'est pas une simple copie de l'exemplaire offert
par Joinville à Louis X : on s'y est attaché à rajeunir le langage, et surtout à faire disparaître les formes, tombées en
désuétude, de la déclinaison à deux cas. Ce travail a dû être
fait dans un brouillon d'après lequel a été exécutée la copie
conservée dans A : il n'est pas probable en effet que cette

---

[1] Elle était nécessaire à cause de la
grande autorité qui s'attache légitime-
ment à une opinion soutenue par un
savant aussi circonspect et aussi compé-
tent que M. de Wailly. Cette autorité a
été assez grande pour que M. Fr. Delaborde se soit rangé au système, et même
au premier système de l'éditeur de Joinville (p. 166, n. 2), sans d'ailleurs essayer de rendre compte de l'existence,
inexplicable dans ce système, de fautes
communes à A, à BL et à T.

copie, écrite d'une main très posée et très soigneuse, ait été
le premier jet de l'écrivain chargé de rajeunir le livre de
Joinville. Le calligraphe auquel on la doit était d'ailleurs,
comme beaucoup de ses pareils, plus attentif à la beauté et
à la régularité de l'écriture qu'à la fidélité parfaite de la reproduction. Il a commis des étourderies assez nombreuses
et un grand nombre de bourdons, que permet de réparer ou
de combler la comparaison de BL et de T. Le manuscrit a
d'ailleurs un aspect des plus élégants, mais n'est pas un
manuscrit de luxe: des sept peintures qui, à en juger par L,
ornaient l'exemplaire de Louis X, deux seulement ont
été conservées, et elles ont été réduites à des proportions
plus petites : l'une est la miniature de présentation, l'autre
est censée représenter la prise de Damiette; nous avons dit
plus haut ce qu'elle offre de singulier; il est probable
qu'elle n'a qu'une analogie lointaine avec celle qui décorait
à la même place l'ancien manuscrit.

Les manuscrits B L et l'original de T ont, nous avons essayé de l'établir, une source commune. Pour les deux premiers, nous ne remontons pas plus haut qu'Antoinette
de Guise; pour le troisième, nous sommes avec beaucoup de
probabilité renvoyés à René d'Anjou. Il est permis de supposer que l'original commun de ces manuscrits appartenait
à la famille d'Anjou, qui eut, au xve siècle, des rapports si
étroits avec celle de Lorraine. Un membre de cette famille,
peut-être son chef Louis Ier, fils du roi Jean, aurait fait
prendre au xive siècle, quand le manuscrit de Louis X
existait encore dans la librairie royale, une copie qui,
sauf quelques fautes (comme « rentes », « Montfort », etc.),
était fidèle et n'était pas, comme celle du manuscrit A, un
rajeunissement. Cette copie devait reproduire plus ou moins
exactement les peintures de l'exemplaire royal. Vers le milieu du xve siècle, René d'Anjou en fit faire une traduction,
dont un manuscrit, conservé à Laval, fut consulté par Pierre
Le Baud et retrouvé plus tard par Ménard, et dont un autre
fut trouvé à Beaufort par Antoine Pierre. Cette traduction
était l'œuvre d'un homme peu instruit de l'histoire de France

(puisque, dans la dédicace, il donne un Louis pour fils et pour successeur à Louis IX), mais intelligent et attentif. Il comprenait encore assez bien l'ancienne langue, et s'est d'ordinaire bien tiré des difficultés offertes par la déclinaison. Il s'est complu à éclaircir le texte par de courtes gloses, des rappels à ce qui précède, des explications souvent peu utiles, et en général il a délayé les phrases et affaibli la vivacité du style. Il a d'ailleurs commis un assez grand nombre de contresens; mais souvent, quand il ne comprenait pas son texte, soit par sa faute, soit parce que le manuscrit qu'il suivait avait une leçon altérée, il a omis le passage embarrassant ou l'a remplacé par quelque phrase banale; il a même fait un certain nombre de conjectures heureuses, dans lesquelles il a parfois rencontré la leçon originelle. Il a supprimé une centaine de paragraphes et en a considérablement abrégé une centaine d'autres qui lui semblaient dénués d'intérêt. Ce travail d'abréviation a été poussé encore plus loin dans la copie conservée à Laval, où manquent vingt-trois paragraphes qui figuraient dans celle de Beaufort.

Les manuscrits B L reposent sans doute également sur une copie du manuscrit que nous supposons avoir appartenu à la maison d'Anjou. Ils dérivent d'une même copie, qui était un rajeunissement comme A et non une véritable traduction comme T. Mais ce rajeunissement est bien inférieur à celui de A. Celui qui l'a pratiqué n'avait plus aucune notion de l'ancienne déclinaison à deux cas, ce qui l'a amené à prendre perpétuellement des nominatifs singuliers pour des pluriels et des nominatifs pluriels pour des singuliers; d'où les bévues et les non-sens les plus étranges, qui ne l'ont pas arrêté, car il a accompli son travail sans réflexion et, à ce qu'il semble, presque mécaniquement. Les deux transcriptions de son œuvre qui nous sont parvenues n'en sont pas moins extrêmement précieuses, puisqu'elles nous représentent une copie du manuscrit original indépendante de la copie A, et exécutée, sauf les erreurs qui viennent d'être indiquées, avec une fidélité que nous garantit l'inintelligence même de l'auteur. Il est fort heureux pour nous qu'il n'ait

pas procédé avec son modèle comme le traducteur de René
de Sicile, dont l'œuvre ne nous présente qu'un Joinville
abrégé et défiguré. Le rajeunissement en question n'est pas
antérieur au XVIe siècle, comme le montrent l'oubli total de
l'ancienne déclinaison, les quelques mots nouveaux substi-
tués aux anciens et d'assez nombreuses formes orthographiques; on peut conjecturer qu'il a été fait pour Antoinette de Bourbon elle-même, et que par conséquent la copie
prise au XIVe siècle sur le manuscrit du roi existait encore de
son temps, c'est-à-dire quelques années avant qu'Antoine
Pierre trouvât le manuscrit de Laval; il est bien regrettable
qu'elle ait disparu, mais les deux manuscrits B et L peuvent
presque la remplacer. Ces deux manuscrits sont deux copies
indépendantes du rajeunissement, et deux copies généralement fidèles. Le manuscrit L a été visiblement exécuté pour la duchesse de Guise, avec le souci de reproduire,
en le modernisant, l'aspect extérieur de l'exemplaire du
XIVe siècle, qui lui-même avait été modelé sur le manuscrit
royal : les sept miniatures qu'il présente se retrouvaient
sans doute, mais bien différentes de style, dans l'un et dans
l'autre. Le manuscrit B n'a aucune prétention au luxe ni
même à l'élégance; mais il est dû à un scribe plus attentif
que celui de L, et qui a seulement le défaut de vouloir
parfois corriger ce qu'il ne comprend pas. C'est ce manuscrit que, d'après la conjecture de M. de Wailly, Antoinette
de Guise prêta à Louis Lasseré, proviseur du collège de
Navarre, qui s'en servit pour la vie de saint Louis qu'il a
assez singulièrement insérée dans sa Vie de saint Jérôme.
C'est dans la troisième édition de ce livre (Paris, 1541) qu'il
a fait usage de l'Histoire de saint Louis, «laquelle, dit-il, a
«escripte messire Jehan de Jouville (sic), chevalier, senes-
«chal de Champaigne, ... que ay recouverte de madame la
«duchesse de Guyse, madame Antoinette de Bourbon». Que
la duchesse de Guise eût prêté à Lasseré le ms. L, le ms. B,
ou leur commun original, cela prouve toujours que le rajeunissement contenu dans cet original avait été exécuté
avant 1541.

IMPRIMERIE NATIONALE.

                    JEAN,

Tel est, si nous ne nous trompons, le rapport des
manuscrits conservés du livre de Joinville et de ceux dont
l'existence nous est attestée par des copies seules parvenues
jusqu'à nous. Nous croyons pouvoir l'exprimer par le tableau
suivant, qui indique et la filiation et la date respective de
ces manuscrits.

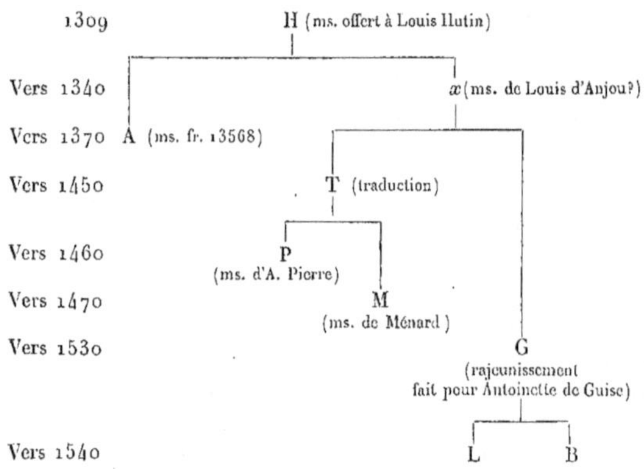

L'existence de manuscrits du livre de Joinville autres que
ceux que nous venons d'étudier est attestée au moins dans un
cas. La Croix du Maine, parlant de l'Histoire de saint Louis,
ajoute : « laquelle nous avons par devers nous escrite à la
« main sur parchemin en langage usité pour lors. » Il est possible que le manuscrit de La Croix du Maine ne fût pas aussi
ancien qu'il le croyait, n'ayant comme terme de comparaison que l'édition d'Antoine Pierre, et qu'il ressemblât au
manuscrit de Ménard ; la perte n'en est pas moins regrettable.

Dans les inventaires de 1411, 1413 et 1423 de la bibliothèque de Charles VI on trouve l'article suivant, qui ne
figurait pas encore dans l'inventaire de 1373 : « Item la vie
« de saint Loys, roy de France, en françois, de lettre bas-
« tarde, et a deux coulombes, commençant au 11e f^o : *pour ce*

Ms. fr. 2700,
fol. 129, n° 896 ;
ms. fr. 9430,
fol. 15 v°, n° 200 ;
Douët d'Arcq. Inv.
de Ch. VI, n° 174 ;
Delisle. Cabinet
des mss., t. III,
p. 157, n° 942.

« *que li contes*, et au derrenier : *trinité et tout li saint*, couvert
« de cuir qui fut rouge, a .II. fermouers de laton. » Les mots
trinité et tout li saint se trouvant dans le livre de Joinville
(§ 754), à peu de distance de la fin, on pourrait croire qu'il
s'agit ici d'un manuscrit de ce livre. Mais ces mots font partie
des Enseignements de saint Louis, qui figurent également
dans la Vie de saint Louis par Guillaume de Nangis (rédaction française), et les mots *pour ce que li contes*, qui ne sont
pas dans le texte de Joinville, se lisent vers le commencement de cette même Vie. Il s'agit d'un manuscrit analogue
aux manuscrits de la Bibliothèque nationale fr. 4978 et
23277, qui contiennent l'ouvrage de Guillaume[1].

Histor. de Fr.,
t. XX, p. 315,
l. 32; p. 461, l. 6.

Bimard de La Bastie avait remarqué dans l'inventaire
des livres du château de Moulins dressé en 1523 un manuscrit intitulé : « Les chroniques de Monseigneur saint Loys,
« roy de France, en papier, à la main manuscrit. » Il y soupçonnait une copie du livre de Joinville; mais ce manuscrit,
qui est aujourd'hui à la Bibliothèque nationale (ms. fr. 2829),
n'est qu'une composition du xve siècle, sans intérêt pour nous.

Mém. de l'Acad.
des inscr., t. XV,
p. 737.

Chazaud (A.),
Les Ens. d'Anne
de France, p. 254,
n° 300.

A la question de l'établissement critique du texte de Joinville se rattache une question subsidiaire qui, malheureusement, ne jette pas sur la première tout le jour qu'on aurait
pu en attendre. Il s'agit du « romant » auquel Joinville, de
son aveu, a fait des emprunts pour compléter son livre. Ces
emprunts comprennent les paragraphes 692-729, 739-755
et 758. Il est fort heureux que le sénéchal ait eu l'idée de
les signaler lui-même, car si on les avait découverts sans
qu'il l'eût fait, ils auraient fourni un argument sérieux contre
l'authenticité ou l'autorité de son livre. On a reconnu facilement qu'ils avaient dû être pris dans une rédaction des
Grandes Chroniques de France; mais jusqu'à ces derniers
temps on n'avait pas trouvé de rédaction qui ne s'en éloignât
sensiblement. C'est à notre savant confrère M. Paul Viollet

Bibl. de l'Éc. des
Ch., t. XXXV,
1874, p. 18-56.

---

[1] Il en est sans doute de même d'un manuscrit qui figure dans l'inventaire de 1373, parmi les livres confisqués par Charles V (et rendus ensuite) au comte de Saint-Pol, sous ce titre : « Un livre « couvert de veluyau vermeil ou est la vie « saint Loys. » Voir L. Delisle, *Le Cabinet des mss.*, t. I, p. 35; t. III, p. 157.

que revient le mérite d'avoir découvert dans le manuscrit de
la Bibliothèque nationale fr. 2615 un texte qui se rapproche
beaucoup de celui qu'a utilisé Joinville, sans être toutefois
parfaitement identique. Ce texte, bien que copié après
1315, a été rédigé avant 1297; M. de Wailly en a d'ailleurs
depuis signalé une autre copie dans un manuscrit du xive ou
du xve siècle, le ms. français 2610. Il semble que la comparaison de ces manuscrits avec ceux de Joinville devrait apporter une utile contribution à la critique du texte, à laquelle
elle fournirait le *tertium comparationis* qui lui fait défaut : elle
peut rendre en effet quelques services, en ce sens que les
leçons de BL ou de T qui s'accordent avec D (texte des
Chroniques) contre A doivent évidemment être préférées,
et à ce point de vue une collation minutieuse des manuscrits
de Joinville avec ceux des Chroniques reste à faire; mais le
résultat en sera d'un mince intérêt pour Joinville, les passages empruntés étant en réalité étrangers à son œuvre.
Quant aux cas où tous les manuscrits de Joinville offrent
des fautes communes inconnues à ceux des Chroniques, ils
ne nous aident pas à démontrer que ces fautes se trouvaient
dans une même copie du Livre de saint Louis : elles peuvent
en effet s'être trouvées déjà dans le manuscrit des Chroniques dont Joinville s'est servi, et avoir passé dans la copie
primitive (ici il ne s'agit plus de « dictée ») du clerc, et de là
soit dans l'hypothétique J, soit directement dans H. Il est
probable, notamment, que le désordre introduit dans la
reproduction de l'ordonnance de 1256, dont le dernier
paragraphe est séparé des autres par un récit relatif à la pré-
vôté de Paris et à Étienne Boileau, remonte au manuscrit
des Chroniques : ce récit manque précisément dans les
mss. 2615 et 2610 et se trouve, mais à sa place, dans les
manuscrits postérieurs; il aura été inséré, par une erreur
de scribe, à une mauvaise place dans le manuscrit suivi par
le clerc de Joinville, et celui-ci aura copié machinalement
ce qu'il avait sous les yeux[1]. Ainsi la restitution, à l'aide de

L. cit., p. 224.

[1] Une autre hypothèse, très ingénieuse, vient d'être proposée par M. Bor-
relli de Serres dans son livre intitulé :
Recherches sur divers services publics du

la double comparaison des manuscrits des Chroniques et de
ceux de Joinville, du texte original des emprunts faits par
celui-ci ne nous éclaire pas sur la question de savoir si les
manuscrits de l'œuvre du sénéchal remontent à des originaux indépendants ou dérivent tous, comme nous le
croyons, d'une seule et même copie.

Nous n'avons qu'un mot à dire d'une autre question qui
se pose à propos de ces emprunts et qui a donné lieu à une
discussion fort intéressante, mais en dehors de notre sujet.
Les morceaux des Chroniques de Saint-Denys que Joinville
a fait copier sont une traduction de la chronique de Guillaume de Nangis, laquelle, pour cette partie, est une reproduction de la Vie de saint Louis par Jofroi de Beaulieu. Or
on trouve dans les Chroniques, et naturellement aussi dans
Joinville, un texte des Enseignements de saint Louis à son
fils qui diffère de l'abrégé qu'en avait fait Jofroi de Beaulieu
par une ou deux omissions et surtout par l'addition de plusieurs paragraphes assez importants, dont quelques-uns ont
un caractère politique. M. Viollet, dans un mémoire publié
en 1869, avant qu'il eût trouvé le ms. 2615, a cherché à
démontrer que ces passages additionnels sont des interpolations; M. de Wailly, d'abord en 1872, puis, M. Viollet
ayant maintenu sa thèse, en 1874, a soutenu au contraire
que ces passages appartiennent à l'original et ont été, d'après
cet original, réintégrés, à l'abbaye de Saint-Denys, dans
l'abrégé provenant de Jofroi de Beaulieu. La thèse de
M. Viollet nous semble appuyée par des arguments plus
solides que celle de M. de Wailly; les historiens devront,
en tout cas, désormais n'admettre qu'avec beaucoup de ré-

Bibl. del'Éc.des
ch., 6e s., t. V
(1869), p. 129-
148.

Ibid., t. XXXIII
(1872), p. 386-
423; t. XXXV
(1874), p. 217-
248.

XIIIe au XVIIe siècle (p. 531-575). L'auteur fait remarquer que dans le récit des
Chroniques, — récit qui n'est, suivant
toutes les apparences, qu'un conte populaire postérieur de cinquante ans aux
événements qui en font le sujet, — Joinville a omis deux passages, et qu'on peut
deviner les raisons qui les lui ont fait
omettre. Il en conclut que c'est Joinville lui-même qui avait fait noter, en
marge de son exemplaire des Chroniques, à peu près conforme aux mss.
2615 et 2610, le récit trouvé par lui
dans un autre exemplaire des Chroniques. Ainsi s'expliquerait l'étourderie
du clerc de Joinville, qui, copiant pour
l'insérer dans le livre du sénéchal un
grand passage des Chroniques, aurait
mis le récit en question à une mauvaise
place.

serve l'authenticité des conseils politiques que ce texte fait
donner par saint Louis à son successeur. Mais cette question est, on le voit, étrangère à l'appréciation du texte de
Joinville, et c'est bien à tort qu'on a voulu arguer de l'interpolation vraisemblable qu'a subie le texte des Enseignements
recueilli par Joinville pour accuser d'interpolations plus ou
moins graves le livre entier du sénéchal, tel qu'il nous est
parvenu. — C'est des diverses éditions de ce livre que nous
allons maintenant nous occuper.

En 1547 (15 mars 1546, v. st.) parut à Poitiers, chez les
frères de Marnef, « à l'enseigne du Pelican », un petit volume de format carré, intitulé : « L'histoire et Chronique du
« treschrestien Roy s. Loys, IX du Nom, et XLIIII Roy de
« France. Escripte par feu messire Jehan Sire (*sic*), sei-
« gneur de Jonville, et Seneschal de Champaigne, amy et
« contemporain dudict Roy s. Loys. Et maintenant mise
« en lumiere par Anthoine Pierre de Rieux. » Antoine Pierre,
comme nous le dit positivement La Croix du Maine, était
simplement « natif de Rieux en Narbonnois »; son nom de
famille était Pierre, et en effet il ne s'appelle qu'Antoine
Pierre dans sa dédicace; il a signé de ce simple nom ses publications antérieures, et Ménard ne lui en donne pas d'autre.
Il vivait à Poitiers, où il publia chez les frères de Marnef, en
1544 et en 1545, deux traductions d'ouvrages scientifiques
latins. C'est tout ce que nous savons de lui. Il avait trouvé,
comme nous l'avons dit, dans les papiers de René de Sicile
une copie de la traduction du livre de Joinville exécutée,
sans doute pour ce prince, au milieu du XVe siècle, et il
s'empressa de la publier, en la faisant précéder d'une dédicace à François Ier, où il explique la façon, qui semblait
alors toute naturelle, dont il a procédé envers le livre qui
lui était tombé sous la main : « Et pource que l'histoire es-
« toit ung peu mal ordonnee, et mise en langage assez rude,
« ay icelle veue, au moins mal qu'il m'a esté possible : et
« l'ayant polie et dressee en meilleur ordre qu'elle n'estoit
« au paravant . . . . . ay icelle voulu mettre en lumiere. » Ce

qu'il ne dit pas, c'est que non seulement il a « poli » le langage et changé l'ordre du livre qu'il publiait, mais il a ajouté au commencement et à la fin de nombreux chapitres qu'il a pris ailleurs. Le déplacement d'une partie du récit de Joinville et l'addition de ces chapitres ont le même but : transformer l'ouvrage en une histoire suivie et complète de saint Louis depuis sa naissance jusqu'à sa mort. Nous n'avons pas ici à rechercher les sources auxquelles Antoine Pierre a puisé la matière de ses additions : Du Cange en jugeait le contenu « trivial », et, en effet, on n'y trouve rien qui ne se lise dans des ouvrages fort répandus. Quant au rajeunissement de la langue, il faut noter qu'il s'appliquait déjà à une traduction, vieille à peine d'un siècle, et cela montre combien le langage écrit s'était modifié dans cette période; ce pourrait être l'objet d'une étude d'histoire linguistique qui ferait suite à celle des procédés employés par le traducteur du xve siècle en face de son original; mais nous ne pouvons nous arrêter ici à ces curiosités. A cause de ce rajeunissement, des changements d'ordre et des additions qu'elle présente, l'édition d'Antoine Pierre serait pour nous dénuée de toute valeur, si elle ne contenait pas, comme on l'a vu plus haut, vingt-trois paragraphes de T qui manquent dans l'édition de Ménard; c'est à cause de cela qu'elle pourra encore être consultée par l'éditeur de Joinville qui s'attachera à comparer minutieusement toutes les recensions du texte original.

Malgré ses imperfections, ou plutôt sans doute à cause de ses imperfections mêmes, qui en rendaient la lecture plus facile et plus agréable, le livre d'Antoine Pierre, que recommandait « au bening lecteur » une belle lettre de Guillaume de La Perriere, « Tolosain », eut du succès[1]. Il en parut une nouvelle édition, en 1561[2], toujours à Poitiers,

---

[1] Il y eut cependant des protestations. Antoine de Laval, dans son curieux livre intitulé : *Desseins de professions nobles et publiques,* publié en 1605, disait fort judicieusement : « Je sçay « mauvais gré à ceux qui nous ont ostée « la vraye Chronique du sire de Joinville, « et nous l'ont corrigée en nostre François. Ses vieux termes l'eussent plus « autorisé et nous eussent monstré comme « on parloit à ce tans là. »

[2] Telle est du moins la date que

chez Marnef. Elle est pareille à la première, sauf une petite modification, que nous ne savons si l'on doit attribuer encore à Pierre. Le manuscrit suivi dans l'édition princeps portait en tête : « A treshaut et trespuissant seigneur Loys, roy de « France, filz de tressaincte memoyre le Roy S. Loys, et « comte Palatin. » L'édition de 1561 substitue « Phelippe » à « Loys », évitant ainsi une grossière erreur, mais pour tomber dans une autre non moins grave, puisque le livre de Joinville contient la mention de faits bien postérieurs à la mort de Philippe III, comme la canonisation de saint Louis[1]. D'après cette édition de 1561, le livre fut réimprimé à Genève en 1595 et 1596 pour Jacques Chouet, et à Paris en 1596 et 1609[2]; il fut traduit en espagnol par un certain Jacques Ledel, en 1567 (Tolède, in-folio), en l'honneur de l'infortunée Élisabeth de Valois, femme de Philippe II, et cette traduction a été réimprimée en 1794[3].

Le hasard voulut que le second manuscrit de Joinville qu'on découvrit fût encore un manuscrit de la traduction du XVe siècle. C'est celui de Laval, dont nous avons parlé plus haut. Claude Ménard, connu par ses travaux historiques et son exaltation religieuse, fut enchanté de sa trouvaille et la mit aussitôt en lumière sous ce titre : « Histoire « de S. Loys, IX. du nom, Roy de France, par messire « Jean, sire de Jonville, seneschal de Champagne. Nouvelle- « ment mise en lumiere, suivant l'original ancien de l'Au-

---

donnent les bibliographies. L'exemplaire de la Bibliothèque nationale ne porte pas d'autre indication que : « A Poitiers, de l'imprimerie d'Enguil- « bert de Marnef. »

[1] Ménard, qui semble n'avoir pas vu la première édition de Pierre, reproche ce changement à « celuy qui premier « publia cette Vie », et reconnaît Louis X dans le prince auquel le livre est dédié; mais il n'explique pas comment Joinville aurait pu donner un Louis pour fils et successeur à saint Louis.

[2] Ménard dit de l'Histoire de saint Louis « qu'avec son déguisement pre- « mier, qui l'avoit difformée, huict presses « différentes l'ont fait rechercher ». On n'a cependant signalé, jusqu'à présent, que six éditions antérieures à celle de Ménard.

[3] Ce Ledel, qui était un Français au service d'Élisabeth, déclare, dans sa dédicace, que Joinville a mis dans son livre « muchas cosas de si mismo, y al- « gunas tan menudas que no convienen « en hystoria tan grave »; aussi les a-t-il supprimées. On remarque, en effet, dans son texte, l'omission de plusieurs morceaux, qui sont naturellement à peu près les que ceux mêmes qui avaient également été passés dans la copie de T publiée par Ménard.

« theur, avec diverses pieces du mesme temps, non encore
« imprimees, et quelques Observations historiques. Par
« M° Claude Menard, Conseiller du Roy, et Lieutenant en
« la Prevosté d'Angers. (Paris, Cramoisy, 1617, in-4°.) »
Ménard s'élève avec véhémence, dans un passage souvent
cité de sa préface, contre les éditions précédentes, dans
lesquelles « on ne s'est contenté de polir, ou plustost gaster
« le langage, peslemesler l'ordre de l'Autheur et sa suitte :
« non si belle en verité, mais quel droit d'y toucher sans
« crime? L'on a plus faict, y adjoutant beaucoup de choses
« qui n'en estoient pas.... Nous luy rendons desormais son
« premier en-bon-point, fort aises qu'il puisse estre bien
« veu d'un chacun, pour tenir sa place legitime parmy nos
« Histoires. » Il est certain que Ménard a imprimé avec le
plus grand soin son manuscrit tel qu'il était; on le reconnaît non seulement en conférant son texte avec les extraits
de Le Baud d'une part, et d'autre part avec le texte original
tel que nous le possédons aujourd'hui, mais encore à certains détails significatifs : ainsi, à trois endroits, le manuscrit lui donnant une forme fautive ou qu'il juge telle, il
la conserve néanmoins, en mettant la correction en marge
(p. 42 : « Messire Gaubert de Premont », en marge : « D'Apre-
« mont »; p. 47 : « igne » [forme habituelle au moyen âge
pour hymne], en marge : « imne »; p. 209 : « Arnoul de
« Guimene [1] », en marge : « Guines »), ou en la signalant en
note (ainsi « Gilles le Brun » pour « Gilles de Bruyn »,
p. 10; « Trye » pour « Troye », p. 27). Nous pouvons donc
regarder son édition comme représentant exactement le
manuscrit de Laval, et c'est ce qui lui assure une valeur durable. D'ailleurs Ménard a accompagné le texte de notes et
de pièces complémentaires, parmi lesquelles plusieurs ont
du prix, notamment l'épitaphe de Jofroi III de Joinville par
son arrière-petit-fils, conservée à Clairvaux, et que lui avait
communiquée un chanoine de Troyes.

[1] Nous aurions pu citer cette forme parmi les fautes communes à tous les manuscrits, car A porte (§ 521) « Gumi-nee », et la leçon de B, « Genyenne » (L manque), doit remonter à la même leçon de H.

Il semble que le Joinville de Ménard aurait dû faire complètement disparaître celui qui l'avait précédé. Il n'en fut pas tout à fait ainsi. En 1666 parut à Paris, chez François Mauger, un petit in-douze intitulé : « Memoires de Jean Sire, « seigneur de Jonville sous le regne de S⁺ Lovys, Roy de « France, avec la genealogie de la Maison de Bourbon. » C'est, comme l'indique déjà l'absurde rédaction du titre, une réimpression d'une des éditions antérieures à Ménard, à peine et très peu rajeunie pour l'orthographe. Il y manque la dédicace de Joinville et celle d'Antoine Pierre, dont le nom est tout à fait supprimé; la lettre de Guillaume de La Perrière sert de préface, mais son nom est également omis; la généalogie, fort courte, de la maison de Bourbon est empruntée aux éditions de 1595 et suivantes, mais elle est continuée jusqu'à Louis XIV. Ce volume est évidemment une pure spéculation de libraire, et l'on s'étonne d'en trouver dans la préface du tome XX des Historiens de France la mention accompagnée de cette remarque, prise sans doute à des bibliographes antérieurs : « Ce n'est pas le style ni, « à proprement parler, l'ouvrage de Joinville, mais un livre « composé d'après le sien, et librement amplifié. On n'en « connaît pas bien le rédacteur; il n'est point nommé dans le « volume; de Pure et Cotin ont été désignés. » Tout récemment, M. A. Potthast, après avoir à peu près traduit cette note, termine ainsi : « Le rédacteur est resté inconnu; d'après « quelques-uns c'est Ménard, d'après d'autres de Pure ou « Cotin [1]. » Il semble étrange qu'on ait pu attribuer à Ménard une réimpression, publiée cinquante ans après son édition, du *rifacimento* dont il avait si sévèrement blâmé les procédés. Quant à Cotin, ce qui a pu porter à mettre, bien à tort, ce volume sur son compte, c'est une circonstance que nous

Potthast (A.), Biblioth. histor. med. ævi, 2ᵉ éd., t. I, p. 678.

---

[1] Nous ferons remarquer ici que l'article Joinville du livre de M. Potthast, d'ailleurs très riche en renseignements bibliographiques, dont nous avons pu utiliser plusieurs dans cette notice, contient aussi de nombreuses erreurs et inexactitudes, dont la plus choquante se présente en tête de la courte notice sur les manuscrits : il y est dit, avec un renvoi erroné au tome XX des *Historiens de France*, qu'on possède de Joinville dix manuscrits anciens; toutefois, naturellement, trois seulement sont désignés par la suite.

XIVe SIÈCLE.

Didot (A.-Firmin), Études sur Joinville, p. 156.

allons dire. M. Ambroise-Firmin Didot, qui voit dans l'ouvrage « une compilation de l'histoire de saint Louis et des « mémoires de Joinville », et qui n'en a pas reconnu l'identité, ajoute : « Une partie de l'édition porte le nom de Jacques « Cottier. » Cottier est une faute d'impression pour Cottin; on a, en effet, une édition de la même année publiée chez Jacques Cottin[1], mais ce n'est pas la même. Elle est en plus gros caractères, compte beaucoup plus de pages, et présente un titre plus raisonnable : « Memoires de messire Jean, sire « de Jonville, seneschal de Champagne, Témoin occulaire « de la vie de saint Loüis, quarante-quatriéme Roy de France. « Avec la Genealogie de la Maison de Bourbon, augmentée « en cette édition : outre la Table des Chapitres, et une des « Matieres, tres-ample. » La généalogie est, il est vrai, un peu plus détaillée, mais s'arrête à Henri IV; la table des matières remplit douze pages. L'édition de Cottin comprend en outre la dédicace à « Louis, Roy de France, fils de tres- « sainte memoire le Roy S. Louis. » La préface est, comme dans l'autre, anonyme et empruntée à Guillaume de La Perrière. Ces circonstances semblent indiquer que l'édition de Mauger et celle de Cottin remontent à une édition plus ancienne qu'on n'a pas retrouvée, et qui avait rétabli, d'après l'édition de 1547, dans la dédicace, ce nom de Louis, changé en Philippe depuis 1561; l'édition de Mauger a supprimé cette dédicace, que celle de Cottin a conservée. Il est probable que c'est le nom du libraire qui aura amené quelque bibliographe étourdi à donner ce livre à l'abbé Cotin; quant à l'abbé de Pure, c'est peut-être uniquement parce qu'il s'est occupé de travaux historiques qu'on a cru devoir le substituer à Cotin, dont le nom était associé au sien dans les railleries de Boileau[2].

---

[1] Cottin est appelé à tort *Cotin* dans plusieurs bibliographies. Le P. Lelong, qui d'ailleurs confond son édition avec celle de Mauger, a *Colin*, faute reproduite dans le *Manuel du libraire*.

[2] M. A. Potthast indique comme se trouvant à la Bibliothèque royale de Ber-

lin une édition de 1667, également de petit format, sous ce titre : « Memoires « de messire Jean, sire de Jonville. Aug- « mentés d'un recit de la sepulture de « S. Louys, et de l'abbregé de la vie... « de la reine Marguerite. » (Ne faut-il pas suppléer : « de la vie de saint Louys,

En 1668 parut une édition qui, si elle ne contenait rien
de nouveau pour le texte, lui apportait un commentaire extrêmement précieux et des appendices également d'une
grande valeur : c'est celle de Charles Du Fresne, sieur Du
Cange (in-folio). Les célèbres « Dissertations ou réflexions
« sur l'Histoire de saint Louys escrite par Jean, sire de Join-
« ville », que M. A.-Firmin Didot a fait réimprimer dans le
dernier volume de son édition du *Glossarium mediæ et infimæ
latinitatis*, sont une source inépuisable de renseignements
sur les institutions, les mœurs, les usages, l'armement, le
costume du XIII⁰ siècle. Du Cange avait vainement cherché
à se procurer un manuscrit de Joinville; il s'est résigné à
reproduire le texte de Ménard, bien qu'il ne pût le regarder
comme conforme à ce qu'avait dû être l'original : « J'ay peine
« à croire, dit-il dans sa préface, que le Sire de Joinville ait
« escrit en un langage si poly pour le siecle où il vivoit. » Il
avait reconnu que les premiers chapitres de l'édition d'Antoine Pierre étaient ajoutés, et il les a écartés de la sienne, se
contentant de consigner dans ses « Observations » quelques
passages empruntés au corps de l'ouvrage et qui appartenaient réellement à T, mais avaient, comme nous l'avons
vu, été supprimés dans l'édition de Ménard. L'édition de
Du Cange devint naturellement la seule que consultèrent les
historiens, et c'est le texte qu'elle donne, c'est-à-dire celui
de Ménard, que le P. Stilting mit en latin dans le tome V
du mois d'avril des *Acta Sanctorum* (1740). Stilting soutient
contre Du Cange que la langue et le style du manuscrit
publié par Ménard sont bien la langue et le style de Joinville, et n'ont subi aucun changement. Il le démontre
soit en s'appuyant sur un trop célèbre passage de Fleury
qui ne prouve que l'ignorance où l'on était alors de la langue
du moyen âge, soit en citant de textes français du XIII⁰ siècle
des traductions qu'il prend pour des originaux, soit en niant
qu'au XV⁰ siècle personne eût pu accomplir le travail de ra-

« écrite par le confesseur de la reine Mar-
« guerite » ?) Il n'indique pas l'éditeur.
Cette édition, que nous n'avons pas
trouvée à Paris, est sans doute, pour le
texte de Joinville, la reproduction de
l'une des précédentes.

jeunissement admis avec toute raison par Du Cange. Il ne
trouve d'ailleurs rien de surprenant à ce que Joinville, écrivant un siècle après Villehardouin, soit si éloigné de la « bar-
« barie » de celui-ci, et il explique la différence, relevée par
Du Cange, entre les formes de la lettre de Joinville à Louis X
et celles du Livre de saint Louis par le fait que la première
a été écrite précipitamment et sans souci d'en polir l'orthographe, tandis que le second a été mis au net par un clerc
attentif. Ces raisonnements montrent quelle incertitude
régnait au XVIII⁰ siècle dans la philologie française; ils ont
d'autant moins besoin d'être réfutés aujourd'hui que la découverte des manuscrits de Joinville inconnus à Du Cange
et à Stilting suffit, en dehors même des arguments philo-
logiques, à en faire voir l'inanité.

C'est en 1741, comme on l'a vu plus haut, un an après
le travail du P. Stilting, que le manuscrit de Lucques fut
acquis par la Bibliothèque du Roi, et en 1746 qu'elle entra
en possession du manuscrit de Bruxelles. Non seulement on
regarda ce dernier comme contemporain de Joinville, à
cause de la date de 1309 qu'il porte à la fin, mais on ne
fut pas éloigné d'y reconnaître l'original même offert par
Joinville à Louis X. Sur l'ordre du roi un membre de l'Académie des inscriptions, auteur de bons travaux sur l'antiquité, l'abbé Melot, fut chargé de publier ce précieux texte :
il mourut en 1759, n'ayant pas, à ce qu'il semble, beaucoup
avancé sa tâche, qui fut alors confiée à deux autres membres
de l'Académie, l'abbé Sallier, qu'a surtout rendu célèbre
sa découverte des poésies de Charles d'Orléans, et Jean Capperonnier, professeur de grec au Collège de France, connu
jusque-là par des éditions d'écrivains classiques. Ils tra-
vaillèrent avec activité; mais Sallier ne vit pas l'édition, qui
parut en 1761 : il était mort quelques mois auparavant, et
ce fut Capperonnier seul qui rédigea la préface et la dédicace au roi. Dans cette magnifique édition, qui réunit au
livre de Joinville l'histoire de saint Louis par Guillaume de
Nangis dans la version française et l'écrit du Confesseur
de la reine Marguerite, les éditeurs ont reproduit avec une

fidélité qui mérite des éloges, bien qu'elle ne soit pas aussi minutieuse que celle qu'on exige aujourd'hui, le texte du manuscrit de Bruxelles; ils se sont contentés de mettre en note un
assez petit nombre des variantes du manuscrit de Lucques,
pour lequel ils expriment un dédain qu'explique leur estime
exagérée de l'autre. Malgré cette erreur d'appréciation et de
méthode, l'édition du Louvre offrait le texte de Joinville
dans une forme bien plus voisine de l'original que celle
qu'avaient fait connaître les éditions précédentes.

Aussi semble-t-il que ce texte dût désormais servir de base
à toutes les éditions où l'on n'entreprendrait pas une nouvelle revision critique. Cependant Perrin et Roucher, dans
leur Collection universelle des Mémoires relatifs à l'histoire
de France, dont les trois premiers volumes sont consacrés
à Joinville, ont réimprimé le texte de Du Cange, en mettant
en appendice ce qui ne se trouve que dans l'édition de 1761[1].
Petitot, « tout en étant convaincu que le texte donné par
« Capperonnier se rapproche plus de l'original », a cru devoir préférer le texte de Du Cange, « comme étant d'une
« lecture plus facile ». Les collections de Michaud et Pou-
joulat et de Buchon ont, avec plus de raison, reproduit le
texte de Capperonnier.

Il est inutile d'énumérer ici d'autres éditions isolées, qui
n'apportent rien de nouveau. En 1830, M. Francisque
Michel, alors tout jeune, imprima pour la « Bibliothèque
« choisie », dirigée par M. Laurentie, le premier volume d'une
édition encore plus rigoureusement conforme que celle de
1761 à la lettre du manuscrit de Bruxelles. La révolution
de juillet empêcha la continuation de la Bibliothèque choisie
et l'impression du second volume. Les feuilles qui composaient le premier furent réimprimées telles quelles dans
l'édition que le même savant donna en 1858 à la librairie

---

[1] C'est l'édition de Perrin qui a servi
de base à la traduction anglaise de
Th. Johnes (Londres, 1807). Le traducteur allègue « la difficulté, ou plutôt l'im-
« possibilité de lire le texte de l'édition
« de 1761 ». Johnes a aussi traduit les
dissertations de Du Cange, les deux mémoires de La Bastie, etc. Nous ne savons si la traduction qui fait partie de
l'*Antiquarian Library* de Bohn (t. VI) est
une réimpression de celle de Johnes ou
une traduction nouvelle.

Didot; pour les compléter, il reproduisit purement et simplement le texte de l'édition de l'Académie, publiée dans
l'intervalle, avec les variantes du manuscrit de Lucques,
absentes des 140 premières pages. Francisque Michel a mis
au bas des pages des notes explicatives qui, bien qu'elles ne
soient pas exemptes d'erreurs, facilitent la lecture du texte.

La seule édition qui compte de 1761 à 1867 est celle
que donna l'Académie en 1840, et qui est due entièrement
à Daunou, lequel mourut en cette même année. Daunou
s'en tient, pour l'appréciation des deux manuscrits qu'il avait
à sa disposition, au jugement de ses prédécesseurs; mais il
n'a pu ne pas reconnaître que le manuscrit de Lucques
offrait parfois des leçons évidemment préférables à celles du
manuscrit de Bruxelles, et il en a introduit quelques-unes
dans le texte; en outre, il a communiqué de ce même manuscrit beaucoup plus de variantes que ne l'avaient fait ses
prédécesseurs. Son édition marque donc un progrès réel,
mais on ne peut pas encore la qualifier de vraiment critique.

Ce titre appartient pleinement, au contraire, aux éditions
successives que l'on doit à M. Natalis de Wailly. Il avait, en
1865, traduit, ou plutôt « rapproché du français moderne
« et mis à la portée de tous » le livre de Joinville, avec une
fidélité scrupuleuse et une remarquable habileté, dans un
petit volume qui a pleinement atteint le but que se proposait l'auteur, car il n'a cessé de se réimprimer depuis lors.
Il avait suivi docilement l'édition Daunou, si ce n'est qu'il
avait admis un plus grand nombre de variantes tirées du
manuscrit de Lucques. C'est en faisant ce travail que l'idée
du véritable rapport des manuscrits lui apparut et s'imposa
de plus en plus à son jugement. « Il m'avait fallu, a-t-il dit
« plus tard (éd. de 1868, p. XIII), m'engager dans cette
« voie le jour où j'avais entrepris de mettre Joinville à la
« portée de tous, en le rapprochant du français moderne.
« Il ne suffisait pas alors de saisir le sens général d'une
« phrase : il fallait la discuter dans tous ses détails, et en
« vérifier successivement chaque mot. » Obligé d'avoir re-

XIVᵉ SIÈCLE.

Voir Bibl. de
l'École des Ch.,
6ᵉ sér., t. I, p. 506.

416   JEAN,

cours plus fréquemment qu'il n'avait cru devoir le faire aux
leçons du manuscrit de Lucques, il se demanda si cette
supériorité fréquente d'un manuscrit si récent se conciliait
avec l'autorité et même avec la date assignées au manuscrit
de Bruxelles, et il en vint sans doute d'autant plus facilement à partager sur ce point l'avis de M. Paulin Paris que
sa science paléographique devait l'empêcher d'attribuer ce
manuscrit à l'an 1309. Mais ce qui lui appartient en propre,
et ce qui a fourni une base assurée à la reconstitution critique du texte, c'est la constatation du rapport qui existe
entre les formes grammaticales de A et celles de BL, tel que
nous l'avons exposé plus haut. Du moment que les manuscrits BL, bien que datant du xvie siècle seulement et considérablement rajeunis pour la langue, avaient conservé, grâce
à l'inintelligence de l'auteur de la copie dont ils dérivent,
des formes plus archaïques que le manuscrit du xive siècle,
et notamment des traces visibles de l'ancienne déclinaison
effacées dans celui-ci, il était clair que A d'un côté et BL de
l'autre remontaient à un original plus ancien que A, et
qu'on devait s'efforcer de restituer cet original par la comparaison des deux dérivations indépendantes qui nous en
sont parvenues. C'est ce qu'essaya une première fois M. de
Wailly dans l'édition qu'il donna à la librairie Leclère en
1867, et dans laquelle il tint, conformément à ce raisonnement, un compte beaucoup plus grand qu'on n'avait
fait jusque-là des leçons de BL, ne se contentant pas de les
adopter quand celles de A étaient visiblement fautives, mais
choisissant, en principe, librement, dans chaque cas de divergence, la leçon de A ou celle de BL, suivant qu'elle lui
semblait meilleure. Nous disons: « en principe »; en fait, l'habitude de regarder A comme préférable à BL à cause de
son ancienneté, la survivance du respect qui s'était longtemps attaché à ce manuscrit, ont fait que le savant éditeur, non seulement dans cette édition, mais dans celles
qu'il a données ensuite, n'a peut-être pas suivi le système
inauguré par lui avec toute la conséquence qu'il compor-
tait. Mais il ne s'agit que de détails, et en somme, grâce à

l'emploi fait pour la première fois avec méthode des manuscrits du XVIe siècle, cette édition, pour les leçons, donnait déjà un texte de Joinville bien plus voisin de l'original que celles qui l'avaient précédée.

Il était un point, toutefois, sur lequel M. de Wailly n'avait pas osé tirer toutes les conséquences logiques du principe qu'il avait posé. C'était surtout par la comparaison des formes du langage, et notamment de la déclinaison, qu'il était arrivé à reconnaître que A et BL remontent à un original plus ancien que l'un et l'autre, et cependant il avait maintenu dans son édition les formes du manuscrit A, convaincues de rajeunissement par le rapprochement des formes archaïques qui subsistent dans BL. Ce n'était pas qu'il ne vît clairement où devait le conduire sa belle découverte : c'était par une circonspection toute scientifique que, provisoirement, il croyait devoir agir ainsi. On ne se trompera pas en cherchant l'expression de sa pensée dans ce qu'écrivait, au sujet de l'édition de 1867, un critique qui était certainement au courant de cette pensée : « Puisqu'il « est avéré que le copiste du ms. A a rajeuni le texte de Join- « ville d'environ un demi-siècle, le devoir de la critique est de « vieillir la langue du manuscrit dans la même proportion. « M. de Wailly a reculé devant cette tâche, et, quant à pré- « sent, on ne saurait l'en blâmer. S'il ne s'agissait que de « rétablir partout la déclinaison à deux cas, l'entreprise serait « facile, et les preuves recueillies par l'éditeur suffiraient « amplement à la légitimer. Mais il est clair que lorsque l'on « se propose la restitution grammaticale d'un texte, on ne « peut se borner à restituer la déclinaison seule. Or il sub- « siste en ce qui concerne les autres parties de la grammaire, « notamment pour la conjugaison, beaucoup d'incertitudes « que la comparaison des manuscrits ne saurait faire cesser. « Mais il est une voie détournée par laquelle on arrivera « probablement à éclaircir tous les doutes qui restent sur la « langue de Joinville : l'étude des documents diplomatiques. « M. de Wailly a réuni un assez grand nombre de chartes « émanées de Jean de Joinville, et il prépare, à l'aide de ces

Rev. crit., 1867, t. 1, p. 90.

418   JEAN,

« éléments nouveaux, un mémoire sur la langue de ce per-
« sonnage. C'est alors seulement qu'on pourra entreprendre
« avec méthode la restitution du texte de Joinville. »

En effet, dès 1867, M. de Wailly publiait dans la Bibliothèque de l'École des chartes (6e série, t. III) une collection
d'actes émanés de la chancellerie de Jean de Joinville, et en
1868, dans le même recueil (6e série, t. IV), un Mémoire
sur la langue de Joinville, dont il devait donner, en 1870,
une édition revue dans les Mémoires de l'Académie des inscriptions. Ce mémoire est d'autant plus remarquable qu'il
est l'œuvre d'un savant qui, voué jusqu'alors aux pures
études historiques et diplomatiques, faisait son apprentissage de philologue. Sans chercher à s'approprier les méthodes et les résultats acquis par la science philologique,
ne s'aidant que de ses connaissances générales de grammaire
et de ses habitudes de judicieuse critique, M. de Wailly
avait uniquement cherché à donner une base solide à la
restauration qu'il voulait tenter de la langue de Joinville;
et, — bien qu'on puisse relever dans son travail quelques
erreurs dans les appréciations ou les hypothèses qui s'écar-
tent de ce qui en fait le thème essentiel, — il y avait pleinement réussi. Il était parti de cette idée, que Joinville avait
dicté et non écrit son livre, qu'il l'avait naturellement dicté
à un des clercs de sa chancellerie, et que, par conséquent,
on devait retrouver dans les nombreux actes en langue vulgaire provenant de cette chancellerie qui nous sont arrivés,
les habitudes grammaticales et orthographiques suivies dans
la dictée originale et dans les copies qui en furent faites au
château de Joinville. Il avait donc relevé tous les mots des
trente-deux chartes (dont quelques-unes fort longues) publiées par lui, et il les avait classés suivant les catégories
grammaticales auxquelles ils appartiennent; il avait rapproché les formes ainsi obtenues de celles du manuscrit du
Credo, de l'épitaphe de Jofroi III, des quelques lignes autographes de Joinville, et enfin des vestiges d'archaïsme sub-
sistant dans les manuscrits A et BL; et ainsi, avec une
prudence et une rigueur d'induction qui défiaient tout re-

proche de témérité, il avait établi l'usage suivi, avec une
régularité plus grande même qu'il ne l'avait cru avant cette
étude, dans la chancellerie du sénéchal de Champagne. Il
avait, du même coup, fourni à la grammaire du français
au XIIIe siècle une contribution des plus importantes.

Avec une admirable activité, M. de Wailly mit aussitôt
en pratique le précieux résultat qu'il venait d'obtenir. Dès
cette même année 1868, il publiait pour la Société de l'histoire de France une nouvelle édition du livre de Joinville,
où, sans modifier pour les leçons le texte de la précédente,
il avait rétabli les formes grammaticales et orthographiques
dont ses patients dépouillements lui avaient permis d'affirmer l'existence dans le manuscrit original. Dans sa préface,
il justifiait ce système, dont la hardiesse était alors une nouveauté, non seulement dans la publication de Joinville, mais
dans l'ensemble des publications de vieux textes français.
Ses raisons étaient si bonnes, sa méthode si sage, ses preuves
si abondantes, que son système ne rencontra que l'adhésion
de la critique[1].

Aussi M. de Wailly, en 1874, donna-t-il une nouvelle
édition, accompagnée de la traduction comme l'avait été la
première, et qui, publiée par la maison Didot dans une
collection de luxe, se présenta avec des illustrations intéressantes, des éclaircissements plus multipliés qu'auparavant,
et, comme la précédente, avec un vocabulaire minutieusement complet où les formes données par les manuscrits
étaient enregistrées à côté des formes rectifiées adoptées dans
le texte. Cette belle publication donna lieu à un compte
rendu dans lequel on contesta la classification des manuscrits A et B L adoptée par M. de Wailly, et l'on s'efforça
d'établir, par la constatation de fautes communes à ces deux

Romania, t. III,
p. 401-413.

---

[1] Nous ne voyons que l'auteur de l'article Joinville dans la neuvième édition
de l'*Encyclopædia Britannica* (M. Georges
Saintsbury) qui ait trouvé les innovations
de M. de Wailly « considérables, mais
« contestables ». Cela prouve simplement
qu'il n'a pas suivi d'assez près la démonstration du savant français. En tout cas,
il a tort de dire que, « pour le lecteur or-
« dinaire », l'édition de Michaud et Pou-
joulat suffit parfaitement; car, sans parler
des formes du langage et de l'orthographe, M. de Wailly a amélioré les leçons en une foule d'endroits.

420 JEAN,

familles, qu'elles remontaient toutes deux à l'exemplaire
offert par Joinville à Louis X. On proposait en même temps
un certain nombre de corrections à ces fautes; enfin on engageait le savant éditeur à tirer jusqu'au bout les conséquences de sa méthode, et à régulariser l'orthographe inté-
rieure des mots comme il avait fait celle des finales. M. de
Wailly n'accepta qu'en partie ces diverses suggestions. Il
maintint son système sur le rapport des manuscrits et le
développa même en rapportant, comme on l'a vu, T (qu'il
avait laissé en dehors de ses recherches précédentes) à la
dictée du clerc, B L au manuscrit resté au château de Joinville, A au manuscrit de Louis X. Nous avons dit plus haut
ce qui nous empêche de nous ranger à cette manière de
voir. En ce qui concerne l'orthographe dite « d'usage », M. de
Wailly, dans une addition au Mémoire sur la langue de Joinville publiée en 1883, s'est attaché à montrer qu'elle était
fort variable dans la notation des clercs employés par Joinville et même dans celle d'un seul et même clerc, et il en a
conclu qu'une restitution critique manquerait de base; mais
on peut répondre qu'il y a moyen, par l'étude de l'histoire
phonétique et graphique du français, de choisir pour chaque
voyelle ou consonne, pour chaque groupe de voyelles ou de
consonnes, entre les notations diverses que présentent les
textes, celle qui répond le mieux à l'usage général du temps
et du pays auxquels ils appartiennent, et surtout qu'on ne
voit pas pourquoi, dans une édition critique, on adopte-
rait, avec toutes ses variations, la notation du manuscrit A,
postérieur de plus d'un demi-siècle à Joinville, notoire-
ment rajeuni dans ses formes, et dont on abandonne l'orthographe pour les finales. C'est d'ailleurs une question de
peu d'importance, et qui n'empêche pas l'édition de 1874
et surtout celle de 1881 de nous donner une image généralement très fidèle de ce qu'a dû être le manuscrit offert
par Joinville au roi de Navarre.

Cette édition de 1881, la dernière qu'ait publiée M. de
Wailly, parue à la librairie Hachette, est une petite édition
dite « classique. » Elle ne contient ni la traduction, ni les

Bibl. de l'Éc. des
chartes, t. XLIV,
p. 12-25.

Éclaircissements, et ne donne que quelques notes sommaires et un petit glossaire choisi. Le texte a été soigneusement revu, et l'éditeur y a introduit plusieurs des corrections qui lui avaient été proposées. Cette petite édition a été, depuis 1881, réimprimée à plusieurs reprises, et grâce à elle le texte de Joinville s'est de plus en plus répandu dans le public.

Il n'a point paru depuis lors d'autre édition de ce texte, car celle qu'a donnée M. Delboulle à la librairie Paul Dupont en 1883 n'est, sauf les notes grammaticales, qu'une reproduction de la grande édition de M. de Wailly, revue, bien que l'éditeur ait oublié de le dire, au dernier moment sur celle de 1881. Nous pourrions mentionner plusieurs extraits du livre de Joinville insérés, en ces dernières années, dans des recueils destinés à l'enseignement; mais le texte en est généralement emprunté tel quel à M. de Wailly, et par conséquent n'offre pas d'intérêt. Nous nous permettrons de signaler les extraits qui ont paru d'abord, en 1885, avec des extraits de la Chanson de Roland, puis, en 1892, avec d'autres extraits de chroniqueurs français, dans la même collection classique où avait été publiée la dernière édition de M. de Wailly. On s'y est efforcé de régulariser l'orthographe dans tous ses détails et on a pu apporter encore quelques menues corrections au texte, notamment en ce qui concerne la forme des noms de lieux, souvent altérés dans les manuscrits, et que M. de Wailly n'avait que rarement cru devoir rectifier. On ne pourra guère apporter à une édition subséquente de Joinville que de ces perfectionnements de détail, et peut-être améliorer çà et là le texte en soumettant les trois recensions A, BL et T à une comparaison plus complète et plus minutieuse encore, ce qui amènera sans doute à donner un peu plus fréquemment la préférence au texte de la famille x sur celui du manuscrit A. Mais, en somme, c'est toujours à M. de Wailly qu'appartiendront l'honneur et le mérite de nous avoir rendu, après tant d'efforts séculaires, le véritable texte d'un des livres les plus intéressants de notre ancienne littérature et les plus importants pour notre histoire.

Nous devons encore mentionner un volume publié en
1883, à Bruges et à Lille, par la « Société de Saint-Augus-
« tin » sous ce titre : « Histoire de S. Louis, par Jean sire de
« Joinville. Texte rapproché du français moderne par G. Mail-
« hard de la Couture (in-8°). » L'auteur de cette traduction
ne paraît pas avoir connu celle que M. de Wailly a pourtant imprimée trois fois avec des améliorations successives;
il a suivi l'édition de 1868, qui ne contient que le texte.
Son rajeunissement, moins scrupuleusement exact que celui
de M. de Wailly, et qui présente une ou deux omissions vo-
lontaires, est accompagné de quelques notes et appendices.
Les trois traductions allemandes dont on trouvera l'indication dans le livre de M. Potthast ont été faites avant les
travaux de M. de Wailly; nous ne savons s'il en est de
même de la traduction italienne parue en 1872. Nous avons
parlé plus haut des traductions espagnole, latine et an-
glaises.

Il nous reste à dire un mot des doutes qu'à plusieurs reprises on a élevés sur l'authenticité plus ou moins entière
de ce livre. Le paradoxal jésuite Jean Hardouin fut le premier à la contester, et il le fit sans réserve, scandalisé qu'il
était par les passages où Joinville nous montre la libre attitude de saint Louis en face du clergé, et frappé à juste titre
de l'apparence moderne du langage et de certains anachronismes. Ses « Observations sur l'Histoire de Joinville » ne
furent publiées qu'après sa mort, en 1733; elles furent ré-
futées en 1738 par Bimard de La Bastie, dans un mémoire,
fort estimable à plusieurs égards, qui est inséré dans le recueil de l'Académie des inscriptions (t. XV, p. 692). Ni les
attaques du P. Hardouin ni les répliques de Bimard de La
Bastie n'ont du reste conservé beaucoup d'intérêt, les unes
et les autres s'appliquant au texte des premières éditions,
c'est-à-dire de la traduction du XV° siècle ou même de l'arrangement interpolé d'Antoine Pierre. Toutefois, dans une
seconde dissertation (t. XXIV, p. 126), imprimée en 1745,
La Bastie signalait, comme nous l'avons dit, la découverte
du manuscrit de Lucques et en demandait l'acquisition par

XIVe SIÈCLE.

la Bibliothèque du Roi, sans avoir eu le loisir de l'étudier et d'en tirer pour sa thèse le parti qu'il aurait pu en tirer.

Voltaire, qui semble n'avoir pas connu la dissertation de La Bastie ni même les éditions de Ménard et de Du Cange, et n'avoir lu Joinville que dans le texte refait d'Antoine Pierre, a parfaitement distingué le fond de la forme. « Nous « n'avons pas, a-t-il dit, la véritable Histoire de Joinville, « mais seulement une traduction infidèle du temps de Fran- « çois Ier d'un écrit qu'on n'entendrait aujourd'hui que très « difficilement. » Mais, tout en contestant l'exactitude d'un fait particulier rapporté par Joinville, il reconnaît combien « tout ce que raconte un homme de son caractère a de « poids ».

En 1867, l'année même de la première édition de **M. de** Wailly, parut dans la Revue archéologique une dissertation posthume de Charles Corrard, professeur de l'Université, publiée par les soins de son ami, notre regretté confrère Charles Thurot. Ces observations ne ressemblent pas à celles du P. Hardouin. Corrard se garde bien de soutenir que tout le livre de Joinville est un roman fabriqué longtemps après sa mort; il apprécie parfaitement la saveur inimitable et si personnelle de ce style que nul faussaire n'aurait pu contre-faire et de ces récits tout imprégnés de vérité; seulement il croit que le texte a été non seulement altéré, mais gravement interpolé. Ses remarques sont souvent justes, et il a le mérite d'avoir signalé le premier un certain nombre de fautes qui ont été corrigées depuis soit par conjecture, soit à l'aide des manuscrits B L, et d'avoir démontré que le ms. A ne sau-rait être, vu ses erreurs multiples, l'original de l'auteur. Mais il pousse sa critique beaucoup trop loin, et il ne se place pas au vrai point de vue. Il est choqué, et à bon droit, des répétitions inutiles; mais au lieu de les expliquer, comme il faut le faire, par les conditions toutes particulières où Joinville a exécuté son travail, il les regarde comme des additions qui auraient passé de la marge dans le texte, ad-ditions d'un lecteur qui se plaisait à écrire à côté d'un pas-sage du livre un autre passage, pris plus haut ou plus bas,

Rev. arch., N. S., t. XV, p. 167-233.

qui lui semblait avoir quelque analogie avec celui qu'il lisait. Il a voulu de même dégager le texte de confusions ou de superfluités qui souvent sont très réelles, mais qui sont imputables à la négligence de l'auteur; il en attribue plus d'une à des gloses marginales introduites dans le texte : procédé séduisant, mais dangereux, dont la critique de notre siècle a beaucoup abusé pour les auteurs de l'antiquité, et qui est encore moins à sa place avec ceux du moyen âge. En général, Corrard, esprit nourri de la lecture réfléchie des classiques anciens et modernes, apporte à celle du livre de Joinville des exigences trop rigoureuses; il requiert du bon sénéchal un ordre, une logique, une sobriété qui n'étaient pas son fait, ni celui de la plupart de ses contemporains. En outre, bien qu'il ait parfois profité des variantes du ms. L, Corrard ne s'est pas posé la question de savoir dans quel rapport ce manuscrit est avec A, et si l'on peut admettre entre A et la source de L un intermédiaire où se seraient produites les altérations et les interpolations qu'il croit relever. De celles-ci, au moins, aucune ne saurait être admise aujourd'hui, et M. de Wailly, en rendant justice aux mérites de la dissertation de Corrard, s'est borné à opposer à ses conclusions une sommaire fin de non-recevoir.

Corrard ne voyait dans les interpolations qu'il admettait que des fantaisies d'annotateurs ou de copistes; il ne les regardait pas comme intentionnelles. Il n'en fut pas de même du P. Cros, qui, en 1872, dans un ouvrage intitulé « Vie « intime de saint Louis », mû par les mêmes scrupules que le P. Hardouin, mais sans aller aussi loin que son célèbre confrère, révoqua en doute, au moins partiellement, l'authenticité du Livre de saint Louis. D'après lui, ce livre aurait été l'objet et d'additions et de suppressions frauduleuses, ayant toutes pour but, ou au moins pour résultat, de diminuer la grandeur et la pureté de la figure de Louis IX, soit par des anecdotes sur sa vie privée indignes de sa sainteté, soit par le récit de ses prétendus différends avec le clergé. Une partie de ces attaques, que l'auteur ne justifiait d'ailleurs que par sa conviction intime et par une

vague suspicion jetée sur la transmission du texte de Joinville, porte sur la rédaction des Enseignements de saint
Louis qui y est insérée; elle a perdu tout intérêt pour Joinville, maintenant qu'il est constaté que cette rédaction est
empruntée telle quelle à un manuscrit des Chroniques de
Saint-Denys. Le reste mérite peu d'être réfuté : les passages
qui déplaisent au P. Cros sont assurément parmi ceux où
l'on reconnaît le mieux le tour familier et les expressions du
sénéchal de Champagne. M. de Wailly s'émut, plus peut-être
qu'il ne valait la peine de le faire, des allégations du P. Cros,
et y répondit avec vivacité dans le mémoire où il combattait
en même temps, mais sur un tout autre ton, la thèse de
M. Viollet relative aux Enseignements. De son côté, M. Marius Sepet expliquait au P. Cros, dans un article de la Revue
des questions historiques, les raisons qui devaient le faire
renoncer à son opinion. Mais celui-ci, s'il l'atténua dans la
forme, ne la modifia pas dans le fond : une réponse qu'il
fit à son contradicteur lui attira une réplique de M. Sepet
et des remarques sévères de M. de Wailly dans la préface
de l'édition de 1874. Les deux défenseurs de Joinville
puisaient, il est vrai, leur principal argument dans l'hypothèse d'après laquelle les mss. BL représentent le manuscrit
personnel de Joinville, tandis que A représente le manuscrit offert à Louis X; et cette hypothèse, nous l'avons
vu, peut difficilement se soutenir. Toutefois le P. Cros
aurait eu tort de triompher si on lui avait appris que
L et B remontent, suivant toute vraisemblance, au même
manuscrit que A, c'est-à-dire au manuscrit royal; en effet
ils en dérivent indépendamment, et ce manuscrit n'a subi,
pour passer dans l'une ou l'autre des deux familles qui le
représentent, aucune sorte d'interpolation. Il contenait déjà
quelques fautes et offrait quelques lacunes, mais ce sont
les fautes et les omissions ordinaires des copistes, et elles
ne touchent en rien, sauf la perte de quelques membres
de phrase, à l'intégrité d'un texte qui est désormais, on
peut le dire avec confiance, à l'abri de toute attaque.

 L'authenticité complète du livre de Joinville étant dûment

Rev. des quest.
hist., t. XII (1872),
p. 220-232.

Rev. des quest.
hist., t. XIII (1873),
p. 229-239.

IMPRIMERIE NATIONALE.

établie, il reste à étudier ce livre en lui-même, à en examiner la composition, à en déterminer la date, à en apprécier la véracité, à en indiquer le mérite historique et littéraire. C'est la tâche que nous allons entreprendre.

S'il faut en croire Joinville (§ 2), Jeanne de Champagne, reine de France, l'avait prié de lui faire « un livre des saintes « paroles et des bons faiz nostre saint roi Looïs », et il le lui avait promis; la reine étant morte (1305) avant l'achèvement du livre, il l'offrit à son fils Louis, alors roi de Navarre et comte de Champagne, plus tard roi de France sous le nom de Louis X. Pour répondre au désir de la reine, il aurait suivi un plan mûrement médité, consistant à mettre dans un premier livre les paroles, dans un second les actions du saint roi et sa fin. On remarque tout d'abord, dans l'exécution de ce plan, une disproportion singulière : le premier livre comprend (d'après la division en paragraphes introduite par M. de Wailly) 49 paragraphes (19-67), le second près de 700 (68-765). Mais en outre, au moins dans le second livre, le plan n'est nullement suivi. Après quelques anecdotes rattachées à la jeunesse de saint Louis (68-105), mais dont une bonne partie ne le concerne en rien, le récit de la croisade, qui prit six années d'un règne de quarante-quatre ans, occupe une place absolument démesurée (§§ 106 à 662); puis vient une fin assez incohérente, relative à la vie du roi de 1254 à 1270. On y trouve quelques souvenirs personnels très intéressants, mais, à côté de cela, des répétitions à peu près textuelles de la première partie[1]. Enfin, ne sachant plus trop que dire, l'auteur prend un « romant » qui lui était tombé sous la main, à savoir une rédaction française des Chroniques de Saint-Denys, où avait passé une partie de la Vie de saint Louis par Jofroi de Beaulieu, et il en fait bravement copier des chapitres entiers (§§ 692-729, 739-

[1] Voir les paragraphes 294 et 688 (lavement des pieds des pauvres), 61-64 et 669-671 (résistance de saint Louis aux prétentions des prélats), 65 et 678-679 (la paix avec le roi d'Angleterre). Ces répétitions n'ont aucune excuse; celles qui se rencontrent entre la première partie et le récit de la croisade (39 et 634, 55 et 657) s'expliquent par le mode de composition du livre.

755, 758), y compris l'Ordonnance sur l'organisation judi-
ciaire du royaume et (dans un texte probablement interpolé)
les Enseignements de saint Louis à son fils.

Cet examen permet déjà de conjecturer que le morceau
central, le récit de la croisade, a dû exister à part, et qu'il constitue de véritables mémoires qui n'avaient pas du tout été
écrits spécialement en vue de la glorification de saint Louis.
Le récit s'attache en effet constamment à la personne de Joinville : il nous donne sur ses aventures, sur ses embarras, sur
sa manière de vivre des détails qui n'ont absolument rien à
faire avec saint Louis; celui-ci n'est jamais l'objet principal
de la narration, et elle ne s'occupe de lui que quand Joinville se trouve en sa compagnie. Ce sont donc des souvenirs personnels que le sénéchal avait rassemblés [1], souvenirs
dans lesquels le roi jouait naturellement un grand rôle.
C'étaient ces souvenirs que, devenu vieux, il se plaisait à
débiter « es chambres des dames », et c'est certainement en
l'entendant les conter que la reine Jeanne eut l'idée de lui
demander un livre sur les actions et les paroles mémorables
du roi qu'il avait tant aimé et si intimement connu. Joinville
avait sans doute rédigé depuis longtemps, à cette époque, ses
mémoires sur la croisade; il en a fait, sans les reviser d'ailleurs pour cette nouvelle destination (sauf quelques petites
additions), le noyau de son livre, qu'il a voulu néanmoins
composer avec art; mais, âgé alors de plus de quatre-vingts
ans, et peu expert dans cet art qu'il prétendait appliquer
(comme le montre le désordre de ses Mémoires eux-mêmes),
il n'y a pas réussi. La première partie, consacrée aux vertus
de saint Louis (et pas seulement à ses paroles), se tient assez
bien, et le commencement de la seconde, quoique décousu
et plein de digressions, répond encore à peu près au plan an-.

[1] Voici un passage qui fait voir clairement que le véritable sujet du livre était
Joinville lui-même. A propos des Tartares, il dit qu'il ne veut pas conter pour
le moment les merveilles qu'il en sait,
« pour ce que il me convenroit de rompre
« ma matiere que j'ai commenciee, qui
« est tés » (§ 135). Or cette « matiere » à
laquelle il revient, c'est son désarroi
financier en Chypre : « Je, qui n'avoie
« pas mil livrees de terre », etc. A plusieurs reprises encore il nous parle de
« sa matiere » (§§ 187, 249, 280, 287),
et ce n'est jamais du roi qu'il s'agit.

428   JEAN,

noncé ; mais la fin, sauf ce qui regarde l'attitude de Joinville lors de la deuxième croisade, n'est qu'un amas de souvenirs confus déjà en bonne partie consignés au début de son
livre ; quand il n'a plus rien trouvé dans sa mémoire, il a
péniblement achevé son œuvre en y cousant quelques pages
empruntées, et il l'a couronnée par la touchante histoire
du songe où saint Louis lui apparut, et par la déclaration
qu'il ne garantissait que les choses qu'il avait vues ou entendues, et non celles qu'il avait prises dans le « romant » en
question. Cette œuvre confond donc deux œuvres distinctes,
dont nous parlerons séparément : les mémoires de Joinville
sur la croisade de 1248 et ses souvenirs sur Louis IX. Elles
n'ont pas été composées à la même date et ne présentent pas
le même caractère.

Nous avons dit plus haut que le récit de la croisade était
sans doute déjà rédigé depuis longtemps quand Joinville
entreprit le livre sur saint Louis où il l'inséra. Diverses circonstances tendent en effet à faire croire qu'il l'était depuis
une trentaine d'années. Tandis que, dans les paragraphes
antérieurs ou postérieurs à ceux qui le constituent, le roi est
souvent appelé le « saint roi » (§§ 19, 35, 43, 50, 78, —
678, 679, 685, 757), « nostre saint roi » (738), « le saint
« homme » (20, 58), et même « saint Louis » (2), il n'est jamais nommé dans ce morceau, qui fait à lui seul les cinq
septièmes de l'ouvrage, que « le roi » ou tout au plus « le bon
« roi » (§ 342). Une seule fois, au paragraphe 207, nous
lisons « nostre saint roi », et ce paragraphe, qui interrompt le
récit, paraît bien avoir été ajouté après coup par suite d'une
réminiscence venue à l'auteur en se relisant. Tandis qu'avant
et après le récit de la croisade nous trouvons intimement
mêlées au texte des allusions à des événements de 1298,
1299, 1301 et même 1305, celles du même genre que nous
rencontrons dans ce récit ont toutes le caractère d'additions
postérieures. C'est ainsi que le paragraphe 613, rattaché à
une conversation de Joinville avec le légat Eudes de Châteauroux, et contenant un jugement et une prédiction terrible de celui-ci sur les habitants d'Acre, a été inséré après

la chute de cette ville en 1291 (§ 613); qu'au nom de la
reine Marguerite on a ajouté, après sa mort en 1295, la
formule consacrée : « que Dieus absoille! » (§ 400), et que
Joinville, relisant le passage où il parle de la nef d'argent,
ex-voto de la reine, qu'il avait portée à Varangéville, a ajouté :
« Et encore la vi je a Saint Nicholas quant nous menames la
« serour le roi a Haguenoe au roi d'Allemaigne », c'est-à-dire
en 1300 (§ 633). Les allusions qui font vraiment corps
avec le récit concernent la mort de la mère de Joinville en
1260 (§ 112), son second mariage en 1261 (§ 466), la
guerre d'Arménie de Bondocdar en 1265 (§ 286) et la
mort du duc Hugues IV de Bourgogne en 1272 (§ 555).
Cette dernière mention est particulièrement intéressante :
Joinville dit en effet, en parlant du duc Hugues III, qu'il
était « l'aïeul cesti duc qui est mort nouvellement ». Daunou,
s'appuyant sur cet adverbe, avait dit que Joinville écrivait
son livre peu après 1272, oubliant, comme le remarque
M. de Wailly (édit. de 1874, p. 481), qu'il en avait, d'après
d'autres données expresses, fixé la composition à l'an 1305.
M. de Wailly, qui regardait le livre de Joinville comme
écrit tout d'un tenant, s'est trouvé fort embarrassé par la
contradiction de ces deux passages : il a essayé de tout concilier en supposant que « nouvellement » signifiait « en der-
« nier », et que Joinville, écrivant en 1305, pouvait dire
que Hugues IV, mort trente-trois ans auparavant, était mort
« nouvellement », parce qu'il était le dernier duc de Bourgogne qui fût mort; mais le savant critique n'a pu trouver
aucun autre exemple de cet emploi du mot « nouvellement »,
et il reconnaît lui-même que, dans les deux autres cas où
Joinville s'en sert en l'unissant au mot « mort », il a bien
son sens ordinaire de « tout récemment ». Peu satisfait de
cette explication, il en a proposé une autre (et c'est celle
qu'il a adoptée dans son édition de 1881) : il s'agirait
non de Hugues IV, mais de son fils Robert II, mort en mars
1306; mais, d'une part, Joinville dit que Hugues III était
l'aïeul et non pas le bisaïeul du duc mort « nouvellement »;
d'autre part, il résulte d'un passage que nous citerons plus

430   JEAN,

tard que la composition définitive du livre est antérieure au
mois de décembre 1305. Le plus naturel est donc de penser que le passage où il est fait allusion à la mort du petit-
fils de Hugues III en 1272, et avec lui tout le récit de la
croisade, a été écrit peu de temps après cette date, et qu'en
l'incorporant au Livre de saint Louis Joinville a négligé de
modifier le mot « nouvellement ».

Il était important de montrer que le récit de la croisade,
dans le livre de Joinville, n'a pas été écrit pour faire partie d'une vie de saint Louis et qu'il a tout le caractère de
mémoires personnels. On s'en explique ainsi bien mieux
toute l'allure, et l'on peut absoudre l'auteur de certains reproches qu'il mériterait pleinement s'il prétendait être un
véritable historien. On s'est étonné, par exemple, et à bon
droit, que le biographe de saint Louis croie devoir nous
instruire en grand détail de ses arrangements de ménage en
Syrie, ou s'amuse à nous raconter les tours puérils que lui
jouait le comte d'Eu : rien de plus naturel chez un auteur
de mémoires. On a signalé avec raison le peu de clarté du
récit que fait Joinville de la bataille de la Mansourah, et on
l'a opposé au tableau beaucoup mieux ordonné qu'en a
tracé Jean Sarrazin; mais, si l'on suit avec attention le récit
de Joinville, on voit qu'il parle uniquement de ce qu'il a
fait dans cette journée; et l'on sait qu'un combattant, même
des plus actifs, ne saisit jamais la marche générale et les
phases diverses de la bataille à laquelle il prend part. En
revanche, nous pouvons saluer dans l'œuvre de Joinville le
premier échantillon de ce genre si français des mémoires,
dans lequel il devait avoir beaucoup de successeurs, dont
aucun ne l'a surpassé pour la franchise et le naturel. En
effet, des trois œuvres antérieures à la sienne qu'on peut être
tenté de comparer à celle-ci, une seule offrirait sans doute un
caractère très semblable, si elle nous avait été conservée dans
son intégrité : nous voulons parler du livre où Philippe de
Novare, vers 1245, avait raconté sa jeunesse, son départ de
la Lombardie, sa vie en Orient et la part qu'il avait prise aux
guerres de Chypre et de Syrie; la seule partie qui nous en

reste, tout en ayant un caractère personnel, est consacrée
à de trop grandes affaires politiques et militaires pour que
les détails intimes y tiennent une place quelconque. Le livre
de Villehardouin n'est nullement « dicté » pour nous faire
connaître les aventures et les impressions de l'auteur, qui y
apparaît à peine : c'est avant tout, comme on l'a très justement
remarqué, un mémoire explicatif et apologétique de la singulière croisade de 1202. Quant au précieux écrit de Robert
de Clairi, ce n'est qu'une relation de cette même expédition,
dans laquelle l'auteur ne se met jamais en avant. Malgré
cela, il est très probable que Joinville doit quelque chose à
ses prédécesseurs, tout au moins à Villehardouin. On trouvera peut-être forcé le rapprochement que voici, mais il
s'offre naturellement à l'esprit. Nous avons vu qu'il y avait
des raisons sérieuses pour placer la composition des Mémoires en 1272 ou 1273; or en 1272 le fils aîné de Joinville avait épousé Mabile de Villehardouin, apparentée au
maréchal de Champagne : n'est-il pas possible que les relations qui s'établirent alors entre les deux familles aient fait
connaître à Joinville l'œuvre de son illustre devancier, et
qu'il ait eu l'idée de lui donner un pendant? Les deux
livres, nous l'avons dit, ne se ressemblent guère, non plus
que les deux hommes; mais le premier n'en est pas moins
le récit d'une croisade fait par un croisé, et il a très bien
pu donner la pensée d'un travail analogue. Quant à Philippe
de Novare, Joinville avait dû le rencontrer en Chypre; mais
il serait téméraire de supposer que Philippe lui eût communiqué ses mémoires et lui eût ainsi fourni le type de ce
genre nouveau, dans lequel l'auteur se place lui-même au
centre de son récit.

  Le livre de Joinville sur la croisade commence visiblement au paragraphe 110 : « A Pasques, en l'an de grace
« que li miliaires couroit par mil deus cens quarante et huit,
« mandai je mes homes et mes fievez a Joinville. » Ce début
était sans doute originairement précédé d'un prologue dans
lequel l'auteur exposait l'objet du livre et racontait brève-
ment la cause de la croisade : cette partie aura été remaniée

pour former les paragraphes 106-109. Le livre se termine
au paragraphe 666, qui, il est vrai, ainsi que les trois précédents, ne se rapporte plus à la croisade, mais qui est
inséparable de ceux qui viennent avant, tandis que le paragraphe 667 ouvre évidemment une autre partie de l'ouvrage, consacrée spécialement au roi[1]. Dans ce récit de
son voyage, de sa campagne d'Égypte et de son séjour
en Terre Sainte, Joinville, nous l'avons dit, reste toujours
au premier plan. Il ne nous donne, il est vrai, une histoire
suivie de ses faits et gestes que pour les premiers temps;
une fois qu'il est arrivé à Acre et qu'il a peu à peu refait sa
santé et sa situation, il ne nous raconte plus que les quelques événements qui rompirent de temps à autre, pendant
ces quatre longues années, la monotonie de son existence,
comme la part qu'il prit à une escarmouche devant Jaffa
(§ 541), son expédition à Bélinas (§ 569) et son pèlerinage
à Tortose (§ 597). D'ailleurs il se borne à dater vaguement
ses récits par la mention du lieu où il se trouvait avec le
roi : « Quand le roi était à Acre... Pendant que le roi for-
« tifiait Césarée... Pendant que le roi était à Jaffa... Pen-
« dant que le roi fortifiait Sayette. » Arrivé au moment du
départ, ses souvenirs reprennent leur vivacité et leur suite :
il nous raconte en détail et l'un après l'autre les divers
incidents de la traversée, il nous donne les étapes de son
retour dans ses foyers, et il clôt ses Mémoires par le récit
de sa seconde visite au roi et du rôle qu'il joua dans le
mariage du comte Tibaud V de Champagne avec Isabel
de France.

Nous avons mis à profit, dans la première partie de cette
notice, pour la biographie du sénéchal, les nombreux renseignements que nous donnent ses Mémoires, et nous
n'avons pas à y revenir ici. Nous avons constaté qu'il parle
de lui avec sincérité, et sans dissimuler par exemple les

---

[1] Plus haut, nous avons dit que le
récit de la croisade comprenait les paragraphes 106 à 662; cela est vrai, comme
on voit, et il n'y a pas de contradiction
avec la conçu un peu différente proposée ici, qui attribue au livre primitif de
Joinville les paragraphes 110-666 de
sa compilation.

XIV° SIECLE.

grandes peurs qu'il eut en certaines rencontres, mais non
sans complaisance. On ne peut reprocher aux auteurs de
mémoires de se mettre perpétuellement en scène : c'est le
but même qu'ils se proposent; mais il en est peu qui
échappent à la tentation de grossir le rôle qu'ils ont joué.
Notre bon sénéchal, avec toute sa candeur, ne paraît pas
faire exception à la règle. On a vu qu'il avait, dans ses
souvenirs relatifs au fameux conseil tenu à Acre, exagéré,
sinon inventé, l'isolement où il se trouvait dans son héroïque résolution. A plusieurs autres endroits il se représente comme donnant seul le bon avis, qui est immédiatement adopté : c'est ainsi qu'il décide le légat, à Damiette,
à faire les trois processions qui ont tout le succès désiré
($ 180); qu'il conseille à la reine, dans le péril de la traver-
sée de retour, le vœu à saint Nicolas qui sauva le navire
($ 632); qu'il persuade le roi, par un exemple bien trouvé,
de ne plus s'obstiner à ne pas débarquer à Hyères ($ 653);
qu'il lui fait remarquer que des présents reçus d'un plai-
deur l'ont engagé à l'écouter avec plus d'attention, et qu'il
tire de là une moralité que le roi trouve admirable et com-
munique à son conseil ($ 656), etc. Il est permis de croire
que, si nous avions sur la croisade les mémoires d'un autre
familier du roi, les conseils du sire de Joinville y auraient
moins d'importance, et qu'on ne nous y raconterait pas que,
si le légat et les barons engagèrent saint Louis à ne pas
laisser le maître des arbalétriers continuer follement une
escarmouche contre une armée dix fois plus forte que celle
des croisés, ce fut parce que sa témérité « metoit en aven-
« ture » le sénéchal de Champagne ($ 546). Mais ce sont là
des péchés très véniels, et en somme le portrait que Joinville nous permet de nous faire de lui et l'idée qu'il nous
donne de ses relations avec le roi, avec la reine, avec le
légat et avec les autres croisés sont, on peut l'assurer sans
crainte, parfaitement exacts.

Mais Joinville, dans ses Mémoires, ne nous a pas parlé
que de lui. Non seulement il nous rapporte des actions du
roi dont il fut témoin ou qu'il connut sur le moment même,

IMPRIMERIE NATIONALE.

il nous redit plusieurs de ses entretiens avec lui, il nous fait
part de confidences, extrêmement précieuses pour l'histoire,
de la reine Marguerite ou du légat Eudes de Châteauroux,
il nous raconte avec une sincère admiration les traits d'héroïsme de ses compagnons de guerre et de souffrance; mais
sa curiosité naturelle et son besoin de communiquer ce
qu'il savait se sont exercés à notre profit sur ce monde inconnu et si nouveau pour lui où il se trouvait transporté.
Ce n'est pas le côté extérieur des choses qui l'a frappé : il
paraît aussi insensible que l'ont été tous ses contemporains
à la différence des paysages qu'il voyait pour la première
fois et de ceux auxquels ses yeux étaient accoutumés; cette
mer d'azur aux golfes enchantés, ce ciel éclatant, cette lumière inconnue à nos climats, cette nature orientale qui
jette le voyageur de nos jours dans la surprise et l'émer-
veillement, ne semblent avoir fait sur lui aucune impression
particulière; bien qu'il vît très nettement les formes et les
couleurs des choses et les retînt fidèlement dans sa mémoire, il paraît n'avoir pu appliquer avec fruit son attention
qu'à des objets qui lui étaient familiers : c'est un trait que
nous retrouvons encore aujourd'hui chez les hommes sans
préparation littéraire ou artistique qui se trouvent, comme
lui, portés par une expédition lointaine dans des pays exo-
tiques. Mais il s'intéressait vivement aux faits et aux hommes;
il aimait à savoir et il essayait de comprendre, et il a inséré
dans ses Mémoires une série de petites digressions sur les
phénomènes naturels, les mœurs et l'histoire des pays ou
des peuples avec lesquels il s'est trouvé en rapport, qui forment une des parties les plus intéressantes de son œuvre.
Elles sont d'une valeur inégale, suivant les sources où il les
a puisées; ce qu'il a vu par lui-même est bien vu et bien
décrit, ce qu'il a entendu raconter à d'autres est souvent
inexact ou fabuleux. En cela comme en d'autres points il
nous rappelle un autre et plus illustre visiteur de l'Égypte
et de l'Orient : comme Hérodote, il a partout été de bonne
foi; comme lui il a souvent accueilli sans critique des récits
dont il aurait dû se méfier; comme lui il a été accusé de

tromper ses lecteurs et dénoncé comme ne méritant aucune créance; comme lui, enfin, il a plus d'une fois été justifié, par des observations ou des études plus complètes, des attaques dont il avait été l'objet.

Nous signalerons ici les plus importantes des digressions de ce genre.

La première (§§ 187-191) concerne le Nil; Joinville décrit avec vérité ce fleuve singulier à l'eau toujours trouble, qui, au lieu de recevoir des affluents, se partage lui-même en sept branches, et il indique l'effet de ses débordements réguliers, qui font la fertilité du pays. Il montre, il est vrai, une singulière naïveté en expliquant par la nature de l'eau du Nil le fait qu'elle se refroidit « au chaut du jour » quand on la met « en poz de terre blans que l'on fait ou païs », c'est-à-dire dans des *alcarazas*. Mais on ne saurait lui faire un reproche d'avoir cru que le Nil venait du paradis terrestre, comme le pensaient tous sés contemporains, et ce qu'il dit de la première cataracte et des vaines recherches faites pour trouver les sources du fleuve est approximativement conforme à la vérité. Quant à l'erreur qui, dans notre texte, fait commencer à la Saint-Remi (1er octobre) le débordement annuel du Nil, tandis que c'est l'époque où l'eau commence à se retirer, elle paraît beaucoup trop forte pour pouvoir être attribuée à un homme qui avait passé un an en Égypte et avait assisté, certainement avec curiosité, à toute l'évolution du phénomène. Aussi est-ce un des arguments qu'on a fait valoir contre l'authenticité du livre de Joinville. La Bastie a supposé avec beaucoup de vraisemblance que « Saint Remi » est une faute de copiste pour « Saint Pierre », ce qui nous donne une date parfaitement exacte.

La seconde digression (§§ 249-253) concerne les Bédouins; la peinture que fait Joinville de leur costume, de leur manière de vivre, de leurs relations avec les États réguliers, est restée vraie jusqu'à nos jours. Il se trompe seulement en attribuant à eux seuls les doctrines fatalistes qui règnent chez tous les Musulmans, et en faisant (ici et au

Mém. de l'Acad. des inscr., t. XV, p. 724.

paragraphe 459) d'Ali, le prophète des Fatimites, l'oncle
et non le cousin de Mahomet, ainsi qu'en assurant que les
partisans d'Ali « ne croient point en Mahommet ».

Ce qu'il dit (§§ 280-286) de « ceus de la Halequa », c'est-
à-dire des Mamelouks, n'est pas moins intéressant et repose
sur une très bonne information. Il connaît leur mode de
recrutement et d'instruction, leur équipement et leur service; il sait que ces redoutables milices sont à la fois pour
les sultans une force et un danger, et que ceux-ci se débar-
rassent souvent des chefs qui se font remarquer en leur
donnant la mort pour récompense de leurs exploits.

C'est du frère Ives le Breton, envoyé par le roi au « Vieux
« de la Montagne », que Joinville tenait ses renseignements
sur la fameuse secte des Assassins (§§ 458-463). Ils sont exacts
en gros, et se distinguent avantageusement des récits roma-
nesques que d'autres ont donnés sur les moyens employés
par le « Vieux » pour dresser ses terribles sicaires. On voudrait
savoir quel était le livre que le frère Ives « trouva au chevet
« dou lit au Vieil, la ou il avoit escrit pluseurs paroles que
« Nostre Sires dist a saint Pierre quant il aloit par terre ».

Beaucoup moins dignes de foi sont les récits que nous
fait Joinville sur les Tartares. D'abord il paraît bien résulter
de ce que dit le franciscain Guillaume de Ruysbroek, très
bien informé et très véridique, que le prétendu envoyé du
« grand roi des Tartarins » qui vint trouver saint Louis en
Chypre (§ 132) était un imposteur. Quant à l'accueil que
trouvèrent à Karakorum les envoyés du roi de France
(c'étaient trois dominicains, dont l'un, André de Long-
jumeau, était déjà allé visiter le grand khan), Ruysbroek le
raconte tout autrement que Joinville. D'après celui-ci, qui
dit tenir ses renseignements des envoyés eux-mêmes, ils
trouvèrent le grand khan dans la ville et lui remirent les ten-
Ci-dessus, p. 362. tures à images édifiantes envoyées par le roi, dans lesquelles
Kouyouk ne vit qu'une marque de sujétion; le khan ren-
voya avec eux des messagers porteurs d'insolentes menaces
(§§ 490-492); d'après Ruysbroek, qui était à Karakorum
trois ans plus tard, Kouyouk était mort quand les domini-

cains français arrivèrent, et sa veuve Chamis ne leur donna
que des paroles vagues. Il semble que Joinville ait confondu
deux faits distincts; cependant il ne peut guère être dans
l'erreur au sujet des sommations arrogantes adressées à saint
Louis par les envoyés tartares, paroles qu'il dut entendre
avec le roi à Césarée. Quant à l'histoire des commencements
des Tartares, dont il nous donne une esquisse d'après les
récits des missionnaires français, elle est conforme aux légendes qui couraient alors dans tout l'Orient; mais elle contient en outre, sur un prince chrétien soumis aux Tartares
et qu'il est fort difficile d'identifier, un conte tout à fait fantastique (§§ 481-486), et qu'on s'étonne un peu que les
dominicains aient transmis à Joinville, car il est bien consacré à la gloire du christianisme, mais du christianisme
orthodoxe et non catholique. En revanche, les renseignements qu'ils lui donnèrent sur la manière de vivre des Tartares, et que Joinville avait pu contrôler au moins sur un
point (§ 489), sont exacts, mais bien sommaires.

Ceux qu'il devait à Philippe de Touci[1] sur les mœurs
des Comains ou Cumans de Moldavie (§§ 496-498) sont
fort curieux; on y trouve fidèlement décrit l'usage de la fra-
ternité par le sang mêlé et bu en commun, et les singuliers
rites funéraires que l'on a observés chez un grand nombre
de peuples barbares, surtout tartares et slaves. Les Cumans,
comme les anciens Gaulois, prêtaient de l'argent à rendre
en l'autre monde, et enterraient avec les grands personnages
leurs meilleurs serviteurs.

L'histoire de Gautier de Brienne, comte de Jaffa (§§ 527-
538), de la bataille où il fut pris, en 1244, par le chef des
Kharismiens, nommé ici Barbaquan et qualifié d'empereur
de Perse, est assez confuse; Joinville, qui ne pouvait connaître à fond les rapports compliqués des différentes puissances en lutte, paraît s'être un peu embrouillé dans ses

---

[1] Du Cange a reconnu que le personnage appelé par Joinville *Nargoes de
Toci* était en réalité Philippe, fils de
Narjot; mais il est probable qu'il portait
ordinairement le nom de son père, car
Joinville, qui nous rapporte ses entretiens avec lui, n'a pas dû faire ici de
confusion.

438   JEAN,

souvenirs des récits qu'il avait entendus; mais il nous donne quelques curieux détails, notamment sur la mésintelligence qui régnait trop souvent entre les chrétiens de Syrie, et qui ne pouvait faire trêve même devant le péril imminent : le patriarche de Jérusalem, qui venait de voir la ville sainte prise et à moitié détruite par les Kharismiens, refusait d'absoudre le comte de Jaffa, qui allait les combattre, d'une excommunication dont il l'avait frappé au sujet d'un différend purement temporel.

Il est singulier que, d'après Joinville (§§ 584-587), des marchands aient raconté en 1253, à Césarée, la chute de Bagdad et la prise du calife par les Tartares, qui n'eurent lieu qu'en 1258. Il est probable, comme le dit M. de Wailly, que « cet événement était dès lors prévu et redouté, et pou- « vait donner lieu, par conséquent, à des bruits du genre « de ceux que rapporte ici Joinville ». Le sénéchal ne fait, en effet, que rapporter les dires des marchands en question, et ces dires sont de purs contes. La perfidie par laquelle le « roi des Tartarins » trompa le calife est une fiction puérile, et l'histoire des pierres précieuses qu'il lui fit servir en guise de mets pour lui apprendre qu'il aurait dû employer son trésor à se procurer des défenseurs ne cadre pas avec le début. Cette histoire a d'ailleurs été rapportée par des écrivains persans, et plus tard par Marco Polo; ce n'est évidemment qu'un conte populaire et symbolique : elle rappelle l'histoire du traitement infligé par les Parthes à Crassus, histoire souvent reproduite et variée, et que le Ménestrel de Reims rapporte, en l'attribuant à Saladin et à un prétendu marquis de Césarée, sous une forme qui la rapproche de l'anecdote racontée par Joinville.

Marco Polo (Le Livre de), éd. Pauthier, p. 49-51.

Récits d'un Ménestrel de Reims, §§ 209-211.

Si nous retranchons du livre de Joinville les mémoires sur la croisade, qui en remplissent tout près des trois quarts, il nous reste encore deux parties distinctes, consacrées l'une aux paroles mémorables de saint Louis, l'autre à ses actions en France depuis sa naissance jusqu'à sa mort. Nous nous occuperons d'abord de la seconde, qui se divise elle-même en deux sections : l'une (§§ 68-109) antérieure, l'autre

(§§ 667-765) postérieure à l'expédition d'Égypte. Là Joinville n'est plus le centre du récit; il n'écrit plus des mémoires personnels, dans lesquels le roi paraît lorsqu'il se trouve en contact avec lui; mais il ne faut pas croire non plus qu'il ait voulu écrire proprement une Histoire de saint Louis. Les « faiz » du saint roi, dont il avait promis à la reine Jeanne de faire un livre, sont uniquement ceux dont il avait été témoin, comme les paroles sont celles qu'il lui avait entendu prononcer; il le déclare expressément au début :
« Je . . . faz escrire la vie nostre saint roi Looïs, ce que je vi
« et oï par l'espace de sis anz que je fui en sa compaignie
« ou pelerinaige d'outre mer et puis que nous revenimes. »
Il a manqué à son plan quand il a cousu à la fin de son livre, faute de souvenirs personnels, des morceaux empruntés ailleurs, et il a pris soin de dire, en terminant, qu'il ne garantissait que ce qu'il avait « veü et oï ». C'est en se plaçant à ce point de vue qu'il faut apprécier l'œuvre de Joinville; autrement on la qualifierait d'incomplète et d'incohérente au delà de la mesure où elle mérite d'être ainsi qualifiée.

Elle le mérite à coup sûr assez largement, même si on la comprend comme elle doit être comprise. A chaque instant l'auteur oublie que ce n'est pas lui, cette fois, qui est la « matière » du livre, et il se met en scène beaucoup plus qu'il n'était nécessaire. Il commence toutefois par un préambule, étranger à son sujet propre comme à lui-même, sur la naissance de Louis, son enfance et sa jeunesse; mais, après quelques anecdotes, d'ailleurs précieuses, qu'il tenait de la bouche même du roi, il prétend nous raconter d'après ses souvenirs (§§ 76-92) la guerre de Tibaud de Champagne contre les barons de France et son différend avec Aélis, reine douairière de Chypre et fille du frère aîné de son père, qui lui disputait la Champagne, et le rôle que joua saint Louis dans le dénouement de ces démêlés; mais il s'en faut que nous retrouvions ici l'exactitude habituelle de ses récits. Il ne connaissait ces événements, arrivés dans sa petite enfance, que par ce qu'on lui en avait raconté, et

440   JEAN,

il s'y est étrangement embrouillé : il donne pour cause à la
guerre des barons contre Tibaud la rupture de son mariage
avec Yoland de Bretagne, qui n'eut lieu que deux ans après,
et il fait appeler par ces mêmes barons en Champagne la
reine de Chypre, qui ne vint que trois ans plus tard[1]. On
s'étonne que le sénéchal de Champagne, qui avait vécu à la
cour de Tibaud, ait pu, même à quatre-vingts ans, tomber
dans de pareilles confusions, et qu'il ait prétendu raconter
des événements qu'il connaissait si mal. Joinville, en dictant cette partie de son livre, n'avait pas encore mis la main
sur le manuscrit des Chroniques de Saint-Denys, où il
aurait au moins trouvé un cadre chronologique à ses souvenirs ; et on voit combien est peu sûre, quand elle est privée
du secours de l'écriture, la mémoire même la plus heureuse. Au reste, si le sénéchal a donné tant de place à l'histoire de cette guerre, c'est qu'elle lui fournissait l'occasion
de rappeler, non sans l'exagérer quelque peu, un exploit de
son père Simon (§ 84). Il se lance d'ailleurs, encore ici,
dans des digressions qui l'éloignent singulièrement de saint
Louis, comme l'histoire d'Artaud de Nogent et du comte
Henri Ier de Champagne (§ 90) ; nous ne nous en plaignons
pas, car elles sont toujours amusantes et instructives, et nous
regrettons plutôt qu'il se soit, à ce qu'il nous assure, abstenu
de nous conter d'autres histoires du même genre, dans la
crainte d'« empeschier sa matiere » (§ 90).

Voir ci-dessus,
p. 296.

Il revient à cette matière dans les paragraphes 93-105,
consacrés au plus brillant épisode de la vie chevaleresque de
saint Louis : la campagne de 1242 contre le comte de la
Marche et le roi d'Angleterre. Mais, sur la guerre même,
Joinville n'a pu que rapporter les récits de ceux qui y avaient
assisté ; ce qui lui appartient, avec quelques anecdotes, c'est
la description des fêtes de Saumur, qui, soixante-quatre ans
après, lui laissaient un éblouissement, et où il avait vu,
pour la première fois, le roi Louis, vêtu d'une tunique de
velours bleu et d'un manteau de velours rouge fourré d'her-

---

[1] Les confusions de rédaction ne manquent pas non plus : on voit intervenir
(§ 85) le duc de Lorraine, dont il n'a pas été dit un mot auparavant, etc.

mine, « et un chapel de coton sur la teste qui mout mal li
« seoit ».

Jusqu'au départ du roi pour l'Orient en 1248, Joinville,
qui ne le revit sans doute pas pendant ces sept ans, ne nous
raconte aucun événement de sa vie, sauf la maladie qui (en
1244) mit ses jours en danger et lui fit vouer la croisade.
Après avoir nommé quelques-uns des principaux croisés,
il abandonne sa-laborieuse compilation de faits mal reliés
entre eux et insère dans son livre les Mémoires composés
longtemps avant.

« Après ce que li rois fu revenus d'outre mer, il se main-
« tint si devotement que onques puis ne porta ne vair ne
« gris » (§ 667). Ainsi débute la dernière partie du livre,
qui doit raconter la vie de saint Louis de 1256 à 1270. Joinville, devenu l'homme du roi et l'un de ses conseillers, fut
bien plus intimement mêlé à cette vie qu'il ne l'avait été
avant la croisade; il n'a pourtant pas essayé de nous en
donner un tableau suivi; il est retombé plus d'une fois dans
cet « égotisme » dont il est coutumier, qui ne donne pour
nous que plus d'attrait à son livre, mais qui assurément
n'aurait pas dû se manifester aussi librement dans un ouvrage de ce genre. Il rapporte d'abord quelques traits de la
sobriété, de la simplicité et de la sagesse du roi, parmi lesquels il répète l'histoire de sa résistance aux prélats de
France, déjà racontée dans le premier livre, puis un épisode de ses propres démêlés avec l'évêque de Châlons, dans
lequel saint Louis donna raison à Joinville, bien qu'on op-
posât aux droits du sénéchal de prétendus droits de la couronne elle-même. Viennent ensuite (§§ 678-683) de beaux
exemples de l'esprit de paix et de conciliation du saint roi,
pris surtout dans des guerres auxquelles la Champagne avait
été plus ou moins mêlée, puis d'autres, non moins frappants,
de son horreur du blasphème (§§ 685-687), de son amour
pour les pauvres (§ 688, où est répété un entretien déjà
noté au paragraphe 29, et § 690), des soins qu'il prenait de
former le cœur de ses enfants (§ 689), de sa libéralité envers
les ordres religieux (§ 691). C'est à ce moment de son tra-

IMPRIMERIE NATIONALE.

vail que le vieux sénéchal paraît avoir eu connaissance du
« romant » qui contenait l'histoire de saint Louis, mise
en français d'après Guillaume de Nangis, et il trouva plus
simple, fort malheureusement pour nous, d'en faire copier
de nombreuses pages, que nous avons indiquées plus haut.
Il ne prit même pas la peine de fondre sa dernière notice,
où il avait énuméré les abbayes fondées par le roi (§ 691),
avec la liste, beaucoup plus complète, bien que moins riche
de deux noms, qu'il faisait copier dans le « romant » (§§ 723-
724, 727-729). Ayant ainsi, à son avis, suffisamment retracé la vie du roi pendant treize ans, il nous raconte, cette
fois avec toute l'animation et la couleur qu'on admire dans
ses meilleurs morceaux, la seconde « croiserie » du roi, les
instances que fit saint Louis pour l'y associer, son refus sagement motivé, et cette dernière réunion avec son ami où il le
porta dans ses bras « de l'ostel du conte d'Ausserre jusques
« as Cordeliers » (§§ 730-737) : nulle part Joinville n'est plus
sincère, plus touchant et plus intéressant que dans ce récit.

« De la voie qu'il fist a Tunes ne vueil je riens conter ne
« dire, pour ce que je n'i fui pas, la merci Dieu, ne je ne
« vueil chose dire ne metre en mon livre de quoi je ne soie
« certains » (§ 738). Malgré cette déclaration, le bon sénéchal
se remet à copier dans son « romant », avec les phrases qui
les précèdent et les suivent, les célèbres instructions de saint
Louis à son fils, que la femme de Philippe IV pouvait sans
doute trouver ailleurs (§§ 739-755). Les renseignements
sur la mort et l'enterrement du roi (§§ 756-759) sont puisés
à la même source, sauf un détail que le comte d'Alençon
avait raconté à Joinville, et que celui-ci avait déjà rapporté
(§ 70). Vient ensuite (§§ 760-765) un court exposé des enquêtes faites pour la canonisation et de leur succès, un tableau
de la cérémonie où le corps fut levé et où le prédicateur,
frère Jean de Samois, fit appel au témoignage de Joinville;
et le livre se termine par cette conclusion bien digne de
l'œuvre : « Prions qu'il vueille prier a Dieu qu'il nous doint
« ce que besoing nous iert as ames et as cors. *Amen !* » Joinville a ajouté comme post-scriptum le récit du songe où le

roi lui était apparu et le petit épilogue où il déclare ne garantir comme absolument vrai que ce qu'il a vu et entendu.
Nous reviendrons tout à l'heure sur la clausule : « Ce fu escrit
« en l'an de grace mil trois cenz et neuf, ou mois d'octobre »,
que nous a conservée le seul manuscrit A.

Revenons maintenant à ce que Joinville lui-même appelle
son « premier livre », et dont il indique le contenu en ces
termes : « Et avant que je vous conte de ses granz faiz
« et de sa chevalerie, vous conterai je ce que je vi et oï
« de ses saintes paroles et de ses bons enseignemenz, pour ce
« que cil qui les orront les truissent les unes après les autres,
« par quoi il en puissent mieuz faire lour profit que ce
« qu'elles fussent escrites entre ses faiz (§§ 19, 68) ». Ce recueil
de paroles édifiantes de saint Louis entendues par Joinville
comprend les paragraphes 20-67 ; c'est, on le sait, la source
la plus directe et la plus riche de notre connaissance de cette
belle âme. Si notre sentiment moderne est choqué par l'in-
tolérance qui éclate dans la fameuse histoire de la controverse avec les juifs (§§ 51-53), nous ne pouvons qu'être tou-
chés de la foi candide et de la confiance absolue en Dieu qui
se manifestent dans tant de paroles simples et frappantes,
et qu'admirer la douceur, l'esprit de justice, l'amour des
pauvres, la tempérance sans ascétisme, la sagesse pratique,
la noble courtoisie, la conscience des devoirs d'un souverain
et aussi de ses droits, qui représentent ceux de la nation,
même en face des prétentions excessives de l'Église, toutes
ces vertus qui concourent à faire de saint Louis le type
accompli d'un roi vraiment roi et vraiment chrétien. Joinville, incapable d'une composition rigoureusement méthodique, a mêlé à son recueil d'apophtegmes des renseignements de tout genre sur la manière de vivre de saint Louis ;
c'est là que nous trouvons entre autres la jolie scène où le roi
fait asseoir le sénéchal si près de lui « que ma robe touchoit
« la seue », et où il s'excuse d'avoir donné raison contre lui à
Robert de Sorbon qui avait tort (« mais, fist il, je le vi si
« esbaï qu'il avoit bien besoin que je li aidasse »), et le tableau
devenu immortel et populaire de la justice rendue à tous

sous le chêne de Vincennes. Écrivant cette partie de son livre
longtemps après la rédaction des Mémoires sur la croisade,
Joinville encore ici est tombé dans des répétitions : il nous
raconte tout au long ($$ 39-41) un « enseignement » que lui
donna le roi quand ils faillirent faire naufrage près de
Chypre, qui se retrouve dans les Mémoires ($$ 634-637); il
nous résume, comme aux paragraphes 657-660, le sermon
sur la justice que les rois doivent au peuple, prêché à
Louis IX par Hugues de Digne en 1254 ($$ 55-56). Il rap-
porte aussi plusieurs paroles de saint Louis qu'il avait in-
sérées soit dans la première, soit dans la deuxième édition
du *Credo*, ce qui n'a pas besoin d'excuse.

En tête de la partie de l'ouvrage de Joinville que nous
venons d'analyser se trouvait d'abord le début du livre,
bien marqué par le commencement du paragraphe 19 :
« Ou nom de Dieu le tout puissant, je Jehans, sires de Join-
« ville, seneschaus de Champaigne, faz escrire la vie nostre
« saint roi Looys », après lequel vient l'indication du plan
que l'auteur voulait suivre. C'était là l'œuvre qu'il avait
entreprise pour la reine Jeanne, et il se proposait de la faire
précéder d'une épître dédicatoire à cette princesse. Après sa
mort, ce fut à son fils Louis X qu'il la dédia, et l'épître dédi-
catoire occupe les paragraphes 1-6, 17-18 : Joinville y ex-
plique au roi de Navarre pourquoi il lui offre le livre com-
posé pour sa mère, y expose avec une confusion encore plus
grande que celle qui lui est ordinaire le plan qu'il a suivi,
et y exprime le regret que saint Louis ait été canonisé
comme confesseur et non comme martyr (regret qu'il
n'avait pas encore en écrivant le paragraphe 760). Le para-
graphe 17 est la suite immédiate du paragraphe 6 ; les para-
graphes 7-16 forment une grande parenthèse, consacrée
au récit des quatre « faits » où saint Louis « mist son cors én
« aventure de mort pour espargnier le domaige de son
« pueple ». Le récit de ces quatre faits se retrouve naturelle-
ment dans les Mémoires ($$ 7-8 et 162, 9-10 et 306, 11-13
et 442, 13-16 et 618-629), et il est facile de prouver
que la rédaction qui se trouve ici est postérieure à celle

des paragraphes qui font partie du livre même. En effet, au
paragraphe 20, Joinville, rappelant que saint Louis « mist
« son cors en aventure par pluseurs fois pour l'amour qu'il
« avoit a son pueple », ajoute : « si comme vous orrez ci
« après »; il ne venait donc pas de le raconter avant, et ne savait pas, en écrivant ce membre de phrase, que le récit des
faits en question le précéderait immédiatement. Une fois le
livre complètement achevé, Joinville eut l'idée de faire
peindre ces quatre faits au verso de la grande page initiale
du manuscrit de présentation, laquelle portait au recto la
miniature qui le montrait offrant son livre au roi de Navarre. Nous avons parlé, en étudiant les manuscrits, de ces
quatre tableaux si malheureusement perdus, et que ne saurait remplacer l'imitation fantaisiste qu'en donne le manuscrit de Lucques. Ce que nous voulons signaler ici, c'est la
notice explicative (conservée dans ce seul manuscrit) dont
il les a accompagnés, et où il raconte une troisième fois,
et plus brièvement encore que la seconde, les quatre faits
en question.

Ainsi les paragraphes 1-18 sont postérieurs à la composition du livre lui-même. C'est uniquement de celui-ci que
nous devons d'abord nous préoccuper de rechercher la date.
Il est clair qu'il ne faut pas tenir compte de la clausule
finale : « Ce fu escrit en l'an de grace mil trois cenz et neuf,
« ou mois d'octobre » : elle peut s'appliquer soit au manuscrit
envoyé au roi de Navarre, soit même à une copie postérieure; c'est dans le texte même du livre qu'il faut chercher
des éléments de datation. Ces éléments ont déjà été indiqués avec exactitude par Daunou : Joinville mentionne au
paragraphe 109 comme « nouvellement mort » le comte de
Flandre Gui de Dampierre, qui mourut le 7 mars 1305, et
au paragraphe 35 il parle de Jean, duc de Bretagne, comme
« du duc qui ore est, que Dieus gart » : or Jean mourut le
18 novembre 1305. C'est donc entre ces deux dates que le
livre promis à la reine Jeanne a été composé, et probablement dans la seconde quinzaine de mars et la première quinzaine d'avril 1305; en effet, Jeanne mourut le 2 avril à

Paris : le sénéchal de Champagne dut apprendre cet événement une dizaine de jours après, et il ne dit rien dans sa dédicace d'où l'on puisse conclure que cette nouvelle le surprît au milieu de son travail[1]. La plus grande partie du livre n'étant autre chose que les Mémoires qu'il n'avait qu'à faire recopier, on ne s'étonnera pas que le reste, composé de souvenirs du vieux conteur, ait pu être dicté par lui assez rapidement; quant aux pages empruntées au « ro-« mant », il n'y avait également qu'à les transcrire. Quand il apprit la mort de sa royale amie, Joinville paraît avoir laissé quelque temps son œuvre là sans la faire définitivement copier et orner des illustrations qu'il lui destinait; on peut croire, conformément à la clausule finale reproduite dans notre manuscrit A, que ce ne fut qu'au mois d'octobre 1309 que fut complètement terminé le manuscrit splendidement exécuté qu'il alla sans doute offrir lui-même à Louis de Navarre et Champagne; il aurait, à la même époque, dicté l'épître dédicatoire et ajouté les quatre tableaux dans lesquels il avait fait représenter les quatre principaux traits d'héroïsme de saint Louis. Ce qui porte à croire qu'il en est ainsi, c'est qu'en parlant à Louis de la mort de sa mère, il ne semble pas en parler comme d'un fait récent.

Une question plus intéressante se pose maintenant à nous au sujet du livre de Joinville. Les auteurs de mémoires se divisent en deux grandes classes : ceux qui prennent note des événements qu'ils veulent faire connaître au fur et à mesure que ces événements se produisent, et parfois au jour le jour, et ceux qui, après un temps plus ou moins long, travaillent simplement d'après leurs souvenirs : à laquelle appartient Joinville? Au premier abord, quand on constate que le sénéchal, depuis sa jeunesse jusqu'à son ex-

---

[1] Un passage du dernier morceau semble aussi montrer que le livre était complètement achevé avant que Joinville sût la mort de la reine. Parlant du songe où saint Louis lui apparut, il dit (§ 767) : « Et ces choses ai je ramentues « a mon seignour le roi Looïs, qui est he-« ritiers de son non », etc. Cette manière de parler se comprend très bien dans un livre offert à la mère de ce prince, mais elle serait sans doute autre dans un livre destiné à celui-ci.

trême vieillesse, a eu le goût de dicter ou même d'écrire,
et qu'il a toujours aimé à faire connaître aux autres ce qu'il
savait, on est porté à croire qu'il a rédigé au moins les mémoires relatifs à l'expédition d'Égypte sur des notes qu'il
avait prises non pas au moment même des événements (il
n'en aurait pas eu le moyen), mais peu de temps après, par
exemple lors de son séjour à Acre, où il composait le *Credo*.
Mais un examen attentif de la question nous a décidés à re-
jeter cette hypothèse. Il y a, en effet, un moyen assez sûr
d'en contrôler la vraisemblance : Joinville, nous l'avons dit
à mainte occasion, s'est très souvent répété, et notamment
dans le *Credo* il raconte tout au long un épisode de sa captivité qu'il rapporte non moins longuement dans ses Mémoires. Or, si nous comparons ce double récit, nous voyons
que le fond en est bien identique, et qu'à certains endroits
les expressions mêmes coïncident, mais nous y trouvons
aussi des différences qui ne s'expliqueraient pas si les deux
versions remontaient à une même source écrite, ou si la plus
récente avait été copiée sur la première. Ainsi le *Credo* est
seul à faire connaître le nombre des conseillers du soudan
qui vinrent conférer avec les prisonniers, à rapporter la réponse que fit le comte de Bretagne aux menaces de mort
que ces envoyés lancèrent en partant, à nous dire que le
vieillard qui réconforta les chrétiens était regardé comme
un fou (et sans doute respecté comme tel) par les Sarrasins, et qu'il avait une béquille sur laquelle il s'appuyait en
parlant; le *Credo* dit que les Sarrasins communiquaient
avec les chrétiens «par un frere de l'Ospital qui savoit sar-
« razinois », tandis que les Mémoires rapportent « qu'il avoit
« genz illec qui savoient le sarrazinois et le françois, que l'on
« apele drugemans, qui enromançoient le sarazinois au conte
« Perron »; l'ordre dans lequel sont adressées aux prisonniers
les deux propositions qu'ils repoussent est inverse dans les
deux versions. On voit ici que Joinville, en 1272, dictant ses
Mémoires, n'est pas allé rechercher dans son *Credo* le récit
qu'il avait fait de cet épisode en 1250; dans le second
comme dans le premier cas, il s'est simplement aidé de ses

souvenirs, et la comparaison des deux récits nous permet
d'apprécier la fidélité de sa mémoire, bien que, dans un
intervalle de vingt-deux ans, elle eût perdu plus d'un détail qui lui était présent quelques mois après l'événement.
Il serait fastidieux de faire une comparaison semblable pour
les répétitions qui se trouvent dans le corps même du livre
consacré à saint Louis et qui s'expliquent, sans se justifier,
par la façon dont il a été composé. On y voit partout que
Joinville, loin d'utiliser en deux endroits des notes dont la
copie aurait donné un texte identique, raconte la même
chose deux et même trois fois avec des variantes qui ne touchent jamais le fond, mais qui modifient plus ou moins
la forme. Le fait est particulièrement notable pour le récit,
répété en tête du livre, des quatre occasions où saint Louis
aventura sa vie pour son peuple : ici la répétition était légitime, et il semble que le sénéchal n'avait qu'à reprendre
ce qu'il avait dit dans le corps du livre; mais il ne l'a pas
fait, et, tout en donnant au récit une forme beaucoup plus
abrégée, il a ajouté çà et là des détails qu'il avait omis dans
la version plus ample (c'est ainsi que le nombre des « no-
« toniers » que le roi consulte n'est indiqué que dans le résumé); sa mémoire lui fournissait les mêmes récits avec une
remarquable exactitude, mais, ce qui est bien naturel, avec
quelques variantes de détail.

Cette puissance de mémoire semble se concilier difficilement avec les preuves multipliées d'oubli que fournissent
les inutiles répétitions soit des Mémoires dans le reste du
livre, soit de la première partie de ce reste dans la seconde;
mais nous avons affaire ici à un phénomène bien connu :
l'octogénaire, qui se souvenait si bien de faits remontant
à dix ou douze lustres, ne se rappelait pas en avoir déjà
inséré le récit soit dans l'ouvrage antérieur qu'il incorpo-
rait à son livre, soit même dans la partie de ce livre rédigée
quelques semaines ou quelques jours avant; et, en grand
seigneur qu'il était en somme, il ne s'est pas astreint, le livre
une fois terminé et prêt à mettre au net, à une revision minutieuse qui aurait éliminé les doubles emplois.

Les Mémoires de Joinville, comme le reste du Livre de
saint Louis, ont donc été dictés par Joinville uniquement
d'après ses souvenirs, et on ne peut qu'admirer en général
la précision avec laquelle ces souvenirs s'étaient gravés dans
son esprit et ont trouvé leur expression dans son œuvre.
Mais, d'autre part, on s'explique ainsi sans peine les quelques
erreurs qui se sont glissées dans son récit de la croisade :
c'est le jeudi après l'octave de la Pentecôte (4 juin 1249), .
et non le jeudi après la Pentecôte que le roi aborda devant
Damiette (§ 148); la branche du Nil qui part de Mansourah
aboutit à Tanès, et non à Rexi ou Rosette (§ 191); Sormesac
ou Sarmesah est situé sur la branche qui va à Damiette, et
non sur « le fleuve de Rexi » (§ 196); le vainqueur des comtes
de Bar et de Montfort était le père et non l'aïeul de Touran-
Chah (§ 348); l'évêque de Soissons en 1250 s'appelait Gui
et non Jacques de Château-Porcien (§ 393). On voit combien ces erreurs, relevées presque toutes par la scrupuleuse
érudition de M. de Wailly, sont peu nombreuses et peu
graves; nous en avons signalé plus haut quelques autres dans
les informations que nous donne Joinville sur les choses
d'Orient. Celle qui consisterait à faire retourner en France
de Damiette, avec le comte de Soissons, le comte de Flandre
(§ 379), que Joinville nous montre ensuite à Acre, est sans
doute imputable à un copiste plutôt qu'à lui. Quant au
désaccord où il se trouve avec Jofroi de Beaulieu pour l'endroit (et par conséquent le moment) où saint Louis apprit
la mort de sa mère, Joinville (§ 603) mettant ce fait à
Sayette, et Jofroi à Jaffa, il nous semble que le sénéchal,
qui fut si vivement frappé de l'impression produite par cette
nouvelle sur le roi et sa femme, et qui reçut à ce propos
les intimes confidences de la reine, est plus croyable que le
clerc qui écrivait en France vingt ans au moins après l'événement. Les méprises ne sont pas plus graves dans le reste
du livre quand il s'agit de faits ou de personnages que Joinville a vus par lui-même : c'est à peine si on a constaté qu'il
aurait dû appeler Mathieu le seigneur de Trie qu'il nomme
Renaud (§ 60). Il en est autrement, nous l'avons vu, quand

il entreprend d'écrire, à l'aide de récits entendus jadis et
confondus dans sa tête, l'histoire de la guerre des barons
de France contre Tibaud de Champagne; mais son inexactitude en ce cas particulier n'entame en rien la confiance
qu'on doit en général à la fidélité de ses souvenirs. La mémoire des faits dont on est témoin et celle des récits lus ou
entendus sont des facultés souvent séparées.

A la fidélité Joinville unit la véracité. Nous avons vu qu'il
s'attribue parfois dans les conseils du roi une importance
peut-être un peu plus grande que celle qu'il eut réellement;
mais c'est sans le vouloir et sans s'en douter, et le seul reproche grave qu'il semblait mériter en ce genre, à l'occasion
de la fameuse délibération d'Acre, a été écarté par une critique impartiale. Œuvre avant tout de bonne foi, et bien
digne de celui qui nous dit que «onques ne menti» à son
royal ami, l'œuvre de Joinville n'est pas seulement un document incomparable et unique en son genre pour la connaissance des idées et des sentiments du milieu où il vivait:
c'est un document historique de la plus haute valeur, une
source à laquelle on peut puiser en toute sécurité pour tout
ce qu'elle est seule à nous fournir, c'est-à-dire pour presque
tout ce qu'elle contient, car aucun historien du temps ne
s'est avisé de nous donner des renseignements du genre de
ceux qui y foisonnent, et sans elle nous ne connaîtrions pas
à beaucoup près comme elle nous permet de le faire et la
France du XIIIe siècle et saint Louis.

Cette valeur historique du livre de Joinville n'a jamais été
méconnue (sauf par le P. Hardouin, qui n'admettait pas
l'authenticité du livre). Les premiers éditeurs, Pierre, Ménard, Du Cange, l'ont discernée dans le texte si imparfait
qu'ils publiaient; l'auteur d'une histoire manuscrite de la
principauté de Joinville, écrite en 1632, dit fort bien du
biographe de saint Louis : «Il escrit de soy mesme, et le
«doit on croire pour sa noble ingenuité», et Voltaire, tout
en contestant avec raison la vraisemblance d'un bruit dont
Joinville s'est simplement fait l'écho, reconnaît combien
«tout ce que raconte un homme de son caractère a de

Didot (A.-F.),
Études sur Join-
ville, p. 94.

Ibid., p. 83.

« poids ». Mais ce n'est que dans notre siècle qu'on a rendu
pleine justice au Livre de saint Louis comme source historique, et qu'on en a tiré tout ce qu'il contient d'inap-
préciable pour la connaissance intime du XIIIe siècle, moins
encore peut-être en ce qu'il raconte que par l'esprit où il
le raconte. L'histoire de saint Louis, si on lui enlevait tout
ce qu'elle doit à Joinville, ne nous apparaîtrait plus aujour-
d'hui que comme un squelette décharné : ce sont les récits
et les tableaux qu'elle emprunte aux souvenirs du sénéchal
qui lui donnent la couleur et la vie.

C'est aussi dans notre siècle seulement qu'on a goûté le
charme extrême qu'offre la lecture du livre de Joinville. La
Harpe ne l'avait même pas mentionné dans son Cours de littérature. Mais depuis Villemain jusqu'à nos jours les historiens de la littérature et les critiques n'ont cessé de s'en
occuper, et les formules variées dans lesquelles ils ont exprimé leur appréciation se ramènent toutes à cette impression
de charme et d'incomparable naturel[1] à laquelle ne résiste
aucun lecteur. Quant aux qualités littéraires proprement
dites, à l'art du style, à la recherche de l'effet par des grou-
pements habiles ou un choix savant de mots, il n'y a pas à
les chercher dans l'œuvre de Joinville, et il n'aurait même
pas compris ceux qui lui auraient demandé s'il s'en était
préoccupé. Et pourtant M. de Wailly a pu dire avec raison,
en parlant de « ce chef-d'œuvre où brille, entourée d'une
« auréole, l'image vivante de saint Louis » : « Si on deman-
« dait ce qui constitue d'une manière générale la supériorité
« de Joinville sur ses contemporains, je dirais que c'est le
« style. . . . . Son style n'est pas de ceux que prépare une
« longue culture, et qui fleurissent seulement dans les siècles
« éclairés. Néanmoins il a un style, puisqu'il a une manière
« à lui d'exprimer ses pensées, et la manière la plus origi-

---

[1] M. Didot, dans une de ses Études
sur Joinville, a reproduit en partie les
jugements de Villemain, Michaud, Ni-
sard, Sainte-Beuve (dont l'article est
toujours à relire), Francis Wey ; on pourrait en citer aujourd'hui bien d'autres.

Nous nous bornerons à indiquer les pages
très remarquables que M. A. Jeanroy a
écrites sur Joinville dans les Extraits
des chroniqueurs français, publiés à la
librairie Hachette en 1892 (2e édition en
1893).

« nale qu'on puisse imaginer. J'accorderai volontiers que
« ce style atteste souvent l'inexpérience de l'auteur, mais je
« prétends aussi qu'on y voit briller le reflet de ses rares
« qualités..... Il a le don de sentir si vivement et de rendre
« si bien ce qu'il éprouve, que les lecteurs ne se peuvent
« défendre de ressentir à leur tour la même impression. »

Joinville possède, dit encore le savant que nous aimons à
citer, « de l'esprit et du sens, du cœur et de l'imagination,
« un naturel qui ne se dément jamais. Qu'on ne s'y trompe
« pas, c'est là ce qui fait, avant tout, le mérite des grands
« écrivains; si Joinville leur est inférieur, c'est parce qu'il
« ne s'est pas exercé à l'art de bien dire, et qu'il est inhabile
« à manier la langue qui doit exprimer sa pensée. Mais cette
« inexpérience même ajoute souvent au charme de ses récits,
« et il lui arrive de rencontrer d'inspiration ce que les plus
« habiles auraient vainement cherché. En lisant Joinville, on
« s'aperçoit que le plus inhabile des écrivains peut unir la
« finesse de l'esprit à la solidité du bon sens, qu'il peut tour
« à tour exciter le rire et arracher les larmes, qu'il est capable
« de retracer dans tous leurs détails et d'éclairer de toutes
« leurs couleurs les tableaux que sa vive imagination fait re-
« vivre devant lui, d'évoquer enfin, pour les mettre en scène,
« les faire agir et parler, les personnages divers des drames
« auxquels il a pris part. De là vient que, sans avoir étudié
« l'art de plaire et d'intéresser, il y réussit par un don natu-
« rel, et qu'il peut sans efforts se montrer simple ou sublime,
« gai ou pathétique, offrant ainsi aux maîtres eux-mêmes
« des modèles de tous les genres de beautés. »

Ces éloges sont parfaitement justifiés; mais la part des res-
trictions n'est peut-être pas ici assez grande. On ne saurait,
notamment, méconnaître le tort que le peu de soin apporté
par Joinville à la composition et à l'exposition fait à la clarté
de ses récits. Ainsi, il a l'habitude d'entrer en matière comme
si on savait déjà ce dont il va parler, et son éditeur a eu
souvent grand'peine à démêler ce qu'il désignait par les
« cil, cele gent, celes autres choses, il », etc., qui se présentent à l'improviste et, dans la même phrase, se rapportent

souvent à des sujets différents. Si un fait qu'il raconte ou
un nom qu'il prononce lui rappelle quelque souvenir antérieur ou postérieur qui s'y rattache, il introduit ce souvenir dans son récit sans l'en séparer nettement, de sorte
qu'on ne sait, à chaque instant, si on est en Égypte ou en
France, en 1250, ou en 1242, ou en 1300. Incapable de
dominer les événements qu'il relate et se contentant de les
suivre en disant la part qu'il y a prise, il donne aux détails
dont ils se composent une importance tout à fait dispropor-
tionnée et ne nous permet guère de comprendre la marche
de l'ensemble, en sorte que, si la connaissance que nous
avons des événements rend intelligible la plus grande partie
de son livre, il plane une ombre sur sa narration dès qu'elle
est relative à un fait un peu compliqué; il reste au moins
quelques phrases, quelques mots dont il est difficile de se
rendre compte. Le style proprement dit vient encore aggra-
ver ces défauts, dus au manque d'attention et de réflexion :
il n'est pas seulement dénué d'art, il est négligé au point
d'en être parfois incohérent, et très souvent il est obscur;
on se perd dans ces phrases encombrées d'incidentes, dans
ces propositions nullement rattachées les unes aux autres,
où les conjonctions et les pronoms sont omis ou accumulés
au grand préjudice de la clarté. Nous sommes loin de la
phrase ferme, juste et courte de Villehardouin, et nous
n'avons pas en compensation l'allure svelte et rythmée d'Au-
cassin ou du Ménestrel de Reims. Et pourtant on lit Joinville avec un plaisir toujours nouveau, et, comme l'a dit un
célèbre critique, on le lira dans tous les temps. C'est que
ses défauts comme ses qualités tiennent à une même cause :
non seulement Joinville écrit comme il parle, mais en réalité
son livre n'est pas écrit, il est parlé. En le lisant, nous l'entendons; nous nous mêlons à une de ces assemblées où les
chevaliers et les dames écoutaient le vieux sénéchal leur racontant ses aventures d'Égypte ou leur redisant ses entretiens avec le saint roi. Dès lors nous acceptons sans peine
tout ce qui pourrait nous choquer dans une œuvre littéraire,
le décousu, la négligence, les ellipses ou les redites, et nous

sommes charmés, à six siècles de distance, de nous trouver aussi directement en présence du fidèle compagnon de saint Louis que si le phonographe avait été inventé de son temps et nous répétait ses discours. Si jamais le fameux mot de Pascal sur le style naturel a trouvé son application, c'est bien ici. En ouvrant Joinville, « on est tout étonné et ravi, « car on s'attendait de voir un auteur, et on trouve un « homme ». Un homme, il est vrai, bien différent de nous en apparence, et, quoique très naturel et même très enfant par certains côtés, encore bien plus différent de « l'homme « de la nature »; un homme rigoureusement façonné, par son éducation et son milieu, à des manières de penser, de sentir et d'agir qui nous sont devenues tout à fait étrangères, ne supposant pas qu'il puisse y avoir de l'univers et de la société humaine une autre conception que sa conception chrétienne et féodale, enlacé et, pour ainsi dire, cuirassé de toutes parts par les croyances, les préjugés et les conventions de son siècle et de sa caste comme par son armure, mais au fond ressemblant singulièrement, par la droiture de sa pensée, la loyauté de son cœur, la délicatesse de ses sentiments, son courage sans ostentation, au *vir probus* des anciens, à « l'honnête homme » moderne, et ajoutant à ce qui lui est commun avec eux une bonté qui lui est propre, la charité qu'il puise dans sa foi, et cette robuste croyance à l'action toujours présente de Dieu dans le monde et à l'importance pour notre vie future de chacun des actes de notre vie terrestre, qui donne à ces actes une signification plus haute et un intérêt à la fois plus sérieux et moins mesquinement égoïste; en un mot, un « preudome », pour lui donner le titre qu'il souhaitait le plus de mériter, et que saint Louis n'hésitait pas à mettre au-dessus d'un autre plus étroitement religieux, car, disait-il, « preudome est si « granz chose et si bone que neïs au nommer emplist il la « bouche ». Et c'est pour cela que ce « preudome », que nous avons tant de plaisir à écouter, nous ne pouvons, en outre, nous empêcher de l'aimer, et que nul n'a fermé son livre sans se dire qu'avec toutes ses limitations et toutes ses dé-

Ci-dessus, p. 386.

fectuosités, la société où de tels hommes n'étaient pas des exceptions et où ils avaient une large part au gouvernement des autres hommes était une société digne, au moins par certains côtés, d'estime et de sympathie.

III. Épitaphe de Jofroi III de Joinville. Nous avons reproduit presque en entier, dans la première partie de cette notice, l'intéressante épitaphe dans laquelle, entre le début (« Diex sires. . . . tenue ») et la fin (« Icis Jofrois. . . . « *quiescat in pace* »), consacrés à son bisaïeul Jofroi III, Joinville a intercalé la nécrologie de son aïeul Jofroi IV, de ses oncles Jofroi V et Guillaume, et de son père Simon. On y retrouve le désordre habituel au bon sénéchal et qu'on excuse ici volontiers, quand on sait qu'il a composé cette épitaphe de famille en 1311, à l'âge de quatre-vingt-sept ans [1]. Jofroi, nous dit-il, fut père de Jofroi qui fut père de Guillaume et frère de Simon, lequel Simon (le père de Jean) « refu » frère de Jofroi Troullart : Jofroi (V) Troullart étant l'aîné des fils de Jofroi IV, il est clair que l'ordre naturel eût été de parler de lui avant de venir à ses frères. Les crochets faits ici par Joinville ont si bien embrouillé son exposé que, quand il reprend à la fin « Icis Jofrois », ces mots ont l'air de se rapporter à Jofroi V, de l'histoire duquel ils sont tout voisins, et qu'on les a à tort rapportés à Jofroi IV, tandis qu'ils se rapportent à Jofroi III, dont c'est proprement l'épitaphe qu'a voulu écrire son arrière-petit-fils. Nous avons éclairci plus haut cette confusion.

D'après le P. Merlin, qui devait avoir de bons renseignements, on ne lisait primitivement sur la tombe de Jofroi III de Joinville, dans l'abbaye de Clairvaux, que ces quelques mots latins : *Hic jacet nobilis vir Gaufridus dominus de Joinvilla*. Quant à l'épitaphe composée par notre sénéchal, elle se lisait « sur une pierre de trois pieds et demi enchâs-

Didot (A.-Firmin), Études sur Joinville, p. 109.

---

[1] On pourrait douter de cette date si elle n'était que dans la copie de Ménard, où il y a tant de mauvaises lectures ; mais elle figurait aussi dans celle du P. Merlin et n'a été que par erreur omise à l'impression (Didot, *Études*, p. 107). Elle se trouve aussi dans la rédaction latine du ms. fr. 11559.

« sée dans un mur », évidemment au-dessus de la tombe. Il
dut y avoir quelque occasion qui amena Joinville à composer « cest escrit », qui ressemble si peu aux épitaphes ordinaires, mais qui rappelle tellement toute sa manière : il
avait sans doute fait une visite à Clairvaux, et avait trouvé
que l'illustration des Joinville qui y étaient enterrés n'était
pas suffisamment attestée. Il a largement comblé cette lacune, car, nous avons déjà eu l'occasion de le dire, si le
bon sénéchal n'était pas vaniteux pour lui-même, il était
fort porté à amplifier quand il s'agissait des mérites de ses
aïeux. Jofroi III est tout simplement « li mieudres chevaliers
« de son tans », Simon « refu ou nombre des bons cheva-
« liers », Jofroi V « refu ou nombre des bons chevaliers », et
Richard Cœur de Lion, nous l'avons vu, « parti ses armes
« as seues », tradition de famille assez contestable. Joinville
n'oublie pas non plus de rappeler que la sénéchaussée de
Champagne fut donnée à Jofroi III « et a ses hoirs, qui des-
« puis l'ont tenue ». C'est aussi dans ce précieux document
que nous trouvons l'intéressant détail de l'écu de Jofroi V
rapporté de Terre Sainte, « pour ce que sa renomee ne pe-
« rist », par son neveu Jean, « signour de Joinville, senes-
« chal de Champaigne, qui encore vit, li qués fist faire cest
« escrit l'an mil trois cenz et unze, auquel Dieu doint ce
« qu'il set que besoing lui est a l'ame et au cors. »

L'épitaphe de Jofroi III fut imprimée dès 1617 par Ménard, auquel un chanoine de Troyes l'avait communiquée ;
mais le texte en était gravement altéré, non seulement par
des fautes de lecture, mais par des omissions et surtout des
changements arbitraires, le chanoine ayant refait les passages qu'il ne pouvait lire ou ne comprenait pas. En 1739,
le P. Merlin, dans un article sur Clairvaux inséré aux Mémoires de Trévoux, en donna une édition plus exacte : il
avait nettoyé la pierre et avait essayé de copier exactement
l'inscription [1]. Il a cependant commis encore pas mal de

---

[1] Il ne résulte pas avec une clarté absolue des expressions employées par le
P. Merlin qu'il ait fait cette opération
lui-même ou qu'un autre y ait procédé
pour lui ; mais ce détail est de peu d'importance.

fautes, dont la plupart heureusement ne sont pas les mêmes
que celles de l'édition de Ménard et que la comparaison des
deux éditions permet d'ordinaire de corriger. C'est ce qu'a
fait excellemment M. de Wailly, après avoir imprimé les
deux textes en regard. Il reste encore quelques points douteux, et, comme les détails les plus minimes ont de l'importance pour ce texte, qui nous représente sans doute plus
fidèlement que tout autre la façon d'écrire de Joinville, il
serait peut-être bon de recourir à la copie même du P. Merlin, qui paraît exister à Joinville : nous savons en effet que,
sur un point au moins, l'imprimé ne l'a pas exactement reproduite [1]. Quant à la pierre elle-même, elle a disparu avec
l'église abbatiale de Clairvaux.

IV. Lettre à Louis X. Cette lettre, écrite le 8 juin 1315,
nous est parvenue dans l'original même (non autographe,
bien entendu) et fait vivement regretter qu'on n'en ait pas
conservé d'autres : quel prix n'auraient pas pour nous des
lettres de Joinville à saint Louis ! Le sénéchal, en effet, se
montre bien encore ici tout entier. Il ne se borne pas à répondre au mandement royal, qui lui était arrivé trop tard
pour qu'il pût y faire droit en temps voulu ; il donne fami-
lièrement son avis au roi sur la guerre de Flandre qu'il a
entreprise : « Il moy samble, sire, que vous faites bien, et
« Dex vous soit en aide ! » Et, la lettre étant adressée « a son bon
« signour Loys, etc. », il la termine par cette excuse caractéristique : « Sire, ne vous desplaise de ce que je, au premier
« parleir, ne vous ai apelley que bon signour, quar autremant
« ne l'ai je fait a mes signours les autres roys qui ont estey
« devant vous, cuy Dex absoyle. » Le vieux « preudome »

---

[1] Voir Didot, pages 105-108. — Aux
copies de Camuzat et de Merlin il faut
joindre la traduction latine, remontant
à la fin du XVIe siècle, que M. Delaborde
a signalée dans le ms. de la Bibl. nat.
fr. 11559, et que nous avons déjà mentionnée. Elle ne peut d'ailleurs pas servir
à grand'chose : bien que plus ancienne
que nos deux copies, elle présente, outre
des lacunes, les plus singuliers contresens. Elle n'a donc de valeur que par
sa clausule finale, dont nous avons tiré
parti plus haut (p. 293, note). Le même
manuscrit contient une traduction française faite sur le texte latin, et qui en
reproduit toutes les fautes.

maintient ici les bons et libres usages d'autrefois en face
des coutumes plus obséquieuses qui commençaient à prévaloir.

Nous avons remarqué plus haut la curieuse radiation
dans cette lettre, par le scribe qui écrivait sous la dictée de
Joinville, des deux mots qui impliquaient que le sénéchal
prendrait part lui-même, avec « sa gent », à l'expédition de
Flandre. Il nous semble le prendre là sur le fait, dictant
d'abord : « je et ma gent », puis réfléchissant qu'à quatre-
vingt-onze ans il ne pouvait vraiment promettre de monter
à cheval et de faire campagne, et faisant tristement effacer
les mots qui en contenaient l'engagement. Il faut noter
encore qu'il y a dans cette lettre un membre de phrase inintelligible, auquel M. de Wailly, dans sa traduction, a donné
le sens qu'il devrait avoir, mais qu'il n'a pas dans le texte.
Mais c'est peut-être une simple étourderie du scribe, qui a
écrit avec une hâte visible, et qui a dû, un peu plus loin,
rayer trois mots qui ne donnaient pas de sens.

La lettre du 8 juin 1315 clôt dignement la série des écrits
de Jean de Joinville : il mourut dix-huit mois après. Parmi
ces écrits, nous ne comptons pas les nombreuses chartes
émanées de sa chancellerie, dont M. de Wailly et d'autres
ont publié une partie, et dont M. François Delaborde a dressé
le catalogue complet, au moins provisoirement. Ce sont
des actes dont la rédaction n'a rien de personnel. Les véritables écrits du sénéchal de Champagne sont ceux que
nous avons étudiés, et dont nous rappelons ici les dates
telles que nous croyons les avoir établies :

1250 : Chanson composée à Acre (?).

1250-1251 : Première rédaction du *Credo*.

1272-1273 : Rédaction des Mémoires sur la croisade.

1287-1288 : Deuxième rédaction du *Credo*.

1305 : Composition du Livre de saint Louis où les Mémoires sont incorporés.

1309 : Épître dédicatoire du Livre de saint Louis à Louis de Navarre-Champagne.

1311 : Épitaphe de Jofroi III.

1315 : Lettre à Louis X.

G. P.

ANONYME,

AUTEUR

DU *LIBER PRACTICUS DE CONSUETUDINE REMENSI.*

M. Varin nous a fait connaître ce livre en le publiant presque tout entier dans la première partie de ses Archives législatives de Reims, p. 35-332, d'après un manuscrit conservé dans la bibliothèque publique de cette ville. Le titre, qui a été écrit sur un des feuillets de garde vers la fin du xviiie siècle, n'est pas exact. Un livre est toujours bien ou mal composé; et nous avons ici, comme le remarque justement M. Varin, un « recueil fort indigeste » de notes sans suite, souvent très brèves, écrites à la hâte, nullement rédigées pour le public. D'ailleurs la plupart de ces notes ne se rapportent pas à la coutume de Reims; presque toutes ne nous offrent que des remarques ou des décisions également sommaires sur des cas douteux de procédure canonique.

Quel est l'auteur de ces notes? M. Varin les croit de plusieurs mains, et en attribue la plus grande partie à certain official de l'archevêché de Reims, nommé Rufin *de Fisteclo, de Fistelo,* qui vivait, dit-il, dans les dernières années du xiiie siècle. Cette conjecture doit être discutée.

Quelquefois l'auteur, ayant énoncé le fait, donne simple-

Varin, Arch. admin. de Reims, tome 1, notice, p. cxvi.

58.

ment son avis, en praticien : *credo quod, dico quod.* Ailleurs, ayant énoncé l'opinion d'un plaignant, il ajoute qu'il a réfuté cette opinion de telle manière : *dixi quod, respondi quod.* Mais souvent, après avoir exposé la matière du procès, il cite l'arrêt intervenu, et le cite comme l'ayant dicté : *judicavi, pronuntiavi, condemnavi, absolvi, confirmavi, infirmavi.* On voit en outre qu'il était official ou juge d'Église, puisque, en certains cas, ayant prouvé son incompétence, il renvoie les accusés ou les plaideurs devant le juge civil : *Ideo remisimus ad justitiam laicalem.* Enfin, puisqu'il juge en appel des causes déjà portées devant les officiaux de Châlons et de Laon, et nomme expressément l'archevêque de Reims son seigneur et son maître, il est bien évident qu'il était official de cet archevêque.

Mais toute difficulté n'est pas résolue. Il y avait deux officialités dans la ville de Reims: celle de l'archevêque, celle de l'archidiacre; et, dans celle de l'archevêque, deux chanoines siégeaient avec le même titre, au même rang. Or, cette charge d'official n'étant pas moins pénible qu'honorable, on ne l'occupait pas longtemps. Les officiaux de l'archevêque étaient en l'année 1258, pour ne pas remonter plus haut, Henri de Flui et Maheus Guyon d'Arras; en 1259, Henri de Flui, plus tard doyen d'Amiens, et Reinier de Paissi ou de Passi; en 1271, Philippe de Brétigni et Simon Matifas de Buci, qui fut dans la suite évêque de Paris. On n'a pas dit précédemment, dans la notice qui concerne cet évêque, qu'il eût jamais rempli les fonctions d'official dans l'église de Reims; il y fut d'abord official, puis archidiacre. Ses successeurs dans l'officialité furent: en 1274, Guillaume d'Izi; en 1276, Jean de Villegardin; en 1281, Rufin *de Fisteclo.* Ce Rufin *de Fisteclo* fut assez longtemps official. En 1282 il siège avec Jacques de Boulogne, qui fut dans la suite évêque de Morinie; en 1284, avec l'Italien Nicolas de Ferrare; en 1288, avec Eudes de Sens. Mais, au 2 septembre de l'année suivante, il devient à son tour archidiacre, en remplacement de Simon Matifas. Nous avons une bulle du pape qui confirme cette mutation. Eudes de Sens a pour

Varin, Arch. législ., 1re partie, p. 162, 166, 167, 170, 173, 174 et *passim.*

Ibid., p. 183.

Ibid., p. 195, 213, 217.

Ibid., p. 163.

Varin, Arch. administrat., t. II, p. 100.
Ibid.
Ibid., t. I, p. 914.

Hist. litt. de la France, t. XXV, p. 209.

Varin, Arch. administrat., t. II, p. 101, 102; t. I, p. 976.

Ibid., t. I, p. 993; t. II, p. 103.

Hist. litt. de la France, t. XXV, p. 210.

collègues en 1289, en 1291, Gérard de Marle; en 1292,
Guillaume de Wois. C'est pour nous l'occasion de signaler
une autre et plus grave lacune dans la notice ci-devant publiée sur Eudes de Sens. L'auteur de cette notice n'a rien
dit de sa vie. Il était chanoine de Reims et fut un des officiaux de cette église au moins jusqu'en l'année 1292. Ajoutons que, lorsqu'il mourut, on ne sait en quelle année, il
légua 400 livres tournois à l'église de Reims, qui célébra
longtemps son anniversaire à la date du 16 février.

Voilà bien des officiaux entre lesquels il faut rechercher
l'auteur du manuel faussement intitulé *Liber practicus de
consuetudine Remensi.* Mais quelques-uns doivent être dès
l'abord écartés. Devant l'auteur de ce manuel comparaît en
appel un prêtre excommunié que l'on accuse d'agir comme
exécuteur testamentaire de Remi, évêque de Châlons, et de
ne pas vouloir prouver l'existence de son mandat. Cet évêque
étant mort en octobre 1284, l'auteur des notes ne peut
être ni Henri de Flui, ni Maheu Guyon d'Arras, ni Reinier de Passi, ni Philippe de Brétigni, ni Guillaume d'Izi,
ni Simon Matifas, ni Jean de Villegardin, ni Jacques de
Boulogne, qui avait quitté l'officialité de Reims avant les
derniers mois de l'année 1284. Remarquons maintenant
que le prêtre excommunié vient de l'être, durant la vacance
du siège de Châlons, par l'archidiacre Milon de Semur, et
que le jugement de son appel devant l'official de Reims paraît avoir été rendu durant la même vacance, c'est-à-dire
avant le mois d'avril 1285. Ainsi l'auteur des notes n'est pas
non plus Gérard de Marles ou Guillaume de Wois, qui devinrent officiaux bien longtemps après. Mais on peut hésiter
encore entre ces trois contemporains : Rufin *de Fisteclo,*
Nicolas de Ferrare, Eudes de Sens. Eudes de Sens fut un
légiste très estimé; son traité des actions possessoires conserva longtemps une grande renommée. On est donc facilement enclin à le croire, plus que tout autre, auteur des
notes publiées par M. Varin. Cependant nous allons rétrécir
encore le champ des conjectures. Eudes de Sens remplaça
comme official Nicolas de Ferrare, qui fut élu doyen de

XIVᵉ SIÈCLE.

Varin, Arch. ad-
ministr., p. 103,
1037.
Ibid., p. 1071.

Hist. litt. de la
France, t. XXV,
p. 85.

Varin, Arch. ad-
min., t. II, p. 69.

Varin, Arch. lé-
gislat., 1ʳᵉ part.,
p. 213.

Gall. christ. nov.,
t. IX, col. 869.

Varin, Arch. ad-
min., t. I, p. 999.

Reims. Or Nicolas de Ferrare ne put être élu doyen qu'après
la mort de Hugues le Large, qui testa le 22 septembre 1285.
Il est ainsi prouvé qu'Eudes de Sens n'était pas encore official quand cessa la vacance du siège de Châlons, et l'attribution des notes anonymes doit donc être faite soit à Nicolas
de Ferrare, soit, comme le pense M. Varin, à Rufin *de
Fisteclo.*

L'un ou l'autre vivait encore en l'année 1307. Un débat
s'était élevé dans le cours de cette année entre l'archidiacre de
Laon et le roi Philippe, qui réclamaient contradictoirement
les fruits de l'évêché, le siège étant vacant. Sur cette contestation, l'auteur du *Liber practicus* donne son avis et se
prononce contre le roi. Mais il ne donne pas cet avis comme
official; il ne l'est plus. La question l'intéresse, et il la traite
en jurisconsulte : *Videtur mihi quod.* Une pièce, citée comme
formule de mandement épiscopal, est même beaucoup plus
récente, car elle porte la date de l'année 1318. Mais il est
possible que cette pièce et d'autres semblables aient été postérieurement ajoutées à de plus anciennes, et que l'auteur
des notes critiques n'ait pas vécu jusque-là.

Les historiens futurs du pays rémois trouveront dans ces
notes de très utiles renseignements, qu'ils pourront joindre
à ceux qui leur seront fournis par la Somme, plus ancienne,
de Dreux de Hautvillers. Un assez grand nombre concernent
les églises de Laon, de Châlons. Quelques-unes nous offrent
même l'opinion de l'auteur sur des litiges qui ont agité
d'autres provinces. On le consultait de très loin. On le consulte de Liège, en l'année 1293, sur l'élection de l'évêque,
et il répond, *respondi,* qu'il faut admettre Gui de Hainaut,
l'élu de la majorité, confirmé par l'archevêque de Cologne.
Mais le pape ne fut pas de cet avis et fit un choix différent.
Quelquefois même notre official se prononce, sans avoir été
consulté, sur des cas de droit public. L'arrêt prononcé par
le roi Philippe contre le comte de Flandre est-il valable?
Il l'est, dit notre docteur, sans aucun doute; toute justice
vient du roi; il est juge simplement, universellement, sans
limite, sans restriction, même dans sa propre cause. Cepen-

Varin, Arch. lé-
gisl., p. 120.

Page 135.

Page 159.

Page 85.

XIVe SIÈCLE.

dant, si ce comte justement condamné fait appel aux armes
et demande aux bonnes villes de Flandre des soldats, des
subsides, celles-ci doivent lui fournir tout ce qu'il attend
d'elles pour soutenir sa mauvaise cause : *De non dando, de non
mutuando principi conspiratio est.*   B. H.

Page 324.

ANONYME,

AUTEUR

D'UN COMMENTAIRE SUR LE *DISTIGIUM CORNUTI.*

Le petit poème intitulé *Distigium Cornuti* a pour auteur,
croyons-nous, Jean de Garlande. On a fait connaître dans
quel dessein il a été composé. Longtemps on avait enseigné
la grammaire en expliquant les doctes manuels de Donat et
de Priscien. Mais, dès les premières années du XIIIe siècle,
l'influence exercée par le Doctrinal et le Grécisme avait fait
abandonner cette méthode, et l'on était devenu plus curieux
d'étudier les mystères de la langue latine que de l'écrire correctement. Le *Distigium* de Jean de Garlande est un de ces
recueils d'énigmes que les professeurs avaient à charge de
deviner pour satisfaire la curiosité de leurs écoliers. C'est
pourquoi il a été l'objet de nombreux commentaires. Celui
dont nous allons parler paraît avoir été un des plus estimés.
Nous l'avons dans le n° 15037 du fonds latin de la Bibliothèque nationale (fol. 169-176), et il nous est aussi signalé
dans le n° 519 de Berne. On en peut lire un fragment dans le
volume plus haut cité des Notices et extraits des manuscrits.

Nous ne doutons pas que l'auteur ne soit français. Très souvent il dit comment sont nommées en français les choses dont
il interprète ensuite les noms latins. Ainsi, dit-il, *nere* signifie
« filer » (fol. 169, col. 1); *labicidium* « tourbe [1] » (col. 3);

Not. et extr. des
man., t. XXVII,
2e part., p. 28.

---

[1] *Sic*, dans le ms., mais il faut lire *courbe*, d'après une glose citée plus loin, p. 465.

placenta «fouache» (col. 4); *lixivium* «lexive» (fol. 171, col. 1); *assa* «rosti»; *ardea* «hairon» (*ibid.*). L'âge du manuscrit fait d'ailleurs sûrement connaître le temps où cet auteur a vécu. Le manuscrit est des dernières années du XIII° siècle, s'il n'est pas des premières du XIV°.

«La grammaire est, dit notre anonyme, la science des «sciences, la portière de tous les arts» (fol. 173, col. 3). Cependant il ne prouve pas qu'il ait été bon grammairien. Quand même l'occasion s'offre à lui de fournir cette preuve, il la néglige, aspirant à se signaler comme très versé dans une science d'un ordre bien supérieur : la science des étymologies. Non seulement il prétend nous enseigner d'où dérivent tous les mots du texte qu'il commente; mais à l'occasion de ces mots il en cite d'autres, et d'autres encore, recherchant toutes les racines des mots simples, rendant compte de toutes les associations qui ont produit les mots composés. Et c'est presque toujours du grec qu'il fait venir ces mots. Or, comme il ne savait pas mieux le grec que Jean de Garlande ou qu'Évrard de Béthune, dont il invoque souvent l'autorité, il y a, dans ses étymologies grecques, les plus singulières bévues. Le voici, par exemple, au début de sa glose (fol. 169, col. 4) faisant venir du grec *odos* le mot *exordium*, qui signifie, dit-il, *repetitio cantilenæ*, et donnant le même mot pour racine au mot *oda*, chant. *Et tamen*, ajoute-t-il, *hæc Oda mulieribus appropriatur;* ce qui veut dire que ce nom de femme, Ode, vient aussi du grec *odos*. Quand ses étymologies grecques ne sont pas à ce point téméraires, c'est qu'il les tire d'Isidore ou d'autres anciens lexicographes; mais toujours, lorsqu'il leur fait un emprunt, il estropie les mots qu'il cite. Et certainement il n'a rien eu de plus à cœur que de passer pour un bon helléniste. Ses étymologies latines sont souvent d'ailleurs aussi bizarres. Citons celle de *superbus* dérivé de *supinus*, avec cette explication : *quia superbus incedit supine* (fol. 169, col. 2); celle de *temetum* (fol. 169, col. 2): *Temetum, forte vinum; et dicitur a teneo et mens, mentis, quia tenet mentem;* celle de *placenta*, dérivé de *placet* (fol. 169, col. 4); celle d'*urna*, dont la racine est,

XIV⁰ SIÈCLE.

dit-il, le mot *ur*, qu'il suppose latin et auquel il donne le
sens d'*ignis* (fol. 170, col. 2); celle de *latrina*, dérivé de *lateo*,
quia lumen in latrina latet (fol. 170, col. 4). Citons encore
celle d'*alcedo*, alcyon : *Ab alo dicitur alcedo, avis quæ feliciter
alit pullos suos* (fol. 171, col. 4). Comme on le voit, notre
glossateur n'était pas beaucoup plus fort en latin qu'en grec.

Ce qu'il y a de plus intéressant dans ces scolies anonymes, c'est un grand nombre de mots latins de fabrique
récente, qui ne sont pas tous, il s'en faut bien, dans le Glossaire de Du Cange, et qui sont ici, fidèlement sans doute,
interprétés. Nous avons cité plus haut le mot *labicidium*
signifiant « courbe ». Du Cange cite, d'après un autre manuscrit de la même glose, *labilicidium* « gallice *corba* vel trici-
« dium »; mais le mot *tricidium* est d'ailleurs inconnu. Voici
d'autres mots de même sorte : *phalerica*, signifiant « beffrei »
gallice; pentitheus, vir religiosus; calobinda, galoche; *pepones,
cibaria facta ex pane et carne et croco; papata*, pâtée ou bouillie
(fol. 171, col. 1)[1]; *lappana*, cardoniere (fol. 172, col. 2);
sperticinium, mépris; *oxytonare, dictionem acuto accentu pro-
nuntiare (ibid.); utrina, locus ubi ponit brassator ordeum suum,
vel bladum suum, ad siccandum, gallice* « touralle » (fol. 170,
col. 1)[2]. Enfin d'autres mots reçus dans le latin classique
sont pris ici en un sens tout à fait nouveau. Ainsi le *chiro-
nomon*, qui, sans parler, gesticule, n'a jamais été, pour les
anciens, autre chose qu'un pantomime. Eh bien, c'est ici le
serviteur qui découpe les viandes :

> .....*Chironomon domini qui fercula scindit* (fol. 171, col. 3).

Assurément le glorieux Bathylle aurait moins troublé le
cœur des dames romaines s'il ne s'était distingué que dans
cet humble emploi.

Notre anonyme cite beaucoup de vers mnémoniques dont
il n'indique pas les auteurs. Quelques-uns de ces vers appartiennent au Grécisme, d'autres au Doctrinal. Les au-

---

[1] Voici l'exemple cité de ce mot qui manque à Du Cange :
Papæ papatus, pueri papata requirunt.
[2] Cf. le Dictionnaire de M. Godefroy, sous *toraille*.

IMPRIMERIE NATIONALE.

teurs modernes qu'il nomme sont Serlon (fol. 176, col. 2), Gilles de Corbeil (fol. 170, col. 2), Bernard Silvestris (fol. 171, col. 3), Alexandre de Halès (fol. 169, col. 1), Jean de Garlande. Plusieurs fois il cite le *Compendium* de Jean de Garlande : fol. 169, col. 1, et fol. 171, col. 4; et deux fois au moins son *Accentuarium :* fol. 171, col. 4 et 172, col. 2.

Nous aurions voulu trouver quelques traits d'esprit, au moins quelques dires bouffons, dans ces gloses anonymes d'où toute science est absente. Il n'y en a pas. Nous y avons aussi vainement cherché quelques informations sur les mœurs du temps; nous n'y avons trouvé, pour ce qui concerne les mœurs, que deux ou trois banales déclamations à l'adresse des prédicateurs dont la conduite n'est pas conforme à leurs enseignements. En somme, ces gloses sont d'un ignare et maussade pédant.   B. H.

GUILLAUME DE GUILLERVILLE,

CANONISTE.

Delisle (L.), Cab. des mss., t. I, p. 541.

Parmi les manuscrits livrés à Colbert, en 1683, par les religieux de Bonport, se trouvait un volume in-4°, du XIIIe siècle, intitulé : *Pœnitentiarius mag. Willelmi de Gislarvilla.* Ce volume est aujourd'hui rangé sous le numéro 3724, parmi les manuscrits latins de la Bibliothèque nationale. Quel est ce lieu de *Gislarvilla?* Ce doit être l'un des deux bourgs appelés Guillerville, dans le Calvados et la Seine-Inférieure, mais nous ne savons lequel. Nous sommes encore plus mal informés en ce qui regarde l'auteur du livre, qui n'est mentionné par aucun bibliographe. Il était probablement clerc séculier; mais tout ce qu'il nous apprend sur lui-même, c'est qu'il a fait un séjour plus ou moins prolongé dans les villes de Paris, d'Évreux, de Fécamp où, dit-il, il

Ms. lat. 3724, fol. 50.

a vu des conjoints mal à propos séparés pour cause d'impuis-
sance, l'Église s'étant laissé tromper par de fausses preuves.
Nous sommes aussi réduits à des conjectures sur le temps
où vivait cet auteur. Des théologiens qu'il cite, le plus moderne est Hugues de Saint-Victor, et cela pourrait faire supposer qu'il vivait dans les premières années du XIIIe siècle,
mais il le cite comme un ancien : *Hugo de S. Victore et antiqui
dicebant;* et ce qu'il nous dit de certaines pratiques de son
temps, de certains abus tolérés et même légitimés par la
cour de Rome, se rapporte plutôt à la seconde moitié du
même siècle. Nous tenons du moins pour certain que son
livre fut écrit avant l'année 1298, date de la promulgation
du Sexte, qu'on n'y voit pas cité, tandis que le Décret de
Gratien et les Décrétales de Grégoire IX y sont allégués plusieurs fois à chaque page. Si d'autres documents viennent
un jour démontrer que ce Guillaume de Guillerville est mort
avant la fin du XIIIe siècle, nous aurons ici réparé tardivement une omission commise par nos prédécesseurs.

Tous les pénitentiels se ressemblent plus ou moins. Celui
de Guillaume n'a rien de bien particulier. Les jeunes confesseurs sont généralement malhabiles à discerner, entre les
péchés, les plus graves de ceux qui le sont moins; et les
pénitences qu'ils prescrivent sont, en conséquence, ou trop
douces, ou trop dures. La science des canons n'est certainement pas facile. Guillaume s'est proposé d'en éclairer tous
les points obscurs au profit des confesseurs inexpérimentés.
On reconnaît qu'il avait le droit de s'ériger en maître; cette
science difficile, il l'avait scrupuleusement étudiée. Il ne l'enseigne pas, d'ailleurs, sans agrément, joignant de temps en
temps des exemples aux préceptes et, dans ses digressions
morales, confirmant les sentences des apôtres, des Pères,
par des citations d'Horace, d'Ovide, de Claudien, d'Hilde-
bert.

Ce pénitentiel est en deux parties. Dans la première, la
plus longue, l'auteur traite des vices; dans la seconde, des
vertus. C'est dans cette seconde partie que son style est le
plus vif et le plus coloré; mais il n'est, dans la première, ni

lâche ni incorrect. Nous avons beaucoup de pénitentiels, mais nous en avons peu qui soient littérairement aussi recommandables que celui-ci.

A la fin, en manière d'épilogue, sont quelques décisions dont plusieurs contiennent d'utiles informations sur les opinions et les mœurs du temps. Voici la deuxième : « Que dirons-nous des biens meubles des juifs, des larrons, des « voleurs, des usuriers ? Les seigneurs de la terre qu'ils ha- « bitent peuvent-ils entrer en possession de leurs biens « meubles et en jouir? L'Église semble leur avoir donné ce « droit, en haine du crime, pensant que les coupables peuvent « être ainsi rappelés dans le droit chemin. Que les choses « criminellement acquises soient donc attribuées au fisc et « les héritiers dépouillés de ces gains honteux. Mieux vaudrait « encore que les seigneurs rendissent ces biens à ceux aux- « quels ils appartenaient ou à leurs héritiers, ou, si l'on ne « peut les trouver, aux pauvres. » (Fol. 58 vº.) Or on sait que les profits de tout commerce d'argent étaient réputés usuraires. Autre décision. La pluralité des bénéfices est un mal. Le pape peut, à la vérité, l'autoriser en faveur des clercs lettrés ou de noble naissance, *circa litteratas personas et nobiles*. Mais s'il le fait en faveur d'autres, uniquement pour complaire à des cardinaux jaloux de bien pourvoir leurs neveux, il se rend coupable de scandale, *videtur quod scandalum faciat*. (Fol. 60 vº.) Nous traduisons encore : « Commettent une « fraude les clercs qui, pour acquérir ou ne pas perdre leurs « profits, se rendent aux matines aux heures où les assistants « sont payés, ou bien résident dans leurs églises pour perce- « voir les fruits de leurs prébendes. On peut dire la même « chose de ceux qui étudient ou enseignent la théologie, les « lois, la médecine, qui s'imposent des veilles laborieuses « avec l'intention de se faire promouvoir par leur mérite aux « dignités de l'Église, et ont ainsi en vue un profit tempo- « rel, non l'utilité du prochain. Ces gens-là font de l'Église « un vil lieu de prostitution. Aussi dit-on :

> « Nobilis Ecclesiæ quondam venerabile nomen
> « Prostat et in quæstu pro meretrice sedet.

« Ce sont les manieurs d'or que Jésus a chassés du temple.
« Les laïques appellent les heures auxquelles des profits sont
« assignés : heures du denier, heures du Seigneur, heures de
« la sainte Vierge... » (Fol. 61 v°.) Une dernière citation :
« En ce qui regarde les écolâtres qui sont payés pour ensei-
« gner, disons qu'ils doivent enseigner eux-mêmes et gratui-
« tement, ne recevant rien de leurs écoliers. S'ils ne peuvent
« s'acquitter de cette besogne, qu'ils se fassent remplacer par
« de bons maîtres qui, vivant des revenus attribués au titu-
« laire, enseigneront eux-mêmes gratuitement. » (*Ibid.*)

Ces extraits suffisent, pensons-nous, pour montrer que
Guillaume de Guillerville ne doit pas être compté parmi
les canonistes relâchés.

B. H.

GUILLAUME BAUFET,

ÉVÊQUE DE PARIS.

Mort le 30 dé-
cembre 1319.

Guillaume Baufet, aussi nommé Guillaume d'Aurillac,
comme né dans cette ville, fut d'abord médecin. Il était,
en 1291, médecin de Jeanne de Châtillon, comtesse de
Blois. Il le fut ensuite du roi Philippe le Bel. En même temps
il était chanoine de l'église de Paris. Voilà tout ce qu'on
apprend sur les premières années de sa vie; mais on n'hésite
pas à croire que ce chanoine médecin était un important
personnage quand on le voit élu sans contestation évêque
de Paris, après la mort de Simon Matifas, le 18 septembre
1304. Il fut consacré par Étienne, archevêque de Sens, le
17 janvier 1305.

On rencontre souvent son nom dans le Cartulaire de
l'église de Paris. Sa vie épiscopale ne fut pourtant pas très
agitée; mais il paraît avoir eu le goût des affaires, car il en

Gall. chr. nova,
t. VII, col. 122.
Hist. litt. de la
France, t. XXVIII,
p. 327.

traita beaucoup, plaida quelquefois et ne gagna pas tous ses procès. Nous n'avons à rappeler ici que les actes principaux de son administration. Le premier est une charte du 22 février 1305, dans laquelle il confirme la fondation d'une chapelle, en l'église de Saint-Gervais, par Jean Clairsens, chanoine de Saint-Quentin. Il eut ensuite le devoir d'intervenir dans une querelle théologique suscitée par un régent dominicain, Jean Quidort, qui, sans proposer ouvertement, au sujet de l'Eucharistie, une opinion contraire à l'opinion généralement admise, prétendait qu'on pouvait s'écarter de cette opinion et néanmoins n'être pas hérétique, l'Église n'ayant pas dit son dernier mot sur le mystère. Guillaume manda plusieurs fois ce régent téméraire, l'invitant à s'expliquer lui-même plus clairement devant les maîtres et les bacheliers. Il paraît qu'il justifia sa thèse avec tant d'adresse qu'on n'osa pas la condamner; mais de telles nouveautés étant inquiétantes, il fut interdit au novateur d'enseigner à Paris. Une autre charte de Guillaume, du 29 avril 1306, a pour objet d'amortir, moyennant le payement d'une rente de six livres parisis à l'église de Paris, une maison avec jardin située dans la rue Saint-Honoré, que feu Philippe de Viri avait affectée à la fondation de la chapelle Saint-Louis en l'église Saint-Honoré. Quelques jours après, lisons-nous dans la Gaule chrétienne, il assistait au transfert du chef de saint Louis dans la Sainte-Chapelle. Il perdit, avons-nous dit, plusieurs procès. Mais il en gagna quelques-uns. Ainsi nous le voyons, après de longs débats, se faire reconnaître par le roi Philippe le droit de chasser le lapin, le lièvre et le renard dans la forêt de Saint-Cloud. La charte royale est du 18 août 1307. L'année suivante, le 10 décembre, son Chapitre lui fait savoir qu'il vient de nommer doyen Simon de Guiberville et le prie de vouloir bien venir l'installer dans sa charge, ou de donner à quelqu'un le mandat de procéder à cette installation. Il était donc alors absent de Paris. En l'année 1309 commença le procès de Marguerite Porrete, triste affaire, qui lui causa sans doute, nous aimons du moins à le supposer, beaucoup de soucis. Cette

Chart. eccl. Paris., t. III, p. 110.

Chartul. univers. Paris., t. II, sect. 1, p. 120; Hist. litt. de la Fr., t. XXV, p. 262.

Chart. eccl. Paris., t. III, p. 70.

Gall. chr. nova, t. VII, col. 123.

Chart. eccl. Paris., t. III, p. 15.

Chart. univers. Paris., t. II, sect. 1, p. 136.

XIVe SIÈCLE.

dévote exaltée, qui, bien que laïque, avait, paraît-il, quelque littérature, étant accusée de partager l'opinion d'Amauri de Rennes et des Béghards touchant l'action de Dieu sur les créatures, Guillaume la cita devant lui, l'invitant à venir se justifier. Mais elle ne vint pas, et, l'année suivante, pour la punir de s'être obstinée dans son erreur, on la brûla. L'histoire est contrainte d'enregistrer ces faits lamentables. Le 17 mai 1311, Philippe le Bel nomma Guillaume un de ses exécuteurs testamentaires. Le mandat reçu, Guillaume se dit sans doute qu'il devait lui-même penser à sa mort plus ou moins prochaine. C'est pourquoi, le 24 septembre de cette année, il fonda son anniversaire, donnant à l'église de Paris, pour le célébrer, quelques terres et quelques rentes. Mais il vécut longtemps encore. Le 22 juin 1312, il ratifia la fondation du collège d'Harcourt. C'est là peut-être tout ce que lui doit l'université de Paris, dont il ne paraît pas avoir très scrupuleusement respecté les privilèges. On lit, en effet, une bulle de Jean XXII, sous la date du 1er juillet 1318, où il lui est recommandé de veiller à ce que son official et son bailli inquiètent moins, dans l'exercice de leurs droits, tant les maîtres que les écoliers. N'omettons pas de mentionner, à la date du 24 février 1319, une autre bulle du même pape en faveur d'un juif converti qui se propose d'enseigner à Paris l'hébreu et le chaldéen; Guillaume est prié de le bien accueillir et de pourvoir à son entretien. Le pape, qui demandait pour les autres, ne négligeait pas, comme il paraît, de demander aussi pour lui-même. Aussi le voyons-nous, vers ce temps, accuser réception à Guillaume de mille florins d'or qu'il avait reçus de lui. C'était un beau présent.

Guillaume mourut le 30 décembre 1319 et fut enseveli dans la chapelle de l'infirmerie de Saint-Victor.

Plusieurs écrits lui sont attribués; mais il n'est pas certain qu'un seul de ces écrits soit de lui. Nous ferons, en les mentionnant, le sincère aveu de nos doutes.

Le plus considérable est un *Dialogus de septem sacramentis* dont les manuscrits sont, pour la plupart, anonymes.

Hist. litt. de la France, t. XXVII. p. 70.

Chart. eccl. Paris., t. IV, p. 158.

Félibien, Hist. de Paris, t. III, p. 295.

Chart. univers. Paris., t. II, sect. 1, p. 223.

Ibid., p. 228.

Ibid., p. 229

472　　GUILLAUME BAUFET,

Cependant quelques-uns nous offrent divers noms. C'est, dans le n° 331 de Chartres, Hugues de Saint-Victor, Guillaume d'Auvergne dans le n° 141 de Tours, Guillaume de Paris dans le n° 3473 de la Bibliothèque nationale, Gilon dans le n° 10731 du même dépôt et dans le n° 1358 de Troyes, Jean Simon, prêtre de Saint-Symphorien, dans le n° 1297 de cette dernière bibliothèque. Enfin des bibliographes assurent en avoir vu des exemplaires sous les noms de Gui de Colle di Mezzo. Quant aux éditions, qui sont nombreuses, elles indiquent pour auteur tantôt Guillaume de Paris, tantôt Guillaume, évêque de Paris. Nous reproduisons brièvement ici ce qu'on peut lire plus longuement exposé dans la notice sur le dominicain Guillaume de Paris, au tome XXVII de cette Histoire. Mais on ne trouvera pas dans cette notice la solution du problème. Après avoir facilement écarté les autres noms, le rédacteur de cette notice déclare hésiter entre Guillaume Baufet et le dominicain Guillaume de Paris. Nous hésitons comme lui. Il est certain que ce Dialogue fut écrit après l'année 1298, puisqu'on y trouve au moins deux citations du Sexte, l'une au chapitre *De pœnitentia*, l'autre au chapitre *De matrimonio*. Mais le dominicain Guillaume de Paris, qui vécut jusqu'en 1312, a pu citer le Sexte aussi bien que Guillaume Baufet, mort en 1319. Rien, à la vérité, ne fait soupçonner dans le Dialogue qu'il soit l'œuvre d'un régulier : même dans les chapitres qui traitent de la confession et de l'extrême-onction, il n'y a pas une seule allusion aux querelles du temps; c'est toujours un séculier qui répond aux questions d'un séculier. Mais on lit à la fin : *Igitur, Petre, hæc paucula quæ dicta sunt de septem sacramentis tibi sufficiant, quæ, ut potui, brevius de scriptis fratris Thomæ principaliter collegi ac Petri de Tarentasia...;* et il semble bien que ces deux illustres dominicains n'auraient pas été choisis pour maîtres, si peu de temps après leur mort, par un autre que par un de leurs confrères. Ainsi nous ne savons, entre les deux Guillaume, pour lequel nous prononcer.

P. 145-146.

Deux exemplaires d'un autre ouvrage, intitulé *Contra*

exemptos, sont en deux manuscrits du collège Merton et du collège *Corpus Christi*, à Oxford, où le nom de l'auteur est indiqué de cette façon : *Guillelmus Parisiensis;* ou, plus brièvement encore, *Parisiensis.* On ne pouvait manquer de l'attribuer à Guillaume d'Auvergne; mais Oudin, nos prédécesseurs, et Coxe, l'auteur des catalogues des manuscrits appartenant aux collèges d'Oxford, ont cru plutôt devoir le donner à Guillaume de Saint-Amour. Si nous n'en avons à Paris aucune copie, nous en connaissons du moins quelques fragments publiés par M. Valois. Or il est parlé, dans un de ces fragments, des poursuites exercées contre les templiers et de la preuve acquise de leurs mauvaises mœurs : ce qui prouve, dit M. Valois, que cet écrit n'appartient pas plus à Guillaume de Saint-Amour qu'à Guillaume d'Auvergne, morts l'un et l'autre bien avant le procès des templiers. Est-il donc du dominicain Guillaume de Paris, qui fut un des adversaires les plus déclarés de l'ordre du Temple? Cela, dit encore M. Valois, n'est pas vraisemblable, car ce Guillaume de Paris n'aurait pas écrit un si vif libelle contre les exemptions, étant lui-même un exempt. Guillaume Baufet lui paraît donc être l'auteur de ce libelle. Ce n'est là sans doute qu'une conjecture; mais nous ne sommes en mesure d'y faire aucune objection.

Le catalogue de l'ancien fonds de la Bibliothèque nationale mentionne, sous le nom de Guillaume Baufet, une épître *super arte alchimica*, en fait sur la fabrique et l'emploi du vif-argent, qui se trouve dans le n° 7147, fol. 35, manuscrit sur papier du xv° ou du xvi° siècle, auquel on est porté dès l'abord à n'accorder aucune confiance. Cependant ce manuscrit en dit moins que le catalogue, car on y lit ainsi le titre de la pièce : *Epistola quœdam Guillelmi, Parisiensis episcopi, ad quemdam amicum super arte alchimica.* Il s'agit donc simplement d'un Guillaume quelconque, évêque de Paris. Est-ce Guillaume d'Auvergne? Non, car on y voit cités Albert le Grand (fol. 36 v°) et Arnaud de Villeneuve (fol. 39-40). Est-ce donc vraiment Guillaume Baufet? Bernard de la Marche Trévisane compte au nombre des

XIV° SIÈCLE.

Hist. litt. de la France, t. XVIII, p. 384; t. XXI, p. 476.

Valois (Noël), Guill. d'Auvergne, p. 192, 193.

IMPRIMERIE NATIONALE.

Hoefer, Hist. de
la chimie, t. 1,
p. 438.

alchimistes un certain Guillaume de Paris, qui fut, dit-il, « chef des écoles » de cette ville, et M. Hoefer suppose que ce Guillaume, vaguement mentionné par Bernard, est l'auteur de l'épître conservée dans notre n° 7147. Nous faisons une autre conjecture. Une rapide lecture de cette œuvre alchimique nous a persuadé qu'elle est pseudonyme et qu'on l'a mise sous le nom de Guillaume, sans doute le docte et fécond Guillaume d'Auvergne, comme tant d'autres de même sorte ont été livrées au public sous les noms de Platon, d'Aristote, de saint Thomas, de Raimond Lulle. Généralement les alchimistes de ce temps-là prenaient ainsi de faux noms.

Enfin on attribue, dit la Gaule chrétienne, à Guillaume Baufet des statuts que le *Synodicon Parisiense,* publié par les soins de Christophe de Beaumont, assure avoir été promulgués par un évêque de Paris nommé Guillaume. On les a de même attribués à Guillaume d'Auvergne. M. Valois fait

Valois, liv. cité,
p. 189.

justement observer que rien, dans les statuts, n'autorise à les donner à tel Guillaume, évêque de Paris, plutôt qu'à tel autre.   B. H.

Mort le 23 juin
1318.

GILLES AICELIN,

ARCHEVÊQUE DE NARBONNE ET DE ROUEN.

Gilles Aicelin, qui fut successivement archevêque de Narbonne et de Rouen, et qui servit Philippe le Bel avec dévouement, comme conseiller et comme diplomate, appartenait à une noble famille de l'Auvergne qui a fourni plusieurs cardinaux au Sacré Collège et dont le nom revient souvent dans l'histoire religieuse et administrative du XIVe siècle. Il

Baluze, Miscell.,
8°, t. IV, p. 368.

a été désigné sous le nom de Gilles de Billom dans le registre des visites de Simon de Beaulieu et dans les Annales de

Saint-Wandrille; sous celui de Gilles de Listenois ou de
Montaigu, dans les archives du collége de Montaigu à Paris;
mais le nom patronymique, AICELIN, a justement prévalu
dans l'usage, et c'est sous cette dénomination que nous le
faisons entrer dans l'Histoire littéraire de la France, où il a
droit de figurer pour la place qu'il a occupée dans les conseils et la chancellerie de Philippe le Bel, pour les actes, les
lettres et les discours qu'il a eu l'occasion de composer,
pour les statuts qu'il a publiés à Narbonne et à Rouen, pour
le collége qu'il a fondé dans l'Université de Paris.

Gilles Aicelin dut naître vers le milieu du xiii⁰ siècle; il
était frère du cardinal Hugues, évêque d'Ostie, mort en
1297, dont nous avons parlé dans un précédent volume, et
de Jean, évêque de Clermont depuis 1298 jusqu'en 1301.
La carrière de Gilles commença à Clermont, où nous le
trouvons prévôt du chapitre en 1285. Il obtint en même
temps une prébende dans la cathédrale de Narbonne, et il
avait les titres de prévôt de Clermont et de chanoine de
Narbonne, quand Philippe le Bel l'envoya, le 26 décembre
1288, à la cour du pape, avec Jean de Vassogne, archidiacre de Bruges, pour régler les conditions auxquelles il
devait percevoir la dîme des revenus ecclésiastiques du
royaume sous le prétexte des affaires d'Aragon. Dans cette
circonstance, il sut faire apprécier son mérite au souverain
pontife, Nicolas IV, qui ne tarda pas à lui témoigner
les sentiments d'estime qu'il avait conçus pour lui. Quoiqu'il fût encore simplement diacre, ce pape le choisit, le
25 novembre 1290, pour occuper le siège archiépiscopal
de Narbonne, vacant depuis bientôt cinq années et qu'Honorius IV n'avait pu faire accepter à Adenulfe d'Anagni,
prévôt de Saint-Omer. Dans la lettre de notification adressée
au peuple de la ville et du diocèse, le pape fait l'éloge du
nouvel archevêque : il vante la distinction de ses mœurs,
l'éclat de sa science et la solidité de sa vertu. André du Pui,
damoiseau du pape, fut chargé d'aller porter à Gilles la
nouvelle de sa nomination : il se présenta dans son hôtel,
à Clermont, le 24 janvier 1291 au soir. Gilles demanda que

XIV⁰ SIÈCLE.

Rec. des hist.,
t. XXIII, p. 427.
Félibien, Hist.
de Paris, t. V,
p. 678.
Jourdain, Index,
p. 89, note.

Hist. litt. de la
France, t. XXI,
p. 71.
Fr. Du Chesne,
Hist. des chance-
liers, p. 347 et
348.
Ibid., p. 263.

Baluze, Vitæ
pap., t. II, p. 11.

Collection Doat,
vol. 51, fol. 5.

XIVe SIÈCLE.

la remise officielle de la bulle fût ajournée au lendemain. C'est ce qui fut fait : le 25 au matin, à l'heure de prime, la bulle fut lue, et le nouveau prélat sollicita un délai pour réfléchir avant d'accepter la dignité qui lui était conférée. L'acceptation ne se fit guère attendre, et, pour se mettre en état de remplir les fonctions archiépiscopales, Gilles commença par se faire ordonner prêtre, en profitant de la permission que le pape lui avait donnée, le 11 janvier, de se présenter devant tel évêque qui lui conviendrait. Le 17 mars 1291, il reçut l'ordre de la prêtrise des mains de Simon de Beaulieu, archevêque de Bourges. Il se mit aussitôt en route pour l'Italie, après avoir établi, le 18 mars 1291, pour vicaire général Gaucelin (ou peut-être Gaucelm) de la Garde, doyen de Saint-Julien de Brioude. Ce fut à Orvieto, où siégeait alors la cour pontificale, que la cérémonie du sacre fut célébrée. Le 8 mai 1291, Nicolas IV annonça au clergé de la ville et du diocèse de Narbonne que l'archevêque venait d'être sacré par le cardinal Gérard, évêque de Sabine. Gilles profita de son séjour auprès du pape pour en obtenir des privilèges. Le 23 mai, il se fit autoriser à dispenser de l'obligation de se faire ordonner prêtres dans les délais voulus par les canons six des clercs attachés à sa personne. Le même jour et le 13 juin suivant, il fit expédier des commissions au préchantre de l'église du Pui, au petit archiprêtre de Carcassonne et à Ponce d'Allègre, chanoine du Pui, pour que chacun d'eux poursuivît, au nom du Saint-Siège, toutes personnes qui lui susciteraient des embarras.

L'un des premiers soins de Gilles fut de pousser activement les travaux de reconstruction de sa cathédrale. Comme il n'avait pas des ressources proportionnées à la magnificence qu'il voulait donner à l'édifice, il y suppléa en obtenant de Nicolas IV l'autorisation de consacrer aux dépenses de l'œuvre le revenu d'une année de tous les bénéfices du diocèse qui viendraient à vaquer pendant une période de cinq ans (23 mai 1291). Un peu plus tard, le 23 août 1297, il fit accorder par Boniface VIII des indulgences aux fidèles dont les offrandes contribueraient à faire avancer le travail.

Les affaires de Terre Sainte durent fixer l'attention de Gilles Aicelin dès qu'il eut pris en main l'administration de son archevêché. Le 18 août 1291, Nicolas IV lui adressa deux lettres : dans la première, il l'invitait à réunir un concile provincial, pour aviser aux mesures à prendre dans l'intérêt des chrétiens de l'Orient; dans la seconde, il recommandait, comme une question plus particulièrement digne d'examen, le projet de fondre en un seul ordre les templiers et les hospitaliers de Saint-Jean de Jérusalem.

Philippe le Bel avait accueilli avec une grande satisfaction la promotion de Gilles, dont il avait déjà mis le zèle et l'habileté à l'épreuve. Il lui témoigna son bon vouloir en lui assurant la jouissance d'une maison située à Carcassonne (janvier 1292), et plus encore en levant la défense qui avait été faite à Aimeri, vicomte de Narbonne, de porter son hommage à l'archevêque. Le parlement de la Toussaint 1291 déclara que le vicomte devait faire hommage au prélat de tous les fiefs qui relevaient de lui. Le 5 juillet 1292, cet hommage fut prêté avec une grande solennité, dans la cathédrale de Narbonne, devant l'autel de Saint-Just et Saint-Pasteur, en présence du chapitre, de beaucoup de gens d'église et de loi, de chevaliers, de bourgeois et de marchands de la ville.

Gilles Aicelin paraît avoir peu résidé dans son diocèse. Après y avoir installé ses vicaires généraux, Guillaume de Fontcouverte, abbé de Saint-Paul, et Raimond de Polanch, archidiacre de Fenouillet, que nous trouvons en exercice dès le mois de décembre 1292, il vint se fixer à Paris, où il se mit sous la main du roi, qui usa largement de son activité et de son expérience. Ce qui peut donner une idée de la considération dont il était entouré, c'est qu'en 1293, à la naissance du prince qui devait plus tard monter sur le trône et qui est connu sous le nom de Charles le Bel, il fut choisi pour parrain. La même année, par ordre de la cour, il alla, avec Pierre Flotte, dans la ville du Pui, où il chargea Jean

XIV° SIÈCLE.

L. cit., fol. 149.

Chartes de Colbert, n° 976.

Chartes de Baluze, n° 110; Vaissete, t. X, Pr., col. 271.

Collection Doat, vol. 56, fol. 146.

Olim, t. II, p. 325.

Chartes de Colbert, n°˚ 977 et 978.

Collection Doat, vol. 51, fol. 14 v°.

Baluze, Hist. de la maison d'Auvergne, t. I, p. 306.

XIVe SIÈCLE.

de la Roche-Aymon, chevalier, de faire hommage à l'évêque
et à l'église, pour le comté de Bigorre, au nom de Jeanne,
reine de France et de Navarre.

La confiance que le roi lui accordait ne nuisait pas à ses
relations avec le Saint-Siège et ne l'empêchait pas de veiller
au maintien des privilèges ecclésiastiques. Le 5 novembre
1295, Boniface VIII loue la modération avec laquelle il ad-
ministre son église et qui lui avait gagné la sympathie des
populations; dans la même lettre, il l'engage à ne jamais
s'écarter du sentier de la justice, à n'user qu'avec une extrême réserve de l'arme de l'excommunication, surtout vis-
à-vis des citoyens de Narbonne, et à ne pas entamer des
procédures à la légère. L'année suivante, probablement au
mois d'août, il siégeait à Paris, dans une assemblée de
prélats où furent passées en revue toutes les charges qui
pesaient alors sur l'Église de France et les persécutions dont
elle se croyait victime; la principale décision qu'on y prit se
réduisit à envoyer auprès du pape les évêques de Nevers et
de Béziers, pour lui exposer l'étendue du mal et pour rechercher avec lui les meilleurs moyens d'y porter remède.

Cette démarche n'offensa pas le roi, qui usait alors de
grands ménagements vis-à-vis du clergé. En septembre
1296, il enjoignait à tous ses vassaux et à tous ses officiers
de prêter leur aide aux évêques et aux inquisiteurs pour la
recherche, l'arrestation et la punition des hérétiques ou des
fauteurs de l'hérésie, ordre qui fut donné en présence et,
sans nul doute, à l'instigation de plusieurs prélats, dont le
premier nommé est l'archevêque de Narbonne.

La même année, Gilles Aicelin siégeait au Louvre parmi
les conseillers devant qui Pierre Flotte lut une lettre de
Gui, comte de Flandre, portant révocation des procureurs
qu'il avait précédemment nommés pour traiter de la paix
avec le roi. C'est ce qui a sans doute fait dire qu'en 1296 il
fut mis au nombre des conseillers d'État au Louvre.

En 1297, il fit un voyage en Italie. Un article de compte
nous apprend que Philippe le Bel l'avait envoyé à la cour
du pape, en compagnie de Gilles de Remin, de l'archidiacre

Vaissete, t. IX,
p. 171.

Collection Doat,
vol. 51, fol. 75.

Martene, Thes.,
t. IV, p. 223.

Olim, tome II,
p. 413 et 414.

Gall. chr., t. VI,
col. 84.

Fr. Du Chesne,
Hist. des chance-
liers, p. 264.

de Rouen et de Pierre Flotte; mais nous ignorons quel était l'objet de la négociation. Au cours de sa mission, se trouvant à Orvieto, le 24 août 1297, il apposa son sceau aux deux testaments de son frère, le cardinal Hugues Aicelin, évêque d'Ostie, testaments qu'il faut lire attentivement si l'on veut se faire une idée exacte de la fortune d'un prince de l'Église à la fin du xiii⁰ siècle. Gilles était l'exécuteur d'un de ces testaments; dans l'autre il était porté comme légataire d'une chape que le roi d'Angleterre avait donnée au cardinal et sur laquelle était brodé l'arbre de Jessé.

D'importantes négociations furent confiées en 1298 à l'archevêque de Narbonne. Philippe le Bel l'envoya à Tournai, muni de pleins pouvoirs, lui et les évêques d'Amiens et d'Auxerre, les ducs de Bourgogne et de Bretagne, le comte de Saint-Paul, le connétable Raoul de Clermont et Pierre Flotte, s'entendre avec les plénipotentiaires d'Édouard I⁰ʳ, roi d'Angleterre. Le 20 janvier, on convint d'une trêve qui devait durer jusqu'au lendemain de l'Épiphanie 1300. De plus, il fut décidé de part et d'autre qu'on dépêcherait des commissaires à la cour du pape, dont l'intervention devait faciliter le règlement des questions pendantes. En conséquence, Philippe le Bel envoya au souverain pontife, le 4 mars 1298, une ambassade composée de l'archevêque de Narbonne, du duc de Bourgogne, du comte de Saint-Paul, de Pierre Flotte, de maître Jean de Chevri, archidiacre de Rouen, et de Jean, chantre de Bayeux. Les ambassadeurs durent rester à Rome jusqu'à la fin de juin : ce fut le 30 de ce mois que Boniface VIII prononça la sentence arbitrale par laquelle il espérait mettre un terme aux différends de la France et de l'Angleterre. Gilles était de retour à Paris le 10 octobre, date à laquelle il se fit payer les frais de son voyage, montant à 626 l. 8 s. 4 d. t. Il rapportait de son voyage une bulle du 25 juin 1298 portant autorisation de fonder, doter et conférer deux prébendes sacerdotales dans l'église de Narbonne. A son retour, il dut assister à une session du Parlement.

De nouvelles négociations, auxquelles Gilles Aicelin fut

XIV⁰ SIÈCLE.

Compte de l'année 1305. Bibl. nat., n° 695 des chartes de Baluze.

Fr. Du Chesne, Hist. des cardinaux, t. II, p. 231-245.

Rymer, t. I, p. 885.

Ibid., p. 888 et 889.

Ibid., p. 894. Potth., n° 24706, 24711-24713.

Journal du Trésor, au 10 octobre 1298.
Collection Doat, vol. 56, fol. 153.

Olim, t. II, p. 423.

activement mêlé, signalèrent l'année 1299. Le 15 janvier, Philippe le Bel reçut au Louvre les envoyés du roi d'Angleterre, auxquels Pierre Flotte déclara que son seigneur désirait faire observer la trêve, échanger les prisonniers, et, pour les cas douteux, s'en rapporter à l'arbitrage de Simon de Melun et de Geoffroi de Joinville, désignés le premier pour la France et le second pour l'Angleterre. Aussitôt après la déclaration de Pierre Flotte, Simon de Melun proposa à Geoffroi de Joinville les bases sur lesquelles il croyait pouvoir engager les pourparlers. A la conférence assistaient les principaux barons du royaume, et plusieurs prélats, en tête desquels le procès-verbal mentionne l'archevêque de Narbonne. Quelques jours après, le 26 janvier, notre prélat siégeait au conseil où furent arrêtés certains articles relatifs au mariage projeté entre Jayme, fils aîné du roi de Majorque, et Catherine, impératrice de Constantinople.

Au mois d'avril suivant, Philippe le Bel fit payer une somme de 300 livres à l'archevêque de Narbonne, qu'il envoyait en Lorraine, probablement à Neufchâteau (*pro via apud Castrum Novum in Lothoringia facienda*). Nous ignorons l'objet de ce voyage, comme aussi celui d'un second voyage que le même prélat fit à Bar, un peu plus tard, probablement en juin ou en juillet, pour les affaires du roi.

Le 19 juin 1299, un traité fut conclu à Montreuil-sur-Mer entre les plénipotentiaires du roi de France et ceux du roi d'Angleterre. Les premiers étaient l'archevêque de Narbonne, l'évêque d'Auxerre, le duc de Bourgogne, le comte de Saint-Paul, Pierre Flotte et Pierre de Belleperche, chanoine de Bourges. Le premier des plénipotentiaires assista à la ratification du traité que le roi promulgua le 3 août dans l'abbaye cistercienne de l'Aumône, au diocèse de Chartres. Ce fut lui qui, à la suite de la ratification, déclara qu'il était entendu que, si le roi d'Angleterre prenait ou recevait le titre de duc d'Aquitaine, on ne devrait en tirer aucune conséquence préjudiciable au roi de France.

En 1299 ou en 1300, Gilles usa de son influence pour

Rymer, t. I, p. 884.

Villehardouin de Du Cange, Pr., p. 39.

Journal du Trésor, au 14 avril 1299.

Ibid., au 22 juillet 1299.

Rymer, t. I, p. 906.

Ibid., p. 911.

Ibid., p. 911.

Hist. litt. de la Fr., t. XXVIII, p. 37.

faire relâcher Arnaud de Villeneuve que l'official de Paris
avait fait emprisonner.

Ici peuvent se placer quelques actes se rapportant à l'administration du diocèse et de la fortune personnelle de Gilles
Aicelin. Comme il soutenait que ses notaires, à l'exclusion
des notaires royaux, avaient le droit de recevoir les testaments et les contrats de mariage dans la ville et le diocèse
de Narbonne, Philippe le Bel invita le sénéchal de Carcassonne à faire un rapport sur les usages qui avaient été jusqu'alors suivis, pour que la question pût être tranchée au
prochain parlement.

Au mois d'août 1299, Gilles reçut du roi une rente de
27 livres due par l'abbé de Sainte-Geneviève. Le 28 septembre, il donne quittance à un bourgeois de Clermont,
Gérard Calchat, panetier du roi, qui avait été chargé de
liquider une partie de la succession de son frère le cardinal
Hugues, évêque d'Ostie.

A la fin du mois d'octobre 1299, Gilles réunit un synode
provincial à Béziers. Les évêques et les abbés assemblés
dans ce synode envoyèrent, le 29 octobre, une députation
au roi, pour se plaindre du préjudice qu'Amauri, vicomte
de Narbonne, causait à l'archevêque en s'avouant directement le vassal du roi. Le lendemain furent arrêtés des statuts qui devaient être observés dans toute la province. Ils
portent sur les points suivants : interdiction aux clercs
d'exercer publiquement des professions mécaniques, telles
que celles de boucher, de pelletier, de cordonnier, de for-
geron, etc.; recherche sévère des fauteurs de l'hérésie et des
personnes qui cachent les hérétiques; suppression absolue
des béguins et des béguines; recommandation de se conformer aux constitutions du Sexte, récemment publié par
Boniface VIII; célébration de la fête de saint Louis et de la
fête du patron du diocèse. L'archevêque se prononça très
énergiquement contre ces associations publiques ou secrètes
de dévots exagérés qui faisaient consister le mérite des
œuvres en d'absurdes pratiques et qui remplissaient d'effroi

IMPRIMERIE NATIONALE.

les âmes faibles en semant partout ces fausses nouvelles que
l'Antéchrist était déjà venu, que la fin du monde était prochaine, etc.

Les prélats du royaume, appelés auprès du roi pour délibérer sur plusieurs affaires d'État, avaient profité de leur
réunion pour renouveler leurs doléances sur les empiétements des officiers royaux. L'archevêque de Narbonne obtint, au moins en partie, satisfaction sur les points qui
l'intéressaient particulièrement. Le 3 mars 1300 (n. st.),
Philippe le Bel lui délivra une charte dans laquelle il
était interdit de saisir le temporel de l'archevêque sans de
très sérieuses raisons, de forcer des ecclésiastiques à comparaître devant les juges séculiers pour des causes personnelles, de faire contribuer au cinquantième et aux autres
impositions royales les clercs mariés, du moment qu'ils se
livraient sans fraude à des occupations cléricales, de ne
point accorder créance dans les cours séculières aux contrats passés devant l'officialité, de ne pas laisser l'archevêque
et ses délégués connaître des causes testamentaires dans la
cité et le diocèse de Narbonne.

Gilles Aicelin prenait alors part à l'expédition des affaires
du royaume. La mention *Per dominum archiepiscopum Nar-
bonensem* se lit à la fin d'une note constatant que des plaideurs qui avaient appelé au Parlement d'un jugement rendu
par le bailli d'Auvergne se désistaient de leur appel. Le
23 août 1300 il était dans la chambre du Parlement quand
Pierre Flotte déclara au nom du roi que les annates cesse-
raient d'être levées sur les bénéfices. Le 3 septembre suivant, il annonça le renvoi fait à l'échiquier des procès de
l'évêque de Bayeux.

A la fin de l'année 1300, le roi envoya de nouveau l'archevêque de Narbonne à la cour du pape. Nous ignorons le
motif du voyage. Nous savons seulement par une lettre datée
d'Orléans, 6 novembre 1300, que Gilles devait d'urgence
aller en Italie pour les affaires du roi et pour celles de son
église : il se proposait de sacrer Pierre de Rochefort, récemment élu évêque de Carcassonne, le 20 ou le 27 du

Vaissete, t. X,
Pr., col. 358.

Olim, t. II,
p. 435.

Olim, t. II,
p. 435.
Boutaric, Actes
du parlement, t. II,
p. 3, n° 3005.

Ibid., t. II, p. 4,
n° 3009.

Baluze, Misc.,
8°, t. VI, p. 459.

XIVe SIÈCLE.

même mois, dans une église de la province de Bourges ou de Lyon. Il était de retour à Paris le 5 juillet 1301, date à laquelle il régla avec les trésoriers du Louvre la dépense de son voyage.

Nous arrivons à un des épisodes les plus notables de la vie de Gilles Aicelin : la part qu'il prit au procès de Bernard Saisset, évêque de Pamiers. Le véritable caractère de ce procès a été apprécié dans un de nos précédents volumes. Ici, nous avons simplement à indiquer le rôle qu'y joua l'archevêque de Narbonne. Il est facile de s'en rendre compte à l'aide des pièces publiées par Dupuy et surtout d'une relation que dom Martene a tirée des archives de l'archevêché de Narbonne.

Au mois de juillet 1301, Gilles se rendait en Auvergne, où son frère Jean, évêque de Clermont, venait de mourir. Il était arrivé à Orléans quand l'abbé du Mas d'Azil vint lui annoncer les mesures récemment prises par Jean de Piquigni, vidame d'Amiens, contre Bernard Saisset, évêque de Pamiers, accusé de crimes de lèse-majesté. Il se rendit aussitôt à Châteauneuf-sur-Loire, où il eut un entretien avec le roi, et, certain que Bernard serait admis à présenter sa défense, il continua son voyage en Auvergne.

Vers la fin du mois d'août, il voulait regagner l'Île-de-France, pour aller de là remplir une mission en Flandre, quand l'abbé du Mas d'Azil vint lui rendre compte des circonstances dans lesquelles Bernard était acheminé du côté de Paris. Avant de se rendre en Flandre, l'archevêque chargea l'évêque de Béziers d'aller près du roi en Touraine pour le supplier de ne pas laisser violer dans la personne de Bernard les privilèges ecclésiastiques; il aurait voulu que celui-ci fût débarrassé d'une escorte que les gens du roi lui avaient imposée, pour prévenir une retraite à l'étranger. La démarche de l'évêque de Béziers resta infructueuse, et Bernard était toujours minutieusement surveillé quand Gilles Aicelin revint de son voyage de Flandre[1]. L'arche-

Journal du Trésor, au 5 juillet 1301.

Hist. litt. de la France, t. XXVI, p. 543-547.

Dupuy, Hist. du différend, p. 627-662.
Martene, Thes., t. I, col. 1319-1336.

---

[1] Le Journal du Trésor mentionne, au 5 septembre 1301, le payement d'une somme de 300 l. p. qui fut fait à l'archevêque de Narbonne, envoyé en

vèque fit alors lui-même les démarches les plus actives pour soulager son malheureux collègue; il en entretint le roi à plusieurs reprises, notamment dans une visite qu'il lui fit au bois de Vincennes, en présence de l'évêque de Spolète, nonce du Saint-Siège. Tout ce qu'il réussit à obtenir, c'est que l'affaire serait examinée à Senlis, le 20 octobre.

Au jour dit, l'acte d'accusation, dressé d'après une enquête de Richard Le Neveu et du vidame d'Amiens, fut communiqué à une nombreuse assemblée de prélats, de barons et de clercs; puis le roi proposa que l'archevêque fît lui-même une autre enquête, et lui remit le soin de garder l'accusé dans une prison aussi étroite que le demandait la gravité du crime. L'archevêque répondit qu'il fallait agir avec prudence et sans précipitation : il lui semblait indispensable de consulter plusieurs prélats à Senlis et à Paris; le cas devait aussi être soumis au souverain pontife. Ces moyens dilatoires soulevèrent une assez vive opposition dans l'assemblée; plusieurs barons donnèrent libre cours à leur colère, et des menaces de mort furent proférées contre Bernard. « Qui nous em- « pêche, lui criait-on, de vous tuer sur l'heure? » L'archevêque de Narbonne s'interposa avec l'évêque d'Auxerre, et le roi, touché par leurs prières et leurs remontrances, voulut bien que l'affaire fût soumise au jugement de l'Église. De son côté, Bernard, pour éviter un scandale, consentit à être gardé par l'archevêque; mais il fut entendu qu'il serait réellement emprisonné. Le roi l'exigea de la façon la plus formelle : *Dictus episcopus auctoritate dicti archiepiscopi in tuta et arta custodia teneretur.* L'archevêque de Narbonne continua à négocier avec autant d'adresse que de modération, et il réussit à faire accepter un mémoire où étaient minutieusement déterminées les conditions, d'ailleurs fort douces, auxquelles il consentait à garder le prisonnier. Bernard, encouragé par ce résultat, qui devait déjà dépasser ses espérances, ne s'en plaignit pas moins au pape, qui écrivit au roi, le

Martene, Thes., t. I, col. 1324.

Contin. de G. de Frachet, dans Recueil des hist., t. XXI, p. 19.

Potth., n° 25101.

Flandre pour les affaires du roi. Le prélat s'entendit avec les trésoriers du Louvre, le 5 décembre 1301, *pro fine compoti sui de via Flandrie*… (Journal du Trésor, 5 septembre et 5 décembre 1301.)

5 décembre 1301, pour l'inviter à donner pleine et entière
liberté au prélat que gardait l'archevêque de Narbonne, à le
laisser venir en cour de Rome et à le remettre en jouissance
de son temporel. Une telle prétention était excessive, et
Boniface ne tarda pas à le reconnaître. Dès le 13 janvier 1302
il admettait la vraisemblance des accusations dirigées contre
Bernard Saisset, et il chargeait l'archevêque de Narbonne
et les évêques de Béziers et de Maguelone de faire une enquête sur les griefs mis en avant par Richard Le Neveu et
par le vidame d'Amiens, après quoi il se réservait d'examiner
l'affaire.

Il est douteux que l'archevêque de Narbonne ait fait l'enquête demandée par le pape. On doit supposer qu'il usa de
son influence pour calmer l'irritation du roi et pour mettre
un terme à des procédures dont la trace nous échappe après
le commencement de l'année 1302.

La conduite de Gilles Aicelin dans l'affaire de l'évêque
de Pamiers montre que, tout en servant l'État à la cour de
Philippe le Bel, il n'oubliait pas les intérêts de l'Église, et
l'éloignement ne l'empêchait pas de s'occuper de l'administration de son diocèse. Dans le voyage qu'il fit à Rome à la
fin de l'année 1300, il sollicita des faveurs pour les fondations qu'il avait faites dans sa cathédrale : une bulle de
Boniface VIII, en date du 25 février 1301, nous en fournit
la preuve.

La charte du 3 mars 1300, dont nous avons ci-dessus
analysé les principales dispositions, n'avait pas mis un
terme aux agissements des officiers royaux, contre lesquels
les gens d'Église renouvelaient perpétuellement leurs doléances. L'archevêque de Narbonne se fit délivrer, le 12 mai
1302, de nouvelles lettres patentes par lesquelles le roi
condamnait les tentatives de ses fonctionnaires pour en-
traver et amoindrir la juridiction ecclésiastique. La même
année, appelé à Rome par le pape et empêché par le roi
de répondre à cet appel, il convoqua, le 14 août, un
concile provincial qui devait se réunir à Nîmes à la mi-
septembre et dans lequel on devait s'entendre sur la con-

XIVᵉ SIÈCLE.

Potth., nᵒ 25119.

Doat, vol. 56,
fol. 155 vᵒ.

Ibid., fol. 172.

Vaissete, t. X, pr., col. 397.

duite à tenir. Nous ignorons ce qui advint de ce projet de concile. Un peu après l'époque où il devait avoir lieu, probablement au mois d'octobre, furent dressées des instructions sur les rapports que les officiers féodaux et ecclésiastiques

Mouynès, Arch. de Narbonne, sér. AA, p. 339.

de l'archevêque devaient entretenir avec les habitants de Narbonne. Ce sont de très sages prescriptions, conformes aux privilèges de la ville.

Le 25 novembre 1302, Gilles Aicelin était à Amiens avec le duc de Bourgogne, le duc de Bretagne, le comte de Dreux, le sire de Chambli et Pierre de Belleperche; il y prenait part à des négociations ouvertes en vue d'un traité de paix à conclure avec le roi d'Angleterre et déclarait qu'il était interdit de se livrer à aucun acte d'hostilité jusqu'à la

Reg. 35 du Tr. des ch., n° 34.

prochaine fête de Pâques.

Les événements de l'année 1303 jetèrent l'archevêque de Narbonne dans un terrible embarras. Il aimait sincèrement Philippe le Bel, mais il avait de grandes obligations à Boniface VIII, qui avait été l'ami particulier de son frère le cardinal d'Ostie. Toutefois, il n'hésita guère à prendre parti pour le roi. Le 12 mars 1303, il assistait à l'assemblée

Dupuy, Hist. du différend, p. 59.

du Louvre dans laquelle Guillaume de Nogaret prononça son réquisitoire contre le pape, et ce qui prouve que dès lors il avait adhéré aux projets du roi, c'est qu'il était choisi le 20 mai suivant pour bénir à Paris les fiançailles d'Édouard,

Rymer, t. I, p. 954. Dupuy, p. 108.

prince de Galles, avec Isabelle, fille de Philippe le Bel. Le 13 juin, il se déclara ouvertement contre le pape et en appela au futur concile général; il fut l'un des prélats qui, le surlendemain, 15 juin 1303, s'engagèrent expressément à défendre la personne du roi, à faire cause commune avec

Dupuy, p. 114.

lui et à provoquer la réunion d'un concile. Ces actes indiquent suffisamment l'attitude de Gilles Aicelin dans les démêlés de Philippe le Bel avec Boniface VIII. À coup sûr il se rangea parmi les adversaires du pape. Mais il est bien difficile d'admettre qu'il ait pris la parole dans l'assemblée des États pour développer les dix chefs d'accusation énoncés

Hist. des démeslez de Bonif., Additions aux preuves de Dupuy, n° XI, p. 19.

dans un document qu'Adrien Baillet dit avoir tiré des manuscrits de Brienne, mais qui ne se trouve pas à la place indiquée (n° 167, p. 156). D'après ce document, l'archevêque de Narbonne aurait fait un discours tendant à prouver, entre autres points, que Boniface était simoniaque, homicide et usurier; qu'il ne croyait ni au mystère de l'Eucharistie, ni à l'immortalité de l'âme; qu'il avait trahi le secret de la confession; qu'il avait eu des enfants de deux de ses nièces; qu'il avait accordé une dîme au roi d'Angleterre pour l'aider à faire la guerre à la France, et qu'il avait, par ses subsides, encouragé les Sarrasins à envahir la Sicile.

Sans être allé jusqu'à de telles violences, Gilles Aicelin venait de donner au roi des gages de fidélité qui méritaient une récompense, et la faveur dont il jouissait se manifesta dans beaucoup d'occasions pendant les dix dernières années du règne.

Il est probable que Philippe le Bel, dans le voyage qu'il fit en Languedoc au commencement de l'année 1304, passa par Narbonne, et qu'il alla s'agenouiller près du monument élevé à la mémoire de son père dans la cathédrale de Saint-Just. Ce qui est certain, c'est qu'on lui parla des sacrifices que l'archevêque s'était imposés pour y fonder l'anniversaire de Philippe le Hardi, et, pendant son séjour à Nîmes, le 24 février 1304, il affecta à cette fondation une rente de 50 livres tournois. Pendant le même voyage, probablement au commencement de février, il reconnut les bons services de Gilles Aicelin en lui donnant, à lui personnellement et non pas à l'archevêque, les droits qu'il avait à Pui-Guillaume, dans le bailliage d'Auvergne.

D'importantes missions furent confiées à Gilles durant l'année 1305. Il s'agissait d'abord des affaires de Flandre. Nous avons vu que l'archevêque de Narbonne s'en était déjà occupé dans l'automne de 1301, au moment du procès intenté à Bernard Saisset. Depuis cette époque, de graves événements s'étaient accomplis. Les Flamands révoltés avaient gagné la bataille de Courtrai, le 11 juillet 1302, mais avaient été mis en déroute, le 18 août 1304, à la journée de Mons-en-Pevele. Au commencement de l'année 1305 ils paraissaient décidés à renoncer à une lutte devenue trop inégale

Collection Doat, vol. 56, fol. 177 v°. Voir aussi fol. 187.

Gallia chr. nova, t. VI, col. 85.

depuis que le secours du roi d'Angleterre leur faisait défaut.
Ils envoyèrent à Paris des négociateurs animés des intentions les plus conciliantes. Philippe le Bel chargea de s'entendre avec eux les prélats et les barons qui lui inspiraient
le plus de confiance : l'archevêque de Narbonne, l'évêque
d'Auxerre, Louis, comte d'Évreux, Robert, duc de Bourgogne, Amé, comte de Savoie, et Jean, comte de Dreux
(14 février 1305). Conformément aux pouvoirs qu'ils tenaient du roi, Gilles et ses collègues s'abouchèrent avec les
députés des seigneurs, des bonnes villes et des gens de la
Flandre. L'acte qu'ils dressèrent, le 20 février 1305, nous
est parvenu, muni de leurs sceaux. Il contient l'acceptation
des conditions que proposaient les Flamands : assiette d'un
revenu de 20,000 livres dans le comté de Réthel; payement
au roi d'une somme de 400,000 livres dans un délai de
quatre ans, ou de 1,200,000 dans un délai de douze ans;
punition de 3,000 personnes de Bruges, choisies parmi les
plus coupables et qui seraient condamnées à des voyages ou
à des pèlerinages. A ce prix, les fils de Gui de Dampierre,
Robert, Guillaume et Gui, devaient être rétablis dans leurs
États; les bonnes villes et les gens de Flandre conserveraient
leurs franchises; les prisonniers seraient mis en liberté.

La paix ne fut cependant pas définitivement rétablie. On
jouissait simplement d'une trève, qui devait durer jusqu'à la
Saint-Jean (24 juin 1305). Une quinzaine de jours avant
qu'elle expirât, le 8 juin, Philippe le Bel autorisa ses commissaires à la proroger jusqu'à la Pentecôte de l'année suivante (22 mai 1306). En même temps et par une charte
spéciale il leur donna pleins pouvoirs pour conclure un
traité en règle. Une note inscrite sur le repli de l'acte nous
fait connaître le nom des conseillers en présence desquels
cette grave question fut agitée : c'étaient, en première ligne,
l'archevêque de Narbonne, Pierre de Belleperche, le comte
de Savoie et le maréchal Foucaud de Merle.

Gilles Aicelin était donc à la cour de France dans les premiers jours de juin 1305. Il n'a donc pu assister, comme
l'ont dit les auteurs du *Gallia christiana*, à l'élection de Clé-

Chartes de Col-
bert, n° 50.

Ibid., n° 51.

Ibid., n° 52.

Ibid., n° 53.

Gall. chr. nova,
t. VI, col. 86.

ment V, célébrée à Pérouse le 5 du même mois. Mais, aussitôt que le roi connut le résultat de l'élection, il dépêcha vers le nouveau pontife deux hommes de confiance, l'archevêque de Narbonne et Pierre de Latilli, qui devaient se trouver près de Clément V le 24 juillet, quand il accepta officiellement la papauté. Les députés de Philippe le Bel eurent alors avec Clément V des entretiens confidentiels, dont ils rendirent aussitôt compte à leur maître. Ces communications avaient une très grande importance et se rattachaient sans doute aux mesures qui devaient être prises pour rétablir de bons rapports avec le Saint-Siège. Aussitôt que le roi en eut connaissance, il éprouva le besoin d'en faire part à quelques hommes de son entourage, à ceux-là peut-être qui étaient personnellement intéressés à savoir les intentions du successeur de Boniface VIII et de Benoît XI. Mais le secret avait été si rigoureusement promis par Gilles Aicelin et par Pierre de Latilli, que le roi n'osa rien divulguer avant d'avoir obtenu l'agrément de Clément V. Celui-ci, par une lettre en date du 13 octobre 1305, permit de mettre dans le secret trois ou quatre personnes d'une discrétion éprouvée.

Baluze. Vitæ pap. Aven., t. II, p. 62.

Gilles Aicelin avait dès lors gagné la confiance de Clément V; il la garda jusqu'à la mort de ce pontife, qui ne cessa de le combler de faveurs, comme en font foi plus de vingt lettres consignées dans les registres de la chancellerie pontificale, et dont il suffit d'indiquer en deux mots l'objet : pouvoir de dispenser de la résidence des clercs pourvus de bénéfices pendant qu'ils étaient attachés à sa personne ou qu'ils achevaient leurs études dans une université (n°s 2403 et 8379); pouvoir de donner l'absolution pour des cas réservés au pape (n° 8510); pouvoir de disposer de certains bénéfices (n° 170); pouvoir de nommer des tabellions (n°s 2404, 4318 et 8380); autorisation de tester en faisant emploi des fruits des bénéfices ecclésiastiques (n°s 7392 et 7622); envoi du pallium, que l'archevêque avait sollicité en 1311 par l'entremise de son compatriote, maître Étienne Bourdon, archiprêtre de Billom au diocèse de Clermont (n° 7151).

Reg. Clem. V.

Après avoir heureusement rempli la délicate mission qui lui avait été confiée en 1305 à la cour du nouveau pape, Gilles Aicelin eut la satisfaction de recevoir du vicomte de Narbonne l'hommage à l'occasion duquel il était en procès depuis une dizaine d'années. À plusieurs reprises, le vicomte avait voulu rompre le lien féodal qui le rattachait à l'archevêque; il n'aspirait qu'à relever directement de la couronne de France, et vers l'année 1300 il avoua tenir du roi, et non de l'archevêque, ce qu'il avait dans la moitié de la cité et dans tout le bourg de Narbonne. De là une énergique protestation que Boniface VIII adressa au roi le 18 juillet 1300. Philippe le Bel aurait bien voulu ménager une transaction, à laquelle l'archevêque aurait volontiers adhéré s'il n'avait eu les mains liées par l'injonction que lui avait faite Boniface VIII de ne pas traiter sans une permission expresse du Saint-Siège. La mort de Boniface facilita un arrangement. En effet, Benoît XI reconnut l'équité des bases sur lesquelles on négociait (30 mars 1304), et les évêques de Béziers, d'Agde et de Maguelone, comme aussi le chapitre de Narbonne, auxquels le projet de transaction avait été soumis, donnèrent un avis favorable (décembre 1304). Le roi s'empressa de l'approuver (mars 1305) par une charte dont les termes montrent combien il était satisfait de voir ainsi terminé un différend dont le parlement avait dû souvent s'occuper. Le 11 octobre 1305, Amauri prêta solennellement hommage à l'archevêque dans le palais archiépiscopal, en présence de beaucoup de témoins, parmi lesquels on remarque quelques-uns des hommes dont Gilles Aicelin aimait à s'entourer : Jean de Limoges, chanoine de Meaux; Pierre Gérard, chanoine de Clermont; André de Saint-Flour, archidiacre de Saint-Flour; Pierre de Chalus, chanoine de Brioude; Bertrand Mathieu, chanoine de Viviers, et Robert d'Usson, docteur ès lois. L'avant-dernier de ces témoins remplit longtemps, avec Guillaume, abbé de Saint-Paul, les fonctions de vicaire général de l'archevêque.

Gilles Aicelin et le vicomte Amauri n'eurent pas été plus

Vaissete, t. X, Pr., col. 295 et 296.

Raynaldi, an. 1300, § 28.

Chartes de Colbert, n° 984.

Ibid., n° 985. Vaissete, t. IX, p. 276.

Collection Doat, vol. 51, fol. 229.

tôt reconciliés, qu'ils s'entendirent pour frapper monnaie dans des conditions qui excitèrent les plus vives réclamations des consuls de Narbonne (27 octobre 1305). Le différend fut promptement apaisé. Le 19 février 1306, les vicaires de l'archevêque réglèrent avec le vicomte et avec les consuls la façon dont la monnaie narbonnaise devait être fabriquée, essayée et gardée. Le règlement fut approuvé par l'archevêque lui-même, qui en fit l'objet d'une lettre datée de Châteldon le 1er mars 1306.

Châteldon paraît avoir été le chef-lieu des domaines de Gilles Aicelin en Auvergne. Il aimait à y résider quand ses fonctions ne le retenaient pas dans son archevêché ou à la cour du roi.

L'église de cette localité dépendait de l'ordre de Cluni; Gilles fut autorisé par le pape à s'en attribuer le patronage, après avoir désintéressé les religieux des droits dont ils avaient eu précédemment la jouissance; il n'avait pas même attendu cette autorisation pour ériger l'église de Châteldon en collégiale et pour y assurer la dotation de treize prébendes.

L'attachement de Gilles à sa province natale se manifesta souvent par la protection qu'il accordait à ses compatriotes. Il usait largement de son influence à la cour du pape pour leur faire obtenir des faveurs. Parmi ses obligés on peut citer, outre les clercs que nous avons déjà nommés, son cousin Hugues de Chalençon, chanoine de Rouen et chantre de Clermont, qui sera l'objet d'une courte notice à la fin du présent volume; Ponce de Chalençon, curé de Raulhac au diocèse de Clermont; Amblard de La Peyrouse, moine de l'ordre de Cluni, et maître Pierre d'Auvergne, régent à la Faculté des arts de Paris, qui demandait, en 1308, à être mis en possession d'une église du diocèse de Clermont, la Besseyre-Saint-Mari.

Reprenons maintenant la série des principales affaires dont Gilles Aicelin eut à s'occuper, soit comme conseiller de Philippe le Bel, soit comme l'un des prélats que Clément V honorait particulièrement de sa confiance.

XIVᵉ SIÈCLE.

Collection Doat, vol. 51, fol. 247.

Vaissete, t. IX, p. 276. Mouynès, Arch. de Narbonne. Annexes de la série AA, p. 215 et 216.

Reg. Clem. V, n° 2951.

Voir plus loin, p. 494.

Reg. Clem. V, n° 8580.

Ibid., n° 3388.

Nous trouvons Gilles à Paris, le 13 avril 1306, pour la conclusion d'un accord entre Agnès, veuve de Robert, duc de Bourgogne, et Huguenin, héritier du duc de Bourgogne. Peu de jours après, il fut envoyé à Rouen présider la session de l'échiquier de Pâques 1306, comme l'atteste le titre de l'importante ordonnance qui fut alors publiée pour tracer une ligne de conduite aux baillis de la province : « C'est « l'ordenance faite en l'eschequier de Pasques, l'an M CCC VI, « commandee aus ballis de Normandie par monseigneur « l'arcevesque de Nerbonne, monseigneur le conte de Saint « Pol, le seigneur de Chambly, monseigneur Guillaume de « Harecourt, monseigneur Mahi de Trie, le tresorier du « Temple, maistre Jehan de Dampmartin, maistre Saince « de La Charmoye, Renaut Barbou, maistre Jehan de Saint « Just, en la presence de leurs vicontes, le dymenche XXIII⁰ « jour d'avril l'an devant dit[1]. » Nous ne saurions dire quelle part revient à Gilles Aicelin dans la rédaction de cette ordonnance, dont les dispositions avaient dû être arrêtées dans les conseils du roi.

Morand, Hist. de la Sainte-Chapelle, p. 87.

Le séjour de Gilles à Rouen fut de courte durée. Il était de retour à Paris le 17 mai 1306 pour la translation du chef de saint Louis, qui se fit, avec une grande solennité, de l'abbaye de Saint-Denis dans la cathédrale de Paris, et de là à la Sainte-Chapelle du Palais.

Les dîmes des revenus ecclésiastiques servirent plus d'une fois à alimenter les finances de Philippe le Bel. La levée de ce genre d'impositions ne pouvait se faire sans une concession du pape ou des assemblées du clergé. L'expérience et le crédit de Gilles Aicelin ne furent pas inutiles au roi pour tirer parti de ce genre de contributions. Une dîme des revenus ecclésiastiques du royaume avait été accordée à Philippe le Bel, et l'archevêque de Narbonne en avait été nommé collecteur avec l'évêque d'Auxerre. Vers la même époque,

---

[1] Le texte de cette ordonnance nous a été transmis par un registre de la Chambre des comptes qui paraît mériter une entière confiance (ms. latin 12814 de la Bibl. nat., fol. 83 v°). Il faut cependant faire remarquer qu'en l'année 1306 le 23 avril tomba un samedi et non pas un dimanche.

XIVᵉ SIÈCLE.

Clément V avait accordé une autre dîme à Charles, comte
d'Anjou (plus connu sous le titre de comte de Valois), qui
songeait à revendiquer les droits de sa femme au trône im-
périal de Constantinople; mais, pour ménager les ressources
des contribuables, il avait été décidé que cette dîme ne serait pas levée en même temps que la première. Philippe le
Bel, reconnaissant l'urgence de la question d'Orient, voulut
bien consentir à ce que la dîme de son frère fût levée avant
la sienne; mais, comme dédommagement du retard, il se fit
accorder par le pape, le 3 juin 1307, le droit de lever la
dîme pendant une année au delà du terme dont il avait été
question. Les commissaires que Clément V préposa à la levée
de cette dîme furent l'archevêque de Narbonne, l'archevêque de Rouen et Geoffroi du Plessis, chancelier de l'église
de Tours. Une lettre adressée par Gilles et ses collègues, le
6 février 1310, à maître Guillaume de Gisors, archidiacre
d'Auge en l'église de Lisieux, nous apprend que l'annuité
complémentaire fut levée dans le cours de l'année 1310.

Nous devons revenir un peu sur nos pas pour suivre la
carrière de Gilles Aicelin. L'année 1308 ne nous a offert
rien qui soit digne d'être noté, sinon peut-être le serment
de fidélité que Déodat, évêque de Lodève, prêta le 5 décembre à l'archevêque de Narbonne.

Au début de l'année 1309, nous trouvons un arrêt du
parlement qui met fin aux différends survenus d'abord entre
le roi, l'archevêque et le vicomte de Narbonne pour les biens
des juifs, puis entre l'archevêque, le vicomte et les consuls
pour la juridiction (20 janvier 1309[1]). Le mois suivant,
Gilles Aicelin dut aller en Languedoc : ce fut sur son invi-
tation que, le 16 février, le pape Clément V s'arrêta dans le
château de Montels, au diocèse de Narbonne.

Gilles ne tarda pas à revenir à la cour. Le 27 mars 1309,
il data de Rungis près Villejuif un acte relatif à la fondation

Chartes de Col-
bert, n° 457.

Collect. Baluze,
vol. 374, p. 114.

Chron. S. Pauli
Narb., dans Vais-
sete, nouv. édit.,
t. V, p. 45.

---

[1] Cet acte, inséré dans le registre 42 A
du Trésor des chartes, pièce 24, a été
publié dans la nouvelle édition de l'*Histoire de Languedoc*, t. X, Preuves,
col. 483. C'est le même qui a été inexac-
tement indiqué avec la date du 13 janvier 1309 par Boutaric (*Actes du Parlement*, t. II, p. 49, n° 3491 A).

Collection Doat,
vol. 56, fol. 156.

à Narbonne de deux nouvelles prébendes, destinées à maître Bertrand Mathieu, chanoine de Viviers, et à Ponce de Chalençon, curé de Raulhac au diocèse de Clermont. Le 5 mai, étant à Paris, il prit des mesures pour faire publier et exécuter dans son diocèse, et même dans sa province, trois lettres importantes de Clément V dont la date était déjà ancienne, puisqu'elles avaient été expédiées le 12 août 1308 [1]. Dans l'une, il s'agissait de réprimer le détournement et le recel de biens ayant appartenu aux templiers et qui devaient être affectés aux besoins de la Terre Sainte. La seconde avait pour objet les enquêtes à poursuivre sur le fait des templiers. Par la troisième, la réunion d'un concile était fixée au 1er octobre 1310 dans la ville de Vienne en Dauphiné. Cette dernière bulle fut publiée le 13 octobre 1309 au synode annuel qui se tint dans la cathédrale de Narbonne, sous la présidence de l'archidiacre Raimond de Polanch, et du chanoine Bertrand Mathieu. Par suite des longueurs qu'entraîna l'enquête ouverte dans la chrétienté tout entière sur le fait des templiers, la réunion du concile fut ajournée au 1er octobre 1311, et l'archevêque de Narbonne en fut avisé en temps utile par une lettre que le pape lui adressa le 12 avril 1310.

Chartes de Baluze, n° 701.

Ménard, Hist. de Nismes, t. I, Pr., p. 166-171.

Chartes de Baluze, n° 127.

Ibid., n° 128.

Il convient encore de mentionner un acte de l'année 1309. C'est une charte datée de Paris, le 9 juillet, relative à la fondation d'un service que l'archevêque voulait faire célébrer dans la cathédrale de Narbonne en mémoire de lui et en mémoire du pape Boniface. Évidemment Gilles Aicelin regrettait les violences auxquelles il avait pris part, entraîné sans doute par son dévouement à Philippe le Bel.

Collection Doat, vol. 56, fol. 200 v°.

En 1309, 1310 et 1311, à l'appel du pape, qui avait promis des indulgences pour encourager les fidèles à subvenir aux frais d'une campagne d'outre-mer préparée par les hospitaliers, des sommes considérables furent recueillies

---

[1] La veille de ce jour, le pape avait adressé à l'archevêque de Narbonne une longue instruction sur les mesures à prendre en vue de la croisade projetée pour la délivrance de la Terre Sainte. Le texte en a été publié dans le Registre des lettres de Clément V, année III, n° 2989, p. 158.

XIV° SIÈCLE.

dans les diocèses de Languedoc. Ce fut à l'archevêque Gilles qu'il fut rendu compte de l'emploi des deniers trouvés dans les troncs des églises. Nous avons conservé une quarantaine des lettres qui lui furent adressées à cette occasion.

Gilles Aicelin était arrivé en 1310 à l'apogée de la fortune. Il en profita pour procurer à son neveu, Gilles Aicelin, un brillant établissement. Le 14 février 1310, il régla, à Paris, avec Robert, comte de Boulogne et d'Auvergne, les conditions du mariage de ce neveu avec Mascaronne, fille du seigneur de La Tour. Vers la même époque, Philippe le Bel lui donna un éclatant témoignage de confiance : le 27 février 1310 il remit entre ses mains le sceau du royaume ; le fait est positivement attesté par une note inscrite dans le registre XLV du Trésor des chartes : *Littere registrate die Veneris, videlicet vigesima septima februarii, qua dominus Narbonensis archiepiscopus habuit sigillum anno Domini* M CCC IX. Le même registre nous apprend qu'une lettre du roi, du mois de juillet 1310, fut scellée du temps de l'archevêque de Narbonne, ce qui doit faire supposer que le prélat conserva pendant un temps assez court la garde du sceau royal. Il serait difficile de déterminer la part qui lui revient dans l'inspiration et la rédaction des actes de la chancellerie ; nous avons cependant un exemple de la façon dont il entendait remplir ses fonctions. Le 11 janvier 1310 on avait dressé une ordonnance sur la façon dont il devait être procédé au recouvrement des sommes dues aux juifs ; le 25 avril suivant, Gilles Aicelin y fit ajouter une clause relative aux anciennes créances des juifs de la Saintonge et du Poitou ; il avait sans doute remarqué la lacune avant de sceller la pièce. Pendant qu'il dirigeait la chancellerie, Gilles fit un nouveau séjour à Rungis, où nous l'avons déjà rencontré le 27 mars 1309 et d'où il data une lettre le 22 mai 1310. C'était sans doute sa résidence d'été ; car la place qu'il occupait dans le gouvernement du royaume ne lui permettait plus guère de s'éloigner de Paris. Jean de Saint-Victor le qualifie de conseiller et de maître de la cour du roi (*consiliarius et magister curie regis Francorum*), et le continuateur

Marges :
Charles de Baluze, n°ˢ 404-443.
Baluze, Hist. de la maison d'Auvergne, t. II, p. 578.
Fr. Du Chesne, Hist. des chanceliers, p. 264.
Rec. des hist., t. XXI, p. 455, note 1.
Olim, t. II, p. 507.
Collection Doat, vol. 56, fol. 197.
Rec. des hist., t. XXI, p. 655.

496   GILLES AICELIN,

de Guillaume de Nangis nous le représente comme l'un des principaux conseillers du roi, dont il vante la prudence en affaires et l'expérience juridique (*precipuum regis consiliarium, prudentem in agibilibus et utroque jure peritum*). L'auteur de la Chronique de Saint-Lô de Rouen loue son instruction, son habileté et sa richesse (*litterali et seculari prudentia valde peritus, multisque gazis opulentissimus*).

On a attribué à Gilles Aicelin et rapporté à l'année 1310 un second recueil de canons, arrêtés dans un concile de Béziers; mais la date de ce recueil est fort incertaine et le texte paraît avoir subi des interpolations. Il y règne de la confusion et du désordre : on y a, en effet, inséré une pièce de procédure et un fragment des actes d'un concile tenu dans la ville de Ravenne au mois de septembre 1311. Ces statuts, quel qu'en ait été l'auteur, témoignent d'un zèle éclairé pour le maintien de la discipline ecclésiastique et pour le bon ordre de l'administration paroissiale. De sages précautions y sont recommandées pour assurer un bon recrutement du clergé. Toutefois l'instruction requise des candidats à la prêtrise n'était pas d'un ordre bien élevé : il leur suffisait de pouvoir répondre à des questions sur les évangiles, sur les sept péchés mortels, sur les articles de la foi et sur le décalogue. Il est enjoint aux curés de ne point exiger l'engagement d'acquitter des honoraires avant de procéder aux mariages et aux enterrements. Les maisons curiales doivent être convenablement entretenues. L'exercice de la médecine est interdit aux religieux et aux prêtres, s'ils n'y ont pas été expressément autorisés par leur évêque. D'autres canons visent les mariages clandestins, les faux témoignages, la violation du repos dominical, l'insouciance des excommuniés à se faire absoudre et la négligence à acquitter les legs pieux.

On a vu que Gilles résidait très rarement à Narbonne. Il dut se prêter bien volontiers à une permutation que le pape avait plusieurs motifs de demander. Le siège archiépiscopal de Rouen était alors occupé par Bernard de Farges, neveu de Clément V, qui s'était créé des difficultés avec la noblesse

Rec. des hist., t. XX, p. 602.

Ibid., t. XXIII, p. 396.

Martene, Thes., t. IV, col. 227-236.

Contin. de G. de Nangis, Rec. des histor., t. XX, p. 602.

XIVe SIÈCLE.

normande et qui avait intérêt à se rapprocher d'Avignon.
C'est dans ces conditions que des bulles du 5 mai 1311
autorisèrent Gilles Aicelin à laisser le siège de Narbonne à
Bernard de Farges et à passer sur celui de Rouen. Gilles
prit possession de son nouvel archevêché, par procureur, le
12 juin 1311. Peu de jours après, il reçut une lettre ex-
pédiée du prieuré de Groseau le 18 juin, par laquelle le
pape l'invitait, en termes pressants, à se rendre près de lui,
soit pour le 15 août suivant, soit, au plus tard, pour le
1er septembre.

> Gall. chr. nova,
> t. VI, instr., col. 72;
> — Reg. Clem. V,
> n°s 6775 et 6794.

Le souverain pontife rappelait dans sa lettre que Gilles,
avant de quitter l'archevêché de Narbonne, avait convoqué
un concile provincial pour le fait des templiers. On sait que
la suppression de cet ordre était une des principales affaires
soumises aux délibérations des prélats réunis à Vienne en
concile général. L'opinion de Gilles Aicelin pouvait être
d'un grand poids : il devait bien connaître la question, puisqu'il avait été l'un des trois commissaires que le pape avait
chargés, le 12 mai 1311, d'examiner la gestion des adminis-
trateurs des biens des templiers.

> Reg. Clem. V,
> n° 7521.

> Ibid., n° 6816.

Au reçu de la lettre de Clément V, les vicaires généraux
de Gilles Aicelin[1] présidèrent à Rouen, le 2 août 1311, une
assemblée de clercs et d'abbés, où l'on s'occupa de la délégation à envoyer au concile de Vienne. L'archevêque dut s'y
rendre en personne, car, le 23 juin 1312, il se fit accorder
plusieurs grâces en considération des frais que lui avait oc-
casionnés son séjour au concile. Il dut notamment assister
à la session du 3 avril 1312, dans laquelle fut prononcée
la suppression de l'ordre des templiers. Cela semble résulter d'une charte qu'il expédia le 28 avril de Saint-Romain-
en-Gal, au diocèse de Vienne, pour assurer le service divin
dans deux nouvelles chapelles de la cathédrale de Nar-

> Du Moustier,
> Neustria pia, p. 248
> et 249.

> Reg. Clem. V,
> an. VII, n°s 8719-
> 8722.

---

[1] L'un de ces vicaires généraux était
Vulfran d'Abbeville, évêque de Bethléem, mentionné dans une lettre de
Clément V du 13 juillet 1312. (*Reg.
Clem. V*, ann. VII, p. 216, n° 8516.) Il
assista à la dédicace de l'église d'Écouis.
(*Gallia christ. nova*, t. XI, instr., col. 39,
et t. XII, col. 690.) Sur ce prélat, voir
les *Études sur l'histoire de l'évêché de Bethléem*, par le comte Riant, t. I, p. 46.

IMPRIMERIE NATIONALE.

XIV° SIÈCLE.

Collection Doat, vol. 56, fol. 212.

Du Moustier, dans le ms. latin 10048, fol. 273 v°. Rec. des hist., t. XXIII, p. 351.

Gall. chr. nova, t. XI, col. 76.

Rymer, t. II, p. 189.

bonne, dont il avait précédemment fourni les vitraux et le mobilier, et qui étaient dédiées l'une à la Trinité, l'autre à Notre-Dame.

Gilles fit son entrée solennelle à Rouen le 29 août 1312, comme porte une charte de Saint-Ouen, et non pas à pareil jour de l'année 1311, comme l'a dit un chroniqueur rouennais. Cette même année il prêta le serment de fidélité qu'il devait au roi de France en sa qualité d'archevêque de Rouen. Il fit également hommage au roi d'Angleterre pour les biens que son église possédait en Angleterre et dont la jouissance lui fut reconnue par des lettres patentes du 30 novembre 1312. Gilles Aicelin, avant même d'avoir été personnellement installé à Rouen, s'était occupé des affaires de son archevêché. Son prédécesseur Bernard de Farges avait laissé la mense archiépiscopale assez lourdement obérée par des engagements qui absorbaient une notable partie des revenus. Le nouvel archevêque dut conclure, avec l'autorisation du pape (12 décembre 1311), un emprunt de 5,550 florins d'or et faire annuler (31 décembre 1311) des engagements qui, suivant lui, avaient été irrégulièrement contractés.

Reg. Clem. V, n° 7636.

Ibid., n° 7652.

Rec. des hist., t. XXIII, p. 377.

En 1312, Gilles reçut à Rouen le serment des abbés d'Eu et de Jumièges.

Il continuait à rechercher les occasions d'obliger Philippe le Bel, les princes et les amis du roi. Le pape allait donc au-devant de ses désirs en appelant sa bienveillance sur les fondations pieuses d'Enguerran de Marigni (21 avril 1312). Une telle recommandation était bien superflue. Gilles se rendit avec empressement aux très solennelles cérémonies de la dédicace de l'église d'Écouis, qui venait de s'élever comme par enchantement dans le domaine du tout-puissant ministre de Philippe le Bel. Il fut l'un des prélats qui, pour donner plus d'éclat à la cérémonie, promulguèrent des indulgences que le pape Clément VI confirma en 1346.

Reg. Clem. V, n° 7855 et 7856.

Rec. des hist., t. XXIII, p. 378.

Gall. chr. nova, t. XI, instr. col. 39.

Le 12 juin 1312, Clément V autorisa Gilles Aicelin à pourvoir de prébendes dans trois églises du royaume, exception faite des cathédrales de Reims, de Rouen, de Sens, de Paris et de Chartres, trois candidats présentés par Charles, comte de Valois. Un an plus tard, le 14 juin 1313, il fut invité par le souverain pontife à s'entendre avec l'archevêque de Sens pour donner à des candidats désignés par le roi de France l'archidiaconat d'Eu, et les autres dignités ou bénéfices qui allaient se trouver vacants par suite de la nomination de Hugues Giraud à l'évêché de Cahors.

Le 6 avril 1313, au Louvre, en présence du roi, Gilles, agissant en vertu d'une commission de Clément V, prononça la nullité des fiançailles de Hugues, fils du duc de Bourgogne, avec Catherine, fille de Charles, comte d'Anjou, et de Catherine, impératrice de Constantinople. Au mois d'octobre de cette année, il célébra dans le monastère de Bonne-Nouvelle, à Rouen, un concile dont les canons nous sont parvenus. Ils ont pour objet les mœurs des prêtres et des clercs pourvus de bénéfices, l'interdiction de tous actes de procédure les dimanches et les jours de fêtes chômées, et les précautions à observer pour arrêter le développement de la juridiction civile au détriment du clergé. C'est ainsi qu'il est défendu aux clercs de recourir à la clameur de haro et de répondre aux citations des juges séculiers pour toute affaire se rattachant aux matières « spirituelles », comme les dîmes, alors même qu'il y aurait clameur de haro. Pour en finir avec l'année 1313, mentionnons le sacre de Gérard de Maumont, évêque de Soissons, et de Pierre de Latilli, évêque de Châlons, que Gilles Aicelin célébra le dimanche 2 décembre dans l'abbaye de Maubuisson.

Les commissaires que Philippe le Bel avait envoyés en Normandie pour faire observer les ordonnances sur le fait des monnaies voulurent exercer leur autorité à Dieppe et dans les autres domaines de l'archevêque. Gilles réclama énergiquement, en faisant valoir que ses propres officiers veillaient sévèrement à l'exécution des ordonnances royales. Aussi Philippe le Bel écrivit-il, le 17 janvier 1314, à ses commissaires pour les inviter à ne pas troubler l'archevêque dans ses droits de haute justice.

XIVe SIÈCLE.

Reg. Clem. V, n° 8232.

Ibid., n° 9298.

Villehardouin de Du Cange, pr., p. 66.

Bessin, Conc., part. I, p. 171-173.

Contin. de G. de Nangis, Rec. des hist., t. XX, p. 609.

Pommeraye, Conc., p. 291.

63.

XIVe SIÈCLE.

Collection Doat,
vol. 56, fol. 218 v°.

Félibien. Hist.
de Paris, t. V,
p. 622.

Pommeraye,
Conc., p. 290.

Rec. des hist.,
t. XXIII, p. 397.

Gilles passa une partie de l'année 1314 en Auvergne. Par une lettre datée de Clermont le 7 octobre, il chargea son cousin Ponce de Chalençon d'assigner une rente de 60 sous tournois pour le luminaire de ses deux chapelles de la cathédrale de Narbonne. Il fit son testament à Châteldon le 13 décembre. Ce document devait contenir beaucoup de détails qui nous auraient éclairés sur l'entourage, le genre de vie, les goûts et la fortune de l'archevêque. On n'en a malheureusement publié que les clauses relatives à une fondation faite dans l'université de Paris. Gilles affecta, sous certaines réserves, le produit de plusieurs maisons situées sur la montagne Sainte-Geneviève à l'entretien d'écoliers choisis par sa famille : la bourse de chaque écolier consistait en une rente annuelle de 10 livres tournois. Ce fut là l'origine du collège de Montaigu.

A l'année 1315 appartient un concile qui fut tenu à Rouen et dont nous ne connaissons qu'une décision : celle qui a trait à la manière dont l'office de la commémoration de Notre-Dame devait être célébré dans les églises de la province. Ce fut Gilles qui, le premier, introduisit dans la cathédrale de Rouen l'usage de faire un office solennel de la Vierge tous les samedis, depuis l'octave de l'Épiphanie jusqu'à la Septuagésime, et depuis l'octave de la Pentecôte jusqu'à l'Avent. L'ordre de ce service, tel que l'archevêque l'avait réglé d'accord avec ses suffragants, nous a été conservé dans un bréviaire du diocèse de Bayeux, à l'usage de la collégiale du Saint-Sépulcre de Caen, aujourd'hui classé à la bibliothèque de l'Arsenal sous le numéro 279. On lit au folio 587 de ce manuscrit, en caractères du XIVe siècle, une pièce intitulée : *Incipit ordinatio servicii de commemoratione beate Marie Virginis, ab archiepiscopo Rothomagensi et prelatis ipsius provincie, anno Domini* MCCCXV, *in Rothomagensi concilio constituti.*

On a dû remarquer que Gilles Aicelin semble s'être beaucoup moins occupé des affaires de l'État depuis qu'il fut appelé à administrer l'église de Rouen. Sous le règne de Louis le Hutin il perdit une bonne partie de son crédit,

XIVe SIÈCLE.

comme beaucoup des meilleurs serviteurs de Philippe le
Bel. Il montra la noblesse de son caractère en refusant de
prendre part aux poursuites dirigées contre son ami Pierre
de Latilli, évêque de Châlons, jadis chancelier du royaume.
Il le déclara ouvertement au roi Louis dans un conseil tenu
à Vincennes. Le roi ne lui en envoya pas moins, le 15 mai
1315, l'ordre exprès de se trouver à Senlis le 28 juillet suivant
pour s'occuper de l'affaire de son malheureux collègue.
Mais il resta inébranlable dans sa détermination. « Vous
« savez, écrivait-il au roi, les motifs qui m'ont obligé et qui
« m'obligeront à m'abstenir. Si j'agissais autrement, je serais
« un méchant homme et un prévaricateur. Je suppose bien
« que vous ne voudriez pas me voir manquer à ma con-
« science et faillir à l'honneur. C'est ce que j'avais déjà ré-
« pondu à la première communication que j'avais reçue de
« Votre Majesté et de l'archevêque de Reims. »

Spicileg. in-fol., t. III, p. 708.

Cependant l'archevêque ne se brouilla pas avec le roi. Il
fit contribuer les hommes de ses domaines aux subsides
réclamés pour la guerre de Flandre. Louis X lui en exprima
sa reconnaissance par une lettre en date du 1er (ou peut-
être du 15) octobre 1315, dans laquelle il certifie qu'à
l'avenir on ne pourra pas se prévaloir de la présente levée
de deniers pour causer aucun préjudice ni à l'archevêque
ni aux gens de ses domaines.

Cartul. de Phil. d'Alençon, aux arch. de la Seine-Inf., fol. 462 v°.

Bessin, Conc., part. II, p. 89.

Sous le règne de Philippe le Long, Gilles Aicelin siégea
au parlement : d'après l'ordonnance du 2 décembre 1316,
il devait, en cas d'absence, y être remplacé par l'évêque de
Saint-Malo.

Boutaric, Actes du Parlement, t. II, p. 145.

Pour l'année 1317, nous avons à noter l'établissement de
la fête du Saint-Sacrement dans la cathédrale de Rouen, le
24 juin ; le mariage de Gilles Aicelin, neveu de l'archevêque,
le 30 août, conformément au contrat du 14 février 1310
mentionné un peu plus haut ; le règlement d'un différend
entre le roi et le duc de Bourgogne, touchant les hommages de Champagne et de Brie. Cette même année, agissant en vertu d'une délégation du pape, Gilles avait convoqué à Pontoise, pour le 18 novembre, un concile provincial

Bessin, Conc., part. II, p. 89.

Baluze, Hist. de la maison d'Auvergne, t. I, p. 306.

Gall. chr. nova, t. XI, col. 76.

Du Moustier, Neustria pia, p. 249.

Ms. latin 17044, p. 145.

Du Moustier, ms. lat. 10048, fol. 273 v°.
Vaissete, Hist. de Languedoc, t. VIII, p. 223.
Rec. des hist., t. XXIII, p. 364, 416, 578.
Baluze, Hist. de la maison d'Auvergne, t. II, p. 580.

Gall. chr. nova, t. VI, col. 87.

qui devait s'occuper des personnes des templiers et auquel il ne paraît pas avoir assisté. Les actes ne nous en sont pas parvenus, et nous n'en connaissons l'existence que par une protestation de l'abbé de Fécamp qui déclara ne s'être rendu à l'assemblée que par égard pour le Saint-Siège et sans préjudice pour l'exemption de son monastère.

Le 5 février 1318, Gilles Aicelin expédia, de Paris, une charte par laquelle il autorisait Thomas de Châtillon, bachelier en théologie, et Ponce de Chalençon, chanoine de Narbonne, à permuter leurs cures de Grainville-la-Teinturière et d'Esclavelles. Ce dut être l'un des derniers actes de son administration archiépiscopale. Il mourut le 23 juin 1318. Cette date ne peut faire l'ombre d'une difficulté : en effet, nous savons que les gens du roi se mirent en jouissance de la régale à la Saint-Jean 1318, et les obituaires de quatre églises différentes (la cathédrale de Narbonne, la cathédrale de Rouen, la Madeleine de Rouen et le Mont-Saint-Michel) s'accordent à fixer l'anniversaire de Gilles au 23 juin. La dépouille du prélat fut portée à Billom, où, d'après le Livre-Journal d'Oliergues, les funérailles ne paraissent avoir été célébrées qu'au mois de décembre 1318. Un monument funéraire lui fut élevé dans la collégiale de Billom.

Les seuls écrits de Gilles Aicelin qui nous soient parvenus sont les actes, les lettres et les statuts qui ont été indiqués ou analysés au cours de la présente notice.

L. D.

CHRONIQUES ET ANNALES DIVERSES.

Voir ci-dessus, p. 182-264.

Depuis l'impression des feuilles de ce volume où sont passées en revue plusieurs chroniques ou annales dont les continuations ou les imitations descendent parfois jusqu'au commencement du xıv⁰ siècle, nous avons pu examiner les manuscrits d'une œuvre très importante et encore imparfaitement connue, dont l'étude jettera beaucoup de lumière sur la filiation de plusieurs grandes compilations historiques du xııı⁰ siècle. Il s'agit de la Chronique de Robert, moine de Saint-Marien d'Auxerre. Nous n'avons pas la prétention d'épuiser la matière; les observations qui vont être présentées sur le caractère de cette Chronique, sur les manuscrits qui nous en ont transmis le texte et sur l'usage qu'en ont fait différents chroniqueurs du moyen âge tendent uniquement à compléter quelques articles insérés dans différents volumes de l'Histoire littéraire de la France.

CHRONIQUE DE ROBERT DE SAINT-MARIEN D'AUXERRE.

Suivant l'abbé Lebeuf, dont l'opinion a été généralement adoptée jusque dans ces derniers temps, l'auteur de la Chronique dont nous parlons serait Robert Abolant, qui, après avoir été longtemps attaché en qualité de chanoine à la cathédrale d'Auxerre, entra, en 1205 ou environ, dans l'ordre de Prémontré et fit alors un testament commençant par ces mots : *Ego Robertus Abolant, peccator, presbyter, canonicus et lector Beati Stephani, antequam habitum Premonstratensis ordinis susciperem, testamentum meum in hunc modum ordinavi.* Ce Robert Abolant vivait encore en 1214 : une charte de cette année mentionne *frater Robertus Abolam, canonicus Sancti Mariani,* comme arbitre dans un procès pendant à l'officialité du doyen d'Auxerre. Ainsi que l'a fait observer M. Holder-Egger, du moment que Robert Abolant n'était pas mort en 1214, il ne saurait être confondu avec l'auteur de la Chronique, qui avait cessé d'écrire en 1211 et qui mourut l'année suivante : *Hucusque* (1211) *perduxit chronica sua frater Robertus, vir in hystoriarum noticia singularis. . . Eodem anno* (1212) *moritur felicis memorie frater Robertus, horum actor egregius cronicorum.* Ainsi s'exprime le religieux qui a pris la plume pour continuer la Chronique et

Desmolets, Mém. de litt. et d'hist., t. VIII, p. 426.

Lebeuf, Mémoires concernant Auxerre, éd. Quantin, t. IV, p. 68.

Quantin, Recueil de pièces, p. 65, n° 141.

Mon. Germ. hist. Script., t. XXVI, p. 220.

Ibid., p. 276.

Ibid., p. 278.

dont les assertions méritent la plus entière confiance. La Chronique a donc été composée, non point par Robert Abolant, mais par un Robert, religieux de Saint-Marien d'Auxerre, mort en 1212, lequel déclare, à deux reprises, avoir entrepris cet ouvrage à l'instigation de son abbé, Miles de Trainel (1155-1202) : *Venerabilis abbas noster domnus Milo, qui ad agendum nos compulit...; Anno Domini 1203, domnus Milo, Sancti Mariani quartus abbas, diem claudit extremum, de quo pauca perstringere volumus, arbitrantes dignum ut ejus memoria inscribatur volumini quod fecit ipse conscribi : ut enim in proemio premisimus, ipsius ducente ac docente industria, nostraque parvitate pariter annitente, ceptum peregimus.*

Ce que Robert a cru devoir nous apprendre sur sa vie se réduit à un distique, qu'il a mis en marge d'une page du manuscrit original de sa Chronique[1], en regard de l'année 1172 :

> Annus hic ipse michi sextus decimus fuit evi,
> Quo mea, Christe, tuo prebeo colla jugo.

Robert était donc né en 1156 ou 1157 et avait embrassé la vie religieuse en 1172. La considération dont il était honoré dans son abbaye est attestée par l'éloge qu'en a fait celui de ses confrères qui a pris la plume après lui pour continuer son ouvrage.

Ce n'est pas ici le lieu d'analyser la Chronique universelle qu'il a composée, et qui, partant de la création, va, sans parler des continuations, jusqu'à l'année 1211. C'est assurément l'une des plus précieuses compositions historiques que nous ait laissées le moyen âge, et il est fort regrettable

Mon. Germ. hist. Script., t. XXVI, p. 226.

Ibid., p. 262.

Ms. 132 d'Auxerre, p. 306.

Mon. Germ. hist. Script., t. XXVI, p. 278.

---

[1] Robert se plaisait à écrire des vers sur les marges de sa Chronique. Aussi n'est-il pas téméraire de lui attribuer une pièce de vingt distiques qui a pour objet de vanter les mérites de l'*Aurora*, c'est-à-dire de la Bible en vers de Pierre Riga. Dans deux manuscrits du XIII° siècle, le n° 16244 du fonds latin de la Bibliothèque nationale (jadis de la Sorbonne) et le n° 33 de la Bibliothèque de Sainte-Geneviève (jadis B. lat. in-fol. n° 5), cette pièce, qui commence par le distique :

> Stringere pauca libet bona carminis hujus,
> [et ipsum
> Laude vel exili magnificare librum,

est intitulée : *Versus cujusdam canonici de Sancto Mariano Autissiodorensi, Premonstratensis ordinis.*

que nous n'en possédions encore que des éditions insuffisantes et fragmentaires. Tant qu'elle n'aura pas été publiée
intégralement, nous ne pourrons pas nous rendre un compte
exact des additions que Robert a faites aux œuvres de ses
devanciers et des emprunts directs ou indirects que lui ont
faits plusieurs des plus célèbres chroniqueurs du xiiiᵉ et du
xivᵉ siècle. La dernière partie, depuis l'année 1112, a seule
été publiée, dans les *Monumenta Germaniæ historica* (*Scriptores*,
t. XXVI, p. 219-287), avec le soin dont est digne un texte
aussi important. L'éditeur, M. Holder-Egger, a fait un judi-
cieux emploi des manuscrits et a exactement déterminé les
sources auxquelles l'auteur a puisé ses informations.

On dispose d'inappréciables ressources pour étudier le
texte de la Chronique de Robert de Saint-Marien. Nous
possédons, en effet, sous le n° 132 de la Bibliothèque
d'Auxerre (n° 145 dans le Catalogue général, série in-8°,
t. VI, p. 59), le manuscrit original de l'auteur, énorme
volume de parchemin, de 326 pages, dont l'examen minutieux nous fera voir comment l'ouvrage a pris la forme sous
laquelle il nous est parvenu. Il y faut distinguer deux parties:
la partie primitive se compose de quinze cahiers, répondant
aux pages qui sont aujourd'hui numérotées 97-326, et qui
commencent respectivement aux pages 97, 117, 133, 149,
165, 181, 197, 213, 229, 245, 261, 277, 293, 309 et 325.
Ce qui prouve que telle était la composition primitive du volume, c'est que les signatures « .II.ᵘˢ » et « .VIII.ᵘˢ » se voient
encore très nettement au bas des pages 132 et 228. Ont été
ajoutés après coup, en tête du livre, six cahiers, dont le
dernier porte, au bas de la page 96, la signature VI. Les
morceaux qu'ils renferment n'entraient pas à l'origine dans
le plan de l'auteur.

Sur les cahiers de la partie primitive Robert de Saint-
Marien a fait copier d'un seul trait, probablement vers
l'année 1181, par un scribe très habile et très soigneux, la
Chronique qu'il avait rédigée pour toute la période comprise
entre la création et l'année 1181. La copie a rempli les

treize premiers cahiers et les deux premières pages du quatorzième (p. 97-310). La fin du quatorzième cahier (p. 311-
324) et le quinzième, dont il ne subsiste plus que le dernier
feuillet (p. 324 et 325), avaient été réservés pour recevoir
la suite de l'ouvrage, que l'auteur avait présumé devoir être
poursuivi jusqu'en l'année 1240, comme l'indique le cadre
qu'il avait tracé, à la page 304, pour la dernière période
dont il entreprenait d'écrire les annales et qui avait pour
limites extrêmes les années 1151 et 1240.

A peine la transcription de la Chronique, conduite jusqu'à l'année 1181, était-elle achevée, l'auteur y faisait
ajouter, au commencement, sur un cahier séparé (aujour-
d'hui p. 81-96), une sorte d'introduction comprenant, sur
les pages 81-91, les morceaux suivants : Description de
l'univers; catalogues des rois de France, des empereurs, des
papes, des patriarches de Jérusalem, d'Antioche et d'Alexandrie, des archevêques de Sens, des évêques d'Auxerre, des
archevêques de Bourges et de Cantorbéry. Cette série de
catalogues s'accrut un peu plus tard des listes des évêques
de Troyes, de Nevers et de Paris (p. 91 et 92), et du texte
du Provincial (p. 93-96), c'est-à-dire d'un état des titres
cardinalices et des archevêchés et évêchés de la chrétienté.

En tête de ce cahier complémentaire, Robert fit coudre
un feuillet séparé (aujourd'hui p. 79 et 80), pour recevoir
une préface débutant par les mots : *Cum infinita sint temporum
gesta*... Nous y voyons que le chroniqueur, moine de Saint-
Marien, avait rédigé son ouvrage par l'ordre et sous les
auspices de son abbé, Miles de Trainel; qu'il l'avait fait précéder d'une description de l'univers, principalement tirée
d'Orose et d'Isidore; qu'il avait pris pour guides Eusèbe,
Jérôme et Sigebert; qu'il avait adopté la chronologie de
maître Hugues de Saint-Victor; qu'il avait mis à profit
Orose, Gennadius, Cassiodore et Hugues de Fleuri; qu'il
avait résumé les vies des archevêques de Sens et surtout
celles des évêques d'Auxerre; qu'enfin il avait consigné dans
ses récits les faits intéressant son abbaye de Saint-Marien.

Le cahier complémentaire dont le contenu vient d'être

XIVe SIÈCLE.

indiqué fait partie intégrante de la Chronique de Robert. Les cinq autres cahiers qui précèdent n'ont pas le même caractère et peuvent sans aucun inconvénient se détacher de la Chronique. Robert y a fait copier trois opuscules dont un seul, le second, peut lui être attribué. Ces trois opuscules sont :

1° (p. 1-36). Chronique de Hugues de Saint-Victor. Par suite de la perte de deux feuillets, le texte de cette Chronique ne commence qu'à la liste intitulée : *Judices prefuerunt ab Abraham*. Le Catalogue des papes s'y arrête (p. 30) au nom d'Honorius II, c'est-à-dire au point où Hugues de Saint-Victor avait dû l'amener, comme Robert de Saint-Marien en fait lui-même la remarque sous l'année 1130, dans les courtes annales qui vont être indiquées : *m.c.xxx. Hucusque magister Hugo perduxit cronica sua.* Il est inutile de s'étendre sur cette Chronique, après les détails que M. Hauréau a donnés à ce sujet dans le Journal des Savants (année 1886, p. 303-306). Ajoutons seulement que, depuis la publication de l'article de M. Hauréau, la Bibliothèque nationale s'est enrichie d'un exemplaire assez important de la Chronique de Hugues de Saint-Victor, copié selon toute apparence en 1172 dans l'abbaye de Signi, en tête de la Chronique de Sigebert de Gemblours (ms. latin 583 des Nouvelles acquisitions);

Bibl. de l'Éc. des chartes, 1894, t. LV, p. 634.

2° (p. 37-62). Courtes annales, disposées en tableaux, dont le point de départ est la première année de l'ère chrétienne. Le scribe qui les a tracées, et qui est le même que le copiste de la grande Chronique, y a marqué, dans des colonnes distinctes, les années de l'Incarnation, les chiffres de l'indiction, les noms des papes et des empereurs avec les années de pontificat et de règne. Le cadre avait été tracé pour servir jusqu'en l'année 1230, mais il n'a été rempli que jusqu'en 1182, deuxième année de Lucius III et trente et unième année de Frédéric Ier. Sur les trois dernières pages, on a indiqué à l'encre rouge la fondation des ordres de Cîteaux et de Prémontré, le point d'arrêt de la Chronique de Hugues de Saint-Victor, les terribles inondations de l'année 1174, la famine générale de 1176, le sacre de Philippe Auguste en 1179, la prise de Jérusalem par Saladin en 1187, le départ de Philippe Auguste et de Richard Cœur de Lion pour la croisade, la prise de Ptolémaïs et le retour de Philippe Auguste en 1191, la mort de deux dignitaires de l'église d'Auxerre (le trésorier Raoul en 1166 et l'évêque Guillaume en 1181). Deux articles additionnels ont été inscrits sur la marge de la page 62, pour rappeler la victoire de Bouvines en 1214 et le couronnement de Pierre de Courtenai, empereur de Constantinople, par le pape Honorius III, dans l'église de Saint-Laurent-hors-les-Murs, en 1217. Ces annales, à l'exception des deux derniers articles, ont sans doute été écrites à la demande et sous la direction de Robert. Mais l'attribution qu'on peut lui en faire n'ajoutera rien à sa réputation. A part quelques lignes des dernières pages, c'est une compilation dépourvue d'intérêt et d'originalité;

3° (p. 64-77). Résumé, sous forme de tableaux, des événements de l'histoire sainte mis en rapport avec quelques événements de l'histoire profane, depuis Adam jusqu'à Jésus-Christ. Cet opuscule, dont Robert de Saint-Marien d'Auxerre a fait une sorte d'introduction à sa Chronique, est surtout curieux parce qu'il faut y voir le type primitif des grands rouleaux ornés de peintures et affectant souvent la forme d'arbres généalogiques, qui ont eu tant de vogue au XIV° et au XV° siècle. La préface mise en tête commence par ces mots : *Considerans historie sacre prolixitatem. . . .*[1]. On s'accorde à l'attribuer à Pierre de Poitiers; mais deux écrivains du XII° siècle ont porté ce nom : un moine de Cluni, contemporain de Pierre le Vénérable, et un chancelier de l'église de Paris, mort en 1205 après avoir enseigné la théologie dans les écoles de cette ville pendant trente-huit années. Nous n'hésitons pas à nous prononcer en faveur du dernier. En

----

[1] Il est bon de faire observer que cette préface a été en partie copiée par Guillaume de Nangis dans sa Chronique latine abrégée des rois de France (*Bibliothèque de l'École des chartes*, 1876, t. XXXVII, p. 512) et par l'auteur de la *Chronographia regum Francorum*, que M. Moranvillé publie, pour la Société de l'Histoire de France, d'après un manuscrit de Berne.

xiv° siècle.

effet, à n'en pas douter, le résumé dont il est ici question est l'opuscule mentionné dans les termes suivants par Albéric de Trois-Fontaines, sous l'année 1205 :

Obiit magister Petrus Pictavinus, cancellarius Parisiensis, qui per annos xxxviii theologiam legerat Parisius, ... qui, pauperibus clericis consulens, excogitavit Arbores historiarum Veteris Testamenti in pellibus depingere, et de vitiis et virtutibus similiter compendiose disponere.

Mon. Germ. hist., Script., t. XXIII, p. 886.

Une copie de ce résumé, en forme de rouleau, exécutée au xiii° siècle et ornée de médaillons peints, a été signalée dans le précédent volume de l'Histoire littéraire (t. XXXI, p. 255); elle nous avait été communiquée par M. Gélis-Didot. Un exemplaire remontant au commencement du xiii° siècle s'en trouve à la Bibliothèque nationale dans un volume de l'abbaye de Saint-Victor (ms. latin 14435, fol. 136-141); des notes à peu près contemporaines de la transcription de ce morceau le désignent sous ces titres : *Compendium hist[orie] in genealogia Christi* (fol. 136), et *Genealogia Pictavensis* (feuillet préliminaire). Claude de Grandrue indique bien la nature de l'ouvrage, quand il l'annonce ainsi dans la notice du ms. 14435 : *Item, genealogia Patrum figurata, ab Adam usque ad Christum et apostolos, ubi compendiose Sacre Scripture tractantur hystorie, quem librum composuit Pictavensis.*

Dans le manuscrit d'Auxerre, comme dans celui de M. Gélis-Didot, la préface *Considerans historie* est précédée de la figure d'un grand chandelier à sept branches. Nous avons cité dans le précédent volume (t. XXXI, p. 256), d'après le manuscrit de M. Gélis-Didot, une explication de cette figure, dans laquelle on voyait une allusion aux sept dons du Saint-Esprit, ou bien aux sept esprits, aux sept étoiles et aux sept églises de l'Apocalypse. Cette explication est remplacée, dans le manuscrit d'Auxerre, par des considérations mystiques d'un ordre tout différent :

Tres calami, id est tria brachia, ex uno latere prodeunt, et tres ex altero, quia ante Incarnationem et post tres gradus fidelium in Ecclesia fuerunt : conjugatorum, continentium et prelatorum. Unde, ad hoc designandum, tres tantum viros Ezechiel predixit liberandos, Noe sci-

Ezech., xiv, 14 20.

XIVe SIÈCLE.

Luc., XVII, 34, 35.

Matth., XXIV, 40.

licet, Daniel et Job. In Noe prelatos, in Daniele continentes vel virgines, in Job bonorum conjugatorum vitam ostendit. Hii sunt qui, secundum Evangelium, in lecto, in agro, in mola, reperientur in die judicii, quorum quidam assumentur et quidam relinquentur. In lecto quies continentium, in agricultura industria predicantium, in giro mole labor conjugatorum. Et quia de singulis quidam sunt eligendi, quidam reprobandi, ideo dicitur : « Unus assumetur et alter relinquetur. » Sed, quia sublimius est meritum predicantium quam continentium, et continentium quam conjugatorum, summi calami qui hinc inde exeunt prelatos significant, inferiores vero continentes, infimi conjugatos; sed diversis locis de hastili procedunt; omnes tamen, suo loco et ordine reflexi, in altum ad unam perveniunt summitatem, ut conservent lucernarum super se equalem positionem, quanquam meritorum gradibus discreti, una tamen fide veritatis, ad unam in celis veritatis lucem perventuri, et quanto [firmius] quisque [Christo] in hac vita adhesit, tanto vicinior visione ejus fruetur. Quartus autem, ciphus, spera et lilium, que super omnes calamos juxta sublimitatem fuere candelabri, proprie ad Christum pertinent, qui in se ipso figuram ostendit ciphi et spere. Bene hic ciphus, spera et lilium; altior calamus eminet, quia dona que Christo Deus contulit omnem transcendit (*sic*) modum humane capacitatis. Unicuique enim nostrum data est gratia secundum mensuram donorum Christi. In Christo autem habitat omnis plenitudo divinitatis corporaliter, quia omnes spirituales donationes et gratie Ecclesie de Christo sunt.

Ce qu'il y a de plus clair dans cette explication, c'est qu'une paire des branches du chandelier était censée représenter les prélats, symbolisés par Noé; une autre, les fidèles voués à la virginité, symbolisés par Daniel; une troisième, les fidèles mariés, symbolisés par Job; la branche du milieu figurait le Christ.

Le chandelier est également dessiné dans le manuscrit de Saint-Victor (fol. 142 v°), mais sans être accompagné d'une explication. Seulement les inscriptions mises sur les trois paires de branches (*doctores, Noe; Daniel, continentes vel virgines; Job, conjugati*) sont en parfaite harmonie avec les explications du manuscrit d'Auxerre [1].

[1] Les notes de M. Hauréau renvoient pour cet ouvrage de Pierre de Poitiers aux manuscrits suivants : Dijon, 25 (43 du Catalogue); Bodléienne, Codd. Laud. Miscell., n°s 151 et 270; collège Saint-Jean-Baptiste à Oxford, n°s 23 et 58; église Saint-André d'Eisleben, n° 960 (*Neues Archiv*, t. VIII, p. 289); université de Leipzig, n° 1314 (*Neues Archiv*, t. VI, p. 408); bibl. royale de Munich, n° 12705; bibl. imp. de Vienne, n°s 364, 378, 813 et 1506.

XIVe SIÈCLE.

C'est postérieurement que l'auteur a ajouté les morceaux
préliminaires copiés sur les six cahiers soudés après coup au
corps de la Chronique, cahiers dont il n'est pas inutile de
faire connaître la constitution : I, p. 1-16; II, p. 17-32;
III, p. 33-48; IV, p. 49-62 (un feuillet blanc a dû être coupé
à la fin de ce cahier); V, p. 63-78; VI, p. 79-96. Le premier feuillet de ce cahier VI (p. 79 et 80), dont la contre-
partie n'existe point, a été intercalé après le remaniement
qu'avait subi le commencement de la Chronique; le recto en
est resté blanc et le verso a reçu la préface *Cum infinita sint
temporum gesta...*, dont nous avons parlé un peu plus haut.

Que l'ouvrage ait été à l'origine dépourvu de tous ces
préliminaires et qu'il commençât alors, à la création du
monde, par les mots : *In primordio temporis, ante omnem diem,
Deus pater in Verbo et per Verbum suum fecit ex nichilo rerum
omnium materiem...*, c'est ce que montre bien la composition des cahiers du manuscrit original. La signature « .II.^{us} »,
qu'on lit en gros chiffres romains au bas de la page 132 du
manuscrit d'Auxerre, et d'autres indices prouvent que, dans
le principe, les pages actuellement cotées 97-116 et les
pages 117-132 formaient le premier et le deuxième cahier
du volume.

Dans le manuscrit d'Auxerre, le texte de la Chronique,
abstraction faite de quelques notes complémentaires ajoutées
sur le dernier feuillet, se poursuit jusqu'à l'année 1211 in-
clusivement, s'arrêtant aux mots qui rappellent comment
le comte de Toulouse fut mis hors la loi comme infidèle et
ennemi public de l'Église : *cunctis ad diripiendum exponitur
tanquam refuga fidei et publicus hostis Ecclesie judicatus.* Il y a
entre les pages cotées 324 et 325 une lacune considérable :
on ne peut guère évaluer à moins de six le nombre des
feuillets qui ont disparu à cet endroit et qui se rapportaient
aux événements des années 1203-1211; ils contenaient la
portion du texte qui, dans le tome XXVI des *Scriptores* des
Monumenta Germaniæ historica, commence à la page 263,
ligne 16, et va jusqu'à la page 276, ligne 19. Il semble que
cette lacune existait déjà en 1475, quand fut fait à Auxerre

Mon. Germ. hist.,
Script., p. 325.

l'extrait de la Chronique de Robert qui est dans le ms. 133 de la Bibliothèque d'Auxerre (n° 146 du Catalogue publié en 1887).

Le manuscrit d'Auxerre est incontestablement l'exemplaire original de la Chronique : il présente, pour ainsi dire, à chaque page la trace matérielle du travail soit de l'auteur lui-même, soit des secrétaires qu'il employait. On y voit comment Robert modifiait les expressions dont il s'était d'abord servi, comment il corrigeait le texte primitif, comment il ajoutait, en interligne ou sur les marges, des membres de phrases et des paragraphes plus ou moins étendus, comment il supprimait par des grattages ou des signes d'annulation des passages qui lui paraissaient inutiles ou inexacts.

Ce qui est surtout caractéristique, ce sont des notes tracées après coup pour avertir le lecteur de quelques erreurs chronologiques et pour indiquer la place qui aurait le mieux convenu à certains articles. En voici des exemples :

P. 163. Quod hic de sancto Amatore dicitur paulo inferius debuisset apponi, hoc est sub Theodosio, post mortem Gratiani.

P. 170. Quod hic de Thiconio dicitur sub tempore Theodosii debuisset inseri.

P. 204. Quod hic de sancto Austregisilo dicitur longe inferius debuisset apponi, hoc est sub tempore Heraclii. Similiter et de sancto Sulpicio, ejusdem Austregisili successore.

Il est assez curieux de suivre les hésitations du moine de Saint-Marien sur les détails de la vie du célèbre Bérenger, qui eurent un si grand retentissement dans le monde ecclésiastique du XI⁵ siècle. Les renseignements qu'il s'était d'abord procurés à ce sujet manquaient de précision. Il en parle pour la première fois sous l'année 1075 dans un paragraphe dont les premiers mots sont : *Per idem tempus Francia turbatur per Berengarium Turonensem...;* c'est là que l'auteur expose la doctrine de Bérenger, qu'il rapporte les incidents du concile de Rome et qu'il donne le texte de la confession : *Ego Berengarius corde credo et ore confiteor...* Quand il écrivait ce paragraphe, il croyait que les faits s'étaient

Ms. d'Auxerre, p. 282.

passés sous le pontificat de Grégoire VII : *Res quoque cum pervenisset ad audientiam papæ Gregorii. . .* Plus tard, il reconnut que le concile de Rome, dans lequel Bérenger avait lu sa profession de foi, s'était tenu en 1059, sous le pontificat de Nicolas II, et il en fit l'observation dans une note marginale ainsi conçue :

In Decretis legimus quod concilium istud in quo Berengarius convictus et correctus est celebratum fuerit sub Nicholao papa, cui secundo loco Gregorius iste successit, ac, secundum hoc, quod hic de Berengario dicitur superius debuisset interseri. Cui sentenciæ magis est assentiendum, quia et magis est trita et auctoritate subnixa.

Ms. d'Auxerre, p. 282.

En même temps, Robert prit soin de marquer en regard de l'article relatif à l'avènement de Nicolas II que là devait se placer la mention du concile qui condamna la doctrine de Bérenger :

Sub isto Nicholao factum est concilium in quo Berengarius convictus est et correctus, ac, per hoc, quod de Berengario infra dicitur hic debuisset apponi.

Ibid., p. 280.

Plus loin, Robert, après avoir mentionné l'avènement du pape Urbain II, a cru devoir parler une seconde fois de Bérenger, pour en faire l'éloge et pour citer les vers qui furent gravés sur la tombe du célèbre docteur : *Quem modo miratur...*

Ibid., p. 283 et 284.

Il aurait évidemment mieux valu que les deux paragraphes relatifs à Bérenger fussent rapprochés l'un de l'autre. L'auteur s'en est aperçu après coup, et il a mis en marge de son manuscrit : *Quod hic de Berengario dicitur superioribus debuisset annecti.*

Ibid., p. 283.

La remarque ajoutée en marge de la page 276 du manuscrit d'Auxerre mérite une attention particulière. Elle nous fait entrevoir comment Robert de Saint-Marien a employé une chronique à laquelle il a fait beaucoup d'emprunts, mais qu'il ne devait pas avoir suffisamment étudiée quand il entreprit la rédaction de son grand ouvrage. Cette chronique est celle qui est généralement connue sous le titre de *Chronica Willelmi Godelli.* Nous en avons déjà parlé dans le

présent volume (p. 252-254) et nous avons montré qu'elle
doit être attribuée, non pas à Guillaume Godel, moine de
Saint-Martial de Limoges, mais à un religieux d'origine
anglaise, qui avait pris l'habit monastique en 1145, avait
reçu les ordres des mains de Hugues, archevêque de Sens,
et de Pierre, archevêque de Bourges, avait dû vivre dans
l'abbaye de Pontigni, et avait fait un voyage en Allemagne
au cours de l'année 1172. Si nous ajoutons quelques détails à ceux qui ont déjà été donnés, c'est qu'il importe
d'avertir que des articles de diverses chroniques du
XIIIe siècle, signalés comme empruntés aux annales du prétendu Guillaume Godel, sont en réalité des emprunts faits à
Robert de Saint-Marien d'Auxerre, lequel s'était approprié
une partie desdites annales. On peut s'en assurer en jetant
les yeux sur les annotations marginales que M. Holder-
Egger a jointes à son édition de Robert. L'influence du prétendu Guillaume Godel sur le chroniqueur de Saint-Marien

Ms. latin 4893,
fol. 66 v°-67 v°.

se reconnaît à d'autres indices. Le premier a inséré à la fin
de son ouvrage une série de catalogues historiques qui se
termine par les listes des archevêques de Sens, de Bourges
et de Cantorbéry; on vient de voir les raisons qu'il avait de
s'intéresser aux sièges archiépiscopaux de Sens, de Bourges
et de Cantorbéry. Robert, qui n'était point dans les mêmes

Ms. 132 d'Au-
xerre, p. 90-92.

conditions, a pareillement joint à sa Chronique les catalogues des archevêques de ces trois églises, en y joignant
ceux des évêques d'Auxerre, de Troyes, de Nevers et de
Paris.

Voici la particularité qui permet de supposer que Robert
de Saint-Marien s'est tardivement rendu compte de l'emploi qu'il pouvait faire de la Chronique du prétendu Guillaume Godel. Dans un passage jusqu'ici inédit, il avait

Ms. d'Auxerre,
p. 276.

mentionné comme il suit le voyage en Italie de Raoul,
comte d'Ivri, frère utérin de Richard Ier, duc de Normandie :

Post Robertum vero regnavit in Francia filius ejus Henricus annis
xxx[to]. Hoc tempore, Radulfus, comes Normanniæ, Jerosolimam petiit,
veniensque Apuliam, invenit ibi virum potentem, tocius Apuliæ principatum tenentem. Quem cum Greci sibi rebellem de principatu vellent

eicere, isdem princeps Radulfum rogavit ut iter dimitteret et sibi contra
Grecorum impetus opem ferret. Qui, peregrinatione dimissa, et cum
Grecis pugnavit et vicit. Hac de causa, cœperunt Normanni tam in
Apulia quam in Sicilia dominari.

Quand Robert écrivait ces lignes, en s'inspirant, selon
toute apparence, de la Chronique de Saint-Pierre-le-Vif, il
supposait que le voyage du comte Raoul avait eu lieu après
l'avènement du roi Henri I⁰ʳ, c'est-à-dire après l'année 1031.
Plus tard, il vit que la Chronique du prétendu Guillaume
Godel plaçait sous l'année 1019 l'expédition du comte
Raoul : *Anno Domini MXIX, Radulfus, comes Normanniæ,
Jerosolimam petiit*..... Il reconnut alors qu'il n'avait pas
mis la mention du voyage à la place qu'elle devait occuper,
et il ajouta en marge du manuscrit une note significative :

Quod hic de Radulfo dicitur superius debuisset apponi, secundum
quod alibi invenitur. Nam Jerosolimam adiit anno Domini XIX.

Il y a donc surabondance de preuves pour établir que le
manuscrit d'Auxerre est l'exemplaire original de la Chronique de Robert, moine de Saint-Marien. C'est de ce manuscrit que dérivent toutes les copies qui nous sont parvenues
de la même Chronique et qui sont au nombre de cinq.

I. Ms. 26 de la bibliothèque de l'École de médecine de
Montpellier, venu de l'abbaye de Pontigni, comme l'atteste
une note du XIV⁰ siècle, inscrite en marge du dernier feuillet
(fol. 155) : *Liber Sancte Marie Pontiniaci; qui eum furatus
fuerit vel a domo unde est alienaverit, sit anathema maranatha.
Amen.* Grand volume in-folio, d'une belle et grosse écriture
du commencement du XIII⁰ siècle, disposée sur deux colonnes. A l'origine, le manuscrit consistait en 160 feuillets
de parchemin, répartis en vingt cahiers. Le huitième cahier,
dont la place était entre les feuillets actuellement cotés 59 et
60, a disparu; il contenait le texte qui occupe les folios 167-
180 du manuscrit d'Auxerre. On a cru que le premier
cahier avait perdu trois feuillets, dont la place aurait été à la
suite du 7⁰, et quand le volume a été folioté au XVII⁰ siècle,

Mon. Germ. hist.,
Script., t. XXVI,
p. 31.

Copies du manu-
scrit original de
la Chronique de
Robert.

516   CHRONIQUES ET ANNALES DIVERSES.

on a réservé les cotes 8, 9 et 10 pour les feuillets supposés
perdus; mais ces feuillets n'ont jamais existé [1]. L'interruption du texte qu'on remarque à cet endroit du manuscrit
tient à ce que le copiste n'a pas poursuivi jusqu'au bout la
copie du Provincial; il s'est arrêté à la fin de la liste des
évêchés suburbicaires. On voit par là que le manuscrit
consiste aujourd'hui en 152 feuillets, déduction faite des
8 feuillets du huitième cahier.

Le manuscrit de Pontigni n'a jamais contenu les trois
morceaux que Robert de Saint-Marien avait ajoutés après
coup pour servir de préliminaires à son ouvrage : la Chronique de Hugues de Saint-Victor, les courtes annales ayant
pour point de départ l'ère chrétienne, et les tableaux
chronologiques de Pierre de Poitiers. Le cahier par lequel
s'ouvre aujourd'hui le manuscrit est bien celui qui en a
toujours occupé la première place, comme en fait foi l'ancienne signature « .Iᵘˢ. » parfaitement visible au bas de la
dernière page de ce cahier.

Le manuscrit dont il s'agit ici débute (fol. 1-7) par l'introduction qui remplit les pages 81-96 du manuscrit
d'Auxerre, c'est-à-dire par la description de l'univers, par
les catalogues des rois de France, des empereurs, des papes
et des prélats de diverses églises, enfin par le Provincial, dont le commencement seul a été copié. A la suite
(fol. 11 vᵒ) vient le texte de la Chronique *In primordio temporis*,
précédé (fol. 11) de la préface *Cum infinita sint temporum
gesta.* Il est copié d'un seul tenant, jusqu'à cet article de
l'année 1199 : *Michael, Senonensis archiepiscopus, obit.* C'est
là, selon toute apparence, que s'arrêtait le manuscrit original quand la copie de Pontigni fut exécutée. Ce qui est
certain, c'est que cette copie a été faite avant la mort d'Innocent III : le tableau chronologique de la période comprise
entre les années 1151 et 1240 y a été reproduit, aux fo-

______

[1] Ce cahier consiste en quatre feuilles
ou huit feuillets, actuellement cotés 1-7
et 11. Nous nous sommes assurés que,
dans ce cahier, les feuillets cotés 1 et
11 forment la feuille 1, les feuillets 2
et 7 la feuille 2, les feuillets 3 et 6
la feuille 3, et les feuillets 4 et 5 la
feuille 4.

lios 143 v° et 144, tel qu'il se présentait dans l'exemplaire original, à la page 304, avant l'addition de la durée du pontificat d'Innocent III et de la note qui résume la vie de ce pontife.

Dans ces conditions, le manuscrit de Pontigni n'a pas pu recevoir toutes les additions et les corrections que Robert de Saint-Marien inséra dans son manuscrit original pendant les dernières années de sa vie. J'en citerai quelques exemples.

Dans sa description de l'univers Robert a fait entrer une Notice des cités de la Gaule où la province d'Arles figure en ces termes :

Arelatensis provincia. — Metropolis civitas Arelas, civitas Segesterium, civitas Aurasica, civitas Avennum, civitas Abtensis, civitas Regensis, civitas Grassa.

Au bas de la page 84 du manuscrit original, sur laquelle se lit ce passage, l'auteur a ajouté cette phrase :

Nunc vero sic dividitur Arelatensis provincia : metropolis Arelas, Avinionum, Aurasica, Tricastrum, Vasionum, Carpentoracum, Cavellicum, Massilia, Tolonum[1].

La phrase additionnelle n'a pas été copiée dans le manuscrit de Pontigni. Il en est ainsi de beaucoup d'autres notes supplémentaires, parmi lesquelles nous ferons remarquer les suivantes :

Page 103 du manuscrit d'Auxerre. Note sur le passage de la mer Rouge et sur les traces des roues et des pas d'hommes et de chevaux dont le rivage aurait conservé l'empreinte.

P. 112. Note sur la flamme qui présagea les hautes destinées de Servius Tullius.

P. 163. Note relative à l'époque où vivait Amateur, évêque d'Auxerre.

P. 182. Note relative à Claudien Mamert et à Sidoine Apollinaire.

P. 188. Note relative à saint Loup, évêque de Troyes.

---

[1] André Du Chesne a connu ce texte, peut-être d'après le manuscrit original d'Auxerre. Voir l'édition du morceau intitulé *Divisio Galliæ*, dans *Historiæ Francorum Scriptores coætanei*, t. I, p. 17.

P. 209. Notes sur des prodiges observés du temps de l'empereur Maurice et sur un songe de cet empereur.

P. 236. Variante relative à une inscription découverte en Thrace du temps de l'impératrice Irène.

P. 287. Longue note relative à Robert d'Arbrissel.

Il n'y a peut-être pas grande utilité à constater à quelle époque de sa vie Robert de Saint-Marien a été en mesure de faire telle ou telle addition à sa Chronique. Il est plus intéressant de découvrir quelle était la teneur de certains passages qu'il a cru bon de supprimer ou de modifier après coup. Plusieurs suppressions, marquées dans le manuscrit original par des cancellations, y sont restées bien lisibles. Par exemple, à la page 183 de ce manuscrit se trouve la mention de la fondation du monastère de Saint-Gildas en Berri, rapportée à l'an 918, sur quoi l'auteur avait fait remarquer que, de son temps, il y avait encore dans cette maison une colonie de moines bretons qui gardaient pieusement les reliques de leur saint patron : *Ubi nunc monachorum turma, Britonum gentis felicissima proles et reliquiarum sanctarum perseverans custos, divinæ virtuti canit cotidie laudes.* On peut encore lire cette phrase dans le manuscrit original, malgré les traits rouges dont elle a été bâtonnée et qui ont empêché de la reproduire dans les autres exemplaires. Mais, très souvent, les suppressions ou les corrections ont été effectuées au moyen de grattages ou de surcharges qui ont absolument fait disparaître le texte primitif. C'est pour ces cas-là que l'exemplaire de Pontigni, copié avant les dernières retouches du manuscrit original, est précieux à consulter. Je citerai comme exemples deux passages relatifs aux droits de l'empereur Henri VI sur l'héritage de Guillaume II, roi de Sicile, et un passage relatif au partage des états de Saladin :

<table>
<tr><td>Réduction primitive :</td><td>Réduction définitive.</td></tr>
<tr><td>Henricus, Frederici Augusti filius, regno Ithalie a patre prefectus, regis Sicilie sororem ducit in conjugem. (Ms. de Pontigni, fol. 149, col. 2.)</td><td>Henricus, Frederici Augusti filius, regno Ithalie a patre prefectus, Constantiam, Rogeri Siciliæ quondam regis filiam, ducit in conjugem. (Manuscrit d'Auxerre, p. 312, col. 1.)</td></tr>
</table>

... jure propinquitatis, quia soro-rem regis duxisset in conjugem. (Ms. de Pontigni, fol. 153, col. 1.)

Ipso anno Salaadinus moritur, per quem [1], regno ejus filiis compartito, inter eosdem et Saphadinum, Salaadini fratrem, de regno diutius concertatum est. (*Ibid.*, fol. 153 v°, col. 2.)

... quia Constantiam, regis quondam Siciliæ Rogeri filiam, duxisset in conjugem. (Ms. d'Auxerre, p. 317, col. 2.)

Ipso anno Salaadinus, totius Orientis turbo orbisque concussor, moritur in Damasco, post quem filii ejus eorumque patruus Sephadinus diutius concertavere de regno. (*Ibid.*, p. 319, col. 1.)

La différence entre les deux rédactions est parfois importante à relever. On en jugera par un paragraphe où il est question de deux des premiers ministres de Philippe Auguste, Gilles et Robert Clément, frères de Garmond, qui fut successivement abbé de Pontigni et évêque d'Auxerre :

Rédaction primitive :

Ipso anno Autissiodorenses canonici Garmundum elegerunt in presulem, non tam ipsius merito quam sollicito studio fratris ejus Egidii, tunc a rege pre ceteris in curia sublimati; sed prefate electioni persone ecclesie restiterunt. Romam proinde pars utraque profecta est, ibique diutius sunt detenti, eo quod, multis utrinque rationibus allegatis, nequiret negocium tractari. Verum, illic maxima interim mortalitate grassante, Garmundus moritur, sicque contentio terminatur. Quodque mirandum est, per eosdem dies et iste in curia Romana obiit, et frater ejus in Francia curie principatum amisit. (Ms. de Pontigni [2], p. 148, col. 2.)

Rédaction définitive :

Erat tunc negotiorum regis procurator Egidius, vir in rebus seculi sagax. Hujus frater extiterat Robertus, cognomento Clemens, qui regem a prima etate nutrierat et instruxerat, vir moderatus et prudens regique fidelis, et qui regalia industrie satis et strenue administrarat negotia, dum regem post mortem patris habuit in tutela. Huic Egidius in regni administratione successerat. Horum fratrem Garmundum, in Pontiniacensem abbatem nuper assumptum, Altissiodorenses canonici elegerunt in presulem; verum, cum quædam ex personis ecclesiæ restitissent, Romam pars utraque profecta est. Ingruente interim peste gravi, domnus Garmundus et de sociis utriusque partis plurimi moriuntur. (Ms. d'Auxerre, p. 311, col. 1.)

Ce passage appelle encore une observation. M. Holder-Egger, sans avoir jamais vu le manuscrit de Pontigni, avait deviné qu'il devait s'y trouver la version primitive de quelques articles de la Chronique, version effacée dans le manuscrit original, où elle a été remplacée par une version

[1] Leçon du manuscrit de Pontigni; il devait y avoir primitivement dans le manuscrit original *post quem.*

[2] On a essayé, à une époque ancienne, de faire disparaître par un grattage ce passage du manuscrit de Pontigni; mais le texte en est encore lisible, et une main du xv⁰ ou du xvi⁰ siècle avait réussi à rétablir la plupart des mots imparfaitement effacés.

XIVe SIÈCLE.

Camuzat, Chronologia, f° 87.

plus récente. S'appuyant sur cette judicieuse hypothèse, il a supposé que le manuscrit de Pontigni avait dû fournir à Camuzat le texte que cet éditeur a adopté pour le paragraphe relatif à Garmond, évêque d'Auxerre, et aux deux frères de ce prélat, ministres de Philippe Auguste. Par suite, ce paragraphe nous est donné dans l'édition des *Monumenta Germaniæ historica* sous une double forme : en regard de la version définitive, récrite sur un endroit gratté, à la page 311 du manuscrit original, nous avons une soi-disant version primitive, qu'on a supposé avoir été empruntée par Camuzat au manuscrit de Pontigni. Mais il n'en est rien. Le texte de Camuzat résulte simplement d'une assez maladroite combinaison que cet éditeur a faite du manuscrit de Pontigni et d'un manuscrit de Petau, lequel devait être à peu près identique au manuscrit du Vatican dont il va être question dans un moment. On a vu à la page précédente comment les faits étaient exposés, d'une part, dans le manuscrit de Pontigni (version primitive) et d'autre part dans le manuscrit d'Auxerre (version définitive). Voici comment Camuzat a fondu les versions consignées dans les deux manuscrits qu'il avait à sa disposition :

Ipso anno Autissiodorenses canonici Garmundum, quartum abbatem Pontiniacensem, elegerunt in presulem, non tam ipsius merito, quam sollicito studio fratris ejus Egidii, tunc a Rege pre ceteris in curia sublimati. Verum, cum quedam ex personis ecclesie restitissent, Romam proinde pars utraque profecta est, ibique diutius sunt detenti, eo quod, multis utrimque rationibus allegatis, nequiret negotium terminari. At illic maxima interim mortalitate grassante, Garmundus moritur, sicque contentio terminatur. Quodque mirandum est, per eosdem dies quibus peste in curia Romana obiit, frater ejus in Francie curia principatum amisit. — Hujus autem Egidii frater extiterat Robertus, cognomento Clemens, qui regem a prima etate nutrierat et instruxerat, vir moderatus et prudens regique fidelis, et qui regalia industrie satis et strenue administrarat negotia, dum regem post mortem patris habuit in tutela. Huic predictus Egidius in regni administratione successerat.

Il est évident que Camuzat a d'abord copié le texte du manuscrit de Pontigni : *Ipso anno Antissiodorenses — principatum amisit*, et qu'il l'a complété en y soudant deux phrases du texte contenu dans le manuscrit de Petau : *Hujus autem Egidii — in regni administratione successerat.* Cette version, qui de l'édition de Camuzat est passée dans le Recueil des historiens (t. XVIII, p. 250) et dans les *Monumenta Germaniæ historica* (*Scriptores*, t. XXVI, p. 246), doit donc être considérée comme non avenue.

Il était nécessaire d'entrer dans ces détails pour montrer la valeur du manuscrit de Pontigni, qui n'a pas été collationné pour l'édition fragmentaire de la Chronique de Robert publiée dans les *Monumenta Germaniæ historica*.

II. Manuscrit 27 de la bibliothèque de l'École de médecine de Montpellier, venu de l'abbaye des Écharlis, dont le nom est écrit en caractères du xiiie siècle au haut de la première page : *Liber Sancte Marie de Escharlleiis.* Il était au xviiie siècle dans la bibliothèque de Saint-Germain d'Auxerre quand l'abbé Lebeuf en prit connaissance. C'est un grand volume in-folio, écrit sur deux colonnes, en caractères du xiiie siècle, dont une vingtaine de lignes ont été données en fac-similé dans les *Monumenta Germaniæ historica* (*Scriptores*, t. XXVI, tab. I). La Chronique de Robert occupe 133 feuillets, ou 17 cahiers, à la suite desquels sont reliés 29 feuillets ou 4 cahiers contenant la Chronique d'Adémar.

Desmolets, Mém. de litt. et d'hist., t. VIII, p. 417.

Le copiste de ce manuscrit a fidèlement reproduit le texte de la Chronique de Robert sous la dernière forme que l'auteur lui avait donnée, c'est-à-dire avec les corrections et les additions marquées sur les marges et dans les interlignes de l'exemplaire original. Le manuscrit contient de plus (fol. 129-133) une continuation, qui porte sur les événements des années 1211-1220, et une note sur l'aventurier qui voulut en 1225 se faire passer pour Baudouin, comte de Flandre et empereur de Constantinople.

Comme la Chronique, la continuation et la note sur le faux Baudouin ont été copiées, dans le manuscrit des Écharlis, d'un seul tenant, sans interruption et sans changement d'écriture, il est bien probable que ce manuscrit n'a pas été fait d'après l'exemplaire original, mais plutôt d'après

522 CHRONIQUES ET ANNALES DIVERSES.

une copie de l'original, à laquelle on avait joint la continuation et la note sur le faux Baudouin. Dans tous les cas,
le manuscrit des Écharlis dérive incontestablement de
l'exemplaire original qui nous est parvenu; mais il n'a jamais renfermé les morceaux préliminaires ajoutés après
coup à l'ouvrage de Robert (la Chronique de Hugues de
Saint-Victor, les courtes annales et les tableaux de Pierre de
Poitiers). M. Holder-Egger supposait que ces trois morceaux
se trouvaient jadis au commencement du manuscrit des
Écharlis et qu'ils y occupaient soixante feuillets, parce qu'il
avait pris pour une cote de feuillet le numéro 61, en chiffres
rouges, qui se lit aujourd'hui en tête de la première page
du manuscrit et qui est une cote de volume et non pas de
feuillet. La note *Liber Sancte Marie de Escharlleiis*, en caractères du XIIIe siècle, qui est au haut de la même page,
prouve que là était bien dès l'origine le commencement
du volume.

Le manuscrit des Écharlis nous offre donc le texte définitif de la Chronique de Robert; il débute par la préface
Cum infinita sint temporum gesta, suivie, comme dans l'exemplaire original, de l'introduction, c'est-à-dire de la Description de l'univers, de plusieurs catalogues historiques et du
Provincial; mais la partie la plus considérable de cette introduction a disparu par suite de l'enlèvement des feuillets 2 à 7 du premier cahier. La Chronique commence au
folio 10 v° (*In primordio temporis...*) et se termine au
folio 129, comme dans le manuscrit original, par les mots
publicus hostis Ecclesie judicatus, après lesquels se lit une note
tracée en lettres rouges, qui n'existe pas dans le manuscrit
original : *Hucusque perduxit chronica sua frater Robertus, vir
in hystoriarum noticia singularis*. Les dernières pages (fol. 129-
133) sont occupées par la continuation dont nous aurons à
parler un peu plus loin.

Le copiste de l'exemplaire dont le manuscrit des Écharlis
est la reproduction a suivi servilement le manuscrit original
de Robert, sans se rendre toujours un compte exact de la
place que devaient prendre les additions et les corrections

marquées sur les marges du modèle. C'est d'ailleurs un genre
d'erreurs qui se retrouve aussi à plus d'un endroit dans le
manuscrit de Pontigni.

Le manuscrit des Écharlis, comme celui de Pontigni,
reproduit les observations que Robert avait ajoutées çà et là
pour indiquer la meilleure place à donner au récit d'événements qu'il avait tardivement reconnu avoir mal datés; mais,
ni dans l'une ni dans l'autre des copies, les rectifications
proposées par l'auteur n'ont été effectuées.

Le copiste des Écharlis a cependant compris la justesse
des observations de Robert sur le désordre dans lequel se
présentaient les deux paragraphes de la Chronique concernant Bérenger. Dans la marge de la page 283 de son manuscrit, l'auteur avait fait mettre cette note : *Quod hic de Berengario dicitur superioribus debuisset annecti.* Conformément
à cette recommandation, le copiste, dont nous aimons à
constater ici la diligence, a réuni les deux articles; à la leçon
ad audientiam pape Gregorii il a substitué la leçon *ad audientiam pape Nicholai*, et, pour plus de clarté, il a intercalé
une phrase relative à l'intervention de Lanfranc. C'est dans
cet ordre que le manuscrit des Écharlis nous offre, au folio 101 v°, le passage de la Chronique consacré à Bérenger,
tandis que, dans l'exemplaire original, les éléments de ce
passage se trouvent disséminés aux pages 281 (note ajoutée
dans la marge inférieure), 282, 283 et 284. — Le copiste
de l'exemplaire de Pontigni a maintenu la leçon *ad audientiam pape Gregorii* et n'a point réuni les deux paragraphes,
qui se lisent dans son manuscrit, l'un au folio 129 v°, l'autre
aux folios 130 v° et 131.

Le manuscrit des Écharlis ne doit pas nous arrêter plus
longtemps. Ce qui lui donne un grand prix, c'est qu'il
comble la grande lacune que nous avons signalée dans
l'exemplaire original, entre les pages 324 et 325 du manuscrit d'Auxerre; c'est aussi qu'il contient la continuation
pour les années 1211-1220 et la note relative au faux Baudouin.

III. Manuscrit 88 du fonds de la reine de Suède au Vatican [1]. Volume de grand format, copié au xiiie siècle et contenant : 1° deux, au moins, des morceaux préliminaires : la Chronique de Hugues de Saint-Victor, et les courtes Annales allant de l'ère chrétienne à l'année 1217 ; 2° l'introduction à la Chronique de Robert, précédée de la préface : *Cum infinita sint temporum gesta...* ; 3° le texte de la Chronique de Robert, conforme à celui du manuscrit des Écharlis, depuis les mots : *Cum infinita sint temporum gesta*, jusqu'aux mots : *publicus hostis Ecclesie judicatus*, lesquels ne sont pas suivis de la rubrique : *Hucusque perduxit chronica sua frater Robertus...* (un espace blanc a été réservé à cet endroit comme pour recevoir la rubrique) ; 4° la continuation portant sur les événements des années 1211-1220, comme dans le manuscrit des Écharlis ; 5° les notes relatives aux années 1214-1220 qui ont été ajoutées sur les pages 325 et 326 de l'exemplaire original d'Auxerre.

Le manuscrit du fonds de la Reine de Suède, dont l'origine n'a pas encore été déterminée, présente beaucoup d'analogie avec un manuscrit de la bibliothèque des Petau qui n'a pas été retrouvé et que nous connaissons seulement par l'emploi que Camuzat en a fait pour son édition de la Chronique de Robert. On serait tenté d'identifier le manuscrit communiqué à Camuzat par Petau avec le manuscrit du Vatican ; mais l'identification est inadmissible ; il est en effet certain que le manuscrit du Vatican ne vient pas des collections de Petau : il porte sur la première page la note *Volumen* ccxlvi, avec la date 1656 ; d'autre part, il ne contient pas la phrase : *Hucusque perduxit chronica sua frater Robertus*, que Camuzat a tirée du manuscrit de Petau [2] et

---

[1] Ce que nous disons de ce manuscrit est tiré des notices de Waitz (*Neues Archiv*, t. II, p. 337) et de Holder-Egger (*Mon. Germ. hist., Script.*, t. XXVI, p. 226), d'une note de M. Léon de Bastard (*Bulletin de la Société des sciences de l'Yonne*, 1875, p. 380) et surtout des renseignements qu'a bien voulu nous communiquer M. l'abbé Duchesne.

[2] Camuzat n'a connu que deux manuscrits de la Chronique de Robert, celui de Pontigni et celui de Petau. Nous savons que le manuscrit de Pontigni ne contient pas la phrase *Hucusque...* C'est donc du manuscrit de Petau que Camuzat l'a tirée.

qui, nous venons de le dire, n'est pas dans le manuscrit du fonds de la Reine.

IV. Manuscrit de la bibliothèque de Trèves, n° 1287. Volume in-folio, écrit au xv° siècle, partie sur parchemin, partie sur papier. Il contient : 1° (fol. 1-23) les morceaux préliminaires, Chronique de Hugues de Saint-Victor, etc., mais avec une lacune, le catalogue des empereurs s'arrêtant à l'année 328; 2° (fol. 24-203) la Chronique de Robert, jusqu'à l'année 1211, avec la note *Hucusque...*; 3° (fol. 203-210) la continuation pour les années 1211-1220, sans le paragraphe relatif au faux Baudouin. Sur ce manuscrit, peu important, on peut consulter les notices de Waitz et de M. Holder-Egger.

V. Manuscrit de la bibliothèque de Stuttgart. Volume sur papier de la fin du xv° siècle. M. Holder-Egger s'est assuré que c'était une copie du manuscrit de Trèves. Il est par conséquent dépourvu de toute valeur.

Aux cinq manuscrits qui viennent d'être passés en revue pourraient encore s'en ajouter deux autres qui ont disparu : celui qui a appartenu à Petau au commencement du xvii° siècle, et dont il a été dit quelques mots à la page précédente, et celui que Dom Jacques Boyer avait signalé à l'abbé Lebeuf comme déposé dans l'abbaye de Saint-Allyre de Clermont. Ce dernier manuscrit, dépourvu de nom d'auteur, et copié à la fin du xiii° siècle, renfermait la Chronique de Robert continuée jusqu'à l'année 1272. C'est du moins ce qui résulte de la note de l'abbé Lebeuf. Mais on peut se demander si le manuscrit dont il s'agit ici renfermait bien la Chronique de Robert. C'est, selon toute apparence, celui qui figure en ces termes sur un catalogue des manuscrits de Saint-Allyre publié par Montfaucon :

35. Chronica abbreviata a mundi exordio ad annum Christi 1272. — Revelatio sancti Illidii. — Vita sancti Brandani. — Historia Jerosolymitana quæ sic incipit : « Cum appropinquasset ille terminus quem « Dominus quotidie suis demonstrat fidelibus, etc. » 1 vol.

xiv° siècle.

Pertz, Archiv, t. XI, p. 347; Mon. Germ. hist., Script., t. XXVI, p. 225.

Ibid., p. 226.

Desmolets, Mém. de litt. et d'hist., t. VIII, p. 436.

Montfaucon, Bibl. bibl., t. II, p. 1263.

XIVe SIÈCLE.

Il est assez difficile d'admettre que l'ouvrage de Robert de Saint-Marien ait pu être qualifié de *Chronica abbreviata*. Cette Chronique abrégée n'aurait-elle pas été un exemplaire de la Chronique de Gérard de Frachet, continuée jusqu'en 1272, telle qu'elle se présente dans les mss. latins 12498, 14618 et 14664 de la Bibliothèque nationale et dans le ms. latin 148 du fonds Phillipps à la Bibliothèque royale de Berlin? Ce ne serait pas la seule fois que la Chronique de Gérard aurait été prise pour celle de Robert de Saint-Marien. Le Catalogue des manuscrits de Douai, publié en 1878, a enregistré sous le titre suivant un exemplaire de la Chronique de Gérard de Frachet : 800. *Roberti Abolant, sive Altissiodorensis, Chronicon ab origine mundi*. La confusion est d'autant plus facile à expliquer que les deux chroniques commencent par les mêmes mots : *In primordio temporis, ante omnem diem, Deus Pater in Verbo*... Quoi qu'il en soit, la perte du manuscrit de Saint-Allyre de Clermont est regrettable, et le texte de l'Histoire de la croisade, qu'il renfermait, n'a pas été utilisé ni même indiqué par les éditeurs de cette Histoire.

Catal. gén. des mss. des dép., t. VI, p. 501.

CONTINUATIONS DE LA CHRONIQUE DE ROBERT.

Plusieurs religieux de Saint-Marien ont jeté sur les deux derniers feuillets du manuscrit original de la Chronique de Robert des notes décousues relatives à quelques événements de l'histoire générale et de l'histoire locale du XIIIe et même du XIVe siècle. Un premier groupe de ces notes, se rapportant aux années 1214-1223, peut être considéré comme une première continuation de la Chronique, à la suite de laquelle il a été copié dans le manuscrit de la reine de Suède. On doit y rattacher quelques notes des années 1265, 1269, 1270, 1281 (n. st.), 1320 et 1358-1359, qui se trouvent écrites sur la page 326 et au bas de la page 324 de l'exemplaire original, et qui n'ont été recueillies dans aucun autre des manuscrits aujourd'hui connus.

Une continuation, vraiment digne de ce nom et embrassant les années 1211-1220, nous a été conservée dans les manuscrits des Écharlis, de Trèves et de Stuttgart. Le co-

piste du premier de ces manuscrits l'a fait suivre d'un paragraphe relatif au faux Baudouin, comte de Flandre, qui ne
se trouve point dans les deux autres. Cette seconde continuation est l'œuvre d'un religieux de Saint-Marien : on n'en
saurait douter en lisant le pompeux éloge qu'il a fait de
l'auteur de la Chronique à laquelle il a voulu ajouter un
supplément. Une notable partie des matériaux de ce supplément a été empruntée à la Chronique de l'anonyme de
Laon [1] et à la relation du siège et de la prise de Damiette
par Olivier le Scolastique. On y a aussi incorporé, à peu
près mot à mot, les plus anciennes notes consignées à la fin
de l'exemplaire original et connues maintenant sous la dénomination de Première continuation. Le compilateur s'est, en
outre, procuré de différents côtés des renseignements sur
les campagnes de Louis, fils de Philippe Auguste, en Angleterre et en Languedoc, sur le siège de Durazzo par Pierre
de Courtenai, sur l'ordonnance royale du 2 février 1219
(n. st.) relative aux juifs, sur les désastres causés par une
inondation dans le Dauphiné, sur le meurtre de Robert,
évêque du Pui, et sur la nomination de Guillaume de Seignelai au siège épiscopal de Paris. Il y a une véritable gau-
cherie dans la façon dont tous ces éléments ont été amalgamés.
Un exemple suffit pour en donner une idée. Au beau milieu
du récit des suites de la bataille de Bouvines, emprunté à
l'anonyme de Laon, le compilateur a intercalé trois notes
concernant l'incendie de Pont-sur-Yonne, le sacre d'un

Mon. Germ. hist.,
Script., t. XXVI,
p. 278.

---

[1] Cette Chronique, qui va de la création du monde à l'année 1218, a été
signalée par nos prédécesseurs (*Histoire littéraire de la France*, t. XV,
p. 593 et t. XXI, p. 668) dans deux
articles de quelques lignes, tout à fait in-
suffisants. On ne la connaissait alors que
par les extraits compris dans le Recueil
des Historiens (t. XIII, p. 677-683, et
t. XVIII, p. 703-720), et publiés d'après
le ms. latin 5011 de la Bibliothèque nationale. Depuis, Waitz, qui en a inséré
une partie dans les *Monumenta Germaniæ historica* (*Script.*, t. XXVI, p. 443-
457), a porté sur elle un jugement très favorable ; il est allé jusqu'à regretter qu'on n'en eût pas encore donné
une édition complète. Outre le ms. de
la Bibliothèque nationale ci-dessus cité,
on en possède une copie du commen-
cement du XIIIe siècle, qui, après être
sortie du collège de Clermont (n° 643)
et avoir été successivement possédée
par Meerman (n° 785) et par sir Thomas Phillipps (n° 1880), est aujour-
d'hui conservée à la Bibliothèque royale
de Berlin (n° 144 des mss. latins de sir
Th. Phillipps); voir le Catalogue publié en 1893 par M. Valentin Rose,
p. 326-328.

évêque de Meaux et le mariage d'Érard de Brienne avec Philippe de Champagne :

... Sed victoria cessit regi Francorum, dicto Othone per fugam elapso, et captis in conflictu bellico viris centum et LX nobilibus, inter quos erant IIII^{or} comites, ipse scilicet precipuus actor belli Ferrandus Flandrensis, Reignaudus Boloniensis, Willelmus Salesberiensis et quidam alius qui stipendia sequens venerat cum Othone. *Ipsa die, prope Senonis, villa que dicitur Pons super Icaunam fulmineo igne consumitur. Eodem die, consecratus est Willelmus filius Galterii Camerarii in episcopum Meldensem. Airardus de Rameruco ducit in uxorem Phylippam, filiam Henrici regis Jherosolimitani et comitis Trecensium.* Rex igitur, in sua remeans, Regnaudum, comitem Boloniensem, reliquit Perone in arta custodia compeditum, Ferrandum cum aliis secum ducens Parisius, ubi exceptus est cum triumpho. (Ms. 27 de l'École de médecine de Montpellier, fol. 130.)

Les phrases imprimées ci-dessus en caractères italiques sont la copie textuelle de notes tracées sur la page 325 de l'exemplaire original de la Chronique de Robert. En les mettant à cette place, le narrateur a coupé très maladroitement la narration parfaitement suivie de l'anonyme de Laon.

EXTRAITS DE LA CHRONIQUE DE ROBERT.

Un manuscrit qui a été achevé de copier le 12 avril 1475, et qui est classé à la Bibliothèque d'Auxerre sous le n° 133 (n° 146 du Catalogue publié en 1887, volume VI du Catalogue général), contient un abrégé de la Chronique de Robert de Saint-Marien. Le récit y est conduit jusqu'à la mort de l'abbé Miles, en 1203, c'est-à-dire jusqu'à l'endroit où s'interrompt l'exemplaire original de la Chronique. L'abbé Lebeuf était porté à croire que l'auteur de cet abrégé avait sous les yeux l'exemplaire original dans l'état de mutilation où nous le possédons aujourd'hui. Il n'y a donc pas à en tenir compte.

Desmolets, Mém. de litt. et d'hist., t. VIII, p. 436.

Mais il faut accorder beaucoup d'attention aux extraits qui remplissent les deux derniers cahiers du ms. 1715 de la Bibliothèque Mazarine (fol. 150-172), et dont la copie doit être de très peu postérieure à la canonisation de saint Louis.

XIVe SIÈCLE.

Ces extraits commencent à l'année 1100 et se poursuivent
jusqu'à l'avènement de Grégoire IX en 1227. Ils doivent
dériver d'un exemplaire qui n'est point connu et qui renfermait : 1° la Chronique de Robert; 2° la seconde continuation, jusqu'à la prise de Damiette par les chrétiens
en 1219; 3° une série d'articles très intéressants sur divers
événements des années 1221-1227; 4° les catalogues des
papes, des patriarches de Jérusalem, d'Antioche et d'Alexandrie, des archevêques ou évêques de Sens, d'Auxerre, de
Nevers, de Paris, de Troyes, de Cantorbéry, des empereurs
depuis Charlemagne jusqu'à Frédéric II, des rois de France
depuis Pharamond jusqu'à saint Louis; 5° le Provincial.

Dans les extraits de la seconde continuation se trouvent
intercalés des articles très sommaires, que ne contient pas
le manuscrit des Écharlis, par exemple la mention de frère
Guérin, évêque de Senlis (fol. 161), et celle de Gautier,
d'abord abbé de Pontigni, puis évêque de Chartres
(fol. 161 v°). Mais ce qui donne une réelle valeur au manuscrit de la Mazarine, ce sont les notes additionnelles qu'il
nous a transmises sur les événements des années 1221-1227.

Parmi ces notes additionnelles, dont plusieurs se retrouvent dans la Chronique attribuée à Pierre Coral, abbé
de Saint-Martin de Limoges, et que Vincent de Beauvais
a fait entrer presque toutes dans son Miroir historial, je
citerai ce qui concerne Pierre de Corbeil, archevêque de
Sens; Guillaume de Seignelai, évêque de Paris; Hervé,
évêque de Troyes; le voyage en France, le pèlerinage à
Saint-Jacques et le passage en Angleterre de Jean de
Brienne, roi de Jérusalem; le mariage de Thibaud, comte
de Champagne, avec Agnès de Beaujeu; la campagne de
Louis VIII en Poitou; l'aventure du faux Baudouin comte
de Flandre; le siège d'Avignon; la pureté de mœurs du roi
Louis VIII. Çà et là se rencontrent des particularités que
tous ou presque tous les autres chroniqueurs ont ignorées
ou passées sous silence; telle est la restitution de Montereau-
faut-Yonne et de Brai-sur-Seine, que le roi de France
Louis VIII consentit à faire à Thibaud, comte de Cham-

Rec. des hist. de
France, t. XVIII,
p. 240.
Ci-après, p. 547.

pagne; tel est encore le nom du chevalier Érard de Chaste-
nai, qui arrêta le faux Baudouin et le livra à Jeanne, comtesse de Flandre.

Il faut surtout remarquer la mention du mariage de Gui
de Châtillon avec la fille unique de Hervé, comte de Nevers;
l'éloge de ce puissant feudataire et le récit de ses funérailles;
un paragraphe relatif à Guillaume, évêque de Nevers, mort
le 19 mai 1221, et aux deux prélats qui lui succédèrent :

Guido de Castellione, primogenitus comitis Sancti Pauli, ducit in
uxorem unicam filiam Hervei, comitis Nivernensis.

Anno Domini m°cc°xxi°, Guillelmus, episcopus Nivernensis, peritus
in jure ecclesiastico et civili, providus et discretus, tempore maxime
caristie, quo obiit, pascens cottidie circa duo milia pauperum, qui a
Philippo, rege Francorum, perpetuam cum inestimabili sumptu opti-
nuerat regalium libertatem, in vigilia Ascensionis Domini, terrena pro
celestibus commutans, migravit ad Christum[1], cui successit Gervasius
de Castro, moribus ornatus, genere nobilis, qui, consecratus in episcopum, mensibus sex diebus tribus tantum rexit ecclesiam. Cui successit
Philippus.

Eodem anno [1222] Herveus de Giemo, comes Nivernensis, vir ma-
gnanimus, ecclesiastica jura conservans, hereticorum precipuus perse-
quutor, superator hostium, justicie fidelis vassallus, cujus magnanimitati
barones Francie invidebant, aput Sanctum Anianum in Bituria, castrum
suum, moritur, ibique tumulatur, in quindena Apparicionis Domini;
sed, abbate Pontigniacensi cum[2] septem abbatibus pluribusque monachis et multis aliis venientibus ut corpus secum portarent, fere a minutis
populis lapidantur. Demum aput Pontigniacum transfertur.

En lisant ces textes, il est difficile de ne pas se demander
si le morceau dont ils font partie n'a pas été écrit à Nevers
ou par un clerc d'origine nivernaise.

ABRÉGÉ EN FRAN-
ÇAIS DE LA CHRO-
NIQUE DE ROBERT.

C'est ici le lieu de mentionner une petite Chronique
française, contenue dans le manuscrit 590 de la Biblio-

[1] Ici s'arrête le texte de cette note
dans la Chronique de Pierre Coral et
dans le Miroir de Vincent de Beauvais,
l. XXXI, c. 124. La suite de la note appelle une discussion dont la place n'est
pas ici. Je me borne à faire observer
que les auteurs du *Gallia christiana* ne
mentionnent pas d'évêque de Nevers du
nom de Philippe.

[2] Ms. *se.*

XIVe SIÈCLE.

Sinner, Catal.
cod. mss. Bern.,
t. II, p. 44.

thèque de Berne, dont quatre pages ont été publiées par Sinner. Les lacunes et les interversions[1] que présente le manuscrit, copié au xiiie siècle, en rendent l'étude assez difficile, et, pour s'en rendre un compte tout à fait exact, il faudrait pouvoir le rapprocher d'un des manuscrits de la Chronique de Robert de Saint-Marien. Cependant les extraits que nous en avons pris suffisent pour en déterminer le caractère.

Il renferme un abrégé en français, fait au xiiie siècle, de la Chronique de Robert, d'après un exemplaire où se trouvaient les notes supplémentaires dont le manuscrit 1715 de la Mazarine nous a conservé le texte.

Le début de l'Abrégé est semblable à celui de la Chronique de Robert :

In primordio temporis ante omnem diem... fecit Deus lucem in modum nubis lucide, que vice solis ortu suo diem faceret, occasu vero noctem induceret... (Roberti Chronicon, éd. Camuzat, fol. 8.)

Au commencement cria Dex le ciel et la terre, et i mist lumiere en maniere d'une nue resplendissant, qui en leu de soleil, quant ele levoit, estoit matiere de jor, et quant ele esconsoit, estoit nuiz..... (Ms. 590 de Berne, fol. 1.)

L'Abrégé se termine comme le texte du manuscrit de la Mazarine :

Honorius papa moritur... Hugolinus, episcopus Ostiensis, eligitur ad papatum et alternato (sic) nomine Gregorius appellatur. (Ms. 1715 de la Mazarine, fol. 164.)

Honorez li apostoiles morut lors. Huguelins, evesques d'Oiste, fu fez apostoiles et fu nommez Gregoires. (Ms. 590 de Berne, fol. 125 v°.)

Le rédacteur de l'Abrégé a compris dans son choix une partie des articles relatifs aux évêques d'Auxerre et aux archevêques de Sens, qui ne sont point passés dans les autres compilations dérivées de la Chronique de Robert. Nous citerons ce qui concerne Adulfe, évêque d'Auxerre au

---

[1] Pour rétablir la suite régulière du texte, il faut prendre les feuillets dans l'ordre suivant : I-LX, *lacune*, CI-CX, *lacune*, IIII^{xx}XI-C, *lacune*, LXI-IIII^{xx}X, CXI-VI^{xx}I. Le désordre et les lacunes paraissent dater d'une époque ancienne.

VIII° siècle, et Archambaud, archevêque de Sens, qui mourut en 963 :

Quam ecclesiæ humiliationem idem religiosus pontifex (Adulfus) pene exitialiter doluit, adeo ut, paralisis morbo correptus, universis sui corporis officiis privaretur. Eodem itaque diversorio cum predicto Clemente, adhuc superstite, clausus, stipe ecclesiastica ad diem sui obitus alebatur, Maurino ex voluntate ejusdem pontificis subministrante publicas functiones. (Roberti Chronicon, éd. Camuzat, fol. 67 v° et 68.)

Aious, li evesque d'Aucuerre, fu mout coreciez adonc, por ce qu'il vit abescier sainte Yglise. Il fu mout durement malades de paralisie, et lors entra par le meson meïsmement ou sains Climent estoit. Il fu sostenuz des biens de sainte Yglise jusqu'a la mort, et Maurins, par son conseil, fu procurrierres de communes besoignes de l'yglise. (Ms. 590 de Berne, fol. 91.)

Porro idem Archembaldus, cum esset vir perversus et seculo deditus, cenobium Sancti Petri ad solum usque contrivit... Archiepiscopalem quoque domum relinquens, habitavit in claustro monachorum, canesque suos et accipitres ibi collocare non timuit; sed nutu Dei quotquot illic mittebantur mane mortui reperiebantur. Remanserant autem ibi xv monachi, ex quibus xii una nocte mortui sunt, tres vero de ipsa plaga evaserunt, qui tamen ipso anno defuncti sunt. Denique, cum tot malis finem Dominus facere decrevisset, beatus Savinianus martyr predicto Archembaldo semel et secundo apparuit, admonens illum... (Roberti Chronicon, éd. Camuzat, fol. 71 v°.)

Arquenauz fu fez arcevesques de Senz. Icil abati jusqu'en terre l'abeïe Saint Pere le Vif, et fist [metre] dedens le cloistre ses chiens et ses oiseleors; et quan que i metoit au ser, l'en les trouvoit morz au matin. Douze moines y morurent en une nuit; trois sanz plus en i eschapa; ici morurent dedens l'an. Sains Savinien li amonesta une foiz......
(Ms. 590 de Berne, fol. 73.)

Comme preuve décisive des emprunts faits par le rédacteur de l'Abrégé au texte que représente le manuscrit de la Mazarine, voici trois passages qui lèvent à cet égard toute espèce de doute :

Emmanuel, capto Curfolio, naves insequens Siculorum, nonnullas capit. Sed rex fuga liberatur; a Rogero rege et papa Eugenio honoratur. Remundus, princeps Antiochie, kalendis augusti, contra Turcos egressus, multis suorum captis et occisis, perimitur in insidiis.

Manuel li empereres prist Corfueill; il porsuï les nés de Sezile, et aucunez en prist. Li rois fu delivrés; il fu mout honorez du roy Rogier de Sezile et de pape Eufenie. Raimons, prince d'Antioche, qui estoit issis contre les Turz, es kalendes d'aost, fu ocis en l'aguet. (Ms. 590 de Berne, fol. 90 v°.)

Renaldus princeps, qui, alia vice a Turcis captus,... tenebat tunc Ebron..., ducitur ante Saladinum, et eum decollat

Icil Renant fu pris des Turz et fu amenez devant Salehadin, et il li coupa la teste de sa propre espee. Puis ala

mucrone proprio. Saladinus Accon, que et Ptolemais, obsidet; post biduum in dedicionem recipit; manentibus et recedentibus datur conductus, quia Saladinus nullum gravari permittit volentem degere sub tributo... (Ms. 1715 de la Mazarine, fol. 156.)

ascoir Ptolomee, qui orendroit est dite Acre, que l'en li rendi dedenz II jors, par si que quiconques vousist s'en alast ou demorast saus et seürz, il et ses choses. Salehadins ne lessoit nullui aler ne grever qui vousist vivre souz treü... (Ms. 590 de Berne, fol. 111.)

Fredericus, Romanorum imperator, signo crucis assumpto, ducit in uxorem per verba de presenti unicam filiam ipsius regis, et hoc juramento affirmat coram papa Honorio. Anno sequenti, nupcie sollempniter celebrantur. Anno Domini м°сс°xxiii, mense junio, Philippus, Francorum rex potentissimus, qui Othonem imperatorem et quam plurimos in bello campali devicerat nobiles et potentes... dormit in Christo... Johanni regi Jherosolimitano c["] libras parisiensium, totidem templariis, totidem hospitalariis dedit... (Ms. 1715 de la Mazarine, fol. 162 r° et v°.)

Federic, empereor des Rommains, se croisa, et prist a fame une sue fille que li rois Johan avoit, et la ferma per serement par devant pape Honorez. En l'an après furent fetes entr'eus sollempneuz noces. En l'an de grace м. cc. xxiii, el mois de juignet, morut li rois Felipe de France, hons trés puissanz, qui Othom l'empereor et plusors autres nobles hommes et puissans avoit surmontez... Il lessa au roi Johan d'outre mer cᵐ lb. de parisis, autretant as templiers, autretant as hospitaliers..... (Ms. 590 de Berne, fol. 122 v°.)

Un dernier trait de ressemblance nous autorisait à faire entrer l'Abrégé de Berne dans la famille des manuscrits de la Chronique de Robert de Saint-Marien : il renferme deux morceaux qui, dans le manuscrit original de Robert, sont rattachés à la Chronique proprement dite, savoir :

1° Un résumé géographique comprenant la description des îles de l'Océan :

In Oceano orientali... Taprobana, insula Indie, cingitur amne interfluo... (Roberti Chronicon, édition Camuzat, fol. 5 v°.)

En la mer d'Orient, en la contree d'Ynde, a une ille qui a non Thaprobane, qui est ceinte d'un fleuve..... (Ms. 590 de Berne, fol. 127.)

2° Une traduction du Provincial, dont les derniers mots sont (fol. 143) : « li novismes sieges Damas, soz qui sunt « x eveschiez : Abli, Panuplon, Laliche, Eurie, Konoquorre, « Yabridce, Danabi, Karocee, Hardani, Syuraquin. »

La composition de l'Abrégé français de la Chronique de Robert peut se placer vers le milieu du xiii⁰ siècle. La liste des successeurs de Charlemagne à l'Empire se termine par ces noms (fol. 138) : « Federis, xxxviii anz. Henris, vii anz.

« Li rois Phelippes ne fu pas empereres. Othes fu desposez
« de l'Empire. Federis fu desloiaus. »

La Chronique de Robert de Saint-Marien d'Auxerre fut
mise en lumière pour la première fois en 1608, par les soins
de Nicolas Camuzat, dans un petit volume in-quarto, intitulé:
*Chronologia, seriem temporum et historiam rerum in orbe gestarum
continens ab ejus origine usque ad annum a Christi ortu millesimum ducentesimum, auctore anonymo, sed cœnobii Sancti Mariani
apud Altissiodorum, regulæ Præmonstratensis, monacho; adjecta
est ad calcem Appendix ad annum millesimum CCXXIII (Trecis,
apud Natalem Moreau, 1608)*[1]. Camuzat s'est servi du manuscrit de l'abbaye de Pontigni, aujourd'hui n° 26 de la
bibliothèque de l'École de médecine de Montpellier, et d'un
manuscrit appartenant à Paul Petau qui a depuis disparu.
L'éditeur annonce, dans l'épître dédicatoire, qu'il a jugé
superflu de reproduire beaucoup de passages dont l'équivalent se trouvait dans la Chronique de Sigebert, et sous ce
prétexte il a laissé de côté nombre de morceaux tout à fait
originaux et dont plusieurs offrent le plus grand intérêt.

En 1729, l'abbé Lebeuf montra combien l'édition de
Camuzat était défectueuse et signala les manuscrits à l'aide
desquels on devrait en établir le texte. Lui-même mit à profit les deux plus importants de ces manuscrits, dans les
Mémoires concernant l'histoire d'Auxerre : de l'exemplaire
original de l'abbaye de Saint-Marien il tira quelques notes
pour les années 1265, 1269, 1270, 1281 et 1358-1359; à
l'exemplaire de l'abbaye des Écharlis, alors conservé dans
l'abbaye de Saint-Germain d'Auxerre, il emprunta la Vie et
l'éloge de Miles de Trainel, abbé de Saint-Marien.

Les éditeurs du Recueil des historiens de la France n'ont
pas tenu compte des observations de l'abbé Lebeuf; ils se
sont bornés à donner des extraits de l'édition de Camuzat

---

[1] Le titre et la dédicace furent ré-
imprimés l'année suivante, pour des
exemplaires mis en vente à Paris et qui
portent cette adresse bibliographique :
*Trecis. Vaneunt Parisiis apud Adrianum
Beys, 1609.* — C'est par suite d'une
méprise qu'on a parfois cité une réimpression de 1668-1669.

XIVe SIÈCLE.

(t X, p. 275; t. XI, p. 308; t. XII, p. 289-299; t. XVIII,
p. 248-290).

Un projet de publication des parties originales de la Chronique de Robert, formé par M. Auguste Molinier et agréé
en 1880 par la Société de l'histoire de France, n'a pas eu
de suite.

Ann.-bull. de la
Soc. de l'histoire
de France, 1880,
p. 105-108.

Deux ans plus tard paraissaient dans les *Monumenta Germaniæ historica* (*Scriptores*, t. XXVI, p. 226-287) les extraits
de la Chronique de Robert que M. Holder-Egger avait jugé
à propos de faire entrer dans cette collection, c'est-à-dire à
peu près tout ce qui appartient au XIIe et au XIIIe siècle.
L'édition est excellente; elle a pour base l'exemplaire original de la Bibliothèque d'Auxerre qu'on a très fidèlement
reproduit, en tenant compte des modifications qu'il a subies
à diverses reprises et des additions marquées sur les marges
du vivant de l'auteur. La lacune que l'exemplaire original
présente pour les années 1203-1211 a pu être comblée à
l'aide du manuscrit des Écharlis, auquel M. Holder-Egger
a emprunté le texte de la grande continuation des années
1211-1220.

Il convient maintenant de passer en revue les principales
chroniques auxquelles la composition de Robert a servi de
modèle: l'Histoire des rois de France, s'arrêtant à l'année 1214, la Chronique de Tours, le Miroir historial de
Vincent de Beauvais, la Chronique de Guillaume de Nangis
et les Gestes de Louis VIII, la Chronique de Gérard de
Frachet et la compilation contenue dans un manuscrit du
chapitre de Bayeux dont il a déjà été parlé au cours du présent volume (p. 250-261).

HISTOIRE DES ROIS DE FRANCE EN TROIS LIVRES.

Il est de toute évidence qu'il faut rattacher à la Chronique
de Robert de Saint-Marien l'Histoire latine des rois de France,
en trois livres, s'arrêtant à l'année 1214 (*Historia regum*

Francorum ad annum 1214), dont il a été parlé au tome XXI de l'Histoire littéraire de la France (p. 731-734). C'est l'auteur même de l'Histoire latine qui cite Robert d'Auxerre comme un des chroniqueurs qu'il a pris pour guides : *sumpta itaque sunt hec... a cronicis... Roberti Autissiodorensis.* Il serait donc superflu de rechercher les traces que la Chronique de Robert y a pu laisser. Mais comme cette compilation a pris une certaine valeur depuis qu'on y a reconnu le premier germe des Grandes Chroniques de France, nous devons profiter de l'occasion pour en compléter la bibliographie. Longtemps on n'a connu de l'*Historia regum Francorum ad annum 1214* qu'un manuscrit venu de l'abbaye de Saint-Victor, aujourd'hui n° 14663 du fonds latin de la Bibliothèque nationale. Maintenant nous savons qu'il en existe deux autres, l'un conservé à Dublin (Collège de la Trinité, E. 3. 24), dont le docteur Lappenberg nous a donné une description satisfaisante; l'autre à la Bibliothèque nationale, n° 17008 du fonds latin. Celui-ci, copié par Jean Bouhier, doit représenter une première rédaction, dans laquelle le troisième livre était réuni au second.

Des fragments de l'*Historia regum Francorum ad annum 1214* ont été insérés dans le Recueil des historiens de la France (t. VII, p. 259; t. IX, p. 41; t. X, p. 277; t. XI, p. 319; t. XII, p. 217; t. XVII, p. 424). Quelques paragraphes en ont paru en 1882 dans les *Monumenta Germaniæ historica* (*Scriptores*, t. XXVI, p. 395). — La seule édition complète que nous possédions du prologue de l'*Historia regum Francorum* se trouve dans l'appendice du mémoire de M. de Wailly sur l'origine des Chroniques de Saint-Denys.

La traduction de cet ouvrage que fit un ménestrel d'Alfonse, comte de Poitiers, et qui peut être intitulée Geste des nobles rois de France, a été citée par M. Paulin Paris, dans son édition des Grandes Chroniques (t. I, p. xxi) et dans le tome XXI de l'Histoire littéraire de la France (p. 733-735), comme ayant servi de modèle à la première rédaction des Grandes Chroniques. On n'en a encore imprimé que les morceaux qui sont dans quatre volumes du Recueil des

Pertz, Archiv, t. VII, p. 620.

Mém. de l'Acad. des inscr., t. XVII, part. I, p. 403.

XIVe SIÈCLE.

historiens de la France (t. X, p. 278; t. XI, p. 319; t. XII, p. 222; t. XVII, p. 429).

Indépendamment de la traduction du Ménestrel d'Alfonse, nous possédons de la dernière partie de l'*Historia regum Francorum* une version française plus ancienne, qui est entrée dans la Chronique de l'Anonyme de Béthune, analysée au cours du présent volume.

P. 219.

CHRONIQUE DE TOURS.

Le fond primitif de la Chronique de Tours, composée dans le premier tiers du XIIIe siècle par un chanoine de Saint-Martin de Tours, est à coup sûr la Chronique de Robert de Saint-Marien d'Auxerre. Le compilateur n'a point nommé l'auteur qu'il a pris pour modèle; mais il n'avait aucun souci de faire connaître ceux de ses contemporains dont il avait les écrits à sa disposition; c'est tout à fait exceptionnellement qu'à propos de l'âge de la sainte Vierge, il invoque l'autorité de Pierre de Poitiers, chancelier de l'université de Paris[1]; mais il a si peu dissimulé les emprunts faits au grand ouvrage de Robert qu'il n'a pas craint de mettre en tête de sa composition la préface *Cum infinita sint temporum gesta*, dans laquelle le religieux de Saint-Marien rend compte du but qu'il s'est proposé et des sources auxquelles il a puisé ses informations. Le chanoine de Saint-Martin s'est borné à supprimer une phrase relative aux Gestes des évêques d'Auxerre et à la remplacer par l'annonce de notes concernant les archevêques de Tours :

Hist. litt. de la Fr., t. XXI, p. 676.

<table>
<tr><td>

Chronique de Robert de Saint-Marien.
(Ms. d'Auxerre, p. 80.)

Antissiodorensium quoque presulum, in quorum presulatu constituti sumus, tempora distinguendo texuimus, etsi forsan minus congrue, tamen prout ex eorum gestis quivimus conjectare.

</td><td>

Chronique de Tours.
(Ms. latin 4991, fol. 27 v°.)

Turonenses preterea archiepiscopos notavimus, sed minus quidem ordinate, quia annos eorum et gesta minime potuimus invenire.

</td></tr>
</table>

[1] « Et ita beata Maria anno etatis XLVIII migravit a seculo...; sed magister Petrus Pictavensis, quondam Parisiensis cancellarius, dicit quod anno XII etatis sue de Spiritu Sancto concepit, et quod facti sunt omnes dies illius anni XLIIII et menses tres. » Ms. latin 4991, fol. 54; ms. 22 de Berne, fol. 37.

IMPRIMERIE NATIONALE.

Les emprunts que le chroniqueur de Saint-Martin de Tours a faits à Robert se prolongent jusqu'à la fin de l'ouvrage. Sous l'année 1180 il copie mot pour mot les premières lignes du long paragraphe que le religieux de Saint-Marien a consacré à la bienheureuse Alpais :

<table>
<tr><td>Chronique de Robert.
(Ms. d'Auxerre, p. 308.)</td><td>Chronique de Tours.
(Ms. latin 4991, fol. 147.)</td></tr>
<tr><td>Sub hoc tempore, in territorio Senonico, villa Chudo, habetur puella celebri opinione vulgata... Hec quidem, genere infima officioque bubulca, gravi admodum atque diutino prius est castigata flagello, adeo ut, propter effluentem de toto corpore saniem, suis quoque fieret in horrorem; sed qui contemptibilia mundi eligit et infima, post longa pacientiæ probamenta, respexit humilitatem ancillæ suæ, et quo magis eam quasi in camino tribulationum excoxit, eo digniorem effecit, corpus ei redintegrans spiritalique alimento sustentans.</td><td>Tunc temporis in Senonico territorio, in villa Cudo, erat quedam puella, genere infima, officio bubulca, que gravi admodum et diutino prius est castigata flagello, adeo ut, propter influentem de toto corpore saniem, sui[s] quoque fieret in horrorem; sed qui contemptibilia mundi elegit et infima, post paciencie probamenta, humilitatem ejus respexit, et eam, in camino tribulationum bene excoctam, digniorem effecit, corpus ejus redintegrans spiritalique alimento sustentans.</td></tr>
</table>

Ce qui montre combien servilement le chanoine de Saint-Martin de Tours a copié un manuscrit de la Chronique de Robert renfermant ce qu'on a dénommé la seconde continuation, c'est la façon dont il s'est approprié les derniers paragraphes de la Chronique de Robert et les premiers paragraphes de la continuation. Je mets simplement en regard les premiers mots de chacun de ces paragraphes dans l'un et dans l'autre texte :

<table>
<tr><td>Chronique de Robert.
(Ms. des Écharlis, p. 128 et 129.)</td><td>Chronique de Tours.
(Ms. latin 4991, fol. 142 v°.)</td></tr>
<tr><td>Eodem anno apud urbem Lemovicas matrona quedam nobilis, virum habens, gravi infirmitate decumbens occubuit...</td><td>Eodem anno apud urbem Lemovicas matrona quedam, virum habens, gravi infirmitate decumbens...</td></tr>
<tr><td>Reimundus, Tholosanus comes, cognito quod faveret et foveret hereticos...</td><td>Tunc Raimundus, comes Tholosanus, cognito quod foveret hereticos...</td></tr>
<tr><td>Hucusque perduxit chronica sua frater Robertus...</td><td></td></tr>
<tr><td>Currente adhuc anno Domini m° cc° xi° moritur virgo venerabilis Alpais de Cudo, de qua superius multa dicta sunt..</td><td>Virgo venerabilis Alpais de Cudo, de qua locuti fuimus...</td></tr>
</table>

In Hyspania, quidam presbyter, nocte dominice nativitatis, mulierem incurrit...

In Hyspania, quidam presbyter, nocte dominice nativitatis, cum muliere viriliter obdormivit...

Ferrandus, alienigena ex partibus Portugalensibus, accipit uxorem Johannam...

Per idem tempus Ferrandus, alienigena ex partibus Portugalensibus, accipit in uxorem Johannam...

Sur les événements de son temps, le chanoine de Saint-Martin a dû consulter des notes analogues à celles qui se trouvent copiées dans le ms. 1715 de la Bibliothèque Mazarine, à la fin d'un abrégé de la dernière partie de la Chronique de Robert de Saint-Marien. J'ai cité plus haut, p. 530, celle de ces notes où sont rapportés les incidents dramatiques des funérailles de Hervé de Gien, comte de Nevers. On en doit rapprocher ce qui se lit, sous l'année 1222, dans la Chronique de Tours :

Tunc etiam Herveus de Danze, comes Nivernensis, arcus justicie inflexibilis et hostium tempestas assidua, veneno occiditur, et apud castrum Sancti Aniani, quod paterni juris erat, honorifice tumulatur, sed postea a monachis Pontiniaci, Cisterciensis ordinis, sepeliendus apud Pontiniacum deportatur, relinquens unicam filiam, que data est uxor Guidoni, comiti Sancti Pauli.

Ms. lat. 4920 A, fol. 255 ; Rec. des histor. de France, t. XVIII, p. 302.

La Chronique de Tours, malgré le nombre et l'étendue des articles simplement extraits de la Chronique de Robert, n'en est pas moins un document de premier ordre. Le compilateur y a fait entrer, pour la période antérieure au xiiie siècle, nombre de renseignements dont l'équivalent n'existe pas ailleurs, et pour les événements qu'il a vus s'accomplir, ou dont le bruit est arrivé jusqu'à ses oreilles, il est un témoin bien informé, dont les récits méritent toute confiance. André Salmon a supposé, non sans vraisemblance, que la Chronique pouvait bien être l'œuvre de Péan Gatineau, connu pour avoir mis en vers français la Vie et les Miracles de saint Martin, et pour avoir rédigé un Coutumier de l'église de Saint-Martin de Tours. Qu'on accepte ou non l'hypothèse de Salmon, l'auteur de la Chronique mérite les éloges que M. Petit-Dutaillis a décernés à la dernière partie de cet ouvrage : « Ce chanoine de Tours, dit-il,

Salmon, Chroniques de Touraine, p. xviii.

Petit-Dutaillis, Étude sur la vie et le règne de Louis VIII, p. xviii.

« était un homme intelligent et consciencieux; il a vu
« Louis VIII de très près à plusieurs reprises, et était par-
« faitement au courant des affaires monarchiques. Son
« œuvre est bien supérieure aux autres chroniques françaises
« de la même époque. »

Le chroniqueur de Saint-Martin de Tours s'était d'abord
arrêté à l'année 1225. C'est sous cette forme que l'ouvrage
se présente dans le ms. 22 de Berne, dans le ms. ottobonien 750 du Vatican et dans le ms. latin 4920 A de la
Bibliothèque nationale. L'auteur reprit la plume un peu
plus tard et conduisit son récit jusqu'en 1227 : cette seconde
rédaction nous a été conservée dans le ms. latin 145 du
fonds Phillipps de la Bibliothèque royale de Berlin (jadis
645 du collège de Clermont) et dans le ms. latin 4991 de
la Bibliothèque nationale, dont les derniers feuillets ont
malheureusement disparu. Comme les éditions fragmentaires de la Chronique de Tours que nous possédons jusqu'ici laissent beaucoup à désirer, il n'est pas inutile de
fixer les idées sur le contenu et la valeur des cinq manuscrits qui en sont connus.

I. Ms. 22 de la Bibliothèque de Berne, grand volume,
très élégamment copié vers le milieu du XIII° siècle. La
Chronique de Tours y est précédée de plusieurs petits morceaux, parmi lesquels on remarque : 1° (fol. 3) un arbre
généalogique des rois de France, dont les deux derniers articles se rapportent à Philippe Auguste et à Louis, fils de
ce prince : *Philippus fortunatissimus rex — Ludovicus puer*, ce
qui semble dénoter une époque antérieure à l'année 1223;
en regard des médaillons affectés aux noms des rois, on a
tracé de petits médaillons destinés à recevoir les noms des
saints contemporains; 2° (fol. 9) une lettre de Henri, régent
de l'empire de Constantinople, en date du 14 juin 1205,
insérée dans une lettre de Nivelon, évêque de Soissons;
3° (fol. 10) la lettre de saint Louis, datée de Saint-Jean-
d'Acre au mois d'août 1250, qui a été analysée dans un de
nos précédents volumes.

XIVe SIÈCLE.

La Chronique occupe les folios 13-140 et s'arrête à l'année 1225, aux mots : *dominumque de Bragerac regis sui subjugant ditioni*. Le texte se trouve enrichi çà et là d'un certain nombre de notes additionnelles, la plupart du XIIIe siècle, auxquelles les éditeurs ne semblent pas avoir pris garde et qui cependant n'auraient pas dû être complètement négligées. Dans plusieurs sont indiqués des ouvrages à consulter sur différents points d'histoire : par exemple sur la vie d'Alexandre, Orose et les *Gesta Alexandri* (fol. 25 v°); sur un des Ptolémées, les *Nugæ curialium* de Jean de Salisbury (fol. 26 v°); sur la date d'une persécution, la Chronique de Richard de Cluni (fol. 43); sur divers événements du XIIe siècle, les lettres de maître Pierre de Blois (fol. 114 v°, 116, 122 et 128 v°).

Sous l'année 980, une correction est proposée pour le nom du fleuve sur les bords duquel l'empereur Othon II et le roi Lothaire eurent une entrevue : le chroniqueur de Tours, répétant littéralement un article de Sigebert, a placé l'entrevue *super Carum fluvium;* l'annotateur, conjecturant que la rencontre des princes avait eu lieu non pas sur les bords du Cher, mais sur ceux de l'Escaut, ajoute une observation marginale : *vel forte verius Caldum, quod est in marchia regni et imperii* (fol. 102 v°).

A la date de 941 est intercalé un assez long paragraphe où l'annotateur rappelle la mort de l'évêque de Chartres, Aganon, et développe les raisons que les successeurs de ce prélat pouvaient invoquer pour montrer que Thibaud le Tricheur s'était injustement emparé du comté de Chartres : il cite à ce sujet la Chronique de Richard de Cluni et le Cartulaire de Saint-Père de Chartres, qu'il appelle le livre d'Aganon : *in libro primo qui dicitur Aganonis* (fol. 100).

Les additions les plus notables se rapportent à l'histoire du Berri et doivent avoir été faites très peu de temps après l'exécution du manuscrit, probablement par un membre du clergé de l'église de Bourges. Comme telles j'indiquerai :

1° Deux notes relatives au prêtre saint Flavius et à

XIVe SIÈCLE.

Hagen, Catal.
cod. Bern., p. 13.

l'évêque saint Désiré, dont la première (fol. 4) a été publiée par M. Hagen : *Credo quod hic dicitur Flavianus in vita sancti Desiderati, archiepiscopi Bituricensis, etc.*, et dont la seconde (fol. 78 v°) est restée inédite [1];

2° Une remarque sur le passage où est mentionnée la translation que saint Germain, évêque de Paris, fit du corps de l'apôtre du Berri, saint Ursin. Le chroniqueur tourangeau avait qualifié celui-ci de « disciple des apôtres » : *corpus beati Ursini, apostolorum discipuli;* sur quoi le clerc de Bourges reprend avec vivacité : *immo Christi discipuli, qui et Nathanael dictus fuit, sicut supra sub Claudio Cesare reperies, missus a beato Petro et a Lino et Cleto, ejus successoribus;*

3° Un article sur la fondation de Châteauroux par Raoul, fils d'Ebbon de Déols, sur le monastère de Saint-Gildas, sur la réception des reliques des saints bretons dans le Berri, et sur l'archevêque Laune, frère d'Ebbon (fol. 98 v°);

4° Un autre article relatif à l'archevêque Pierre de la Châtre et aux quatre successeurs de ce prélat (fol. 116);

5° Quelques détails sur deux autres archevêques de Bourges, Géraud de Cros et Simon de Sulli (fol. 132 v°);

6° Un paragraphe dans lequel, à propos du meurtre de Robert de Meun, évêque du Pui, l'écrivain donne des renseignements précis sur les membres de plusieurs grandes familles féodales du XIIIe siècle. Je copie ce paragraphe pour montrer combien celui qui l'a rédigé était familier avec la généalogie de la maison de Courtenai. Le chanoine de Tours avait ainsi raconté la mort de Robert de Meun : *Per idem tempus (1219) Robertus de Meduno, Aniciensis episcopus, occiditur a quodam milite, pro injuriis Ecclesie irrogatis ab ipso episcopo vinculo anathematis innodato.* L'écrivain berrichon commence par donner la forme exacte du nom du prélat assassiné et par indiquer les dignités dont il avait été précédemment revêtu : *[Robertus] de Magduno in Bituria, canonicus*

---

[1] *Hujus (Adeodati papæ) tempore floruit beatus Desideratus, Bituricensis archiepiscopus, qui fuerat Clotharii regis auricularius, successor sancti Archadii archiepiscopi. Hic Desideratus, per archidiaconum suum, deposuit Aniciensem sive Podiensem episcopum.* Cf. la vie publiée par les Bollandistes au 8 mai.

Bituricensis et thesaurarius Beati Martini Turonensis, creatus [Aniciensis episcopus]... Il entre ensuite dans les détails les plus circonstanciés sur les alliances et la postérité de [Mathilde], nièce de Robert de Meun :

Cujus [Roberti de Magduno] neptem, dominam de Magduno, Ro[bertus] de Curtiniaco duxit uxorem, de qua genuit Petrum de Curtiniaco, qui filiam domini Galcheri de Joviniaco habuit uxorem; quo mortuo, nupsit Henrico, domino de Soliaco; genuit etiam ex ea Robertum, decanum Carnotensem, in episcopum Aurelianensem assumptum, Johannem, canonicum Bituricensem et Carnotensem, Radulphum ac Guillelmum, milites, comitissamque Sacri Cesaris, et aliam, uxorem primo Renaudi junioris de Monte Falconis, domini de Karentonio in Bituria; quo defuncto sine herede, nupsit nobili viro Johanni de Cabillonio, domino de Salins.

Ce paragraphe a été rédigé après 1258, date de la nomination de Robert de Courtenai à l'évêché d'Orléans, et avant 1266, date à laquelle devint archevêque de Reims Jean de Courtenai, qui est ici simplement qualifié chanoine de Bourges et de Chartres.

Le ms. 22 de Berne devait donc être, au XIIIe siècle, dans une église du Berri. Plus tard, il devint la propriété de l'abbaye de Saint-Lomer de Blois. C'est un moine de cette maison qui a tracé, en caractères du XVe ou du XVIe siècle, la note suivante sur le folio 46 : *Nota de tempore sancti Launomari, cujus corpus in hoc cenobio Blesis quiescit.*

II. Ms. 750 du fonds Ottoboni au Vatican. C'est une copie du manuscrit précédent, faite au XVe siècle.

III. Ms. latin 4920 A de la Bibliothèque nationale, jadis 348 de Baluze. Copie sur papier, du XVe siècle, s'arrêtant, comme les précédentes, aux mots : *dominumque de Bregerac regis sui subjugant ditioni.* Il n'y a point de notes additionnelles.

IV. Ms. latin 145 de la Bibliothèque royale de Berlin, jadis n° 1852 de sir Thomas Phillipps, 745 de Meerman et 645 du collège de Clermont. Volume in-folio, de 265 feuil-

lets, copié au xiiie siècle, longtemps conservé dans l'église
de Saint-Julien de Tours. La Chronique s'y présente sous
sa forme définitive, avec des pièces annexes que l'auteur,
à l'imitation de son modèle Robert de Saint-Marien
d'Auxerre, y a intentionnellement rattachées, et qui se succèdent dans l'ordre suivant :

Fol. 1. *Hii sunt anni qui computantur ab incarnatione Domini
et ea que acciderunt.* Ce sont de brèves annales, qui se ré-
duisent à un résumé très sec de la Chronique de Tours,
depuis la naissance de Jésus-Christ jusqu'à l'année 1224.
André Salmon les a publiées dans son Recueil de chroniques de Touraine (p. 162-200). Ces annales sont dépour-
vues de valeur; mais les notes que plusieurs religieux de
Saint-Julien y ont ajoutées, sur les folios 11 v°, 12 et
36 v°-40, ne manquent pas d'intérêt; elles se rapportent
aux années 1224-1337;

Fol. 12 v°. Catalogue des rois de France, s'arrêtant à
Louis VIII et suivi des noms des pairs. — Catalogues des
ducs de Normandie, des comtes d'Anjou, des rois de la
Grande-Bretagne depuis les descendants d'Énée jusqu'à
Henri III, des rois latins et des empereurs jusqu'à Frédéric II, des rois lombards et des empereurs de Constantinople jusqu'à Robert de Courtenai;

Fol. 16 v°. Provincial, commençant par la liste des titres
cardinalices;

Fol. 23. Catalogue des papes, commençant par les mots :
Dominus noster Jhesus Christus, primus et summus pontifex, et
s'arrêtant au nom d'Honorius III. C'est la partie de la Chronique de Gilbert le Romain qui concerne les souverains
pontifes (voir *Monumenta Germaniæ historica, Scriptores,*
t. XXIV, p. 117);

Fol. 28 v°. Catalogues des patriarches de Jérusalem, d'Antioche et d'Alexandrie;

Fol. 29 v°. Catalogue des archevêques de Tours, dont la
première partie est un extrait de l'Histoire de Grégoire de

XIV* SIÈCLE.

T. XXIX, p. 435.

Tours. Il en a été question dans un précédent volume de l'Histoire littéraire de la France;

Fol. 33 v°. Catalogues des archevêques ou évêques du Mans, d'Angers, de Nantes, de Bourges, de Poitiers, de Sens, d'Auxerre, de Troyes, de Nevers[1] et de Paris.

Le reste du volume (fol. 40-260) est rempli par le texte de la Chronique proprement dite, dont la dernière phrase a pour objet l'avènement du pape Grégoire IX : . . . *qui prius Hostiensis episcopus Hugunchio vocabatur.*

V. **Ms.** latin 4991 de la Bibliothèque nationale. Ce volume, de format in-folio, écrit au XIII° siècle, devait être pareil au manuscrit dont la composition vient d'être indiquée; il a malheureusement perdu au moins deux cahiers : 1° celui qui répondait aux feuillets anciennement cotés VI^xxXVII à VII^xxIIII, et qui contenait le récit des événements des années 1089-1159; 2° celui qui faisait suite au feuillet coté VIII^xxVIII, et qui contenait la dernière partie de la Chronique, années 1217-1227. Le tableau suivant montre jusqu'à quel point notre ms. 4991 est conforme au ms. 145 de Berlin :

Ms. 4991 de la Bibl. nat.		Ms. 145 de Berlin.
Fol. 1.	Brèves annales des années 1-1224 (sans les notes additionnelles).	Fol. 1.
Fol. 10.	Catalogue des rois de France et noms des pairs.	Fol. 12 v°.
Fol. 11.	Catalogues des ducs de Normandie, des comtes d'Anjou, etc.	Fol. 13 v°.
Fol. 13.	Provincial.	Fol. 16 v°.
Fol. 18 v°.	Chronique de Gilbert le Romain.	Fol. 23.
Fol. 21 v°.	Catalogues des patriarches.	Fol. 28 v°.
Fol. 22 v°.	Catalogues des archevêques et des évêques de Tours, du Mans, etc.	Fol. 29 v°.
Fol. 27.	Chronique proprement dite, avec la préface *Cum infinita sint.*	Fol. 40.

[1] Suivant le catalogue des mss. de Berlin, la rubrique *Nivernenses episcopi* serait, dans cet exemplaire, remplacée par *Avernenses episcopi,* ce qui ferait croire, à tort, qu'il y a là une liste des évêques de Clermont.

Par suite de la lacune déjà signalée, le ms. 4991 s'arrête aujourd'hui au feuillet VIII^{xx} VIII, à la fin du paragraphe concernant l'inondation qui désola le Dauphiné en 1219. Dans le cours du XIVe siècle, les marges du manuscrit ont été couvertes de manchettes, assez intelligemment disposées par un lettré qui avait des prétentions à la critique historique, si nous en jugeons par les deux notes suivantes :

Fol. 81. (A propos du passage : *Post mortem Clodovei non fuerunt in minori Britannia reges sed comites vocati.*) Non est verum, quia tempore Karoli Magni et etiam post ipsum erant reges in Britannia minori, ut fuit rex Salomon, de quo fit mentio in Decretalibus[1].

Fol. 91. (Sur cette phrase : *Primus Clotarius... genuit filiam nomine Batildim, quam dedit in uxorem Auberto senatori.*) Hic videtur quod sit error, quia invenitur quod ipse primus Clotarius non habuit filiam nisi Closidim, quam dedit in uxorem Albuino, regi Longobardorum.

Il existe quatre éditions partielles de la Chronique de Tours : 1° dans l'*Amplissima collectio* de Dom Martene (t. V, p. 917), d'après le ms. 4991 de la Bibliothèque nationale, et pour quelques morceaux d'après une copie du manuscrit du collège de Clermont, aujourd'hui n° 145 du fonds Phillipps à la Bibliothèque royale de Berlin; 2° dans le Recueil des historiens de la France (t. IX, p. 45; t. X, p. 280; t. XI, p. 346; t. XII, p. 461; t. XVIII, p. 290), d'après l'édition de Dom Martene, et pour la dernière période d'après le manuscrit du collège de Clermont; 3° dans le Recueil de chroniques de Touraine, d'André Salmon (p. 64), d'après le manuscrit du collège de Clermont; 4° dans les *Monumenta Germaniæ historica* (*Scriptores*, t. XXVI, p. 460), d'après le même manuscrit. Dans toutes ces éditions, le choix des morceaux à publier a été fait d'après des préoccupations particulières, et le plus souvent sans que les parties originales soient distinguées des parties plus ou moins textuellement empruntées à des écrivains antérieurs.

[1] Ici l'auteur de la lettre fait allusion à l'une des lettres que le pape Nicolas Ier adressa à Salomon, roi des Bretons, n°s 2708, 2789 et 2807 de la nouvelle édition des *Regesta pontificum romanorum* de Jaffé.

MIROIR HISTORIAL DE VINCENT DE BEAUVAIS.

De longs développements ne sont pas nécessaires pour montrer le parti que Vincent de Beauvais a tiré de la Chronique de Robert de Saint-Marien. Il suffit de constater ici que l'exemplaire dont a fait usage l'auteur du Miroir historial renfermait la Chronique continuée jusqu'à l'année 1219 et les notes additionnelles relatives aux événements des années 1221-1227, qui ont été signalées ci-dessus d'après le manuscrit de la bibliothèque Mazarine. Ces notes ont passé presque textuellement et d'un seul bloc dans le Miroir historial, où elles forment les chapitres cxxiv, cxxv, cxxvii et cxxviii du livre XXXI.

Pour montrer l'identité des deux rédactions nous mettons en regard ce qui est dit de la mort et du testament de Philippe Auguste dans les notes additionnelles et dans le Miroir historial :

Notes additionnelles.
(Ms. 1715 de la Mazarine, fol. 162 v°.)

Anno Domini m cc xxiii, mense junio [1], Philippus, Francorum rex, vir potentissimus, qui Othonem imperatorem et quam plurimos in bello campali devicerat nobiles et potentes, Normanniam acquisivit et sibi Aquitaniam appropriavit et maximam Pictavie partem, qui semper prosperos habuit ad vota successus, ecclesiastice libertatis precipuus conservator, dormit in Christo, et in Sancti Dyonisii ecclesia sepelitur. Mirabile fecit testamentum : Johanni regi Jherosolimitano c [milia] libras (*sic*) parisiensium, totidem templariis, totidem hospitalariis dedit, et plura bona relatu longua (*sic*) fecit.

[1] Leçon fautive, pour *Julio.*

[2] Je cite le Miroir historial d'après ce manuscrit, qui est à coup sûr l'un des plus anciens qui nous soient parvenus;

Vincent de Beauvais, l. XXXI, c. cxxv.
(Ms. latin 11728 [2], fol. 296 v°.)

Anno Domini m cc xxiii, mense julio, Philippus, Francorum rex, vir potentissimus, qui Othonem imperatorem et quam plures in bello campali devicerat nobiles et potentes, Normanniam acquisivit et sibi appropriavit Aquitaniam et maximam partem Pictavie subjugavit, qui semper prosperos habuit ad vota successus, ecclesiastice libertatis precipuus conservator, dormit in Christo, et in ecclesia Beati Dyonisii sepelitur. Mirabile fecit testamentum : Johanni regi Jherosolimitano c milia librarum parisiensium, totidem templariis, totidem hospitalariis dedit et plura bona relatu digna fecit.

il est daté de l'année 1267 : *Finito libro reddatur gratia Christo. Anno Domini m° cc° lx° septimo, in vigilia Penthecostes.*

548   CHRONIQUES ET ANNALES DIVERSES.

Teulet, Layettes du Trésor des chartes, t. I, p. 549.

Il y a là, dans les Notes comme dans le Miroir historial, une assez forte exagération sur le montant des libéralités de Philippe Auguste. Nous savons par l'exemplaire original du testament du roi, qui est au Trésor des chartes, que le legs fait à Jean de Brienne ne s'élevait qu'à 3,000 marcs d'argent, c'est-à-dire à 6,000 livres parisis, tandis que la part des templiers et celle des hospitaliers était seulement chacune de 2,000 marcs d'argent, soit 4,000 livres parisis. Ces chiffres sont bien inférieurs à ceux qui sont énoncés dans les Notes et dans le Miroir.

Petit-Dutaillis, Étude sur la vie et le règne de Louis VIII, p. xviii et xix.

Il importait d'établir l'origine des chapitres que Vincent de Beauvais a consacrés au règne de Louis VIII et sur la valeur desquels M. Petit-Dutaillis a récemment appelé l'attention d'une façon particulière.

CHRONIQUE DE GUILLAUME DE NANGIS

ET GESTES DE LOUIS VIII.

Je n'oserais pas affirmer que Guillaume de Nangis n'ait pas mis directement à contribution la Chronique de Robert de Saint-Marien; mais il est certain qu'il l'a surtout connue par l'intermédiaire de la Chronique de Tours. La preuve s'en trouve dans une foule de passages qu'il serait trop long de citer. Nous nous en tiendrons à un exemple fourni par le début de l'ouvrage.

La première phrase de la préface est identique dans les trois textes:

Cum infinita sint temporum gesta gestorumque digestores quam plurimi, nec possint ab omnibus omnia vel haberi vel legi, non inutile duximus ex infinitis pauca colligere et in unum coartare compendium, quae legenti magis vel oblectamentum pariant vel profectum.

Les variantes très légères que présente, pour cette phrase de la préface, le texte de Guillaume de Nangis ne permettent pas de supposer que Guillaume avait sous les yeux la Chronique de Robert plutôt que celle du chanoine de Saint-Martin de Tours; mais, si nous prenons le commencement de la Chronique elle-même, nous serons amenés à constater que Guillaume de Nangis copiait non pas la Chronique de Robert, mais bien celle du chanoine de Saint-Martin.

Voici comment les œuvres des premiers jours de la création sont indiquées dans l'un et dans l'autre de ces ouvrages :

<table>
<tr><td>

Chronique de Robert.
(Ms. d'Auxerre, p. 97.)

Primo itaque die fecit Deus lucem in modum nubis lucidæ quæ, vice solis, ortu suo diem faceret, occasu noctem induceret. Secundo die fecit firmamentum, id est cælum, quod aquas superiores inferioresque divideret.

</td><td>

Chronique de Tours.
(Ms. latin 4991, fol. 27 v°.)

Primo itaque die fecit Deus lucem in modum nubis lucide, que, vice solis, ortu suo diem faceret, et occasu noctem induceret, *et cum ista luce primo die angeli sunt creati.* Secundo die fecit firmamentum, id est celum, quod aquas inferiores superioresque divideret. *Et dicunt Hebrei quod isto die Lucifer, angelus malignus, qui per superbiam par esse Deo et similis concupivit, aliique angeli, suo nephando consilio consencientes, a celorum sedibus sunt ejecti; et ob hoc secunda feria de angelis qui remanserunt missa in Ecclesia decantatur.*

</td></tr>
</table>

Guillaume de Nangis a transcrit mot à mot le texte de la Chronique de Tours, en y ajoutant seulement une explication du mot « firmament » :

Primo itaque die fecit Deus lucem in modum lucide nubis, que, vice solis, ortu suo diem faceret, et occasu noctem induceret, et cum ista luce, primo die, angeli sunt creati. Secundo die fecit firmamentum *in medio aquarum, id est quandam exteriorem mundi superficiem, ex aquis congelatis instar cristalli solidatam et perlucidam, intra se cetera sensibilia continentem. Et dicitur firmamentum, non tantum propter soliditatem, sed quia terminus est aquarum que super ipsam sunt, firmus et intransgressibilis.* Dicunt quidam quod isto die Lucifer, angelus malignus, qui per superbiam suam par esse Deo voluit et simul concupivit, atque alii angeli, qui suo nephando consilio consenserunt, a celorum sedibus sunt ejecti; et ab hoc secunda feria de angelis qui remanserunt missa in Ecclesia *quibusdam locis* decantatur.

G. de Nangis,
ms. latin 4918,
fol. 372; éd. Géraud, t. I, p. 174.

On voit là quels développements la rédaction de Robert a successivement reçus, d'abord dans la Chronique de Tours, puis dans celle de Guillaume de Nangis.

L'imitation de la Chronique de Tours se poursuit dans la Chronique de Guillaume de Nangis jusqu'à la mention de l'hommage que le vicomte de Thouars fit au roi Louis VIII la veille de la Madeleine 1225. Elle ne va pas plus loin; d'où nous pouvons conclure que l'exemplaire de la Chronique de Tours dont se servait Guillaume de Nangis appartenait à la même famille que notre manuscrit latin 4920 A, le ms. 22 de Berne et le ms. 750 du fonds Ottoboni.

L'influence directe ou indirecte de la première rédaction de la Chronique de Tours, s'arrêtant à l'année 1225, se fait également sentir dans les *Gesta Ludovici VIII*, compilation de seconde main, dont M. François Delaborde a reporté la composition aux premières années du règne de Philippe le Bel et sur la valeur de laquelle il suffit de renvoyer au jugement porté par M. Petit-Dutaillis, tout en faisant remarquer que, pour le récit du siège d'Avignon, l'auteur des *Gesta* a copié non pas peut-être le Miroir de Vincent de Beauvais, mais les notes ajoutées à l'une des continuations de la Chronique de Robert d'Auxerre telles que nous les offre le ms. 1715 de la Mazarine.

CHRONIQUE DE GÉRAUD DE FRACHET.

Géraud de Frachet, qu'il faut appeler ainsi et non Gérard de Frachet, a été l'objet d'une notice insérée dans le tome XIX de l'Histoire littéraire de la France (p. 174-176). Depuis la publication de cette notice, on a mis en lumière d'importants documents qui permettent de la compléter sur un grand nombre de points. La vie de Géraud est aujourd'hui bien connue et les écrits qu'il a laissés peuvent être appréciés à leur juste valeur.

Une note écrite par Géraud lui-même nous apprend qu'il reçut l'habit de l'ordre des frères prêcheurs dans le couvent de Saint-Jacques à Paris, le 11 novembre 1225, et qu'il y fit profession le 25 mars suivant; c'était le jour anniversaire de sa naissance, et il avait alors vingt ans : *Ego frater*

Bibl. de l'École des chartes, 1883, t. XLIV, p. 198, 199.

Petit-Dutaillis, Étude sur la vie et le règne de Louis VIII, p. xviii.

Geraldus de Fracheto, Lemovicensis dyocesis, xx annorum, Parisius ordinem predicatorum sub priore Matheo intravi, anno Domini M CC XXV, *in festo beati Martini, et in sequenti Annunciatione dominica, qua videlicet die natus fui, in manu sancte memorie magistri Jordanis professionem feci.* Tels sont les mots que Bernard Gui déclare avoir trouvés écrits de la main de Gérard à la fin d'un livre qui lui avait appartenu[1], et qui existait encore au xviie siècle dans le couvent de Carcassonne, où il fut remarqué par le dominicain Étienne-Thomas Souëges. Suivant Bernard Gui, Géraud était originaire *de Castro Luceti, Lemovicensis diocesis,* ce qui doit s'entendre de Chalusset, aujourd'hui hameau de la commune de Boisseuil, près de Limoges, et son père était un chevalier, Pierre Gérard, qui entra lui-même dans l'ordre des frères prêcheurs et mourut vers l'année 1265.

Géraud fut élevé à Limoges : en 1225, il assistait comme acolyte à une procession solennelle qui se fit dans cette ville, pour la translation des reliques de saint Just à la cathédrale. C'était sans doute peu de temps avant sa réception dans le couvent des dominicains de Paris.

Les supérieurs ne tardèrent pas à reconnaître que Géraud était apte à remplir, malgré sa jeunesse, des charges importantes. Élu en 1233 prieur du couvent de Limoges, il fut, quelques années plus tard, envoyé en Portugal, où il fonda le couvent de Lisbonne.

En 1245, il assista au chapitre général réuni à Cologne; de cette ville et de Trèves, il rapporta d'insignes reliques qui furent longtemps en grande vénération dans l'église des dominicains de Limoges. Il était prieur de la maison de Marseille en 1251, quand il fut élevé par le chapitre provincial du Pui à la dignité de prieur de la province de Provence. Il assista en cette qualité aux chapitres provinciaux qui se tinrent, de 1252 à 1258, dans les couvents de Montpellier, de Limoges, de Cahors, d'Avignon, de Bor-

Quétif, Script. ord. Præd., t. 1, p. 260.
Douais, Les frères prêcheurs de Limoges, p. 7 et 55.

Bernard Gui, dans Rec. des histor. de la France, t. XXI, p. 2.

Frachet (G. de), Vitæ fratrum, éd. Reichert, p. 24.

Douais, Les frères prêcheurs de Limoges, p. 32.

Douais, Acta capit., p. 42.

Ibid., p. 45, 52, 58, 63, 66, 69, 73.

---

[1] Le témoignage de Bernard Gui est consigné au bas du folio 55 du manuscrit 3 de la Bibliothèque d'Agen, qui contient les recueils relatifs à l'histoire des dominicains (*Not. et extr. des manuscrits,* t. XXVII, part. II, p. 443).

XIVe SIÈCLE.

deaux et de Toulouse. Au cours de l'année 1254, il fit partie de la députation qui se rendit à Naples auprès d'Innocent IV pour dissiper les préventions que des malveillants avaient inspirées au souverain pontife contre l'ordre des frères prêcheurs. Le chapitre général tenu à Valenciennes en 1259 releva Géraud de ses fonctions de provincial. C'est alors qu'on lui confia la direction du couvent de Montpellier, charge qu'il conserva jusqu'en 1263. Il fut choisi pour définiteur et électeur, au mois d'août 1263, par le chapitre provincial de Toulouse. Nous le retrouvons comme définiteur aux chapitres provinciaux tenus à Limoges en septembre 1266 et à Périgueux en août 1268.

Pendant que Géraud était prieur de Montpellier, il reçut de Benoît d'Alignan, évêque de Marseille, un grand ouvrage que ce prélat avait composé sous le titre de : *Tractatus fidei contra diversos errores super titulum De summa Trinitate et fide catholica in Decretalibus*, et qui avait pour objet principal la réfutation de doctrines hérétiques. Cet ouvrage est resté inédit; on ne le connaît guère que par les lettres d'envoi qui accompagnaient les exemplaires destinés au pape Alexandre IV, à Thomas, évêque de Bethléem, à Guillaume, patriarche de Jérusalem, et à Géraud, prieur des dominicains de Montpellier. Baluze, en publiant ces lettres d'après le manuscrit 1454 de Colbert, se plaignait du mauvais état dans lequel il les avait trouvées et qui l'avait empêché d'en déchiffrer plusieurs passages. Le manuscrit 1454 de Colbert est celui qui porte aujourd'hui à la Bibliothèque nationale le numéro 4224 du fonds latin; il renferme bien l'ouvrage de Benoît d'Alignan, et c'est un exemplaire original dont les marges sont couvertes d'additions, dues selon toute apparence à l'auteur lui-même; mais les lettres que Baluze y avait vues ont disparu; la mauvaise conservation des feuillets qui les contenaient les a sans doute fait sacrifier quand le volume a été revêtu d'une nouvelle reliure aux armes et au chiffre de Louis XV. En même temps a disparu une lettre, également publiée par Baluze, que nos prédécesseurs ont attribuée à «G., évêque de Limoges», mais qui est, à

Frachet (G. de), Vitæ fratrum, éd. Reichert, p. 57.

Douais, Acta capit., p. 76.

Ibid., p. 96.

Ibid., p. 96 et 100.

Ibid., p. 111 et 129.

Baluze, Misc., t. VI, p. 352.

Hist. litt. de la Fr., t. XIX, p. 90.

n'en pas douter, de Géraud de Frachet. La suscription porte : *Amantissimo et religiosissimo patri, Dei gratia re et nomine Benedicto, Massiliensi episcopo, frater G. suus Lemovicensis*, et ce *frater G. Lemovicensis*, après avoir rappelé la bienveillance dont Benoît d'Alignan l'avait honoré à Marseille et à Montpellier, vante les mérites du livre, qui s'était répandu dans l'ordre des dominicains en Provence, en Gothie et en Italie, grâce aux exemplaires déposés à Marseille, à Montpellier et à Rome. Il demandait qu'un exemplaire en fût envoyé au couvent de Limoges, pour en propager l'étude en Aquitaine et en France. Géraud de Frachet, ancien prieur de Marseille et de Montpellier, a seul pu tenir ce langage alors qu'il était retiré dans son cher couvent de Limoges, où il termina sa vie le 4 novembre 1271.

Douais, Acta capit., p. 172.

La part très active que Géraud de Frachet prit à l'administration des maisons de l'ordre des frères prêcheurs ne l'empêcha pas de s'adonner à la culture des lettres. Il nous a laissé deux ouvrages qui ont obtenu un grand succès et dont l'un est rempli de renseignements précieux sur les premiers développements de l'ordre des frères prêcheurs, sur l'esprit qui animait les religieux et sur la ferveur qui régnait dans leurs innombrables maisons pendant la première moitié du xiiie siècle.

Cet ouvrage est intitulé : *Vitæ fratrum ordinis Prædicatorum*. C'est uniquement un livre d'édification, et nous savons dans quelles circonstances il a été composé. Le chapitre provincial de Montpellier en 1252 et le chapitre général de Paris en 1256 avaient prescrit de recueillir dans chacun des couvents de l'ordre tous les traits intéressants de la vie des frères qui s'étaient fait remarquer par leurs vertus, par leur piété, par l'ardeur de leur foi et par le succès de leurs missions. Les mémoires ainsi recueillis furent remis par le maître de l'ordre, Humbert de Romans, à Géraud de Frachet, alors provincial de Provence, qui les mit en ordre, les combina avec ses souvenirs personnels et en tira la matière d'un livre qui, après avoir été présenté au chapitre général assemblé à Strasbourg en 1260, fut approuvé par le

Douais, Acta capit., p. 49.

maître de l'ordre, Humbert de Romans; la circulaire qui fut écrite à cette occasion servit de préface à l'ouvrage, qui se répandit rapidement dans toutes les maisons des frères prêcheurs.

L'ouvrage de Géraud de Frachet n'est pas, comme le titre *Vitæ fratrum* pourrait le faire croire, une collection de biographies : c'est un recueil d'anecdotes, qui sont souvent groupées sans art, et dont les héros ne sont pas même toujours nommés. Le recueil se compose de cinq livres, dans chacun desquels Géraud a fait entrer les renseignements qu'il s'était procurés : 1° sur les origines de l'ordre des frères prêcheurs; 2° sur la vie de saint Dominique; 3° sur celle du bienheureux Jourdain de Saxe; 4° sur les progrès de l'ordre et sur les actes de vertu accomplis par une foule de religieux dans les différents diocèses de la chrétienté; 5° sur la mort édifiante de beaucoup de frères, proposés comme modèles de sainteté. Malgré la monotonie des récits et malgré l'excessive crédulité dont ils portent l'empreinte, on y trouve un tableau fidèle de la vie des premiers dominicains, de leurs études, de leurs voyages, de leurs prédications; il faut les lire pour se rendre compte de la rapidité avec laquelle leurs couvents se fondèrent et se peuplèrent sur tous les points de l'Europe, et pour apprécier la place qu'ils prirent dans la société ecclésiastique du XIIIᵉ siècle. A chaque page reviennent les noms des plus célèbres maisons dominicaines de la France. Çà et là sont mis en scène des maîtres qui ont illustré l'université de Paris et de modestes écoliers qui se pressaient au pied de leurs chaires. Dans quelques chapitres sont insérés des documents dont le texte ne nous est point parvenu par d'autres voies : une lettre de Gui Fulcoie, depuis pape sous le nom de Clément IV, sur une vision de dame Marie de Tarascon; une lettre adressée aux dominicains de Paris par frère Godefroi et frère Renaud, pénitencier du pape, depuis archevêque d'Armagh, pour annoncer le naufrage dans lequel périt Jourdain de Saxe, en 1237 (p. 130); la relation de la conversion d'un musulman par un religieux français, frère

Fichet (G. de), Vitæ fratrum, p. 61.

Pierre de Sézanne, que Grégoire IX avait envoyé à la cour de Jean de Brienne, régent de l'empire de Constantinople (p. 218).

Dans beaucoup de chapitres sont incidemment consignés des détails topographiques ou biographiques et des traits de mœurs qui, pour être étrangers à l'histoire des dominicains, n'en sont pas moins curieux à relever. C'est ainsi que nous voyons à Lisbonne des femmes filer à la clarté de la lune dans les soirées d'été (*cum enim, sicut mos est tempore estatis, mulieres ille ad lune claritatem filarent...*). Dans la ville d'Arras, nous assistons à un grand incendie qui dévore l'entrepôt établi par les marchands de bois auprès du couvent des dominicains. En 1248, on nous montre des compagnies de religieux rassemblées à Montpellier, prêtes à partir pour la croisade et à s'embarquer avec saint Louis à Aigues-Mortes, excellent port du royaume (*in Aquis Mortuis, qui est portus optimus regni ejus*).

Géraud de Frachet, après avoir publié les *Vitæ fratrum* vers l'année 1260, continua à réunir ce qui pouvait servir à compléter un recueil si conforme aux goûts de ses confrères. De là des additions et des modifications, qui ont été introduites dans plusieurs manuscrits, notamment dans celui des archives générales de l'ordre des dominicains et dans celui de la bibliothèque Chigi; c'est d'après ces deux manuscrits qu'une édition lithographiée des *Vitæ fratrum* a été exécutée à Marseille en 1875 par les soins du R. P. Cormier. Il existait déjà du même ouvrage deux anciennes éditions imprimées, l'une à Douai en 1619, l'autre à Valence (Espagne) en 1657, et M. de Wailly en avait inséré, en 1876, dans le tome XXIII du Recueil des historiens de la France (p. 179-182), d'après le manuscrit latin 18324 de la Bibliothèque nationale, les morceaux les plus précieux pour l'histoire de l'ordre de Saint-Dominique en France au XIIIe siècle.

Maintenant nous pouvons lire les *Vitæ fratrum* dans le volume qui vient de paraître sous le titre de : *Monumenta ordinis fratrum prædicatorum historica. Fratris Gerardi de Fra-*

cheto, O. P., Vitæ fratrum ordinis Prædicatorum, necnon Cronica ordinis ab anno M CC III *usque ad* M CC LIV, *ad fidem codicum manuscriptorum accurate recognovit . . . fr. Benedictus Maria Reichert, O. P. (Lovanii,* 1896, *in-8°).*

Cette édition a été préparée avec grand soin; elle contient les variantes d'une dizaine de manuscrits, qui représentent les deux recensions de l'ouvrage. On doit seulement regretter que certaines leçons aient été rejetées en note et n'aient pas été admises dans le texte courant. C'est ainsi que, pour un certain nombre d'anecdotes, le texte désigne en termes vagues des lieux et des personnes dont les noms sont indiqués en toutes lettres par des leçons reléguées au bas des pages et perdues au milieu de beaucoup de variantes. En voici quelques exemples :

Texte.	*Variantes.*
Frater quidam, vir religiosus et Parisius in theologia magister (p. 189).	Frater *Florencius Pycardus,* vir. . .
Florencie locum (p. 195).	qui *Sancta Maria Novella* vocatur.
Frater quidam Ispanus (p. 199).	Frater *Egidius de Portugallia.*
Quidam novicius (p. 203).	nomine *Balduinus.*
In quadam domo sororum (p. 207).	apud *Sanctum Sixtum* Rome.
Cum frater quidam (p. 210).	*Nicolaus de Juvenacio.*
Canonicus in quadam nobili ecclesia (p. 294).	Canonicus *Cameracensis.*

On aurait pu encore profiter de certaines variantes pour rétablir la forme altérée de plusieurs mots. Nous citons comme exemple une historiette qui commence ainsi : *Quidam clericus Raucionensis diocesis. . . .,* et que l'éditeur met au compte d'un clerc du diocèse de Rouen, tandis qu'il s'agit évidemment d'un clerc du diocèse de Saintes. *Raucionensis* est une mauvaise lecture de *Sanctonensis;* deux manuscrits portent à cet endroit la leçon *Sanctonensis,* et un troisième *Ranctonensis,* ce qui a conduit à *Raucionensis.* La dernière phrase de cette historiette, qui faisait assurément partie de la rédaction primitive, a été supprimée du texte par l'éditeur et rejetée en note : *Retulit eciam hoc ipsum cuidam fratri minori, qui vocabatur frater Dominicus Caturcensis, guardianus tunc de*

P. 112.

Ponte, quod et ipse postea retulit fratri Bernardo de provincia Provincie.

Ailleurs il est question d'un religieux du couvent de Toulouse qui fut envoyé à Albi prêcher contre les hérétiques, et qui est ainsi désigné dans l'édition : *frater Mauricius de conventu Tolosano, missus ad predicandum, Alumpnus natione, nobilis genere...* Le mot *Alumpnus* n'offre aucun sens, et comme un manuscrit de Bruxelles donne à cette place la leçon *Alimannus,* il est évident qu'il aurait fallu mettre dans le texte : *Alemannus natione.*

P. 221.

A la suite des *Vitæ fratrum,* la plupart des manuscrits renferment des annales de l'ordre des dominicains, depuis les origines jusqu'à l'élection de Humbert de Romans comme maître de l'ordre, en 1254. Il y en a deux rédactions, assez différentes l'une de l'autre. Toutes les deux ont été comprises dans l'édition du R. P. Reichert (p. 321-338). Quétif et Échard ne croyaient pas que la Chronique dût être attribuée à Géraud de Frachet, mais il n'est plus permis d'en douter aujourd'hui ; elle fait corps avec les *Vitæ fratrum,* et le P. Denifle, qui en a signalé les principaux manuscrits, a justement fait remarquer qu'elle se trouve sous le nom de Géraud dans le ms. 605 de la Bibliothèque d'Angers : *Chronica fratris Gerardi de Fracheto.*

Quétif, Script. ord. Præd. T. 1, p. 260.

Denifle, Archiv. T. II, p. 170.

Une autre chronique, dont l'attribution à Géraud de Frachet ne saurait être contestée, a la prétention d'être un résumé d'histoire universelle, depuis la création du monde jusqu'au milieu du XIIIᵉ siècle. C'est une médiocre compilation, dépourvue d'originalité, qui n'est guère qu'un abrégé de la Chronique de Robert de Saint-Marien. Comme celle-ci, elle débute par un récit de la création, qui est identique dans les deux textes : *In primordio temporis, ante omnem diem, Deus pater in Verbo et per Verbum fecit ex nichilo rerum omnium materiam, quam postea per sex dies, varias formans et distinguens in species...* Géraud suit pas à pas son devancier jusqu'au paragraphe de l'année 1211 dans lequel il est question de cette femme de Limoges qui, déjà ensevelie pour être portée en terre, fut rappelée à la vie par les mérites de la Madeleine

Ms. lat. 4937, fol. 85 vᵒ, col. 1.

558   CHRONIQUES ET ANNALES DIVERSES.

et alla en action de grâces déposer son suaire dans l'église de
Vézelai.

Les additions que Géraud a faites aux récits de Robert de
Saint-Marien d'Auxerre ne sont ni considérables ni intéressantes. A titre d'exemples nous en citerons un petit nombre
en renvoyant au ms. latin 4937 de la Bibliothèque nationale.

Géraud, après avoir copié ce que Robert avait dit des exploits d'Arthur, roi des Bretons, sans omettre une réflexion
critique sur le silence que gardent à ce sujet les chroniqueurs
autres que l'auteur de l'Histoire des Bretons, ajoute qu'Arthur était fils du roi Uter et de la femme du duc de Cor-
nouailles, et que de son temps vivait Merlin, issu du commerce d'une religieuse avec un incube (ms. 4937, fol. 34).

Arrivé à l'époque de Hugues Capet, il intercale dans le
récit un résumé de la succession des rois de France depuis
l'avènement de Clovis; il fait connaître les origines de la
nouvelle dynastie et raconte en détail la légende de l'apparition de saint Valeri à Hugues, comte de Paris (fol. 67).

Un certain nombre de notes se rapportant au XIIe siècle
ont été empruntées par Géraud à d'autres écrivains que le
religieux de Saint-Marien. Telles sont celles qui ont trait à
Étienne, fondateur de l'abbaye d'Obazine (fol. 75); à Gaucher, fondateur de l'abbaye d'Aureil (fol. 75 v°); à Richard
de Saint-Victor (fol. 76 v°); au sac de Vitri par le roi
Louis VII (fol. 76 v°); à la compilation du Décret par
Gratien (fol. 77 v°); à la révélation faite à Pierre le Borgne,
abbé de Clairvaux, touchant la mort de son prédécesseur
Géraud (fol. 80 v°); à la sainteté et aux miracles de
Hugues, abbé de Bonnevaux (fol. 81).

Géraud de Frachet suivait si servilement Robert de Saint-
Marien qu'il a plus d'une fois tracé la note *Addicio* en marge
des paragraphes qu'il ajoutait au texte de son modèle. Cette
note se voit en regard des passages que sa chronique contient sur l'invasion des Lombards en Italie (fol. 38 v°); sur
la conversion au christianisme du roi et de la reine des
Perses, du temps de l'empereur Héraclius (fol. 45); sur les

conquêtes des Arabes (fol. 5o v°); sur diverses particularités de la vie de Charlemagne (fol. 55 v°); sur l'éclipse et
les vols de gros oiseaux qu'on remarqua l'année de la mort
de cet empereur (fol. 58 v°); sur la cause attribuée par le
clergé à la chute de la dynastie carlovingienne (fol. 67 v°
et 68).

La source des articles additionnels est parfois indiquée, mais toujours avec peu de précision. En voici deux
exemples :

In Cronicis Hispanie[1] sic legitur : « Inimicus superseminaverat in po-
tentibus superbiam, in clero avariciam, in claustris accidiam, in populis irreverenciam, in rege luxuriam; et ideo destructum est regnum
christianorum et traditum Agarenis. » (Fol. 5o v°.)

In Gestis Aquitanie dicitur quod ob hoc progenies Karoli creditur re-
probata, quia jam, Dei gratiam negligens, ecclesiarum diu potius ne-
glectrix quam creatrix videbatur. (Fol. 67 v°.)

Pour ce qui touche Charlemagne, l'emprunt des deux
premiers chapitres de l'ouvrage du moine de Saint-Gall est
annoncé par les mots *In Cronicis metropolis Arelatensis hec
leguntur* (fol. 55 v°), et l'on doit faire remarquer que Robert,
en copiant le passage relatif à l'établissement de l'Irlandais
Clément en France (*Clementem in Gallia residere precepit*), s'est
permis d'affirmer que Paris fut la ville qui lui fut assignée
pour y instruire de nombreux enfants appartenant à toutes
les classes de la société. — Après avoir transcrit les deux
premiers chapitres du moine de Saint-Gall, Robert parle
du prétendu voyage de Charlemagne à Constantinople et
des reliques qui en furent rapportées; il invoque à ce sujet
l'autorité du moine Hélinand : *Hec scribit Helymannus* (sic).
Il résume ensuite le récit de Turpin : *Turpinus autem scribit...*
Tout cela remplit quatre colonnes du ms. latin 4937,
fol. 55 v°-56 v°.

A propos de la sépulture de Charlemagne, Géraud dit

[1] Nous avons cru pouvoir ainsi corriger le texte des manuscrits. Ceux qui sont conservés à Paris portent *In Cronicis Visp.* : Bibl. nat., lat. 4937, fol. 5o v°; 4938, fol. 98; 5oo5, fol. 48; 5oo5 A, fol. 107 v°; 5oo5 B, fol. 59 v°; 5o4o, fol. 14o; 12498, fol. 56; 14618; Arsenal, fol. 112 v°. — On lit *Vispere* dans le ms. latin 5oo5 C, fol. 48 v°, et *Vispus.* dans le ms. 5o39, fol. 56 v°.

avoir lu dans les Chroniques de Saint-Médard de Soissons des détails dont il avait gardé le souvenir sans cependant pouvoir en reproduire le texte : *In Cronicis Beati Medardi Suessionensis de sepultura ejus quædam legi, sed sensum non latinitatem retinui.* Ce qui est donné, à la suite de ces mots, comme emprunté aux Chroniques de Saint-Médard se retrouve à peu près littéralement à la fin du livre II de la Chronique d'Adémar.

<table>
<tr><td valign="top" width="50%">

Géraud de Frachet.

Ibi interfuerunt Leo papa, cum principibus Romanis, multi etiam episcopi et archiepiscopi, duces, comites et abbates, etiam et alii innumeri. Corpus imperatoris deffuncti vestibus imperialibus et festivis induentes, auream coronam capiti imposuerunt. Deinde super auream cathedram vivum quasi et judicem fecerunt sedere, et super genua ejus textum quattuor evangeliorum aureis litteris scriptum collocaverunt, quem textum manu dextra, sinistra vero sceptrum aureum tenebat; cathenulam auream etiam dyademati conjungentes, cathedre super qua sedebat, ne caput deffuncti decideret, affigentes; scutum quoque aureum, quod Romani ci fecerant, ante faciem ejus statuentes, archum lapideum in quo sepultus erat aromatibus preciosis replentes, monumentum strenue sigillantes clauserunt. (Ms. latin 4937, fol. 59.)

</td><td valign="top" width="50%">

Adémar.

Corpus ejus aromatizatum; et in sede aurea sedens, positus est in curvatura sepulchri, ense aureo accinctus, evangelium aureum tenens in manibus et genibus, reclinatis humeris in cathedra, et capite honeste erecto, ligato aurea cathena ad diadema. Et in diademate lignum crucis positum est. Et repleverunt sepulchrum ejus aromatibus, pigmentis, balsamo et musco et thesauris. Vestitum est corpus ejus indumentis imperialibus; et sudario sub diademate facies ejus operta est. Sceptrum aureum et scutum aureum, quod Leo papa consecraverat, ante eum posita. Et sigillatum est sepulchrum ejus. (*Mon. Germ. hist., Script.,* t. IV, p. 118.)

</td></tr>
</table>

La partie originale de la Chronique se réduit aux sept ou huit dernières pages, consacrées aux événements du xiiie siècle, et cette partie elle-même est à peu près dénuée de valeur. Il n'y a presque rien dont l'équivalent ne se trouve ailleurs avec plus de développements et dans un meilleur ordre. La seule note qui affecte un caractère personnel se rapporte aux ravages que la famine, la peste et le feu sacré firent en 1244 dans l'Aquitaine. «En un seul jour, dit l'auteur, je vis enterrer plus de cent pauvres dans le cimetière «de Saint-Géraud de Limoges.»

Géraud de Frachet arrêta sa chronique à l'année 1266,

en mentionnant le couronnement et les succès de Charles d'Anjou en Italie et en Sicile. Les derniers mots de l'ouvrage sont : *et magnam partem Italie Ecclesie subdit et sibi.* Rien n'indique qu'il en ait modifié après coup et allongé la rédaction primitive. On peut attribuer à des mains anonymes les additions que présentent différents manuscrits.

Géraud de Frachet avait réussi à renfermer l'histoire universelle dans un petit volume, non sans y donner une place relativement considérable aux faits merveilleux et légendaires qui avaient tant de charme pour ses contemporains. C'est ce qui explique le succès de l'ouvrage, attesté par le nombre des manuscrits qui nous en sont parvenus et qui presque tous sont anonymes. Nous en avons examiné une vingtaine, qui peuvent se classer dans l'ordre suivant.

1. Bibliothèque nationale, ms. latin 4938, fol. 1-174. Copie exécutée en 1295 par un scribe qui dit y avoir travaillé pendant trois mois et trois semaines : *Anno Domini m° ducentesimo xcv°.*

> *Tres septimane, tres menses me tenuere;*
> *Non plus nec minus nummos vult scriptor habere.*

2. Bibliothèque nationale, ms. latin 4937, fol. 1-88. Écriture de la fin du xiiie siècle. Ce manuscrit est celui qui pendant près de quarante ans a formé le numéro 216 du fonds Barrois chez le comte d'Ashburnham.

3. Bibl. nat., latin 5005 A (jadis de Colbert et auparavant de J.-A. de Thou), fol. 4-192. Écriture méridionale de la fin du xiiie siècle. Le copiste s'est fait connaître par cette souscription, au folio 209 v° : *De mandato magistri Johannis de Nigella, physiciani sanctissimi et invi[c]tissimi domini regis Karoli, et cappellani domini pape, ego Angelus Alberti notarius hunc librum scripsi et exemplavi.* — A la suite de la Chronique est transcrit un mémoire historique sur l'Aquitaine, commençant par les mots : *Aquitania, ut dicunt Julius et Orosius et Ysidorus et Gesta Francorum,* dans lequel sont rappelées les campagnes dont cette province a été le théâtre. L'auteur, qui écrivait probablement sous le règne de saint Louis, conclut en insistant sur les dangers qu'il y aurait à détacher l'Aquitaine du domaine royal : *Cum igitur rex Francorum Aquitaniam primo a Gothis, secundo a Sarracenis, tertio a Normannis, quarto ab Anglicis et ruptanis* (corr. *ruptariis*) *et hereticis liberavèrit, et cum ducibus ejus et post cum regibus et filii[s] et nepotibus semper guerras habuerit, si eam modo alicui*

tradit, erit multorum initium malorum, et, cum occurrere non poterit, peni-tebit.

4. Bibliothèque d'Angers, ms. 605, paraissant avoir été copié vers la fin du xiiie siècle. La Chronique y est intitulée *Cronica ex diversis hystoriis abreviata a fratre Geraldo de Frachet, ordinis predicatorum.* Elle est suivie du mémoire historique sur l'Aquitaine et des Annales de l'ordre des dominicains.

5. Bibliothèque de l'Arsenal, n° 1147 (jadis de l'abbaye de Clair-vaux), fol. 17-188. Écriture méridionale de la fin du xiiie siècle, ana-logue à celle du manuscrit 5005 A de la Bibliothèque nationale.

6. Bibliothèque nationale, ms. lat. 5005 (jadis de Philippe Des-portes), fol. 1-83. Copie du xive siècle. Sur les folios 88-95 a été ajoutée, vers la fin du xve siècle, une table, dont l'auteur est un cordelier, frère Jean Gillet, du couvent de Châteaudun : *Hanc tabulam composuit frater Johannes Gilleti, conventus Castriduni, qui multa bona fecit in vita sua conventibus Blesensi et Castriduni. Oretur pro eo.* Cette table est précédée (fol. 87 v°) d'une pièce de vers que Robert Gaguin composa en 1484 sur le roi Louis XI : *Epigramma Roberti, oratoris et poete precipui, ordinis Sancte Trinitatis ministri generalis, in persona Ludovici, Francorum re-gis, XI, nuperrime deffuncti, qualis fuerit. Ex Parisius, apud Maturinos, anno Domini m° cccc° octogesimo 4°.* — C'est d'après ce manuscrit 5005 que dom Martene avait préparé, en vue d'une édition, une copie de la der-nière partie de la Chronique de Géraud de Frachet, à partir de l'avène-ment des Capétiens. La copie du laborieux bénédictin est reliée dans le manuscrit latin 17556, fol. 433-483.

Neues Archiv,
II, p. 309.

7. Bibliothèque de Reims, K. 764, 761 (jadis de Saint-Nicaise). Copié au xive siècle.

Neues Archiv,
VI, p. 346.

8. Bibliothèque privée du roi d'Espagne à Madrid, ms. 2. J. 5. Copie faite en 1411 par un religieux nommé Toribius, pour Didacus, évêque de Cuenca. Ce manuscrit doit dériver du ms. latin 5005 A de la Bibliothèque nationale : comme celui-ci, il contient, à la suite de la Chronique, le mémoire historique sur l'Aquitaine.

Les huit manuscrits qui viennent d'être indiqués nous offrent le texte primitif de la Chronique, telle que l'auteur l'avait rédigée en 1266 ou 1267. Les autres contiennent quelques articles additionnels, généralement de peu d'éten-due, dont la matière a été fournie soit par la Chronique de Martin le Polonais, soit par des notes analogues à celles sur lesquelles travaillait Martin le Polonais.

XIVe SIÈCLE.

Dans les manuscrits 9 et 10, le récit est prolongé jusqu'à l'enterrement du pape Clément IV en 1268, et se termine par les mots : *sepultus est in ecclesia.*

Les numéros 11-15 forment un groupe dans lequel est indiquée la vacance du siège pontifical qui suivit la mort de Clément IV ; le texte s'y arrête aux mots : *et cessavit sedes.*

Dans les manuscrits 16 et 17, l'élection de Grégoire X est mentionnée après la vacance du Saint-Siège. Vient ensuite une continuation, tout à fait indépendante de l'œuvre de Géraud de Frachet, continuation très importante, qui descend dans un manuscrit (n° 16) jusqu'en 1285 et dans un autre (n° 17) jusqu'en 1364.

Un dernier groupe de manuscrits (n°s 18-21) se distingue par cette particularité que la composition de la Chronique y est attribuée à un frère Jean Frasquet, moine de Saint-Germain d'Auxerre, dont l'existence est fort problématique. Dans ces quatre manuscrits, à la mention de la vacance du Saint-Siège de 1268-1271 succède un paragraphe relatif au couronnement de Grégoire X et à l'apparition d'une comète qui coïncida avec une maladie du nouveau pape en février 1273 (n. st.).

Lebeuf, Mémoires concernant Auxerre, éd. Quantin, t. IV, p. 395; Hist. litt. de la Fr., t. XIX, p. 176.

9. École de médecine de Montpellier, ms. 79 (jadis de Bouhier), fol. 55-142. Écriture du XIVe siècle. Ce manuscrit devait, à l'origine, appartenir à une abbaye cistercienne. Sur le dernier feuillet se lit la décision du chapitre général de l'ordre de Cîteaux, de l'année 1301, qui avait rattaché l'abbaye de Notre-Dame, près Dublin, à la filiation de l'abbaye de Bildewas, et non point à celle de l'abbaye de Savigni.

10. Bibliothèque impériale de Vienne, n° 631 (jadis du prince Eugène et antérieurement de l'abbé de Camps), fol. 1-109 v°. Écriture du XIVe siècle.

11. Bibliothèque nationale, ms. latin 5005 B (jadis de Colbert et plus anciennement de J.-A. de Thou), fol. 1-109. Copie du commencement du XIVe siècle.

12. Bibliothèque de Douai, ms. 800, venu de l'abbaye de Marchiennes. Écriture du XIVe siècle. L'auteur du Catalogue a cru que c'était un exemplaire de la Chronique de Robert, moine de Saint-Marien.

13. Bibliothèque nationale, ms. latin 5040, fol. 1-249. Écriture du XVe siècle.

14. Bibliothèque de Douai, ms. 798 (venu de l'abbaye de Marchiennes), fol. 112-115. Commencement du xivᵉ siècle. Il n'y a que les dernières pages de la Chronique de Géraud, années 1187-1268, depuis la perte du royaume de Jérusalem jusqu'à la vacance du siège pontifical après la mort de Clément IV.

15. Bibliothèque nationale, ms. latin 4863 (jadis de Colbert et auparavant de l'abbaye de Mortemer), fol. 101-108. Ce cahier, copié à la fin du xiiiᵉ siècle, contient la dernière partie de la Chronique de Géraud de Frachet depuis l'année 1188 (*Anno Domini 1188, crescebat ubique rumor lamentabilis de transmarinis partibus...*), jusqu'à l'année 1268 (*... et cessavit sedes*). Une autre main a ajouté un paragraphe relatif au pontificat de Grégoire X : il se termine par la mention de la mort de Robert de Sorbon, « homme religieux et très renommé dans l'univers ».

16. Bibliothèque nationale, ms. latin 5039 (jadis de Colbert, auparavant du couvent des Carmes de Clermont et plus anciennement de l'abbaye de Saint-Martin-aux-Jumeaux), fol. 1-100 vᵒ. Écriture de la fin du xiiiᵉ siècle. Le copiste a mis en tête de la Chronique le nom de Géraud de Frachet : *Cronica fratris Girardi de Frachet, ordinis fratrum predicatorum.* Texte allant jusqu'à l'élection du pape Grégoire X et continué jusqu'au différend qui s'éleva en 1285 entre les religieux de Saint-Denys et les dominicains de Paris, au sujet de la possession du cœur de Philippe le Hardi.

17. Bibliothèque nationale, ms. latin 5005 C, fol. 1-89. Écriture du xivᵉ siècle. Le texte, qui est incomplet du premier feuillet, va jusqu'à la nomination du pape Grégoire X (fol. 89); après quoi viennent des continuations successives, dont la dernière s'arrête en 1364, à la bataille de Cocherel; le récit de cette bataille n'y est pas achevé; il s'interrompt au milieu d'un mot : *ad sonum musicalium instrumento...*, et le copiste a cru devoir avertir les lecteurs qu'il n'y avait rien de plus dans le modèle placé sous ses yeux : *non plus habebatur in exemplari.*

18. Bibliothèque nationale, ms. latin 12498 (jadis de Saint-Germain et auparavant de Séguier). Copie de la fin du xvᵉ siècle, faite pour Jean Budé, et intitulée : *Incipit cronica quedam, a mundi exordio usque ad annum incarnationis Domini millesimum ducentesimum septuagesimum secundum, edita, ut fertur, a fratre Johanne Frasquet, monacho Sancti Germani Autisiodorensis.*

19. Bibliothèque royale de Berlin, ms. latin 148 du fonds Phillipps (jadis nᵒ 1881 de Cheltenham, et nᵒ 646 du collège de Clermont). Écriture du xvᵉ siècle. Au folio 167, une note attribue la composition de l'ouvrage à Jean Frasquet : *Auctor hujus cronice fuit frater Johannes Frasquet, monachus Sancti Germani Autisiodorensis, prout fertur ab aliquibus.*

Rose, Die Meerman-Handschr., p. 338.

20. Bibliothèque nationale, ms. latin 14618 (jadis n° 722 de Saint-Victor), fol. 163-232 v°. Écriture du xve siècle. Sur le folio 232 v° une main du commencement du xvie siècle a mis cette note : *Auctor hujas cronice fuit frater Johannes Frasquet, monachus Sancti Germani Autissiodorensis, prout fertur ab aliquibus.* C'est le manuscrit qui est désigné à tort sous le n° 14663 dans les *Monumenta Germaniæ historica* (*Scriptores*, t. XXVI, p. 588).

21. Bibliothèque nationale, ms. latin 14664 (jadis de Saint-Victor), fol. 393-443. Copie moderne de la dernière partie de la Chronique, depuis l'avènement des Capétiens; elle a été faite probablement d'après le manuscrit latin 14618.

Nous ignorons à quelle famille appartient la copie contenue dans le manuscrit 1002 du fonds de la reine de Suède; c'est, paraît-il, un des rares exemplaires de la Chronique qui portent le nom de Géraud de Frachet.

Rose, Die Meerman-Handschr., p. 340.

Nous laissons de côté un manuscrit de Saint-Marc de Venise (X. 46), qui a été souvent cité comme renfermant la Chronique dont nous nous occupons. Il est aujourd'hui démontré que la compilation historique contenue dans ce manuscrit est l'œuvre d'un dominicain du couvent de Parme, qui vivait longtemps après Géraud de Frachet et qui s'est à peu près borné à abréger le livre de Ptolémée de Lucques intitulé : *Ecclesiastica historia nova*[1].

La Chronique de Géraud de Frachet ne sera sans doute jamais publiée intégralement. Ce qu'elle renferme d'intéressant est suffisamment connu par les éditions partielles que nous en possédons et qui sont au nombre de trois.

1. Les continuateurs de dom Bouquet ont donné dans le tome X du Recueil des historiens (p. 292) les paragraphes

---

[1] *Notices et extraits des manuscrits,* t. XXXV, p. 359-387. M. le professeur Cesare Paoli suppose que le dominicain de Parme s'est borné à annoter le résumé de l'Histoire de Ptolémée, en y ajoutant une partie préliminaire et une continuation. Il est porté à croire que le résumé est l'œuvre d'un Français. Voir le numéro du 3 décembre 1896 de la *Nuova Antologia* (vol. LXVI, série IV). Ce qui est certain, c'est que la partie primitive du ms. de Saint-Marc paraît avoir été copiée par une main française.

concernant le règne des premiers Capétiens, et dans le
tome XXI (p. 3) les principaux articles relatifs au règne de
saint Louis.

II. En 1842, le comte Charles de l'Escalopier, sans
connaître le nom de l'auteur, a publié, d'après le ms. 1147
de l'Arsenal, une table et des extraits de la Chronique dans
un petit volume qui a pour titre : « Notice sur un manu-
« scrit intitulé *Annales mundi ad annum 1264* » (Paris, Te-
chener, 1842; in-8° de 50 pages).

III. Plus récemment, M. Holder-Egger a inséré dans les
Monumenta Germaniæ historica (*Scriptores*, t. XXVI, p. 588)
les meilleures parties de la Chronique à partir de l'année
1230, avec les notes additionnelles consignées dans les
manuscrits latins 4863 et 12498 de la Bibliothèque nationale.

Il y aura lieu plus tard d'examiner les continuations de la
Chronique de Géraud de Frachet contenues dans les manuscrits latins 5039 et 5005 C, œuvres originales d'une réelle
valeur et très utiles à étudier pour une critique des récits
de Guillaume de Nangis et des Grandes Chroniques de
France. Une notable partie en a été rédigée par un moine
de Saint-Denys, Richard l'Escot, mort vers la fin du
XIV° siècle, sur la vie et les œuvres duquel il faut consulter
un volume publié en 1896 par M. Jean Lemoine : « Chro-
« nique de Richard Lescot, religieux de Saint-Denis (1328-
« 1344), suivie de la continuation de cette Chronique
« (1344-1364), publiée pour la première fois » (Paris, 1896;
in-8° de LII et 264 pages). Ici nous devons nous borner à
indiquer les morceaux de ces continuations qui ont vu le
jour. M. de Wailly a fait entrer presque en entier dans le
tome XXI du Recueil des historiens de la France la partie
qui répond aux années 1270-1328, et il a surabondamment
démontré quels secours ce texte apporte pour améliorer et
compléter la Chronique et les continuations de Guillaume

XIV⁰ SIÈCLE.

de Nangis. Dans la récente publication de M. Jean Lemoine
on trouve : 1° (p. 179-202) la continuation de la Chronique
de Géraud de Frachet correspondant aux années 1268-
1285, d'après les manuscrits 5039 et 5005 C; 2° (p. 1-172)
les continuations se rapportant aux années 1328-1364,
d'après le manuscrit 5039.

CHRONIQUE DU MANUSCRIT DE BAYEUX.

L'examen approfondi qui vient d'être fait de la Chronique de Géraud de Frachet justifie ce qui a été dit plus
haut (p. 260), avec trop de réserves, au sujet des rapports
de cette Chronique avec celle qui est conservée dans un
manuscrit du chapitre de Bayeux. Rien n'empêche d'admettre
que le texte de ce manuscrit de Bayeux soit un remaniement
d'une première rédaction ou d'une ébauche de la compilation de Géraud de Frachet, et que cette ébauche ait été
préparée d'après un exemplaire de la Chronique de Robert
de Saint-Marien, s'arrêtant à l'année 1199. Le texte du
manuscrit de Bayeux se termine par une phrase relative à
l'avènement de Jean sans Terre, dont les derniers mots sont
quantocius studuit reformare. Or il est à remarquer que la
copie de la Chronique de Robert de Saint-Marien faite dans
l'abbaye de Pontigni se termine par la même phrase et par
les mêmes mots, suivis simplement de la note : *Michael,
Senonensis archiepiscopus, obiit.* Quoi qu'il en soit, le texte du
manuscrit de Bayeux est souvent identique à celui de Géraud de Frachet, et les passages relatifs à Fulbert, à Gautier
de l'Esterp et à la fondation de l'abbaye de Cîteaux, signalés
ci-dessus (p. 254 et 255) comme des emprunts faits à la
Chronique dite de Guillaume Godel, dérivent de cette
Chronique, non directement, mais par l'intermédiaire de
Robert de Saint-Marien (ms. 132 d'Auxerre, p. 270, 278
et 285); on les retrouve mot pour mot dans la Chronique
de Gérard de Frachet. De même les articles du manuscrit de
Bayeux concernant Renaud le Vieux, comte de Sens, la
fondation de l'abbaye de la Charité et l'incendie de l'église

Ms. lat. 4937,
fol. 69, 71 et
73 v°.

XIVᵉ SIÈCLE.

Ci-dessus, p. 256, 257.

Ms. lat. 4937, fol. 69, 71 et 75.

de Vézelai qui ont été rapprochés des articles correspondants de Robert de Saint-Marien se lisent aussi dans la Chronique de Géraud de Frachet. On peut donc à la rigueur rattacher le manuscrit de Bayeux à la famille des manuscrits de Géraud.

Toutefois il faut bien prendre garde que le texte de Bayeux est loin de faire toujours double emploi avec celui des manuscrits de Géraud à côté desquels nous proposons de le ranger. Quelques exemples feront apprécier les divergences.

Ms. de Bayeux.	*Géraud de Frachet*, ms. lat. 4937.
Helizabeth Philippus rex Francie duxit uxorem, ex qua genuit Ludovicum, qui, capta Avinione, civitate Provincie, per Arverniam in Francia rediens, apud Monpanser obdormivit in Christo, cujus filius Ludovicus christianissimus hodie feliciter regni moderamina tenet. (Fol. 51 v°.)	Helizabeth Philippus rex Francorum duxit uxorem, ex qua Ludovicum filium genuit; cum iste post patrem regnaverit, constat regnum reductum ad progeniem Karoli Magni. (Fol. 67.)
Eminebant in hoc sancto exercitu vir per omnia clarus Ademarus, Podiensis episcopus, dux Lothoringie Godofridus, Eustatius, Baldoinus, fratres ipsius... et Golferius de Turribus, vir memoria dignus, qui cum crebros excursus exerceret in hostes, et multa dampna de die in diem inferret, accidit una die, dum ad hujusmodi veheretur, quod rugitum cujusdam leonis a serpente circumligati audivit; quo audito, contra sociorum dissuasionem, ad eum audacter accedens, truncato serpente, leonem liberat. Qui, quod mirabile dictu est, memor accepti beneficii, eum sequitur sicut leporarius unus. (Fol. 57.)	Eminebat in hoc Dei hostico vir Dei per omnia clarus dominus Ademarus, Podiensis episcopus, dux Lothoringie Godefridus et fratres ejus Eustacius et Balduinus... (Fol. 73.) — Géraud de Frachet s'est borné à copier l'article de Robert de Saint-Marien, qui n'a fait aucune allusion à l'aventure du Limousin Goulfier de Las Tours, rapportée par le prieur du Vigeois et par d'autres chroniqueurs (voir la note de M. P. Meyer, dans la Chanson de la croisade contre les Albigeois, t. II, p. 379). La version du manuscrit de Bayeux est identique à celle de Bernard Gui (voir Notices et extraits des manuscrits, t. XXVII, part. II, p. 369).
Per idem tempus, in Alamanie partibus habebatur admirabilis virgo quedam, nomine Helisabeth, cui tantam virtus divina contulerat gratiam... (Fol. 59 v°.)	Per idem tempus in Alemannie partibus habebatur ammirabilis virgo quedam, provecte etatis, cui tantam virtus divina gratiam contulerat... (Fol. 77.)
Helizabeth sanctimonialis in cenobio [S]conaugiensi, diocesis Treverensis, claret. Huic ostensa est assumptio beate Virginis per hunc modum : Anno Domini Mᵒ Cᵒ LVII, in die assumptionis Christi... (Fol. 61.)	Elisabeth sanctimonialis vidit visiones multas de gloria XI milium virginum. (Fol. 78 v°.)

Nous ne poursuivrons pas plus loin la revue des écrivains
du moyen âge qui ont mis à contribution la Chronique de
Robert de Saint-Marien d'Auxerre. Nous devons cependant,
sans entrer dans aucun détail, mentionner ici le dominicain
Bernard Gui, dont les compilations ont eu tant de réputa-
tion au xive siècle et au xve. Cet auteur a, directement ou in-
directement, connu l'ouvrage de Robert, comme le prouve
un passage des *Flores cronicorum* dont il va être question
dans une observation par laquelle se terminera la présente
notice.

Il nous a semblé utile de montrer, à l'aide d'un simple
rapprochement, quel usage les copistes ou les imitateurs de
Robert de Saint-Marien ont fait de leur modèle, et par là de
mettre bien en relief le rapport dans lequel sont entre elles
la plupart des chroniques qui viennent d'être passées en
revue. Nous avons pris pour exemple les deux articles dans
lesquels Robert de Saint-Marien expose ses idées sur l'évangélisation de la Gaule. Le premier se compose de la légende
de saint Savinien et de ses compagnons, de quelques phrases
sur saint Martial, saint Ursin et saint Julien, et enfin de la
liste des missionnaires que saint Pierre envoya à Metz, à
Trèves, à Reims, à Toul, à Périgueux et à Châlons. Le second
paragraphe, beaucoup plus court, se réduit à peu près à la
nomenclature des disciples que saint Clément chargea d'annoncer la foi nouvelle aux populations de Lyon, de Narbonne, de Tours et de Paris.

Voyons ce que sont devenus ces deux paragraphes sous
la plume des imitateurs de Robert.

Le chanoine de Saint-Martin de Tours a fait subir une
transformation complète au premier des paragraphes que
nous examinons : 1° il a résumé en quelques mots l'histoire
de saint Savinien et de ses compagnons ; 2° il a intercalé un
abrégé de la vie de saint Martial (*Hic Marcialis, nobili stirpe
Judeorum natus, cum patre suo Marcello et Elysabeth matre, ad
Jhesum predicantem anno etatis xxv pervenit...*); 3° après la
mention de saint Menge de Châlons, il a ajouté le nom de

IMPRIMERIE NATIONALE.

XIVᵉ SIÈCLE.

saint Silvain, qu'il a fait suivre d'un résumé de la légende de cet apôtre du Berri (. . . *Memmius Catalonicis, et Silvanus Bituricensibus. Hic Silvanus, beati Petri discipulus, a beato Petro missus est in Bituricam regionem, in villa que dicta erat Gabaton. . .*), légende dont une version très développée a été récemment publiée par les Bollandistes d'après le ms. latin 5317 de la Bibliothèque nationale, qui peut remonter à la fin du XIIᵉ siècle. Dans le second paragraphe, le chanoine de Saint-Martin se contente d'abréger le texte de Robert : il mentionne simplement la mission de saint Pothin, de saint Paul de Narbonne, de saint Denys et de saint Gatien; mais il ajoute à ce dernier nom une observation rectificative : *sed, sicut refert Gregorius Turonensis, sanctus Gatianus missus est Turonis anno Decii imperatoris primo.* Un peu plus loin, dans l'article consacré à l'empereur Dèce, il expose d'une façon plus complète, mais un peu confuse, l'opinion de Grégoire de Tours (*Hist. Franc.*, 1, 30) sur l'évangélisation de la Gaule :

Catal. cod. hag. Paris., t. II, p. 122.

Ms. lat. 4991, fol. 57 v°.

Ms. lat. 4991, fol. 60 v°.

Item passi sunt Alexander, episcopus Jerosolimitanus, cui successit Nazabones, et Babillas, Antiochie episcopus, cui successit Fabius, et Dionisius Alexandrie, et Syxtus papa, et Laurentius, et Ypolitus, secundum Gregorium Turonensem, et secundum legendam eorum; sed secundum computationem eorum annorum sub Valeriano imperatore passi sunt, et, sicut dicitur in Hystoria passionis sancti Saturnini martiris, missi tunc fuerunt VII episcopi ordinati ad predicandum in Gallias, scilicet Tolosanis Saturninus, Turonicis Gacianus, Arelatensibus Trophimus, Narbone Paulus, Parisiacis Dyonisius, Avernis Stremonius, Lemovicinis Marcialis.

On voit que la partie ancienne de la Chronique de Tours est une mosaïque dont l'auteur n'a guère eu souci de raccorder les différents morceaux.

Le paragraphe qui vient d'être rapporté n'a point satisfait le clerc de l'église de Bourges auquel sont dues plusieurs des annotations contenues dans le manuscrit 22 de la Bibliothèque de Berne. Voici l'observation qu'il a cru devoir y ajouter, au bas du fol. 43 :

Verum est, ut narrat Richardus Cluniacensis, beatos Sixtum, Lau-

rencium et Ypolitum passos sub Valeriano et Galieno, tempore Decii
Cesaris, non Augusti. Erat enim ille Decius Cesar creatus ab ipsis, non
Augustus. Fuerunt enim tres Decii, sicut refert. Non ergo tempore hujus
Decii imperatoris passi fuerunt. Dionisium missum a beato Clemente,
Ursinum, Austremonium et Marcialem missos a beato Petro legitur
in ecclesia, sicut supra legitur, temporibus Claudii et Domiciani impe-
ratorum.

Vincent de Beauvais, qui avait sous la main plusieurs de
ces grands légendaires, copiés au XIIᵉ siècle dans les monastères français, ne s'est guère servi des notes que la Chronique de Robert renferme sur l'évangélisation de la Gaule;
il paraît cependant s'en être inspiré, mais uniquement pour
déterminer dans quel ordre il devait parler des apôtres qui
passaient pour avoir été envoyés en Gaule, par saint Pierre,
au temps de l'empereur Néron : saint Martial, saint Savinien et ses compagnons, saint Clément, saint Front et
saint Menge.

Vinc. Bellov.,
Spec. hist., l. IX,
c. 39-46.

Géraud de Frachet a copié le premier paragraphe tout
entier, jusqu'à la mention de saint Menge, après laquelle il
a inséré les noms de saint Sernin, de saint Georges du Velai,
de saint Maximin, de sainte Marthe et de sainte Madeleine :
... *Memmius Catalanis, Saturninus Tholosanis, Georgius
Vellac., Maximinus Aquensibus destinantur, cum quo Martha et
Magdalena venerunt; Martha, post occisum draconem, Tarascone
ab ipso Domino sepelitur octavo die post mortem sororis.* — Dans
le paragraphe relatif aux missionnaires envoyés en Gaule
par saint Clément, Géraud ne se contente pas, comme Robert, de nommer saint Pothin, saint Paul, saint Gatien et
saint Denys; il leur associe saint Sernin de Toulouse, saint
Austremoine et saint Marius d'Auvergne, saint Eutrope de
Saintes, et saint Eutrope du Pui : *inter quos beatus Fotinus
Lugdunensibus missus est, Saturninus Tholosanis, Astremonius
et Marius in Arvernia, Eutropius Xanctonensibus, et alius Eutropius Aniciensibus, Turonis Gracianus...*

Ms. lat. 4937.
fol. 14.

Ibid., fol. 15 v.

La Chronique copiée dans le manuscrit de Bayeux nous
donne l'équivalent du premier paragraphe, augmenté
d'abord du nom de saint Sernin, fondateur de l'église de

Toulouse, puis de deux articles de quinze à vingt lignes chacun. Le plus long de ces articles indique la part qu'on attribuait à saint Martial dans la fondation des églises du Pui, de Rodez, de Clermont, de Mende, de Limoges, de Bourges, de Cahors, d'Agen, de Toulouse, de Poitiers, de Saintes, d'Angoulême et de Bordeaux. L'autre article a pour objet la fondation des églises de Roc-Amadour et de Soulac par saint Amadour et par sainte Véronique. — Le second paragraphe, relatif aux missionnaires envoyés par saint Clément, est conforme pour le fond au texte de Robert.

Le texte du premier paragraphe a été pris par Bernard Gui à un exemplaire analogue au manuscrit de Bayeux, c'est-à-dire renfermant, comme celui-ci, la mention de saint Sernin et les détails sur les fondations de saint Martial, de saint Amadour et de sainte Véronique. Dans ce texte Bernard a interpolé un membre de phrase sur l'ancien nom du Pui (*et prius civitas Vellata*[1] *vocabatur, set divinis revelationibus, sicut in Gestis ejusdem ecclesie legitur, fuit mutata*), et une anecdote sur des reliques de saint Pierre qui passaient pour avoir été mises dans l'église de Poitiers par saint Hilaire : *quod, plus quam trecentis postmodum annis, egregius doctor Hylarius in concilio allegavit, quod scilicet ecclesia Pictavensis in ipso sanguine beatorum apostolorum fuerat a sancto Martiale fundata, et ideo barbam beati Petri meruit dono ab imperatore christianissimo optinere, que reliquie cum magna reverencia conservantur Pictavis.* — Dans le second paragraphe, Bernard Gui, suivant pas à pas le religieux de Saint-Marien, ne mentionne que saint Pothin, saint Paul de Narbonne, saint Gatien et saint Denys.

La place que Robert de Saint-Marien doit occuper dans l'historiographie française du moyen âge justifiera peut-être la longueur et la minutie des détails dans lesquels nous forçait à entrer l'insuffisance, pour les parties anciennes, des

Ms. lat. 1171 des Nouv. acq., fol. 5 v°.

---

[1] Ainsi porte le manuscrit original des *Flores cronicorum* (ms. latin 1171 des Nouv. acq., fol. 5 v°, ligne 2). Dans un autre exemplaire revu par l'auteur (ms. latin 4983, fol. 5 v°, ligne 13), le mot *Vellata* a été corrigé en *Vetula*.

éditions des Chroniques qu'il fallait soumettre à un examen
comparatif.   L. D.

NOTICES SUCCINCTES

SUR DIVERS ÉCRIVAINS.

ARNAUD JEAN, de Cahors, entré dans l'ordre des prêcheurs
en 1263, mort prieur de Prouille le 17 novembre 1319, est
considéré par M. le chanoine Douais comme l'auteur probable d'un *Libellus de doctrina fratrum* qui contient des instructions plusieurs fois recommandées, au xiv° siècle, par
les chapitres de l'ordre. C'est une attribution qui ne nous
paraît pas acceptable. Le *Libellus de doctrina fratrum* est pour
la première fois nommé dans le chapitre d'Auvillar en 1335,
pour la seconde fois dans le chapitre de Toulouse en 1337,
et il est dit dans le procès-verbal de ce dernier chapitre que
l'ancien prieur provincial, maintenant prieur de Prouille,
en a fait distribuer des copies dans tous les couvents de sa
province, enjoignant de se conformer à toutes les prescriptions qu'il renferme. Cet ancien prieur provincial, devenu
prieur de Prouille, ne peut être qu'Élie de Ferrières de Sa-
lagnac, nommé prieur de la province de Toulouse en 1324,
prieur du couvent de Prouille en 1336. Or comment aurait-
on négligé, jusqu'à l'année 1324, de répandre un *Libellus*
de si grande utilité, s'il avait été rédigé par un auteur mort
en 1319, à l'âge de soixante-dix ans? Cela nous semble im-
probable, et nous excusons Échard de n'avoir pas admis
parmi les écrivains de son ordre cet Arnaud Jean, de Cahors.

Foppens, avons-nous dit, a confondu le prémontré Jean
de Tongres, abbé de Vicogne, qui se démit en 1303,

ARNAUD JEAN,
frère prêcheur,
mort le 17 no-
vembre 1319.

Douais, Les fr.
préch. en Gasc.,
p. 361.

Ibid., p. 227.

JEAN DE PRISCHES,
abbé de Vicogne.

XIVᵉ SIÈCLE.

Hist. litt. de la France, t. XXVII, p. 161.

Hugo, Ord. præm. Annales, t. II, col. 1079.

Paquot, Mém. pour serv. à l'hist. litt., t. III, p. 349; Georges, Spirit. lit. Norbert., p. 472.

et **Jean de Prisches** qui fut honoré du même titre en 1310. Ils doivent être d'autant plus sûrement distingués l'un de l'autre qu'il y eut entre eux un autre abbé, Jacques Mallet.

Le chanoine Jean, originaire de Prisches, en Hainaut, à deux lieues de Landrecies, avait achevé ses études à Paris, où il avait obtenu le grade de docteur et professé la théologie. C'était donc un personnage. Il fut bientôt en grande faveur auprès de Guillaume, comte de Hainaut, et de sa femme Jeanne de Valois. Paquot rapporte que lorsque celle-ci, devenue veuve, se retira dans l'abbaye de Fontenelles, près Valenciennes, Jean de Prisches lui fit de fréquentes visites et reçut d'elle, pour son abbaye, plusieurs présents. Cependant il ne resta pas longtemps abbé, puisqu'il abdiqua, dit-on, en 1313, n'ayant aucun goût pour la gestion des affaires temporelles. La date de sa mort n'est pas bien connue. Il était mort, selon Georges, en 1320. C'est alors, du moins, qu'un chanoine de Vicogne fit ces vers en son honneur :

> Virtutis magnum specimen, quem laurea sacra
> Reddidit insignem, simul et prudentia summa.
> Consensu unanimi electus, re jam bene gesta,
> Officium fessus prælati sponte resignat.

Il avait, dit Hugo, dédié plusieurs ouvrages tant au comte de Hainaut qu'à sa femme, les uns en prose, les autres en vers. Cependant les bibliographes et Hugo lui-même ne citent qu'un seul de ces ouvrages, un *Alphabetum vitæ religiosæ*, en six livres, qui paraît perdu.

Le Paige, Bibl. Præm., p. 307.

Pierre de Saint-Omer, théologien. Jourdain (Ch.), Index, p. 57; Chart. univ. Paris., t. II, sect. 1, p. 30 et 69.

Guérard, Cart. de N.-D., t. III, p. 349; Journ. des Sav., 1891, p. 302.

Pierre de Saint-Omer est nommé, pour la première fois, en 1288, étant un des maîtres en théologie de l'Université de Paris. Le 17 juin 1296, Boniface VIII, destituant le chancelier Bertaud de Saint-Denys, lui donna pour successeur Pierre de Saint-Omer. Celui-ci prenait à sa charge, comme chancelier, le 30 août 1296, les livres composant la bibliothèque de l'église de Paris qui devaient être prêtés aux pauvres écoliers en théologie. Il ne paraît pas avoir occupé plus de six ans cet honorable emploi. Nous le voyons ensuite, en 1302, archidiacre de Brie, et, le 25 mars 1308, sous-crivant, avec le titre de maître, probablement *non regens*, la réponse que la faculté de théologie fit au roi Philippe, par lui consultée sur l'incarcération des templiers. En quelle année mourut Pierre de Saint-Omer? On l'ignore. On sait, du moins, qu'il fit don, en mourant, de plusieurs volumes au collège de Sorbonne. Ces volumes contiennent divers écrits de saint Thomas.

Il faut croire qu'il y eut dans le même temps deux Pierre surnommés de Saint-Omer, ou bien il faut attribuer au maître de théologie un opuscule astronomique, conservé dans la Bibliothèque de Saint-Marc, sous ce titre : *Novus quadrans, correctus a mag. Petro de Sancto Audomaro, anno Dom. 1309*. Nous avons, en outre, sous le même nom, dans le n° 6741 du fonds latin de la Bibliothèque nationale, un *Liber de coloribus faciendis* qu'on ne peut assigner plus sûre-ment au même théologien. Il n'est pas sans doute impos-sible qu'il ait, dans les derniers temps de sa vie, occupé ses loisirs en étudiant la physique et la chimie; mais, si cela n'est pas impossible, cela n'est guère vraisemblable.

Parmi les maîtres de la faculté de théologie de Paris que Philippe le Bel interrogea sur la légalité des poursuites déjà commencées contre les templiers, nous trouvons un Raoul de Hotot qui signa la réponse datée du 25 mars 1308. Le même docteur (*Radolphus de Hoitot*) figure, le 11 avril 1310, au nombre des théologiens qui condamnèrent au feu l'écrit mystique de Marguerite Porrette, dénoncé par l'inquisiteur Guillaume de Paris.

Raoul de Hotot paraît avoir joui de quelque crédit. La question de l'immaculée conception étant alors vivement débattue, les théologiens prudents s'abstenaient de prendre parti pour ou contre; *sed*, dit Jean de Pouilli, *Beatam Vir-ginem non contraxisse originale peccatum est prædicatum Parisius a doctore sacræ Scripturæ in pleno et in generali sermone Univer-*

IVᵉ SIÈCLE.

Guérard, Cart. de N.-D., t. II, p. 524 et t. IV, p. 129.

Chart. univ. Pa-ris., t. II, sect. 1. p. 127.

Delisle (L.), Le cab. des man., t. II, p. 169.

Valentinelli, Bibl. man. S. Marci t. IV, p. 268.

Raoul de Hotot.

Chart. univ. Pa-ris., t. II, sect. 1. p. 127.

Rev. hist., t. LIV (1894), p. 297; Chartul. univ. Paris, t. III, p. 660.

Bibl. nat., lat. 14565, fol. 145, col. 1.

sitatis; et on lit à la marge du manuscrit *a Ra. de Hotot.* Et c'est une opinion que Jean de Pouilli combat assez vivement. Mais ce Raoul de Hotot, professeur à Paris, était-il Français? Son nom indique qu'il était Normand. Il y a en Normandie beaucoup de lieux nommés Hotot ou Hautot.

RAOUL DE ROTOT.

C'est à la même province qu'il convient de rattacher *magister* RADULFUS DE ROTOT, auteur d'un sermon contenu dans le ms. latin 14859 de la Bibliothèque nationale, fol. 173. Ce sermon, qui peut dater du commencement du XIV° siècle, est assez banal, quoique, pour recommander la pratique des vertus, maître Raoul cite plus volontiers Aristote que l'Évangile; ce qu'il fait dans l'intention de montrer qu'il est philosophe. Il voudrait aussi prouver qu'il est un lettré, et pour faire cette preuve, il représente les hommes fascinés par l'attrait des jouissances charnelles comme l'ont été les vieillards par la beauté d'Hélène. Mais ce lettré manque de goût et d'esprit. Dans une collation qui suit, les évêques et les curés sont assez durement traités. C'est là tout ce que nous pouvons en dire.

SIMON DE CORBIE, carme.

Denifle, Arch. f. Lit. u. Kircheng., tome V (1889), p. 370.

SIMON DE CORBIE, ainsi nommé du lieu de sa naissance, se fit admettre chez les carmes au couvent de Montreuil-sur-Mer. C'était, dit un ancien chroniqueur de l'ordre, Jean Trisse, qui mourut en 1363, un homme de belle mine et d'une merveilleuse éloquence, *mirabilis facundiæ.* Ses supérieurs l'ayant envoyé compléter ses études au couvent de Paris, il y fut reçu docteur. Ce fut le second docteur de Cosmas de Villiers, Bibl. carmel., t. II, col. 744. son ordre. Simon fut ensuite nommé prieur de la province de France. Il remplissait cette charge en l'année 1309, quand il eut l'honneur de mener à bonne fin une négociation importante. Les carmes, vulgairement appelés les Barrés, habitaient encore, en ce temps-là, la maison très modeste que Géraud, Paris sous Philippe le Bel, p. 392. leur avait donnée le roi saint Louis, non loin de la porte Saint-Antoine, au lieu qu'occupe aujourd'hui la caserne des Célestins; mais, devenus plus nombreux, ils s'y trouvaient

XIVe SIÈCLE.

trop à l'étroit; en outre, ayant formé le généreux dessein de
faire compter leur ordre parmi les ordres lettrés, ils se plai-
gnaient d'être séparés des écoles par un fleuve qu'il n'était
pas toujours facile de traverser en bateau. Simon employa
tout son crédit à leur procurer un domicile plus convenable.
Ayant donc tour à tour sollicité le pape et le roi, il obtint
enfin de l'un et de l'autre la permission de transporter ses
confrères sur le versant de la montagne Sainte-Geneviève, à
la place Maubert. Le roi donna lui-même la maison nouvelle,
et cette donation fut confirmée par son successeur Philippe
le Long, au mois de novembre 1317. Le P. Louis de Sainte-
Thérèse suppose que Simon fut, en cette année 1317,
nommé général de l'ordre, après Gérard de Bologne; il
fonde sa supposition sur ce qu'il avait vu chez les célestins
de la porte Saint-Antoine un acte où se lisait le nom de
Simon honoré de ce titre. Mais cet acte, c'est le P. Louis de
Sainte-Thérèse lui-même qui nous l'apprend, était daté
de 1319. Il ne saurait prouver que notre Simon ait été général dès 1317. Et en effet le successeur immédiat de Gérard
de Bologne fut Gui de Perpignan, qui nommait Simon
son vicaire général en 1319. La date de la mort de Simon
est ignorée; mais on sait qu'il mourut au couvent de Mon-
treuil, ayant légué un grand nombre de livres au couvent
de la place Maubert. Au nombre de ces livres se trouvait,
dit Jean Trisse, le *Speculum historiale* de Vincent de Beauvais, en quatre beaux volumes.

Possevin, Simler, Alegre de Casanate, le P. Lelong,
Cosmas de Villiers et Fabricius mentionnent dans les mêmes
termes les ouvrages laissés, disent-ils, par Simon de Corbie;
ce qui nous porte à croire qu'aucun de ces bibliographes
ne les a vus, si ce n'est peut-être le premier de ceux qui en
ont parlé. Après les avoir, pour notre part, vainement re-
cherchés, nous ne saurions non plus rien ajouter à l'indication vague et sommaire qui en a été donnée : des gloses
sur les deux Testaments, des sermons et d'autres écrits.

Le ms. latin 15034 de la Bibliothèque nationale, qui paraît

Félibien, Hist.
de Paris, t. III,
p. 318.

Louis de Sainte-
Thérèse, Success.
du saint prophète
Élie, p. 601.

Cosmas de Vil-
liers, loc. cit.

Possev., Appar.,
t. II, p. 407; Alegre
de Casan., Paradis.
carmel. decoris,
p. 281; Cosmas de
Villiers, loc. cit.;
Fabricius, Bibl.
med. et inf. æt.,
t. VI, p. 188.

Albert de Reims,
frère prêcheur.

IMPRIMERIE NATIONALE.

être des dernières années du XIIIe siècle, contient une liasse de sermons, parmi lesquels, au folio 51, il en est un sous ce titre : *Sermo factus dominica post Epiphaniam, fratris Alberti de Remis, de ordine Prædicatorum.* Échard ne parle pas de cet ALBERT DE REIMS, et aucun autre des anciens bibliographes ne paraît l'avoir connu. Il était peut-être déjà mort quand un copiste a pris le soin de nous transmettre son sermon; mais peut-être vivait-il encore dans les premières années du XIVe siècle. Quoi qu'il en soit, puisqu'il n'a pas encore été nommé dans cette Histoire, disons le peu que nous savons de lui. Le sermon dont il s'agit est d'un style banal. Nous n'y remarquons que cette phrase assez plaisante : *Quidam verbum Dei tractant audiendo et docendo, sed non comedunt, quia nec sentiunt affectu nec ostendunt effectu. Sunt sicut coquus, qui præparat bona cibaria, sed non comedit.* L'orateur est moins théologien que moraliste. A la suite de ce sermon on en lit un autre sur le même thème. C'est sans doute une collation. Ainsi les deux sermons seraient du même prédicateur.

On rencontre, dans les mss. latins 15147 et 15153 de la même bibliothèque, un prologue apologétique de l'*Aurora* sous le nom d'Albert de Reims. Il est probable que l'auteur de ce prologue fut un contemporain de Pierre Riga. On ne lui devait, à la vérité, qu'une brève mention dans cette His-toire; mais il ne l'a pas obtenue en son temps, et c'est un oubli que nous réparons un peu tard.

Le ms. latin 10473 de la Bibliothèque nationale, venu de Saint-Denys de Reims, nous offre une série de collations sur les épîtres, dont l'auteur est nommé, fol. 111, *fr. Gualterius de Aquitania*, frère GAUTIER DE GUIENNE. Deux exemplaires anonymes de ces collations sont dans le ms. latin 18194 de la même bibliothèque, fol. 86 et suivants, et dans le n° 1893 de Troyes. On conjecture que ce Gautier de Guienne vivait vers la fin du XIIIe siècle. Quelques allusions aux mœurs de son temps nous dissuadent, en effet, de le supposer plus ancien, et l'âge de nos manuscrits défend de le croire plus moderne. Puisqu'il est appelé frère, il était religieux. Mais de quel ordre? Sans doute de l'un des deux ordres nouveaux; cependant il n'a été réclamé ni par Échard, ni par Sbaraglia.

Les collations de frère Gautier n'ont pas été faites pour la chaire. Ce sont des exercices littéraires. Gautier est un théologien prudent, qui s'abstient de toute distinction ou digression scolastique. On remarque, d'ailleurs, qu'il ne prend jamais le ton de l'invective lorsqu'il censure les mœurs d'autrui. Tout ce que ce religieux sait de ce monde, il le sait par ouï-dire; et cela l'intéresse peu. Il écrit, du reste, correctement et non sans grâce, et, quoiqu'il ne cite pas plus les Pères que les écrivains profanes, on ne doute pas qu'il les ait lus. C'était bien certainement un lettré.

Quelques-unes de ces collations, dispersées en divers volumes, y sont anonymes; c'est pourquoi les catalogues ne les indiquent pas. Nous jugeons donc utile de dire où elles se trouvent. Celle qui, dans le ms. 10473, commence au folio 3 par *Nolite ante tempus* est dans le n° 81 (fol. 1) de la bibliothèque d'Avignon; au folio 5, *Veritas de terra*, dans les mss. latins 3731 (fol. 3), 14958 (fol. 1) de la Bibliothèque nationale, et dans le n° 81 (fol. 2) d'Avignon; au folio 29, *Convertimini ad Dominum*, dans notre ms. latin 14923 (fol. 88); au folio 37, *Humiliavit semetipsum*, dans le ms. latin 14899 (fol. 111); au folio 41, *O vos omnes*, dans le même (fol. 115); au folio 43, *Si consurrexistis*, dans le même (fol. 113); au folio 53, *Confitemini alterutrum*, dans le ms. latin 14923 (fol. 87).

Maître JEAN LA LOUE ou L'ALOUE est auteur d'un sermon pour le premier dimanche de carême (*in die brandonum*) conservé dans le ms. latin 14899, fol. 172, de la Bibliothèque nationale. Ce sermon, qui a pour objet principal les devoirs de la vie religieuse, paraît avoir été prononcé devant des réguliers. Nous tenons pour certain que ce maître Jean La Loue vivait dans les dernières années du XIII⁰ siècle; mais la date de sa mort nous est inconnue.

Le ms. latin 18194 de la Bibliothèque nationale, venu de

XIVᵉ SIÈCLE.

Compiègne, contient, du folio 184 au folio 240, un recueil de sermons sur les saints qui finit ainsi : *Expliciunt Collationes fr. Matthæi super commune sanctorum.* Le manuscrit paraît être de la fin du XIIIᵉ siècle. Quant à l'auteur, ce frère MATTHIEU, nous ne savons de quel ordre il avait embrassé la règle. Ni Échard ni Sbaraglia ne l'ont connu. Ses sermons, qui sont une œuvre littéraire, n'ont d'ailleurs aucun intérêt; ils ne contiennent, pour la plupart, que des abrégés de légendes. Vainement nous y avons recherché quelque trait original.

THIBAUD LE BRETON, chanoine de Tours.

Nous avons peu de renseignements à fournir sur ce THIBAUD LE BRETON. Il était chanoine de Tours, et, se trouvant à Bologne, où il paraît même avoir résidé habituellement, il y fit un jour, en public, une exposition du symbole des apôtres dont le texte a été publié, par M. le professeur Cas-Caspari, Kirchenhist. Anecd., t. I, p. 292.pari, d'après un manuscrit de la bibliothèque de Melk. La rubrique initiale est ainsi conçue : *Abbreviati symboli apostolorum expositio, ex auctoritatibus sanctorum Patrum collecta et recitata Bononiæ, in ecclesia B. Petri, a magistro Theobaldo Britone, Turonensi canonico.* Le manuscrit est, nous dit-on, des premières années du XIVᵉ siècle, mais l'opuscule, dont la valeur est du reste médiocre, doit avoir été composé au siècle précédent. En effet, dans le préambule, l'auteur fait en termes poétiques une allusion assez claire aux progrès de l'hérésie dans le nord de l'Italie : *Imminentis autem de proximo periculi causa in eo consistit quod hostis ille humani generis. . . . . , sicut audivimus, jam Rubiconem transivit vicinumque minax invasit Ariminum, nostraque res agitur paries dum proximus ardet.* On reconnaît là, outre un vers d'Horace, la citation presque textuelle d'un passage de Lucain (1, 251). Thibaud poursuit en disant qu'il pourrait citer plusieurs autres villes d'Italie et d'autres pays où, dans le champ du Seigneur, le bon grain est étouffé par l'ivraie de l'hérésie. Tel est le motif qui l'a conduit à publier une exposition du symbole des apôtres, afin de fortifier ses contemporains dans la vraie croyance.

XIV° SIÈCLE.

Dans un manuscrit du xiv° siècle, provenant de Saint-Bertin, que conserve aujourd'hui la bibliothèque de Saint-Omer, sous le n° 550, se trouve un commentaire sur les Clémentines intitulé : *Lectura domini Alani de Valle, utriusque juris professoris, super Clementinis.* Cet ALANUS DE VALLE, dont le nom français est incertain, n'a jusqu'à ce jour été cité par aucun bibliographe. C'est par conjecture que nous le plaçons dans les premières années du xiv° siècle; cette conjecture nous est inspirée par l'âge du manuscrit où l'on nous signale son commentaire. La *Lectura super Clementinis* commence par ces mots : *Prout ait Sapiens, parabola XVIII.*

Un *Alanus de Vallibus* est cité parmi les écoliers de Paris qui protestèrent, en 1313, contre un monitoire de l'Université qui les sommait de contribuer au payement de ses dettes.

ARNAUD DE FALGUIÈRES (on le nomme aussi de Faugères, de Fougères) était prévôt de l'église d'Arles en l'année 1307 quand le pape le chargea d'une mission secrète près du roi de France. Élu archevêque d'Arles au commencement de l'année 1308, il fut en grande faveur auprès de Clément V, qui lui conféra le titre de cardinal le 19 décembre 1310 et le nomma, peu de temps après, évêque de la Sabine. C'était, paraît-il, un homme propre aux affaires; aussi fut-il très occupé. Sur les diverses missions qui lui furent successivement confiées on peut consulter son biographe, Constant Ruggieri. Il n'appartient à l'histoire littéraire que comme auteur de Constitutions pour l'église de la Sabine, qui furent publiées en 1737, par le même Ruggieri, d'après un manuscrit ottobonien : *Acta eccles. Sabin.*, p. 302-310. La date de sa mort est le 12 septembre 1317.

Le ms. latin 14899 (fol. 167 et suiv.) nous a conservé six réponses à six questions quodlibétiques intitulées : *Ad istas quæstiones respondit mag. JACOBUS DES AALEUS, canonicus regularis, die martis post dominicam qua cantatur Judica me, anno Domini 1284.* Elles concernent, pour la plupart, la discipline monastique, et n'ont qu'un très faible intérêt.

MICHEL LE MOINE, de l'ordre des mineurs, inquisiteur dans les comtés de Provence et de Forcalquier, ainsi que dans les diocèses d'Arles, d'Aix, de Vienne et d'Embrun, n'appartient à l'histoire littéraire que comme auteur d'une longue sentence dont la dureté révolte aujourd'hui notre tolérance.

L'ordre de Saint-François avait alors un siècle d'existence, et, comme il n'y a rien que le temps n'altère, les mœurs des religieux de cet ordre s'étaient peu à peu relâchées. La Religion en fait l'aveu dans le poème du Mineur Gui de la Marche :

> Fui virtuosior in statu priore,
> Quia tunc propinquior eram cum auctore...

Ce relâchement ayant provoqué, ce qui n'est pas moins naturel, une très violente réaction, vingt-cinq religieux mineurs furent dénoncés au pape Jean XXII comme adhérents au grand parti de la pauvreté dite évangélique. Ils portaient, pour se distinguer de leurs confrères, des habits étroits et courts, ne voulaient manger que le pain de l'aumône, et censuraient avec âpreté non seulement la conduite peu correcte de leurs supérieurs, mais encore les constitutions apostoliques qui les avaient autorisés à considérer certaines prescriptions de la règle comme tombées en désuétude. Le pape chargea Michel Le Moine de les poursuivre. Celui-ci fit comparaître les accusés, le 7 mai 1318, en la ville de Marseille, devant un tribunal qu'il présida, formé de nombreux théologiens et canonistes. Priés plusieurs fois de désavouer leurs dires téméraires, ils déclarèrent tous qu'ils n'en rétracteraient rien. Ils furent donc condamnés, dégradés et livrés impitoyablement au juge séculier. La sentence de Michel contient le procès-verbal de cette solennelle audience. Elle a été publiée par Baluze dans le tome II de ses Miscellanées, p. 248.

PIERRE DE PLEINE CHASSAGNE appartenait à l'ordre des mineurs quand il fut élevé sur le siège épiscopal de Rodez. Les chanoines de cette église n'avaient pu s'accorder pour choisir entre eux un évêque, et la vacance durait depuis trois ans quand ils prièrent le pape de vouloir bien y mettre un terme en attribuant lui-même l'administration du diocèse à ce religieux de très bon renom. Le premier acte de ce prélat est de l'année 1302. Le pape Benoît XI le chargea, le 9 mars 1304, et l'évêque de Lescar avec lui, de rétablir la paix dans la ville de Dax, très troublée par un conflit entre l'évêque et les frères mineurs de cette ville. Les troupes françaises ayant rasé durant la guerre un oratoire possédé par les religieux, ceux-ci, la guerre terminée, s'étaient empressés d'en construire un autre. Mais ils auraient dû demander, avant de le construire, l'autorisation du Saint-Siège, et c'est une demande qu'ils n'avaient pas faite. Jugeant donc le délit grave, l'évêque avait mis l'oratoire en interdit. Benoît, plus indulgent, mande aux évêques de Rodez et de Lescar d'annuler la sentence de l'année 1302. Envoyé par le pape dans l'île de Chypre, en septembre 1309, avec le mandat de réconcilier le roi de Jérusalem et son frère, il partit avec le grand maître des Hospitaliers, mais n'alla pas loin. Des vents contraires ne leur permirent pas, dit Bernard Gui, de s'embarquer, et, ayant gagné Brindisi, ils y demeurèrent jusqu'au printemps. Ils partirent enfin, et l'évêque de Rodez alla remplir sa mission. Il était encore en Orient en l'année 1314, quand mourut le patriarche de Jérusalem. Cette dignité vacante lui fut alors attribuée, et, comme elle était purement honorifique, il lui fut accordé de conserver les fruits de l'évêché qu'il n'administrait pas. Son séjour en Orient prit fin vers ce temps-là. Rentré dans son église de Rodez, il la trouva très agitée par les constantes incursions du comte de Rodez sur ce qu'on appelait traditionnellement le domaine épiscopal. Le comte et l'évêque justifiaient mal, comme il paraît, leurs prétentions opposées. Il y avait matière à procès. C'est le savant canoniste Guillaume Duranti, le neveu du Spéculateur, qui fut chargé de mettre fin à leurs discordes. Son arrêt sur leurs préten-

Gallia christ. nova, t. I, col. 215, 216.

Registres de Ben. XI, col. 424.

Baluze. Vitæ pap. Aven., t. I, p. 70.

Raynaldi, Ann., anno 1814, § 12.

XIV⁰ SIÈCLE.
———
Bonal, Comté
et comt. de Rodez,
p. 286.

tions réciproques est dans la chronique d'Antoine Bonal, récemment publiée.

Pierre de Pleine Chassagne n'appartient à l'histoire littéraire que comme auteur d'une lettre et de quelques statuts. Il était à Paris en 1316, quand il adressa la lettre, comme patriarche de Jérusalem, aux archevêques, évêques, abbés, etc., des églises et communautés d'Occident, les invitant à recruter des croisés, à les inscrire et à transmettre leurs noms aux organisateurs du passage. Cette lettre a été publiée par d'Achery. Baluze fait remarquer que, dans la suscription de cette lettre, Pierre de Pleine Chassagne est à tort appelé cardinal.

Achery, Spicil.,
t. VIII, p. 276.
Baluze, Vitæ
pap. Aven., t. I,
p. 656.

Les statuts sont encore inédits; mais le texte en est conservé : on le peut lire dans l'Histoire manuscrite des évêques de Rodez, par Antoine Bonal, n° 2637 des manuscrits français de la Bibliothèque nationale, où ils occupent les feuillets 578-594. Ce ne sont pas des règles de conduite pour le clergé du diocèse; ce sont des décisions, des ordonnances purement civiles, qui toutes concernent les droits de l'évêque comme seigneur temporel, ceux des citoyens comme ses justiciables et la police de la cité. On y voit, par exemple, que, si tous les biens d'un condamné sont confisqués au profit de l'évêque, une part de ces biens sera néanmoins laissée aux héritiers naturels. On y voit, en outre, que les courtisanes n'auront le droit de porter ni chape, ni manteau, ni voile, ni robe à queue, leurs robes ne devant pas descendre plus bas que leurs chevilles. Les autres règlements se rapportent au régime des prisons et à la tenue des marchés; des précautions variées sont prises pour empêcher les fraudes habituellement commises par les vendeurs de toute denrée.

HUGUES DE TRA-
JECTO, philosophe.

Nous ne pouvons indiquer avec certitude le lieu natal de HUGUES DE TRAJECTO. Est-ce Maestricht, Utrecht, Trajetto? Comme Hugues paraît avoir achevé ses études à Paris, il nous semble plus vraisemblable qu'il était d'Utrecht ou de Maestricht. Ce qui nous reste de lui n'est pas considérable.

Nous n'avons rencontré sous son nom que deux réponses à deux questions par lui-même posées. L'une, dans le n° 739 de Toulouse, commence par : *Aristoteles, in tertio Metaphysicæ, ostendens dubitationes...* On avait, paraît-il, attribué cette thèse philosophique à Jean Duns Scot; mais c'est une erreur, ainsi corrigée dans le manuscrit de Toulouse : *Ista quæstio non est de Quolibet Scoti, sed est detracta* (sic) *a mag. Hugone de Trajecto, et est bona quæstio multum et proficua.* La fausse attribution nous porte à supposer, d'abord que cet Hugues *de Trajecto* vivait dans le même temps que Duns Scot, ensuite qu'il partageait, comme philosophe, ses opinions. L'autre thèse est dans le ms. latin 14705 (fol. 96) de la Bibliothèque nationale, où elle commence par ces mots : *Quæritur utrum accidentia ducant in cognitionem substantiæ.* La sensation est, dit notre docteur, l'origine de toute connaissance, et comme on ne voit pas, comme on ne touche pas la substance, nous sommes informés qu'elle existe par les accidents visibles, palpables, sous lesquels elle apparaît. La démonstration de cette thèse n'occupe pas moins de deux colonnes in-folio. C'est beaucoup pour une chose qui ne peut être contestée par personne, même par les réalistes les plus obstinés.

GAUTIER D'AILLI n'est point cité par les bibliographes, mais son nom se lit, dans le ms. latin 14174 de la Bibliothèque nationale, à la suite d'une thèse grammaticale commençant, au folio 55 v°, par ces mots : *Curro; hæc est oratio grammaticalis.* Cette thèse est assez étendue, car elle occupe six grandes colonnes d'une écriture que les abréviations rendent fort peu lisible. L'auteur se flatte d'y avoir fait justice d'un sophisme : *Sophisma determinatum a mag. Galtero de Alliaco.* Le manuscrit paraissant être des premières années du xiv° siècle, on a tout lieu de supposer que Gautier d'Ailli vivait en ce temps-là. Mais on doit hésiter sur le lieu de sa naissance, trois villages du nom d'Ailli se rencontrant dans la Somme, un dans la Meuse et un dans l'Eure.

Ch. Thurot a signalé, dans le n° 806 de Saint-Victor, à la

XIVᵉ SIÈCLE.

GAUTIER D'AILLI.

JEAN DE WOLVE, grammairien.

XIVe SIÈCLE.

Notices et extraits, XXII, 43.

Bibliothèque nationale, aujourd'hui 15037 du fonds latin, sous le nom d'un certain Jean de Wolue (fol. 156 à 163), une série de questions grammaticales qui n'ont pas toutes la même gravité. On se demande, par exemple, pourquoi le pronom a été inventé; si dans cette phrase : *O vos omnes qui transitis*, le mot *omnes* est ou n'est pas au vocatif; pourquoi les noms propres n'ont pas de pluriel, etc. Il y a aussi des opinions très particulières, comme celles-ci : que le mot *ador* est indéclinable, et que la locution *turba ruit* est incorrecte. Ce grammairien se laisse souvent surprendre en défaut. Son surnom donne à penser qu'il était originaire du Brabant. Il y a un lieu du nom de Woluwe dans la banlieue de Bruxelles. Il est permis de supposer qu'il enseignait à Paris ou qu'il y avait étudié, quand on le voit se demander si l'on peut dire : *Venio de supra Parvum Pontem*. Quant à l'âge du manuscrit, il paraît être des premières années du XIVe siècle.

Pierre, poète latin.

Un certain Pierre, qui se dit simplement *presbyter*, a fait, en l'année 1281, une satire de la plus grande violence, en vers rythmiques, contre tous les représentants des deux puissances, contre les papes et contre les rois. La forme de cette satire est le récit d'un songe, et c'est Jésus lui-même qui, dans le songe de maître Pierre, expose et flétrit les vices particuliers ou communs des laïques et des clercs tant séculiers que réguliers. Il n'y aurait donc dans ce bas monde que d'affreux scélérats? Non, cette conclusion serait fausse; la vertu s'est réfugiée quelque part. Elle s'est réfugiée, dans l'Église, chez les ordres mendiants, et, dans l'État, chez un prince, mais un seul, Charles d'Anjou, roi de Sicile. Il est probable que maître Pierre était mineur ou prêcheur, et de race angevine. La seule copie que nous possédions de son œuvre se trouve dans un manuscrit de la Bibliothèque du Mans (n° 164).

Nous connaissons ce poème par les nombreux extraits qu'en a publiés M. Ch.-V. Langlois dans la Revue historique. Il est fort long, car il a près de deux mille cinq cents vers; mais il a peu de mérite.

Revue histor., t. L (1893), p. 281 et suiv.

A la suite se trouve, dans le même manuscrit, un poème contre l'orgueil, que M. Langlois croit du même auteur. C'est encore un poème rythmique et une fiction. La conjecture de M. Langlois est donc vraisemblable.

Un prieur de très noble origine et de plus très savant homme, qui a tout appris dans les écoles de Paris, lève la tête contre son abbé, peu lettré et de basse condition. Entre eux s'engage un dialogue. L'abbé, faisant valoir son titre, réclame du prieur une humble obéissance. Le prieur prétend que sa naissance et son grand savoir le mettent au-dessus des règles faites pour le commun des moines. Le débat dure longtemps, les deux interlocuteurs n'étant pas moins prolixes l'un que l'autre. Enfin l'arrogant prieur cède, s'avoue vaincu. M. Langlois nous a fait lire aussi les parties principales de ce dialogue.

L'auteur du premier de ces poèmes et peut-être du second était resté jusqu'à ce jour complètement ignoré. A-t-il vécu jusque dans les premières années du XIVe siècle? On en peut douter. Mais on peut le supposer sans le faire mourir dans un très grand âge, et cette supposition nous permet de contribuer à tirer son nom de l'oubli.

Dans la ville de Saint-Denys en France, vers l'année 1289, vivait un professeur de grammaire, de qui nous avons conservé, dans le ms. latin 15131 de la Bibliothèque nationale, venu de Saint-Victor, un recueil de prose et de vers dont nous aurions dû peut-être parler plus tôt. Il va sans dire que tout est latin; un professeur de grammaire ne pouvait écrire, sans déroger, dans une autre langue.

Les vers sont, pour la plupart, des cantiques faits pour être chantés, sur des airs connus, les jours de grande fête. Ainsi nous voyons, fol. 186, un cantique en l'honneur de saint Nicolas qu'il faut chanter sur un air indiqué de cette façon :

Unques en amer leaument
Ne conquis fors que maltalent[1] ;

___

[1] Voir G. Raynaud, *Bibliographie des chansons françaises*, t. II, p. 74.

ANONYME, professeur de grammaire.

un autre, en l'honneur de sainte Catherine, sur cet air :

Unques mes ne fu seurpris
Du joli mal d'amourettes,
Mes or le sui orandroites.

La seule des pièces profanes qu'on lise avec intérêt a pour matière un débordement de la Seine, qui eut lieu dans le mois de janvier de l'année 1288. Une strophe de cette pièce va montrer avec quelle liberté rimait ce méchant poète. Le Crou, ruisseau qui coule près de Saint-Denys, est refoulé par la Seine dans une métairie des moines :

Crovus quidem obstupuit
Tunc temporis, et doluit
Quando se vidit *reculé*.
Illi mora displicuit
Quam facere oportuit
Hunc in pratis curticule,
Tam diurne.

Nous voulons croire que le professeur n'enseignait pas à ses élèves qu'ils pouvaient se permettre, eux aussi, de telles licences.

La prose consiste en des modèles de style épistolaire. Ce ne sont pas de bons modèles : il y a trop de néologismes, d'inversions et de circonlocutions pédantesques. Mais un grand nombre de ces lettres supposées ayant trait au régime des écoles, aux rapports du maître avec ses élèves et leurs parents, l'historien en peut tirer plus d'une information intéressante. Chacune de ces informations a été particulièrement signalée dans une notice qu'il nous suffit d'abréger ici.

Nous trouvons, le 7 juillet 1267, parmi les maîtres de Paris, un JEAN DE SIVRI (*de Sivriaco*), chanoine de Chartres, dans le *Chartul. univers. Paris.*, t. I, p. 469. Un religieux prémontré du même nom, prieur de l'abbaye de Bonne-Espérance, diocèse de Cambrai, est cité par Lienhart comme auteur d'une chronique de son monastère finissant l'an-

Hauréau, Not. et extr. de qq. man. lat., t. IV, p. 267.

JEAN DE SIVRI, chroniqueur.

Georgius, Spirit. litter. Norbert., 2° partie, p. 544.

née 1317 : *Elaboravit sui monasterii chronicon illudque ad annum 1317 perduxit;* ainsi s'exprime Lienhart. Mais, suivant les auteurs de la Nouvelle Gaule chrétienne, cette chronique de Jean de Sivri aurait été beaucoup plus considérable, les faits relatifs à l'abbaye de Bonne-Espérance n'y occupant que la moindre place. Nous ne pouvons que reproduire ces témoignages contradictoires. La chronique dont il s'agit est-elle perdue, ou bien a-t-elle été conservée? On ne nous la signale nulle part.

Gall. chr. nova, t. III, col. 202.

Neveu de l'archevêque de Narbonne Gilles Aicelin, de Billom, Hugues de Chalençon ne pouvait manquer d'être très favorablement traité par Clément V. Nous le voyons, au mois de novembre 1307, déjà pourvu, quoique n'étant encore que sous-diacre, de fructueuses prébendes. Cet humble clerc était, en effet, dès ce temps-là, chanoine de Brives, chantre de Clermont, sous-chantre de Narbonne, titulaire de la cure de Villarzel [1], et le pape lui concédait en outre un canonicat dans l'église de Narbonne *sub expectatione præbendæ.* Et il ne résidait dans aucune de ces églises; il était, comme on disait, aux écoles, étudiant l'un et l'autre droit. Il fut, d'ailleurs, régulièrement dispensé, pour trois ans, de cette résidence par deux bulles des 18 juillet 1308 et 12 février 1309. Ces trois ans écoulés, il résigna, au mois de mai 1313, sa cure de Villarzel, mais conserva ses autres bénéfices.

Hugues de Chalençon, canoniste.

Reg. Clem. V, n° 2617.

Ibid., n°° 2950 et 4319.

Ibid., n° 9233.

Alors reçu docteur tant en droit civil qu'en droit canonique, il acquit promptement le renom d'un très habile homme. C'est pourquoi la commission lui fut donnée de définir avec précision certains articles de discipline qui n'étaient pas régulièrement observés dans le diocèse de Rouen. Il s'agissait des cas dans lesquels les simples curés n'ont pas le droit d'absoudre et qu'ils doivent réserver soit au pape, soit à l'archevêque, soit aux pénitenciers. Un synode étant assemblé dans la ville de Rouen, à la Pentecôte

[1] Deux communes de ce nom existent dans le département de l'Aude.

de l'année 1315, Hugues de Chalençon y lut et fit approuver
son travail. C'est une longue énumération, que l'auteur déclare pourtant incomplète. Quand, après avoir consulté ce
code, un curé n'y trouvera pas énoncé quelque cas grave
sur lequel il hésitera à se prononcer, il fera sagement de
renvoyer le pénitent devant une autorité supérieure. Cette
pièce a été publiée par dom Bessin dans les *Concilia Rotomagensis provinciæ*, part. II, p. 92. Elle est transcrite à la fin
du ms. A 523 de la Bibliothèque de Rouen, n° 627 du nouveau catalogue, dans lequel on ne la trouve pas indiquée.
Hugues de Chalençon, chantre de Clermont, fut un des
maîtres de l'échiquier à la session de la Saint-Michel 1317,
selon une note recueillie par Arthur du Monstier, dans
le chapitre XL de son Histoire manuscrite des évêques
d'Avranches (*Neustria Christiana*, ms. lat. 10049 de la Bibliothèque nationale).

B. H.

TRAITÉ ANONYME
SUR
L'ORTHOGRAPHE.

Nous ne pouvons nommer le grammairien qui, prenant
pour modèle le Grécisme et le Doctrinal, a rédigé une sorte
de Manuel, dans lequel sont formulées, en prose et en vers,
les règles de l'orthographe latine telle qu'on la pratiquait
au moyen âge. Ce traité n'est point cité dans le tableau que
Not. et extr. des
mss., t. XXII,
part. II, p. 135.
Thurot a tracé des doctrines grammaticales du moyen âge
et dont un chapitre a pour objet l'orthographe. M. Hauréau
ne paraît point en avoir rencontré de manuscrits, et l'existence nous en a été révélée par un livret de 18 feuillets in-4°,
imprimé en lettres gothiques, vers l'année 1480, livret dont
un exemplaire, incomplet du premier feuillet, se conserve à
la Bibliothèque de Lyon et sera décrit par Mlle Pellechet
dans son Catalogue général des incunables de France.

Cet opuscule peut se placer à côté des deux traités en
Hist. litt. de la
France, t. XXXI,
p. 21-25.
vers, intitulés *Grammaticale*, qui ont été signalés dans le
précédent volume, et dont l'un a été composé vers l'année
1290, tandis que l'autre est daté de 1337. Le Manuel que
nous allons essayer de faire connaître ne doit pas être antérieur au commencement du XIV° siècle, car il y est fait allu-

sion à l'usage de ne pas mettre des s montants à la fin des mots : *nec in fine dictionis ſ scribatur*. Or il n'est pas rare de rencontrer encore cette sorte de « ſ » à la fin des mots pendant le dernier tiers du xiiie siècle.

Voici les premiers mots du traité : *Quia quam plurimi peccant in orthografia, ne pigeat rudes mente capere versus tractos ex ipsius orthographie regulis infra scriptis, nec eorum asperitatem espernentur* (corr. *aspernentur*), *cum nosse debeant...*

L'auteur a sagement agi en mettant en garde contre « l'âpreté » des vers dans lesquels il avait fallu faire entrer la substance des règles orthographiques. On en peut juger par le début :

> Orthographia, apte qua littera, syllaba, constat,
> Gramatice pars est, cui fons orthosque graphia.

Après des observations sur les différentes catégories de voyelles et de consonnes et sur les combinaisons auxquelles elles se prêtent le plus habituellement, l'auteur passe en revue chacune des lettres de l'alphabet, en s'attachant à noter les redoublements ou les mutations dont elles sont l'objet et les fautes qu'elles peuvent fournir l'occasion de commettre. Nous citons comme exemple le paragraphe consacré à la lettre *D* :

D gemino scribuntur quecunque ex *ad* et dicione incipiente a *d* componuntur, ut *addo, adduco;* preterea *quoddam* vel *quiddam* neutri generis; *reddo, is,* causa evitandi concidenciam que esset inter ejus presentis indicativi modi secundam personam et terciam, [et secundam et tertiam] hujus verbi *redeo, is, it.* Per *d* et non per *t* scribuntur ista, scilicet . *apud,* quia sepe *ad* pro *apud* utimur, Isidoro teste, duabus litteris e medio sublatis; *haud* pro *non,* quod aspiratur, ad differentiam hujus conjunctionis *aut,* que sine aspiratione et per *t* scribitur, et conjunctio adversativa... De *quid, quod* et *quot* dicetur in quinto capitulo. [De] *sicut, velut* dicetur in *T.* Unde versus :

> Si componatur *ad* cum *d, d* geminatur.
> Quoddam vel *quiddam* geminum *d, reddo* requirunt.
> *Haud* pro *non,* sed, *apud,* [sed] *velut* dat Isidorus.

Le traité se termine par des remarques sur certaines précautions à prendre par les copistes, sur le système des abréviations et sur la ponctuation.

Les précautions (*cautele*) recommandées aux copistes sont au nombre de cinq :

1° Aux bouts de lignes, il ne faut pas couper les syllabes par des traits d'union (*liniole*). C'est une faute d'écrire *propte-rea* ou *prete-rea*.

2° On ne doit employer les capitales (*littera capitalis, id est elevata*) que dans les cas suivants : au commencement des phrases (*clausule*), ou des vers; aux noms propres d'hommes; quand une lettre initiale représente tout un mot : *S.* pour *species*, *G.* pour *genus*, *N.* pour *nunc*, *F.* pour *figura*, *C.* pour *casus*.

3° Afin de prévenir les doutes que peut occasionner la similitude des traits de certaines lettres (*i, m, n, u*), on mettra soigneusement des accents (*virga* ou *virgula*) sur les *i*, par exemple *nummis* et *nimiis*.

4° Le dernier trait des *m* et des *n* ne doit se prolonger au-dessous de la ligne qu'à la fin des mots.

5° La lettre *s* à traits tortueux (*s tortuosum, s torta*) s'emploie sous la forme capitale au commencement des phrases, et sous la forme minuscule à la fin des mots, ou bien quand elle est surmontée d'un trait abréviatif. Partout ailleurs on se sert de la lettre ſ droite et allongée.

Ces règles sont résumées dans les six vers suivants :

> Syllaba liniolis tibi non diversificetur.
> Littera pro voce stans in propriisque levetur,
> Clausule et versus ceptrix; alias minuetur.
> In dubiis, sic *minimis, i* virga supersit.
> *m* ne subducas aut *n*, nisi vox finiatur.
> Vult apicem torta finemque *s*, cetera longa.

Le paragraphe relatif aux abréviations est fort court. Il se réduit à ces observations. La forme abrégée de *tantum* est *tm*, celle de *tamen* est *tn*. La finale *ur* est figurée par un trait recourbé dont la courbe est dirigée en l'air; la finale *us*, par un trait recourbé dont la courbe descend. On abrège certains mots en traçant au-dessus de la ligne la dernière lettre ou la dernière syllabe du mot : *mⁱ*, *tⁱ*, pour *michi, tibi; abso^{te}, possi^{le}* pour *absolute, possibile.* Cela se résume en trois vers :

> Fit *tantum* titulo cum *t m,* fit *tamen* ex *t* et *n.*
> *Ur* sursum titulus, *9 us* infra revolutus.
> Verba supraposita post littera, syllaba curtat.

Suit un tableau d'abréviations que l'insuffisance des types dont disposait l'imprimeur a rendu très défectueux.

Au cours de l'ouvrage sont posées d'autres règles se rapportant à l'emploi des abréviations. Dans le paragraphe concernant la lettre *Q,* on voit que le relatif *que,* c'est-à-dire *quæ,* devait s'écrire en toutes lettres, et la conjonction *que* sous la forme abrégée *q;.* Il fallait aussi distinguer les relatifs *quam* et *quod* (qᵈ) des conjonctions *quam* (q̊) et *quod* (q̨) :

> Nota quod *que* nomen et *que* conjunctio, ut differunt in significato, sic differunt in pronunciatione et scriptura : nam *que* nomen debet scribi extensum, *que* conjunctio debet scribi q;. Item *quam* nomen scribitur sic *quam;* cum autem sit alterius partis, sic debet scribi q̨. *Quod,* quando est nomen, debet scribi per *d* [qᵈ]; quando est conjunctio, debet scribi cum titulo a tergo subducto, ut sic q̨.

Malgré la brièveté de ces remarques, il y a lieu d'en tenir compte pour l'histoire de la paléographie; on les rapprochera utilement du traité spécial et assez développé qu'un manuscrit du xve siècle, conservé à Caen, dans la collection Mancel, nous a transmis sous le titre de *Quedam regule de modo titulandi seu apificandi pro novellis scriptoribus copulate*[1].

Le dernier paragraphe du manuel explique l'emploi des signes de ponctuation, que l'auteur désigne par le terme générique de *punctus* et dont il distingue six espèces : *sextuplex*

---

[1] Reproduit en fac-similé par Jean Spencer Smith, dans un volume intitulé : *Johannis Carlerii dicti de Gersono de laude scriptorum tractatus; accedant ejusdem quedam Regule de modo titulandi seu apificandi pro novellis scriptoribus copulate* (Rouen, 1841, in-4°). — Sur les manuels ou dictionnaires d'abréviations du xive et du xve siècle, on peut consulter un travail du professeur Enrico Rostagno, conservateur des manuscrits de la Laurentienne, inséré dans la *Rivista delle biblioteche,* vol. VII, p. 136-153.

est punctus, scilicet copulativus, abreviativus, interrogativus, suspensivus, distinctivus et *conclusivus.* L'imprimeur de l'édition que nous avons sous les yeux manquait des types nécessaires pour figurer les signes de ponctuation; le texte qu'il nous a donné, ici et en beaucoup d'autres endroits, est très incorrect et souvent inintelligible. Les épreuves ne semblent pas avoir été relues, si bien que le livret se termine par ces mots imprimés en capitales gothiques : DOE GARTIAS. AMEN.

L. D.

Le médecin PONS DE SAINT-GILLES a été mentionné par Fabricius, dans sa *Bibliotheca latina mediæ et infimæ ætatis,* d'après le catalogue de la Bibliothèque Pauline, publié par Feller à Leipzig en 1676, où (p. 275) est décrit un manuscrit renfermant divers traités médicaux, dont le premier est ainsi intitulé : *M. Pontii de S. Ægidio libellus de curis omnium ægritudinum.* Nous avons une autre copie de ce livret dans le manuscrit latin 14026 de la Bibliothèque nationale (anc. S. Germain, lat. 1621), et, comme elle paraît être des premières années du XIVᵉ siècle, nous ne croyons pas devoir ajourner la courte notice à laquelle l'auteur a droit. Cet auteur, sur lequel nous ne possédons aucun renseignement, paraît être un simple compilateur. Son opuscule est intitulé dans le manuscrit de la Bibliothèque nationale : *Summa magistri Poncii;* il se termine (fol. 51 vº) par cet explicit : *Expliciunt cure Poncii de Sancto Egidio.* C'est une suite de recettes médicales assez mal classées, que n'accompagne aucune indication sur le caractère ou les symptômes des maladies traitées. L'auteur ne cite aucune autorité. Au folio 43 vº, nous trouvons une recette précédée de ces mots : *Cura magistri Cardinalis contra quartanam.* Mais elle est écrite dans la marge inférieure, et doit être considérée comme une addition du copiste. Ce maître Cardinal nous est d'ailleurs inconnu.

Le manuscrit latin 14026 contient encore deux traités médicaux dont il ne sera pas hors de propos de dire quelques mots. Le premier est intitulé *Pomum ambre.* Il commence au folio 52, et se termine au folio 91 v°. Mais ce dernier feuillet est déplacé et devrait suivre le feuillet 78. C'est un recueil de recettes concernant la composition de diverses sortes de poudres, d'électuaires, d'opiats, etc. Il commence par ces mots, qui lui ont très probablement fourni son titre : *Pomum ambre est dupplicatum : ad reuma suspendendum, id est intercipiendum, et contra debilitatem cerebri.* Un autre exemplaire de cet ouvrage se trouve dans le ms. lat. 16191 (anc. Sorbonne 996), fol. 193 v°, entre d'autres traités de médecine. Cet ouvrage a été traduit en français. Charles V possédait de la « Pomme d'ambre », en français, deux exemplaires qui portent les numéros 782 et 805 de l'inventaire du Louvre publié par M. Delisle. Cette traduction ne paraît pas s'être conservée jusqu'à nous, ou du moins aucune copie n'en a été signalée. On en possède aussi une version anglaise du xv⁰ siècle dans le ms. Addit. 34111 (fol. 90 et suiv.) du Musée britannique. — Du folio 80 au folio 89 v° est transcrit un traité dont l'incipit est ainsi conçu : *Incipiunt repressiva Ricardi, et primo de aloe.* En tête, ces quatre vers en guise de préambule :

> Laxativa solent nimium laxando nocere;
> Tu tamen artis ope nocumenta potes removere.
> Ergo tibi breviter monstrabit littera prima
> Quod bene per seriem tibi littera finiet ima.

C'est donc un dictionnaire alphabétique des substances qui ont un effet astringent. Ce traité de maître Richard n'est point inconnu. Nos devanciers l'ont mentionné d'après d'anciens bibliographes, mais ils n'en avaient pu voir aucun exemplaire. Enfin les feuillets 89 v°, 90 et 79 contiennent un traité, incomplet par suite d'une lacune du manuscrit, qui commence ainsi : « *Incipit liber de dosi medicinarum secundum GALTERUM. Medicinarum quedam sunt simplices, quedam composite…* » Il a été mentionné d'après le manuscrit latin 16191 (anc. Sorbonne 996) dans l'article relatif au médecin Gautier. On en possède d'autres copies, par exemple dans le ms. 1025 de la Bibliothèque de l'Arsenal.

P. M.

L. Delisle, Le Cabinet des manuscrits, t. III, p. 150, 151.

Hist. litt. de la Fr., t. XXI, p. 389.

Ibid., p. 412.

ADDITIONS ET CORRECTIONS.

Page 43, note. Le roman d'Eledus et Serena, composé originairement en provençal, et dont nous ne possédons plus qu'une traduction française du xive siècle, vient d'être analysé et étudié par M. Hermann Suchier dans la *Zeitschrift für romanische Philologie*, t. XXI (1897), p. 112-127.

P. M.

Page 49. A propos des manuscrits ou fragments de manuscrits du *Breviari d'amor* qui nous sont parvenus, nous aurions pu noter que le n° 7420 A du fonds latin de la Bibliothèque nationale contient, au folio 79 v°, une transcription, en forme de tableau, des rubriques de l'Arbre d'amour. Ce manuscrit, qui renferme divers traités de comput, d'astrologie, de géomancie et de chiromancie, a été exécuté vers 1333.

P. M.

Page 79. Nous aurions pu mentionner, parmi les légendes pieuses en provençal qui nous sont parvenues, une Vie de sainte Valérie en vers de huit syllabes, qui a été composée au xive siècle en Limousin, et dont nous parlerons dans un de nos prochains volumes.

P. M.

Page 107. Un fragment de la version provençale de l'*Évangile de l'enfance*, dont Raynouard possédait un manuscrit actuellement perdu, a été trouvé récemment à Trévise et publié dans la *Zeitschrift für romanische Philologie*, t. XIX (1895), p. 41-50, par MM. Crescini et Rios. C'est un feuillet contenant 134 vers, dont l'écriture paraît appartenir au milieu du xive siècle. Le texte présente quelques variantes par rapport aux passages cités par Raynouard. Les éditeurs

XIVe SIÈCLE.

ont imprimé, en regard du fragment découvert à Trévise, les vers correspondants de la rédaction française conservée dans un manuscrit de Turin.   P. M.

Page 125, ligne 4. « Templiers », lisez « Templier ».

Page 132, ligne 12. Mettre une virgule après le sixième et le septième vers de la seconde citation.   G. P.

Page 196, ligne 21. Aux manuscrits des Annales de Rouen indiqués à cet endroit, il en faut ajouter un, du commencement du xvie siècle, qui vient d'être acheté par la Bibliothèque nationale et qui a pris le n° 645 dans le fonds latin des nouvelles acquisitions.   L. D.

Page 251, ligne 27. Le morceau de Guillaume Godel sur les différentes prises de la ville de Jérusalem (fol. 68 du ms. latin 4893) est tout différent de la pièce française sur le même sujet que M. Paul Meyer a fait connaître dans *la Romania* (t. V, p. 59, et t. XVI, p. 63).

D'après le texte latin du ms. 4893, Jérusalem avait été prise 25 fois; suivant le texte français il n'y aurait eu que 13 prises de la ville sainte.   L. D.

Page 284, ligne 32. Le manuscrit d'Angleterre d'après lequel a été publiée dans les *Analecta Bollandiana* la vie de saint Louis de Toulouse est le n° Add. 23775 du Musée britannique, écrit d'une main italienne vers le milieu ou dans la seconde moitié du xve siècle. Au dernier feuillet, qui d'ailleurs est blanc, on lit, d'une main de la fin du xve siècle, cette ancienne cote : *A la Theologia n° xv,* qui présente beaucoup d'analogie avec certaines cotes qu'on trouve sur des livres ayant fait partie de la riche bibliothèque des rois aragonais de Naples. En tête du manuscrit a été inséré, vers le commencement du siècle dernier, à en juger par l'écriture, un titre ainsi conçu :

Vita S^{ti} Ludovici episcopi | Tholosani filii Caroli secundi | Siciliæ regis | profusè et accuratè conscripta | a Joanne de Orta de civitate Trani | Apulo

Delisle. Le Cabinet des mss., t. I, p. 225.

*ejus archidiacono elecmosinario | cappellano domestico ac familiari | et ali-
quandiu confessario | synchrono et oculato teste.*
Bibliothecæ serenissimi Alphonsi Aragonum et Siciliæ regis num° 33.

Il n'y a rien dans le texte qui justifie l'attribution à ce
Jean ou Giovanni d'Orta. Cette indication et sans doute
aussi celle de la provenance du manuscrit ont probablement
été empruntées à un feuillet de garde supprimé lors d'un
changement de reliure.   P. M.

Page 364, ligne 13 : « li roi s'alast », lisez : « li rois alast ».
                                                    G. P.

Page 459. Rufin *de Fisteclo.* Il résulte d'une bienveillante
communication de M. L. Demaison, archiviste de la ville de
Reims, que *Ficeclo* doit être substitué à *Fisteclo.* C'est en
effet *Ficeclo* que portent les documents contemporains, et on
ne trouve *Fiteclo* ou *Fisteclo* que dans des copies relativement récentes auxquelles a eu recours Varin. Le personnage
(son nom l'indique) devait être Italien. Il n'est donc point
téméraire d'identifier *Ficeclo* avec la petite ville de Fucec-
chio en Toscane. M. Demaison nous avertit encore que,
d'après les registres capitulaires, Rufin avait été archidiacre
de Reims en 1293 et qu'il était encore chanoine en 1339.
                                                    P. M.

Page 462. L'article que nous avons consacré au *Liber practicus de consuetudine Remensi* nous a donné l'occasion de rappeler le nom de Dreux de Hautvillers. Cet écrivain, qui n'a
pas été connu par les anciens bibliographes, n'a pas encore
obtenu dans cette Histoire la notice à laquelle il avait droit.
Nous allons réparer cette omission.

Marlot suppose qu'il était maître ès arts dans la ville de
Reims en l'année 1220. Cela nous paraît douteux. Dans un
passage de ses écrits il nous dit, parlant de lui-même, qu'il a,
dans sa jeunesse, étudié les arts libéraux, *in liberalibus arti-
bus eruditus;* mais il ne dit pas qu'il les ait enseignés. Il se

Varin, Archives
adm. de Reims,
t. I, p. 667.

Varin, Arch. lég.
de Reims, Cou-
umes, p. 352.

donne comme ayant été d'abord professeur de droit civil.
C'est ce que nous apprend aussi son épitaphe :

> Juris civilis professor dum juvenilis
> Hunc ætas regeret...

Il suivit ensuite, ajoute-t-il, les cours de théologie et de
droit canonique, *in jure canonico peritus*, ce qui le fit distinguer dans la foule des clercs et nommer chanoine, puis
official de Reims. Ces deux titres sont joints à son nom, en
l'année 1241, au début d'une sentence prononcée par lui
contre les gens de la commune de Trigni, que l'abbé de
Saint-Thierri poursuivait comme rebelles. Nous le voyons
ensuite figurer comme témoin, en mars 1254, dans un
procès au sujet de la garde de l'abbaye de Saint-Remi. Il
était écolâtre de Reims en l'année 1263, comme on le peut
voir dans les deux prologues de son *Liber aureus de omni
facultate*, adressés l'un au pape Urbain IV, l'autre au roi
Louis IX. Dans la dédicace d'un poème adressé au même
roi, il se qualifie de *suus minimus, humilis et devotus capella-
nus*. Mais c'est là peut-être une formule banale de respect,
non pas un titre officiel. Quelques autres renseignements
nous sont fournis par lui-même sur sa vie. Après avoir salué
le nouveau pape Urbain, il célébra l'avènement de son successeur, Clément IV, en 1265. Des vers en l'honneur de
Charles d'Anjou, roi de Sicile, sont datés de cette même
année 1265 :

> Bis sex centenis, cum quinto, sex quoque denis
> Annis, in mense februi, rex Carolus ense
> Vicit jucunde Menfridum.

Enfin il nous a laissé d'autres vers à placer sur la tombe
de Nicolas de Brie, évêque de Troyes, mort le 24 avril 1269.
Après cette date on n'apprend rien sur lui; on sait qu'il
mourut le 6 mars, mais on ignore en quelle année. Ce qui
est certain, c'est qu'il n'a pu vivre jusqu'en l'an 1300 comme
le prétend D. Marlot [1].

Varin, Archives adm. de Reims, t. I, p. 651.

Guilhiermoz, Enq. et procès, p. 324.

Varin, Arch. lég. Coutumes, p. 363.

Mss. de Reims 1039, fol. 8, et 1040, fol. 9.

Ms. de Reims 1039, fol. 15.

Ibid., fol. 101.

Varin, Arch. lég. Statuts, t. I, p. 115.

---

[1] Un chanoine de Reims, nommé Weyen, rédigea, dans le premier quart du xviiie siècle, un catalogue des dignitaires du chapitre et des chanoines de

Voici son épitaphe :

Marlot, Metropolis Remensis historia, t. II, p. 590; édition française, t. III, p. 622; t. IV, p. 327.

> Vermibus expositus, in versificando peritus,
>   Mortuus emeritus, est ibi Droco situs.
> Juris civilis professor dum juvenilis
> Hunc ætas regeret, modo terræ pulvis adhæret.
> Huic Moyses et Aristoteles et Justinianus
> Quondam viventi patuerunt et Gratianus.

On voit par ces vers que ses contemporains avaient une haute idée de la variété de ses connaissances.

Toutes les œuvres conservées de Dreux de Hautvillers, soit en prose, soit en vers, sont réunies en quatre volumes de la Bibliothèque de Reims, aujourd'hui cotés 1039 (anc. H 646/650), 1040 (anc. H 645/649), 1041 (anc. H 640/647), 1042 (anc. H 644/648). Ces manuscrits, qui ont le même format et le même aspect, datent de la seconde moitié du XIIIe siècle. Ils ont été donnés à l'église de Reims par Dreux lui-même, comme en fait foi une note écrite à la fin de trois d'entre eux (1039, 1040, 1042), le 24 mai 1412, par Gilles d'Aspremont, bibliothécaire du chapitre : *Hunc librum dedit et composuit magister Drocho, quondam scolasticus ecclesiæ Remensis* (ms. 1039, fol. 103 v°). — *Hunc*

Reims, dont le manuscrit est conservé à la Bibliothèque de Reims. Ce travail, qui paraît fait avec soin et d'après des données généralement exactes, contient sur Dreux de Hautvillers un article ainsi conçu, dont nous devons la communication à M. L. Demaison, archiviste de la ville de Reims :

Drouardus seu Drogo de Altovillari legitur canonicus et officialis ecclesiæ Remensis in chartis antiquæ congregationis 1241 et 1242, deinde scholarcha 1269. Sic in chartis capituli Remensis 1263, et legitur defunctus 1272.

Le document sur lequel l'auteur de ce catalogue se fonde pour placer la mort de Dreux à l'année 1272 ne nous est pas connu, mais ce n'est pas une raison pour révoquer l'assertion en doute, car ce que nous en pouvons vérifier est exact.

M. Demaison nous avertit que les chartes de l'ancienne congrégation des chapelains de Notre-Dame de Reims auxquelles Weyen fait allusion sont conservées dans un cartulaire du XIVe siècle qui fait partie des archives rémoises, et on y voit en effet paraître « Magister Drogo de Altovillari » en 1241 et 1242 avec la qualité de chanoine et d'official.

M. Demaison est porté à identifier notre Dreux avec un *Dominus Drouardus, canonicus de Alto Villari, canonicus Remensis*, qui paraît, avec la mention *lxxvj annorum testis*, dans une enquête de 1263 environ, publiée par Varin (*Arch. admin. de Reims*, t. I, p. 861). Si cette identification, qui paraît fort probable, était admise, on placerait la naissance de Dreux de Hautvillers vers 1197.

li[brum] dedit ecclesiæ Remensi magister Drocho de Altovillari qui eum composuit (ms. 1040, fol. 99 r°).

Ces quatre volumes sont donc en quelque sorte une édition originale faite sous la direction de l'auteur. Le n° 1039 commence par cette rubrique : *Incipiunt versus de virtutibus et bonis operibus appetendis et peccatis fugiendis, a magistro Drogone de Altovillari compositi.* Il contient des pièces de vers sur le pape Clément IV (1265-1268), sur Charles d'Anjou, roi de Sicile, sur Jean de Courtenai, archevêque de Reims (1266-1270), sur le pape Urbain IV (1261-1264), sur le roi Louis IX, etc., et une Passion de sainte Christine. Le ms. 1040 a pour rubrique initiale :

Incipit liber de multiplici materia et ignota et inusitata, ex variis scripturis collecta a magistro Drogone de Altovillari, scolastico Remensi, juris civilis professore, compositus.

Versus papales, regales, pontificales,
Verbis morales et sensu spirituales.

C'est un recueil d'écrits moraux en prose et de pièces de vers, lesquelles figurent déjà dans le volume précédent.

Quant aux manuscrits 1041 et 1042, ils contiennent le *Liber aureus*, ou *Summa de omni facultate*, d'où sont tirés les traités que Varin a publiés. On lit à la fin du n° 1042 (fol. 296) cet explicit, évidemment écrit par un contemporain de l'auteur : *Explicit liber aureus de omni facultate, compositus a magistro Drogone de Altovillari, scolastico Remensi, cujus labor et studium suæ mortis tempus acceleravit*[1].

La Bibliothèque de Tours possède un manuscrit du xve siècle (n° 301 du catalogue de M. Dorange) qui contient les mêmes écrits que le ms. 1041 de Reims et qui les présente dans le même ordre.

Enfin le ms. latin 3718 de la Bibliothèque nationale, décrit il y a quelques années par M. L. Delisle, renferme un assez grand nombre de vers de Dreux de Hautvillers, qui tous se retrouvent dans les n°s 1039 et 1040 de Reims.

L. Delisle, Catal. des mss. des fonds Libri et Barrois, p. 199.

[1] C'est encore à l'obligeance de M. Demaison que nous sommes redevables de ces renseignements sur les manuscrits de Reims.

L'œuvre la plus intéressante et la plus considérable de notre chanoine paraît être son *Liber aureus* ou *Summa de omni facultate,* qui occupe les volumes 1041 et 1042 de Reims. Nous essayerons d'en donner une idée, d'après les extraits publiés par Varin. S'adressant au pape Urbain, nouvellement élu, il applaudit à son élection, d'abord en vers, ensuite en prose, persuadé, dit-il, que tous les désordres de l'Église vont cesser sous le pontificat de ce second Remi, de ce second Nicolas, de ce second Martin. Tel est le début de ses vers :

Varin, Arch. lég.
Coutumes, p. 347.

Noster papa novus, Urbanus nomine dictus,
Quem Deus urbanus urbanum magnificavit
In terris merito, quia Christum semper amavit,
Nunquam peccatis se, labe carens, maculavit,
A cunctis vitiis se totum mundificavit, '
Transeat ad Gallos qui corde Deum venerantur!
Gallicus Italicos fugiat, qui mente morantur
Confusi tota, quia perdita sunt sua vota.

Cela donne, pensons-nous, quelque idée de sa poésie. Se disant ensuite peu jaloux d'une vaine gloire, et néanmoins faisant l'énumération de tous ses titres à l'estime d'un pape lettré, il laisse le pape et s'adresse au roi Louis qu'il comble à son tour d'éloges dans le style le plus pompeusement emphatique.

L'auteur débute par un plaidoyer *in causa propria.* Il est vieux, peut-être infirme, et on lui refuse quelques-uns des fruits de sa prébende parce qu'il ne satisfait plus à toutes les obligations de la vie canoniale. Il dit donc et s'efforce de prouver qu'on lui doit ce qu'on lui conteste. Varin a détaché du *Liber aureus* ce plaidoyer et quelques petits traités qui le suivent dans le manuscrit, jugeant qu'ils sont là mal placés, et les a publiés à part sous le titre d'Appendice. Il aurait pu s'épargner la peine de mieux disposer quelques parties de cet écrit, où, du commencement à la fin, tout est en plein désordre. Les extraits qui, dans l'édition de Varin, succèdent au plaidoyer ont moins d'intérêt. Le

Varin, Arch. lég.
Coutumes, p. 467.

dernier doit être signalé. C'est une protestation contre le
favoritisme. Fréquemment on confère les dignités ecclésiastiques à des clercs illettrés, qui se font appeler maîtres
sans avoir fait de suffisantes études en grammaire, en logique, en rhétorique. Cela est un grave abus. On ne s'étonne
pas de le voir vivement dénoncé. En effet, depuis un demi-
siècle, deux des trois arts, la grammaire et la rhétorique,
surtout la grammaire, sont en France très négligés. Et
le dénonciateur lui-même, quoique chef des écoles rémoises, s'exprime, ne s'en doutant pas, dans une langue
souvent répréhensible.

Les premières questions que traite notre juriste sont des
questions de procédure ecclésiastique ou civile. L'Écriture
sainte, le Décret de Gratien, les Décrétales de Grégoire IX,
Justinien, y sont continuellement cités. L'auteur embrasse
à la fois le droit canonique et le droit romain. Ainsi il traite
en deux chapitres consécutifs *de pœnis in jure civili*, et *de
pœnis in jure canonico contentis*. C'est le romaniste qui a écrit
les chapitres intitulés : *Ad legem Juliam majestatis; Ad legem
Pompeiam de parricidis*, résumant les titres IV, V et IX du
livre XLVIII du Digeste; c'est le canoniste qui a disserté *de
minori excommunicatione et in quibus casibus infligitur a jure*.
Dreux de Hautvillers écrit clairement, sans prétendre à l'originalité, puisque son œuvre a en somme le caractère d'une
compilation. Quelques chapitres se rapportent à la condition
civile des femmes et à leurs rapports avec les clercs. Nous
ne connaissons pas un canoniste qui ait déclamé contre les
femmes avec plus de véhémence. Il cite les vers d'Ovide,
de Juvénal, de Martial, d'Horace et des poètes modernes où
les femmes sont le plus maltraitées, et à ces citations il ajoute,
pour conclure, ses invectives personnelles. On croit lire un
pamphlet et non une somme juridique. Des articles d'une
moindre étendue concernent les droits et les devoirs des
juges civils.

Varin ne nous a pas instruits de ce que contient la fin de
ce *Liber aureus*, du folio 216 au folio 292. Cette fin est un
mélange de choses disparates : des sermons, de nombreuses

XIVe SIÈCLE.

épigrammes ou déclamations poétiques, des épitaphes de
clercs rémois, etc.

Un écrit du même genre, où la prose et les vers se succèdent dans la même confusion, a pour titre, dans le n° 1041,
*Tractatus de vilitate et miseria naturæ et conditionis humanæ et
de diversis peccatis hominum, a mag. Drogone de Altovillari compositus.* Varin a extrait de ce volume trois mémoires qu'il a
publiés aussi comme appendices au *Liber aureus.* Ainsi commence le premier : *Certum est quod reverendus pater dominus
Simon cardinalis in hoc anno Parisius concilium suum generale
convocavit, et mandavit capitulis cathedralibus ecclesiæ gallicanæ
quod ad concilium suum mitterent procuratores instructos.* La date
de cette pièce n'est donc pas douteuse; c'est le 26 août 1264
que se réunit le concile convoqué par le légat Simon de
Brion, réclamant au clergé de France des subsides pour
Charles d'Anjou, qui refusait d'entreprendre, sans ce concours financier, la conquête de la Sicile. *Nihil,* dit notre auteur, *ad ecclesiam gallicanam pertinet ut ei servitutes indebite
imponantur, ut patrimonium vel bona summi pontificis, vel ecclesiæ Romanæ, vel comitis Andegaviæ, multiplicentur et augeantur.*
Il proteste donc très vivement, pour sa part, contre la levée
de la décime, qu'il déclare illégale. On apprécie l'intérêt de
cette pièce.

Varin, Arch. lég.
Coutumes, p. 448.

Le mémoire qui suit a pour objet la construction et la
réparation des églises. Les évêques doivent poser la première
pierre des églises nouvelles et les consacrer; mais, s'il s'agit
de réparer des églises anciennes, c'est l'affaire des recteurs,
qui doivent contribuer à l'œuvre même de leurs biens
propres :

> Commoda qui sentis, jungas onus emolumentis.

Il y a aussi dans ce volume un grand nombre de vers
moraux, qui sont sans aucun rapport avec les questions de
droit. Un extrait d'un de ces petits poèmes, contre les dignitaires de l'église de Reims, a été publié par M. Varin. Ajoutons que Dreux de Hautvillers n'est certes pas l'auteur de

Varin, Arch. lég.
Coutumes, p. 477.

XIV⁰ SIÈCLE.

toutes les pièces qu'on lit ici. Celle qui concerne les cas réservés et qui commence par

> Incestum faciens, deflorans aut homicida...

a été publiée par M. Mangeart, et nous en avons une autre
copie à la Bibliothèque nationale, dans le n° 492, fol. 191
des Nouvelles acquisitions latines. De même l'épigramme

Catal. des mss. de Valenciennes, p. 191.

> Femina corpus, opes, animam, vim, lumina, voces,
> Destruit, adnihilat, necat, eripit, orbat, acerbat,

se rencontre sans nom d'auteur dans un grand nombre de
manuscrits dont plusieurs semblent plus anciens que notre
Dreux. Ce sont là des vers que tous les écoliers, au moyen
âge, savaient par cœur. Dreux en a transcrit dans ses cahiers
beaucoup d'autres du même genre.

Hist. litt. de la Fr., t. XXX, p. 299; Notices et extraits des mss., t. XXXII, 1ʳᵉ partie, p. 67; Romania, t. XXIV, p. 169.

Le volume coté 1039 (anc. H 646), intitulé, comme on
l'a dit plus haut, *Versus de virtutibus et bonis operibus appetendis
et peccatis fugiendis, a mag. Drogone de Altovillari compositi,*
est un recueil de pièces diverses qui ne paraissent pas, en
dépit du titre, appartenir toutes à notre auteur. Ainsi
celle-ci, au folio 7 :

> Quilibet hypocrita specie tenus est eremita,
> Mente tamen tacita latet anguis habens aconita,

ne semble pas être de lui. Elle se trouve, sans nom d'auteur,
dans les n°ˢ 8247 (fol. 131) de la Bibliothèque nationale
et 432 de Chartres, et elle a été publiée, pareillement
anonyme, par M. Wattenbach, d'après un autre manuscrit
de la Bibliothèque de Reims.

Neues Archiv, t. XVIII, p. 523.

Le discours des morts aux vivants (fol. 10) est, sous le
nom de Dreux, dans le n° 3718 (fol. 7) de la Bibliothèque
nationale. Voici cette pièce, dont le seul mérite est que les
rimes léonines en sont assez riches :

> Vos qui transitis, memores super omnia sitis
> Quod, qui terra sumus, transivimus et quasi fumus.
> Vobiscum fuimus, licet hic caro putrida simus,
> Vermibus esca dati. Sed, vos, estote parati.
> Post nos venturi, mundi, sine crimine, puri,

> Digna recepturi factis, estis morituri.
> Mundus viventes vos decipit et morientes.
> A Domino petite cælestis gaudia vitæ;
> Infernum fugite. Clamat Deus : « Ecce venite ! »

Nous avons dans le n° 3718 (fol. 8) les vers qui sont au folio 11 du manuscrit de Reims, commençant par

> Delicias quærunt mundani, qui morientes. . .

Le petit poème (fol. 15) en l'honneur de Charles d'Anjou, nouveau roi de Sicile, a été publié en partie par M. Varin dans les Archives législatives de Reims (Coutumes, p. 451). On trouve aussi dans le même volume, p. 432, la satire contre les usuriers de Reims (fol. 17); puis, p. 455, des extraits de la pièce commençant par ce vers :

> Ecclesiæ miseræ, Deus omnipotens, miserere. . .,

qui est au folio 20 du manuscrit; p. 364, les vers à Thibaud, roi de Navarre, qui sont au folio 29; p. 355, la pièce mordante contre les évêques (fol. 42), que nous avons aussi, moins complète, dans le n° 3718 (fol. 8) de la Bibliothèque nationale. Le même n° 3718 (fol. 4) contient la pièce qui commence par ce pentamètre au folio 38 du manuscrit de Reims :

> Ut baratrum fugias dirige, quæso, vias;

et, au folio 9, celle dont le premier vers est au folio 58 du manuscrit de Reims :

> Sunt inopes miseri quorum status hic misereri. . .

En résumé, il faut considérer les manuscrits de Dreux de Hautvillers comme un recueil dans lequel il a groupé, sans plan bien déterminé, des œuvres juridiques qui ont le caractère de compilations et sont sans doute sorties de son enseignement, des poésies composées en diverses circonstances, et un certain nombre de pièces en vers dont il n'est pas l'auteur, mais qui, à un titre ou à un autre, lui paraissaient dignes d'être conservées.   B. H.

XIVe SIÈCLE.

P. 465, l. 12. Du Cange, citant la glose « *labilicidium,* « gallice *corba* vel *tricidium* », ajoute : « ita glossa mss. ad Disti- « cha magistri Cornuti ». Ces gloses manuscrites sur Cornutus sont indiquées, à la table des livres manuscrits cités, comme se trouvant dans un manuscrit de la bibliothèque du président de Thou. Ce manuscrit passa, au xviiie siècle, dans la Bibliothèque du Roi, où il reçut le n° 8498. Dérobé par un voleur inconnu, il fut dépecé en trois morceaux dont deux furent vendus à Barrois et furent recouvrés en 1888 par la Bibliothèque nationale. Mais le troisième morceau, qui contenait les gloses sur le *Distigium,* n'a pas été retrouvé. **P. M.**

Du Cange, édit. Henschel - Didot, t. VII, p. 442.

L. Delisle, Catal. des mss. des fonds Libri et Barrois, p. 230.

P. 466. Nous avons dit que Guillaume de Guillerville (*Gislarvilla*) devait tirer son surnom de l'un des deux villages appelés Guillerville, dont l'un est dans le Calvados et l'autre dans la Seine-Inférieure. M. Longnon, par nous consulté, est d'avis qu'il ne peut être ici question que du Guillerville de la Seine-Inférieure, lequel, dans le pouillé de Rouen édité au tome XXIII du Recueil des Historiens de la France (p. 285 F), est appelé *Guillarvilla* au milieu du xiiie siècle, et *Guillarville* en 1431, dans le compte de la débite du diocèse de Rouen. Le nom primitif devait être *Gislehardi villa.* Quant au *Guillerville* du Calvados, les formes anciennes ont toujours *e : Gislervilla, Guislervilla,* ce qui donne à croire que le nom primitif était *Gisleharii villa.* **B. H.**

P. 469. La véritable forme du nom de Guillaume Baufet nous est donnée par une notice de l'année 1311, qui a été insérée dans l'obituaire de Notre-Dame de Paris : *Reverendus in Christo pater dominus Guillermus Baufeti, de Aureliaco in Arvernia oriundus.* Vers la même époque, le chapitre de Paris comptait parmi ses membres un chanoine qui appartenait vraisemblablement à la famille de l'évêque Guillaume Baufet, et qui figure dans un acte de l'année 1320 sous le nom de *Johannes Baufeti.*

Le continuateur de Guillaume de Nangis, qui loue les

Cartulaire de Notre-Dame de Paris, éd. Guérard, t. IV, p. 158.

Ibid., p. 83.

XIV° SIÈCLE.

Recueil des his-
toriens, t. XX,
p. 590.

Ibid., p. 642.

mœurs de cet évêque et son expérience en médecine, l'appelle *Guillermus de Aureliaco*. Tel est aussi le nom (*Guillelmus de Orilac*) que lui donne Jean de Saint-Victor dans le
Mémorial des histoires. Ce prélat est appelé « mestre Guil-
« laume d'Orilat », et qualifié de clerc et de physicien du roi
dans le registre de Guillaume d'Ercuis. D'après ce document,
il fut élu le 21 septembre 1304 et sacré à Sens le 17 janvier
suivant. Voir plus haut, p. 165. L. D.

P. 509, l. 8. Ce rouleau de l'arbre généalogique de
Pierre de Poitiers a figuré, sous le n° 38, dans le catalogue
de manuscrits et miniatures du xi° au xvii° siècle, composant la collection de M. P. Gélis-Didot, vendue aux enchères,
à Paris, en avril 1897, par le libraire Théophile Belin.
L. D.

P. 530-533. Nous avons fait connaître, d'après un manuscrit incomplet de la Bibliothèque de Berne, un Abrégé
en français de la Chronique de Robert, moine de Saint-
Marien d'Auxerre. Le Musée Condé à Chantilly (ms. n° 1543)
renferme de ce même Abrégé une copie bien complète en
caractères du xiii° siècle; elle est jointe à une copie de la
Chronique des rois de France composée par le ménestrel
d'Alfonse, comte de Poitiers. Ce texte est l'objet d'une notice insérée dans la Bibliothèque de l'École des chartes,
t. LVIII, année 1897, p. 525-553. L. D.

P. 554, l. 30. « Une lettre de Gui Fulcoie, depuis pape
sous le nom de Clément IV, sur une vision de dame Marie
de Tarascon. » Cette pièce est à ajouter à celles que nos devanciers ont analysées dans l'article qu'ils ont consacré à
Clément IV (Hist. litt., t. XIX, p. 92 et suiv.). Nous profi-
terons de l'occasion qui nous est offerte pour restituer à ce
pape une pièce qui a été mentionnée dans le même tome,
mais avec une fausse attribution. On lit en effet, t. XIX,
p. 575 : « Gui Folquet a mis en vers les sept allégresses de
« la Vierge. Ce petit poème contient trois cent soixante vers

« de huit syllabes à rimes plates. Une note écrite sur le titre
« de cette pièce dans le ms. 2701 de notre Bibliothèque
« royale porte que Monseigneur Gui Folquet, quand il fut
« évêque, accorda cent jours d'indulgence aux personnes
« qui la réciteraient. Ce Folquet ne doit pas être confondu
« avec le célèbre évêque de Toulouse dit *Folquet de Marseille*.
« La vie de Gui Folquet ou *Folqueys* est demeurée totalement
« inconnue, quoiqu'il ait été évêque. »

La note du ms. 2701, actuellement n° 22543 du fonds
français de la Bibliothèque nationale, n'a pas été bien comprise. En voici le texte (fol. 124 v° du ms.) : *Aquestz gautz
dechet Mosenh en Gui Folqueys, e donet .c. jorns de perdo qui
los dira, can fo apostolis.* Les mots *can fo apostolis* signifient :
« quand il fut pape », et non « quand il fut évêque ». Gui *Folqueys* est donc « Guido Fulcodius », celui qui fut pape sous
le nom de Clément IV.   P. M.

TABLE DES AUTEURS ET DES MATIÈRES.

A

B

C

F

G

ment V, 489. Il est nommé archevêque de Rouen, 496. Administration de ce diocèse, 498-502. Rapports de Gilles avec Philippe le Bel, 477. Missions diplomatiques qui lui sont confiées, 479, 480, 482, 483, 486, 487, 488. Sa part dans l'administration du royaume, 482, 492, 495, 496. Le sceau royal lui est confié, 495. Ses rapports avec Louis X et Philippe le Long, 501. Protection qu'il accorde à ses compatriotes, 491, Sa famille, 475, 481, 495, 501. Son testament, 500. Sa mort et sa sépulture, 502.

Gilles Malet, bibliothécaire de Charles V, 370, 372.

GIRARD DE HAUTGUÉ, prétendu auteur de la *Roue de fortune* ou Chronique de Grancei, 264-270.

Gloses françaises dans des traités grammaticaux, 179, 181, 465.

GOBERT DE COINCI, annaliste de Saint-Médard de Soissons, 235-237.

GODEL (GUILLAUME). Voir GUILLAUME GODEL.

Grammairiens latins, 172-182.

GRANCEI (CHRONIQUE DE), intitulée *la Roue de Fortune*, roman généalogique, œuvre d'un faussaire, 264-270.

Gui de Basoches, chantre de Châlons. Ses ouvrages, 238-239.

Gui de Dampierre, comte de Flandre. Sa mort, 166.

Gui, évêque de Senlis. Sa mort, 166.

Guile (Dame). Personnification de la tromperie, 109.

Guillaume, fils de Simon de Joinville, 297.

GUILLAUME ANELIER, de Toulouse, auteur du poème sur la guerre de Navarre, 1. Témoin oculaire des événements depuis l'arrivée d'Eustache de Beaumarchais en Navarre, 11.

Guillaume Anelier, de Toulouse, l'ancien, troubadour, distinct de son homonyme auteur du poème sur la guerre de Navarre, 13.

GUILLAUME BAUFET, clerc et physicien du roi, évêque de Paris, 165, 469-474, 607.

Guillaume de Berron, évêque de Senlis, 166.

GUILLAUME DE GUILLERVILLE, canoniste, 466-469, 607.

Guillaume de Nangis. Emprunts faits par lui à la Chronique de Robert de Saint-Marien ou à la Chronique de Tours, 548-550. Manuscrit de sa Vie de saint Louis en français, 405.

GUILLAUME D'ERCUIS, précepteur de Philippe le Bel, 154-171. Notaire du roi, 156, 171, n. Bénéfices obtenus par lui, 156, 168. Archidiacre de Thiérache, 155, 156. Ses domaines, 157-160, 167. Sa famille, 161, 162. Ses serviteurs, 163. Sa fortune, 168. Ses chevaux, 160. Ses livres, 160. Son registre, 167, 171. Son testament, 170.

Guillaume de Ruysbroek, 436.

Guillaume de Saint-Marcel, auteur supposé d'une Vie de saint Louis, évêque de Toulouse, 282-285.

GUILLAUME GODEL. Chronique qui lui est attribuée, 251-255, 597.

GUILLEM, troubadour, 64.

GUILLEM D'AUTPOL, troubadour, 59-63.

GUILLEM DE L'OLIVIER, d'Arles, troubadour, 71.

GUILLEM DE MURS, troubadour, 63-64.

Guiraut Riquier, troubadour, 63.

H

Hardouin (Le P.), 422.

HAUTGUÉ (GIRARD DE). Voir GIRARD.

Hellequin, 147.

Hellequines, 147.

Hélouis, sœur de Jean de Joinville, vicomtesse de Vesoul, 297.

Henri de Bourgogne, seigneur de Chassigni, 278.

Henri III, comte de Champagne, 4.

Henri de Marbourg, ou *le Tiois*, cité par Joinville, 369.

Henri VII (Pièce latine sur la mort de l'empereur), 149.

Hesdin. Les habitants de cette ville sont accusés d'être perfides, 110.

Hilaire (Saint), évêque de Javols au VIe siècle, 85.

Hildegarde (Sainte). Ses visions, 255-256.

Homme (L') *qui assomma son compagnon pour tuer une mouche*, fable mentionnée par Matfré Ermengau, 46.

Honorius d'Autun. Son *Elucidarium* utilisé dans le *Breviari d'amor*, 34; dans la version provençale de l'Évangile de Nicodème, 103.

Hugues, archevêque de Besançon. Lettre concernant les juifs, 277.

Hugues de Bourgogne, seigneur de Mont-Justin, 277.

HUGUES DE CHALENÇON, chantre de Clermont, canoniste, 491, 589.

Hugues de Saint-Victor. Sa chronique, 507.

Hugues de Vienne, seigneur de Jonvelle et de Montdoré. Son altercation avec Joinville, 355.

Huon de Méri, 145.

I

J

L

M

N

Nangis (Guillaume de). Voir *Guillaume de Nangis.*

Narbonne. Différends de l'archevêque avec le vicomte, 477, 481, 490, 493. Synode de 1309, 494. Travaux et fondations à la cathédrale, 476, 477, 497, 498, 500. Atelier monétaire, 491. Juifs, 493. Voir *Gilles Aicelin,* archevêque de Narbonne.

Navarrerie (La), nom d'une partie de la ville de Pampelune, 5.

Nef (La) des Fons, de Séb. Brandt. Explication d'une des images, 115.

Neuf Chastel (Le), premier nom du château de Joinville, 291.

NEVERS (ANNALES DE), 261-263. Catalogue des évêques, 506, 529. Notes nivernaises dans un ms. d'additions à la Chronique de Robert de Saint-Marien d'Auxerre, 530.

Nicolas de Bric, évêque de Troyes. Son épitaphe, par Dreux de Hautvillers, 593.

Nicolas IV, pape. Mission remplie près de lui par Gilles Aicelin, 475. Faveurs accordées par le pape à ce prélat, 476.

Nil (Digression de Joinville sur le), 435.

Normandie. Histoire des ducs de Normandie et des rois d'Angleterre, par l'anonyme de Béthune, 189-194. *Chronique des ducs,* rédigée principalement d'après Guillaume de Jumièges, 182-194.

Notaires royaux et épiscopaux. Leurs droits, 481.

Notulæ supra primum librum Prisciani de constructionibus, 181.

Novus quadrans correctus a May. Petro de Sancto Audomaro, opuscule astronomique, 575.

O

Ochie, dans la lettre de Joinville à Louis X. Authie (Somme) et non Orchies (Nord), 357.

Odoran, moine de Saint-Pierre-le-Vif de Sens; cité dans la Chronique attribuée à Guillaume Godel, 253.

Officiers royaux. Leurs conflits avec les gens d'église, 478, 481, 482, 485, 499.

Orchies (Nord). Confondu avec Authie (Somme), 357.

Orgemont (Pierre d'). Voir *Pierre d'Orgemont.*

Orthographe (Traité anonyme sur l'), 590-594.

Ovide, imité par Matfré Ermengau, 44.

P

Pampelune. Factions qui divisaient cette cité, 5.

Pape (Le) attaqué dans *Fauvel,* 121.

Paris. Maison de Guillaume d'Ercuis, dans la rue du Cerf, 158. Description de Paris, dans *Fauvel,* 142. Catalogues des évêques, 506, 529. Voir *Guillaume Baufet,* évêque de Paris.

Paris (G.), cité, 419; éditeur d'extraits de Joinville, 421.

Paris (Paulin), 363, 375, 379.

Parrain (Guillaume d'Ercuis choisi souvent comme), 162, 163.

Pas-du-Souci (Le), lieu-dit mentionné dans la *Vie de sainte Énimie,* 88.

Peintures des mss. de Fauvel, 111, 115, 152.

PEIRE, troubadour, 64.

Pélican (Allégorie du), 367.

Périlleux (Le) *traité de l'amour des dames selon la doctrine des anciens troubadours,* introduit par Matfré Ermengau dans le *Breviari d'amor,* 40.

Philippe Auguste, roi de France. Son expédition contre le seigneur de Château-Porcien, 249-250. Fragment d'une chronique française du règne de ce prince, 232-234.

Philippe le Hardi, roi de France, envoie Eustache de Beaumarchais en Navarre, 6. Se dirige vers la Navarre à la tête d'une armée, 9. Conclut un traité avec le roi de Castille, 9. Son anniversaire fondé dans la cathédrale de Narbonne, 487. Mentionné, 347, 348.

Philippe le Bel, roi de France, instruit par Guillaume d'Ercuis, 155. Événements de son règne consignés dans le registre de Guillaume d'Ercuis, 165. Voyage de ce roi en 1304 en Languedoc, 487. Affaires et missions confiées par Philippe le Bel à Gilles Aicelin, archevêque de Narbonne, 475-499. Le sceau royal confié à ce prélat, 493. Attaqué dans *Fauvel,* 120; loué par un interpolateur, 124, et glorifié après sa mort par un autre, 138. Ses rapports avec Joinville, 347, 348, 352, 353, 356.

Philippe le Long (Pièces latines adressées à), 151. Ses rapports avec Joinville, 357, 358.

Philippe de Grève, 151.

Philippe de Navarre, 313, 430.

Physiologus, utilisé par Joinville, 367, 368.

Pièces en vers rythmiques composées par un professeur de grammaire qui vivait à Saint-Denis, 588.

Pierre, auteur d'une satire en vers rythmiques contre les papes et les rois, et d'un poème contre l'orgueil, 586.

Pierre (Antoine), de Rieux, éditeur de Joinville, 371, 380, 382, 383, 406-407, 410.

Pierre d'Auvergne, régent à la Faculté des arts de Paris, 491.

Pierre de Gerberoi, 204, 205.

Pierre de Poitiers, auteur d'un résumé de l'histoire sainte, disposé parfois en forme de rouleau, 508-511, 608.

Pierre de Saint-Omer, chancelier de l'église de Paris, 574-575.

Pierre d'Orgemont (Maître), 160.

Pierre Hélie. Abrégé de son commentaire sur Priscien, 176.

Pierre (ou Pedro) Sanchez de Monteagudo, seigneur de Cascante, gouverneur de Navarre avant l'arrivée d'Eustache de Beaumarchais, 5; meurt assassiné, 8.

Poème français sur les quinze signes de la fin du monde, 103, 104.

Poème pieux cité par Joinville, 369.

Poésies farcies, 276.

Poissi. Fondation du couvent des dominicaines, 165. Jean de Serens, maçon du roi, y est enterré, 164.

Poitiers (Pierre de). Voir *Pierre de Poitiers*.

Pomme d'ambre, traduction française du *Pomum ambre* dont Charles V possédait deux exemplaires, 595.

Pomum ambre, recueil de recettes médicales, 595.

Ponce de Chalençon, 491, 500, 502.

Pons de Saint-Gilles, médecin, 594.

Poxson, troubadour, 70.

Pontage (Droit de), 215.

Pontigni (Abbaye de). La chronique attribuée à Guillaume Godel a peut-être été copiée dans cette maison, 254.

Pontoise. Concile tenu en 1317, 501, 502.

Prélats (Satire latine contre les), 150.

Priscien (Abrégé de) sur les parties du discours, 173, 175. Voir *Notula*, *Pierre Hélie*.

Prix des terres au temps de Philippe le Bel, 167.

Propriété (Division de la) au temps de Philippe le Bel, 167.

Provincial, ou état des titres cardinalices et des archevêchés et évêchés de la chrétienté, 506, 516, 529. Traduit en français, 533.

Psaume CVIII, traduit en vers provençaux, 102.

Psaumes de la pénitence (Les), traduits en vers provençaux, 102.

Ptolémée, l'Almageste, cité, 27.

Q

Qui dort (Jean), dominicain, 470.

Quinze signes de la fin du monde (Poème français sur les). 103-104.

Qui sequuntur castra sunt miseri, début d'une pièce mêlée de latin et de français. 150.

R

Raban, auteur supposé d'une Vie latine de sainte Marie-Madeleine, 96.

Raimon, comte de Toulouse. Mot de lui cité par Guillem de l'Olivier, 72.

Raoul de Hotot, théologien, 575.

Raoul de Rotot, sermonnaire, 576.

Raoul le Petit, auteur de vers sur Fauvain, 112.

Regimina casuum, traité grammatical, 177.

Regnault le Héron, pris à tort pour un des auteurs de *Fauvel*, 138.

Regulæ a Prisciano collectæ, 175.

Reims (Annales de), 247-248. Voir Saint-Denys, Saint-Nicaise. Détails sur des événements arrivés à Reims au xiiie siècle, 246.

René d'Anjou, roi de Sicile, fait traduire le livre de Joinville, 390, 399.

Richard (Maître), auteur des *Repressiva*, dictionnaire alphabétique des substances qui ont un effet astringent, 595.

Richard Cœur de lion, 294, 295.

Rieux, patrie d'Antoine Pierre, appelé à tort P. de Rieux, 406.

Robert, comte de Clermont, 158.

Robert, moine de Saint-Marien d'Auxerre,

S

TABLE GÉNÉRALE

DES ARTICLES CONTENUS DANS LES TOMES XXV-XXXII

DE L'HISTOIRE LITTÉRAIRE DE LA FRANCE.

A

B

C

D

E

F

G

H

I

J

K

L

LOUANS (Isaac). XXXI, 681-682.

LOUE (Jean La), ou L'Aloue. XXXII, 579.

Louis (Saint), roi de France. Sa vie et ses miracles, par le confesseur de la reine Marguerite. XXV, 154-177.

Louis (Saint) de Toulouse. Sa vie, XXXII, 597.

Louis, glossateur du Doctrinal. XXX, 597-598.

Loup de Bayonne, frère prêcheur. XXVII, 426-428.

LOUVIGNIES (Guillaume de). XXVII, 108-112.

Lucain (Gloses sur). XXIX, 568-569, 580.

LULLE (Raimond). XXIX, 1-386, 567-568, 618.

Lunel (Rabbins de). XXVII, 510-514.

LUNEL (Gabriel Cohen, de). XXXI, 785.

LUNEL (Manoah de). XXVII, 512.

LUNEL (Moïse Kohen, de). XXVII, 511, 746.

LUNEL (Raphaël, fils de David Cohen, de). XXXI, 728.

LUNEL (Salamias, fils de David, de). XXXI, 733.

LUNEL (Salomon de). XXXI, 650, 800.

LUNÉVILLE (Ferri de). XXVIII, 314-317.

LUSIGNAN (Henri II de). XXVII, 387-390.

Lyon. Catalogues des archevêques. XXIX, 400, 618.

M

Macaire, chanson de geste. XXVI, 373-387.

MACÉ de la Charité, auteur d'une Bible en vers français. XXVIII, 208-221.

MACIR (Bonsenior). XXXI, 755-758.

MACKELELFIELD (Guillaume). XXV, 146-155.

Mâcon. Catalogues des évêques. XXIX, 104.

MÂCON (Guillaume de). XXV, 380-403.

Madeleine. Voir Marie-Madeleine.

Maestricht. Catalogues des évêques. XXIX, 100.

Maguelonne. Catalogue des évêques. XXIX, 405.

MAHIEU Le Vilain. XXVIII, 162.

Mahzorim (Commentaires sur les). XXXI, 357-358.

Maïence. Voir Mayence.

MAILLART (Jean). XXXI, 318-350.

MAILLI (Guillaume de). XXVI, 452-454.

MAIMON (Frat). XXXI, 753-755.

MAIRE (Guillaume Le). XXXI, 75-94.

MALABRANCA (Latini), cardinal. XXVI, 454.

MALET (En Escapat) Leri. XXVII, 726-728.

Mallart (Lohier et). XXVIII, 239-253.

Malthay (Coutume de). XXV, 640-645.

Manipulos exemplorum. XXXI, 62-65.

MAXOUR de Lunel. XXVII, 512.

Mans. Voir Le Mans.

Manteau (Le) mal taillé. XXX, 103.

Manuel et Amande. XXX, 218-220.

MARBAIX (Gossuin de). XXVIII, 467-468.

MARCHE (Gui de la). XXIX, 552-557.

Marchiennes (Annales ou Chroniques de l'abbaye de). XXV, 645-646.

Marguerite (Vies de sainte), en provençal. XXXII, 100-102.

MARGUERITE Porrette, hérétique. XXVII, 70-74.

Mariage (Le) de Gauvain. XXX, 97-103.

Marie-Madeleine (Vie de sainte), en vers provençaux. XXXII, 90-100.

MARSEILLE (Bertran de). XXXII, 80-89.

MARSEILLE (R. Nissim de). XXVII, 547-550.

MARSEILLE (Samuel de). XXXI, 553-567.

MARTIN de Saint-Benoît, auteur de gloses sur la Thébaïde de Stace. XXIX, 570.

MARTIN (Jean). XXXI, 72-75.

MATFRÉ Ermengau, de Béziers, troubadour. XXXII, 16-56.

MATHITHYAH, fils de Moïse Yichari. XXXI, 778-779.

MATIFAS (Simon) de Buci. XXV, 209-214.

MATTHIEU de Saint-François, sermonnaire. XXVI, 397-398.

MATTHIEU (Frère), sermonnaire. XXXII, 579-580.

Mayence. Annales. XXVI, 562-563. — Catalogues des archevêques. XXIX, 104.

Mayence (Doon de). Voir Doon.

Médecine. Traductions hébraïques d'ouvrages médicaux. XXVII, 624-628.

MEIER. Voir Meïr.

Meïr ben Simeon (R.). XXVII, 558-562.

Meïr de Narbonne (R.). XXVII, 730-733.

Meïr de Rothenbourg (Rabbi). XXVII, 452-461, 743.

Meïr, ou Maestre Bendig, d'Arles. XXXI, 761-762.

Meïri (Menahem), talmudiste. XXVII, 528-547.

MELGUEIL (Salomon, fils de Moïse de). XXVII, 575-580.

N

O

P

Q

R

S

T

PUBLICATIONS

DE

L'ACADÉMIE DES INSCRIPTIONS ET BELLES-LETTRES.

Mémoires de l'Académie. Tomes I à XII épuisés; XIII à XXXVI, 1ʳᵉ partie;
chaque tome en 2 parties ou volumes in-4°. Prix du volume. . . . . 15 fr.

A la 1ʳᵉ partie du tome XXII (demi-volume), contenant la table des dix volumes précédents. . . . . 7 fr. 50

A la 1ʳᵉ partie du tome XXXII est joint un atlas in-fol. de 11 planches, qui
se vend. . . . . 7 fr. 50

Table des tomes XLV à L de l'ancienne série des Mémoires. . . . . 15 fr.

Mémoires présentés par divers savants étrangers à l'Académie :

    1ʳᵉ série : Sujets divers d'érudition. Tomes I à IV; tomes V à X, 1ʳᵉ et
      2ᵉ partie.

    2ᵉ série : Antiquités de la France. Tomes I à III; tomes IV à VI, 1ʳᵉ et
      2ᵉ partie.

A partir du tome V de la 1ʳᵉ série et du tome IV de la 2ᵉ série, chaque
tome forme deux parties ou volumes in-4°. Prix du volume. . . . . . . 15 fr.

Notices et Extraits des manuscrits de la Bibliothèque nationale et autres bibliothèques, publiés par l'Institut de France. Tomes I à X épuisés; XI à XXVI;
XXVII, 1ᵉʳ et 2ᵉ fascicule de la 1ʳᵉ partie, et XXVII, 2ᵉ partie; XXVIII à XXX,
1ʳᵉ et 2ᵉ partie (contenant la table des tomes XVI à XXIX); XXXI à XXXIV,
1ʳᵉ et 2ᵉ partie; XXXV, 1ʳᵉ et 2ᵉ partie.

A partir du tome XIV, chaque tome est divisé en deux parties; du
tome XIV au tome XXIX, la première partie de chaque tome est réservée à
la littérature orientale. Prix des tomes XI, XII, XIII et de chaque partie des
tomes suivants. . . . . 15 fr.

Le tome XVIII, 2ᵉ partie (Papyrus grecs du Louvre et de la Bibliothèque
nationale), avec atlas in-fol. de 52 planches de fac-similés, se vend. . 45 fr.

Le premier fascicule de la première partie du tome XXVII (Inscriptions
sanscrites du Cambodge), avec un atlas in-fol. de 17 planches de fac-similés,
se vend. . . . . 20 fr.

Le second fascicule, avec un atlas in-fol. de 28 planches de fac-similés, se
vend. . . . . 30 fr.

Diplomata, chartæ, epistolæ, leges aliaque instrumenta ad res gallo-francicas
spectantia, nunc nova ratione ordinata, plurimumque aucta, jubente ac mo-
derante Academia inscriptionum et humaniorum litterarum. Instrumenta ab
anno CDXVII ad annum DCCLI. 2 volumes in-fol. Prix du volume. . . . 30 fr.

Table chronologique des diplômes, chartes, titres et actes imprimés concernant l'histoire de France. Tomes I à IV épuisés; V à VIII, in-fol. (L'ouvrage
est terminé.) Prix du volume. . . . . 30 fr.

Ordonnances des rois de France de la troisième race, recueillies par ordre
chronologique. Tomes I à XXI (tomes I à XIX épuisés) et volume de table,
in-fol. Prix du volume. . . . . 30 fr.

RECUEIL DES HISTORIENS DES GAULES ET DE LA FRANCE. Tomes I à XXIII (tomes I à XX épuisés), in-fol. Prix du volume...................... 3o fr.

RECUEIL DES HISTORIENS DES CROISADES :

    Lois. (*Assises de Jérusalem.*) Tomes I et II, in-fol. Prix du volume.   3o fr.

    Historiens occidentaux. Tome I, en 2 parties, in-fol. Prix du volume.   45 fr.

    ———————————— Tomes II, III et IV, in-fol. Prix du volume..   3o fr.

    ———————————— Tome V, en 2 parties, in-fol. Prix du volume.   55 fr.

    Historiens arabes. Tomes I et III, in-fol. Prix du volume.........   45 fr.

    ——————————— Tome II, 1re et 2e partie, in-fol. Prix du demi-volume.............................   22 fr. 5o

    Historiens arméniens. Tome I, in-fol. Prix du volume..........   45 fr.

    Historiens grecs. Tomes I et II, in-fol. Prix du volume.........   45 fr.

HISTOIRE LITTÉRAIRE DE LA FRANCE. Tomes XI à XXXI (tomes XI à XXIX épuisés), in-4°. Prix du volume..................................   21 fr.

GALLIA CHRISTIANA. Tome XVI, in-fol. Prix du volume...........   37 fr. 5o

ŒUVRES DE BORGHESI. Tomes VII et VIII, in-4°. Prix du volume......   20 fr.

———————————— Tome IX, 1re partie. Prix du demi-volume.....   12 fr.

———————————— Tome IX, 2e partie. Prix du demi-volume.....   8 fr.

———————————— Tome IX, 3e partie (contenant la table des tomes VI, VII et VIII). Prix du fascicule...............   4 fr.

———————————— Tome X, 1re et 2e partie. Prix du demi-volume..   15 fr.

CORPUS INSCRIPTIONUM SEMITICARUM.
    1re partie, tome I, fasc. I et II. Prix du fasc...   25 fr.
    Idem, tome I, fasc. III et IV. Prix du fasc...   37 fr. 5o
    Idem, tome II, fasc. I. Prix du fascicule......   25 fr.
    2e partie, tome I, fasc. I et II. Prix de chaque fasc.   5o fr.
    4e partie, tome I, fasc. I. Prix du fascicule.   37 fr. 5o
    Idem, tome I, fasc. II. Prix du fascicule.....   25 fr.

EN PRÉPARATION :

MÉMOIRES DE L'ACADÉMIE. Tome XXXVI, 2e partie.
    Une 3e partie du tome XXXIII contiendra la table des tomes XXIII à XXXIII.

MÉMOIRES PRÉSENTÉS PAR DIVERS SAVANTS ÉTRANGERS À L'ACADÉMIE. 1re série : tome XI, 1re partie.

NOTICES ET EXTRAITS DES MANUSCRITS. Tomes XXXVI et XXXVII.

RECUEIL DES HISTORIENS DES GAULES ET DE LA FRANCE. Tome XXIV.
    Nouvelle série, in-4° : *Inventaire de Robert Mignon, Obituaires, Pouillés,* etc.

RECUEIL DES HISTORIENS DES CROISADES : *Historiens orientaux.* Tome IV.

————————————————————— *Historiens arméniens.* Tome II.

HISTOIRE LITTÉRAIRE. Tome XXXII.

GALLIA CHRISTIANA. Table générale.

CORPUS INSCRIPTIONUM SEMITICARUM, 1re partie, tome II, fasc. II; — 2e partie, tome I, fasc. III; — 4e partie, tome I, fasc. III.

TIRAGES À PART

DES

PUBLICATIONS DE L'ACADÉMIE DES INSCRIPTIONS ET BELLES-LETTRES

EN VENTE

À LA LIBRAIRIE C. KLINCKSIECK, RUE DE LILLE, 11, À PARIS.

AMÉLINEAU (É.). Notice des manuscrits coptes de la Bibliothèque nationale renfermant des textes bilingues du Nouveau Testament, avec six planches (1895)............ 4 fr. 70

BABIN (C.). Rapport sur les fouilles de M. Schliemann à Hissarlik (Troie), avec deux planches (1892)... 2 fr.

BARTHÉLEMY (A. de). Note sur l'origine de la monnaie tournois (1896)........ 0 fr. 80

BERGER (S.). Notice sur quelques textes latins inédits de l'Ancien Testament (1893). 1 fr. 70

— Un ancien texte latin des Actes des Apôtres, retrouvé dans un manuscrit provenant de Perpignan (1895)... 2 fr.

CUQ (Ed.). Le colonat partiaire dans l'Afrique romaine, d'après l'inscription d'Henchir Mettich (1897)... 3 fr.

DELISLE (L.). Notice sur un psautier latin-français du xiie siècle (ms. latin 1670 des nouvelles acquisitions de la Bibliothèque nationale), avec fac-similé (1891)............ 1 fr. 10

— Anciennes traductions françaises du traité de Pétrarque *sur les remèdes de l'une et l'autre fortune* (1891)... 1 fr. 40

— Notice sur la chronique d'un anonyme de Béthune du temps de Philippe Auguste (1891). 1 fr. 70

— Fragments inédits de l'histoire de Louis XI par Thomas Basin, tirés d'un manuscrit de Goettingue, avec trois planches (1893)................................... 2 fr. 60

— Notice sur les manuscrits originaux d'Adémar de Chabannes, avec six planches (1896). 6 fr. 50

— Notice sur la chronique d'un dominicain de Parme, avec fac-similé (1896)........ 2 fr.

— Notice sur un livre annoté par Pétrarque (ms. latin 2201 de la Bibliothèque nationale), avec deux planches (1896).. 1 fr. 70

— Notice sur les sept psaumes allégorisés de Christine de Pisan (1896)........... 0 fr. 80

— Notice sur un manuscrit de l'église de Lyon du temps de Charlemagne, avec trois planches (1898)... 1 fr. 70

DELOCHE (M.). Saint-Remy de Provence au moyen âge, avec deux cartes (1892)... 4 fr. 40

— De la signification des mots *pax* et *honor* sur les monnaies béarnaises et du *s* barré sur des jetons de souverains du Béarn (1893)............................... 1 fr. 10

— Le port des anneaux dans l'antiquité et dans les premiers siècles du moyen âge (1896). 4 fr. 40

— Des indices de l'occupation par les Ligures de la région qui fut plus tard appelée *la Gaule* (1897)... 0 fr. 80

FOUCART (P.). Recherches sur l'origine et la nature des mystères d'Éleusis (1895).. 3 fr. 50

FOUCHER (A.). Catalogue des peintures népâlaises et tibétaines de le collection B.-H. Hodgson, à la bibliothèque de l'Institut de France (1897)........................ 1 fr. 70

FUNCK-BRENTANO (Fr.). Mémoire sur la bataille de Courtrai (1302, 11 juillet) et les chroniqueurs qui en ont traité, pour servir à l'historiographie du règne de Philippe le Bel (1891)........................ 4 fr. 40

HAURÉAU (B.). Notices sur les numéros 3143, 14877, 16089 et 16409 des manuscrits latins de la Bibliothèque nationale, quatre fascicules (1890-1895). o fr. 80, 1 fr. 40, 1 fr. 70 et 2 fr.

— Le poème adressé par Abélard à son fils Astralabe (1893)........................ 2 fr.

HELBIG (W.). Sur la question Mycénienne (1896)........................ 3 fr. 50

LANGLOIS (Ch.-V.). Formulaires de lettres du xiie, du xiiie et du xive siècle, six fascicules avec deux planches (1890-1897)........................ 8 fr. 10

LASTEYRIE (R. de). L'église Saint-Martin de Tours, étude critique sur l'histoire et la forme de ce monument du ve au xie siècle (1891)........................ 2 fr. 60

LE BLANT (Edm.). De l'ancienne croyance à des moyens secrets de défier la torture (1892)........................ o fr. 80

— Note sur quelques anciens talismans de bataille (1893)........................ o fr. 80

— Sur deux déclamations attribuées à Quintilien, note pour servir à l'histoire de la magie (1895)........................ 1 fr. 10

— 750 inscriptions de pierres gravées inédites ou peu connues, avec deux planches (1896). 8 fr. 75

LUCE (S.). Jeanne Paynel à Chantilly (1892)........................ 4 fr. 70

MAS LATRIE (Comte de). De l'empoisonnement politique dans la république de Venise (1893)........................ 2 fr. 90

MENANT (J.). Kar-Kemish, sa position d'après les découvertes modernes, avec carte et figures (1891)........................ 3 fr. 50

— Éléments du syllabaire hétéen (1892)........................ 4 fr. 40

MEYER (P.). Notices sur quelques manuscrits français de la bibliothèque Phillipps à Cheltenham (1891)........................ 4 fr. 70

— Notice sur un recueil d'*Exempla* renfermé dans le ms. B. iv. 19 de la bibliothèque capitulaire de Durham (1891)........................ 2 fr.

— Notice sur un manuscrit d'Orléans contenant d'anciens miracles de la Vierge en vers français, avec planche (1893)........................ 1 fr. 70

— Notice sur le recueil de miracles de la Vierge, ms. Bibl. nat. fr. 818 (1893)...... 1 fr. 70

— Notice de deux manuscrits de la vie de saint Remi, en vers français, ayant appartenu à Charles V, avec une planche (1895)........................ 1 fr. 40

— Notice sur le manuscrit fr. 24862 de la Bibliothèque nationale, contenant divers ouvrages composés ou écrits en Angleterre (1895)........................ 2 fr.

— Notice du manuscrit Bibl. nat. fr. 6447 : traduction de divers livres de la Bible; légendes des saints (1896)........................ 3 fr. 20

— Notice sur les *Corrogationes Promethei* d'Alexandre Neckam (1897)........................ 2 fr.

— Notice sur un légendier français du xiiie siècle, classé selon l'ordre de l'année liturgique (1898)........................ 3 fr.

MORTET (V.) et TANNERY (P.). Un nouveau texte des traités d'arpentage et de géométrie d'Epaphroditus et de Vitruvius Rufus, avec deux planches (1896) . . . .   2 fr. 60

MÜNTZ (E.). Les collections d'antiques formées par les Médicis au xvi⁰ siècle (1895).   3 fr. 50
— La tiare pontificale du viii⁰ au xv⁰ siècle, avec figures (1897) . . . .   3 fr. 80

NOLHAC (P. de). Le *De viris illustribus* de Pétrarque, notice sur les manuscrits originaux, suivie de fragments inédits (1890) . . . .   3 fr. 80
— Le Virgile du Vatican et ses peintures, avec une planche (1897) . . . .   4 fr. 70

OMONT (H.). Journal autobiographique du cardinal Jérôme Aléandre (1480-1530), publié d'après les manuscrits de Paris et Udine, avec deux planches (1895) . . . .   5 fr. 30

RAVAISSON (F.). La Vénus de Milo, avec neuf planches (1892) . . . .   6 fr.
— Une œuvre de Pisanello, avec quatre planches (1895) . . . .   2 fr. 30
— Monuments grecs relatifs à Achille, avec six planches (1895) . . . .   4 fr.

ROBIOU (F.). L'état religieux de la Grèce et de l'Orient au siècle d'Alexandre, deux fascicules (1893-1895) . . . .   4 fr. et 4 fr. 40

SCHWAB (M.). Vocabulaire de l'Angélologie, d'après les manuscrits hébreux de la Bibliothèque nationale (1897) . . . .   12 fr.

SPIEGELBERG (W.). Correspondances du temps des rois-prêtres, publiées avec d'autres fragments épistolaires de la Bibliothèque nationale, avec huit planches (1895) . . . .   7 fr. 50

TANNERY (P.). Le traité du quadrant de maître Robert Anglès (Montpellier, xiii⁰ siècle), texte latin et ancienne traduction grecque, avec figures (1897) . . . .   3 fr. 50

TOUTAIN (J.). Fouilles a Chemtou (Tunisie), sept.-nov. 1892, avec plan (1893) . . .   1 fr. 70
— L'inscription d'Henchir Mettich. Un nouveau document sur la propriété agricole dans l'Afrique romaine, avec quatre planches (1897) . . . .   3 fr. 80

VIOLLET (P.). Mémoire sur la *Tanistry* (1891) . . . .   2 fr.
— La question de la légitimité à l'avènement de Hugues Capet (1892) . . . .   1 fr. 40
— Comment les femmes ont été exclues en France de la succession à la couronne (1893).   2 fr. 60
— Les États de Paris en février 1358 (1894) . . . .   1 fr. 70

WEIL (H.). Des traces de remaniement dans les drames d'Eschyle (1890) . . . .   1 fr. 10

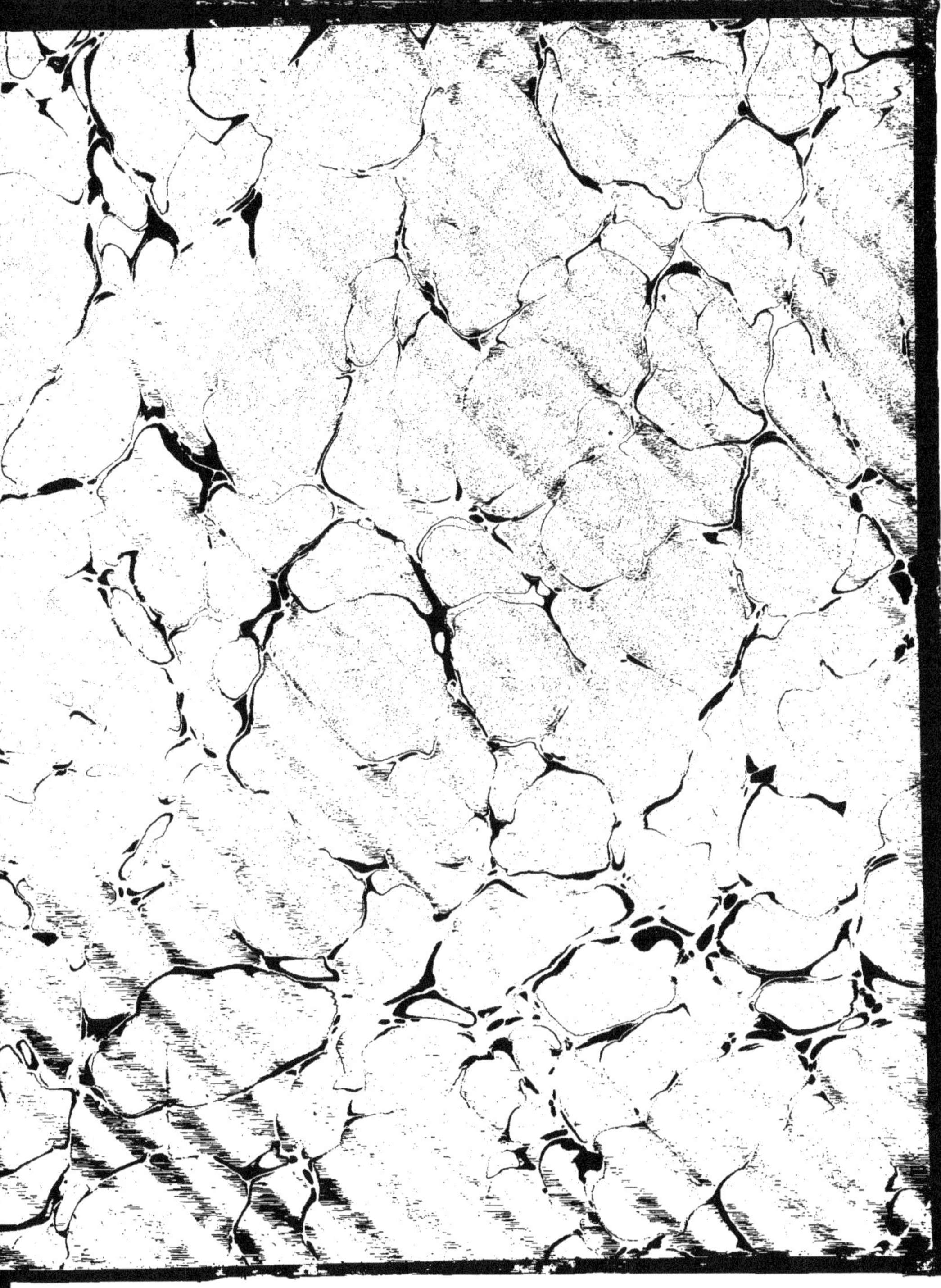

BIBLIOTHÈQUE NATIONALE DE FRANCE

3 7531 005832127